Marian Keyes, née en 1963, est une romancière et essayiste irlandaise, particulièrement connue pour ses œuvres en littérature féminine. Elle est lauréate d'un *Irish Book Award*. Ses livres se sont vendus à vingt-deux millions d'exemplaires dans le monde entier et ont été traduits en trente-deux langues. Elle doit sa célébrité internationale au *Club de la dernière chance*, à *Chez les anges* et à *Un homme trop charmant*.

W0212375

CE LIVRE EST ÉGALEMENT DISPONIBLE
AU FORMAT NUMÉRIQUE

www.editions-hauteville.fr

Marian Keyes

Un couple presque parfait

Traduit de l'anglais (Irlande) par Agnès Jaubert

Hauteville

Hauteville est un label des éditions Bragelonne

Titre original : *The Break*
Copyright © Marian Keyes, 2017
Tous droits réservés.

© Bragelonne 2019, pour la présente traduction

ISBN : 978-2-8112-3533-8

Bragelonne – Hauteville
60-62, rue d'Hauteville – 75010 Paris

E-mail : info@editions-hauteville.fr
Site Internet : www.editions-hauteville.fr

Pour Louise Moore, avec toute mon affection
et toute ma gratitude.

AVANT

Chapitre premier

Vendredi 9 septembre

— Hugh et moi, on va faire un break.

— Un « break » ? répète Maura en plissant les yeux, le regard inquisiteur. Quel genre de break ? Un week-end prolongé pour une escapade gastronomique dans une ville d'Europe ? Ou une escapade coquine, digne d'un clip de Rihanna ?

Elle insiste :

— Alors ? C'est l'escapade gastronomique, c'est ça ?

— Non, c'est…

— L'escapade à la Rihanna ? Tu te fiches de moi, là ? Rihanna a genre… près de trente ans. Et tu en as…

— Pas trente.

Il était impératif que je la fasse taire avant qu'elle dévoile mon âge. Je ne sais pas comment je suis arrivée à quarante-quatre ans. Manifestement, je n'ai pas remarqué le temps qui passait. Et maintenant, même si c'est un peu tard, j'essaie d'esquiver toutes les références à ma quarantaine. Ce n'est pas juste la peur de mourir et, pire, la peur de voir mon cou s'affaisser, c'est parce que je travaille dans les relations publiques, un secteur jeune et dynamique dans lequel les « moins jeunes » n'ont pas la cote. J'ai des factures à payer, je suis pragmatique, c'est tout. Du coup, j'évite de préciser mon âge. Quoi qu'il arrive. Dans l'espoir que si personne n'y fait allusion, personne n'en aura la moindre idée, et que je resterai intemporelle. (Mon seul regret étant de ne pas avoir adopté cette attitude quand j'avais vingt-sept ans. Mais je ne savais rien de la vie quand j'avais vingt-sept ans.)

— Je suis ta sœur. J'ai sept ans de plus que toi, donc cinquante et un ans…

— Bien sûr ! dis-je très vite, l'interrompant pour la faire taire. Bien sûr, bien sûr, bien sûr !

Vieillir n'a jamais inquiété Maura. Dans mes plus lointains souvenirs, elle a toujours été vieille. Pour un peu, on pourrait la prendre pour la jumelle de papa, plutôt que sa fille aînée.

— Alors, c'est un « break » qui va permettre à Hugh de partir… où ?

— En Asie du Sud-Est.

— Sérieusement ? Et ensuite… quoi ?

— Il reviendra.

— Et s'il ne revient pas ?

Lui donner de mes nouvelles était la pire des idées. Mais elle a le chic pour vous faire parler. (On l'appelle la Tortionnaire.) Elle peut toujours flairer une histoire. Elle avait deviné que, ces cinq derniers jours, il se passait quelque chose dans ma vie. Je pensais m'en tirer en esquivant ses appels. Ce qui prouve clairement ma forte tendance au déni car ce n'était qu'une question de temps avant qu'elle débarque à l'agence où je travaille et refuse de s'en aller avant de tout savoir.

— Attends, rien n'est encore décidé. Il ne va peut-être pas partir.

Et c'est la vérité.

— Tu ne peux pas le laisser partir, déclare-t-elle. Contente-toi de lui dire qu'il ne peut pas et c'est tout.

Si seulement c'était aussi simple. Elle n'a pas lu la lettre de Hugh, elle ignore à quel point il est tourmenté. Le laisser partir est ma meilleure chance de sauver mon mariage. Probablement.

— Ça a un rapport avec la mort de son père ?

J'acquiesce d'un signe de tête. Depuis que son père est mort il y a onze mois, Hugh s'est refermé sur lui-même.

— Je pensais qu'avec le temps, il irait mieux.

— Mais non. Il ne va pas bien du tout, s'énerve-t-elle. Cette foutue famille. Quand est-ce que les drames vont cesser ? C'est comme une course de relais. À peine l'un de vous commence à sortir la tête de l'eau que l'autre fout sa vie en l'air. Pourquoi êtes-vous tous de telles calamités ?

Les colères de ma sœur n'ont plus le pouvoir de me pétrifier de peur. J'y suis habituée.

Elle fait référence à notre fratrie. Et en fait, nous ne sommes pas des calamités. Du moins, pas plus que dans une autre famille. Autrement dit, nous sommes bien atteints quand même. Mais, tout le monde l'étant, nous sommes vraiment dans la norme.

— Ça doit être ma faute, poursuit-elle. Je n'étais pas un bon modèle ?

— Non, mens-je.

En fait, elle était le meilleur des modèles, mais elle m'a contrariée. Tout bien considéré, je mérite sûrement un peu de compassion.

— Qu'est-ce que tu peux être cruelle ! Imagine-toi petite fille, avec ta maman hospitalisée pendant d'interminables mois avec la tuberculose, à une époque où on ne parlait même pas de tuberculose, car c'était une maladie démodée depuis des années. Une petite fille avec quatre frères et sœurs plus jeunes, qui n'arrêtaient pas de pleurer, et une grande maison froide qui tombait en décrépitude et un père qui ne s'en sortait pas. Oui, j'ai un sens de la responsabilité ultra développé, mais…

Je connais le discours et je pourrais le réciter par cœur. Hélas, la faire taire quand elle est lancée relève de l'impossible. Mes frères et sœurs et moi aimons blaguer sur le fait que son mari LPB – Le Pauvre Bougre – a développé un mutisme spontané peu après leur mariage et que personne ne l'a plus entendu prononcer une parole depuis vingt et un an. (Le dernier mot que nous l'avons entendu dire – et ce, d'un ton plus que dubitatif – était le « oui » de son mariage.)

Un peu désorientée par cette soudaine animosité, je demande :

— Que se passe-t-il ? Je n'ai rien fait de mal.

— Pas encore, répond-elle. Pas encore.

— Qu'est-ce que tu veux dire ?

Elle a l'air surpris.

— Si ton mari fait « un break » dans votre mariage, est-ce que tu fais « un break » aussi ? dit-elle en mimant les guillemets de ses doigts.

Il me faut quelques minutes pour assimiler ses paroles. Puis, à ma grande surprise, quelque chose frémit en moi, comme un filet d'espoir, qui, après cinq jours horribles, me fait l'effet d'un délicieux soulagement. Dans les replis de mon âme, une petite veilleuse s'allume.

Lentement, je réponds :

— Si je vois les choses comme tu les présentes, je suppose que oui.

Chapitre 2

Maintenant qu'elle a obtenu ce qu'elle voulait, Maura réunit ses affaires, une solide mallette marron et une veste imperméable.

D'un ton féroce, je la mets en garde :

— S'il te plaît, Maura. Tu ne dois pas en parler aux autres.

— Mais c'est ta famille.

Comment parvient-elle à donner l'impression que c'est une malédiction ?

— Et Hugh ne vient plus dîner les vendredis depuis des semaines, poursuit-elle. Ils vont deviner qu'il y a un problème.

— Je suis sérieuse, Maura. Les filles ne le savent pas encore et elles ne doivent pas l'apprendre par le téléphone arabe.

Je marque une pause. Est-on autorisé à dire « téléphone arabe » de nos jours ? Il est préférable de ne pas prendre le risque. Je me corrige donc.

— Elles ne peuvent pas l'apprendre par le bouche-à-oreille.

Ce n'est pas aussi imagé, mais ça fera l'affaire.

— Tu ne l'as même pas dit à Derry ? s'étonne-t-elle, visiblement surprise.

Derry est notre autre sœur. Elle n'a que quinze mois de plus que moi et nous sommes proches.

— Écoute, ça n'arrivera peut-être pas. Il ne va peut-être pas partir.

Pour la première fois, elle a l'air de compatir.

— Tu es dans le déni.

J'admets :

— Certes, je suis… en pleine stupéfaction, je pense.

Sans parler de la honte, de la peur, du chagrin, de la culpabilité, et, oui, du déni, le tout combiné en un horrible amalgame.

— Tu es toujours d'accord pour t'occuper du dîner de ce soir ?

— Oui.

Le dîner du vendredi soir chez papa et maman est une institution qui dure depuis au moins dix ans. Maman n'étant pas assez robuste pour cuisiner pour toute la tribu – mes frères et sœurs, leurs enfants, leurs partenaires et leurs ex-partenaires (oui, oui, nous sommes très modernes !) –, nous nous en chargeons à tour de rôle.

— Tu sais combien on sera ce soir ?

Les O'Connell sont une telle flopée qu'il n'est jamais possible d'établir le nombre exact de participants aux dîners familiaux. Chaque vendredi, les textos vont et viennent, annulant et confirmant. Ajoutant, soustrayant. La seule garantie étant que le nombre estimé sera toujours faux. Mais quel que soit le total final, il est préférable de cuisiner pour un régiment. Que le ciel vous protège de ne pas avoir vu assez grand quand vient votre tour : on ne vous le pardonnerait jamais.

— Moi, dit Maura en comptant sur ses doigts, toi. Pas Hugh, visiblement.

Je tique.

Un coup léger à la porte nous interrompt. Elle s'entrouvre et Thamy, notre assistante, passe la tête à l'intérieur.

— Rendez-vous dans cinq minutes, annonce-t-elle.

— Tu dois y aller, dis-je à Maura. J'ai une réunion.

— Un vendredi après-midi ? s'étonne-t-elle, ses antennes en alerte. Tu as une réunion un vendredi après-midi ? Quelqu'un a des problèmes, c'est ça ?

— S'il te plaît. Dehors !

Hatch, la petite agence où je suis associée à un tiers, gère toutes sortes de relations publiques, y compris la gestion d'image. Nous réhabilitons les politiciens, les sportifs, les acteurs, les célébrités, quelles qu'elles soient, victimes de diffamation publique. Avant, il s'agissait exclusivement de scandales sexuels. Mais, aujourd'hui, les raisons de se voir tomber en disgrâce sont plus nombreuses : se voir accusé de racisme, ce qui est très grave et peut vous faire perdre votre travail – et ce n'est que justice – ; le sexisme ; le fait de vieillir ; le harcèlement ; le vol de petits objets, comme le crayon de Poutine ; se garer sur une place handicapés quand vous ne l'êtes pas. Le moindre faux pas représente aujourd'hui un véritable risque.

Bien sûr, les méthodes de diffamation publique ont aussi changé. Autrefois, les méchants vivaient avec la terreur de se retrouver en première page d'un tabloïd du dimanche. Mais parce que, dans le monde d'aujourd'hui, tout est filmé par les portables, la peur devient virale.

— Tu as des cadeaux ? demande Maura.

Tout en la poussant à travers le bureau, vers la sortie, je lance à notre assistante :

— Donne-lui des culottes d'incontinence.

MaxiProtect est l'un de nos plus gros clients et, si sinistre que cela puisse paraître, l'incontinence est un secteur en pleine expansion.

— Attends un peu ! proteste Maura. Je suis loin d'être incontinente. Tu n'as pas plutôt du chocolat ? Oh, salut, Alastair…

Alastair, qui vient de rentrer de Londres, produit un certain effet dans son costume de marque et sa chemise d'un blanc immaculé. Il dévisage Maura de son regard gris argenté, puis, lentement, lui décoche Le Sourire. Il est *lamentable.*

— Salut Maura, murmure-t-il d'une voix rauque et caressante.

— Salut, dit-elle, son cou s'empourprant.

— Tu veux du chocolat ? demande-t-il. Attends…

Hatch représente un chocolatier artisanal, cause de bien des tourments car il est parfois vraiment trop difficile de résister aux échantillons envoyés au bureau.

Alastair attrape une boîte de chocolats sur le placard, puis deux pots de gommage pour le corps à base de… tourbe ! Dans un petit geste de défi, j'ajoute un paquet de culottes d'incontinence à la pile.

Puis, pour éviter qu'elle tombe sur Mme MaxiProtect dans l'ascenseur, Thamy entraîne ma sœur vers l'escalier. Cette fille est un cadeau du ciel. Originaire du Brésil, c'est notre service réception, notre comptabilité et notre registre d'entrées en un seul et charmant packaging. Elle peut persuader le plus réticent des débiteurs de payer, ne rechigne jamais à faire du café et, contrairement à toutes celles qui l'ont précédée, elle est loin d'être demeurée. Loin de là. (Je m'inquiète maintenant d'avoir utilisé le terme « demeuré ». Certains ont été attaqués sur Twitter pour moins que ça. Quand on gagne sa vie en réhabilitant des clients discrédités, on est très au fait de ces phénomènes.)

Alastair et moi nous dirigeons vers la petite salle de conférence dans laquelle Maura vient de m'arracher mon triste secret. (Hatch dispose de locaux réduits parce que nous ne pouvons pas louer plus grand. D'un autre côté, je travaille de Londres deux jours par semaine, où nous ne pouvons pas financer de bureau du tout.)

N'ayant pas le temps de me recoiffer, je demande à Alastair :

— Je suis présentable ?

Quand les gens apprennent que je travaille dans les relations publiques, ils ont du mal à dissimuler leur surprise. Les femmes qui travaillent dans les RP sont généralement grandes, minces comme un fil, blondes et distantes. Elles portent des tailleurs blancs à jupe crayon qui moulent leurs flancs sans une once de cellulite. Leurs sourires sont glacials et leur aura d'une froideur polaire. Handicapée par ma petite taille, avec une tendance aux rondeurs que je dois surveiller de très près, je n'ai vraiment pas le physique de l'emploi. Heureusement que je suis douée pour ce que je fais.

— Le look échevelé a son charme. Ça donne l'air sympathique. Mais…, poursuit-il en rajustant mon col. Peut-être, aujourd'hui, as-tu un peu forcé sur le côté décontracté ?

Je repousse sa main. Il est bien désinvolte quand il s'agit de toucher une femme. Néanmoins, ma robe est froissée et mon apparence ne doit pas commencer à trahir mon bouleversement intérieur. J'examine mentalement toutes les façons possibles de l'améliorer. Repasser mes tenues de travail : ce serait un bon début, concret.

Transpercée par une flèche d'espoir insensé, je me demande comment être mieux coiffée comme par magie. Peut-être couper mes cheveux de trois centimètres ? Mais ça reviendrait à de l'automutilation. Ils sont un tel atout pour moi. Un peu exigeants peut-être et, selon les articles des magazines, beaucoup trop longs pour une quadra, mais c'est ce que j'ai de plus glamour. Et la couleur ? Est-il finalement temps de passer de châtain foncé à une teinte plus claire et plus adaptée à mon âge ?

Mon coiffeur m'a fait l'incontournable leçon sur le teint qui pâlit à mesure qu'une femme vieillit.

« Continuez à teindre vos cheveux d'un noir aussi soutenu, m'a-t-il dit, et vous aurez l'air d'avoir été embaumée. »

« Je sais ce "qu'on" dit, ai-je répondu. Je sais, Lovatt. Mais là, "on" se trompe. Je suis une exception. Ou un monstre, si vous préférez. »

Il ne préférait pas. Sa bouche s'était crispée en une moue rebelle et, pour me punir, il m'avait fait un brushing de matrone.

— Tu as des plans sympas pour le week-end ? demande Alastair.

Je pense aux projets de Hugh de prendre la poudre d'escampette. À la nécessité de l'annoncer aux filles. Au fait que c'est la fin de ma vie et que je le sais.

Avec un haussement d'épaules faussement dégagé, je réponds :

— Pas grand-chose. Et toi ?

— Un séminaire.

Il a l'air un peu embarrassé.

— Un autre de tes séminaires « Apprends le secret du bonheur en quarante-huit heures » ? Alastair, tu cherches quelque chose qui n'existe pas.

Il semble consacrer un week-end par mois à « panser les blessures de l'enfance », ou à « réfléchir sur le vide à l'époque de l'abondance ». Entre autres. Mais, jusqu'ici, rien n'a marché.

— Voilà le secret du bonheur, lui dis-je. Boire autant qu'on le peut. S'acheter des trucs. Et si rien ne marche, passer trois jours au lit à manger des beignets. Comment penses-tu que nous gérons, tous autant que nous sommes ?

Sans lui laisser le temps de se défendre, Tim, notre troisième associé chez Hatch, entre.

Il y a cinq ans environ, nous avons tous les trois été licenciés de la grosse agence de relations publiques irlandaise pour laquelle nous travaillions. Dans le cadre de sa quête de spiritualité incessante, Alastair est parti pour un ashram en Inde, qu'il a été prié de quitter parce qu'il couchait avec toutes ses acolytes fans de yoga. J'ai traversé quelques sinistres années de solitude en tant que free-lance et Tim est retourné à la fac pour passer un diplôme de comptable. Ce qui résume la différence entre les trois talents qu'Alastair, Tim et moi amenons autour de cette table.

Nous avons monté notre petite agence il y a environ deux ans et demi et nous progressons en nous demandant au début de chaque mois si nous n'aurons pas mis la clé sous la porte quatre semaines plus tard. C'est un mode de vie régi par l'anxiété. À tel point que je me nourris principalement de Zantac. Ma généraliste – la même depuis douze ans – m'a conseillé d'évacuer mon stress et, tout en hochant docilement la tête, j'ai pensé, sarcastique : « Vous arrive-t-il de réfléchir ? » Puis, quand elle m'a dit de perdre quelques kilos, j'ai eu envie de pleurer. Le poids est une conséquence de l'arrêt du tabac. Cela m'a fait envisager de m'autoriser tout ce qui était interdit. Quitte à mourir jeune. Mais, au moins, j'aurai profité de la vie.

Et voilà Mme MaxiProtect, aussi corpulente que terrifiante dans sa robe ajustée. Nous nous levons tous pour l'accueillir chaleureusement. Maura se trompait en déduisant qu'une réunion un vendredi après-midi était synonyme de crise. C'est le jour où Mme MaxiProtect aime recevoir son rapport mensuel. Elle habite à la campagne, dans un trou qui est loin d'être idyllique, et trouve commode de venir passer un week-end à Dublin « pour le shopping ».

— Vous ! dit-elle en pointant un index sur moi.

Merde ! Qu'est-ce que j'ai fait ? Ou pas…

— J'ai entendu dire que vous étiez la mère de Neeve Aldin. La célèbre Neeve Aldin de *Peste Power* ?

— Oh ? Oui !

— Je regarde ses vlogs de maquillage avec ma fille de quatorze ans. Elle est hilarante, elle nous fait rire.

— Bien… ah… super !

— D'ailleurs, à force d'acheter tous les trucs qu'elle conseille, je me retrouve presque à la rue. Vous ne pourriez pas lui demander de promouvoir des marques moins chères ?

— Je peux essayer.

Même si je sais que Neeve ne m'écoutera *jamais*.

— Comment se fait-il que vous n'ayez pas le même nom ?

— Elle est de mon premier mariage. Elle porte le nom de son père.

— Voilà ! Et un mystère éclairci ! Et maintenant, on peut commencer.

Nous nous exécutons. Mme MaxiProtect est satisfaite de certains de nos progrès. Nous avons été mentionnés dans *Coronation Street*.

— Mais j'ai décidé que nous avions besoin d'un ambassadeur, déclare-t-elle.

Ses paroles sont accueillies par un silence abasourdi.

— L'image publique de la marque.

Nous savons ce qu'est un ambassadeur. Simplement, nous ne savons pas comment lui dire qu'elle délire complètement.

Essayant de gagner du temps, j'avance :

— Intéressant.

— Ne me répondez pas « intéressant » ! me lance-t-elle.

Alastair est celui qui doit neutraliser ce problème. Elle l'adore. D'un ton apaisant, il commence :

— Madame Mullen, il ne va pas être facile de trouver quelqu'un qui sera disposé à admettre publiquement souffrir d'incontinence.

— Nous n'avons besoin que d'une personne. Puis tout le monde voudra…

Et elle a raison. Il n'y a pas si longtemps, avoir un cancer était un secret, ou personne ne voulait avouer son diagnostic d'Alzheimer.

— Tout le monde est incontinent ! déclare Mme MaxiProtect.

Elle regarde Alistair et, son ton s'adoucissant, ajoute :

— Bon, peut-être pas vous. Vous êtes parfait.

— J'ai beaucoup plus de problèmes que vous pourriez l'imaginer, rétorque-t-il.

Il croit faire son charmant mais je suis tout à fait d'accord avec lui.

Mme MaxiProtect observe alors Tim.

— Je dirais que vous n'êtes pas incontinent non plus.

— Je suis trop jeune, fait-il remarquer.

— Et trop coincé, ajoute-t-elle.

Surpris, nous partons tous d'un éclat de rire. Mme MaxiProtect est une cliente de la plus grande importance, mais on ne peut s'empêcher de la trouver sympathique.

Elle se tourne alors vers moi. D'un ton contrit, je commence :

— Je ne peux pas revendiquer l'incontinence. Mais ma vessie n'est certainement plus comme avant.

— Peut-être que personne n'est incontinent, concède Mme MaxiProtect. Pour le moment. Mais cela ne tardera pas à arriver. Parce que nous vivons tous trop longtemps.

Ce qui est exactement ce que Hugh a essayé de me faire comprendre quand il m'a annoncé sa terrible nouvelle. La petite lueur d'espoir que la visite de Maura a allumée s'éteint de nouveau brusquement. Je suis de nouveau envahie par la tristesse et la peur.

Chapitre 3

J'avais bien vu que Hugh souffrait. Son père étant mort, quoi de plus normal ? Et comme il avait perdu sa mère depuis huit ans, il était maintenant officiellement orphelin.

Je n'avais encore perdu aucun membre de ma propre famille. Mais j'avais absorbé suffisamment de notre culture axée sur la psychologie pour savoir que le chagrin affecte chacun différemment et que, tout ce que je pouvais lui offrir, c'était mon soutien sans faille. Mais j'avais beau l'encourager à pleurer, il ne versait pas une larme. Et même si, étant donné la période, il avait la permission tacite de boire un peu trop, il se limitait à ses quelques habituelles bouteilles de bière artisanale aux noms grotesques. Malgré mon inquiétude concernant mon apparence en combinaison de ski, je lui avais même proposé de l'accompagner faire du snowboard, mais il n'était pas intéressé.

Je faisais mon possible pour lui épargner le moindre stress. Ce qui consistait principalement à désamorcer les tensions entre Neeve et lui. Et je lui demandais souvent : « Tu as envie de parler ? »

Mais parler était la dernière chose qu'il souhaitait.

Puisque nous abordons le sujet, nous ne faisions pas beaucoup de parties de jambes en l'air non plus. Même si nous ne l'abordions pas vraiment, il fallait le dire. En fait, à la suite de la mort de son père, nous avons passé très peu de temps au lit. Il restait debout tard, à regarder tous les épisodes des séries policières, et était toujours levé avant moi le matin.

Puis, un jeudi, environ quatre ou cinq mois après l'enterrement, je m'étais réveillée en sursaut vers 6 heures du matin. Le lit était vide et sa place était froide. Sa voiture était toujours dehors mais il n'était nulle part dans la maison. Très inquiète, je lui avais téléphoné. Sans succès. Et mon imagination s'était emballée. On entendait si souvent parler d'hommes qui se suicidaient, apparemment sans aucun signe avant-coureur.

Hugh n'était pas sujet aux angoisses. En règle générale, il était très stable. Or, paradoxalement, c'était cette stabilité qui me persuadait qu'il était en danger. Il était trop stoïque, il refoulait trop ses émotions. Paniquée, j'avais enfilé quelques vêtements à la hâte et, au volant de ma voiture, avais exploré Dundrum dans le petit matin de mars.

Marley Park avec tous ses arbres m'avait semblé un choix évident. Mais ne l'y ayant pas trouvé, j'avais passé une bonne heure à parcourir les rues résidentielles dans notre quartier. Enfin, mon téléphone avait sonné. C'était lui. J'étais dans un tel état que je n'arrivais pas à croire que j'entendais sa voix.

— Où es-tu ? m'avait-il demandé.

— Toi, où es-tu ?

— À la maison.

— Ne bouge pas !

Il avait affirmé être sorti se promener. Je l'avais cru mais c'était profondément troublant. S'il n'est pas inhabituel de sortir courir en pleine nuit, marcher paraissait un peu étrange.

— J'étais inquiète pour toi, lui avais-je dit. Je pensais que tu avais peut-être…

— Non. Jamais je ne ferais ça.

— Mais je ne comprends pas ce qui t'arrive.

— Je sais, avait-il répondu avec un soupir résigné. Moi non plus.

— Chéri, je pense qu'il est temps que tu voies quelqu'un pour te faire prescrire des antidépresseurs.

Après un long silence, il avait acquiescé :

— D'accord.

C'est alors que j'avais vraiment flippé. Hugh était prêt à n'importe quoi pour éviter d'aller chez le médecin. Si sa jambe était tombée, il l'aurait ignoré, comme s'il s'agissait d'une simple blessure, même s'il avait dû sauter à cloche-pied pour éviter de tomber en avant. Mais il était allé se faire prescrire du Seroxat. (Ce qui, je le savais, était le premier dosage en termes d'antidépresseur. J'étais une quadra appartenant aux classes moyennes : j'étais donc entourée de gens qui avaient été sous antidépresseurs ou qui connaissaient quelqu'un qui l'avait été.)

Mais, malgré les cachets, il continuait à disparaître régulièrement en pleine nuit. Quand j'en avais parlé à ma sœur Derry, elle m'avait répondu :

— Tu ne penses pas qu'il… tu sais, qu'il va rendre visite à une femme ?

Bien sûr, la pensée m'avait traversé l'esprit. Mais mon instinct me soufflait que, quels que soient les conflits intérieurs de Hugh, il ne s'agissait pas de galipettes extraconjugales.

J'avais donc eu une nouvelle conversation avec lui et lui avais suggéré de voir un psychologue spécialisé dans le deuil.

— Qu'est-ce que cela résoudrait ? m'avait-il demandé, le regard apathique.

Sa question m'avait prise au dépourvu. J'ignorais tout des tenants et aboutissants des séances de suivi psychologique. Mais…

— Beaucoup de gens qui vivent un deuil les trouvent utiles.

— Ça coûterait combien ?

— Je peux me renseigner.

— Combien de fois devrais-je y aller ?

— Je pense que ça dépend des gens.

— Tu crois que ça pourrait m'aider ?

— Ça en aide bien d'autres. Pourquoi serais-tu différent ?

— D'accord, avait-il concédé avec un profond soupir. Je ferais peut-être aussi bien, dans ce cas. Je ne peux pas continuer comme ça.

Cela m'avait terrifiée.

— Chéri, que veux-tu dire ?

— Juste… que je ne peux pas continuer comme ça.

— Comme quoi ?

— Plus rien n'a de sens.

— Parle-moi. S'il te plaît.

Il avait secoué la tête.

— Je n'ai rien à dire. Juste que plus rien n'a de sens.

Je savais qu'il était inutile de lui répondre qu'il se trompait. Mais être témoin de son chagrin et ne pas pouvoir communiquer avec lui était désespérément frustrant. Nous, qui avions été tellement proches, étions aujourd'hui à des années-lumière. Lorsque j'avais besoin de discuter de développement personnel, je me tournais toujours vers Alastair. Il m'avait donné le nom d'une psychothérapeute spécialisée dans le deuil.

— Elle coûte une blinde, m'avait-il prévenue.

Mais ça m'était égal. J'étais prête à dépenser des fortunes pour guérir Hugh de sa tristesse silencieuse, pour faire revenir la lumière dans son regard éteint.

Après la première séance, je lui avais demandé :

— Comment ça s'est passé ?

Le visage vide de toute expression, il m'avait répondu :

— Je ne sais pas.

— Tu vas y retourner ?

— Oui. La semaine prochaine. Elle m'a dit que je devais m'engager pour dix semaines.

— D'accord. Très bien. Super, Hugh ! Bravo !

Il m'avait regardée comme s'il ignorait qui j'étais.

Aussi, plusieurs jeudis d'affilée, Hugh était allé voir la psychologue. J'essayais de ne pas le cribler de questions mais lui demandais toujours, enjouée :

— Comment ça s'est passé ?

En général, il haussait les épaules et répondait par un bruit évasif, mais vers la fin de la série de séances, il avait déclaré d'une voix neutre :

— Je ne pense pas que ça marche.

Effondrée, j'avais répondu d'un ton faussement allègre :

— Donne-toi le temps.

Ce qui m'aidait à rester optimiste était l'espoir qu'il se sentirait mieux une fois le premier anniversaire de la mort de son père passé.

C'est alors qu'un horrible malheur s'était produit. Hugh avait perdu son plus vieil ami, qu'il connaissait depuis qu'il avait cinq ans. Dans des circonstances particulièrement atroces : piqué par une guêpe, Gavin avait fait un choc anaphylactique. Personne ne savait qu'il était allergique aux piqûres de guêpe. C'était une mort totalement inattendue. Si j'étais désolée pour sa femme, ses enfants, ses parents, ses frères et sœurs, à ma grande honte, j'étais plus inquiète pour Hugh. Ce nouveau deuil allait profondément l'affecter. Et allait remettre en cause tout le travail qu'il avait fait au cours des mois suivant le décès de son père.

Et je ne m'étais pas trompée. Il avait abandonné immédiatement ses séances de thérapie et, chaque fois que j'abordais le sujet, il quittait la pièce. Il avait commencé à manquer le travail et passait des heures devant Netflix. Il avait arrêté de voir ses amis, refusait d'assister aux réunions familiales et parlait à peine.

En juillet, nous étions partis en vacances en Sardaigne. Désespérée, je me raccrochais à l'espoir que le soleil lui ferait du bien. Mais, sans se départir de son mutisme, il avait passé son temps à contempler la mer, le regard perdu au loin, tandis que, anxieuses, nous marchions toutes à pas feutrés autour de lui.

À notre retour, je m'étais rendu compte, accablée, que je n'avais d'autre choix que d'attendre que ça passe et qu'il était probable que ça durerait très longtemps.

Néanmoins, il y avait trois semaines environ, nous avions été invités à une soirée – d'anniversaire – et, à ma grande surprise, il avait accepté de m'accompagner. Le cœur bondissant d'espoir, j'avais senti le nœud à mon estomac se dénouer légèrement.

Mais, peu après notre arrivée, mon ennemie jurée, Genevieve Payne, avait foncé sur nous.

— Hugh ! Ça fait un bail ! s'était-elle exclamée en lui caressant le bras. Les yeux de cet homme ! Si bleus. Si sexy. Tu sais, Amy, si Hugh était mon mari, je ne le laisserais jamais quitter notre lit.

C'était sa blague habituelle. Tout en la fusillant du regard, je m'étais contentée de répondre :

— Ha, ha, ha !

Avant, Hugh l'écoutait, drapé dans un silence stoïque. Sans la rembarrer mais sans l'encourager non plus. Poliment. Il savait à quel point son assurance féline m'intimidait.

Mais, cette fois, il s'était tourné vers elle et lui avait souri. Je ne l'avais pas vu sourire depuis un an. Genevieve avait rougi. Elle avait vraiment eu l'air gêné. Et je m'étais sentie glacée par la peur.

Sur le chemin du retour, dans la voiture, j'avais lancé :

— Tu peux avoir une liaison avec n'importe qui mais pas avec Genevieve Payne !

Habitué à m'entendre dire la même phrase chaque fois que je la voyais, Hugh répondait invariablement : « Chérie, je n'aurai jamais de liaison avec personne. »

Mais cette fois, il avait acquiescé :

— D'accord.

Pas de « chérie » et juste « d'accord ».

J'avais ouvert la bouche, avant de me raviser.

Non, laisse courir…

Retour rapide sur samedi dernier. Nous étions seuls à la maison. Assis à la table de la cuisine, Hugh tapait sur son iPad depuis des heures. Un rapide coup d'œil m'avait indiqué qu'il était absorbé par des chiffres. Je n'y avais pas prêté spécialement attention. Mais, en repassant dans la pièce, beaucoup plus tard, je l'avais trouvé toujours aussi accaparé.

— Qu'est-ce que tu fais ?

L'espace d'une seconde, il avait hésité, et j'avais senti une étrange angoisse m'envahir.

— Nos comptes.

Je l'avais regardé un long moment. Cela n'avait aucun sens. Deux mois auparavant, nos finances, qui n'étaient pas fameuses, avaient été grandement améliorées par la vente de la maison de son père. Les bénéfices avaient été divisés entre Hugh et ses trois frères et, après avoir réglé les frais d'université de Sofie et de Kiara, fait faire un appareil pour les dents de travers de Kiara, avoir fait réparer l'alarme défectueuse de la maison et la fuite d'eau dans la chambre de Neeve, être partis en vacances en Sardaigne et avoir soldé la dette de nos cartes de crédit, il nous restait de quoi acheter une moitié de voiture. (Pas une belle voiture, une voiture de milieu de gamme).

Étant donné que nous n'avions jamais connu l'équilibre financier, nous étions heureux de, pour la première fois, ne plus avoir à nous inquiéter de voir notre carte refusée à chaque transaction.

Mais disposer de vrais fonds, sur notre compte, m'avait quasiment fait perdre la tête. Je commençai à murmurer « bas de laine » même si c'était pour moi le terme le plus exaspérant, le plus suffisant, du monde.

J'avais de grands projets pour utiliser le « bas de laine » et dressais une longue liste de souhaits : remplacer notre chauffe-eau capricieux, acheter un nouveau canapé bien mérité, rembourser un peu de notre crédit immobilier. Je nourrissais même l'espoir secret, désespéré, de nous accorder, à Hugh et à moi, un minibreak, juste nous deux, dans l'espoir que nous pourrions, d'une manière ou d'une autre, renouer le lien.

Hugh n'avait donc aucune raison de passer sa soirée à faire des comptes. J'aurais dû insister pour lui soutirer des explications mais quelque chose – la peur ? – m'avait retenue.

Le lendemain soir, une fois les filles au lit, il m'avait déclaré :

— Il faut que nous parlions.

C'est une phrase que personne ne veut jamais entendre. Mais comme Hugh m'avait à peine adressé une syllabe au cours de l'année précédente, j'étais vraiment… *intéressée.*

Il m'avait tendu un verre de vin.

— Pouvons-nous nous asseoir à la table de la cuisine ?

Une conversation pour laquelle il voulait m'amadouer avec de l'alcool ? Pour laquelle il fallait être assis face à face ?

J'avais pris une grande gorgée de vin, m'étais dirigée vers la table de la cuisine, m'y étais assise et avais bu une nouvelle gorgée.

— Je t'écoute.

Hugh avait les yeux baissés sur la table, comme si le bois détenait tous les secrets de l'univers.

— Je t'aime.

Il m'avait jeté un coup d'œil et son regard était brûlant de sincérité. Puis il s'était replongé dans la contemplation de la table.

— Je veux rester marié avec toi.

Des mots bien, oui, des mots gentils, les mots justes. Néanmoins, n'importe quel imbécile aurait pu voir le gros MAIS suspendu au-dessus de nous comme un bloc de béton.

— Mais ? l'avais-je pressé.

Sa main s'était crispée sur sa bouteille de bière et il lui avait fallu un moment avant de répondre :

— J'aimerais faire un break.

Ça s'annonçait mal. Très, très mal.

— Peux-tu me regarder ? avais-je demandé.

Si je pouvais le voir, peut-être serait-il possible de tout arrêter.

— Désolé.

Il s'était redressé et la vue de son visage m'avait saisie. Quand on est avec quelqu'un depuis longtemps, on prend rarement la peine de l'observer. Il avait l'air épuisé.

— Je ne m'exprime pas bien, avait-il dit d'un air pitoyable. J'ai écrit une lettre. Je peux te la montrer ?

Il avait fait glisser son iPad à travers la table.

Mon ange, je t'aime.

Je t'aimerai toujours. Je veux que nous soyons toujours ensemble. Mais je veux autre chose. J'ai besoin de plus.

Je suppose que c'est à cause de papa, puis de Gavin. Je ne pense plus qu'à une chose : la futilité de la vie. Nous n'en avons qu'une, elle est très courte, puis nous mourons. J'ai l'impression que je n'ai pas fait assez de ma vie. Pas assez pour moi. J'aime Neeve, Sofie et Kiara plus que tout mais j'ai l'impression d'avoir passé beaucoup de temps à les faire passer avant moi. Je veux un peu de temps où je pourrai me faire passer en premier.

Je suis tout à fait conscient, en écrivant ces mots, d'à quel point ils pourront être perçus comme égoïstes et je suis tout à fait conscient de tous ces gens qui mènent des vies terribles auxquelles ils ne peuvent échapper. Je sais que toi aussi tu sens que tu n'as jamais de temps pour toi et que tu es toujours la dernière sur la liste. Mais j'ai l'impression d'être enterré vivant et que je vais exploser si je ne change pas quelque chose. Cela me détruit et je ne peux pas continuer.

Je sais que ça va te faire souffrir et je me déteste d'être responsable de ta peine, mais je ne peux pas faire taire mes pensées. Je veux rester pour toi mais je dois partir pour moi. C'est comme d'être pris au piège, écartelé.

Oui, c'est une crise de la quarantaine. Mais je ne veux pas d'une voiture de sport. Je veux juste un peu de liberté. Je pense sincèrement que ce sera le mieux pour nous deux à long terme.

Je veux vieillir avec toi. Je veux que nous soyons ensemble jusqu'à la fin.

Ce n'est pas juste une histoire de sexe. Je sais que tu vas t'inquiéter et penser que c'est ça, mais ce n'est pas la raison.

Ce n'est pas une façon lâche de dire que je veux que nous rompions. Je t'aime, j'aime notre vie ensemble, je t'aimerai toujours et, au bout de six mois, je te promets de revenir.

Hugh

Mon Dieu ! Mon Dieu !

Heureusement que j'étais assise car j'avais le vertige. Il m'avait regardée, l'air inquisiteur, les yeux curieux et je l'avais dévisagé comme si j'avais devant moi un inconnu.

—Amy ?

—Je… Mon Dieu, je ne sais pas quoi…

—C'est énorme. Je sais. Je suis désolé, Amy. Tellement désolé. Je déteste te faire ça. Ce n'est pas ce que je veux ressentir. J'ai lutté mais ça n'a servi à rien.

J'avais relu sa lettre, les mots encore plus accablants la deuxième fois.

« Pris au piège, écartelé… comme si j'étais enterré vivant… six mois… liberté… »

J'étais horrifiée de voir son bouleversement intérieur mis à nu. Il était dans un état pitoyable. Et son besoin de six mois de liberté n'était pas un caprice : c'était une conclusion qu'il avait atteinte après une longue et douloureuse introspection.

Il était évident qu'il ne pouvait pas partir. Mais j'avais besoin des détails afin de pouvoir faire front.

—Où penses-tu faire ce voyage ? lui avais-je demandé d'une voix étranglée.

—Asie du Sud-Est, Vietnam, Thaïlande, ce genre d'endroit. Sac à dos. Je veux apprendre la plongée.

La précision de ses réponses avait provoqué une nouvelle vague de vertiges. Tout ce temps qu'il avait passé à errer comme un fantôme silencieux, à ne pas me répondre quand je lui demandais avec sollicitude s'il avait envie de parler… et il organisait sa fuite.

Et « sac à dos » ? Il avait quarante-six ans, il n'en avait pas dix-neuf.

Et pourtant. Nombreux étaient ceux qui renonçaient à leurs vies de quadras des classes moyennes pour revivre leurs années d'adolescence. Qu'ils aient les cheveux gris ou pas. Non que Hugh aient les tempes argentées. Sa barbe et ses cheveux en bataille étaient châtain foncé, sans une touche de gris, il était grand, athlétique, et, quand il n'était pas aux prises avec son désespoir, il faisait plus jeune que son âge. Il pourrait remporter un franc succès dans un circuit « fêtes de plage au clair de lune ».

— Mais ton travail ?

— J'en ai parlé à Carl. Il m'a dit qu'il me couvrirait avec des free-lances.

Hugh était ingénieur du son. Carl était son frère et ils étaient copropriétaires d'un studio d'enregistrement.

— Tu en as parlé à Carl ?

Avant de m'en parler ? J'avais bu une nouvelle gorgée de vin.

— Donc, tu ne comptes pas gagner d'argent pendant six mois ?

Et le crédit immobilier, et les assurances diverses, les frais quotidiens des filles, et toutes les autres petites dépenses ?

L'air soudain vraiment honteux, il avait répondu :

— Je suis désolé, chérie, mais l'argent qui reste de la maison de papa couvrira mon salaire.

J'étais au comble de la stupéfaction. Plus de bas de laine.

— Quand penses-tu partir ?

— Peut-être dans une semaine ou dans dix jours.

Seigneur !

— Tu… tu n'as pas acheté ton billet ?

— J'ai regardé les vols.

—Oh, non! Hugh…

—Je suis désolé.

Ahurie, j'avais vu son visage se décomposer et il s'était mis à pleurer. C'était la première fois que je le voyais pleurer depuis la mort de son père.

—Mon cœur.

Je m'étais empressée de contourner la table et l'avais pris dans mes bras. Je l'avais senti frissonner contre mon épaule.

—Quand j'ai vu papa dans ce cercueil… Tout ce qu'il voulait faire et que désormais il ne ferait plus jamais, cela m'a frappé…

J'avais dû attendre jusqu'à ce qu'il ait versé toutes les larmes de son corps avant de lui poser *la* question. Enfin, il s'était essuyé les yeux de sa manche de sweat-shirt.

—Je suis désolé, avait-il marmonné.

—Hugh ? avais-je demandé, le souffle coupé par l'anxiété. Quand tu dis que ce n'est pas « juste » une histoire de sexe… tu veux dire que c'est une histoire de sexe ?

Malgré mon pressentiment, j'espérais encore avoir mal compris.

Nous avions échangé un long regard qui m'avait donné l'impression de revivre toute notre relation : les promesses, la confiance, l'enchevêtrement des émotions, notre « nous » solide comme un roc, et maintenant, l'atroce façon dont tout s'effondrait alors qu'il s'éloignait sur un chemin personnel.

Il avait secoué la tête.

—Ce n'est pas ce dont il s'agit.

—Mais ce n'est pas inenvisageable.

Il avait étudié ses mains un long moment.

—Amy, je t'aime. Je vais revenir à toi. Mais si ça arrive… alors oui.

Meeeeeeeerde…

Il avait pris sa bière, l'avait serrée, ses jointures blanchies.

—Pendant ces six mois ce sera…

Il avait marqué une pause puis avait lâché :

— Comme si nous n'étions pas mariés.

J'étais restée pétrifiée d'horreur. J'avais déjà été quittée par un mari et jamais je n'avais rien vécu de pire. À tel point que, pour m'assurer que cela ne se reproduise pas, j'avais fui toute relation sérieuse pendant plusieurs années. Et quand, cinq ans après avoir été larguée par Richie, une délicieuse étincelle avait jailli entre Hugh et moi, j'avais été terrifiée.

Il m'avait fallu plusieurs mois avant que je puisse me convaincre de lui donner une chance. Et ce, uniquement parce que j'avais passé cette période de déni chaste à l'observer et à le surveiller, comme un éleveur inspecte un cheval potentiel, soulevant ses sabots et examinant ses dents. Je ne voulais PAS un coureur. Je ne voulais PAS un homme qui changerait d'avis. Je ne voulais PAS un homme qui me quitterait. Parce que cela pourrait se reproduire.

Et pourtant, voilà. C'était en train de m'arriver de nouveau.

Comme s'il lisait dans mes pensées, il avait repris :

— Ce n'est que pour six mois, Amy. Pas pour toujours.

— Oui, mais…

— Je vais revenir. Je te promets que je reviendrai.

Comment pouvait-il le savoir ? Après un tel traumatisme, on ne peut pas recoller les morceaux.

Mais il aurait pu agir comme la plupart des hommes. En douce, de façon malhonnête, à l'aide de SMS. Me raconter des mensonges comme prétexter quelque conférence ennuyeuse alors qu'il partait en fait à San Sebastian pour un week-end de baise.

Au moins, il était honnête. Est-ce que cela faisait un peu passer la pilule ? Je ne savais pas trop.

J'avais pris mon verre et l'avais vidé. Puis j'avais dit :

— Tu peux aller me chercher une vodka ?

— Bien sûr.

Il s'était levé d'un bond, la culpabilité et le soulagement décuplant sa vigueur. J'avais trop mal. J'avais besoin de me soûler.

Dans ces moments angoissants qui précèdent l'aube, je m'étais réveillée. J'étais dans mon lit, sans aucun souvenir de comment j'y étais arrivée. Mais, malgré mon esprit embrumé, j'avais senti qu'il était arrivé une catastrophe. Puis je m'étais souvenue : Hugh voulait s'en aller pour six mois de séparation délibérée.

La moitié d'une année. C'était long. Les gens peuvent beaucoup changer en six mois. Surtout s'ils rencontrent une foule de nouvelles personnes. Une soudaine image de Hugh baisant une fille au corps ferme couvert de jolis tatouages et aux cheveux de surfeuse m'avait donné l'impression de vivre mon cauchemar éveillée.

S'agissait-il juste de sexe ? Il avait dit que ce n'était pas le cas. Pourtant, j'étais soudain convaincue que tout était ma faute. J'aurais dû faire plus d'efforts. En général, quand je suis dans l'action, ça me plaît. Mais la honteuse vérité est que, depuis deux ans, cela ne m'aurait pas manqué si je n'avais plus jamais dû faire l'amour.

Parce que j'avais peur de devenir le cliché que j'étais, je prenais les devants toutes les quatre semaines environ en essayant de me convaincre qu'il n'avait pas remarqué mon manque d'enthousiasme.

Néanmoins, la dernière fois que c'était arrivé, et cela remontait à bien longtemps, Hugh avait dit : « On a fait notre devoir pour un mois. »

Au bout d'une longue seconde, il avait eu un rire forcé. Et, alors que je me creusais la tête pour trouver une réponse adéquate, il avait filé, comme prenant la mouche.

Peut-être, à l'époque, une conversation franche nous aurait-elle évité de nous retrouver dans cette situation. Mais clairement nous savions tous les deux qu'il y avait bien trop en jeu.

En repensant à tout ça, paniquée, je lui avais donné un petit coup de coude.

— Réveille-toi, Hugh, s'il te plaît. Nous pourrions refaire l'amour.

J'imaginais toutes sortes de combines pour le faire rester. Je pourrais m'habiller de tenues affriolantes, lui envoyer des photos de moi, faire des vidéos de nous en pleine action. J'étais soudain consternée en m'apercevant que je n'avais jamais fait le coup des photos de nu. Cela devait lui plaire, parce que chaque fois que nous tombions sur des photos piratées de célébrités nues, l'atmosphère entre nous était électrique.

Personne ne pourrait dire que je n'avais pas été mise en garde contre les périls du marasme dans une relation à long terme. Les experts passaient leur temps à vous en parler. J'avais récemment lu les recommandations d'un conseiller conjugal américain selon qui, pour garder l'étincelle vivante, il fallait, et je cite : « être une putain l'un pour l'autre. » Il avait écrit un livre entier sur le sujet. L'idée de l'acheter m'avait effleurée. Puis j'avais pensé : « Non, je ne serai la putain de personne. »

Je regrettais maintenant de ne pas avoir acheté ce foutu bouquin.

Néanmoins, parallèlement à ces pensées, une voix forte insistait sur le fait qu'aucune femme ne devrait se forcer contre sa volonté uniquement pour retenir son homme. Mais peut-être qu'en essayant, ça m'aurait plu…

— Réveille-toi !

Je l'avais secoué, puis avais cherché l'interrupteur à tâtons et la lumière avait inondé la chambre.

Oh, pourquoi n'avais-je pas été plus audacieuse ? Pour l'amour du ciel, aurait-il été si difficile de photographier mon sexe ?

Mais la timidité m'avait retenue. Et quelque chose que, pour la première fois, je voyais vraiment : le soupçon désagréable que nos besoins sexuels étaient différents. Sur d'innombrables points, Hugh et moi étions sur la même longueur d'ondes. J'avais parfois l'impression que nous partagions le même cerveau. Et cette sensation d'avoir presque un jumeau était un énorme réconfort. À part en matière de sexe. Au plus profond de moi, je le soupçonnais d'avoir des envies qui ne correspondaient pas aux miennes. Elles n'avaient jamais été exprimées. J'avais peur que, si elles l'étaient, il devienne un inconnu.

Mais ce qui se passait était bien pire.

— Tu es réveillé ? lui avais-je demandé.

— Oui.

Il avait cligné des paupières et avait essayé de s'asseoir.

— C'est réel ? C'est vraiment en train d'arriver ?

— Je suis désolé, avait-il murmuré en faisant mine de vouloir me prendre dans ses bras.

Je l'avais repoussé.

— Nous pourrions refaire l'amour.

J'avais une voix stridente, désespérée.

— Chérie, avait-il commencé avec douceur. Il ne s'agit pas de sexe.

Sentant l'espoir flamber, je m'étais obligée à en avoir le cœur net.

— Mais tu coucheras peut-être avec d'autres ?

Il avait hoché la tête.

Au désespoir qui m'avait submergée n'avait pas tardé à se substituer un sentiment de répulsion. J'étais trop vieille, trop ronde, trop nulle au lit.

— C'est parce que je suis un gros tas ? avais-je alors demandé.

Il s'était mis à rire. D'un vrai rire, ce qui n'était pas arrivé depuis longtemps.

— Non. Et de toute façon tu n'en es pas un…

— Si, avais-je répliqué. Du moins, un peu. C'est juste, tu sais, depuis que j'ai arrêté de fumer.

— Ce n'est pas toi, c'est moi. Et je n'arrive même pas à croire que j'ai dit ça.

— Si ce n'est pas le sexe, qu'est-ce que tu cherches ?

Je pouvais peut-être le lui procurer.

Il avait fermé les yeux et les avait réouverts.

— L'espoir, je pense. Quelque chose comme de l'espoir, en tout cas. De l'excitation, peut-être. Une possibilité.

Bien. J'avais dégluti. Espoir. Excitation. Possibilité. Je connaissais.

— La nouveauté ? avais-je demandé. La fraîcheur ? La chance d'être une personne différente, une meilleure version de toi-même ?

Il avait eu l'air un peu surpris.

— Oui. Tout ça.

Eh bien, la nouveauté et la fraîcheur n'étaient pas des choses que je pouvais lui procurer.

— Et les filles ? l'avais-je alors pressé.

— Je peux leur parler demain.

Nous étions déjà demain.

— Non.

En parler aux filles allait faire de sa décision une réalité. Tant que Carl et moi étions les seuls à savoir, cela lui laissait une chance de changer d'avis.

— Kiara a à peine seize ans, avais-je dit. Qui va s'occuper d'elle quand je serai absente ?

Je dormais à Londres tous les mardis.

— Elle peut s'occuper d'elle-même, avait-il répliqué. Elle est plus équilibrée que toi ou moi. Ou Neeve peut s'en charger.

J'avais de nouveau essayé.

— Seize ans est un âge difficile pour voir son père disparaître pendant six mois.

— Kiara est très mûre et c'est l'enfant la plus équilibrée du monde.

— Néanmoins…

Je m'étais apprêtée à lui dire que son départ pourrait nuire à ce bel équilibre quand j'avais compris que je perdrais mon temps. Quels que soient mes arguments, Hugh ne démordrait pas de sa décision. Une nouvelle vague d'angoisse m'avait submergée.

— Je t'en prie, ne pars pas, l'avais-je supplié en lui agrippant la main.

— Je suis désolé, Amy. Je n'ai pas le choix.

— Et si je te l'interdis ?

Il avait détourné les yeux, son silence plus éloquent qu'une réponse. Il partirait quoi qu'il arrive.

Chapitre 4

Je suis en route pour Shankill, où habitent mes parents. Quand j'étais enfant, c'était quasiment la campagne. Mais, aujourd'hui, les banlieues du sud de Dublin ont gagné du terrain et avalé les champs, et la circulation du vendredi soir est dense. Même si nous sommes au début de septembre, il fait beau. Les gens prennent sans doute la direction de la côte pour profiter des derniers rayons du soleil estival.

Alors que j'avance comme une tortue, mon téléphone sonne. C'est Dominik, l'auxiliaire médical à mi-temps de papa. Pendant longtemps, maman ne voulait pas entendre parler de prendre un auxiliaire médical. Mais, avec ses propres problèmes de santé, elle a elle-même un emploi du temps très chargé en rendez-vous hospitaliers. Or, quand papa restait seul à la maison, il était susceptible d'inonder la salle de bains ou de donner les bijoux de maman à des visiteurs inopinés qui sonnaient à la porte. Une fois, maman était rentrée pour découvrir trois inconnus qui, encouragés par papa – « Allez les gars, vous le tenez ! » –, poussaient son lave-linge hors de la maison pour le mettre dans une camionnette.

Elle ne pouvait plus non plus l'emmener à l'hôpital car il avait pour habitude de déclarer à l'infirmière : « Vous ressemblez à Rosemary West mais en plus jeune. Combien de cadavres avez-vous enterrés dans votre cave ? »

Aussi, il y avait cinq mois environ, prenant son courage à deux mains, elle s'était inscrite à l'agence d'aide médicalisée Camelia Care.

Un peu surprise par son appel, je réponds :

— Bonjour Dominik.

Peut-être papa a-t-il encore décidé de balancer son déjeuner sur le mur. Mais ce n'est pas vraiment un scoop.

— Amy, votre mère est en retard et j'ai un autre travail où je suis attendu.

Dominik est très demandé. *Très*. C'est le Kate Moss du monde des aides-soignants spécialisés en démence sénile.

À savoir que papa, fidèle à son habitude de toute une vie, et un malade difficile qui ne perd jamais une occasion d'accuser ses auxiliaires médicaux d'être des tueurs en série. Même s'ils sont généralement habitués aux insultes étranges de malades atteints de démence, papa a le chic pour les épuiser en un rien de temps. Au cours des cinq derniers mois, nous en avons vu défiler une longue liste. Dominik, qui a passé plus de vingt ans dans l'armée tchèque, est le seul assez solide pour s'en sortir et nous ne pouvons pas nous permettre de le contrarier.

— Je suis sûre qu'elle va rentrer d'ici quelques minutes. Maman est très fiable.

— Elle a déjà deux heures de retard.

— « Deux heures » ! Vous avez appelé son portable ?

— Bien sûr. Il est sur le plan de travail de la cuisine.

— Mais où est-elle partie ? À quelle heure est-elle partie ? Maman ne sort jamais, excepté pour ses rendez-vous à l'hôpital.

J'ai d'horribles visions d'elle, allongée sur le trottoir. Entourée d'inconnus qui, inquiets, essaient d'établir son identité, elle ne sait plus qui elle est et est incapable de les aider.

— Elle est sortie à midi.

— Quoi ? Mais ça fait six heures !

— Je sais compter les heures, Amy. Et votre père n'arrête pas de répéter que je suis pire que l'éventreur du Yorkshire. Ça fait six heures que je dois l'écouter.

— Mais, Dominik, à quel hôpital est-elle allée ? Où…

— Pas d'hôpital aujourd'hui. Elle avait ce déjeuner chic…

— Attendez, quel « déjeuner » ?

— … dans cet hôtel élégant. Elle a dit qu'elle allait prendre une cuite.

— Non, Dominik, elle ne parlerait jamais comme ça !

— Vous me traitez de menteur ? Elle m'a dit : « Dominik, je me lâche et je vais prendre une cuite. » Mot pour mot.

C'est *totalement* improbable. Mais je dois en avoir le cœur net avant de tirer des conclusions.

— Je serai là dans dix minutes.

Ce sera plutôt dans vingt-cinq minutes. Je suis une menteuse chronique concernant mon heure probable d'arrivée. Je cours toujours après le temps, tout simplement.

— Je dois partir maintenant, insiste Dominik.

— D'accord. Je vous fais remplacer dès que possible.

Qui pourrais-je appeler ? Si l'auxiliaire médical dit la vérité, je ne veux pas que maman ait des problèmes. Je ne peux donc pas impliquer Maura. Je décide d'appeler Derry.

— Est-ce que tu pourrais par hasard être chez les parents d'ici dix minutes ? Maman est portée disparue au combat et Dominik doit partir.

— Alors tu appelles la fille pas mariée ? répond Derry. Cette pauvre vieille fille de Derry ? Pas d'homme, pas de vie, tout juste bonne à s'occuper de ses parents vieillissants. Eh bien les temps ont changé et…

— Tu peux y aller ou dois-je appeler Joe ?

— Je pars pour Cape Town demain. Heureusement que je ne suis pas partie aujourd'hui, je suppose ? Je vais aller libérer Dominik maintenant mais ne va surtout pas t'imaginer que je suis ce genre de poire.

Sur ces mots, elle raccroche.

Une demi-heure plus tard, je quitte la rue principale pour entrer dans la cour de la vieille maison victorienne, froide et délabrée, dans laquelle j'ai grandi. Lorsque papa l'avait achetée, les champs qui l'entouraient avaient déjà été vendus pour y construire un lotissement de logements sociaux. Elle ressemblait donc à une pierre tombale géante en granit se dressant au milieu d'une mer de pavillons trois pièces.

J'avais passé mon enfance à rêver d'une modeste maison mitoyenne, avec des graviers dans la cour et une cuisinière électrique, au lieu de l'Aga familiale, l'énorme gazinière en fonte qui provoquait chez nos voisins une méfiance muette.

De part et d'autre de l'allée, les arbres sont si lourds que les branches cognent et glissent sur le toit de ma voiture. Peut-être Hugh pourrait-il venir les tailler un peu ce week-end. Mais non. Hugh a d'autres priorités, désormais. La réalité me rattrape soudain. S'il part, je serai responsable de toutes les tâches pratiques et petits travaux de la maison : changer les ampoules, faire les courses hebdomadaires, et… oui, c'est peut-être un cliché, mais c'est bien réel… sortir les poubelles. Il me suffit de voir une poubelle pour avoir des frissons d'angoisse.

Je suis tellement déprimée par la pensée de Hugh ayant des aventures extraconjugales que je n'ai pas pris la mesure de l'impact de son absence sur ma vie quotidienne. Pour un peu, la perspective de devoir gérer les poubelles serait presque plus contrariante.

Pourrais-je réquisitionner un homme à tout faire ? Neeve et Kiara n'ont pas de copains. Le Jackson adoré de Sofie est un amour mais c'est un lutin tout maigre, qui paraît trop frêle pour rouler la poubelle jusqu'à la barrière.

Je me gare contre le pare-chocs de la voiture de Derry afin de laisser assez de place pour d'autres visiteurs potentiels. À l'instant où je sors une pile vertigineuse de pizzas de mon coffre, elle ouvre la porte d'entrée. Espérant apercevoir le visage contrit de maman dans le vestibule sombre, je jette un coup d'œil derrière elle.

— Elle est revenue ?

— Non.

J'entre et regarde ma sœur par-dessus la pile de boîtes.

— Je suis inquiète. Comment va Dominik ?

Je vis dans la terreur qu'il nous quitte parce que je me retrouverais coincée à garder papa. Or, je n'ai déjà pas une minute à moi.

— C'est un con d'ours mal léché, répond Derry en fermant la porte derrière moi.

— Tu crois qu'il faut prévenir la police au sujet de maman ?

— Sérieux, je ne peux pas être celle qu'on appelle chaque fois qu'il y a un problème avec les parents, déclare-t-elle. C'est n'importe quoi cette façon de traiter les femmes célibataires, comme si nous n'avions pas d'obligations.

— Derry.

Elle sort toujours le même discours et, d'habitude, c'est amusant. Mais, aujourd'hui, pas tant que ça. Je vais devoir lui dire pour Hugh, bientôt. Je m'étonne de ne pas déjà l'avoir fait.

— Nous souffrons d'un manque de respect généralisé dans notre société.

Ce qui est peut-être vrai concernant les autres femmes. Mais sûrement pas Derry !

— C'est moi que Dominik a appelée la première, fais-je remarquer. Et je suis mariée.

Certes, je le suis. En théorie.

— Je pourrais l'être aussi, réplique-t-elle.

Elle pourrait probablement l'être. Elle est vive d'esprit, elle a du charisme et elle réussit. Et elle est très coquette. Au naturel, elle ressemble à nous tous. Tous les O'Connell ont le teint pâle, les yeux clairs et une tendance à l'embonpoint. (Urzula affirme que nous sommes la famille la plus celte qu'elle ait jamais vue.) Mais grâce à ses nettoyages de peau vampiriques, ses peelings au laser et ses liftings corporels, et tout ce que le marché de la beauté peut offrir, Derry – qui a deux centimètres de plus que moi et cinq kilos de moins que moi, ce qui est vital – a boosté ses atouts naturels pour devenir vraiment sexy. (Oui, je suis jalouse. Mes finances ne m'ont jamais permis une seule injection de Botox.)

D'un ton patient, je lui fais remarquer :

— Tu pourrais être mariée. Si tu ne persistais pas à larguer les hommes qui disent « une mousse » ou qui appellent le ketchup « sauce tomate ».

— Je devrais donc supporter des cons qui me tapent sur les nerfs uniquement pour ne pas être traitée comme une citoyenne de seconde classe ?

— Exactement !

Nous partons d'un éclat de rire.

— OÙ EST VOTRE MÈRE ? hurle papa du séjour. Donnez-moi ma canne, je vais aller la chercher.

— Prends ça.

Je tends ma pile de pizzas à Derry, ramasse la canne de papa sur le portemanteau, traverse vivement la cuisine jusqu'au cellier et la fourre dans le congélateur. Il ne sortira pas de cette maison. Avoir un parent disparu est bien suffisant. Je ne pourrais pas gérer deux parents manquant à l'appel.

Je passe la tête dans le séjour et lui lance :

— Elle va bientôt rentrer papa. Ne t'inquiète pas.

— Je te connais, dit-il, son expression furieuse s'évanouissant. Tu es ma sœur ?

— Non papa. Je suis Amy. Ta fille.

— N'importe quoi, espèce d'idiote ! Je n'ai pas d'enfants !

Dehors, j'entends des portières claquer.

— C'est Joe, dit Derry, sans me laisser le temps d'espérer que c'est maman.

Notre frère aîné Joe, sa femme Siena et leurs trois fils Finn (huit ans), Pip (six ans) et Kit (quatre ans) s'entassent dans le couloir. Immédiatement, les garçons se précipitent dans le domaine de leur grand-père. Essayant d'ignorer les hurlements de papa en bruit de fond – « pose ce putain de truc, petit saligaud ! » –, j'explique la situation de crise à Joe et à Siena.

— Elle a dit qu'elle allait prendre une cuite ? répète mon frère qui n'en croit pas ses oreilles.

— C'est visiblement ce qu'a rapporté Dominik, confirme Derry.

— VOUS ALLEZ VOUS ÉLECTROCUTER, BORDEL ! ET ÇA VOUS FERA LES PIEDS !

Joe insiste pour jeter un coup d'œil au téléphone portable de maman. Qui se trouve effectivement sur le buffet de la cuisine, tout comme l'a indiqué l'auxiliaire médical.

— C'est bien le sien, acquiesce-t-il.

— Que devrions-nous faire ?

— Que penses-tu que nous devrions faire ? réplique-t-il.

Cela doit être dit : Joe est nul. Charmant, il a beaucoup voyagé, mais il est nul.

— Écoute, je vais mettre le dîner en route, propose Siena. Que dois-je faire ?

Pour être franche, Siena est tout aussi nulle. C'est la Famille Nulle. Ce qui les sauve, c'est leur beauté.

— Sors les pizzas de leurs boîtes et mets-en autant que tu pourras dans l'Aga, dis-je.

— ARRÊTEZ DE CHANGER DE CHAÎNE ! ARRÊTEZ DE CHANGER DE CHAÎNE !

La porte d'entrée s'ouvre de nouveau et je sens mon cœur faire un bond dans ma poitrine. Mais mon espoir est de courte durée. Ce n'est pas maman, c'est Neeve, ma fille aînée, la lumière de ma vie et le fléau de mon cœur.

— Que se passe-t-il ? demande-t-elle du couloir, en retirant sa veste.

Elle est petite, à peine plus d'un mètre cinquante, et pourvue de formes très voluptueuses. Des seins, une taille fine et des petites fesses rebondies. J'étais faite exactement comme elle à vingt-deux ans. Mais, à l'époque, je me trouvais grosse. Je ne l'étais pas. C'est formidable de pouvoir prendre du recul. Et peut-être que dans vingt-deux ans, je me regarderai aujourd'hui et penserai que j'étais plutôt sexy. Honnêtement, j'ai du mal à l'imaginer. Mais je sais que ce genre de choses arrive. Et pas simplement en regardant la taille de ses fesses. Par exemple, il y a huit mois, j'étais loin de penser que j'avais une vie exceptionnelle et maintenant, je donnerais tout ce que je possède pour revenir en arrière et savourer chaque seconde de mon mariage si sécurisant. Comme on le dit souvent, il faut l'avoir perdu pour prendre toute la mesure de ce que l'on avait.

Neeve rassemble ses cheveux d'un roux doré en une épaisse queue-de-cheval haute et, plissant ses yeux étincelants, inspecte le couloir. Elle a peut-être hérité de ma silhouette mais tout le reste est du pur Richie Aldin.

— Où est mamie ? J'ai des trucs pour elle.

Elle montre un sac plein à craquer de maquillage neuf.

C'est un véritable supplice de voir des paquets de produits cosmétiques arriver à la maison, destinés à être présentés dans *Peste Power*, la chaîne YouTube de ma fille. Si les échantillons sont bons, elle les garde, sinon, ils sont réexpédiés aux pauvres méritants. Je fais rarement partie du lot.

— Mamie a disparu. Dominik dit qu'elle est allée prendre une cuite.

— « Prendre une cuite » ?

Quand Neeve me parle, elle adopte radicalement une attitude méprisante. Mais, cette fois, elle s'est vraiment surpassée.

— Mamie ? Il est cinglé ?

— Chérie, ne dis pas « cinglé ».

— Pourquoi pas ?

— Parce que les vrais cinglés pourraient se vexer et…

— VOILÀ KIARA ! VOILÀ KIARA ! VOILÀ KIARA !

Finn, Pip et Kit déboulent dans le couloir pour accueillir mon autre fille, qui vient d'arriver à la porte d'entrée. Elle porte son uniforme d'école. Sa chemise est sortie de sa ceinture, ses ongles rongés sont peints d'une teinte fluorescente jaune et elle est presque pliée en deux sous le poids de son sac à dos.

— Les garçons !

Elle fait glisser son fardeau et leur ouvre grand les bras. Ils commencent à l'escalader comme si elle était une cage à écureuils. C'est la douceur incarnée, à l'opposé du caractère râleur de Neeve, le yin et le yang, la preuve que l'éducation ne peut aller contre la nature. Mes deux filles ont deux pères différents et deux personnalités très différentes. Neeve est difficile. (Du moins avec Hugh et moi. J'ai remarqué qu'elle parvenait à être plus gentille avec le reste du monde.) Et Kiara est un ange.

— APPORTEZ-MOI MA CANNE ! JE VAIS ALLER CHERCHER MA FEMME !

Je suis les autres dans le séjour.

— Derry ? Il faudrait appeler la police.

— D'acc… Attends. Je vois une voiture. C'est Declyn.

Mon cadet de cinq ans, Declyn est le benjamin de la famille O'Connell. Derry, Neeve, Kiara, Joe, Siena, Finn, Pip et Kit, contournent tous la chaise de papa et se précipitent vers le vieux bow-window branlant.

— EST-CE QU'IL A L'ENFANT ?

— Il descend de voiture, dit quelqu'un. Il est tout seul. Oh !

Il y a six mois, Declyn et son mari, Hayden, ont eu Bébé Maisey (avec une mère porteuse, bien entendu) et nous sommes tous gagas de sa fille. Autrement dit, Declyn sans Bébé Maisey ne nous intéresse pas.

— IL A L'ENFANT ? QUELQU'UN PEUT ME RÉPONDRE, BORDEL ?

— Non papa, il n'a pas l'enfant, dis-je.

— EH BIEN, MERDE DE TOUTE FAÇON !

— Papa, nous sommes tous à côté de toi. Tu n'as pas besoin de hurler.

— JE NE HURLE PAS.

— Attendez ! s'écrie Derry. Il sort quelque chose de la banquette arrière.

— Ça pourrait être son sac, fait remarquer Fin.

Retenant tous notre souffle, nous regardons Declyn s'affairer et, dans un cri d'enthousiasme général, nous le voyons émerger avec Maisey dans sa nacelle. Nous sommes tous aux anges. Tous, à l'exception de Kit. Il me chuchote :

— Je déteste Bébé Maisey.

— Quoi ? Pourquoi ?

— Avant, j'étais le plus petit. J'étais le préféré.

Je hoche la tête.

— La vie est dure, bonhomme.

— J'étais mignon.

— Tu es toujours mignon.

Il me lance un regard très adulte.

— Non, dis pas ça.

Nous nous précipitons vers la porte et, à peine Declyn est-il entré dans le couloir que Maisey est transportée dans le séjour. Ses cousins l'installent sur le tapis et la couvrent de baisers.

Declyn regarde la scène, un sourire indulgent aux lèvres, puis concentre son attention sur moi.

— Super robe, Amy. Vintage ?

— Tout à fait.

Ou, pour le dire différemment, d'occasion. Certains de mes vêtements sont de vrais trésors vintage, chers, de stylistes des années 1970. Mais d'autres sortent de garde-robes de vieilles dames récemment décédées qui se vendent pour presque rien. (C'est comme si j'avais un *personal shopper*, une adorable bénévole du nom de Bronagh Kingston, qui me téléphone quand elle reçoit des pièces intéressantes). Franchement, à quoi bon se montrer morbide ? Si les vêtements sont beaux et qu'ils passent deux fois par le pressing, penser qu'ils continuent à faire plaisir à quelqu'un ne fait-il pas chaud au cœur ? (Si j'ai l'air un peu sur la défensive, c'est que je dois justifier mes choix auprès de Neeve qui, presque tous les matins, me réserve son : « Vêtements de mortes ! Suuuper ! »)

Non que mes pièces vintage puissent être portées tous les jours. Si j'ai une réunion importante, surtout une présentation à des clients potentiels, je dois porter un tailleur de femme d'affaires qui, le plus souvent, est coupé pour être porté par une femme qui est deux fois plus grande que moi. Mais quand les clients commencent à me faire confiance, comme Mme MaxiProtect semble le faire, je peux sortir mes jolis vêtements pleins de personnalité. (Tim ne les aime pas non plus. Tim aime que tout se fasse selon les règles. Il préférerait que je travaille en banal tailleur marine.)

— À mi-chemin entre la gouvernante edwardienne et la motarde, reprend Declyn.

Soudain, il remarque l'absence de maman.

— Où est-elle ?

— On n'en sait rien, dis-je. Elle est sortie déjeuner.

— « Déjeuner » ?

Je précise :

— Mais elle est partie depuis six heures et demie.

— Je crois que la voilà, annonce Derry.

Nous nous précipitons vers la fenêtre. Un taxi s'est arrêté dehors. À travers le labyrinthe de branches, nous voyons la portière arrière s'ouvrir et une femme menue – maman – vêtue d'une veste en cuir rose en sortir en tombant en avant. Avant de s'étaler de tout son long sur le trottoir, elle réussit à se redresser et dit quelque chose au chauffeur de taxi. Puis, dans un éclat de rire, elle prend appui sur le côté de la voiture.

— Elle va bien ? demande Joe.

— Elle est malade ?

Cette question vient de la gentille Kiara.

Un moment, nous la regardons remonter en zigzag vers la maison, son visage aussi rose que sa veste. Puis Derry énonce l'évidence :

— Elle est… bourrée ?

— Et qu'est-ce qu'elle porte ?

— Ma veste, indique Neeve.

J'aurais dû m'en douter. Tout appartient à Neeve.

Nous nous ruons vers la porte d'entrée. Maman fait irruption dans le couloir et nous tombons sur elle avec des cris de détresse.

— Où étais-tu ? Nous étions si inquiets !

— Je suis SORTIE ! annonce-t-elle. Je suis allée déjeuner. Je me suis soûlée et j'ai gagné un prix.

Elle agite une boîte de bonbons.

— Des loukoums. À la menthe.

— Mais maman, tu aurais dû rentrer à la maison plus tôt.

— Je m'amusais. Je passe mon temps à supporter votre père, à l'écouter raconter n'importe quoi, comme faire un procès au facteur pour s'être fait couper les cheveux et demander où est le chien alors que nous n'avons pas de chien et…

— Mamie, dit Neeve. C'est ma veste. Je ne l'ai pas trouvée quand je suis partie la semaine dernière.

— Je sais, s'exclame maman, rayonnante. Je l'ai empruntée en la cachant.

— Mais pourquoi tu ne me l'as pas demandée, tout simplement ?

— Parce que tu aurais dit non, réplique-t-elle. Et je vais la garder.

Ses yeux fixes sont injectés de sang. Elle continue à défier Neeve d'un sourire anormalement provocateur.

Super ! De mieux en mieux ! Maintenant, maman aussi perd la tête. Mon mari me quitte et mon père et ma mère sont tous les deux atteints de maladie mentale.

Chapitre 5

Et voilà Maura. *Merde!* Je siffle.

— Faites tous comme si tout était normal.

Je me tourne vers maman.

— Surtout toi.

Neeve la pousse tant bien que mal jusqu'au premier étage et je me dépêche d'aller accueillir ma sœur. Essayant de parler sans bouger les lèvres, je lui demande :

— À qui l'as-tu raconté pour Hugh ?

— À personne.

Je peine à le croire. La discrétion n'a jamais été son fort.

— Continue comme ça parce que les filles ne sont même pas au courant et que, quoi qu'il arrive, tu ne dois pas le dire à Sofie.

— Je ne l'ai pas dit à Sofie.

Saisie par l'angoisse, je rétorque :

— Mais tu pourrais. Et tu ne dois pas.

Sofie, qui a seize ans, est une petite créature fragile. C'est la fille aînée de Joe le nul : sa mère est celle qui a précédé Siena dans la vie de mon frère et, pour des raisons sur lesquelles je ne vais pas m'étendre maintenant, elle vit avec Hugh et moi depuis qu'elle a trois ans. (Ne vous ai-je pas dit que nous étions modernes ?)

Comme elle est extrêmement attachée à Hugh, il ne serait pas approprié qu'elle apprenne qu'il compte prendre un semestre sabbatique par un autre que lui.

— Je pensais à Alastair, déclare Maura.

Bien entendu, Maura ne pouvait que craquer pour lui. Elle adore s'occuper des autres et il est le genre d'homme que la plupart des femmes veulent aider. Mais je le vois, semaine après semaine, collectionner les conquêtes dont il semble avoir une réserve sans fin, avant de les jeter comme des vieux Kleenex.

— Maura, allons ! Tu es mariée.

— Pas pour moi, idiote. Pour toi ! Mon mari n'est pas en train de me quitter.

Bien entendu. Le Pauvre Bougre silencieux a les ailes coupées depuis longtemps.

— Tu devrais profiter de l'absence de Hugh pour t'amuser avec Alastair, si tu vois ce que je veux dire.

Honnêtement, je ne peux quasiment rien imaginer de pire. Hugh est le seul homme pour moi. Mais si je devais me persuader d'en envisager un autre, Alastair serait l'avant-dernier de ma liste. Même s'il ne serait pas le dernier. Cet honneur serait réservé à Richie Aldin.

— Il est très…

Maura déglutit avec difficulté et hoche la tête.

— … sexy.

— Il est répugnant.

J'ai de l'affection pour Alastair mais il m'est pénible de penser à lui en ces termes. On peut voir tout de suite qu'il est l'homme idéal pour la gymnastique sexuelle. Quand je l'imagine au lit avec l'une de ses pétasses (ce qui arrive très rarement), je vois la fille le chevaucher avec ardeur. La cow-girl renversée. La chanceuse porte un chapeau de cow-boy et fait tourner un lasso au-dessus de sa tête.

Une folle envie de nicotine me frappe de plein fouet. Il y a dix mois, j'ai arrêté de fumer. Je n'étais pas une grosse fumeuse. Trois précieuses petites cigarettes par jour. Mais le père de Hugh étant mort d'un cancer des poumons, j'estimais que continuer aurait été un manque de respect.

La semaine a été si longue que j'ai vraiment craint de recommencer. Dans l'espoir d'enrayer mon besoin, j'ai acheté une cigarette électronique.

— Je vais juste…

Je me dirige au premier où, dans l'une des chambres glaciales, Neeve s'affaire à maquiller maman. Elles sont assises devant une ancienne coiffeuse massive qui serait un rêve pour toute brocante. Pas pour moi. Trop grosse, trop lourde, trop lugubre. Je m'assieds sur l'austère vieux lit en fer (pour lequel je n'éprouve pas plus d'enthousiasme : trop haut, trop branlant, trop grinçant) et les regarde.

Neeve jette un coup d'œil à ma cigarette électronique.

— On dirait que tu joues de la flûte irlandaise pour nabot.

Ce qu'elle vient de dire est tellement énorme qu'il est impossible de savoir par où commencer. J'opte pour :

— Tu ne peux plus dire ce mot.

— On ne peut plus rien dire, intervient maman. Bientôt, le simple fait de parler sera un délit. Les gens sont trop facilement offensés. Alors, on les appelle comment maintenant ?

Je tique.

— Les « gens de petite taille », je crois.

— Mais les « gens de petite taille » sont des lutins. Quelqu'un devrait leur dire que nous sommes désolés mais qu'il faut trouver un autre mot.

— Maman, s'il te plaît !

Elle regarde Neeve.

— Quand tu as dit « flûte irlandaise » dans ce contexte, tu pensais à autre chose ?

Neeve part d'un petit rire.

— C'est juste que tu as l'esprit mal tourné, mamie.

— Moi, j'ai l'esprit mal tourné ?

Ma mère est enchantée.

— Carrément !

Elles éclatent de rire et je les regarde, honteuse de ma jalousie. Si Neeve m'accordait même une fraction de la gentillesse qu'elle réserve à maman… D'un autre côté, ma mère a vraiment la cote avec ses petites-filles en ce moment. Depuis quelque temps, Sofie passe le plus clair de son temps ici. Au cours de l'été dernier, elle a cessé d'habiter avec nous pour emménager chez Urzula, sa mère, dans l'espoir de renouer une relation. Ce qui ne semble pas fonctionner. Si son départ nous a brisé le cœur, nous sommes encore plus tristes de la voir se mettre en quatre pour essayer d'obtenir d'Urzula qu'elle se comporte en mère. Mais que faire ? Hugh et moi essayons d'apporter à Sofie tous les avantages d'un équilibre familial sans jamais oublier qu'elle a des parents biologiques. Un exploit presque impossible. Et maintenant, elle fait la navette entre sa mère et mes parents, mais j'aimerais qu'elle me revienne.

Neeve regarde le reflet du visage de maman dans le miroir d'un air spéculatif.

— Tu es superbe, mamie. Je vais peut-être faire un vlog avec toi.

— Je passerais à la télévision ?

— Mamie ! lance ma fille, une pointe de réprobation dans la voix. Tu ne vas pas me demander de te réexpliquer Internet.

— Non, non. Non. J'ai compris. C'est la télé magique pour les jeunes.

— Tu serais sur ma chaîne YouTube.

— Je ne veux pas y être. Elle porte un nom méchant… et inconvenant. Imagine-moi dire aux gens : « Je suis dans *Peste Power.* » Qu'est-ce que ça veut même dire ? *Peste Power* ?

— Je vais te montrer. Maman, poursuit-elle à mon intention, demande-moi si tu peux avoir tout ce maquillage.

Elle me montre la coiffeuse sur laquelle s'étalent une palette d'ombre à paupières Tom Ford, un fond de teint Charlotte Tilbury, plusieurs pinceaux de contouring et trois rouges à lèvres de teintes différentes.

D'un ton las, je demande :

— Neeve, puis-je avoir tout ce maquillage ?

Neeve lève une paume ouverte, me lance un regard en coin et réplique d'une voix cinglante :

— *Peste Power !* Tu vois, Mamie ?

— Pas du tout !

Avec un sourire, ma fille se contente de répondre :

— Viens. Descendons.

Les laissant aller retrouver le tintamarre du rez-de-chaussée, je reste dans la chambre paisible et, pensive, je regarde la coiffeuse en fumant ma cigarette électronique. Tous ces trucs seraient du gâchis sur maman. Un vrai gâchis. J'inhale de nouveau. Il faudrait vraiment être tombée bien bas pour en être réduite à voler du maquillage à sa mère de soixante-douze ans.

Stimulée par la proximité des cosmétiques, je décide de regarder *Peste Power* pour entendre les recommandations de Neeve pour cette semaine. Je suppose que je pourrais le lui demander en personne, bien entendu. Mais les choses me paraissent plus réelles si j'en fais l'expérience avec mon iPad. Ce qui est bien inquiétant.

L'émission de cette semaine, spéciale rentrée, a pour thème l'automne, illustré de jolies séquences de feuilles qui tombent. Et voilà Neeve, ses longs cheveux d'un roux doré balayant ses épaules, coiffée d'un bonnet, d'une écharpe et de gants en crochet, dont le bleu fané fait ressortir ses yeux verts. Ces derniers temps, elle a étendu son activité aux vêtements et aux accessoires, et peut se montrer très caustique au sujet des « merdes » qu'on lui envoie.

Mais avec ses charmantes fleurs en cuir d'inspiration Fendi, cet ensemble en crochet est loin d'être moche. Et même tellement sublime que j'en pousse un grognement de frustration. Dire qu'elle a eu ces trucs gratuitement !

J'entre rarement dans sa chambre parce que c'est une adulte et qu'elle a droit à son intimité. Et *parce que* j'ai peur de craquer et de me mettre à sangloter devant l'abondance de rouges à lèvres.

Quand mon imagination s'emballe, je me dis que dormir dans sa chambre équivaut à dormir dans une trousse à maquillage géante. Même si la petite pièce est encombrée par sa caméra, des lampes et des ordinateurs, et que les murs sont tapissés de piles de cartons, le tout aussi sinistrement fonctionnel qu'un mini-entrepôt.

Comme pour un travail… Parce que c'est un travail.

Pas un travail qui rapporte de l'argent, toutefois. Neeve nous paie son loyer par le système du troc, en participant au ménage de la maison que nous faisons tous les dimanches (ce qui nous permet par la même occasion de passer du temps en famille).

Son absence de revenus est un souci. Elle a un diplôme en marketing de l'université de Dublin. Mais au lieu d'accepter un poste dans une multinationale comme la plupart des autres étudiants, elle a décidé que tourner des vlogs dans sa chambre était une voie professionnelle viable.

Et peut-être est-ce le cas.

Le monde n'est-il pas différent de quand j'avais son âge ? Aujourd'hui, les jeunes forgent leur expérience avec plusieurs choix de carrière et Dieu sait que Neeve travaille dur. Filmer et monter le vlog n'est que la partie émergée de l'iceberg. Elle passe le plus clair de son temps à harceler des publicistes et à flatter des attachés de presse. En outre, pour avoir de l'argent pour sortir, elle travaille comme hôtesse deux soirs par semaine dans un « club de pétasses ».

Dans le vlog de cette semaine, elle présente des nouveautés très attrayantes en matière de maquillage, à commencer par une base Max Jacobs. Elle la décrit avec un tel enthousiasme que je crispe les poings de frustration. Ensuite, vient un fond de teint qui l'emballe moins. Pas du tout même. Elle se lance dans un discours amusant sur ses défauts et finit par « Non ». Son intonation de ménagère de Long Island me fait rire. Elle a un don pour la comédie et parvient à émettre ses critiques sans une once de méchanceté. Elle est pétillante, fait preuve d'un charme narquois. Si seulement elle n'était pas aussi difficile avec moi…

Je sais que c'est pour des raisons qu'elle ne comprend sans doute pas. Mais que tout est lié au fait que je ne suis plus mariée avec son père. Une situation devant laquelle je me sens impuissante, tout comme je suis impuissante à changer notre relation, et impuissante face à la vie en général, y compris face au départ de Hugh. Et je n'aime pas ces horribles émotions sur lesquelles je n'ai aucun contrôle. Je découvre alors que la base Marc Jacobs ne fait pas partie des articles gratuits qui s'étalent sur la coiffeuse. Je clique pour l'acheter et, furieuse, découvre qu'il n'est pas disponible en Irlande et qu'ils ne l'envoient pas à l'étranger. Le seul endroit qui le vend à Londres est *Harrods.* Or, chaque fois que je vais chez *Harrods*, j'ai l'impression d'être prise au piège dans un tableau d'Escher. C'est au-dessus de mes forces.

D'abominables souvenirs de précédentes visites me reviennent en mémoire. Je me revois tourner en rond, de hall en hall, tous remplis de sacs en peau de crocodile plus chers que ma voiture. Comme dans un cauchemar, les panneaux indiquant la sortie se succèdent et j'ai la certitude angoissante qu'elle n'apparaîtra jamais.

Merde ! Je ferais mieux d'aller voir comment se passe le dîner !

D'un geste preste, je pique la palette Tom Ford à maman puis je redescends dans la cuisine où Siena a réussi à ne pas faire brûler toutes les pizzas.

— Je prends le relais, annoncé-je.

D'un ton vague, elle répond :

— Quelqu'un doit rentrer les chaises de jardin dans la salle à manger.

Nous sommes si nombreux qu'il n'y a jamais assez de vraies chaises.

La porte d'entrée claque de nouveau et je vois arriver Jackson, le petit ami de Sofie. *Tiens ! Il a sa propre clé ?* Je suppose que ce n'est pas vraiment une surprise : il fait partie de la famille. Faisant de grands gestes avec son écharpe, il entre dans la cuisine, son jean ultra skinny moulant ses jambes maigres, avec ses cheveux longs style Louis XIV, et m'embrasse. Je dois admettre qu'il me manque presque autant que Sofie.

— Sofie arrive ? demandé-je.

— Elle ne va pas tarder. Tu as besoin d'aide ?

Je jette un coup d'œil à Siena qui, un verre de vin à la main, en contemplation devant son téléphone portable, ne semble pas projeter d'aller chercher les chaises.

— Les chaises du jardin.

L'air ironique, il réplique :

— Tu crois que je suis assez costaud pour les porter ?

— Tout juste. Elles ne sont qu'en plastique.

Le physique de gringalet de Jackson est une blague récurrente.

Chapitre 6

— Hugh ?

Pas de réponse.

Le silence écrasant m'indique que la maison est vide. Ce qui ne m'empêche pas de tournoyer dans le séjour, la cuisine, et dans la « véranda » (une extension en Plexiglas dans laquelle il fait un froid polaire à partir de septembre et où l'on crame les mois d'été).

À l'étage, notre chambre est déserte, nos vêtements, témoins de notre semaine agitée, figés en tas artistiques – chemises, jupes et serviettes éparpillées. Ce pourrait être une peinture : *La Vie soudainement abandonnée.* Il n'y a pas la moindre chance qu'il soit dans la chambre de Kiara, dans le mini-entrepôt de Neeve, pas plus que dans le grenier aménagé où dort Sofie. Je regarde donc mon téléphone. Pas de texto. Prise d'une rage soudaine, je lui envoie un rapide : « Où es-tu ? » Ses six mois n'ont pas encore commencé ! Ce dont j'ai besoin, c'est d'aller surfer sur le Net avec un bon verre de vin espagnol. Je n'aime pas boire autant mais c'est un problème qui attendra.

Pour compléter ce tableau idyllique, je sors ma cigarette électronique de mon sac.

Quelle étrange semaine j'ai passée. Sous le choc, effondrée, j'ai senti d'horribles émotions dans lesquelles j'étais incapable de faire le tri se bousculer en moi : la terreur, la jalousie, la détresse, le chagrin, la culpabilité, l'incrédulité. Mais le sentiment qui domine, aujourd'hui, c'est « l'injustice ». (Ou, la honte, pour lui donner son nom correct. Je l'ai appris dans *Psychologie Magazine*. J'apprends beaucoup dans ce magazine.)

Tant de choses dans ma vie m'ont paru injustes. Quand j'étais enfant, maman passait beaucoup de temps à l'hôpital et notre vie à la maison était un vrai cirque. Papa faisait de son mieux mais son travail de directeur d'école accaparait presque tout son temps. Maura essayait d'assumer le rôle maternel, mais elle n'était qu'une enfant, comme nous tous. Aussi les dîners étaient-ils frugaux et irréguliers. Notre linge pas toujours lavé. Où bien, nous oubliions de prendre des bains parce que personne n'était là pour nous le rappeler.

La pauvre maman était celle qui souffrait le plus. Non seulement, elle était malade – très malade : après avoir été hospitalisée pendant deux ans pour une tuberculose, elle a souffert d'une maladie des poumons chronique pour laquelle elle refaisait de fréquents séjours à l'hôpital –, mais elle en éprouvait une immense culpabilité. Chaque fois qu'elle devait y retourner, elle pleurait. J'ai une image d'elle au moment de l'un de ses nombreux départs, ses larmes ruisselant sur mes mains, hoquetant : « Je suis désolée, Amy. Je suis désolée. » Ce n'est qu'en devenant mère à mon tour que j'ai compris son calvaire. D'avoir dû nous laisser en sachant que nous ne serions pas nourris convenablement, que nous serions privés de son soutien et de son affection, tout simplement. Quelle détresse pour elle ! Chacun d'entre nous réagissait à son absence de manière différente. Joe était le plus en colère. Il disait souvent : « Je voudrais qu'elle meure. Comme ça, papa nous trouverait une autre maman. »

Maura aussi lui en voulait, et ne se privait pas de nous faire part de sa fureur. Quant à moi, la seule fois où j'avais été en colère avait été à la naissance de Declyn. Pourquoi avoir encore un bébé quand on ne pouvait même pas s'occuper de ses autres enfants ? Je voulais juste qu'elle guérisse. Certes, je ne l'ai pas vue à l'hôpital toute mon enfance. Mais l'incertitude était toujours là. Même quand elle était à la maison, nous savions que cela ne durerait pas. Une fois, elle était sortie dans un concert de cris : « Elle est guérie ! » En moins de vingt-quatre heures, elle était repartie. Et si, depuis une quinzaine d'années, elle va beaucoup mieux, nous continuons à la traiter comme si elle était en porcelaine. Et des relents de mon sentiment de honte persistent. (« Je ne peux pas jouer avec toi parce que ma mère dit que tu as des germes. » Et peut-être était-ce vrai. J'étais crasseuse, certes. Aujourd'hui, j'ai presque des TOC en matière d'hygiène personnelle).

Puis j'ai grandi et quitté la maison, ce qui n'a pas été une réussite non plus. Après être passée par les cases mariage et divorce, je me suis retrouvée mère célibataire à vingt-deux ans. Pendant que les filles de mon âge se soûlaient et achetaient des chaussures, je travaillais à plein-temps pour élever ma fille, seule. Mais même si je me sentais presque constamment épuisée tant d'un point de vue physique que moral, je m'aperçois avec le recul que j'étais une véritable usine. Dans mes pantacourts et mes confortables pulls à pois, le bébé Neeve sous un bras, une mallette vintage contenant une présentation sous l'autre, je trottais dans toute la ville. Je pouvais me faire un brushing façon années 1940 en dix secondes et changer une couche en vingt. Appliquer mon eye-liner et mon rouge à lèvres carmin à toute allure sans trembler. Et j'étais experte pour extraire mon lait maternel à vitesse grand V.

À vingt-sept ans, j'avais vécu une si grande partie de ma vie en me sentant décalée que je m'étais acceptée ainsi. C'est alors que j'ai rencontré Hugh.

Il était beau, baraqué, avec un torse vigoureux. Et barbu. Mais ce n'était pas suffisant pour me précipiter dans une relation. Il se montrait insistant, me vouait une dévotion muette, sans faille, et il avait un don pour deviner mes besoins. Comme le soir où il était arrivé devant ma porte, à Londres, avec un énorme muffin au chocolat et un kit pour faire du chocolat chaud, y compris les mini-marshmallows. Il avait même apporté un mug géant, flambant neuf.

J'étais en retard, j'étais crevée, j'avais eu une journée difficile. Il le savait parce que nous travaillions ensemble. Mais je m'étais effacée pour le laisser entrer. Néanmoins, il s'était contenté de me donner ses petits cadeaux et il était parti. Le fait qu'il n'ait rien prévu pour Neeve m'avait favorablement impressionnée. Ces hommes qui essayaient de gagner mes faveurs en étant gentils avec ma fille me fichaient un peu les jetons.

Hugh me voyait comme une femme, pas comme une mère qui arrivait avec des bagages.

Quand, finalement, j'ai décidé de m'engager, c'était avec prudence, en gardant la tête froide. Mais je n'ai jamais regretté. Ensemble, nous avons bâti une vie aussi belle qu'unie et, aujourd'hui, je fais partie d'une communauté. Je me sens acceptée. Je suis à ma place.

D'accord, idéalement, j'aimerais avoir l'argent et la silhouette pour ne porter que du Max Mara mais, de temps en temps, je me dis non sans satisfaction : « Même si ça m'a pris plus de temps qu'à la plupart, j'ai fini par y arriver. »

Si ce n'est que c'est faux. Je n'y suis pas arrivée. Je suis toujours une marginale, une femme dont le mari veut du jamais-vu : il ne veut pas partir mais il ne veut pas rester non plus. Ce vieux sentiment de honte est bien réveillé.

Peut-être Hugh ne partira-t-il pas, finalement.

À plusieurs reprises, au cours de la semaine, je suis allée le trouver, livide de terreur, et je l'ai imploré :

— S'il te plaît, ne pars pas.

Chaque fois, il m'a répondu :

— Je suis désolé, chérie. Je le dois.

Mais savoir qu'il n'en a pas encore parlé aux filles me donne de l'espoir.

Néanmoins, ma vie est tout sauf normale. Je me sens oppressée, je dors d'un sommeil haché. Et, ce qui est carrément flippant, je prends l'initiative de faire l'amour tous les matins et tous les soirs. Pas pour essayer de lui prouver à tout prix qu'il n'a pas besoin de se retrouver à l'autre bout de la planète. Mais pour le garder encore un peu tout à moi.

Il faudrait vraiment que j'appelle Derry. Dans le tohu-bohu du dîner familial de vendredi soir, je n'ai pas trouvé une occasion de la prendre à part pour une conversation privée. C'est la première fois que j'attends aussi longtemps pour lui raconter quelque chose d'aussi énorme.

Or, il y a un obstacle – et il me faut réfléchir un moment pour l'identifier –, la nouvelle va lui faire de la peine. Ma peine devient sa peine et vice-versa.

Notre façon d'aborder la vie est néanmoins diamétralement opposée. Elle est dynamique, impatiente, et remplace immédiatement ceux qui la lâchent. Elle ne cherche jamais à réparer, ne prend jamais le temps de cicatriser. Sa réaction sera d'essayer de me trouver un nouvel homme. Elle est inscrite sur une espèce d'effroyable site de rencontres pour gens riches et sans même me laisser le temps de dire ouf, elle m'aura expédiée dans un club d'élite où je devrai boire du Krug et discuter d'évasion fiscale. Non. Absolument pas question !

Parce que c'est limite illégal d'appeler quelqu'un juste pour papoter, j'envisage d'envoyer un texto à Petra la Snob pour lui demander si je peux lui téléphoner. Mais c'est inutile. Il y a trois ans, à quarante-deux ans, elle a eu des jumelles qui souffrent de ce qu'elle appelle le syndrome de Satan (une maladie qui leur est unique).

En comparaison, les trois fils de Joe sont des anges : elles semblent ne jamais dormir. Quand elles ne cassent pas un objet, elles y étalent un truc dégoûtant. Quant au bruit qu'elles génèrent – cris, coups, hurlements –, il viendrait à bout des nerfs les plus solides. Pauvre Petra la Snob.

Malgré son surnom, il est difficile de savoir quel est son véritable pourcentage de sang bleu. Elle a un accent raffiné mais pas suffisamment pénible pour provoquer une aversion immédiate ; elle a passé la plupart de ses vacances en famille dans des galeries d'art contemporain mais, au lieu de s'y ennuyer à mourir, comme n'importe quelle personne normale, elle se pâme encore sur les maîtres flamands. En outre, elle ne dit jamais « les toilettes » mais « le petit coin ».

Nous nous sommes rencontrées il y a plus de dix ans lors d'une sortie scolaire d'enfants de cinq ans que nous supervisions. Sa fille Anne était dans la classe de Kiara. Petra avait inspecté la horde de gamines qui couinaient et avait maugréé :

— Qu'est-ce que c'est que cet enfer ?

J'avais eu comme un coup de foudre.

De toutes mes amies, Petra serait celle qui comprendrait le mieux la situation. Mais il est impossible de lui parler au téléphone. Toutes les cinq secondes, elle doit s'interrompre pour crier sur les jumelles. Quant à lui rendre visite, c'est pire. Je repars généralement de chez elle avec une assiette de purée de carottes dans les cheveux. Quant à la voir à l'extérieur, ce n'est pas plus facile. Les baby-sitters qui défilent repartent en larmes, en jurant de ne jamais revenir, avec en prime la plupart du temps de la purée de carottes plein les cheveux. Les jumelles sont spécialisées dans le soin capillaire à base de légumes.

Petra et son mari gèrent la situation en sortant tour à tour. Petra étant libre le dimanche soir, je vais devoir prendre mon mal en patience.

Je pourrais peut-être envoyer un texto à Steevie. Nous sommes amies depuis le lycée. Mais depuis que son mari l'a quittée, elle ne veut plus entendre une seule parole positive sur la gent masculine. Elle va probablement passer ses nerfs sur Hugh.

Et cela partirait d'une bonne intention. Elle s'estimerait d'un grand soutien. Mais elle se contenterait de considérer mon histoire sous l'angle de sa propre expérience.

Si je n'appelle pas Steevie, je pourrais essayer Jana. C'est une des personnes les plus adorables au monde. Mais, inexplicablement, elle est aussi amie avec Geneviève

Payne et, même si je la supplie de ne pas lui en parler, la discrétion n'a jamais été son fort. J'ai besoin de savoir Hugh à l'autre bout du monde avant que Genevieve ait vent de son départ.

Avec chacune de mes amies, quelque chose m'empêche de m'épancher librement. En fait, je n'ai pas une vraie meilleure amie, à qui je fais totalement confiance. Cette constatation me fait un choc. Je suis malheureuse et minable… À moins qu'il soit normal d'avoir un éventail d'amies pour différentes situations. Peut-être est-ce ça, être adulte. Avoir un « portefeuille » d'amies ?

Seigneur ! C'est *atroce*. Et je vais effacer cette pensée à jamais. Même si je crains que ce soit la vérité.

La réalité étant que, jusqu'à aujourd'hui, Hugh était mon meilleur ami. Je n'ai presque aucun secret pour lui et, qu'importait le problème, il a toujours été là pour moi. Et comme tout le monde, j'en ai eu beaucoup : les querelles régulières avec Neeve, les stress au travail, et les petits tracas vraiment étranges (comme le bouton de fièvre à l'œil, par exemple). D'accord, je vais appeler Derry ! Non, pas Derry. Petra la Snob, alors. Non, inutile. Je passe en revue la même liste. Mais de toute façon, que leur dirais-je ? Cette incertitude est si nouvelle pour moi qu'il n'y a pas de mots pour la décrire. Ce n'est pas le genre de chose qui vous arrive dans la banlieue de Dublin.

Mais peut-être suis-je la première d'une longue série. Peut-être aurons-nous bientôt une épidémie. Je lancerais une mode et les gens diraient : « Toi, tu es vraiment super avec tes drôles de vêtements et ton mariage si moderne ! »

Cette simple pensée me remplit d'effroi. Si Hugh part, les six prochains mois vont être un cauchemar. Pourrai-je disparaître, puis réapparaître quand il reviendra ? S'il revient ?

Non. C'est impossible. Je vais devoir annoncer la nouvelle comme je gérerais une situation professionnelle délicate et donner l'impression que c'est une décision prise d'un commun accord, positive, même souhaitable. J'élabore un communiqué de presse imaginaire.

« Amy et Hugh sont heureux de partager une nouvelle phase exceptionnelle de leur mariage : un semestre sabbatique au cours duquel leurs emplois du temps vont diverger. Une séparation qui leur permettra de se retrouver ensuite au sein d'un couple encore plus aimant, plus soudé. Oui, et vous tous, pauvres pigeons, devriez vous sentir gênés de vos mariages linéaires, monogames. Inutile d'avoir pitié d'Amy. Vous devriez plutôt l'envier. »

Quelqu'un serait-il dupe ? Qui sait ? Mais cela sauverait un peu de ma fierté. En attendant, j'ai besoin d'une ou deux personnes avec lesquelles je pourrais être entièrement honnête. Même si je leur ferais jurer le secret. La honte de la véritable histoire se répandant partout ferait de moi un monument local. Partout où j'irais, les gens me couleraient des regards en coin, empreints de compassion, et diraient : « Elle a donné six mois de congé à son mari parce qu'il avait besoin de partir en voyage pour son "épanouissement personnel". Comment peut-on être aussi débile ? »

Mais suis-je vraiment débile ? (Et je ne devrais probablement pas employer ce mot.) Le fait est que, dans le cours normal des choses, ça donne ça : Homme Infidèle = Vrai Salaud. Nous sommes toutes d'accord sur ce point, je suppose. Tout comme mon premier mari Richie Aldin = Vrai Salaud. Aucun doute : il est le Vrai Salaud incarné. Ou comme le Lee de Steevie. Il est parti avec son assistante et nous savions tous où nous en étions : Lee = Vrai Salaud. Steevie = *Cry me a River*. Au bout de plusieurs mois, Lee a essayé de récupérer ses amis mais même si certains des maris l'ont vu en douce, tout le monde était d'accord : Lee = Vrai Salaud. Il était banni.

Au fil du temps qui passait, Steevie a séché ses larmes et a repris goût à la vie. Mais Lee est resté le Vrai Salaud.

Hugh n'est pas un Vrai Salaud. Il m'aime. Me faire de la peine le met au supplice. Mais ressentir de la compassion pour celui qui me fait souffrir est vraiment trop bizarre.

Le niveau de la bouteille de vin a sérieusement baissé et mon panier contient un sac Ganni quand la porte d'entrée s'ouvre. Je me lève d'un bond et sors dans le vestibule. C'est Hugh, vêtu d'un tee-shirt Joy Division qui, noir à l'origine, est devenu gris clair à la suite de fréquents lavages. Il lui va bien. Depuis quelques jours, je le vois avec des yeux différents et je suis stupéfaite de le trouver si sexy. Il n'est pas difficile de comprendre pourquoi Genevieve Payne persiste à lui faire des avances.

— Salut !

Il se tait, l'air gêné.

— Où étais-tu ? Pourquoi ne m'as-tu pas envoyé de texto ? Tu n'es pas encore parti alors rentre, bordel !

Il est chargé de sacs et je remarque un gros paquet encombrant à moitié caché derrière lui.

— Que se passe-t-il ? Tu as fait des courses ?

— Oui… hum…

Je le contourne pour examiner ce qu'il a rapporté en catimini. Et j'ai l'impression de recevoir un coup de poing dans le ventre. C'est un énorme sac à dos.

C'est réel. C'est vraiment en train d'arriver. J'ai été d'une naïveté consternante en me convainquant qu'il changerait peut-être d'avis.

— C'est un gros sac à dos, dis-je d'une voix étranglée.

— Je ne voulais pas que tu le voies.

— Qu'est-ce qu'il y a dans les sacs ? Je peux regarder ?

Pourquoi est-ce que je me fais du mal ? Ne serait-il pas préférable de ne rien savoir ?

—Amy, non, ne…

—Franchement, tout va bien. J'aimerais voir.

Je veux lui montrer que je joue le jeu, que rien de tout cela ne me dérange.

—D'accord.

Nous entrons dans le séjour où, non sans réticence, Hugh me montre plusieurs tee-shirts. De couleurs bien trop gaies. Jamais je ne l'aurais laissé les acheter. Se sentir ainsi exclue de sa vie est à la fois étrange et odieux.

Il me montre maintenant une chemise en lin blanc, le genre que vous porteriez pour un élégant dîner dans un pays chaud. C'est à la limite de l'insoutenable mais je persiste.

—Et ça ?

J'ai trouvé un truc en tissu-éponge bleu.

—C'est une de ces serviettes qui sèchent très vite, dit-il en dépliant une énorme serviette de bain. Tu l'utilises, elle sèche en vingt minutes et il ne te reste plus qu'à la rouler. Elle ne prend presque pas de place dans le sac à dos.

—C'est… pratique.

—Allez, Amy ! Arrêtons ça.

—Tu vas vraiment partir ?

—Je suis désolé, chérie.

Il a l'air triste, honteux.

—Quand vas-tu l'annoncer aux filles ?

—Demain. Nous avons rendez-vous ici à 10 heures.

—Même Sofie.

—Oui.

Mon cœur bat à tout rompre. Nous en sommes au sac à dos et aux arrangements.

D'une voix altérée, je murmure :

—C'est vraiment difficile.

—Je suis désolé.

— Je sais que personne n'appartient à personne. Mais j'ai pris l'habitude de te considérer comme m'appartenant. Et maintenant je dois… te partager.

Il hoche la tête d'un air gêné.

— Même ton pénis. Je considérais qu'il m'appartenait.

Il fait un nouveau signe d'assentiment.

— J'ai le sentiment que tu n'as pas le droit de me quitter, que tu n'as pas le droit de coucher avec une autre que moi. Tu comprends ?

— Je comprends.

— Tu as toujours été gentil avec moi, vraiment gentil, comme si tu étais prêt à satisfaire mes moindres désirs.

— Je t'aime.

— J'ai pris l'habitude de dépendre de toi et, maintenant, je me déteste pour ça. Mais qu'étais-je censée faire, Hugh ? dis-je d'une voix tremblante. Nous devons faire confiance aux autres. Nous ne pouvons pas traverser la vie totalement repliés sur nous-mêmes.

Je dois en avoir le cœur net.

— Est-ce ma faute ? Ai-je fait… quelque chose ?

Il secoue la tête.

— Ça n'a rien à voir avec personne. C'est moi.

C'est déjà une consolation, si je puis dire. Mes yeux s'embuent de larmes. Je suis soulagée.

— Je suis désolé, répète-t-il avec une fervente sincérité. Je me déteste de te faire de la peine.

L'espace d'un instant, j'ai l'impression que je vais fondre en larmes. Puis, plaquant mes paumes sur sa poitrine, je le pousse sur le canapé. Je m'installe sur ses genoux, face à lui, et prenant son visage entre mes mains, mes doigts frottant sa barbe, je l'embrasse passionnément. Je relève son tee-shirt et fais glisser mes mains sur son torse. Depuis cinq jours, il a même changé d'odeur. Il a un parfum sexy, un parfum d'interdit, comme si je ne le connaissais pas.

— Les filles ? proteste-t-il faiblement.

— Elles ne sont pas là.

Kiara garde Finn, Pip et Kit. Dieu sait où est Neeve. Et Sofie pourrait arriver d'une minute à l'autre mais je m'en fiche. Je déboutonne sa ceinture et descends pour lécher l'extrémité de son érection. Lentement, je guide son sexe durci hors de son boxer, puis commence à lui retirer son jean.

— Tu es sûre que nous sommes tranquilles ? me presse-t-il.

— Sûre.

Il se lève et retire le reste de ses vêtements. Je jette les coussins sur le tapis et l'attire sur moi. À tâtons nous déboutonnons ma robe et retirons ma culotte.

Cela fait des années que nous n'avons pas fait l'amour ailleurs que dans un lit. Pourtant, depuis dimanche soir nous le faisons partout dans la maison. Dans la douche, dans la baignoire. Et même, une fois, sur le plan de travail à côté de l'évier de la cuisine pour imiter les couples dans les séries télévisées danoises. (Et je dois vous dire que c'est loin d'être aussi sexy qu'à la télé. L'aluminium était froid contre mes fesses, se déformait et résonnait à chaque poussée. À tel point que j'avais peur de l'abîmer. Cela ne fait que trois ans que nous avons fait refaire la cuisine. J'étais si contente d'avoir une pièce rénovée dans la maison que, tout en m'envoyant en l'air, j'étais surtout anxieuse d'abîmer mon égouttoir.)

Prenant l'initiative, j'allonge Hugh sur les coussins et j'insiste pour changer de position toutes les minutes. J'essaie même – visiblement avec Alastair à l'esprit – l'une de ces positions audacieuses. Peine perdue.

— Viens ici, me murmure-t-il avec douceur.

Il me prend dans ses bras et nous retombons dans l'une de nos routines habituelles. (Nous avons déjà fait l'amour ce matin, avant de partir travailler. Et la veille au soir. Et hier matin. Et le soir d'avant.)

Mais ma tristesse me rattrape. C'est sans joie. Hugh essaie quelques trucs qui, d'habitude, fonctionnent mais j'accélère le tempo. Maintenant, j'ai juste envie que ce soit fini. Il finit par jouir et, dans le silence qui suit, il se hisse sur un coude et me regarde droit dans les yeux.

—Je t'aime, dit-il. Je reviendrai.

—Tu m'aimeras toujours?

—Oui.

—Dis-le.

—Je t'aimerai toujours.

—Encore.

—Je t'aimerai toujours.

Mais qu'importe le nombre de fois où il le répète, il ne parvient pas à me tranquilliser.

CHAPITRE 7

Vingt-deux ans auparavant

J'avais pressé mon dos contre la porte pour l'empêcher de partir.

—S'il te plaît. Ne fais pas ça.

J'étais aveuglée par mes larmes.

Il m'avait prise par les épaules pour essayer de m'écarter de son chemin. Plaquant mes mains sur son torse, je l'avais repoussé avec vigueur.

—Tu ne peux pas partir! Tu ne peux pas. Tu dois rester.

Il avait fait une nouvelle tentative. Il n'avait pas voulu utiliser la force mais il était déterminé et était parvenu à me faire bouger de quelques centimètres. J'avais lutté, bien résolue à continuer à barricader la porte.

— Non. S'il te plaît.

Ma voix était rauque d'avoir tant pleuré.

Il était beaucoup plus vigoureux que moi. Mais c'était sans compter avec mon obstination. L'espace de quelques horribles secondes, nous avions lutté, nous poussant mutuellement. Il avait profité d'un instant de distraction inexpliquée pour tourner le verrou et ouvrir la porte.

— Tout ira bien, m'avait-il lancé avant de s'éclipser.

Je l'avais poursuivi sur le palier, jusqu'à l'escalier. Il avait dévalé les marches. Sur le point de le suivre, j'avais entendu Neeve, mon bébé, pleurer dans l'appartement. J'avais hésité, déchirée entre les deux personnes que j'aimais le plus au monde. Et j'avais fait mon choix.

Presque vingt-deux ans plus tard, le simple souvenir de cette scène me bouleversait encore. Cela avait été la pire soirée de ma vie.

Tout avait commencé le 23 décembre, à l'aéroport de Leeds-Bradford. Neeve avait quatre mois et nous devions prendre l'avion pour aller passer Noël à Dublin. Richie, qui avait une soirée avec les sponsors de son club de foot, devait nous rejoindre le lendemain. Comme on pouvait s'y attendre en cette avant-veille de Noël, l'aéroport était en plein chaos. Tous les vols étaient retardés, y compris le mien. L'heure de l'embarquement était passée et, finalement, une annonce avait été faite, proposant un bon de transport à tous ceux qui voudraient prendre l'avion le lendemain matin. Avec un bébé de quatre mois, j'avais pensé être prioritaire. Mais, visiblement, notre vol était plus que surbooké. Les *Frequent Flyers* passaient toujours avant tout le monde et ils étaient incroyablement nombreux.

— J'ai un bébé, avais-je dit, au bord des larmes.

En vain. J'avais été priée de revenir le lendemain.

Une fois rentrée, chargée de mon bébé dans son siège, j'étais remontée jusqu'à l'appartement. En entendant du bruit dans la chambre, j'avais supposé que Richie avait laissé la télévision allumée avant de sortir. Après avoir posé Neeve sur le sol du séjour, je m'étais préparée à redescendre les quatre étages pour aller chercher notre valise. Mais j'avais décidé d'aller d'abord jeter un coup d'œil dans notre chambre. Parce que j'étais naïve mais pas stupide.

Elle a l'air vraiment pleine d'assurance. Cela avait été ma première pensée. Elle était dessus, oscillant d'avant en arrière. Ses cheveux longs avaient l'air synthétique. Sans doute des extensions. Et le tressautement bizarre de ses seins trahissait des implants. C'était la première fois que j'en voyais en réalité. Tout comme c'était la première fois que je voyais cette fille. Je ne la connaissais pas.

Le visage de Richie était déformé par l'extase. Une vision que j'ai toujours regrettée. Elle m'a poursuivie toute ma vie.

Soudain, il m'avait vue et avait blêmi. Sa conquête continuait son va-et-vient rythmique. Il lui avait fallu quelques secondes pour comprendre qu'il y avait un problème. Elle s'était arrêtée en pleine action et avait suivi le regard de Richie.

— Putain ! s'était-elle exclamée en se dégageant.

Des vêtements inconnus étaient éparpillés par terre. Un soutien-gorge noir, un string en dentelle qui n'était pas à moi, une robe brillante, couleur cuivre.

Ramassant les vêtements pour les lui envoyer, je lui avais lancé :

— Habillez-vous. Et sortez !

En moins d'une minute, elle était partie. Dans sa robe courte en lamé et ses chaussures à plate-forme, elle était aux antipodes de moi. J'avais alors attendu que Richie se lance dans les explications habituelles que les gens donnaient dans ce type de situation : « Ce n'était rien. » « Elle ne représente rien. » « J'étais ivre. » « C'était juste du sexe. »

Même si je déplorais ma faiblesse, j'étais prête à passer l'éponge.

Quand nous étions adolescentes, Steevie et moi nourrissions un mépris cinglant pour ces célébrités qui prenaient la décision de ne pas quitter leur mari volage. Jamais nous ne serions restées. Non, nous étions fortes, nous avions de la dignité et jamais nous ne serions aussi lamentables. Mais c'est différent quand cela vous arrive. Quand vous êtes jeune et vulnérable. Quand vous avez un bébé ensemble. Et quand vous l'aimez autant que j'aimais Richie Aldin.

Richie avait commencé à se rhabiller. Évitant mon regard, il avait déclaré :

— Écoute, Amy. Nous n'aurions jamais dû nous marier. Nous sommes trop jeunes.

— Non. Nous ne sommes pas trop jeunes, avais-je bégayé.

— Tu as vingt-deux ans et moi vingt-trois. C'est trop jeune. Ça ne marche pas. Je pars.

Il avait tiré la valise souple de sous le lit et j'avais hurlé :

— Non ! Tu ne peux pas.

Sentant une poussée d'adrénaline, j'avais commencé à passer mentalement en revue tout ce qui pourrait l'inciter à rester.

— Neeve. Notre bébé. Tu ne peux pas la quitter.

— Je ne veux pas être père.

J'avais imploré :

— Je sais que c'est difficile. Mais ce n'est qu'une période à passer.

Il avait fait tomber trois paires de baskets au fond de la valise et je m'étais jetée sur lui pour essayer de l'empêcher d'y mettre autre chose. Il m'avait repoussée aisément – il n'était pas grand mais vigoureux et athlétique – et avait commencé à sortir des affaires de la penderie. En me bagarrant pour les lui arracher, j'avais déchiré un vêtement, l'exaspérant. Nous avions beau être fauchés, sa garde-robe était de plus en plus chic.

— C'est cette fille ? Tu crois que tu l'aimes ?

J'étais en train d'envisager de la supplier de se retirer.

— Celle qui était ici ? rétorque-t-il, irrité. Elle n'est rien du tout.

— Mais si elle n'est rien du tout…

— Amy, je fais ça tout le temps, m'avait-il avoué presque gentiment.

Il était footballeur professionnel. Et même s'il jouait pour un club de troisième division – pas de première –, les groupies du foot ne manquaient pas.

— Mais…

J'étais pétrifiée, incapable de prononcer une parole de plus. Il avait toujours juré qu'il m'aimait trop pour être tenté et je l'avais cru.

— J'ai commencé à te tromper quand tu attendais Neeve.

— Non, avais-je répété, la voix étranglée de larmes.

— J'aurais voulu que rien de tout cela n'arrive, avait-il ajouté. Toi, moi, le mariage, le bébé.

Le souffle coupé, j'avais lancé :

— Mais c'est toi qui voulais un bébé. Et qui voulais te marier !

Nous étions ensemble depuis la terminale et, même si j'étais sûre que nous serions ensemble pour la vie, j'avais estimé qu'il était trop tôt pour envisager le mariage et encore plus un bébé. Richie (sans doute sous la pression discrète de son club, avais-je compris des années plus tard) m'avait convaincue du contraire.

Il avait ramassé la valise et s'était dirigé vers la porte d'entrée. Je l'avais devancé, y avais pressé mon dos, bien résolue à l'empêcher de partir. Mais, au bout du compte, il était parti.

J'avais voulu mourir. Pourtant, à cause de Neeve, j'avais dû endurer l'hiver le plus long, le plus froid, le plus solitaire de ma vie. Je ne connaissais personne à Leeds. Je n'y habitais que parce que Richie avait signé un contrat dans un club local.

Maura avait essayé de me faire revenir à Dublin pour me rapprocher du réseau de ma famille et de mes amies. Mais toutes les amies de mon âge vivaient la vie normale d'une fille de vingt-deux ans : totalement irresponsables, elles profitaient à fond de leur jeunesse.

Quant à ma famille, ils étaient, au choix, malade (maman), accaparé par le travail (papa), vivant en Australie (Derry), trop écervelé (Joe), trop jeune (Declyn). Et connaissant Maura, elle ne m'aurait pas aidée, elle m'aurait envahie.

Et même si Richie refusait de nous voir, Neeve et moi, j'avais jugé essentiel de rester à proximité de lui si, d'aventure, il changeait d'avis.

Nous n'étions mariés que depuis huit mois et il s'était libéré avec une rapidité stupéfiante. Le divorce avait été prononcé en moins de cinq mois. J'avais reçu une lettre terrifiante d'un avocat, un requin quelconque employé par son club, m'informant que Neeve toucherait une petite pension alimentaire mensuelle. Ne pouvant m'offrir les services d'un autre requin, j'avais dû me contenter d'un avocat de l'aide juridique. Mais je m'étais défendue avec vigueur et n'avais pas renoncé avant de voir tripler la proposition originale.

La somme restait néanmoins dérisoire.

Neeve et moi avions pourtant survécu à cet atroce hiver. J'avais repris mon travail à plein-temps dans l'agence de RP dans laquelle j'avais été assistante avant mon congé maternité, tout en m'occupant seule de Neeve. La vie était cruelle. Pour moi, cinq heures de sommeil représentaient une bonne nuit. Et, pourtant, sur les photos de l'époque, j'ai l'air étonnamment robuste et en bonne santé.

Me voilà avec un look à la Audrey Hepburn, dans un caban en mohair noir et de longs gants de cuir noir. Une autre photo me montre avec une queue-de-cheval, un accroche-cœur et – où diable trouvais-je le temps ? – avec une frange élaborée. Aujourd'hui, je dirais « ma source d'inspiration est le rétro » mais, à l'époque, les seuls mots disponibles étaient « trop fauchée pour acheter des vêtements dans des vraies boutiques ».

Dieu sait où je trouvais l'énergie. Mais je passais mes week-ends à hanter les marchés de fripes vintage de Leeds. Neeve sur une hanche, je portais toujours des talons hauts.

Je trouvais de superbes occasions. Une jupe tulipe en satinette peignée, une robe de vamp, moulante, dans un satin noir chatoyant, des pulls courts en cachemire et un véritable tailleur Givenchy : une robe fourreau et une jolie veste droite du même bleu pastel qu'une dragée.

La plupart des vêtements ont disparu depuis longtemps. Perdus dans des déménagements divers ou tombés en lambeaux d'avoir trop servi. Mais, même s'il est maintenant trop petit, j'ai toujours le tailleur. Il est comme un symbole. Il me rappelle à quel point j'ai eu la vie dure. Et peut-être à quel point je peux être résistante, le cas échéant.

Chapitre 8

Samedi 10 septembre

— Un « break » ? répète Neeve, incrédule. Tu te prends pour George Clooney qui enchaînait les ruptures ?

— Non, dit Hugh, mordant à l'hameçon. *Pas du tout.*

— Je t'en prie, murmuré-je à Neeve. Restons civils. Prends un croissant.

J'ai mis le couvert dans la cuisine, comme s'il s'agissait d'un petit déjeuner de travail. Des viennoiseries, une salade de fruits, du café. Mais personne n'a touché à la nourriture. C'est exactement comme au bureau. Les gens considèrent le fait d'avoir faim comme un signe de faiblesse. Mais, en même temps, ils sont mortellement vexés si vous ne proposez pas de petits pains.

— Nous savons que tu étais triste depuis quelque temps, déclare Kiara. Tu nous manqueras mais nous essaierons de comprendre.

— Merci, chérie.

— Alors, comment te contacterons-nous ? poursuit-elle. Via FaceTime, une fois par semaine ? Tous les samedis matin, par exemple ?

— Non ! s'exclame Hugh bien trop vite.

Son expression affolée prouve qu'il ne veut à aucun prix être soumis à une routine.

— Non, répète-t-il, s'éclaircissant la voix. Mais j'aurai mon portable et si l'une de vous a besoin de moi, elle pourra m'appeler quand elle voudra.

— Et maman ? demande Neeve, narquoise. Elle pourra t'appeler quand elle le voudra ?

D'un air contrit, Hugh répond :

— Si c'est une urgence.

Oh. Je ne savais pas que nos contacts se limiteraient aux urgences. Mon Dieu, comme ça fait mal !

— Le plus important à ne pas oublier, reprend-il, c'est que je vous aime toutes beaucoup. Je vous aime et je vais revenir.

Sofie fond bruyamment en larmes.

— Tout le monde me quitte.

Pauvre Sofie, l'air négligé, ses fins cheveux blonds tout emmêlés, elle semble stressée. Et elle est encore plus maigre que la semaine dernière, assez menue pour passer pour un garçon de douze ans. Visiblement, habiter avec sa mère ne lui réussit pas mais c'est une évidence qu'elle a besoin de comprendre seule. Je ne peux que rester à l'écart, le cœur serré.

Sans réfléchir, je pose une demi-viennoiserie sur son assiette et je lui dis :

— Mange un peu, ma beauté.

Nous nous interrompons tous et Sofie est si surprise que ses sanglots se calment. Puis Kiara prend le petit pain et l'avale en deux bouchées.

En dépit de ma gaffe, un sentiment de fierté me rassérène. Je fonde de grands espoirs en Kiara : elle finira ambassadrice, pour le moins. Elle est tellement à l'écoute des besoins des autres. Prise d'une violente amertume, je regrette un instant que ce ne soit pas elle qui anime un vlog. Elle, au moins, partagerait le maquillage avec moi !

Essuyant les miettes de sa bouche, elle demande à son père :

— On pourra aller te voir ?

— Non !

Encore une fois, il a l'air consterné.

— Je veux dire, non, chérie, ce n'est pas ce genre de break. Je vais beaucoup bouger et tu sais...

— On sait, riposte Neeve d'un air entendu.

Kiara la foudroie du regard.

— Ne dis pas ça. Ce n'est pas ce dont il s'agit. Il veut travailler à se réinventer. C'est ça, hein, papa ?

« Se réinventer » ? C'est un bon terme. Si je peux l'utiliser en toute neutralité, il pourrait être utile.

— Mais tu rentreras pour Noël ? demande-t-elle.

— Non, chérie, répond-il avec gentillesse. Mais je te téléphonerai.

— Si tu fais un break, ça veut dire que maman aussi est en pause, fait remarquer Neeve. Non ?

Une expression inconnue se peint sur son visage.

— Tu n'y avais pas pensé ? s'étonne-t-elle d'un ton furieux.

Hugh me dévisage, comme s'il jaugeait mon potentiel sur le marché des rencontres, plus il déclare, catégorique :

— Amy est en pause aussi.

— Boom ! s'exclame Neeve. Comme ça, tu peux te remettre avec mon père. Tout le monde sait que tu ne l'as jamais oublié, ce qui doit être l'unique raison pour laquelle tu as épousé ce George Clooney.

Je ne sais que répondre. Si ce n'est que, même si Richie Aldin était le dernier homme sur terre, je ne le toucherais pas. Je préférerais faire la cow-girl renversée avec Alastair chaque jour de ma vie, plutôt que repasser par là. Mais jamais je ne discrédite Richie devant Neeve. Je la laisse découvrir par elle-même le Vrai Salaud qu'est son père. Hélas, parce qu'il a toujours gardé ses distances avec elle, elle l'idéalise complètement.

— Je ne peux pas croire que tu nous fasses ça, dit Sofie.

Elle semble de nouveau au bord des larmes.

— Sofie chérie, je ne pars pas pour toujours.

— Je vais chez mamie.

— Je vais t'y conduire, déclare Neeve. Avec la voiture de Hugh. Tu n'en auras pas besoin pendant six mois. Bon, on a fini ?

— C'est à vous de me le dire.

Hugh regarde les filles avec anxiété.

— Oui, déclare Neeve.

— Mais, s'il vous plaît, vous devez comprendre, poursuit-il, dans un dernier sursaut de sincérité. Je vous aime de tout mon cœur et je ne serai absent que six mois. Je vais revenir.

Sofie siffle :

— Tu détruis tout.

Elle sort en trombe de la cuisine, laissant Hugh blême de détresse.

D'un ton enjoué, Neeve lance :

— Je suis désolée d'interrompre la désintégration de la famille, mais DHL doit me livrer un paquet de chez Chanel.

Immédiatement, je me demande comment je vais bien pouvoir le subtiliser. Voir arriver ces précieux cosmétiques est une véritable torture.

Elle me regarde en riant.

— Je devine tes pensées.

— Tu peux lui en donner un peu ? demande Hugh.

— Pour atténuer sa douleur d'être quittée ?

— Je ne la quitte…

— Nous verrons bien, l'interrompt Neeve. Si tu vois des trucs qui te plaisent, sers-toi, maman.

— Ils n'ont pas besoin de me plaire. Je me contenterai de n'importe quoi.

Neeve jette un regard éloquent à Hugh.

— C'est évident, lâche-t-elle.

Sans me laisser le temps de protester, Neeve et Sofie sortent à la hâte de la maison. Hugh marmonne :

— Je vais juste…

Et il disparaît au premier étage, me laissant en tête à tête avec Kiara.

Chapitre 9

— Waouh ! Pour un choc ! s'exclame Kiara.

Et maintenant, je suis furieuse. Si Neeve et Sofie ont eu des débuts de vie merdiques, tout allait parfaitement bien pour Kiara. Je ne devrais pas tout ramener à moi, mais Kiara était ma page blanche, ma grande réussite. Et maintenant, Hugh a aussi terni ça.

— Je suis tellement désolée, chérie, lui dis-je. Tu vas bien ?

— Je voulais dire, c'est un gros choc pour toi.

— Mais non, mais non.

— Je vais bien, me rassure-t-elle. Je comprends que papa ait besoin de cette pause. C'est pour toi que je m'inquiète.

— Kiara…

Parfois, ma fille semble plus mûre que nous tous réunis. Une maturité qui n'est sans doute en grande partie qu'une apparence. S'y fier serait une erreur.

— Maman, je vais bien. Mais tu vas avoir besoin d'une stratégie pour les prochains six mois. Tu devrais te mettre à l'escalade.

— Pourquoi ?

— D'accord, peut-être pas l'escalade. Je te fais juste des suggestions. Mais il doit y avoir des tonnes de trucs que tu regrettes de ne pas avoir fait dans ta vie. Voilà ta chance !

Mon Dieu ! Tout ce que je veux, c'est rester au lit pendant six mois et me nourrir de Miel Pop's à même le paquet. Au lieu de ça, je vais devoir m'inventer de nouveaux souvenirs, donner le meilleur de moi-même, faire chaque jour une chose pour surmonter ma peur, et toutes ces autres activités dynamiques qui envahissent les pensées de Kiara.

— Par exemple, si tu mourais demain, qu'est-ce que tu regretterais de ne pas avoir fait ? me presse-t-elle.

C'est n'importe quoi. C'est moi l'adulte et elle l'enfant. C'est moi qui suis censée lui apporter du réconfort, des solutions.

— Tu aurais bien un regret, maman.

Peut-être est-ce le stress, mais une seule chose me vient à l'esprit. Depuis que j'ai renoncé à la cigarette, j'ai pris quelques kilos. Et quand on est aussi petite que moi, chaque gramme en trop ne pardonne pas. Je ne me suis pas habituée à mon nouveau poids et je ne veux pas l'accepter. Je ne me sens plus vraiment moi.

— Je regretterais de ne pas avoir retrouvé ma ligne, dis-je. Je détesterais mourir en faisant une taille qui n'est pas la mienne. J'ai l'impression que je ne pourrais pas vraiment profiter de l'éternité. Un peu comme si je partais en excursion avec un gravier coincé dans une botte.

Le sourire de Kiara se fait incertain. Visiblement, mon exemple n'est pas valable. Puis elle se reprend :

— Eh bien, essaie de manger plus sainement, d'accord ?

— Des toasts aux patates douces, dis-je. À moins que le toast à la patate douce ne soit déjà passé de mode ?

— C'est toujours branché.

Je n'en suis pas si sûre mais Kiara a bon cœur.

— Tu pourrais peut-être parler à Urzula, suggère-t-elle.

— Peut-être, marmonné-je.

— Ou peut-être pas.

Urzula, la mère de Sofie, est une autodidacte, gourou de la diététique. Ses interventions télévisées en Irlande et au Royaume-Uni sont de plus en plus nombreuses. Elle n'a aucune qualification, mais sa minceur baltique et ses jugements cruels émis avec son fort accent letton lui amènent un nombre croissant d'adeptes. Ses groupies encensent son franc-parler : adepte du précepte « qui aime bien châtie bien », elle n'épargne pas les grassouillets. Traquer le gras est chez elle une obsession. À mon avis, elle a réussi à se bâtir une carrière à partir de ses troubles alimentaires.

— Urzula a un cœur de pierre, dis-je.

— Non, réplique Kiara. Urzula a une petite cuillère de porridge en guise de cœur.

Après avoir partagé un fou rire avec moi, Kiara me quitte.

Maintenant que les filles sont au courant et que c'est officiel, je fais ce que j'aurais dû faire depuis le début : j'appelle Derry.

— J'ai quelque chose de bizarre à t'annoncer.

Je prends une profonde inspiration.

— En quelque sorte, Hugh me quitte. Pour six mois, m'empressai-je d'ajouter. Puis il reviendra. Mais, pendant son absence, il vivra comme s'il était célibataire.

L'espace d'un instant, ma sœur reste silencieuse.

— Tu es où ? dit-elle. Chez toi ? Je serai là dans dix minutes.

Sans doute moins de huit minutes après, sa voiture entre dans notre lotissement et s'arrête brusquement devant la grille.

Elle se rue dans mon vestibule, la moitié de ses cheveux bombée par un brushing à la new-yorkaise, l'autre encore mouillée.

— Derry, enfin ! Ça pouvait attendre que tu finisses ton brushing.

— Je n'ai pas beaucoup de temps. Raconte.

D'une voix hésitante, je lui expose les faits.

— Et c'est arrivé quand ?

— Dimanche soir dernier.

— Et tu ne m'as rien dit parce que… c'était trop bizarre ? Parce que tu te sentais trop humiliée ? Parce que tu espérais qu'il changerait d'avis ?

— Tout ça.

— Mon Dieu, Amy, ma pauvre poulette, compatit-elle en m'enveloppant d'un regard empreint de sincérité. Tu n'as vraiment pas de bol avec tes maris.

— Mais il jure qu'il va revenir.

Son expression en dit long : même si Hugh revient, rien ne sera plus jamais pareil. Il n'est pas possible qu'il reprenne sa place comme s'il n'était jamais parti.

— Amy, tu es une battante ! lance-t-elle avec fermeté.

Oui, elle a sans doute raison. J'ai survécu au départ de Richie, à toutes les déceptions qu'il a infligées à Neeve, j'ai survécu au fiel digne de *L'Exorciste* de l'adolescence de mon aînée, j'ai survécu à deux licenciements catastrophiques, le premier, il y a longtemps, à Londres, le second, plus récemment, à Dublin.

Mais c'est un sacré boulot d'être une battante, bien plus difficile qu'il n'y paraît. Et je pense que je commence à être à court de mon énergie de battante. Si j'avais le choix, je préférerais de loin me voir choyée par une vie agréable qui ne me réserverait jamais la moindre mauvaise surprise.

— Comment puis-je t'aider ?

Elle est toujours prête à prendre des initiatives.

— En me laissant respirer. Et, s'il te plaît, ne me pousse pas à aller à des rendez-vous. Je ne veux plus entendre parler des hommes, ni maintenant, ni jamais.

— Mais ce…

— Derry, je t'en prie ! C'était un moment de folie.

— Mais tu pourrais finir ce que tu as commen…

— Je t'en supplie, Derry. N'y fais plus jamais référence. Jamais ! S'il te plaît.

Je suis au bord des larmes.

— Je veux juste passer ces six mois tranquille, faire profil bas. Nous aviserons au retour de Hugh.

— Quand part-il ?

— Bientôt. Bientôt genre la semaine prochaine.

Elle se mordille la lèvre inférieure.

— Écoute, je suis censée prendre l'avion pour Cape Town aujourd'hui.

Derry travaille dans les ressources humaines, une profession qui implique de fréquents voyages.

— Mais je pourrais essayer d'annuler si…

— Derry, tu délires. De toute façon, il va être absent pendant six putains de mois ! Tu ne peux pas annuler tous tes déplacements.

— Mais qui va s'occuper de toi s'il part cette semaine ? Maura va tout ramener à elle. Mon Dieu, elle va flipper quand elle saura…

Remarquant mon expression, elle s'interrompt.

— Attends, elle sait déjà ?

— Je suis désolée, Derry. Elle a deviné qu'il se passait quelque chose. Elle est venue au bureau hier et m'a tannée jusqu'à ce que j'avoue.

— La tortionnaire a encore frappé.

— Pour lui rendre justice, elle s'est montrée compatissante.

— Qu'importe, elle ne sera bonne à rien si ça tourne au pire. Et Steevie ? Elle est toujours dans sa phase TDS ?

Je hoche la tête. TDS veut dire « TOUS DES SALAUDS ».

— Ce serait peut-être une bonne idée ? Vous pourriez fabriquer ensemble des petits hommes en cire et les piquer avec des aiguilles… Non ?

— Non. Ça a l'air dingue mais Hugh ne peut pas faire autrement.

Elle me lance un regard incrédule.

— Hugh est un vrai connard. Je l'aime, tu sais, mais il se comporte en parfait connard. Pourquoi ne le détestes-tu pas ? ajoute-t-elle d'un air perplexe.

— Je le déteste. Quelquefois. En fait, tout le temps.

Explosant soudain, j'ajoute :

— Pourquoi ne peut-il pas tenir la promesse que nous nous sommes faite quand nous nous sommes mariés ? Pourquoi faut-il qu'il soit si faible ?

Sans lui laisser le temps de répondre, j'ajoute :

— Ou est-ce que c'est moi qui suis faible en acceptant de le laisser partir sans réagir ? Une autre femme aurait-elle insisté sur le respect de toutes les clauses de notre contrat de mariage ? « Pour le meilleur et pour le pire » ?

— Oui, les mots qu'il a prononcés, l'enfoiré !

— Mais l'obliger à rester ne servirait à rien, Derry. Il est malheureux et affectivement indisponible.

— C'est un connard.

— Mais, Derry, je l'aime toujours. Et je me sens vraiment désolée pour lui. C'est compliqué.

— D'accord !

Après un instant de silence, elle reprend :

— Je pense que je comprends.

Autrement dit, elle réagirait différemment mais elle fait son possible pour se ranger à mon avis.

— Tes deux réactions contradictoires s'entrechoquent dans ta tête. Personne n'a jamais dit que cette vie serait facile. Alors qui d'autre pourrait aider ? Et cette abrutie de Jana Shanahan ?

Je pars d'un éclat de rire inattendu. Derry ne supporte pas Jana. Là où je vois de la gentillesse, elle voit une incurable niaiserie. Elle a dit un jour à son sujet : « Elle est complètement perchée. »

— Tu la crois douée en période de crise ? demande-t-elle d'un ton fortement dubitatif. Je pense qu'elle est à peu près aussi utile que Pinterest, mais tu l'aimes bien.

— Elle est amie avec Genevieve Payne.

— Et tu ne veux pas que Genevieve soit au courant avant que Hugh soit hors d'atteinte ? Mais quand il sera parti ?

— Même quand il sera parti, je ne veux pas qu'elle l'apprenne.

— Mais elle le saura. Quelqu'un le lui dira. Merde, tout le monde va le lui dire. Désolée, mais vous allez être le sujet numéro un, genre, pour toujours.

— Non, pas si je n'en parle à personne. À part à toi, évidemment. Et à Maura. Et aux filles. Et Jackson devra être mis au courant parce qu'il est très souvent à la maison. Mais, à part eux, je ne veux en parler à personne.

L'air à la fois alarmé et compatissant, ma sœur me fait remarquer :

— Amy, mon chou, tu ne peux pas. Écoute, il va être impossible de garder le secret pendant six mois. Et tu ne devrais pas avoir à le faire. Tu n'as rien fait de mal.

— Mais c'est tellement humiliant, chuchoté-je.

— Oui, c'est humiliant. Mais ça va être vraiment dur. Vraiment ! Et tu vas avoir besoin de gens qui seront là pour toi.

Je demeure silencieuse. J'ai cessé de compter sur les autres. Hormis sur certains de mes frères et sœurs : nous sommes unis par notre enfance pourrie. Mais le reste du monde, je n'en veux pas. Pas pour le moment.

— Ça va se savoir, poursuit-elle sans ménagement. Tu ferais mieux de contrôler la nouvelle. De la gérer comme un communiqué de presse mondial.

Quoi ? Comme ce communiqué de presse saugrenu que j'ai rédigé mentalement ? Sans façon !

— Je dois y aller. J'ai un avion à prendre. Je te FaceTime. Mais dis-le aux gens, Amy. Gère au mieux.

— D'accord.

Je n'en ferai rien.

Restée seule, je suis en train de trier le linge quand mon téléphone sonne. C'est maman. Immédiatement, je suis sur le qui-vive : quel nouveau désastre va-t-elle m'annoncer ? Je m'empresse de demander :

— Tout va bien ?

— Les filles sont avec moi. Neeve et Sofie. Elles me disent que Hugh s'apprête à partir ?

— Elles te l'ont dit ?

On n'annonce jamais une mauvaise nouvelle à maman ! Nous avons appris très jeunes à protéger son système immunitaire défaillant. Quelle mouche a bien pu piquer Neeve et Sofie ? Je vais être obligée d'avoir une sérieuse conversation avec elles. Et Kiara aussi.

Mais ce serait de la pure folie de leur demander de garder le secret sur l'absence de Hugh. Elles sont trop jeunes, ce serait une trop grande responsabilité. Avec une rage soudaine, je me rends compte que Derry a raison : la réalité sera impossible à cacher.

— J'imagine que tu es triste, reprend maman.

— Oh, tu sais…

Elle n'est pas vraiment le genre de mère qui attire les confidences.

— Tu veux qu'on traîne un peu ensemble ?

— Euh…

« Qu'on traîne un peu ensemble » ?

— On pourrait se faire les ongles. Neeve me donne des tas de vernis.

— Tu as bien de la chance. Je n'ai jamais droit à rien à part du shampooing antipelliculaire.

— Si tu veux, on pourrait boire du vin. C'est un super remontant. Je regrette de ne pas l'avoir découvert il y a des années.

Je dois raccrocher parce que je viens d'avoir une idée.

— Merci pour la proposition, maman.

Nous nous disons au revoir. Puis, prise d'une fureur aveugle, je hurle :

— Hugh, Hugh…

Il se précipite dans l'escalier et je le retrouve à mi-chemin.

— Va chercher ta putain de serviette.

— Quoi ?

— La putain de serviette qui sèche rapidement.

— Qu'est-il arrivé ?

— Va la chercher, putain ! C'est tout.

Il sort par la porte de derrière et se hâte vers l'abri de jardin. Visiblement, son Quartier Général de Départ. Quelques minutes plus tard, il réapparaît avec un petit paquet bleu.

— Que se passe-t-il ?

— Déroule-la et tiens-la. Souris.

— Pourquoi ?

— Fais ce que je te dis, putain !

Je le prends alors plusieurs fois en photo, sa serviette à la main. Une grimace en guise de sourire, il a le regard vitreux.

— Merde, Hugh. SOURIS. Tu as tellement de chance de partir en vacances pendant six mois.

Je télécharge la photo la moins pitoyable sur Facebook et j'écris :

« Que dites-vous de ça ? La serviette de voyage de Hugh. Elle sèche en vingt minutes. À la veille de son départ pour six mois, nous lui souhaitons bon voyage. Qu'il nous rapporte le soleil. »

Promptement, je tape une bonne centaine d'émoticônes représentant des avions, des soleils, des coupes de glace, des cocktails, des bikinis, et je poste la photo à mes mille quatre cent trente-neuf amis.

— Amy, qu'est-ce que tu viens de faire ?

Je lui arrache la serviette, la roule en boule et la lui lance violemment à la poitrine. Hélas, elle est trop légère pour lui faire mal.

— Qu'est-ce que tu as fait ? répète-t-il.

D'un geste vif, il s'empare de mon téléphone mais je le reprends. Le monde entier connaît l'histoire, désormais, et elle m'appartient. Elle va sans doute faire disjoncter Internet, mais à partir de maintenant j'en contrôle le récit.

Chapitre 10

Dix-huit ans auparavant

Par un clair matin d'avril, à Londres, à la fin des années 1990, je m'étais hâtée à travers Soho, vêtue d'un pantalon de pêcheur bleu marine, de stilettos roses et d'un chemisier à rayures multicolores. De nombreux bobos, un café à la main, une mallette rétro dans l'autre, semblaient se presser vers leur agence de pub, ou autre travail tout aussi cool. Et j'en faisais partie. C'était l'un de ces rares jours où je me sentais parfaitement en phase avec le monde. Ce qui ne m'était sans doute arrivé que quatre ou cinq fois dans ma vie.

Ma destination était un studio d'enregistrement où je devais aller travailler sur une campagne marketing dont je gérais déjà mentalement les obstacles potentiels.

— Bonjour.

Hugh, du studio, venait de surgir devant moi. Et j'étais absolument ravie de le voir.

— Bonjour.

Nous travaillions ensemble assez régulièrement et tout le monde l'aimait. Il était grand, beau, paisible et dégageait de l'assurance. Les gens parlaient toujours de ses yeux « irlandais ». Je pense qu'ils voulaient dire qu'il avait un regard affable. Pour ma part, je ne le trouvais pas si affable. Je sentais une certaine réserve en lui.

Beaucoup supposaient que mon affection pour Hugh venait du fait que nous étions tous les deux irlandais. Mais cela n'avait rien à voir. Je l'appréciais parce qu'il était vraiment doué dans son domaine. J'avais une vie tellement stressante que tout ce qui pouvait me faciliter le travail était bienvenu. Presque tous les matins, démarrer ma journée me donnait l'impression de partir en guerre. Je devais lever Neeve, l'habiller, la faire déjeuner, la déposer à l'école, prendre le métro pour aller à l'agence, assister à des réunions, gérer les clients… Mais mes rendez-vous de travail au studio de Hugh me mettaient toujours d'humeur plus légère.

Quand il était aux commandes, tout commençait à temps. Si un script ne tenait pas dans l'intervalle de trente secondes, il suggérait des corrections intelligentes, même si cela ne faisait pas partie de ses fonctions. Ou quand mes clients commençaient à maugréer que la performance de l'acteur ne délivrait pas le message-clé de la marque, Hugh intervenait et, avec tact, suggérait plus de gravité ou moins d'enjouement, suivant le besoin.

— Excellent timing, m'avait-il félicitée, en ce matin ensoleillé sur Dean Street. J'étais justement allé chercher les cafés.

Le plus bosseur des responsables de studio.

Nous avions fait quelques pas jusqu'à la maison miteuse de Soho dans laquelle était installé le studio.

— Tu es stupéfiante ce matin.

— Stupéfiante dans le bon ou dans le mauvais sens du terme ?

— Dans le bon sens du terme, bien sûr.

Avec un sourire affectueux, j'avais lancé :

— Chez Rocket Sounds, ils m'appellent « la fille d'un autre temps ». Ou Rockabilly Amy. Je préfère de loin la façon dont je suis traitée à Hugh's Studio.

— Tu as vraiment un look à toi.

Une fois à l'intérieur, nous avions monté l'étroit escalier défraîchi, jusqu'au dernier étage, où était situé le studio.

— C'est parce que je suis tellement fauchée que j'achète tous mes vêtements d'occasion. Mon Dieu, cet escalier !

Je m'étais arrêtée sur un palier et avais jeté un coup d'œil par une étroite fenêtre.

— Regarde ça ! L'arrière des maisons.

Puis, en riant, j'avais ajouté :

— Tu sais que je fais semblant d'admirer la vue uniquement pour reprendre mon souffle. Tu n'envisages pas de faire installer un ascenseur ?

— C'est un bâtiment classé. Je sais, il n'en a pas l'apparence. Mais si je devais en faire installer un pour quelqu'un, ce serait pour toi, avait-il ajouté.

Surprise par la soudaine pointe de sincérité dans sa voix, je l'avais dévisagé avec attention. Et, sans pouvoir me l'expliquer, je l'avais soudain vu sous un jour différent. En une fraction de seconde, nous étions passés de Hugh mon collègue pour qui j'éprouvais de la sympathie à un

Hugh très différent. Soudain, une puissante attirance s'était épanouie en moi, comme l'une de ces fleurs qui surgissent dans le désert, et je le désirais. J'étais abasourdie. Que diable venait-il de se passer ?

Espérant une illumination, j'avais levé les yeux vers lui. Il était grand et fort, pas spécialement musclé mais néanmoins… Il semblait aussi interloqué que moi. J'avais dégluti avec difficulté, continué à monter l'escalier et n'avais prononcé aucune parole jusqu'à ce que nous ayons rejoint le reste de l'équipe.

À partir de cet épisode, les choses avaient changé. Au cours des trois ou quatre mois suivants, quand nous travaillions ensemble, je me sentais transportée d'ivresse. Et effondrée quand il était en vacances et qu'il était remplacé par un free-lance.

D'un point de vue physique, j'étais extrêmement sensible à sa présence. S'il marchait près de moi, j'avais la chair de poule. Et s'il quittait la pièce, je devenais irritable, anxieuse, impatiente de le voir revenir. Même si notre lien n'était pas exprimé, quand mes collègues avaient besoin que Hugh ouvre tôt, le mot d'ordre était devenu : « Dites à Amy de le lui demander. Il le fera pour elle. »

À l'époque, Soho était un véritable baisodrome. Tout le monde couchait avec tout le monde, comme on collectionne les cartes de footballeurs. L'Espagnole. Le petit copain de Maria. Le dealer de cocaïne suédois. Le garçon de cuisine chez *Pollo*. La barmaid de *Coach and Horses*. Le mannequin homme de *Dundee*. Le Japonais avec l'Afro. Hugh faisait peut-être partie du décor et peut-être n'étais-je pour lui qu'une nouvelle conquête à cocher sur sa liste. « Rockabilly Amy avec les vêtements de ouf. Oui, j'ai couché avec elle. »

Je n'aurais pas été la première femme à coucher avec un homme qu'elle pensait raide dingue d'elle et qui l'aurait larguée au premier signe de lassitude. Mais quand ma collègue Phoebe m'avait appris que Hugh était célibataire et que ce n'était pas un coureur, le soulagement m'avait rendue euphorique.

Puis j'avais été prise d'une crise d'introspection. L'infidélité de Richie m'avait changée. La pensée de faire confiance à un homme me terrifiait.

Paradoxalement, ma vie, qui fonctionnait plutôt efficacement, me semblait soudain triste et vide. Je n'avais que vingt-sept ans. J'aurais dû partager un appartement avec deux autres filles, me soûler avec elles et avoir des aventures d'une nuit. J'étais en manque d'amusement, de relations spontanées. Encore une fois, j'étais la marginale.

Il était impossible d'envisager une aventure sexuelle torride avec Hugh. Et Neeve n'était pas la seule raison. Même avant l'abandon de Richie, je n'avais jamais été attirée par le sexe sans sentiments. J'étais donc très mitigée : si notre relation devenait plus sérieuse, je serais obligée de lui raconter (à Hugh) mon histoire consternante. Mais si je m'offrais à lui sur un plateau en lui disant : « Voilà mes blessures », et qu'il mettait les voiles ? Pourrais-je même y survivre ?

Puis était venu le soir où il s'était présenté à la porte de mon lugubre appartement de Streatham, avec un muffin géant et un kit à chocolat chaud.

Nous avions passé toute la semaine ensemble, entassés dans le studio sous les toits : mon assistante, mon client, son collègue, le comédien voix off, Hugh et moi. C'était une campagne compliquée et nous avions une date butoir. Nous vivions de Haribo et de Coca light et descendions tour à tour chez le marchand de journaux refaire des réserves. Même si ce qui se passait entre nous se passait de paroles, je ressentais désormais un véritable sentiment de bonheur quand j'étais avec lui.

Ce soir-là, je devais partir. Mais il n'avait pas fini le montage quotidien et j'avais besoin d'entendre la version finale pour me préparer à la journée de travail du lendemain.

— Va, m'avait-il dit. Va chercher ta fille. Tu veux que je t'apporte les cassettes à vélo quand j'aurai terminé ?

Je lui avais donné donc mon adresse privée. Tout en me demandant s'il pourrait se passer quelque chose. Et pouvait-on m'en blâmer ? Un homme ne rendait pas visite à l'une de ses collègues de travail chez elle. C'était considéré comme étrange. Pourtant, quand il était arrivé sur mon seuil, j'avais pensé : « Voilà, je suis prête. » Pourtant, après m'avoir donné les cassettes et ses cadeaux gourmands, il était parti, me laissant muette de déception.

Deux jours plus tard, nous avions fini cette campagne. Ayant terminé plus tôt que prévu, nous nous étions tous rassemblés au pub. Pour une fois, j'avais pu rester. Pensant que nous allions travailler tard dans la nuit, j'avais prévu une baby-sitter.

Pour moi, tous ces détails étaient des signes que les planètes étaient alignées.

Plus tard dans la soirée, j'avais croisé Hugh dans le couloir du pub. Il me cherchait. Il m'avait bloqué le passage, m'avait plaquée contre le mur et avait lancé :

— Alors.

— Alors ?

— Alors, belle Amy. Qu'allons-nous faire ?

J'avais senti une décharge électrique. C'était enfin en train d'arriver. Mais je devais poser mes conditions.

— Je ne suis pas disponible pour une aventure sans lendemain.

Il m'avait prise par les épaules et avait noyé son regard dans le mien. Ses yeux n'étaient plus du tout affables.

— Tu dois savoir certaines choses. Je suis fou de toi. Je suis sérieux. Je suis fidèle comme un chien.

— D'accord.

— D'accord ?

— D'accord.

Oooooh ! Ce premier baiser ! Doux et chaud, comme une truffe au chocolat. Il avait duré, s'était éternisé, un baiser généreux, plus exaltant, plus délicieux que dans mes fantasmes les plus sensuels. La première fois que nous avions couché ensemble, il m'avait déshabillée comme s'il déballait un cadeau, avait collé sa peau nue contre la mienne, m'avait serrée fort, étroitement, assez pour me faire un peu mal, et avait dit :

— Tu n'as pas idée depuis combien de temps je rêve de ça.

À cette époque, nos baisers pouvaient durer des heures. Si merveilleux qu'ils soient, ils étaient une conséquence de la présence de Neeve. Le sexe n'étant jamais assez fréquent pour moi, les baisers devaient combler le manque. Contrairement à la plupart des couples, Hugh et moi n'avons jamais eu l'occasion de passer nos premiers mois à savourer de longs week-ends languides au lit, à lire des journaux, grignoter et faire l'amour encore et encore.

Dès le départ, nous étions coincés par les responsabilités. Premièrement, Neeve. Puis au bout de quatre petits mois, j'avais attendu Kiara. C'était un accident. Je prenais la pilule, il y avait dû y avoir un loupé. Mais Hugh avait pris la nouvelle avec sang-froid.

— Peut-être un peu plus tôt que dans l'idéal, mais nous avons toujours prévu d'avoir des enfants, non ?

Quand Kiara avait eu deux ans, nous avions pris Sofie, qui en avait trois, à la maison. Joe avait quitté Urzula et ses parents s'étaient tous les deux démis de leurs responsabilités.

Parfois, je regrettais que notre relation ait été privée de cette période d'insouciance. Je m'en inquiétais plus pour

Hugh que pour moi. Mais il repoussait invariablement mes excuses en me rassurant :

— Je t'aime. Je t'aime.

Et je le croyais.

CHAPITRE 11

Dimanche 11 septembre

— Bien, j'ai réservé mon vol.

Mon cœur se met à battre la chamade. Nous sommes dimanche matin, il est déjà midi et, maussade et ronchon, je suis encore au lit, à examiner des papiers, parce que, tant que je travaille, il m'est possible de prétendre que ma vie n'a pas complètement déraillé. Régulièrement, mon téléphone bipe, m'indiquant l'arrivée d'un texto, d'un tweet, d'un appel manqué. La photo de Hugh avec sa serviette magique a fait exploser Facebook. J'ai soixante et onze messages non lus sur Messenger. Soixante et onze !

Je ne les ai pas lus. Il doit y avoir quelques vrais amis dans le lot mais la majorité se comportent en vautours. Je le sais parce que – et Dieu sait que je n'en suis pas fière – c'est comme ça que je réagirais si, disons, Genevieve Payne postait un truc sur son mari qui part en voyage. Je serais en émoi. Je l'avoue. Totalement. Et j'enverrais des textos frénétiques pour voir si quelqu'un d'autre a le scoop. C'est la nature humaine, tout simplement. Nous pensons à tort que les malheurs n'arrivent qu'aux autres.

Hugh a passé la matinée à nettoyer la maison. En compagnie de Neeve et de Kiara, il s'est activé à grand fracas, leurs conversations se mêlant aux bruits de robinets ouverts et de coups divers. Je suppose qu'il essayait d'être gentil, comme si le fait de me laisser une lampe bien astiquée pouvait m'être d'un grand réconfort pendant les six mois de son absence.

J'aurais dû aider les filles, leur montrer que l'on pouvait compter sur moi, mais je voulais punir Hugh pendant qu'il était encore ici.

Au bout d'un moment, il s'est présenté à la porte de la chambre, l'air guindé et vertueux, équipé d'une paire de gants de ménage et chargé d'une bassine de produits ménagers.

— Tu permets que je fasse notre salle de bains ?

— Non.

— Mais…

— Non. Tête d'abruti ! Dégage.

Et maintenant, il est de retour, avec de vraies nouvelles.

— Dublin à Bangkok via Dubaï.

Comme si son itinéraire m'intéressait !

— Quand ?

— Mardi.

— Mardi, après-demain ?

— Oui.

Oh mon Dieu. Il va vraiment partir. Et si vite.

— Amy, est-ce que je prends la bonne décision ? me demande-t-il d'une voix douce.

Sa question est une surprise de taille. Une bonne surprise. Je m'empresse de me relever et, essayant de dissimuler l'espoir dans ma voix, je réponds :

— Tu n'es pas obligé de partir.

Je regrette maintenant d'avoir posté cette photo avec la serviette. Je vais devoir trouver un moyen de la désamorcer, mais c'est le cadet de mes soucis.

Il s'assied, raide, crispé, fermé sur lui-même. Pendant un interminable moment, il garde le silence. Je dois me faire violence pour ne pas en profiter pour lui faire des suggestions et le couvrir de paroles rassurantes.

— Désolé, finit-il par dire. J'avais juste un… Tout ira bien.

La déception est accablante. La gorge nouée, je demande d'une voix étranglée :

— Tu pars ?

— Oui. Mais je suis mort de trouille. Est-ce que je vais me faire agresser ? Est-ce que je vais me sentir seul ? Les gens vont-ils me trouver pitoyable ? Un quadra essayant de revivre sa jeunesse.

Le moment est venu de lui prodiguer mes paroles rassurantes. Sarcastique, je commence :

— Mais non, tout ira bien ! Avant que tu aies eu le temps de manger ton premier pancake à la banane sur Khao San Road, tu te seras fait voler ton passeport, ton compte en banque aura été vidé par une prostituée qui t'aura raconté l'histoire de ses malheurs et tu découvriras inopinément que tu es une mule. Tu as vu dans les films comment ça se passe.

Il poursuit dans un petit rire forcé :

— Et tu devras venir payer ma caution pour me faire sortir de prison.

Avec un haussement d'épaules, je lance :

— Et si je rencontre quelqu'un d'autre et que je décide que tu peux y rester ?

Il a un nouveau rire nerveux.

— Amy, je te promets de revenir.

Qui sait ? Peut-être est-il juste en train de vraiment me quitter, l'air de rien.

— Aujourd'hui, nous sommes le 13 septembre, tu seras donc de retour le 13 mars, l'année prochaine.

Mon Dieu ! C'est tellement loin.

— Environ.

— « Environ » ? Non, Hugh. Je te défends de me répondre « environ ». Le 13 mars, tu es de retour.

— D'accord.

— Hugh, écoute-moi, dis-je d'une voix pressante. Même si tu reviens, tu seras différent. Et je le serai peut-être aussi. Nous ne serons plus « Nous ».

— Et ce sera peut-être pour le mieux.

En théorie. En supposant, comme toujours, que je puisse vaincre ma jalousie. Qu'il me soit possible de vivre avec les zones d'ombre de Hugh, avec les filles qu'il aura baisées, les rires qu'il aura partagés, avec ces six mois qu'il aura passés à vivre sa vie à fond, sans moi.

— Ne pars pas. S'il te plaît, Hugh. Nous n'y survivrons pas. Et ne me réponds pas que cela doit vouloir dire que notre couple n'est pas assez fort en ce moment. C'est la vraie vie et c'est à moi que tu parles. Ne pourrais-tu pas juste attendre ?

— J'ai essayé d'attendre.

— Attends encore un peu.

Il secoue la tête.

— Je ne peux pas continuer comme ça.

Je maudis les larmes qui m'embuent les yeux.

— Je ne peux pas, répète-t-il. Je suis tellement désolé, Amy.

— Facebook, dis-je. Est-ce que tu vas poster des photos de toi partout où tu es ? Avec… qui que tu sois ?

J'ai une vision de lui devant un feu de camp, sur une plage, bronzé, rajeuni, insouciant, entouré de filles en bikini coiffées de bandanas.

— Parce que tu ne peux pas. Pense aux filles. Tu ne peux pas les laisser voir… quoi que ce soit… tu sais…

— J'éviterai.

— Tu as intérêt, putain !

— Amy, je suis désolé. Pour tout.

— Oh, Hugh, va te faire foutre !

Si seulement je pouvais parler à quelqu'un. Il y a toujours la proposition étrange de maman de « traîner ensemble » en buvant du vin, mais mon monde est bien assez chamboulé comme ça. Je ne peux pas en plus gérer une mère au comportement totalement aberrant.

Comme si le ciel avait entendu mon besoin de confidente, mon téléphone sonne. Mais visiblement, le ciel a mal compris parce que c'est Maura. Encore ! J'ai déjà trois appels en absence d'elle. Au bout du quatrième, elle va se déplacer en personne, ce qui serait vraiment catastrophique. Elle est capable de passer un savon à Hugh et, même s'il le mérite, cela n'aiderait en rien.

Avec un soupir résigné, je décroche :

— Maura ?

— Tu vas bien ? Tu as du nouveau sur l'endroit où il va ?

— Non.

Je ne peux pas encore le lui dire. Je ne me sens pas capable d'affronter sa réaction.

— Je voulais te dire que tu es vraiment le bouc émissaire en ce moment.

Maura a suivi un cours expliquant les rôles assumés dans les familles avec des parents absents. Apparemment, il y en a cinq : le Héros, le Bouc Émissaire, le Catalyseur, l'Enfant Perdu et la Mascotte. Comme elle est manifestement le Héros, elle était enchantée par cette analyse. Declyn, le plus jeune et le plus mignon des O'Connell, est notre Mascotte. Et les trois autres étiquettes ne collant pas vraiment à nos personnalités, Joe, Derry et moi sommes tour à tour le Bouc

Émissaire. Même Declyn a perdu son titre de Mascotte pour en devenir un quand il a fait son coming out.

— Si Hugh ne part pas, je me rétracterai. Pour le moment, je vais t'appeler Peut-être-Futur-Bouc-Émissaire.

Je ferais aussi tout bien de faire la paix avec le Bouc Émissaire en chef.

— Au revoir, Maura.

— On se parle bientôt.

Hélas, je sais que je n'y échapperai pas.

Je reviens à mon iPad et à mes journaux du dimanche. Le *Times* a fait un grand portrait, très positif, de mon client Bryan Sawyer, le triathlète britannique qui a été filmé plus tôt dans l'année en train de voler des cuillères à dessert du restaurant de Marcus Waring. Bryan a éclaté de rire en expliquant qu'il s'agissait d'un pari. Puis son ex-femme a vendu une histoire racontant qu'il souffrait d'une forme de kleptomanie et qu'il avait déjà emporté un nombre incalculable de serviettes en vichy du restaurant de Jamie Oliver. (Elle a été photographiée, l'air penaud, devant une table mise pour douze personnes, chaque couvert agrémenté d'une serviette de Jamie). Un hôtelier a renchéri. Apparemment, Bryan lui avait dérobé deux serviettes de bain. Puis un autre l'a accusé du vol de plusieurs portemanteaux en bois. Tout cela a déclenché une tempête médiatique, ses sponsors l'ont lâché et il était dans un état pitoyable quand il est venu me trouver. Heureusement, il m'a plu. C'est un homme cabossé, vulnérable, qui a eu une enfance difficile – parce que malgré les difficultés financières que traverse notre petite agence, nous ne réhabilitons pas les gens qui ne le méritent pas. J'ai à grand-peine reconstruit sa vie publique : bénévolat, une présence gérée avec soin dans les médias et les événements mondains, et un aveu public de sa manie de la kleptomanie. Et même s'il est déplacé de se vanter, je suis en train de gagner sa cause : deux de ses sponsors l'ont repris et l'article élogieux de ce dimanche prouve que mon travail est presque terminé. Plusieurs autres quotidiens ont publié des articles élogieux. Il y aura des répercussions, comme toujours, mais sans gravité.

N'importe quel autre jour, je me serais sentie triomphante. Mais je préfère ignorer les messages de félicitations sur mon téléphone. Je ne veux pas prendre le risque de lire les réactions de ceux qui ont vu la photo de la serviette.

Hormis la fierté professionnelle, ma victoire avec Bryan Sawyer représente une consolation financière importante : je dois toucher un pourcentage sur les émoluments versés par ses sponsors et, honnêtement, cela n'aurait pas pu mieux tomber. Même sans Hugh prenant six mois de congé, mon budget aurait été serré. Mes revenus sont irréguliers et une fois mes factures payées, il ne me reste jamais beaucoup.

Bien sûr, après son départ, j'aurai accès à notre « bas de laine », qui a déjà baissé à vive allure. La rage me noue la poitrine. Je me réjouissais de disposer de cet argent. Savoir que tant des problèmes de notre foyer seraient réglés me procurait un plaisir indescriptible. Et maintenant Hugh, ce salaud de Hugh, est en train de tout foutre en l'air à cause d'une crise de la quarantaine.

Mais ma réaction est-elle excessive ? L'argent vient de ses parents. Et Hugh a mis ces fonds de côté pour payer les études de ma nièce parce que, ses parents biologiques rencontrant des problèmes financiers constants, nous avons depuis longtemps renoncé à leur demander la moindre participation. En outre, son revenu est nettement plus élevé que le mien. Par conséquent, il a toujours plus contribué à alimenter notre compte joint. Pas une fois, il ne s'en est plaint.

Objectivement, il est bien difficile de faire la part des choses, dans cette situation.

Je continue à parcourir les journaux, toujours en quête d'une nouvelle affaire. N'importe quelle célébrité ayant besoin d'être réhabilitée dans l'opinion publique est un client potentiel.

Mais j'ai l'esprit en pleine confusion. D'un geste vif, je repousse mon iPad, m'allonge sur les oreillers et sonde mes émotions à fleur de peau. J'ai l'impression de revivre l'époque où Richie est parti. Après avoir peiné à m'en remettre, je m'étais promis que plus jamais un homme ne me quitterait. Et, pourtant, le même scénario est en train de se reproduire. Est-ce ça, la vie ? Se retrouver confronté à ses pires craintes jusqu'à les avoir surmontées ?

Est-il même possible que nous les fassions renaître inconsciemment ? Est-ce ce que j'ai fait ? Une légende ne raconte-t-elle pas que l'on rencontre toujours son destin sur le chemin même que l'on prend pour l'éviter ? Visiblement, en choisissant Hugh, j'avais cru échapper à mon destin de femme abandonnée. Pourtant, même s'il a mis plus de temps à me quitter, j'ai choisi celui qui me ferait revivre exactement le même traumatisme.

Franchement, c'est vexant !

Peut-être devrais-je me contenter d'éprouver de la gratitude pour ces dix-sept années de bonheur avec lui. Depuis quelque temps, un thème récurrent dans les articles de presse est que l'« Unique » n'existe plus. Mais que nous rencontrons une succession d'« Uniques ». Que toute relation est vouée à l'échec. Que, tôt ou tard, elle s'essouffle et qu'il est alors temps de passer à la personne suivante.

Mais envisager cette évidence est vraiment trop déprimant. Ce qui doit arriver arrivera. Alors autant s'inquiéter en temps voulu.

Et puis, qui sait ? Peut-être que tout ira bien. Les gens traversent pire. Bien, bien pire. La force de l'âme humaine… et tout ce baratin.

Chapitre 12

Dix-sept ans auparavant

Une fois que j'avais attendu Kiara, nos vies avaient changé à une allure vertigineuse.

— Le moment est venu de rentrer en Irlande, avait déclaré Hugh. Nous sommes une famille désormais. Nous devons acheter un appartement et, vu le marché de l'immobilier ici, devenir propriétaires à Londres est au-dessus de nos moyens.

Acheter à Dublin l'était tout autant. Le boum économique battait toujours son plein. Mais si les prix de l'immobilier étaient astronomiques, les salaires l'étaient aussi.

Les agences de relations publiques employaient à tour de bras. Quoi d'étonnant dans une économie débordant de gens qui, jubilant, ne souhaitaient qu'une chose, dépenser leur fortune toute neuve ? (À cela près qu'elle n'était pas réelle, mais, à l'époque, personne ne s'en doutait.)

Toujours très anxieuse de ce changement radical de vie, j'avais tâté le terrain et postulé pour deux postes de relations publiques à Dublin. Même après leur avoir « avoué » que j'étais enceinte, les deux sociétés avaient été d'accord pour m'employer et pour me reprendre après mon congé maternité. Ce qui, étant donné l'économie actuelle, n'arriverait plus aujourd'hui.

D'après mes amies en âge d'avoir des enfants, la vie des femmes qui travaillent ressemble à un roman apocalyptique, dans lequel elles doivent avaler leur pilule au cours d'une cérémonie publique tous les matins au travail. (« Ils te surveillent comme des faucons. Tu ne peux même pas aller vomir à cause d'une gueule de bois, ou prendre cent grammes. S'ils te soupçonnent d'être enceinte, tu es immédiatement reléguée au pire projet du monde pour te pousser à donner ta démission. »)

Quand j'avais demandé à Hugh ce qu'il pensait de ses chances de trouver un poste à Dublin, il m'avait répondu :

— Je ne pense pas que ce soit un problème.

Avant d'ajouter, un peu fuyant :

— Depuis deux ans environ, Carl et moi parlons de monter notre nouveau studio. Il est peut-être temps.

— Comment allez-vous faire ?

— Nous allons demander un prêt bancaire.

— En même temps que nous faisons un emprunt pour acheter la maison ? Ça ne va pas nous mettre trop de pression ?

— Nous pouvons y arriver. Tout juste.

— Super ! Très bien, d'accord.

— Et un autre point positif sur le fait de rentrer à Dublin est que, étant donné que nous travaillerons tous les deux, nous pourrons compter sur le soutien de nos familles, avait-il ajouté.

— Concernant ma famille, je ne suis pas sûre que ce soit un point positif.

Il était parti d'un éclat de rire.

— Allons ! Si nous étions coincés un jour, Maura pourrait aller chercher Neeve à l'école. Si nous limitons le temps qu'elles passent ensemble, ta fille survivra au traumatisme. Et si, par hasard, nous recommençons un jour à sortir, Declyn pourra faire la baby-sitter. Et puis, tu as ma famille.

Oh ! La famille de Hugh ! Ils étaient merveilleux.

Sa mère était chaleureuse, affectueuse, excellente cuisinière. Son père, très détendu, l'œil pétillant, était un grand bricoleur. Il possédait une énorme boîte à outils en métal bleu qui s'ouvrait en accordéon et qui contenait, avec une logique et un ordre qui me gonflaient le cœur de bonheur, tous les outils dont chacun aurait rêvé.

Il était l'opposé de papa. Tous les tableaux chez nous étaient de travers, pour peu qu'ils soient même accrochés ; des morceaux de fils noueux émergeaient, menaçants, des prises ; et ses tentatives de bricolage se terminaient invariablement par une colère. Il lançait les outils et les clous à terre en criant : « Espèce de saloperie ! » et s'éloignait d'un pas rageur.

La maison était si vétuste que les problèmes s'accumulaient. Les robinets tombaient, les gonds des portes pourrissaient, des morceaux de stuc dégringolaient du plafond dans nos assiettes pendant les repas – mais nous avions appris à ne pas les voir. Un hiver, nous avions développé une surdité sélective. Nous regardions la télévision dans le séjour pendant que le vieux radiateur vibrait aussi fort qu'un marteau-piqueur. Le martèlement assourdissant commençait tous les soirs à 17 heures, quand le chauffage se mettait en route. Notre solution était de l'ignorer et de monter le son de la télévision à fond. Nous redoutions trop l'autre scénario : voir papa frapper le radiateur avec une clé à molette jusqu'à ce que le tuyau se déboîte, aspergeant la pièce d'eau brûlante et rouillée (ce qui était arrivé quand il avait « réparé » le radiateur dans le couloir).

Si maman était à la maison, les essais de bricolage de papa ne manquaient jamais de provoquer ses rires étouffés. Mais je me souviens surtout de mon estomac noué. Il n'est guère étonnant que je souffre aujourd'hui de gastrite chronique. Et que j'ai eu le coup de foudre pour la famille de Hugh. Dans mes fantasmes, je me voyais grandir dans ce genre de foyer.

À la maison, nous vivions de pommes de terre bouillies et de haricots blancs à la sauce tomate, parce que c'était tout ce que Maura savait cuisiner. Mais la mère de Hugh faisait des gâteaux et avait un menu de dîner différent pour chaque jour de la semaine. Parfois, je demandais à Hugh de me les réciter.

— Mais tu les connais par cœur, se plaignait-il.

— Allez, Hugh, récite !

— D'accord. Dimanche : poulet rôti, lundi : curry avec les restes, mardi : pot-au-feu, mercredi : hachis Parmentier, jeudi : spaghettis, vendredi : *fish and chips*, et…

Dans un soupir béat, je finissais :

— Samedi : viandes froides et salade.

— Mais c'était tellement routinier, Amy. Et les mercredis étaient les pires parce que le hachis Parmentier est le plat le plus dégueu au monde.

— Est-ce que nous pourrons avoir la même vie ? Quand nous irons à Dublin, que nous serons des adultes et que nous serons une famille ?

— Peut-être. Mais pas de hachis Parmentier.

— Super ! Pas de hachis Parmentier. Mais une routine rigide, Hugh.

J'en jubilais d'impatience.

Portés par une vague d'optimisme, mais absolument pas préparés, nous étions arrivés à Dublin en 2000 pour emménager dans la maison de cinq pièces que nous habitons toujours aujourd'hui. J'avais immédiatement démarré dans mon nouveau poste, où j'avais rencontré Tim et Alastair.

En plus de ses merveilleux parents, Hugh avait deux frères aînés et un plus jeune, tous délicieusement normaux. Neeve fut accueillie avec amour, même si elle ne manquait jamais de leur rappeler :

— Tu n'es pas ma vraie grand-mère. Tu n'es pas mon vrai oncle.

— C'est vrai, répondait Fausse Mamie Sandie ou Faux Oncle Carl. Nous ne sommes pas les vrais mais on peut quand même t'aimer ?

— Je pense que oui, concédait-elle. Tant que vous n'oubliez pas que je suis le portrait craché de mon père.

À l'époque, elle ne nous permettait de l'habiller que dans la tenue de football du Rotherham United, un haut rouge, un short blanc et des chaussettes hautes, rouges. Ses cheveux blond vénitien étaient coupés au bol et elle ressemblait tellement à Richie que, parfois, les gens le reconnaissaient en elle. Un jeune de Rotherham, en week-end à Dublin pour l'enterrement de la vie de garçon d'un copain, lui avait déclaré :

— C'est un mini Richie Aldin.

— C'est mon papa.

— Je vois ça, mon grand. Tu es le portrait craché de ton père.

— Il croit que je suis un garçon. Ça veut dire quoi « le portrait craché ? » m'avait chuchoté Neeve avec animation.

Pendant des années, quand on lui demandait ce qu'elle voulait faire quand elle serait grande, elle répondait : « Footballeur professionnel, comme mon père. »

À mon plus grand chagrin, Vraie Mamie, Vrai Grand-Père et Vrai Oncle Aldin résistèrent à mes tentatives pour leur présenter Neeve. Richie, qui jouait toujours au football dans des équipes du nord de l'Angleterre, s'était remarié, et les Aldin semblaient frappés d'amnésie collective concernant son premier mariage. J'en avais le cœur brisé pour ma fille.

En attendant, mes frères et sœurs envahissaient nos vies. Ils étaient, certes, pleins de bonnes intentions, mais incapables de mettre des limites.

Ils aidaient de façon pratique : dîners dans le congélateur, échelles et seaux pour tapisser la maison, une voiture prêtée en attendant que nous puissions en acheter une. Et, surtout, ils nous aidaient financièrement car, comme je l'avais deviné, en achetant une maison et en montant un studio d'enregistrement le même mois, on se retrouvait à tirer le diable par la queue.

Maura et papa nous avaient prêté de l'argent. Mon père nous l'avait proposé de lui-même. Car, sachant qu'il refusait systématiquement toute requête, je n'avais rien demandé. Il n'était pas méchant mais il avait l'esprit de contradiction.

Essayer de faire en sorte que la maison soit prête pour l'arrivée du bébé tout en travaillant de longues heures était d'une ambition insensée. J'étais encore en train de déballer des cartons de livraison quand j'avais perdu les eaux.

— C'est trop tôt ! Allez, faisons encore un carton, pendant que je peux encore.

— Non ! m'avait rétorqué Hugh, fou de panique. Plus de cartons. Tu vas direct à l'hôpital !

Kiara était venue au monde après six heures de travail, presque sans douleur. Elle avait commencé son existence comme elle devait la continuer, en enfant facile. Rien de comparable avec l'arrivée au monde de Neeve, qui avait été un supplice de trente-quatre heures.

Lorsque j'étais rentrée de l'hôpital, notre vie était devenue un vrai chaos. Kiara avait beau être facile, elle n'en était pas moins un nourrisson. Hugh était accaparé par l'installation de son studio et Neeve était très perturbée. J'avais l'impression d'avancer sur du sable mouvant et nous ne sommes jamais arrivés à créer la routine rigide de mes fantasmes.

J'avais prévu d'établir des programmes, j'avais même essayé de garder du temps pour faire mes plannings, mais c'était impossible. Nous manquions de tout : de temps, d'énergie, d'argent – surtout d'argent. Nous n'étions jamais parvenus à équilibrer nos finances. Mais nous nous en sortions bien.

Hugh m'aidait beaucoup avec Kiara (et avec Neeve, quand elle le lui permettait). Obéissant, il suivait docilement les ordres.

« Je ferai tout ce que tu veux mais j'ai besoin d'instructions. »

Il savait cuisiner à partir d'une recette. Mais quand j'avais découvert qu'il savait coudre, j'avais eu peur. Il devait y avoir un truc, non ? Certes, il ne savait pas broder, mais il pouvait coudre un bouton à une chemise et les étiquettes sur les uniformes scolaires de Neeve. « Maman m'a appris à coudre pour que je puisse subvenir à mes propres besoins en vivant seul. » (Sa mère était une « manuelle », ce qui avait créé un lien entre nous. Elle était « excellente tricoteuse » et j'adorais coudre. Nous avions suivi un cours de confection en feutrine ensemble et, pendant un temps, nous n'offrions plus que des chapeaux ou des sacs en feutrine.)

Bien sûr, je ne devrais pas m'extasier sur le fait que mon mari m'aidait à la maison. Quoi de plus normal, après tout ? Mais Hugh remplissait si bien ses devoirs, et avec une telle diligence, qu'il m'arrivait même de me sentir désolée pour lui. Une nuit, à 2 heures passées, j'avais descendu l'escalier en titubant et l'avais trouvé dans notre cuisine, en train de mettre la purée de carottes maison pour Kiara dans des Tupperware pour la congeler.

— Qu'est-ce que tu fais ?

— Ce que tu m'as demandé sur la note que tu m'as laissée.

— Je ne t'ai pas demandé de faire ça au milieu de la nuit, Hugh ! Ça aurait pu attendre demain.

— Mais je dois partir aux aurores.

— Mince ! D'accord.

Tout en l'aidant, j'avais pouffé de rire.

— Oh Hugh, regarde-toi ! Il n'y a pas si longtemps, tu étais un célibataire, avec tout Soho sexuellement à ta disposition. Et maintenant, te voilà enterré dans la banlieue de Dublin, père de deux petites filles, dont l'une n'est même pas la tienne. N'es-tu pas génial de l'avoir « prise en charge » ?

Cette expression était devenue notre blague depuis que papa avait déclaré à Hugh : « Chapeau de prendre en charge l'enfant d'un autre ! Ce n'est pas moi qui me serais fait avoir ! »

Et même si personne ne la formulait jamais, je voyais l'allusion chaque fois que, le regard empreint de gravité, quelqu'un m'étreignait les épaules un peu trop fort et me disait : « C'est un homme bien que tu as trouvé, Amy. Un homme vraiment bien ! »

— Et te voilà, au milieu de la nuit, en train de faire de la purée de carottes. Où est-ce que ça a dérapé ?

Il avait levé les yeux et, souriant, m'avait répliqué :

— Chérie, toi et moi. Je suis à fond. À cent pour cent.

Chapitre 13

— Maman, dit Kiara d'une voix alarmée. Habille-toi ! Vaseuse, je la regarde. Quel jour sommes-nous ? Lundi ? C'est l'heure d'aller travailler ? Mais non, nous sommes toujours dimanche. Je m'étais assoupie, sans doute parce que j'ai eu des insomnies la semaine dernière. Mais c'est toujours une erreur de dormir au beau milieu de l'après-midi : il me faut des heures pour me réveiller et, ensuite, je ne ferme pas l'œil de la nuit.

— Allez ! insiste Kiara. Il est l'heure d'aller au cinéma !

Oh mon Dieu! Je ne peux pas y aller. Plusieurs de mes contacts Facebook seront au cinéma. Ils auront vu mon post. Je serai au centre de l'attention.

—Chérie, ça ne te ferait rien…, commencé-je.

—Si, ça me ferait… C'est notre dernière sortie en famille avant qui sait combien de temps, bordel! Alors, oui, ça me dérange…

Je me lève d'un bond. Kiara ne jure jamais et elle fait toujours passer les autres avant elle. Mais la vie qu'elle connaît est sur le point d'être interrompue, peut-être pour toujours. Je me rue vers la salle de bains.

—Saute sous la douche! me lance-t-elle. Je vais te faire du café et choisir tes vêtements.

—Merci.

J'ai la langue pâteuse.

Debout sous le jet d'eau chaude, je me félicite que ma fille se soit montrée aussi directe. Le message est aussi fort que clair: craquer n'est pas une option. Je ne suis pas la seule personne affectée par le départ de Hugh. Mes responsabilités envers Kiara, Sofie et Neeve passent en priorité.

Elle m'attend avec du café et deux robes. L'une d'un style vaguement steampunk mi-longue, bleu nuit. L'autre également steampunk, même longueur, rouge grenat. Ma *personal shopper* a un flair incomparable. Elle parvient toujours à me dénicher des vêtements de style victorien, qui sont parfaits tant que j'évite les accessoires d'époque: le minichapeau haut de forme, par exemple; ou la trousse de médecin en guise de sac à main.

—Laquelle? demande Kiara en brandissant les deux robes.

J'aurais été contente de me mettre en jean. Mais ma fille, intuitive comme toujours, voit le pouvoir que donne l'élégance. En fait…

—Et merde! Va chercher ma robe Finery.

— Waouh ! L'artillerie lourde ! plaisante-t-elle.

Kiara revient avec une robe mi-longue, vert bouteille, au corsage ruché à col montant, aussi sexy qu'un sac. Hugh n'a jamais déploré que je ne porte pas de vêtements moulants. Il m'a toujours poussée à porter des robes qui m'arrivent à mi-mollet, avec de vraies manches.

Les hommes comme lui sont rares.

C'est ça ! Tellement rare qu'il n'est pas réel, en fait. Après tout, il me quitte pour passer du temps avec des nymphettes qui se baladeront sans nul doute en short coupé et robe moulante, en Lycra, au ras des fesses. Totalement inconsolable, j'enfile des collants.

— Chaussures ? Tes babies ?

J'hésite. Il y a quelque temps, j'ai lu dans un article qu'aucune femme de plus de dix-sept ans ne devrait porter des babies. Depuis, les miennes me font honte. Un autre article disait que vous deviez trouver votre look et vous y tenir, ce que je m'efforce de faire. Mais l'article sur les babies m'obsède.

— Ou tes bottes Miu Miu, suggère-t-elle.

Elle a remarqué mon hésitation. Je m'empresse de dire :

— Les bottes.

Ce sont les plus chouettes bottes du monde. Lourdes, noires, à lacets et talons épais, un cadeau que je me suis fait pour fêter le contrat Perry White. Et même là, j'ai dû attendre qu'elles soient soldées à soixante pour cent. En théorie, j'ai au moins vingt ans de trop pour porter du Miu Miu mais ces bottes me vont bien. Alors, j'ignore les commentaires visant à me faire comprendre que je suis un peu vieille pour m'habiller comme une minette.

Pour être juste, à part mes voix intérieures, la seule personne qui se moque de moi est Neeve. Et vous n'imaginez pas à quel point je savoure ma chance de faire deux pointures de moins qu'elle. Car, hormis mes chaussures, elle ne se gêne pas pour me piquer toutes mes autres jolies choses.

(Que Kiara récupère ensuite pour venir les poser sur mes genoux comme un chien fidèle.)

— Ce sac ? demande-t-elle en me montrant une jolie pochette.

— Pas assez fonctionnel.

Aujourd'hui, j'ai besoin d'un sac pratique. Mes mains pourraient être sollicitées. Je m'imagine soudain avec horreur repoussant un essaim de gens affirmant connaître les détails sordides des vacances de Hugh.

— Ça ?

Elle me présente ma solide sacoche.

— Parfait.

Nous n'allons pas dans un cinéma normal où l'on s'assied au milieu d'une foule d'ados qui s'envoient des textos tout en dévorant des hot-dogs géants. Mais, tous les dimanches de l'année scolaire, à 17 heures, un film de ciné-club est projeté dans notre cinéma de quartier. Il a rouvert la semaine dernière, à la fin des vacances d'été. Les films sont (comme vous l'avez peut-être deviné) étrangers et, entre les bières artisanales et les tapas inspirées du Pays basque, toute cette histoire est d'un bobo consternant.

Pourtant, les filles adorent. En fait, pour être honnête, j'apprécie aussi. Les films en soi ne sont pas toujours géniaux. Certains sont charmants, d'autres laissent totalement perplexe. Tout particulièrement les films iraniens. Mais le point le plus positif, c'est que Neeve nous accompagne et observe un cessez-le-feu. Après le film, le plus souvent accompagnés par le Jackson de Sofie, nous allons dîner à Wagamana pour en discuter.

Le rituel, tout ordinaire qu'il est, me remplit de reconnaissance pour cette vie que, la semaine dernière encore, il résumait. Et maintenant, je suis bouleversée de ne pas en avoir savouré chaque merveilleuse seconde. Comme tout le monde, j'étais absorbée par mes préoccupations. Neeve qui n'arrête pas de répéter : « Mon vrai papa est le meilleur homme du monde. » La pauvre Sofie et son combat avec la nourriture. Et mes soucis d'argent constants. Alors que j'aurais dû être remplie de gratitude.

La voix de Hugh s'élève du rez-de-chaussée :

— Allez ! Le parking va être bondé.

J'en arrive même à regretter son agacement perpétuel vis-à-vis de sa tribu de femmes toujours en retard.

Je demande alors à Kiara :

— Sofie vient, aujourd'hui ?

— Je ne sais pas, elle ne répond pas aux textos de papa.

Elle ignore les miens aussi. Soudain, une nouvelle vague de fureur me submerge. Hugh ne me quitte pas seulement moi, il nous quitte toutes. J'ai toujours trouvé plus facile d'éprouver de la colère pour un tiers. *Pauvre Sofie. Pauvre petite Sofie…*

Chapitre 14

Quatorze ans auparavant

Constamment épuisés, focalisés sur quelque jour lointain dans l'avenir où nous aurions la situation en main, Hugh et moi – Neeve et Kiara dans notre sillage – nous adaptions tant bien que mal à notre nouvelle vie, à Dublin. Puis, alors que Kiara venait de fêter ses deux ans, Sofie, qui en avait trois, était arrivée en Irlande.

Elle n'avait que quelques semaines quand Joe, son père, avait quitté Urzula pour revenir s'installer à Dublin.

Cette dernière avait fait de son mieux pour élever sa fille en Lettonie, en vain. Au bout de trois ans d'une vie difficile, elle avait trouvé un poste de serveuse sur un bateau de croisière. (Tout cela avant qu'elle ne découvre sa véritable vocation de gourou de la diététique-traqueuse de gras.) Elle gagnerait de l'argent mais ne pouvait pas emmener sa fille.

Sofie avait donc été expédiée chez Joe.

Elle était arrivée à moitié sauvage : elle n'était pas propre, elle parlait à peine, fuyait les regards, et, quand il lui arrivait de manger, c'était avec les mains. C'était affreux. Et j'avais honte ! Après tout, il s'agissait de ma nièce. J'aurais dû m'apercevoir de ce qui se passait et tout faire pour aider.

Joe n'avait pas tardé à découvrir qu'il ne pouvait pas travailler à plein-temps et s'occuper de sa fille. Pure foutaise ! S'il avait été une femme, la question ne se serait même pas posée. Nombre de femmes jonglaient entre travail et enfants. Et d'hommes aussi, pour être juste. Mais pas Joe.

Il avait donc décidé d'imposer Sofie à l'une de ses trois sœurs, Maura, Derry ou moi. Même si nous nous moquions tous de notre aînée, Maura avait un cœur d'or. Mais s'occuper de jeunes enfants l'angoissait. « Ça fait remonter les souvenirs de mon enfance traumatisante. C'est pour ça que je n'ai pas d'enfants. »

(Maura avait passé de longues heures en psychothérapie. Ce qui ne l'avait pas avancée à grand-chose. Enfin, au moins, elle comprenait maintenant ses colères. Ce qui était déjà un grand pas en avant).

Quant à Derry, elle avait deviné avec raison que son statut de jeune femme, célibataire et libre de toute entrave, faisait d'elle le pigeon idéal. Il n'était pas question pour elle d'accepter de se charger de sa nièce. Son bien le plus précieux était son indépendance.

Ne restait plus que moi. Et Hugh, bien sûr. Qui, dès le début, était la seule personne à qui l'enfant semblait faire confiance.

Certains ont ce don d'inspirer la confiance. Une qualité que, généralement, les chiens sentent. Par exemple, si j'étais dans une pièce pleine de monde avec Hugh et qu'un chien entrait, on pouvait presque le voir penser : « Mais il me plaît, celui-là », et se diriger droit vers lui.

Le jour où Joe avait déposé Sofie chez nous, elle avait commencé par rester dans un coin, les yeux baissés vers le sol. Puis, lentement, mettant un petit pied devant l'autre, elle s'était approchée de Hugh. Elle était montée sur le canapé et s'était appuyée contre lui. Au bout d'un moment, il avait soulevé un bras et elle avait pressé son petit corps maigre contre son tee-shirt à rayures. À partir de cet instant, il avait été le seul à pouvoir la persuader de manger, le seul ayant la permission de démêler ses cheveux blonds pour la coiffer.

Quand Joe venait la chercher, souvent très tard, elle posait ses petites mains sur le visage barbu de Hugh et le couvrait de baisers. Puis, pleurant des larmes silencieuses, terriblement adultes, elle se laissait entraîner.

— Comment se fait-il que Hugh ait un tel don avec les enfants ? m'avait demandé Steevie.

— Je n'en ai pas la moindre idée. C'est l'avant-dernier dans sa famille. Ce n'est donc pas quelque chose qu'il a appris en s'occupant de plus petits que lui.

— Peut-être est-ce juste qu'il est gentil, avait-elle fait remarquer d'un air dubitatif.

— Peut-être…

Trouver une solution pour Sofie était devenu un souci constant. Elle passait tellement de temps chez nous qu'il semblait inévitable qu'elle devienne officiellement un membre de notre famille. Mais Hugh avait déjà « pris en charge » l'enfant d'un autre. Même s'il ne le faisait jamais sentir. Dès le départ, il avait ouvert son cœur à Neeve (et je peux vous garantir que c'était loin d'être réciproque).

Néanmoins, lui et moi semblions deviner mutuellement nos pensées. Et quand, tôt un samedi matin, il m'avait secouée gentiment pour me réveiller, je n'avais pas été spécialement surprise.

— Allons-y avant la ruée. Nous allons acheter un lit pour Sofie. Il faut qu'elle vienne habiter avec nous.

Et j'avais eu l'impression que mon cœur allait exploser d'amour pour lui.

Nous avions décidé qu'elle pourrait partager la chambre de Kiara jusqu'à ce que nous ayons l'argent pour aménager le grenier. Puis nous avions acheté un petit lit blanc que nous avions peint en rose parce que Sofie était très coquette. Il nous avait été plus difficile de trouver une housse de couette adéquate. Rien n'était assez joli.

— Penses-tu pouvoir faire Amy la Magicienne ? m'avait-il alors demandé. Pourrais-tu en fabriquer une à partir des chutes de ces tissus chatoyants et scintillants, de ta boîte à couture ?

Je gardais des chutes de tissu dignes d'une mercerie : des fleurs à paillettes, des rubans étincelants, du tulle craquant. Je les avais rapportées de vide-greniers ou de fêtes d'écoles dans l'espoir qu'elles pourraient m'être utiles un jour. Et tout en créant une housse de couette digne du Pays des Merveilles, je m'étais félicitée de constater que j'avais vu juste.

Quand Sofie avait vu le lit rose, étincelant, elle était restée un moment en contemplation. Puis, nous regardant, elle avait chuchoté :

— C'est pour moi ?

Nous avions répondu en chœur :

— C'est pour toi.

Elle s'en était approchée avec méfiance. Puis, lentement, elle y était grimpée et avait commencé à examiner tous les détails de la couette, chaque papillon, chaque coccinelle, chaque rose lui arrachant un cri de bonheur.

— C'est de la magie des fées ! avait-elle déclaré avec un grand sourire.

Hugh me serrait l'épaule à m'en faire mal. Nous avions tous deux peiné à retenir nos larmes.

Sofie avait donc emménagé avec nous et n'avait pas tardé à devenir propre. Elle avait commencé à former des phrases complètes en anglais. Elle avait cessé de se réveiller la nuit, de sucer constamment ses deux doigts du milieu, avait commencé à appeler Hugh « Papa », même si je restais Amy. Et elle ne posait jamais de questions sur sa mère, ce qui était préférable car Urzula ne téléphonait que rarement. Quant à Joe, elle le traitait avec une indifférence bienveillante.

Contrairement à Neeve qui persistait à être obsédée par son père biologique (quelle formulation sinistre !) et la nouvelle famille qu'il avait fondée, avec nous, Sofie s'épanouissait comme une fleur.

Chapitre 15

— Si nous y allons, cria Hugh de la cuisine, nous devons y aller TOUT DE SUITE !

Je me hâte de descendre l'escalier et le trouve debout devant le plan de travail, avec Neeve, en train de fouiller dans une pile d'affaires à côté de l'égouttoir.

— C'est celui-ci ? demande-t-il en lui montrant un brillant à lèvres.

— Non, répond-elle.

— Celui-ci ?

— Non.

— Celui-ci ?

— *Yes !!!!*

Elle lui arrache un tube de gloss.

— Tu t'en mettras dans la voiture. Nous n'avons pas le temps.

Soulagée, je vois arriver Sofie, qui remonte l'allée. Sa nouvelle tête me laisse toutefois abasourdie : elle s'est rasé les cheveux.

Avec son duvet blond-blanc et ses immenses yeux bleus, elle ressemble à la fois à un adorable caneton et à une pénitente du Moyen Âge, expiant quelque obscur péché. Se dirigeant droit vers Hugh, elle s'écroule en sanglots dans ses bras. Il la serre contre lui et la laisse pleurer tout son soûl. Enfin, elle se retire, lui tapote le bras, esquisse un sourire tremblotant, et ils sont de nouveau amis.

— Qu'est-ce que tu as fait à tes cheveux, espèce de barge ? demande Neeve.

Dieu merci, elle aborde le sujet de plein fouet.

— Je me suis fait poser des extensions, plaisante-t-elle.

Tout le monde éclate de rire.

— Est-ce que Jackson doit venir ? demande Hugh en faisant un pas vers la porte d'entrée.

— Il nous retrouve au cinéma.

— Dois-je changer de jean ? demande Neeve.

— Non ! hurlons-nous d'une même voix.

Nous chamaillant, nous coupant la parole et ayant fini de nous pomponner, nous sommes enfin tous les cinq dans la voiture. Hugh recule dans un crissement de pneus.

Au cinéma, les filles et moi entrons généralement dans le foyer ensemble, pendant qu'il se gare. Mais, aujourd'hui, je reste avec lui parce que je veux que nous arrivions ensemble pour « AFFICHER NOTRE PARFAITE UNITÉ ».

Je lui ai donné les instructions. Nous franchissons donc les portes automatiques bras dessus bras dessous. Puis nous nous arrêtons un instant pour laisser le temps à ceux que ça intéresse de nous regarder à loisir.

« Regardez un peu. Mon mari me quitte peut-être pour six mois, peut-être même pour toujours, mais nous avons l'air vraiment ensemble, non ? »

Dans le foyer, les soiffards sont tous de sortie : des femmes au regard vide qui boivent des verres de merlot comme si elles venaient d'apprendre que les vendanges avaient été désastreuses et des pères soi-disant bobos (nourris au biberon, friands de graines, à la larme facile et adorant regarder les rediffusions de *Columbo*) qui avalent de la bière accompagnée par un jambon basque à un prix exorbitant.

Quelques têtes se tournent dans notre direction. Mais ce n'est pas comme dans *Autant en emporte le vent*, la scène du bal où tout le monde se fige parce que Scarlett O'Hara a été surprise à faire des bêtises avec Ashley Wilkes ou Rhett Butler (les détails m'échappent).

Hugh commence à s'avancer mais je resserre mon emprise sur sa taille. Je ne veux pas encore le lâcher. Encore quelques secondes pour laisser le temps à l'image de s'imprégner dans la tête de tous les gens présents. Je me sens artificielle, exposée, un peu comme la femme d'un politicien tombé en disgrâce, en pleine séance photo. « Tout va bien. Nous n'avons rien à nous reprocher, ni scandale d'homosexualité, ni affaire de détournement de fonds. »

Bien. Ça ira comme ça. Au moment où je relâche mon emprise, un couple nous percute par-derrière, nous faisant trébucher.

— Désolés !

— Non, non, nous sommes désolés.

— Non, c'est nous.

Nous sommes tous désolés. Mais alors qu'ils s'éloignent, j'entends :

— Qu'est-ce qu'ils fichaient en plein milieu, de toute façon ?

Je repère alors Petra la Snob et je dis à Hugh :

— Bon, je vois Petra. Tu peux aller au bar.

Dès qu'elle me voit, Petra, qui est en train de siffler un verre de merlot, se précipite dans ma direction.

— Ma chérie ! Je t'ai envoyé un million de textos. Que se passe-t-il ? demande-t-elle en m'attirant vers elle.

Elle parle comme si elle essayait de ne pas faire bouger ses lèvres. Encore une fois, je suis parano. Toutes les personnes présentes me regardent-elles avec pitié tout en mangeant leurs anchois si chers ? Un coup d'œil circulaire ne révèle rien d'inhabituel.

— Hugh va partir en voyage pendant six mois.

— Que veux-tu dire ?

— Je veux dire qu'il va quitter l'Irlande et partir dans d'autres pays. Il va être parti six mois.

— Sans toi ? Qu'est-ce qui se passe, putain ?

En général, j'adore entendre Petra la Snob jurer. Avec un haussement d'épaules, je réponds :

— Il veut se réinventer.

— « Se réinventer » ?

Son ton est tellement méprisant que, préférant laisser tomber cette explication, je me reprends :

— Peut-être mérite-t-il une pause pour bonne conduite.

Son visage exprimant un mélange d'étonnement et de compassion, elle déclare :

— Mais… et excuse-moi d'insister, n'est-ce pas aussi un break pour aller faire les quatre cents coups ? Amy, mais c'est affreux, non ? Tu vas bien ?

Visiblement, Petra la Snob est consternée.

— Je n'en ai pas la moindre idée. Je ne pense pas le savoir avant son départ. Soit mardi matin.

— Si vite ! Tu sais que je t'aime, affirme-t-elle en me regardant droit dans les yeux. Et je ne suis pas la seule. Tu as de bonnes amies. Nous allons nous occuper de toi.

En général, je déteste inspirer la pitié. Mais je suis fatiguée, j'ai peur. Et je suis *tellement* triste.

— Tu es la bienvenue chez moi à n'importe quelle heure du jour et de la nuit. Tu peux même emménager, si tu veux.

Immédiatement, je pense « purée de carottes ». Purée de carottes dans mes cheveux.

Petra lit dans mes pensées.

— Ce sont ces deux petites pestes, c'est ça ? s'exclame-t-elle, les yeux soudain brillants de larmes. Elles m'ont gâché la vie, Amy. Elles me gâchent mes amitiés. Elles me gâchent ma carrière. À propos, tu veux venir à un vernissage jeudi soir ?

Petra travaille dans une galerie d'art.

Je réfléchis un instant.

— Non.

— Oh, Amy, viens ! Il y aura du vin.

— J'ai du vin à la maison.

— Ce sera bien pour toi. Une éducation.

C'est un sujet de discorde récurrent entre nous deux. J'aime la peinture simple, les scènes rurales. Elles me procurent un sentiment de sécurité. Petra aime l'art lugubre, compliqué. À quoi bon ? La vie est suffisamment compliquée, pourquoi ajouter à notre fardeau ?

— Si tu viens, je demanderai au galeriste s'il sait quelque chose de ton artiste mystère, propose-t-elle d'une voix engageante.

L'une de mes très nombreuses obsessions est l'œuvre d'une peintre serbe.

Une œuvre d'une beauté phénoménale. Comme une palette à fards à paupières gris et argent Tom Ford. Ou des sacs Miu Miu ornementés. Dont la vue vous transporte à tel point que vous avez l'impression de recevoir une claque !

C'est l'effet que les peintures de cette femme ont sur moi.

Je suis tombée dessus un jour, par hasard, sur Pinterest. Et j'ai immédiatement commencé à faire des recherches sur Google. Qui n'a pu me fournir qu'une seule information : qu'elle était originaire de Serbie. Je ne sais même pas si elle est toujours vivante. Le plus frustrant étant que je n'ai jamais trouvé la moindre piste pour acquérir l'un de ces tableaux. J'ignore même si je pourrais m'en offrir un millimètre, mais il serait intéressant de le découvrir.

De guerre lasse, je réponds :

— On verra. Voyons comment se déroule la semaine.

Elle boit une gorgée et s'aperçoit que son verre est vide.

— J'ai encore besoin de vin. Ce sera mon épitaphe sur ma tombe.

— Je t'accompagne au bar.

Mais je suis interceptée par Jana.

— Amy, mon chou, je t'ai appelée.

— Je sais, je suis désolée.

— Que se passe-t-il ?

— Hugh part en voyage pendant six mois. Il fait un break pour aller faire les quatre cents coups.

J'essaie d'en rire. Sans succès.

— Ensuite, il reviendra.

L'air un peu déconcerté, elle me demande :

— Tu es triste ?

Mon cœur se serre. Quelle question ! Après tout, Derry a sans doute raison quand elle dit que Jana est totalement « perchée ».

Sarcastique, je réponds :

— Tu crois ?

— Je suis désolée. Vraiment désolée, Amy. Bien sûr.

— Je sais que tu vas le dire à Genevieve. Mais pourrais-tu lui raconter que je ne suis pas anéantie ?

— Je ne dirai rien à Genevieve.

— Jana…

— D'accord, concède-t-elle. Je lui exposerai les faits mais je lui dirai que ça ne te pose aucun problème. Je te le promets.

Son visage exprime la plus grande sincérité. Qui sait ? Peut-être dit-elle la vérité.

— Mais Amy, tu vas faire un break, toi aussi ? Pour faire les quatre cents coups, par exemple ? Parce que ce n'est pas rien, non ?

Seigneur ! Je crois que je préfère encore la pitié !

— Allez, fonce, ma grande !

Elle lève son verre de vin et émet un petit « youpi ! » qui fait tourner toutes les têtes. Puis, d'une voix sonore, elle déclare :

— Regarde-nous ! En train de boire du vin alors qu'il n'est même pas 18 heures en mangeant des *pintxos*, juste avant de voir un film malaisien. Et maintenant le couple de l'une d'entre nous est un couple libre. Tu dois reconnaître que nous somme une bande stylée !

Chapitre 16

Lundi 12 septembre

— Bonjour, marmonne Tim.

Il lève à peine la tête de son écran.

— Bonjour.

Je ne sais pas ce qui est pire, les gens qui veulent tous les détails sordides sur les projets de Hugh ou – comme le fait Tim – ceux qui se comportent comme si de rien n'était.

Et voilà Alastair. Sa tenue bien trop décontractée, jean délavé et chemise bleu pâle sans col, laisse entendre qu'il a rencontré une fille pendant le week-end et qu'il n'est pas repassé chez lui.

— Bonjour. Vous avez passé un bon week-end ?

Son sourire découvre sa dentition scintillante.

Je regarde fixement mon écran blanc. Manifestement, il a fait l'une de ses fréquentes et éphémères détox du numérique.

— Timothy ?

On sait qu'Alastair est au top de sa forme quand il commence à appeler les gens par leur vrai prénom. Thamy a sans doute eu droit à Thamyres, et je vais sans nul doute être Amelia.

— Tu as bien profité de tes deux jours, Timothy ? Laisse-moi deviner. Tu as tondu la pelouse ? Réparé un robinet qui fuyait ? Non, ça me revient maintenant. Un anniversaire, c'est ça ? Tu avais une fête pour les six ans de l'un de tes enfants ?

Tim a cinq enfants. *Cinq !* Âgés de seize ans à vingt mois. Sa femme est chirurgien et a le grand mérite de ne pas changer une seule couche. Tim est très polyvalent.

— Tu as fait des gâteaux aux Rice Krispies ? insiste Alastair.

— Oui, acquiesce Tim.

— Pas de visite aux urgences ? Pas de chute de la cabane dans l'arbre ? Aucun n'a avalé une pile ?

— Le chien a été malade et j'ai dû aller aux urgences vétérinaires avec neuf gamins de six ans.

— Le chaos habituel. Eh bien, pour ma part, le week-end a été très productif. Mon cours était excellent.

— Tu es guéri maintenant ? demande Tim.

— Guéri. Heureux. C'est bien moi.

Il est impossible de savoir s'il parle sérieusement. Mais, même si c'est le cas, ça ne durera pas. Ça ne dure jamais.

— Et toi, Amelia ? Tu as passé un bon week-end ? me demande Alastair.

Percevant la soudaine tension, Alastair nous regarde tour à tour.

— Quoi ? Qu'est-ce que j'ai dit ?

Je m'entends alors répondre :

— Hum… Hugh va faire un break de six mois. Il part, sac à dos. Demain.

— Hugh ? s'étrangle-t-il. Ton mari, Hugh ?

Le silence de Tim est encore pire que la réaction stupéfaite d'Alastair. Il a parfaitement saisi la situation.

— Quand tu dis « un break » ?

— Oui. Un break. Une pause, appelle ça comme tu voudras.

— Autrement dit, il y aurait d'autres femmes ? C'est pas vrai ! s'exclame-t-il, l'air scandalisé. J'ai toujours pensé que votre couple était solide comme un roc.

Oui, eh bien… Je suis sur le point de craquer.

— Et toi ? Tu fais aussi une pause ? demande Alastair.

— Arrête ! lui ordonne Tim.

C'est la première fois qu'il ouvre la bouche.

— Je ne… je posais la question en toute innocence, s'excuse presque Alastair, l'air sincèrement blessé. Je considère Amy comme ma sœur. C'est vrai, Amy. Tu es comme une sœur. Tu comptes pour moi. Alors, c'est une décision soudaine ? Ou ça couvait depuis quelque temps ?

— Un peu les deux. Ça m'a fait un choc, un gros choc. Mais il y pensait sans doute depuis un moment.

— Depuis la mort de son père ?

— Je suppose.

Plus longtemps, même. Disons seize mois.

— Arrête ton interrogatoire, s'irrite Tim.

Puis il poursuit, à mon intention :

— Tu as besoin de t'arrêter un peu ? Quelques jours, pour te remettre psychologiquement ?

Tim a la réputation de ne pas être très drôle. C'est sans doute vrai. Mais sa bonté est sans limites. Je secoue la tête.

— J'ai besoin de rester occupée.

— Si Hugh part demain, tu veux qu'Alastair assure tes rendez-vous à Londres ? Tu peux rester à Dublin pour lui dire au revoir de manière appropriée ?

Non ! Il est hors de question que j'aille à l'aéroport lui dire adieu, comme s'il partait pour une année sabbatique, comme si j'approuvais. Pas plus que je ne veux courir le risque de m'effondrer en public. Nous nous dirons au revoir comme tous les mardis matin, à 5 h 30. Il sera toujours au lit, encore somnolent, et, après un baiser rapide, je filerai à l'aéroport. Et je m'autoriserai à prétendre un moment que, quand je rentrerai le soir, il sera là, comme toujours, et non pas à l'autre bout du monde.

— Tu veux que je te prenne dans mes bras ? propose Alastair.

D'un ton dubitatif, je réponds :

— Toi ? Non, je ne pense pas. Mais merci quand même.

— Si tu changes d'avis.

Ça ne risque pas !

— Les garçons, s'il vous plaît. Je ne veux pas que cette histoire prenne de l'importance. J'ai honte, j'ai peur, et je veux juste que la vie suive son cours normal. Allez, au travail !

— Laisse-moi une minute, dit Alastair.

Il se dirige vers « son » placard et l'ouvre sur une pile d'une vingtaine de livres. Les yeux écarquillés, Tim et moi échangeons un hochement de tête entendu en le voyant sélectionner un petit volume de poèmes de Rûmî.

Il est *évident* qu'il a rencontré quelqu'un au cours du séminaire. Nous savons toujours qu'il a une nouvelle copine quand nous le voyons mettre l'un de ses livres dans une enveloppe rembourrée, avec une poignée de pétales de crocus séchés, pour l'expédier discrètement avec le courrier de l'agence. Les pauvres filles sont généralement assez naïves pour croire que le recueil de poèmes de Rûmî prouve la profonde spiritualité qui l'anime. Mais, comme le dit Tim, il est tellement égocentrique qu'il ne paie même pas le prix du timbre. (Même si, depuis quelque temps, il pose ostensiblement un billet de cinq euros sur le bureau de Thamy et annonce d'une voix forte : « Pour couvrir le coût d'envoi du courrier personnel », avant de lancer à Tim à regard assassin.)

Il feuillette les pages du volume, trouve un poème qu'il aime, puis le pose sur mon bureau. *Oh non !* Le poème de Rûmî est pour moi.

— Lis ça.

L'air horrifié, Tim me lance un regard plein de compassion. Docile, je m'exécute.

« Être humain, c'est être une maison d'hôtes. Tous les matins arrive un nouvel invité. Une joie, une dépression, une méchanceté, une prise de conscience momentanée vient comme un visiteur inattendu. Accueillez-les tous et prenez-en soin ! Même s'ils sont une foule de chagrins, qui balaient violemment votre maison et la vident de tous ses meubles, traitez chaque invité honorablement. Peut-être vient-il faire de la place en vous pour de nouvelles délices. La pensée sombre, la honte, la malice, rencontrez-les à la porte en riant, et invitez-les à entrer. Soyez reconnaissants pour tous ceux qui viennent, parce que chacun a été envoyé comme un guide de l'au-delà[1]. »

---

1. Extrait de *Soleil du Réel*, Djalâl-od-Dîn Rûmî. Traduction française de Claude Jamet. (*NdT*)

Je ne veux pas de « nouvelles délices ». Et par « nouvelles délices », Alastair veut sans nul doute me faire comprendre que je devrais prendre un amant. Il n'essaie pas de se proposer. Mais il me suggère de remplacer Hugh. Franchement, le sexe est l'obsession générale. Hier soir, dans le foyer du cinéma, trois amies différentes m'ont lancé : « Allez ! Fonce, ma grande. » Comme si le départ de Hugh était une bonne chose. Alors que tout ce que je ressens, c'est un sentiment de vide infini. De néant.

CHAPITRE 17

Thamy dispose un arrangement élaboré de branches automnales et de baies sur mon bureau.

Si peu probable que ce soit, j'ai une bouffée d'un espoir ridicule : serait-il possible qu'il soit envoyé par Hugh pour me dire qu'il a changé d'avis ? Je déchire l'enveloppe et lis la carte.

Merci de m'avoir rendu ma vie. Bryan (Sawyer). Bises.

— Ça vient de qui ? demande Alastair.

— Bryan Sawyer, dis-je, refoulant ma déception.

— Le clepto ?

— Ex-clepto, précise Tim. Tout neuf et de nouveau respectable, grâce à Amy.

Mes yeux se remplissent de larmes qui se mettent à ruisseler sur mon visage. Discrètement, je les essuie : je ne peux pas faire partie de ces gens qui pleurent au bureau. Derrière moi, j'entends Tim se lever et je fais un effort pour me ressaisir. Il vient poser une petite boîte de mouchoirs à côté de ma souris. Surprise, je me tourne pour le remercier. Mais il a déjà regagné sa place, derrière son écran. Sa gentillesse muette fait redoubler mes pleurs.

Je renifle, aussi discrètement que possible. Mais Alastair m'entend.

— Ça va ?

— Rhume des foins, dis-je en montrant le bouquet de Bryan.

— Rhume des… ? répète-t-il, surpris. Ah oui, rhume des foins !

Un peu plus tard, il me prend entre quatre yeux pour me remonter le moral.

— Je vois bien que tu as de la peine. Mais tu devrais profiter à fond de son absence.

Sachant exactement où il veut en venir, je plaide :

— Arrête, s'il te plaît. J'ai perdu toute confiance en moi. J'ai quarante-quatre ans et je sens chaque seconde de mon âge. Et même si je le voulais, il n'est pas question que je dévoile ce vieux corps à un nouvel homme. Ce serait comme dans *Game of Thrones*, quand Mélisandre retire son collier et prend cent ans.

— Tu n'es pas si mal conservée, me rassure-t-il. Sérieusement, je n'hésiterais pas.

— Je croyais que j'étais comme une sœur pour toi ?

— Bien sûr. Mais je pourrais sans doute dépasser cette notion.

— Vraiment ?

L'espace d'un instant, je suis sincèrement curieuse.

— Bien sûr !

Son intonation est bien trop emphatique pour que je puisse le croire.

Néanmoins, je reste un long moment à l'examiner : les pommettes, le menton, la bouche si célèbre. Puis je pense « cow-girl renversée ». Et la possibilité s'évanouit. Ce serait CAUCHEMARDESQUE.

— Amy, tu es sûre de ne pas pouvoir convaincre Hugh de renoncer à ce projet ?

— Certaine.

— Mais il est tellement… accommodant.

— Jusqu'à un certain point.

Parce que lorsque Hugh a décidé qu'il voulait quelque chose, il l'obtient toujours.

— Écoute, je suis ton ami. Si je peux t'aider, tu dois me le dire.

Sur ces mots, il disparaît, me laissant avec un souvenir qui remonte à deux ans environ.

Hugh est fan de musique, il l'a toujours été. Il s'est toujours imaginé en chanteur de l'un de ces groupes de guitaristes des années 1980. Il adore aller à des concerts. Mais, pour moi, c'est l'enfer. Me retrouver couverte de bière, devoir porter des chaussures plates parce que les talons s'enfoncent dans l'herbe… et par conséquent, ne rien voir en raison de ma petite taille. C'est un vrai calvaire pour moi.

Quand nous sommes revenus à Dublin, Hugh a pris contact avec trois copains avec qui il avait formé un groupe quand ils étaient adolescents : Les Janitors. Ils avaient décidé de le faire revivre. Hugh était la première guitare et partageait les chansons avec Clancy. (Suivant leur habitude de gamins, ils s'appelaient tous par leurs noms de famille. Il était donc Durrant). Et tous les quatre s'impliquaient très sérieusement. Ils répétaient le jeudi soir et, quoi qu'il puisse arriver, il revendiquait sa soirée.

— J'en ai besoin, me disait-il. Tant que j'ai ça, je peux assurer pour tout le reste.

Il disparaissait donc chez Nugent pendant plusieurs heures, pour ne revenir qu'aux premières heures de l'aube le vendredi matin, sentant la sueur et le cannabis.

Ce qui se passait dans le garage de Nugent, entre les amplis et le médiator, restait pour moi un mystère. Cela ne m'intéressait pas le moins du monde. Je m'en voulais de ne pas être une fan de pop, coiffée d'une frange cool à la Chrissie Hynde et chaussée de bottes à bout pointu, rêvant de devenir guitare solo.

Mais j'avais ma propre passion : les vêtements vintage. Et ce n'était pas parce que Hugh et moi étions proches que nous devions pour autant devenir des clones.

Curieusement, je n'aimais pas être avec lui quand il traînait avec les copains de son groupe. Ils étaient sympas, tout aussi banals et casés que lui. Mais quand ils étaient ensemble, Hugh changeait. Il buvait plus, parlait plus fort, et faisait des blagues dont j'étais exclue. J'étais tellement en accord avec la version du Hugh que je connaissais que la moindre différence, si minime soit-elle, me perturbait. Souvent, je me mettais en rogne et j'avais envie de lui crier : « Pourquoi racontes-tu toutes ces conneries en hurlant ? » Et, environ une fois par an, tous les quatre partaient à un concert dans une ville étrangère, Copenhague, Berlin, Manchester.

Or, un après-midi, il y a quelques années de cela, je lui avais annoncé, à la suite d'une conversation téléphonique avec Maura.

— Grande nouvelle ! Joe et Siena se marient le 29 septembre.

— Le 29 septembre ? avait-il répété en secouant la tête. Je serai à Amsterdam, pour le concert des Smashing Pumpkins.

À mon tour, j'avais secoué la tête.

— Non. Pas d'Amsterdam. Désolée, chéri, mais c'est le mariage de mon frère.

— J'ai déjà ma place. Je pars avec les potes. Tout est réservé.

Je savais très bien que ce n'était pas la seule raison. Hugh avait toujours considéré Joe comme un crétin fini. Mais j'étais sûre qu'il me suffirait d'insister un peu pour le faire changer d'avis.

— Mais…

— Je vais au concert, Amy.

— Hugh…

Il était impensable qu'il rejette ma requête.

— Je n'irai pas au mariage de Joe. À moins qu'il ne change de date. Dans ce cas, je me ferai un plaisir d'y assister.

Il était rare pour lui de me tenir tête. Pourtant, dès que j'avais senti la force de sa détermination, j'avais cédé instantanément. Et, ce jour-là, j'avais découvert un trait de caractère de mon mari dont j'ignorais tout : Hugh était le plus accommodant des hommes. On pouvait lui demander n'importe quoi, il acceptait toujours de bonne grâce. Et puis, un jour, on se trouvait face à un bloc de béton : il prenait une décision dont rien ne le faisait démordre.

CHAPITRE 18

— Qu'est-ce qu'il y a pour le dîner ? demande Kiara en entrant dans la cuisine.

— On se fait livrer.

— Un lundi ?

Elle est enchantée.

Le lundi est le soir où je cuisine. Hugh s'en charge du mardi au jeudi.

— Tu ne penses quand même pas que je vais cuisiner ce soir, merde !

Le sourire de Kiara s'évanouit.

— Houlà !

« Houlà » est le mot juste. Il n'est pas question que je me fende d'un dîner pour lancer la Grande Aventure de Hugh.

— Qu'est-ce qu'on peut commander ?

— Ce que tu voudras.

— Même chez *Eddie Rocket's* ?

D'un ton impatient, j'acquiesce :

— Oui !

Les commandes chez *Eddie Rocket's* sont réservées aux occasions exceptionnelles car, dans ces cas-là, nous mangeons tous trop. Même si nous nous sentons malades, nous sommes incapables de nous arrêter. Mais, ce soir, je m'en fiche.

— D'accord ! On va peut-être plutôt opter pour des pizzas.

— Chérie, je suis désolée. Commande chez *Eddie Rocket's*.

Je ne devrais pas passer mes nerfs sur elle, ce n'est pas juste.

— Non. Après tout, ce n'est pas vraiment la fête ! Les pizzas sont un bon compromis. Voilà papa. Salut ! Où étais-tu ?

— Au centre de médecine tropicale, pour mes vaccins.

Après des mois d'un mutisme quasiment constant, il est devenu aussi bavard qu'exubérant. Je le déteste.

— Puis je suis allé à la pharmacie, poursuit-il en brandissant ses sacs, et j'ai acheté une trousse de premiers secours.

Me faisant violence, je me retiens de lui demander s'il en a profité pour acheter des préservatifs. En tout cas, il a intérêt à les avoir prévus. S'il pense pouvoir coucher sans protection avec un nombre incalculable de filles avant de me revenir… *Oh, mon Dieu, Hugh va coucher avec d'autres femmes…*

— Nous allons commander des pizzas pour le dîner, annonce Kiara.

— Oh ? Vraiment ?

Il me jette un coup d'œil incertain. L'ignorant, je m'affaire à me préparer un thé.

— D'accord, je prendrai comme d'habitude.

— Maman, que veux-tu ?

— Rien.

— Amy, commence Hugh.

— Je n'ai pas faim.

Je n'ai rien mangé de la journée.

— Commande-lui du pain à l'ail, suggère-t-il à l'intention de Kiara.

— Non.

Il a peur de me voir craquer. Il n'a jamais pu supporter de me voir pleurer. Mais il n'a pas besoin de s'inquiéter. Je suis tellement tendue que j'ai l'impression d'être figée comme une statue. Je ne pourrais même pas verser une larme.

— Chérie, je suis désolée, dis-je à Kiara.

— Inutile de s'excuser.

Elle se précipite dans l'entrée et appelle Neeve.

— On commande des pizzas. Qu'est-ce que tu veux ?

Hugh essaie de me prendre dans ses bras. Je me tortille pour lui échapper, file dans le salon et m'absorbe dans mon iPad. Il me suit.

— Amy, je suis désolé.

— C'est ça !

Si j'avais un minimum de bon sens, je ferais en sorte qu'il garde de moi le souvenir d'une femme adorable. Mais il m'impose cette séparation et j'en ai marre de me montrer compréhensive. C'est trop demander. N'importe quelle autre femme hurlerait son désaccord ou avalerait de puissants sédatifs. Aurait probablement refusé tout net de le laisser partir. Tout bien considéré, j'ai fait preuve d'une conduite exemplaire. Cela dit, je regrette de ne pas avoir tenu quelques heures de plus…

— Tu veux du vin ?

— Non.

J'ai peur de boire parce que je risque vraiment de me retrouver tellement bourrée que j'en perdrais la tête.

— Puis-je t'apporter quoi que ce soit ?

— Non.

— Et si tu allais t'allonger ?

— Oui.

Je ne réponds que par monosyllabes. C'est immensément satisfaisant. Peut-être que si je créais un profil Tinder, je pourrais en faire un hobby.

— Viens, je vais t'accompagner au premier.

— Non. Parce que tu vas passer la soirée à faire des allers et venues dans la chambre pour finir tes foutus bagages.

D'un ton joyeux, j'ajoute :

— De toute façon, tu seras bientôt parti et j'aurai la chambre pour moi toute seule.

Il baisse la tête d'un air penaud.

— Je vais revenir.

— On verra bien, dis-je avec un haussement d'épaules.

Je m'allonge, me vide l'esprit et me remémore les premiers temps. Oui, nous étions toujours fatigués, oui, nous étions toujours à court d'argent, mais nous étions ensemble. Et tellement soudés. Un jour comme tous les autres, il y a douze ans environ, en rentrant, j'avais entendu des hurlements de joie. J'avais suivi le bruit de rires jusqu'au premier étage et j'avais trouvé Hugh allongé sur le sol de notre chambre. Neeve, Kiara et Sofie lui couvraient le visage de maquillage. Ce qui n'était pas rare. Il lui arrivait souvent de partir travailler les ongles laqués d'un vernis scintillant.

— Mon rouge à lèvres si cher ! m'étais-je écriée.

— Regarde la dame ! avait jubilé Kiara qui devait avoir quatre ans, à l'époque.

— C'est une très jolie dame.

Toutes les trois avaient éclaté d'un rire bruyant. Puis j'avais dit :

— Enlevez-le-lui. Nous sortons. Nous allons à la fête d'été de Taney.

Sofie s'était précipitée pour aller chercher des cotons.

— Démaquillant, tonique, crème hydratante ! avait-elle intimé à Hugh.

— Tout le monde se prépare. Vite, sinon, il ne restera plus rien de bon.

— Que veux-tu dire ?

— Les gâteaux.

Un quart d'heure plus tard, nous étions rassemblés devant la porte. Hugh, le visage démaquillé, avec encore quelques paillettes dans ses cheveux en bataille, portait un tee-shirt The Psychedelic Furs et un jean noir. Neeve sa tenue de foot. Kiara, sombre et sérieuse, avait opté pour un style années 1940, une robe noire brodée, un élégant manteau marine, des collants striés, des babies, ses cheveux bien coiffés retenus par un sobre bandeau noir. Elle portait même un vieux sac à main de ma mère.

Sofie, par contraste, avait l'air d'avoir été plongée dans un bain de paillettes : des bottes Wellington à rayures abeille jaunes et noires, des collants assortis, un tutu rose scintillant, cardigan vert à sequins, une paire d'ailes vaporeuses fixée à son dos, un serre-tête à antennes, une multitude de bracelets cristallins à chacun de ses petits bras, et une valise coccinelle à roulettes. Comme disait souvent papa à son sujet : « C'est vraiment une fille, celle-là. Elle pleure sans doute des paillettes en guise de larmes. »

— Je pourrai porter les gâteaux dans ma coccinelle, avait-elle zozoté de sa voix rauque.

— Bien vu, Batgirl !

J'avais jeté un coup d'œil à notre petit groupe incongru et, affligée, j'avais marmonné :

— Quand j'étais enfant, tout ce que je voulais, c'était vivre dans une famille hyper classique.

— Mais, chérie, regarde-nous, nous sommes super !

Il avait raison. Nous étions, certes, loin d'être conventionnels mais nous étions super. Et Hugh était celui qui assurait notre cohésion.

J'avais fait un mariage heureux. C'était une vérité que j'acceptais avec mille précautions, tant j'avais peur de tenter le destin. Même si, pendant plusieurs années, nous n'avions pas été vraiment mariés.

Hugh se fichait de légaliser notre union.

— Je t'aime, disait-il. Je t'aimerai toujours. Mais nous pouvons nous marier si tu le veux.

J'en frissonnais de terreur. Je ne le voulais pas. Si fou que cela puisse paraître, le fait de ne pas être mariée me sécurisait plus. Si l'on me passait une bague au doigt, je devrais peut-être, un jour, la retirer de nouveau.

Mais le système scolaire avait fini par nous forcer la main. En Irlande, les écoles publiques étaient contrôlées par les catholiques. Aussi, ceux qui « vivaient dans le péché » n'avaient aucune chance d'y voir leurs enfants admis. Et s'il existait de très bonnes écoles sans confession, elles étaient chères et nous étions toujours aussi tristement fauchés.

Aussi, quand Kiara avait eu quatre ans, nous nous étions mariés civilement, en toute discrétion. J'étais en robe de satin bleu, Neeve portait les alliances, Sofie et Kiara étaient nos demoiselles d'honneur, Derry et Carl nos témoins. Puis nous étions allés fêter l'événement chez *Eddie Rocket's*. Et, chaque fois que je voyais l'éclat de mon alliance, je sentais mon âme se glacer d'appréhension.

— Tout va bien, persistait à me répéter Hugh. Ce n'est jamais qu'un bout de papier. Ça ne nous portera pas malheur. Ça ne change rien. Rappelle-toi que je t'aime et que je t'aimerai toujours.

CHAPITRE 19

— Je ne veux pas de grande scène de larmes quand je partirai demain matin, dis-je à Hugh.

— D'accord.

Il a l'air soulagé.

— Je vais juste me lever et partir.

Mon vol pour Londres est à 6 h 45, à l'aéroport de Dublin. Je me lèverai donc à 5 heures, comme d'habitude.

— D'accord.

— Tu vas me manquer.

— Toi aussi tu vas me manquer.

— C'est pour ça que tu t'en vas ?

Il s'écarte de moi.

— Si tu m'avais vraiment quittée, au moins, je saurais où j'en suis.

— Je suis désolé.

Tout cela est tellement étrange. Je ne sais même pas quelles émotions je devrais ressentir.

Ce qui est stupéfiant, c'est à quel point j'ai changé. Quand j'ai rencontré Hugh pour la première fois, mon autonomie était comme une seconde nature. J'avais appris à ne compter que sur moi, sans mari. Mais cette femme qui n'avait peur de rien sommeillait peut-être encore en moi. J'avais lu un article dans *Psychologie Magazine* qui disait que ce que nous avons été reste toujours en nous. Si je pouvais juste me reconnecter à cette version de moi-même, ce serait génial !

— Et si je commençais à m'amuser pendant que tu es parti ? Et si tu reviens, prêt à reprendre ta vie d'avant, et que je ne veux pas de toi ?

— Si ça doit arriver, nous gérerons.

— Si c'était censé me réconforter, c'est raté.

Il se met à rire et, soudain, je retrouve Hugh, mon meilleur ami, une des personnes que j'aime le plus au monde. Et je me mets à rire aussi.

Nous nous couchons tôt. Mais je suis trop triste et trop en colère pour faire l'amour.

Dans l'obscurité, je suis allongée sur un côté, et il se blottit contre moi, collant son corps contre le mien. Il entoure ma taille de son bras, m'attire près de lui et nous respirons à l'unisson.

C'est la dernière fois que nous sommes ainsi ensemble.

Mais peut-être pas. Peut-être, un jour, serons-nous de nouveau allongés ainsi, dans le noir, lovés l'un contre l'autre. Mais que d'épreuves à endurer entre-temps !

Quand mon alarme se déclenche à 5 heures du matin, je suis déjà réveillée, recroquevillée dans ma tristesse silencieuse. Comme je voudrais pouvoir arrêter le temps ! Je me lève difficilement et me traîne sous la douche, espérant que l'eau chaude dissipera l'angoisse qui m'oppresse la poitrine.

Dans la chambre, Hugh est réveillé aussi.

— Rendors-toi, lui dis-je.

Il ne répond pas, se contente de rester allongé, sans bouger, son air désespéré reflétant mon propre accablement. Il n'est pas facile d'accepter que demain, quand je rentrerai de Londres, il sera parti.

En silence, il me regarde me maquiller, puis ouvrir mon tiroir à lingerie et en sortir mon soutien-gorge préféré, fuchsia.

J'hésite. Pour la première fois de ma vie, j'ai honte d'être nue devant lui. Je ne veux pas qu'il s'en aille avec le souvenir de mes seins un peu tombants. Il va sans doute en croiser de bien plus jeunes au cours de ses voyages. Je ramasse mes vêtements et finis de m'habiller dans la salle de bains. Puis, j'enfile mes bottes et prends la poignée de ma valise à roulettes. Soudain, d'un geste vif, je saisis ma brosse à cheveux et vise le lit. Elle le frappe à la tempe.

— Amy. Doucement !

— Ça t'a fait mal ? Tant mieux.

Puis, m'avançant vers la porte, je lâche :

— Au revoir !

Il repousse le duvet et son odeur chaude et virile envahit la pièce.

— Viens là une seconde.

— Non.

— S'il te plaît.

Cédant, je le rejoins dans le lit sans me déshabiller et le laisse me prendre dans ses bras. Il me serre avec violence, ses bras pressant mon dos si fort que ça me fait mal. J'enfouis mon visage dans son cou, essayant de m'imprégner du parfum de ses cheveux, de sa peau, de sa respiration.

Un souvenir que je vais devoir faire durer cent quatre-vingt-un jours. Peut-être toujours.

Devant son visage ruisselant de larmes, je suis prise d'un besoin impérieux de le consoler. Mais la seule façon de l'aider est de le laisser partir.

La gorge douloureuse, je me libère, me hâte de descendre l'escalier et referme la porte d'entrée derrière moi. Savoir que la prochaine fois que je l'ouvrirai, Hugh aura été happé par une vie inconnue, de l'autre côté du monde, me donne la nausée. L'aube froide d'automne accentue ma morosité : tout s'assombrit, tout finit par mourir.

PENDANT

Il fait maintenant trop sombre pour voir la mer mais le bruit du ressac m'apaise.

— Nous pourrions avoir notre propre discothèque ici même. Avec juste quelques chansons. Vraiment. Ce sera super !

La culpabilité décuple mon enthousiasme.

Il commence à régler la stéréo de la chambre et un air entraînant, que je reconnais, s'élève dans la pièce. Ça doit être un des morceaux qu'écoute Kiara. Quand j'entends Groove Is in the Heart, *mon moral remonte en flèche.*

— Oh, j'adore cette chanson !

Je bondis sur mes pieds et retire mes chaussures.

— Montez le son. Plus fort !

Immédiatement, la musique fait vibrer les murs. Je sens la basse résonner en moi, la mélodie m'envelopper, et je me sens vivante. Je virevolte autour de la pièce, et, l'espace d'un moment, j'oublie tous mes soucis. Il n'y a plus que la musique et moi, et je me sens heureuse et libre.

Soudain, je remarque qu'il me regarde danser, les traits crispés, immobile.

Il est installé confortablement sur le canapé, les bras étalés sur le dossier. Sa cravate noire a disparu, les trois premiers boutons de sa chemise sont ouverts – sans que j'aie rien remarqué – et, sans crier gare, j'ai soudain une conscience aiguë de la tension sous-jacente. Pour un peu, j'aurais l'impression de faire une lap-dance. Cette pensée est à la fois excitante et tellement gênante que j'en ai un peu la nausée.

— Plus fort !

Sans cesser de me dévorer d'un regard avide, il fait passer une main derrière lui et, à tâtons, tourne le bouton du volume.

Son regard perçant devient insoutenable.

—Allez, levez-vous, venez danser!

Le prenant par les deux mains, je le fais se lever. Maintenant debout, il ne bouge toujours pas, se contente de me dévisager.

—Danse avec moi, me dit-il.

—Mais je suis déjà en train de danser.

—Non, tu danses pour moi. Je veux que tu danses avec moi.

Il m'attire contre lui.

—Non.

Je ne veux pas ralentir, je ne veux pas arrêter. Mais, en un mouvement fluide, il repousse mes cheveux de côté, enfouit sa tête au creux de mon cou et me mord. Soudain, il a toute mon attention. Je ne danse plus.

Je chuchote:

—C'était quoi?

Je veux m'échapper mais ses bras me retiennent fermement prisonnière. Je ne peux que le regarder.

Son visage s'approche du mien. Sa main a glissé sur mon crâne et il m'attire vers lui. Puis, sa bouche est sur la mienne et, vu sa détermination, les choses ne vont pas s'arrêter là.

Je le repousse.

—Nous ne pouvons pas. Je ne peux pas.

Je suis essoufflée, il est essoufflé. Sa chemise est froissée, ses yeux farouches.

Il pousse un grognement de frustration et je répète:

—Nous ne pouvons pas.

Je me dégage de son étreinte, créant de la distance.

—Je ne m'excuserai pas, dit-il en faisant de nouveau un pas vers moi. Je veux faire ça depuis toujours.

—Vraiment?

—Depuis la première fois que je t'ai vue.

Chapitre 20

Mardi 13 septembre, jour 1

Exaspérée, je me fraie un chemin à travers la foule indécise de Heathrow. J'ai des petits accès de rage, comme une turbulence émotionnelle. J'arrive enfin au métro.

Depuis que j'ai quitté la maison, j'ai peur d'être submergée par une crise de panique. Et vu la façon dont nous sommes empilés dans le train bondé, je me sens encore plus oppressée. J'ai du mal à respirer. La journée va être dure.

Sans Internet pour me distraire, je commence à me ronger d'inquiétude pour Hugh. Et si ma brosse à cheveux lui avait provoqué un caillot au cerveau ? J'ai vu quelque chose dans ce genre dans *Grey's Anatomy*. Il pourrait faire une rupture d'anévrisme. La pensée de le voir s'écrouler dans une ville étrangère, entouré d'inconnus, me glace.

Il pourrait mourir.

D'un autre côté, nous allons tous mourir. Et il est seul responsable du destin qu'il s'est infligé. S'il n'avait pas décidé de partir pendant six mois, il n'aurait pas reçu une brosse à cheveux sur la tête. Je suis avec lui depuis plus de dix-sept ans et c'est la toute première fois que je lui balance une brosse à la figure. Allez comprendre !

Je descends à Marble Arch. Je m'avance à travers le flot de l'heure de pointe et, dix minutes avant mon premier rendez-vous, j'arrive à mon « bureau ». Autrement dit, *Home House*, le luxueux club privé de Marylebone. Alastair et moi en sommes membres, ce qui nous revient moins cher que de louer des locaux à Londres.

Les deux jours à venir vont être denses, ce qui n'est sans doute pas plus mal : je n'ai pas besoin d'un temps d'arrêt, pas même d'une petite seconde pour penser. La moindre pause serait pour moi comme de sombrer dans un gouffre dont j'aurais toutes les peines du monde à m'extraire.

Au cours des vingt-quatre heures qui suivent, je vais devoir manger et boire beaucoup. Si manger représentera un défi, boire devrait être agréable.

Une bonne agence de relations publiques entretient des relations avec de nombreux journalistes et producteurs de télévision influents. Ainsi, en cas d'emmerdes, on a des amis à appeler à l'aide.

Entretenir des relations avec les médias irlandais n'est pas un problème. En Irlande, tout le monde connaît tout le monde. Quant au Royaume-Uni, Tim, Alastair et moi faisons au mieux : Tim va à Édimbourg un jeudi sur deux, je suis à Londres le mardi et le mercredi et Alastair prend le relais le jeudi et le vendredi.

À moins qu'une crise n'éclate, ce qui est fréquent, mon travail consiste à m'installer à *Home House* avec mon ordinateur et à faire ami-ami avec les professionnels des médias. (Je sais, ça n'a pas l'air d'un vrai travail.) Je demande des nouvelles des enfants malades, je me souviens des prénoms des conjoints et, surtout, je leur sers continuellement à boire et à manger.

Ma journée semble ponctuée de rendez-vous pour des petits déjeuners, suivis par des brunchs, des déjeuners, des thés, des dîners. Quand arrive le mardi après-midi, entre les mimosas du petit déjeuner, le prosecco du brunch, le vin du déjeuner et le champagne du *tea time*, j'ai quasiment épuisé mon quota d'alcool hebdomadaire.

Je regrette de devoir boire autant, mais mes invités ne voient pas d'un très bon œil que je les pousse à s'enivrer en me contentant d'eau gazeuse. Néanmoins, aujourd'hui, je me félicite que mon travail m'oblige à consommer de l'alcool au beau milieu de la matinée.

L'essentiel de mon activité consiste à marchander. Par exemple, si vous ne publiez pas l'article sur la cruauté de mon client M. X avec les kangourous, je vous réserve l'exclusivité de l'interview du come-back d'une autre de mes clientes, Mme Y, dès qu'elle aura fini sa cure de désintoxication. (Honnêtement, pour chaque article parlant d'une célébrité ayant fait une bêtise ou enfreint la loi, dix au moins ne sont jamais publiés. Si vous saviez tout ce qui se passe, vous ne le croiriez pas. Et ce sont généralement les moins puissants et les plus vulnérables qui sont les victimes des campagnes de diffamation. Celui qui peut payer se voit épargné par les calomnies).

Quand j'étais adolescente, j'espérais travailler dans un domaine artistique : la mode ou la décoration intérieure. Mais mon père, insistant sur le fait que ce n'était pas une matière sérieuse, ne m'avait pas permis de faire des d'études d'art. Or, lorsque j'ai déménagé à Leeds, avec Richie, sans la moindre qualification, le hasard a voulu que je trouve un poste de réceptionniste dans une agence de relations publiques.

Je ne connaissais rien à la publicité. Pourtant, décelant des capacités en moi, l'équipe de l'agence a commencé à m'impliquer dans des campagnes. C'est ainsi que j'ai appris sur le tas.

Après toutes ces années de métier, d'abord à Leeds, puis à Londres, puis entre Dublin et Londres, j'ai développé un solide réseau dans les médias et, pour faire court, la perspective d'offenser quelqu'un et de provoquer son hostilité me terrifie.

Je sais bien que ce n'est pas comme aller à la mine. Mais cela reste un métier terrifiant. Les professionnels des médias ont tellement de pouvoir. Sans oublier leur goût illimité pour la rigolade. Si je fais des efforts pour m'y joindre, je ne sais jamais trop où se situe la limite.

Autrement dit, dès mon rendez-vous parti, je me rejoue notre conversation en esprit et mes brûlures d'estomac me reprennent. Était-ce une erreur de rire de son histoire de cambriolage ? Quel interlocuteur sensé en aurait ri ? Mais elle avait été racontée sur le ton de la plaisanterie. Aurais-je dû trouver le juste équilibre : apprécier à la fois son sens du comique et son expérience traumatisante ?

Aujourd'hui, ma première cliente est une pop star des années 1980 qui, après avoir frôlé la ruine, espère se créer une nouvelle image. Je devrais essayer de la pousser à accepter l'épineux rôle d'ambassadrice pour MaxiProtect. Mais, étant donné les circonstances, je n'ai pas l'énergie de me montrer assez subtile pour la convaincre. Dans l'ensemble, notre rendez-vous se passe moyennement bien. Tout comme le suivant, un « café de retrouvailles », avec une chroniqueuse très connue du *Guardian*, et le suivant, un brunch avec un jeune producteur de télévision très en vogue.

Je n'ai pas du tout la tête à mon travail et j'ai du mal à respirer.

Mais je me contrôle. Je parle, je me lève, je hoche la tête, je reprends mon souffle à l'occasion. Franchement, je m'impressionne ! Peut-être est-ce l'un des avantages de l'âge adulte. Même en ayant le sentiment d'avoir perdu l'essentiel, on peut encore manger une omelette et demander des nouvelles du caniche d'un journaliste.

Après le déjeuner, je dois m'aventurer dans le vrai monde. Je suis actuellement chargée de réhabiliter Tabitha Wilton, une ex-politicienne, aux prises avec un scandale de notes de frais. L'un de mes stratagèmes est de la présenter comme figure de proue de « Room », une association caritative pour les SDF. Ce qui est loin d'être une évidence. Mon ex-politicienne est très huppée et un peu brusque.

Elle est très sûre d'elle, et sa voix retentissante provoque une antipathie immédiate. Pour la première fois aujourd'hui, elle doit rencontrer son partenaire potentiel et je ressens un étrange mélange de scepticisme et de profonde nervosité. J'ai dû mener un âpre combat auprès de diverses associations caritatives pour obtenir de l'une d'entre elles d'envisager sa candidature. Même en faisant abstraction du scandale qui l'éclabousse, elle n'est pas franchement populaire.

Pourtant, si le plan marchait, il pourrait faire des miracles pour son image. Et une énorme publicité à l'association, ce qui entraînerait une augmentation importante de ses revenus.

Toute cette histoire est aussi lugubre qu'un mariage arrangé pour lequel j'ai l'impression d'être l'entremetteuse. Je me sens servile et obséquieuse.

Les trois représentants de Room sont des hommes en costume. Leur hostilité est palpable.

— Que savez-vous des SDF ? demande l'un d'entre eux d'un ton méprisant.

— Très peu, annonce Tabitha de sa voix de stentor. Mais j'ai hâte d'apprendre.

— Et si vous veniez à une distribution de soupe avec nos bénévoles ? Ce soir ?

Tabitha hésite… mais se ressaisit.

— Absolument !

Je pousse un soupir de soulagement.

— Vous êtes propriétaire de deux maisons ?

— Hypothéquée jusqu'au cou. La banque parle de saisie. Pour dire la vérité, je suis absolument terrifiée.

Sa réponse semble appréciée. L'un des hommes gribouille quelque chose sur son bloc-notes. Peut-être juste qu'il ne doit pas oublier d'acheter des mouchoirs. Mais, s'il est comme moi, il voudra qu'elle répète cette phrase mot pour mot dans une interview.

— Je pourrais peut-être même me retrouver moi-même à la rue si je ne trouve pas rapidement une solution !

Son aveu semble détendre l'atmosphère. Tabitha est plus chaleureuse et plus humble que ne le laisse supposer son accent précieux. Je la trouve même sympathique.

— Vous faites l'objet d'un scandale, poursuit l'un des hommes. La presse va le réveiller si nous choisissons de travailler avec vous. Quelle sera votre stratégie de défense ?

Mon cœur bat à tout rompre. Je suis tellement anxieuse que j'ai presque envie de répondre moi-même. Mais mes efforts de coaching portent leurs fruits.

— J'ai été idiote, avoue Tabitha. Idiote et cupide. Voler l'État. C'est inexcusable. Je veux me racheter auprès de la société.

Il griffonne de nouveau sur son bloc-notes. Il se souvient qu'il doit aussi acheter des saucisses ? Ou est-ce un bon signe ?

Ils l'interrogent maintenant sur sa disponibilité.

— Chômeuse, répond-elle. Disponible vingt-quatre heures sur vingt-quatre, sept jours sur sept.

Jubilant intérieurement, je les entends discuter d'un déjeuner destiné à rencontrer les membres du conseil d'administration. Autrement dit, Tabitha a passé le premier test. Nous rassemblons nos affaires. Souriante, mielleuse et servile au possible, j'adresse des petits saluts de tête à la ronde, et nous nous disons au revoir.

Dès que nous sommes dans la rue, Tabitha suggère :

— On va se soûler ?

Ce n'est pas une bonne idée : je dois respecter les limites avec mes clients. En outre, je suis épuisée, bien plus fatiguée que je ne le serais en temps normal. Et puis, j'ai besoin d'un peu d'intimité pour essayer de respirer. Je lui rappelle donc :

— Vous allez à une distribution de soupe, tout à l'heure.

— Raison de plus pour prendre une cuite.

Mais je prends congé.

Le métro est chaud, bondé et lent, et il est plus de 19 heures quand j'arrive à l'appartement de Druzie, à Shepherd's Bush.

Druzie van Zweden et moi sommes amies depuis plus de vingt ans. Elle est originaire du Zimbabwe et nos chemins se sont croisés à Leeds, après que Richie m'a quittée. Elle habitait l'appartement au-dessus du mien et, bien que nous n'ayons rien en commun, nous avions sympathisé. Pendant plus de deux ans, nous étions constamment l'une chez l'autre. Le jour où j'ai trouvé un meilleur poste à Londres, lui dire au revoir a été un véritable déchirement.

Heureusement, peu de temps après, elle a, à son tour, déménagé à Londres où elle avait été recrutée par une association caritative qui supervise la distribution de l'aide dans les zones sensibles. Après plusieurs promotions, elle voyage aujourd'hui dans le monde entier. Et nous laisse, à Alastair et à moi, la jouissance de son appartement de Shepherd's Bush, nous épargnant ainsi d'aller à l'hôtel. Nous y gardons quelques effets personnels, ce qui nous donne un peu l'impression d'être chez nous.

Druzie est de loin l'une des personnes que j'apprécie le plus au monde. Pourtant, même si je me sens un peu coupable, je suis contente qu'elle ne soit pas là ce soir. Elle verrait les manigances de Hugh d'un mauvais œil. Elle gère les relations amoureuses avec un pragmatisme fascinant. À chacune de ses missions à l'étranger, elle trouve immédiatement un nouveau copain, qu'elle laisse sans un regard en arrière à chaque nouvelle affectation.

Elle me conseillera sans doute d'un ton enjoué de fermer ma porte à Hugh pour toujours, sans comprendre pourquoi j'en suis incapable.

Je trouve son rez-de-jardin en ordre. Calme, silencieux. Du fromage dans le réfrigérateur et un peu de cannabis dans une petite boîte sculptée, pour les amateurs. Dont je ne fais pas partie, mais je ne juge pas.

Pourtant, après avoir aspiré à la solitude toute la journée, je me rends compte que le calme et le silence ne sont pas l'idéal. Je mets un disque de Jeff Buckley : trop triste. J'essaie Solange Knowles, c'est pire. Nile Rodgers n'est pas mieux.

Et maintenant ? Totalement désemparée, je suis reconnaissante d'entendre mon téléphone sonner. Je vois le nom de Tim s'afficher à l'écran. Étonnée, je réponds. Il n'appelle qu'en cas de problème.

— Qu'est-ce qui ne va pas ?

— Rien. Je voulais juste vérifier que tu étais…

Je suis touchée. C'est vraiment gentil.

— Tout va bien, Tim. Vraiment.

Les portes du séjour ouvrent sur le jardin arrière baigné par la douce lumière du soir. Je sors avec une tasse de thé et mon ordinateur portable. Je vais travailler un peu puis je regarderai *MasterChef.* Dans ce genre de moment, je suis contente de faire ce métier : j'ai toujours de quoi m'occuper.

À presque 22 heures, je m'aperçois que j'ai la chair de poule. Le jardin est maintenant plongé dans une obscurité glacée. J'ai raté *MasterChef.*

Avec une bouffée de soulagement, je me rends compte que Hugh ne me manque pas. Puis la panique me saisit. Je devrais être plus triste. Comme si une main glacée m'étreignait le cœur, je pense : « C'est vraiment fini entre nous. »

Je ne peux pas respirer. Merde. Je suffoque. Oh mon Dieu ! Et si je meurs ici, toute seule, dans le jardin de Druzie ?

Je me lève, prends appui sur la table et, pendant quelques longues secondes, transie, j'essaie de retrouver mon souffle. Enfin, mes poumons se gonflent d'air. Je suis haletante mais pleine de gratitude.

Seigneur ! C'était vraiment atroce. Toute cette journée a été atroce.

Mais peut-être était-ce la pire journée ? Et qu'à partir de maintenant, ce sera plus facile ?

Hélas, j'ai assez vécu pour savoir que, la première horreur passée, il faut du temps, beaucoup de temps, pour qu'un cœur brisé commence à cicatriser.

Les émotions, et tout particulièrement les émotions négatives, vous anéantissent sans prévenir, comme tirant fierté de leur caractère imprévisible. Et j'ai beau être atrocement triste, ce sera bien pire demain quand je rentrerai, et que Hugh ne sera plus là. La perspective de la maison résonnant du vide de son absence me fait de nouveau suffoquer.

Chapitre 21

Et voilà ! Première nuit sans Hugh. Je vais me coucher dans la chambre d'amis de Druzie. C'est tellement étrange de ne pas lui parler au téléphone juste avant d'éteindre la lumière. Quelqu'un m'appelle sur FaceTime ! L'espace d'un instant, folle d'espoir, je crois que c'est lui.

— Salut les jeunes ! Ici Cape Town !

Voir s'afficher le visage de Derry est étonnamment réconfortant.

— Merci de m'appeler.

Je savais que son temps était précieux.

Son rôle dans les ressources humaines consiste, dans le cadre d'énormes contrats, à trouver cinq cents infirmières ou trois cents ingénieurs dans un pays pour les transférer dans un autre. Ses voyages sont intenses : elle consacre quinze heures à passer au crible des milliers de candidats ; à les recevoir en entretien, les noter, les sélectionner, prendre décision après décision, pour, finalement, perdre toute faculté critique.

— Il est parti ? demande-t-elle.

— Je suppose.

— Comment te sens-tu ?

— Ça va.

Ce n'est pas le moment de s'épancher. Elle a l'air fatigué, ce qui est rare.

— Quand rentres-tu ?

— Vendredi. Mais je dois aller à Dubaï samedi soir, répond-elle.

— Seigneur, Derry ! Tu vas mourir d'épuisement !

— Tout ira bien. Ça finira bien par se calmer, non ?

Certes, elle gagne une fortune. Mais le jeu en vaut-il la chandelle ?

— J'ai bien compris que tu ne voulais pas entendre parler d'un autre homme que Hugh, mais je te rappelle que les femmes dans la quarantaine débordent d'énergie sexuelle, notre dernier hourrah avant la ménopause et la mort.

— Merci pour cette pensée positive, Derry. Tu es un ange. Dors bien. Je t'aime.

— Moi aussi, je t'aime.

J'aimerais bien que l'on cesse de me pousser à prendre des amants. Je suis incapable de séparer le physique des sentiments. Contrai-rement à certains qui sont très doués pour ça, je ne suis pas du genre à m'envoyer en l'air dès que je flashe sur un homme. Certes, ce genre de vie ne doit pas être désagréable, et je souhaite bonne chance à tous ceux qui en profitent. Mais nous sommes tous différents.

Au cours de mes quarante-quatre ans d'existence, je n'ai couché qu'avec six hommes. Et je n'ai eu qu'une aventure d'une nuit. Une seule. Avec un Hollandais, Elian, un étudiant en médecine de Delft. Je n'avais que dix-sept ans à l'époque, autrement dit, cela remonte à vingt-sept ans, mais je n'ai pas oublié son nom. Nos yeux s'étaient croisés dans un bar d'Ibiza et, immédiatement, nous avions fendu la foule pour nous rejoindre. Il devait partir dès le lendemain matin. Mais nous avions passé toute la nuit à parler et à nous embrasser. Après avoir regardé le soleil se lever sur la plage, nous étions allés chez lui, où nous avions fait l'amour une heure avant son départ.

En une nuit, j'étais tombée amoureuse. Du moins, une certaine version de l'amour. Nos adieux avaient été pleins de tendresse et de douceur. Sans pour autant nous promettre de garder contact. Nous n'étions pas complètement idiots. Et, au bout de quelques jours, je l'avais oublié. Pourtant, durant ces quelques heures, nous avions senti une complicité : comme si nous nous connaissions déjà.

J'ai toujours préféré le romantisme à la passion sexuelle absolue. Même si quelquefois les deux se confondaient, comme ça avait été le cas avec Richie Aldin.

Dans les années qui avaient suivi Richie, avant de rencontrer Hugh, j'avais eu deux aventures dérisoires. Je n'avais pas le temps pour les hommes ; chaque seconde de mes épuisantes journées était consacrée à des priorités plus importantes, comme nourrir mon enfant ou faire mon travail.

Quand Neeve avait eu trois ans, j'avais rencontré le père divorcé d'un petit garçon de sa crèche. Nous nous croisions quand nous déposions ou venions chercher nos enfants. Pendant un an environ, nous avions échangé des sourires.

Puis nous avions trouvé un arrangement réciproque qui consistait à, de temps en temps, récupérer l'enfant de l'autre. Et alors que je venais de décider qu'il me plaisait vraiment, il m'avait invitée à dîner.

Je lui avais demandé :

— À dîner, dîner ?

— À dîner, m'avait-il confirmé.

Mais notre relation n'avait pas duré plus d'un mois.

Malgré sa gentillesse, il était un peu ennuyeux et la fin avait été aussi plate que notre histoire. Un matin, avec un sourire un peu triste, il s'était contenté de dire : « Non ? »

Mon seul regret avait été de savoir que je ne pouvais plus lui demander d'aller chercher Neeve si j'étais en retard.

Mon autre aventure avant Hugh avait été totalement différente. Max Nicholson était un publicitaire extrêmement coté dans la grosse agence londonienne pour laquelle j'avais quitté Leeds. Si célèbre qu'il soit dans la profession, il l'était encore plus pour son don-juanisme légendaire. C'était le dragueur classique, drôle et sexy, et quand il décidait de vous séduire de son charme ravageur, il était irrésistible. Elles tombaient toutes dans ses bras et vous pouviez toujours repérer l'élue du moment car elle semblait littéralement électrisée. Et, quand il commençait à se lasser – et il se lassait toujours –, on avait l'impression de la voir dépérir.

Au moins deux des femmes qu'il avait larguées avaient quitté l'agence pour aller trouver du travail ailleurs. Une autre avait disparu du jour au lendemain pour dépression sévère.

C'est alors qu'il avait jeté son dévolu sur moi. Un matin, il était passé en trombe devant mon poste de travail, puis s'était arrêté brutalement, de façon théâtrale, avait pivoté gracieusement sur place et m'avait dévisagée.

— Bonjour, beauté.

— Bonjour, beauté, avais-je répondu du tac au tac, me retenant de rire.

Son numéro de charme était vraiment ridicule.

— Irlandaise ? s'était-il enquis d'un air pensif.

— Anglais ? avais-je dit en imitant son ton, tout en continuant à l'observer.

Il avait alors sorti le grand jeu. Les fleurs. Les invitations extravagantes. (« Tu es libre à dîner ce soir ? À Lisbonne ? ») Une paire de Manolo Blahniks à ma pointure livrée par coursier.

Tous les jours, il se penchait sur mon bureau et murmurait :

— Tu sais que tu me rends dingue ?

Ou bien :

— Quand vas-tu coucher avec moi et mettre fin à mon calvaire ?

C'était drôle. Contrairement aux autres infortunées qui devenaient la cible de ses attentions, je savais exactement ce qui m'attendait. Et je m'en contrefichais. C'était comme de décider de manger un cheese-cake au caramel en entier : même si vous saviez que c'était un suicide alimentaire, vous en profitiez le temps que ça durait.

Même mon manque d'expérience sexuelle ne m'intimidait pas. Parce que, même si j'avais été une bête de sexe, il aurait fini par me larguer de toute façon. C'était juste une question de temps.

À cela près que j'avais été à l'origine de la rupture.

Un matin, au lit, son doigt avait suivi de façon très délibérée une ligne argentée sur mon ventre.

— Vergetures ?

Sa question était pleine de sous-entendus : de la critique, du mépris et une exhortation silencieuse à faire plus d'efforts. Une autre femme prise à son piège se serait précipitée pour acheter un litre d'huile pour le corps mais je me rappelle m'être dit : « Nous y voilà. Le soufflé commence à retomber. »

Rien ne le ferait changer d'avis : il avait déjà décidé de mettre un terme à notre aventure et, désormais, son travail de sape allait se faire de plus en plus flagrant.

J'étais sortie du lit et avais trouvé mes sous-vêtements.

— On s'est bien amusés, Max.

— Peut-être pourrait-on recommencer ?

— Non. C'était la dernière fois.

— Pardon ? s'était-il étonné avec un froncement de sourcils.

— Tu sais, Max, c'était juste…

Mes répliques semblaient sortir tout droit d'un téléfilm de Danielle Steele.

— Juste quoi ?

— Marrant ?

J'avais été sur le point de dire « putain de marrant » mais je m'étais dégonflée.

— Marrant ? Mais…

— Nous sommes tous les deux adultes et tu es un mec super.

Je m'étais interrompue, avais marqué une pause, puis avais repris :

— En fait, Max, tu es tout sauf super.

Il avait blêmi.

— Tu es un mec abominable. Atroce. Tu joues avec les êtres humains. Tu es d'une cruauté sidérante.

Même ses lèvres étaient livides.

— Tu es sûre que tu te sens bien ?

— Parfaitement. Mais toi, Max ? Je m'inquiète pour toi.

Un jugement aussi impitoyable ne me ressemblait pas mais, avec le recul, je comprends que, manifestement, je m'étais vengée des infidélités de Richie : un coureur puni pour le comportement d'un autre.

Je sais aussi qu'à l'époque, pleine d'amertume, j'avais le cœur dur, fermé, et que je ne faisais confiance à personne. Aussi avait-ce été un miracle que Hugh soit parvenu à me persuader de le lui ouvrir, comme un bourgeon se déployant pour s'épanouir enfin.

Chapitre 22

Mercredi 14 septembre, jour 2

À 4 h 37, je me réveille en sursaut pour me retrouver dans la chambre d'amis de Druzie. Je m'assieds dans mon lit et allume la lumière. Je connais l'horreur de l'aube. Quand je suis éveillée, les bavardages artificiels d'une vie animée m'aident à refouler mes terreurs. Mais, dans mon sommeil, le superflu s'évanouit peu à peu pour me laisser confrontée à la vérité dans toute son horreur.

Le sentiment de vide, la honte, la peur de l'avenir. Merde, c'est atroce ! Et, pire que tout, le chagrin. Je suis soudain certaine que je ne peux survivre à ça. Hugh m'a aimée, je l'ai aimé. Nous étions la Happy End l'un de l'autre.

Je regrette de ne pas savoir comment m'apaiser. J'aurais dû apprendre la méditation. Hélas, c'est un peu tard quand on est en pleine crise. Il faut commencer quand tout va bien. D'un autre côté, seuls les gens vraiment bizarres peuvent affirmer avoir une vie parfaite. Je le sais ! Je perds vingt minutes à *observer sans jugement*, comme ils disent en sophrologie.

Puis, fumant ma cigarette électronique, je fais défiler ma page Facebook. Ils sont tous là avec leurs vies parfaites. J'ai maintenant quatre-vingt-treize messages privés non lus. Et je peux dire sans les ouvrir qu'ils sont avides de potins. Se retrouver au beau milieu de la tragédie est vraiment horrible. Et, à l'avenir, je réfléchirai à deux fois avant d'ignorer la tragédie de quelqu'un d'autre.

« Ne demande pas à qui s'adresse le "*T OK*, mon chou ?" Il s'adresse à toi. »

Je jette un rapide coup d'œil à la page de Hugh. Même s'il a juré de ne pas aller sur Facebook, je n'ai plus confiance en ses promesses. Il n'y a rien de nouveau : son dernier post remonte à trois jours, quand il était encore à la maison, et qu'il a partagé l'un de ceux de Kiara sur les réfugiés.

Je passe sur Instagram, espérant trouver des robes vintage, et me retrouve bombardée de platitudes de « motivation » :

« Ose être remarquable. »

« Tu ignores la force en toi. »

Manifestement, je ne suis pas les bonnes personnes car je n'ai pas le temps pour toutes ces imbécillités. Peut-être devrais-je commencer. Peut-être devrais-je considérer ces six mois de solitude comme une occasion, pour reprendre la phrase de Kiara, de travailler à me « réinventer ».

Soudain, une phrase attire mon attention.

« Un voyage de deux mille kilomètres commence par une décision stupide. »

Je me mets à rire aux éclats, d'un rire sonore. En général, je ne fais jamais de bruit quand je suis seule. Pas même si je me cogne le petit orteil contre le côté de la baignoire. Quel est l'intérêt de dire : « Aïe ! Fichu petit orteil ! » si personne n'est là pour compatir ?

Immédiatement, je mets un cœur sur Instagram. C'est alors que je vois qui a posté cette platitude. Josh Rowan. Et soudain, je ne ris plus.

Chapitre 23

Dix-sept mois auparavant

Ainsi, par une journée particulièrement chaude d'avril de l'année dernière, j'étais dans mon « bureau londonien », en train de consulter mes mails quand mon téléphone avait sonné.

C'était une cliente, Premilla Routh, une actrice qui luttait contre sa dépendance à des tranquillisants prescrits sur ordonnance. Or, un quotidien national avait un enregistrement d'elle les achetant dans la rue.

— Le dealer m'a tendu un piège, m'avait-elle annoncé sans ambages.

Elle était si tendue qu'elle pouvait à peine parler.

— Amy, s'il te plaît, aide-moi ! Je vais perdre mon travail si ça s'ébruite. Et sans doute mes enfants.

Sa dépendance lui avait déjà coûté son mariage.

— Qui t'a contactée ?

— Marie Vann.

J'en avais frémi d'horreur. Ça n'aurait pu être pire. Marie Vann, la reine du *hacking* du *British Herald*, avait pour spécialité d'éviscérer les plus vulnérables. Elle accusait ceux qui souffraient de maladies mentales de s'apitoyer sur leur sort et d'être en quête d'attention. Aussi n'allait-elle probablement pas épargner Premilla. Lui demander d'enterrer son histoire ne servirait qu'à alimenter le scandale. Comme tous les tyrans, Marie Vann avait le don de manipuler les tentatives d'autodéfense de ses victimes à son avantage. Si je ne marchais pas sur des œufs, Premilla et moi allions nous retrouver dépeintes comme les agresseurs dans son article au vitriol.

Ma seule option, et je l'avais appris de Tim, était de doubler Marie Vann en me mettant à la merci de son patron. (Tim, sous son apparence fade et discrète, était un remarquable attaché de presse.)

Mais le directeur du *Herald* était quasiment inaccessible. Il aurait été plus facile de décrocher une audience avec Beyoncé. Tout ce que j'avais à ma disposition, c'était un piètre lien Internet qui m'indiquait le nom du supérieur immédiat de Marie, le rédacteur en chef. Un certain Josh Rowan. À ma grande frustration, nous ne nous étions jamais rencontrés. Il avait toujours refusé mes diverses invitations à déjeuner. Nous nous suivions sur Twitter, ce qui était notre unique lien.

— Laisse-moi faire, Premilla. Essaie de ne pas t'inquiéter.

— Merci, Amy, s'était-elle étranglée. Merci, merci, merci.

Son « merci » était un peu prématuré. Je n'avais pas la moindre idée de mes chances de pouvoir faire annuler l'article. Ce qui était souvent le cas, à moins que le journaliste ne soit un ami proche, autrement dit jamais. Ou que j'aie une énorme exclusivité à marchander, autrement dit quasiment jamais.

J'avais ramassé ma veste en jean, ma sacoche, mon énorme sac à main et étais sortie dans la chaleur de la rue pour prendre un taxi. En chemin pour Canary Wharf où se trouvaient les bureaux du *Herald*, j'avais envoyé un message à Josh Rowan pour lui demander si nous pouvions nous voir pour un café rapide. Puis j'avais appelé le standard du *Herald* : les journalistes font partie des rares personnes au monde qui, même s'ils ne connaissent pas le numéro, répondent encore au téléphone. J'étais tombée sur sa messagerie. J'avais donc envoyé un texto à Tim et à Alastair, leur demandant de chercher son numéro de portable.

Sentant des brûlures d'estomac dues au mélange familier d'adrénaline et d'anxiété, j'avais fouillé dans mon sac, avais trouvé mon Gaviscon et en avais avalé une gorgée. J'avais presque fini la bouteille. J'ai toujours bu ce médicament comme si c'était de l'eau.

Cette partie de mon travail, étouffer un article diffamatoire, était comme de partir en guerre. La stratégie, l'anticipation du plan de bataille de mon adversaire, la peur de l'échec… Chaque fois que j'étais plongée dans l'action, je pensais : « Je déteste faire ça », mais, bizarrement, dès que la crise était résolue, l'excitation me manquait.

Ce qui rendait cette situation d'autant plus grave était le fait que Premilla avait la justice pour elle. Elle était devenue accro aux anxiolytiques quand ils lui avaient été prescrits par un mauvais médecin pour calmer un tic facial nerveux. Depuis vingt mois, elle essayait avec la plus grande détermination de s'en libérer, mais le sevrage avait été si brutal qu'elle ne cessait de rechuter. Je devais assurer, sa survie en dépendait.

Après douze minutes pleines de tension dans le taxi, à vérifier mon téléphone toutes les dix secondes, un message était apparu : Josh Rowan en personne me disant qu'il était disponible pour un appel téléphonique. Mais pour une requête aussi délicate que celle-ci, seule une entrevue pouvait être efficace. Je devais éveiller sa sympathie et, par extension, la faire rejaillir sur Premilla. J'avais répondu que je serais dans le hall de son immeuble dans une demi-heure.

Sept minutes plus tard, j'avais reçu un message laconique : Il m'attendait dans un pub du nom de *Black Friar* à 16 h 30.

Le taxi m'avait déposée devant le pub à 16 h 33. L'endroit était sombre, lambrissé de bois noir et presque vide. J'avais avisé deux petits groupes de clients dans des coins. Pas de Josh Rowan.

Inquiète, mais supposant qu'il allait arriver, j'avais décidé de mettre toutes les chances de mon côté et, après avoir rapidement survolé les lieux du regard, j'avais trouvé l'endroit idéal pour notre conversation. Un box capitonné, assez loin des autres pour pouvoir parler ouvertement mais pas assez discret pour laisser supposer que nous manigancions quelque coup crapuleux. Quelques tables étaient disséminées en terrasse. Mais je ne voulais pas que nous soyons aveuglés par le soleil qui se reflétait sur le comptoir en zinc. Nous aurions peut-être besoin de lunettes de soleil. Or, le contact visuel était vital pour cette conversation.

Puis j'avais attendu.

Je n'avais pas commandé à boire parce qu'il n'aurait pas été très élégant de descendre une grande vodka si, guindé, il avait commandé un thé. En toute franchise, j'espérais vivement qu'il opterait pour de l'alcool. Mais si ce n'était pas le cas, je m'en passerais aussi. Tout était une question de mimétisme dans ces situations. De faire passer le message : « Je suis exactement comme vous. Regardez à quel point nous nous ressemblons. Oui, vous pouvez me faire confiance. »

Alors que j'attendais, ruminant mon inquiétude – et pour cause ! –, j'étais comme toujours très soucieuse de mon apparence. Peut-être parce que, contrairement au reste, je pouvais la contrôler.

J'avais un problème de tenue. Dont j'étais responsable car je n'avais pas lu les prévisions météorologiques. La veille, à Dublin, il faisait doux. Mais, ce jour-là, un soleil caniculaire brillait sur Londres. Et ma robe, une robe patineuse années 1950, avec des manches qui m'arrivaient aux coudes, parsemée de roses rouges et roses, faisait bien trop dame. J'aurais dû passer ma veste en jean pour me donner un look plus rock. Mais j'allais mourir de chaud. Mon vernis à ongles bleu et mes lourdes sandales argentées auraient pu un peu nuancer l'impression, mais il y avait de fortes chances pour que Josh Rowan me prenne pour une nunuche genre Doris Day.

(Cela dit, j'adorais cette robe. C'était l'une des plus belles pièces jamais dénichées par Bronagh. Le coton était si craquant qu'elle pouvait presque tenir debout seule.)

N'osant pas aller aux toilettes pour vérifier mon maquillage de peur de le rater, j'avais donc vivement sorti mon miroir de poche et y avais jeté un rapide coup d'œil. *Seigneur!* Mes cheveux. J'avais essayé un ondulé décoiffé artistique, mis au point le matin même avec un fer à friser et des litres de laque, mais ma course à travers Londres avait eu raison du décoiffé artistique et j'étais tout échevelée.

J'avais fouillé dans mon énorme sac en quête de mon peigne, en vain. De plus en plus nerveuse, j'avais insisté. J'en avais besoin.

Dans un accès de rage subit, j'avais étouffé un juron. Je ne risquais pas de le trouver. L'une des filles, probablement Neeve, me l'avait piqué.

—Salopes! avais-je maugréé.

—Qui ça?

Toujours penchée dans mon sac, je m'étais figée et avais levé les yeux sur un homme au visage intelligent, avec un air de chien battu. Ses manches de chemise roulées sur ses avant-bras, il paraissait affairé, surmené. Je savais que c'était Josh Rowan. Et il savait que c'était moi.

—Je…

—Qui? répéta-t-il.

Je n'avais d'autre choix que de répondre à sa question. Je m'étais redressée de toute ma taille.

— Mes filles. Elles m'ont volé mon peigne.

— Et pourquoi en avez-vous besoin ?

— J'ai rendez-vous avec un journaliste. J'ai besoin d'avoir l'air efficace pour qu'il me prenne au sérieux.

Il m'avait jeté un coup d'œil et avait lancé :

— Vous êtes très bien. Vous avez l'air efficace. Il vous prendra au sérieux.

Et il y avait eu cet instant. Nos regards s'étaient croisés. Le temps avait paru s'arrêter. Il s'était passé quelque chose d'indéfinissable.

— D'accord, avais-je acquiescé. Très bien.

Mais la tension avait persisté.

À son accent, j'avais deviné qu'il était originaire de Newcastle ou des environs. Soudain affolée, j'avais demandé :

— Vous êtes bien Josh ?

— Tout va bien. Je suis Josh.

Profondément soulagée, j'avais poursuivi :

— C'est bien vous. Vous ressemblez à vos photos sur Twitter. Cela dit, l'expérience m'a appris que les gens ont généralement l'air plus vieux, beaucoup moins bien, que sur ces photos.

Il avait esquissé un sourire sans conviction.

— Et maintenant, nous allons vous commander un verre, avais-je offert avec une intonation maternelle.

Nous avions pourtant plus ou moins le même âge.

— Je n'ai pas le temps de…

— Bien sûr. Ça ne fait rien.

Je lui avais adressé un sourire chaleureux, plein d'assurance. C'était ainsi qu'il fallait procéder. Commencer par se montrer chaleureux. Puis sensé. Éviter les drames, les émotions exacerbées. Se comporter comme deux adultes ayant une conversation entre adultes. Avec maturité. Il s'était assis comme si, visiblement, il ne comptait pas s'attarder. Mais je sentais que si je pouvais me le mettre dans la poche, le tour serait joué.

Il avait les cheveux d'un châtain ordinaire, les yeux d'un gris banal. Pourtant, il dégageait quelque chose, peut-être une assurance tranquille combinée avec un soupçon d'humanité, qui le distinguait des autres. C'était un homme que l'on remarquait.

— Alors que se passe-t-il ?

— Marie Vann, avais-je dit.

Il s'était immédiatement renfrogné. D'un ton plein de douceur, j'avais poursuivi :

— Premilla Routh est ma cliente.

Toujours silencieux, il s'était contenté de me dévisager avec son air de chien battu et ses yeux fixes.

— Ne le publiez pas. S'il vous plaît.

— Pourquoi pas ?

— Parce que c'est méchant.

Il avait laissé échapper un petit rire moqueur.

— C'est une personne intègre.

— Marie ? avait-il demandé.

— Non ! Premilla.

Mais à l'idée que Marie puisse être qualifiée d'intègre, j'étais partie d'un éclat de rire. J'en avais perdu le fil de mes pensées. Sans, cette fois, se joindre à mon rire, il avait soutenu mon regard, la tension entre nous un peu dissipée, et j'avais soudain eu l'impression que tout pourrait s'arranger.

— Je sais que vous être pressé, lui avais-je dit. Et c'est confidentiel, mais…

— Je vais peut-être prendre un verre. Que puis-je vous apporter ?

— J'aime votre accent, avais-je laissé échapper. J'adore les gens de la région de Newcastle.

M'étant sentie soudain rougir, j'avais ajouté :

— Désolée.

Il avait levé les yeux au ciel d'un air un peu exaspéré.

— Alors, à boire ?

J'avais pris mon sac.

— Laissez-moi payer.

Avec un brusque signe de tête, il avait lancé :

— Je vous invite.

Je savais que s'il payait nos verres, j'abandonnais tout contrôle. Mais il était impossible d'insister sans en faire tout un plat.

— Très bien, d'accord. Un vin blanc. N'importe lequel. Sauvignon blanc. Ce qu'ils auront.

J'avais envie d'alcool et j'étais trop fatiguée et trop tendue pour essayer de le contredire.

— Nous sommes très raffinés, à Canary Wharf.

Je lui avais lancé un regard curieux. Il était difficile de savoir s'il était sarcastique.

— Sauvignon blanc, ce sera parfait.

Alors qu'il se dirigeait vers le bar, je l'avais observé. Il était grand mais pas immense. Vous pouvez dire que je suis démodée, ou petite, mais je ne vois pas l'intérêt pour un homme de dépasser un mètre quatre-vingt-cinq, à moins d'être Ashley Banjo, ce qui, hélas, n'est jamais le cas. Josh Rowan portait une chemise en coton pâle, à col ouvert, et donnait l'impression d'être parfaitement dans son élément dans une salle de rédaction en ébullition.

Il ne lui manquait que ces fixe-manches élastiques aux biceps pour compléter l'image du journaliste classique.

Il avait l'air athlétique mais j'avais l'intuition qu'il dédaignait les salles de sport. Le foot à cinq un mercredi soir semblait être plus son truc. Ou peut-être ces biceps étaient-ils dus à des week-ends passés à déménager des meubles pour faire plaisir à sa femme.

Parce qu'il était évident qu'il avait une femme. Il portait une alliance et, même si je n'en avais qu'un vague souvenir, j'avais vu quelques photos de famille sur les réseaux sociaux.

Il était trop loin pour que j'entende ce qu'il disait au barman mais c'était manifestement un homme courtois. Ce qui n'était pas digne d'être relevé, mais il y avait tellement de gens désagréables que cela m'avait donné de l'espoir. Puis il était revenu avec mon vin et une bière, pour lui.

— Le meilleur de Canary Wharf, m'avait-il annoncé en approchant une chaise de la table.

— Merci.

Avec une synchronisation parfaite, nous avions pris nos verres et les avions fait tinter. Puis il y avait eu une pause étrange. De nouveau, il avait soutenu mon regard et je m'étais sentie rougir.

Au bout d'un moment de gêne, il avait suggéré :

— Allez, racontez-moi.

Je lui avais fait un rapide compte-rendu des soucis de Premilla. Il m'avait écoutée sans commentaires.

— Elle a tout fait pour s'en sortir, avais-je dit. Elle ne mérite pas les agressions verbales qui vont l'accabler si Marie publie son article.

— Je ne promets rien. Et je suis sérieux. Mais je vais voir ce que je peux faire. Et maintenant, je ferais bien d'y aller.

Nous nous étions levés tous les deux. Je l'avais regardé sans ciller.

— Merci, Josh Rowan.

— Je suis sérieux, je ne promets rien.

— Mais vous ferez votre possible ?

Avec un petit rire exaspéré, il avait acquiescé :

— Oui.

Nous étions sortis du pub dans la chaleur étouffante de ce début de soirée et j'avais commencé à scruter la rue en quête d'un taxi.

— Où allez-vous ?

— À Heathrow. Je rentre chez moi.

— Vous habitez en Irlande ?

— À Dublin.

D'une main, il avait hélé un taxi. J'y étais montée et il avait refermé ma portière. Puis il était resté à le regarder s'éloigner.

Dès qu'il avait disparu de ma vue, j'avais laissé échapper un long soupir de soulagement et avais appelé Premilla avec qui j'avais fait preuve d'un optimisme prudent. Elle s'était confondue en remerciements auxquels j'avais tout de suite mis un terme. Il était toujours préférable de ne pas attiser les espoirs des clients. Mais mon instinct me disait que j'avais sans doute réussi.

Mon vol était parti depuis longtemps mais je m'étais trouvé une place sur le suivant. L'adrénaline continuait à courir dans mes veines et j'avais envie de toutes les boissons alcoolisées du menu du hall des départs. J'étais toutefois parvenue à me limiter au thé à la menthe.

Pour passer le temps, j'avais fait une recherche approfondie sur Josh Rowan, ce que j'aurais dû faire depuis longtemps. J'avais vraiment fait preuve de négligence. Il était rédacteur en chef dans un quotidien national britannique et je ne connaissais même pas le nom de son chien (Selon Facebook, c'était un springer anglais baptisé Yvonne). Il avait deux fils qui, d'après les photos, avaient l'air d'avoir dix et douze ans. Même si, n'ayant pas de garçons, je n'étais pas sûre de pouvoir évaluer leur âge. Et une femme, Marcia. Avide de satisfaire ma curiosité, j'avais consulté la page de cette dernière.

J'étais curieuse de voir comment les autres réussissaient le difficile exploit d'être une femme. Elle avait l'air d'avoir la jeune quarantaine, séduisante sans être une beauté. Intéressant.

Chaque événement de la vie des Rowan semblait être documenté par Marcia. En juillet de l'année précédente, ils étaient allés au Portugal, dans un club dans lequel Hugh et moi avions passé nos vacances trois ans auparavant. J'avais commencé par m'émerveiller de la coïncidence, avant d'être gagnée par une soudaine déprime en m'apercevant que je n'étais qu'un cliché des classes moyennes.

J'étais alors tombée sur une photo de Marcia en bikini, puis une autre. Mon Dieu, je l'admirais ! Malgré son estomac modérément grassouillet, elle semblait n'avoir aucun complexe. Sans vouloir être cruelle, jamais plus je n'oserais le bikini, et surtout pas en photo sur Internet. Si j'avais dû absolument porter des tenues de plage, j'aurais préféré opter pour un maillot une pièce avec une bretelle à nouer dans le cou, de préférence avec une jupette. Je prétextais que c'était à cause de mon style rétro, mais c'était surtout pour cacher mon ventre et mes fesses flasques. Simple question de bon sens – je n'étais pas garce, juste rationnelle.

J'avais continué à faire défiler les posts de sa page. Devant une photo de Josh avec un groupe d'hommes couverts de boue, j'avais senti mon cœur faire un bond dans ma poitrine. Il était à la demi-finale d'un tournoi de foot à cinq ! Ainsi, j'avais su cerner ses goûts. J'en jubilais. C'était un bon présage. Un super présage !

Machinalement, j'avais failli cliquer sur *like* et m'étais arrêtée juste à temps. Il ne devait pas se douter qu'il était espionné.

Même après avoir embarqué, j'avais continué à parcourir les pages de Rowan et le site du *Herald*. Au moment de décoller, il n'y avait toujours rien sur Premilla. Le steward m'avait demandé d'éteindre mes téléphones. Superstitieuse, j'avais l'impression que tant que je surveillais le site du quotidien, il ne pouvait rien se passer. Néanmoins, je m'étais exécutée, pour ne pas risquer de provoquer le crash de l'avion. (Même si je n'avais jamais été convaincue que les téléphones portables interféraient vraiment avec les instruments de navigation. J'avais déjà laissé le mien allumé par erreur pendant tout un vol et il n'était rien arrivé. J'en arrivais à me demander si les compagnies aériennes ne nous les faisaient pas éteindre par pure méchanceté. Comme pour toutes leurs autres consignes qu'il était difficile de prendre au sérieux, comme de baisser les stores des hublots pour l'atterrissage et le décollage.)

À la seconde où nous avions atterri, j'avais rallumé mon portable et, inquiète, avais constaté que j'avais plusieurs appels manqués. Avec un très mauvais pressentiment, sans prendre la peine d'écouter les messages, j'étais allée immédiatement sur le site du *Herald*. Mon cœur battant la chamade, j'avais lu le gros titre sur la page de garde :

« ACTRICE DE SOAP ARRÊTÉE POUR USAGE DE STUPÉFIANTS. »

Les mains tremblantes, j'avais fait défiler les détails sordides de la saisie de drogue de Premilla. Je m'étais sentie humiliée d'avoir pu croire un instant que Josh Rowan avait été touché par sa triste histoire. Comme pour m'annoncer la tempête médiatique qui m'attendait, mes deux téléphones s'étaient mis à sonner simultanément. *Va te faire foutre, Josh Rowan ! Va te faire foutre !*

Chapitre 24

Ce mercredi soir, vers 20 heures environ, je me gare devant ma petite maison et la regarde avec un sentiment presque funeste.

Bien sûr, mes retours de Londres ne sont jamais un événement. Je ne pars en général que pour une nuit et cette navette hebdomadaire Dublin/Londres faisait partie de notre routine. En général, Hugh me serrait dans ses bras, puis je montais, défaisais à moitié ma valise à roulettes qui restait en permanence ouverte sur le sol, débordant de vêtements. Ensuite, je redescendais et il me faisait un thé. Parfois le dîner était prêt, parfois pas, et nous nous asseyions pour parler. Pas une vraie conversation, à cœur ouvert. Mais nous discutions de sujets sans intérêt : « Est-ce la semaine de la poubelle de recyclage ? » Ou : « Est-ce que cela vaut la peine de dépenser de l'argent pour des cours particuliers de maths pour Kiara ? » Les banalités du mariage dont on se moque si fréquemment. Mais ces innombrables conversations sur les poubelles et le budget familial sont les liens qui tissent une vie.

Je rassemble mes bagages et je prends la résolution d'être forte. Hugh aurait déjà ouvert la porte d'entrée, mais les choses sont ainsi.

Dès que ma clé tourne dans la serrure, Neeve et Kiara se précipitent dans l'entrée. Même Sofie est ici. Que diable se passe-t-il ? Je suis le chef de famille, désormais, et je dois assumer les soucis seule.

— Bonjour. Y a-t-il un problème ?

— Non, rien. Nous avons juste pensé...

Elles s'agitent autour de moi. L'une d'entre elles prend ma valise à roulettes et l'autre me tend un verre de vin.

— Nous avons vidé le lave-vaisselle, annonce Neeve.

Vider le lave-vaisselle était le travail de Hugh.

— Et nous t'avons acheté du fromage, ajoute Sofie. Le pire du rayon. Il pue, c'est une infection.

— Une véritable infection, renchérit Kiara.

— Tu n'y croirais pas, poursuit Sofie en me guidant vers la cuisine. Viens t'asseoir.

Kiara m'avance une chaise et Sofie m'aide à m'y asseoir, comme si j'étais une invalide. Ce n'est pas désagréable. Neeve ouvre le réfrigérateur et l'odeur du fromage s'échappe en un nuage glacé. Les trois filles s'exclament :

— Pouah !

— Tu le sens ? demande fièrement Neeve.

— C'est effroyable, dis-je avec un signe d'assentiment.

En fait, ça ne l'est pas du tout, mais qu'est-ce qui me donne le droit de faire la rabat-joie ?

— Je sais ! Sofie a failli être malade dans la voiture en rentrant à la maison. Pas vrai Sofie ?

— J'ai carrément dû baisser ma vitre.

D'un geste preste, Neeve sort un fromage du réfrigérateur et, le tenant éloigné d'elle, l'apporte sur la table.

— C'est un fromage français, annonce-t-elle.

— Toulouse Lautrec, précise Sofie.

— Camus, dit Kiara.

J'ironise :

— Des vrais noms de fromage.

Elles éclatent de rire.

— Allez chercher une assiette et un couteau, intime Neeve aux autres.

Ils sont suivis par un pot de chutney, une sélection de crackers et sept noix de pécan, laborieusement cassées en deux. Mon verre de vin est de nouveau rempli et les filles reculent pour admirer leur travail.

— Et voilà !

Elles me regardent, rayonnantes. *Tellement adorables !*

— Et maintenant, savoure ton fromage ! m'invite Neeve. S'il est possible de savourer un truc aussi immonde.

— Quelle ravissante assiette ! m'exclamé-je.

Je le regrette instantanément car c'est l'une des nombreuses blagues privées entre Hugh et moi.

Neeve fronce les sourcils.

— Pardon ? Ah oui ! C'est la phrase de *MasterChef*.

Dans un cri d'horreur, elle poursuit :

— La pomme ! On a oublié la pomme ! Coupe-la, Sofie, ajoute-t-elle en se jetant sur la corbeille de fruits. En quartiers très fins, comme Hugh.

Depuis que Sofie, il y a quelques années, a remarquablement découpé un gâteau d'anniversaire, elle est chargée de tout ce qu'il y a à couper à la maison. Même si ce rôle la rend vraiment anxieuse. Mais chaque famille est régie par ses propres règles.

— Fais un éventail. Comme Hugh, insiste Neeve.

Le fruit m'est présenté, taillé un peu grossièrement.

— Bien, reprend Neeve. Nous t'avons chacune préparé une liste de projets qui pourraient te plaire pendant son absence. Kiara, tu commences.

Je proteste :

— Non. Non, tout va bien, vraiment. Je vais bien. Je suis ici pour vous trois. C'est mon seul projet pour les six prochains mois.

C'est moi l'adulte. Et qu'importe à quel point je souffre, je refuse de le leur montrer. Elles doivent me faire confiance, sentir qu'elles peuvent compter sur moi pour m'occuper d'elles. Leur monde a été suffisamment chamboulé, elles ont besoin d'un parent sur lequel s'appuyer.

— Nous savons que nous pouvons compter sur toi, réplique Sofie. Mais nous avons nos vies. Nous allons bien.

— Oui, nous allons bien, maman.

Pour être honnête, moi aussi j'ai une vie, en quelque sorte.

— Mais c'est moi, l'adulte.

Kiara intervient :

— Si nous trouvons que c'est bizarre sans lui, maman, nous te le dirons. Le principal, c'est de communiquer. Mais il faut que tu saches que toi aussi tu peux compter sur nous.

— Oui, mais…

Kiara m'interrompt pour poursuivre son discours.

— Écoute-moi. Pour la plupart des gens dans une relation à long terme, une telle chance ne se présente jamais. Si vous utilisez tous les deux ces six mois avec sagesse, votre relation sera enrichie par ce que vous aurez appris au cours de votre séparation. Elle y gagnera.

Je pourrais lui répondre que notre relation allait très bien sans ça. Mais je ne veux pas paraître ingrate.

— Voici ma liste, annonce-t-elle. Méditation. Lis un classique qui t'a toujours intriguée. Écoute des podcasts inspirants en faisant de longues promenades seule. Et sois ouverte à ton évolution personnelle.

Les activités suggérées par Kiara sont des activités en solo. Elle ne veut pas que je rencontre un autre homme. Elle n'a pas besoin de s'inquiéter !

Ce que j'ai découvert au sujet de l'évolution personnelle, c'est qu'elle vous laisse rarement le choix. C'est en général un effet secondaire d'un deuil ou d'un traumatisme. À en juger par l'impact qu'a sur moi tout ce bordel, je vais finir championne du monde de l'évolution personnelle.

— À moi, déclare alors Neeve en lisant sur son iPad. Fais des injections de Botox.

— J'adorerais mais je ne pense pas que les médecins irlandais accepteraient des règlements en galets ou en vieux rouges à lèvres.

— Elle craint, ta vie, maman, compatit Neeve en secouant la tête, feignant la compassion. Suggestion suivante : mets-toi au jogging.

Cela n'arrivera jamais. Je n'ai pas la morphologie adéquate : mes cuisses celtiques sont trop courtes.

— Je viendrai courir avec toi, ajoute-t-elle.

Même si ses cuisses sont aussi courtes que les miennes, l'entendre proposer de partager une activité avec moi me réchauffe le cœur. Peut-être vais-je mettre à profit le temps que durera l'absence de Hugh pour resserrer les liens avec ceux qui sont dans ma vie.

Même si, ironiquement, la seule chose qui me manque, c'est le temps. Je n'en avais déjà pas beaucoup quand Hugh assurait une grosse partie des tâches familiales. Par conséquent, maintenant qu'il n'est plus là, j'en aurai encore moins.

Sans conviction, je plaisante :

— Je devrais peut-être m'inscrire sur Tinder.

— Toi ? Sur Tinder ? mugit Sofie.

Elles éclatent toutes d'un rire incontrôlable.

— Je suis désolée maman, hoquette Kiara. Tu es trop vieille.

— De toute façon, déclare alors Neeve, tu ne sauras pas t'y prendre et tu ne tomberas que sur des abrutis.

J'étouffe un soupir. Les jeunes sont tellement condescendants !

— Bien, à toi, Sofie. J'écoute ta liste.

— Je n'ai pu penser qu'à un truc. Achète des coussins pour ton lit.

— Pardon ? lancé-je, perplexe.

C'est quoi ce plan ?

— Contrairement à papa, tu aimes que ton lit soit couvert de coussins.

C'est la vérité.

— Alors, voilà une occasion de te faire plaisir.

Dans le fond, elle n'a peut-être pas tort.

Soudain enthousiaste, Kiara s'exclame :

— Bonne idée, maman ! Va sur le site et achète ces trucs brodés de contes de fées que tu adores.

— Fabriqués par une jeune paysanne aveugle dans les forêts infestées de loups de Moldavie, persifle Neeve, méprisante.

— Ça fait travailler ceux qui en ont désespérément besoin, rétorque Kiara en la fusillant du regard. Allez, maman, fais-le !

Comme si j'avais besoin d'encouragements pour dépenser de l'argent !

— Mais quand Hugh reviendra ? demande alors Neeve.

— Elle pourra les mettre dans le séjour.

— Vous ne pouvez pas m'imposer des housses de coussin si kitsch, gémit-elle.

Je ne peux pas laisser passer ça.

— Pas « kitsch ». C'est de l'art naïf.

— Kitsch, répète-t-elle avec un sourire en coin.

— Ce sont des représentations folkloriques de la vie paysanne idéalisée.

— Kitsch.

Et je me mets à rire.

Chapitre 25

Le téléphone de Neeve bipe. Elle lui jette un coup d'œil et annonce :

— Papa est en route.

Je la dévisage, abasourdie. Comment ça ? Elle ne fait quand même pas référence à Richie Aldin.

— Quel papa ?

Kiara a l'air aussi surprise que moi.

— Mon père, déclare-t-elle.

C'est complètement fou.

— Que veux-tu dire, il est en route ? Il est en route pour où ?

— Ici ! s'impatiente-t-elle soudain.

Mais Richie Aldin ne voit sa fille que deux fois par an. Il est passé fugacement dans sa vie, et son absence est une source chronique de chagrin. Chagrin qui rejaillit sur moi.

C'est un pauvre type. Trois ans après notre divorce il s'était remarié, et sa femme avait eu trois filles, chaque nouvelle naissance provoquant chez son aînée autant de peur que de regret. Au fil des ans, elle avait fait plusieurs tentatives pour essayer d'infiltrer le clan de ses demi-sœurs, qui l'avaient plus ou moins admise. Mais elle apprenait soudain qu'elles étaient allées à Eurodisney ou à Alton Towers sans elle, et elle se retrouvait à la case zéro : sanglotant dans mes bras en disant que tout ce qu'elle voulait, c'était faire partie d'une « vraie » famille.

À deux reprises, j'avais pris l'avion pour Leeds dans le seul but de supplier Richie d'inclure Neeve dans ses vacances familiales. J'étais prête à assumer tous les coûts tant qu'il l'emmenait. Les deux fois, il m'avait répondu qu'il allait réfléchir, sans jamais donner suite. Il n'avait jamais cessé de la faire souffrir.

Et pourtant, je ne peux jamais émettre la moindre critique à son égard. C'est son père et, toute déplorable qu'elle est, au moins, ils ont une relation.

— Il va faire un vlog pour moi, explique-t-elle. Sur la façon dont les hommes prennent soin d'eux.

— Pourquoi ce soir, chérie ?

— C'est le seul soir où il est libre.

Quoi qu'elle dise, ce n'est pas un hasard s'il doit passer justement ce soir. N'importe quel imbécile sait qu'entre Richie et moi la rupture est définitive, mais Neeve garde toujours espoir. Et tant d'espoir pourrait me briser le cœur, si je le permettais.

— C'est un homme très occupé, poursuit-elle sur un ton de défiance.

Comme si j'allais essayer d'empêcher Richie d'entrer chez moi. Même si je ne demanderais pas mieux, cela n'arrivera jamais.

Il ne m'a jamais présenté d'excuses, ne m'en présentera jamais, et même si je ne lui en veux pas, je le déteste cordialement. Tout va toujours dans son sens. Au terme d'une carrière longue et modérément réussie en tant que joueur de foot, au Royaume-Uni, où il a fait profil bas et accumulé une petite fortune, il est rentré en Irlande. Il n'a pas acheté un pub pour devenir un ivrogne, comme la plupart des ex-footballeurs sont censés le faire (d'après ce que j'ai lu dans un article quelconque), mais il a créé une école de football, devenue un vivier respecté pour les clubs anglais et qui, selon la presse, génère des milliers d'euros.

Sa vie personnelle ne lui cause pas plus d'angoisses. Quelques années auparavant, il a quitté sa deuxième femme. D'après Neeve, il « s'ennuyait ». Je ne connais pas les détails, mais cette décision n'a semblé provoquer en lui ni états d'âme ni culpabilité.

Il semble ne jamais avoir connu le moindre doute, la moindre crise de conscience. Il ne fait que ce qu'il veut et s'en sort toujours.

Je sais qu'il collectionne désormais les charmantes petites amies, toutes ravissantes, mais je ne le vois pas assez souvent pour suivre.

Sait-il que Hugh est parti ? En fait, ça m'est égal.

Kiara, qui ne le voit pas d'un bon œil, demande d'un ton grave :

— Quand doit-il venir ?

— Tout de suite.

—Je me demande quelle voiture il aura, s'interroge Sofie. Quelque chose de tape-à-l'œil, je suppose. Peut-être une Aston Martin.

Elle ne le porte pas non plus dans son cœur.

—On une Lamborghini, dis-je.

—Sûrement une voiture chère ? demande Kiara.

—Oui !

L'air nostalgique, Kiara poursuit :

—Si je dois avoir une voiture, je voudrais une Citroën Dyane.

—Jusqu'à ce qu'elle tombe en panne pour la dix-septième fois sur deux kilomètres, ironise Neeve. Ensuite, tu supplieras pour avoir une BM.

—Il aura une Ferrari, avance Sofie.

—Pas une Ferrari, assure Neeve, défendant son minable de père.

La sonnette retentit.

—C'est déjà lui ?

Impatientes de voir ce que conduit Richie, nous nous dirigeons vers la porte… et nous trouvons nez à nez avec Genevieve Payne, sur le perron. Chargée de ce qui ressemble à un ragoût.

—Bonsoir ! lance-t-elle, rayonnante. Je passais juste vous apporter ça.

—Qu'est-ce que c'est ? Un ragoût ? s'étonne Neeve. Pourquoi ? Personne n'est mort.

—Mais…

—Mon beau-père est parti pour se réinventer. Il est juste génial ! Gardez votre ragoût !

Genevieve fait mine de me lancer un regard paniqué.

—Amy, je…

Mais Neeve lui claque la porte au nez. Je recule dans le couloir. Choquée, étourdie, je m'inquiète des répercussions.

—Quelle connasse ! s'exclame Neeve.

Sofie s'enthousiasme.

— Neeve ! Tu as assuré ! Waouh ! Tu déchires grave !

Neeve est une vraie teigne ! Et quand elle est dans votre camp, c'est la plus loyale, la plus acharnée des alliées.

— « Gardez votre ragoût ! » l'imite Kiara d'un ton plein d'admiration. Respect !

— Mais merde ! Les ragoûts c'est pour quand les gens sont morts !

— Faut pas déconner !

— Faut pas déconner !

— Vire-la, cette salope !

Même si jamais je ne pourrais parler comme mes filles, je les laisse se défouler.

— « Gardez votre ragoût ! » répète Sofie.

Et, soudain, nous partons d'un fou rire général. Je ris tellement que j'en pleure. Finalement, mes hoquets s'apaisent.

Une Audi aux phares brillants s'arrête dehors.

— Merde ! s'exclame Kiara. Nous avons toutes perdu.

— Salut, Amy !

Richie Aldin est dans l'entrée et m'embrasse poliment sur la joue. Il empeste l'un de ces parfums de luxe pour hommes. Il ne sent jamais juste son odeur naturelle. Peut-être est-ce un truc de footballeur, avec leurs douches incessantes.

— Tu es belle, me complimente-t-il.

Lui aussi est beau, comme peut l'être un footballeur. Ses cheveux roux à reflets dorés sont bien entretenus, sa coupe est moderne et son corps musclé. Il n'est pas grand mais il est robuste. Il s'entraîne sans doute encore tout en gérant son école si lucrative.

— Salut, mon chou.

Il serre Neeve dans ses bras.

— Salut papa !

Elle exulte. Son bonheur me fait mal. N'aurait-il pas pu être plus gentil avec elle pendant ces vingt-deux ans ? Leur ressemblance intensifie ma tristesse. Ces yeux brillants, ces taches de rousseur, ces cheveux chatoyants, d'une couleur si rare.

— Hugh n'est pas là ?

Je me fige.

— Non.

— Que se passe-t-il ?

Son regard se pose sur moi puis sur Neeve. Il a flairé qu'il se passait quelque chose de louche. Quel fouineur !

— Allez papa, on y va !

— Mais…

— Je t'expliquerai, lui dit-elle.

Chapitre 26

Jeudi 15 septembre, jour 3

Le jeudi, les magasins sont ouverts tard et j'ai décidé de m'accorder une virée lèche-vitrines en sortant du bureau. Mais mon téléphone sonne. En voyant le numéro de maman s'afficher, mon cœur se met à battre la chamade.

— Amy, j'ai besoin que tu viennes ce soir. Dominik m'a fait faux bond et je dois sortir.

— Oh ! Mais… où vas-tu ?

— Je sors !

Elle a presque l'air vexé.

— Je sors. Boire un verre.

— Avec qui ?

— Des amis.

— Maman, quels amis ?

— Des amis à moi, siffle-t-elle. Et Dominik prend un peu la grosse tête.

C'est extrêmement inquiétant : Dominik est le pilier de tout ce cirque.

— Que s'est-il passé ? Il a annulé ?

— Il n'a pas annulé. Mais il ne veut pas se rendre disponible. Il dit qu'il a un autre travail.

— Mais…

— Sois ici à 19 heures.

Elle raccroche.

Je ne reconnais plus ma mère. Cette assurance, le fait qu'elle se montre si déraisonnable, est sans précédent. Je vais demander conseil à Hugh. *Oh, mais je ne peux pas.*

Je n'arrive toujours pas à croire qu'il soit parti. Comment ma vie a-t-elle pu se dégrader aussi vite ?

Je rappelle maman mais tombe directement sur sa messagerie. J'essaie alors la ligne fixe, sans plus de succès. Je n'ai donc d'autre choix que de prendre ma voiture pour aller chez eux.

Vêtue de la veste en cuir rose de Neeve, elle m'attend à la porte d'entrée.

— Merci, dit-elle. Si je ne sors pas d'ici et que je ne m'éloigne pas de lui, je vais péter un plomb !

— Hum… d'accord.

Je dissimule ma surprise. Je suis certaine de ne jamais l'avoir entendue utiliser l'expression « péter un plomb ».

— Tu sors avec qui ?

Au lieu de répondre à ma question, prenant l'une de mes mains entre les siennes, elle me presse :

— Tu tiens le coup, chérie ? Depuis que Hugh est parti ?

— C'est bizarre. Mais ce n'est que le début.

— Eh bien, je suis ici pour toi. Viens quand tu veux.

— Alors avec qui sors-tu, maintenant ?

Continuant à esquiver ma question, elle demande :

— Qui s'occupe du dîner demain soir ?

— Maura.

— Oh !

Maura est la moins bien notée de nous cinq. Elle ne sait cuisiner que les pommes de terre bouillies au fromage râpé. Du coup, mécontents, tous les autres râlent que, vu ses moyens, elle pourrait au moins commander des pizzas.

Or, c'est moi qui, les semaines où je suis chargée du dîner, apporte des pizzas. Mais comme elles viennent du supermarché, je suis sûre qu'ils rouspètent tous aussi dans mon dos. Tant pis pour eux ! Je n'ai pas le compte en banque de Maura.

Joe et Declyn étant tous les deux bons cuisiniers, tout le monde se réjouit quand arrivent leurs vendredis. Mais ceux de Derry sont le fleuron de nos dîners, le Bal du Metropolitan, l'événement que personne ne manque. Très généreuse avec son argent, elle a pour habitude de faire livrer une montagne de fabuleux plats indiens de chez *Rasam*.

Je perçois un bip à l'extérieur.

— Voilà mon taxi, annonce maman. Je rentre pour 23 heures.

— Tu as ton téléphone ?

— Oui ! lance-t-elle en s'éloignant.

— Il est allumé ?

— Oui ! me crie-t-elle de loin.

Je suis sûre qu'elle me ment.

Me sentant à la fois désorientée et contrariée, j'entre voir papa qui me salue en hurlant :

— Qui êtes-vous ?

— Amy.

— Amy qui ?

— Amy O'Connell.

— Je suis un O'Connell, se pourrait-il que nous soyons apparentés ?

— Je suis ta fille.

— Au diable ! Je n'ai pas d'enfant, qui êtes-vous ?

— Amy.

— Amy qui ?

— Amy O'Connell.

Après environ dix minutes de cette mascarade, j'ai vraiment envie de le frapper à coups de marteau. Je peux même visualiser la scène : prendre l'outil, lui donner un bon coup sur le crâne, puis le regarder s'écrouler dans un silence comateux.

Le besoin qu'a maman de sortir avec ses mystérieux amis est soudain beaucoup plus compréhensible.

Je ne peux même pas m'évader en consultant des sites de housses de coussin ou de vacances de rêve sur Internet. Dans cette maison, on ne capte le Wi-Fi que dans la chambre du premier. Et je préfère ne pas laisser papa seul.

Pour être honnête, nous volons le Wi-Fi de nos voisins, les Flood. Ce dont je ne suis pas spécialement fière. Mais Derry et moi avons essayé d'installer le haut débit chez nos parents, sans succès. Et comme il est vraiment difficile de vivre sans Internet, nous ne pouvons résister à la tentation de choper le Wi-Fi des Flood. En compensation, nous leur avons acheté une caisse de vin argentin que Joe est parti leur apporter. Or, pour des raisons que nous n'avons jamais pu éclaircir, il a négligé de leur expliquer la raison de ce cadeau. Ayant donc laissé passer notre chance de confesser notre délit, nous vivons dans la terreur que les Flood décident soudain d'utiliser un mot de passe.

À 20 heures, la situation se gâte encore. Papa veut voir un documentaire sur les tueurs en série. Mais je veux regarder *MasterChef.* C'est vital. Or, ce soir, il se montre particulièrement difficile. Je me souviens alors que, les autres fois où je l'ai gardé, Hugh m'accompagnait. Et qu'il est beaucoup plus simple de le gérer à deux.

Agrippant la télécommande, je lui affirme :

— Tu vas aimer cette émission.

Mais papa accable le présentateur et les infortunés concurrents de telles insultes que, ne tardant pas à m'avouer vaincue, je change de chaîne pour *Jeffrey Dahmer : le Cannibale de Milwaukee.*

— Le type à la bouilloire. C'est excellent ! jubile papa.

Chapitre 27

Vendredi 16 septembre, jour 4

Comme tous les vendredis, Alastair débarque de Londres vers 14 heures environ.

— Des projets pour le week-end, Amy ?

— Neeve et Kiara parlent d'aller au bowling.

— « Au bowling » !

Je ne peux qu'en rire.

— Déjà, les chaussures ! Sans parler de tout le reste. Non, juste la routine, le cinéma du dimanche.

— C'est bien, les routines. Pas de dîner ? De fête ? Et tes copines ?

— Demain, je déjeune avec Steevie. Ensuite, je vais me battre avec mon coiffeur. Et, demain soir, j'ai l'anniversaire de Vivi Cooper.

— De qui ?

— La femme de Frankie, l'ami de Hugh. Hugh avait répondu oui avant de décider de quitter le pays. J'ai donc hérité de l'invitation. C'est au *Ananda*, je serai avec six couples. Je ne vais pas y aller. Vivi me dit que je peux décider à la dernière minute, mais je sais déjà que c'est hors de question.

— Tu ne penses pas que ça te ferait du bien ?

— Je serais morte de honte. Devoir feindre d'aller bien… Mon Dieu !

Soudain, je suffoque.

— Doucement, me dit Alastair, apaisant.

Gentiment, il me frotte le dos, jusqu'à ce que j'aie retrouvé mon souffle.

— Je suis désolé, ajoute-t-il.

— Pas de problème. Tu essayais juste d'aider. Mais imagine que j'aie une crise de panique dans ce genre de situation ? Coincée avec tous ces gens ?

Il hoche la tête.

— Peut-être devrais-tu juste voir une personne à la fois.

— Je ne suis pas sûre. À part les filles, je ne me sens vraiment en sécurité avec personne.

Devinant mes pensées, il suggère :

— Demain soir, reste chez toi, mange et regarde les défilés sur Vogue.com. Tu es en état de choc. Ton monde a changé trop vite. Tu n'as pas encore assimilé.

— C'est ce qui m'arrive ?

J'ai désespérément besoin d'une explication.

— La transition va prendre du temps. Tu dois digérer tous les changements.

— Et ensuite, j'irai bien ?

Il laisse échapper un petit rire sans joie.

— Bon. Réunion rapide, annonce Tim.

— Va te faire foutre ! lance Alastair. Il est 16 h 50. C'est presque le week-end.

L'ignorant, Tim poursuit, impassible :

— Media Awards ? Vendredi 11 novembre, à Brighton. Est-ce qu'on y va ? Et si on y va, lequel de nous trois ?

Parce que les médias britanniques doivent donner l'illusion de ne pas être totalement centrés sur Londres, ces prix – les oscars du monde de l'information – sont décernés lors d'un gala qui se tient loin de la capitale. Environ sept cents présentateurs, producteurs, documentalistes, réalisateurs et journalistes descendent dans une station balnéaire où un bon milliard de récompenses sont remises pour tous les moyens de diffusion d'actualités qui existent.

Les participants profitent de cette escapade loin de chez eux pour faire la fête jusque tard dans la nuit, quitte à parfois s'encanailler. Au cours d'un dîner bruyant, les héros reçoivent des accolades. La soirée se poursuit en dansant sur des airs rétro et finit dans diverses chambres d'hôtels. Dans certaines, on joue au poker en buvant du whisky jusqu'à l'aube, dans d'autres, on continue à danser autour d'une presse à pantalons, avec l'impression d'être sur un podium en boîte de nuit.

Tant pis pour le malchanceux dont la chambre se trouve juste en dessous d'une fin de soirée. Il ne fermera pas l'œil de la nuit. Et il est inutile de se plaindre : le personnel a bien trop peur pour intervenir. Et si le client qui ne peut pas dormir monte pour exiger que le vacarme se calme, il se verra sûrement entraîné dans la chambre où on lui fera boire du rhum de force.

Ce genre de nuit est propice à des tas d'alliances improbables. Soutenir votre ennemie mortelle qui est malade après avoir abusé de B-52. Ou marcher main dans la main sur la plage de galets au lever du soleil avec un homme sur lequel jamais vous n'auriez jamais imaginé flasher.

Si vous étiez enclin à l'infidélité, c'était la configuration idéale.

— Tu veux y aller, Amy ? me demande Tim.

— Oui.

C'est toujours une soirée amusante. À laquelle je n'avais pas pu assister l'année dernière parce que Hugh venait de perdre son père.

— En fait, nous devrions tous y aller, déclare-t-il. Voir tous les journalistes du Royaume-Uni réunis dans une seule pièce est une occasion à ne pas rater.

— Pouvons-nous nous permettre d'y aller tous les trois ?

Entre les billets d'avion, les frais d'hôtel et le prix des billets, ces événements représentent un petit budget.

Attendant le verdict, Alastair et moi dévisageons Tim, pleins d'espoir. Si nous sommes associés à parts égales dans notre affaire, pour tout ce qui touche aux finances, nous le regardons comme notre père.

— Thamy ? appelle-t-il. Le prix des billets pour Gatwick le 11 novembre ? Et les chambres les moins chères au *Gresham Hotel* à Brighton ?

Nous nous replongeons dans notre travail. Puis, quand Thamy arrive avec le résultat de ses recherches, visiblement satisfait, Tim déclare :

— Réserve !

Avant d'ajouter :

— Très bien. Nous y allons tous.

Soudain, une question me traverse l'esprit. Josh Rowan sera-t-il présent ?

Chapitre 28

Dix-sept mois auparavant

Ce terrible soir où la honteuse dépendance de Premilla avait été révélée en ligne, impatiente de descendre de mon avion, je faisais défiler les détails sordides sur mon écran tout en échafaudant une stratégie.

Je devais à tout prix changer l'image de « Premilla qui a acheté de la drogue dans la rue » pour celle de « Premilla la femme respectable flouée par la communauté médicale ». Et je devais faire vite. Une interview avec un journaliste à qui je faisais confiance ? Un créneau dans une matinale télévisée à grande audience ?

Mes deux téléphones s'étaient mis à sonner en même temps. J'avais répondu au hasard.

— Amy O'Connell.

— C'est Josh Rowan.

J'avais gardé le silence. J'étais furieuse.

— Vous êtes là ?

— Qu'est-ce que vous voulez ?

Aucun attaché de presse ne pouvait se permettre d'avoir un ennemi journaliste mais j'étais dans une colère noire.

— Je suis désolé. Concernant Marie Vann. J'ai fait de mon mieux. Elle m'a doublé. Mais je peux vous proposer autre chose. Une interview pour limiter les dégâts avec Chrissy Heathers. Un gros tirage. Deux pages vendredi. Bienveillantes.

J'avais réprimé un soupir. Cet accent de Newcastle était tellement charmant. « L'accent qui inspire le plus confiance », disaient certains sondages.

Sans répondre, j'avais réfléchi. Chrissy Heathers était une sacrée chance pour Marie Vann. Les articles de Chrissy étaient inquisiteurs mais toujours justes et équilibrés. Et maintenant que les problèmes de Premilla étaient étalés au grand jour, la seule option était une opération de réhabilitation. Mais même si je décidais de faire confiance au *Herald*, il m'était impossible de savoir si ma cliente accepterait une interview avec le journal qui l'avait traînée dans la boue.

— Vous me laissez valider l'article ? avais-je demandé.

Avec un soupir résigné, il avait répliqué :

— Non.

Mes chances étaient minces. Les journalistes ne cédaient presque jamais, de crainte de voir leur travail totalement édulcoré. Pourtant, après quelques secondes, il s'était ravisé :

— Écoutez, nous allons voir ce que nous pouvons faire.

— Mais vous ne pouvez rien promettre.

— Non, avait-il dit d'un ton un peu las.

J'avais commencé par appeler Hugh pour le prévenir que je ne pouvais pas rentrer. Puis, à peine descendue de l'avion, j'étais remontée au niveau des départs et avais pris un billet sur le dernier vol du soir pour Londres.

Tout en traversant l'aéroport en courant, j'avais appelé Premilla et lui avais promis que la machine était lancée, avant de contacter sa sœur pour lui demander de s'occuper d'elle. Puis j'avais rappelé Josh Rowan.

— Pourquoi devrais-je vous faire confiance ?

— Parce que vous le pouvez, avait-il affirmé.

— Vous venez juste de prouver que non.

— Je n'avais rien promis. Je n'ai pas pu promettre. Je n'ai pas engagé Marie, je n'ai aucune influence sur elle, mais tous les autres journalistes sont mes recrues.

J'avais pesé le pour et le contre. Je savais en effet que, dans l'espoir d'enrayer le déclin les ventes, Marie Vann avait été engagée par un rédacteur aussi compétent en journalisme que Beyoncé. Puis j'avais passé mentalement en revue mon répertoire de « gentils » journalistes. Certains m'auraient pondu l'article insipide adéquat. Mais comme ils n'écrivaient que pour les suppléments du week-end, leur délai de livraison ne serait pas avant quinze jours. Cette histoire devait paraître immédiatement, avant que Premilla se retrouve définitivement cataloguée comme junkie de rue. Me décidant enfin, j'avais demandé :

— Vendredi ? Ce vendredi ? Après-demain ? Deux pages ?

— Ce vendredi. Deux pages. Bienveillantes, avait-il approuvé. J'essaierai de vous obtenir la validation de l'article et, quoi qu'il arrive, je superviserai personnellement les secrétaires de rédaction.

Un facteur important. Un article bienveillant pouvait s'avérer parfaitement inutile si les secrétaires de rédaction lui collaient un gros titre trash comme : « Ma honteuse dépendance. »

Mon incertitude était insoutenable. J'avais beaucoup à perdre en prenant la mauvaise décision.

— Ou bien, vous pouvez aller vers un autre organe de presse, avait-il repris. Qui pourrait vous en blâmer ?

Paradoxalement, ça avait été ce qui m'avait décidée. Un article défendant Premilla dans le *Guardian* ou le *Times* pourrait donner l'impression que l'autre journal cherchait à marquer des points. Mais s'il paraissait dans le *Herald*, il pourrait quasiment neutraliser l'article d'origine.

— D'accord. Chrissy Heathers interviewe ma cliente demain, dans un hôtel.

Je ne voulais voir aucun membre de la presse venir fouiner chez Premilla et faire un rapport sur le contenu de son armoire de toilette.

— Et nous avons l'exclusivité, avait-il répliqué. Attendez. Vous êtes en train de courir ?

— Oui. J'essaie d'attraper le dernier vol pour Londres.

— Dans les chaussures que vous portiez tout à l'heure ?

— Quand on est aussi petite que moi, on s'habitue à tout faire sur des talons. Oh mon Dieu !

Mon poignet s'était mis à vibrer.

— Qu'est-ce qui se passe ?

— C'est mon Fitbit, dis-je sans ralentir. J'ai dû faire mes mille pas pour aujourd'hui. Ça arrive si rarement que je n'ai quasiment jamais entendu ce son.

— Oui, cette application ne se lasse jamais d'encourager. Apparemment, en trois ans, j'ai marché l'équivalent de toute la superficie de la Grande-Bretagne. Bien. Donc il est bien clair qu'il s'agit d'une exclusivité ?

— Parfaitement clair.

C'était plus que clair. Il était vital que Premilla ne parle à aucun autre média. La seule réponse sensée était de garder un silence total, jusqu'à l'article qui changerait la donne vendredi.

Mes brûlures d'estomac s'étaient intensifiées. Jusqu'où pouvais-je faire confiance à Josh Rowan ?

Il m'avait déjà arnaquée une fois.

Il était près de minuit quand j'étais arrivée à l'appartement de Premilla, à Ladbroke Grove, pour y passer la nuit. Une mêlée de journalistes vociférants faisait le guet dans sa rue, les objectifs des photographes braqués sur les fenêtres de son premier étage.

La foule était encore plus dense le lendemain matin quand, escortée par deux énormes agents de sécurité lithuaniens, je l'avais conduite à la voiture qui nous attendait.

Prêts à tout pour provoquer chez elle une réaction, les paparazzis hurlaient des insultes et des accusations.

— Ignore-les, lui avais-je chuchoté à l'oreille.

Elle s'était rongé les ongles jusqu'au sang et son beau visage était couvert de plaques d'un psoriasis dû au stress.

Arrivée devant la porte de la suite réservée pour l'interview dans un hôtel du centre de Londres, Premilla s'était mise à trembler.

— Tout ira bien, lui avais-je dit avec ferveur. Je t'assure.

En tout cas, j'allais tout mettre en œuvre pour que ce soit le cas. La prenant par la main, je l'avais entraînée à l'intérieur.

Chrissy Heathers nous avait accueillies, son visage rond et ses boucles en bataille annonçant une bienveillance trompeuse. Elle était flanquée d'un photographe, d'une styliste et d'une maquilleuse. Appuyé contre un mur, Josh Rowan nous observait. En le voyant, mon cœur s'était mis à battre la chamade et un étrange mélange d'émotions m'avait envahie : de la défiance, de la rancœur, quelque chose qui ressemblait à de la honte.

Il se tenait les bras croisés, et son immobilité contrastait avec l'effervescence ambiante. Nous nous étions regardés un peu plus longtemps que nécessaire et j'avais senti ma peau s'embraser. Que faisait-il ici ? Les rédacteurs en chef n'assistaient généralement pas à une interview, quelle que soit son importance.

Mon attention soudain distraite, j'avais entendu Premilla hoqueter. Elle était tellement secouée par l'ampleur de cette opération qu'elle en pleurait.

— Chut ! lui avais-je chuchoté. Tout ira bien.

Voyant Chrissy s'avancer, j'avais affiché un grand sourire. Mais, sans me laisser le temps de parler, elle avait lancé :

— Vous pourrez valider l'article.

Vraiment ? C'était une excellente nouvelle.

— Merci.

— Ce n'était pas ma décision. Vous pouvez le remercier !

Visiblement furieuse, elle désigna Josh Rowan d'un signe de tête. Il venait de nous rejoindre.

— Premilla ? Josh Rowan, s'était-il présenté. Je suis le rédacteur en chef de la section dans laquelle votre interview va paraître. Je suis désolé que vous deviez subir cela. Mais nous ferons notre possible pour que ce soit supportable.

Il avait pris son ton « le plus sincère » pour essayer de la charmer.

Premilla avait dégluti et hoché la tête.

— Nous voulons juste vous montrer sous votre meilleur jour, avait-il ajouté. Et Amy et vous pourrez valider l'article. Ce qui veut dire…

Je l'avais interrompu :

— Premilla sait ce que ça veut dire.

Espèce d'abruti condescendant.

— Bon, on y va ? avait lancé Chrissy, manifestement très contrariée.

— Juste un instant, avais-je dit.

Je devais avant tout m'assurer que Premilla se sente à l'aise. Je l'avais guidée en direction d'un fauteuil.

— Que veux-tu boire, mon chou ? De l'eau ? Une camomille ?

— Du thé.

— Je m'en charge, avait annoncé Josh Rowan.

Était-ce la raison de sa présence ? Il était préposé au thé ? *N'importe quoi !*

Tandis qu'il s'éloignait vers la kitchenette, Chrissy avait commencé l'interview sans aucun préambule. Tremblante, effarouchée, Premilla avait bégayé sa première réponse et j'avais senti la colère m'envahir.

— Un instant, s'il vous plaît ! avais-je dit d'une voix tranchante, sans cesser de sourire. Chrissy, je peux vous parler en privé, s'il vous plaît ?

Me levant, je m'étais éloignée d'un pas décidé vers le couloir.

— Je sais que vous n'appréciez pas que je puisse valider votre article et je comprends votre frustration. Mais Premilla est vraiment fragile. Pourriez-vous être un peu plus aimable ?

Elle m'avait lancé un regard assassin, puis avait paru fléchir.

— D'accord, avait-elle concédé avec un soupir. D'accord.

Au moment où je m'apprêtais à lui emboîter le pas pour regagner le salon, Josh Rowan avait surgi dans le couloir et m'avait bloqué le passage.

— Tout va bien ?

Prise d'un soudain accès de rage, j'avais fulminé :

— C'est vous qui avez manigancé tout ça ? Laisser Marie publier cet article de merde pour que votre journal ait une exclusivité juteuse ?

Sans ciller, il avait nié poliment :

— Non.

Incertaine, je l'avais dévisagé. Il était convaincant mais vraiment difficile à cerner.

— Et puis, de toute façon, que faites-vous ici ?

Il s'apprêtait à répondre quand il s'était arrêté. Et dans cette pause, ces paroles en suspens, j'avais de nouveau senti… cette étrange tension qui couvait, entre nous.

— Je veux réparer, avait-il fini par dire avec un haussement d'épaules.

J'avais fait un signe d'assentiment. Pourtant, je savais que ce n'était pas la vérité. Du moins, pas entièrement.

Lorsque nous avions regagné le salon, l'interview avait repris sur un ton différent : Chrissy était plaisante et Premilla visiblement décontractée.

Josh Rowan avait repris sa position originale. Bras croisés, appuyé contre le mur, il observait. Encore une fois, sa présence m'étonnait.

— Pardon ? Ça ne vous ferait rien de nous laisser ? avais-je lancé d'un ton glacial.

— Il a besoin de rester, était intervenue Chrissy. Il doit finaliser l'interview.

Soudain, tout était clair. La journaliste signerait son article mais Josh Rowan en contrôlerait le contenu. Très bien ! Dans ce cas, il restait.

Au bout d'une heure, Chrissy avait disparu pour rédiger son papier. C'était le moment des photos, tout aussi importantes que l'entretien. L'œil acéré, j'étais allée inspecter les trois portants de vêtements installés par la styliste dans la chambre.

— Non. Non. Pas de jean.

— Et ça ?

Elle avait brandi un étonnant fourreau Roksanda mais le rouge était une couleur trop festive.

— C'est magnifique, avais-je dit d'une voix pleine d'envie. Mais pas de rouge, ni de jaune, de rose ou d'orange. Pas de couleurs vives. Pensez « Expiation ».

— Le film ? J'ai une robe verte coupée en biais.

Je n'avais pu m'empêcher de rire.

— Pas le film. L'émotion.

Quelque chose m'avait fait lever les yeux. Josh Rowan était dans la pièce. Il avait entendu et, malgré son impassibilité, je savais qu'il était amusé.

Non. Pas de blagues complices. Nous ne pouvions pas commencer à nous rapprocher. Je le refusais.

Après plusieurs faux départs, j'avais approuvé enfin l'apparence de Premilla. Un pantalon noir cintré, un chemisier Chloé ample et les chaussures les plus fades du monde (en cuir noir, à bouts ronds et talons de cinq centimètres). Elle ressemblait à une directrice d'école qui a fait un effort d'élégance.

Ensuite, je n'avais pas lâché la maquilleuse d'une semelle. M'assurant qu'elle couvrait les plaques de psoriasis, j'avais interdit le gloss trop clair et avais insisté pour un chignon net. Le photographe m'avait bombardée de regards mauvais. Et il avait raison de s'inquiéter. Dès que la séance avait démarré, j'étais aux premières loges.

— Ne la mettez pas derrière un bureau. Elle reste debout, elle n'a rien à cacher. Bien, Premilla, tu souris mais sans montrer tes dents. Pense : « Je reprends espoir. »

C'était délicat. Sans avoir l'air tragique, elle ne devait pas non plus donner l'impression de se réjouir d'être une droguée.

Le photographe m'avait tendu son appareil.

— Excellente idée ! Et si vous preniez les photos ?

— Je sais, avais-je dit en haussant les épaules d'un air résigné. Je suis un vrai cauchemar.

Et il avait raison de me détester. Mais mon travail consistait à protéger ma cliente.

Je sentais constamment les yeux de Josh Rowan sur moi. Cela me mettait mal à l'aise. J'étais à la fois indignée. Perplexe... Excitée.

Quand la séance photo avait pris fin, il était plus de 19 heures. Après avoir mis Premilla dans un taxi pour l'envoyer chez sa sœur, j'avais regagné la suite.

— Chrissy a fini son article, m'avait annoncé Josh Rowan. Je vous l'envoie par mail.

— Merci.

Après avoir salué la styliste, la maquilleuse et le photographe qui prenaient congé, je m'étais installée devant mon ordinateur et avais cliqué sur la pièce jointe. Dès la première phrase, mon cœur s'était serré.

« Lovée dans le magnifique canapé d'un luxueux hôtel londonien... »

Dans le salon soudain très calme, Josh lisait aussi.

— Non, m'étais-je exclamée.

— Je sais.

— C'est luxueux, certes…

— Mais pas approprié.

— Il ne faut surtout pas laisser entendre qu'elle a été payée pour donner cette interview.

— J'y travaille, avait-il assuré en s'empressant de taper quelques mots. Voilà.

— Alors, attaquons cette introduction…

— En décrivant à quel point elle était perturbée en arrivant ?

— N'en rajoutez pas. Laissez bien entendre qu'il s'agissait de détresse émotionnelle, pas d'un manque physique.

— D'accord, avait-il acquiescé.

Il s'était remis à taper par petites rafales de mots, suivies par des suppressions et de longues pauses passées à regarder l'écran, avant une nouvelle rafale.

— Et ça ? avait-il lu.

« Ce n'était pas ainsi que Premilla Routh avait programmé sa vie. Toutes ces années à travailler dur, à jouer dans des théâtres provinciaux remplis de courants d'air, à prendre part au tournage de quatre émissions de télé-réalité par semaine, pour finir par faire les gros titres pour s'être procuré des médicaments délivrés uniquement sur ordonnance dans la rue. Elle est anéantie. »

— Un peu tabloïd, avais-je dit. Mais c'est bon… retirez « dans la rue » et continuez.

Josh et moi avions passé les heures suivantes à réécrire l'article d'origine. Si Chrissy n'avait pas eu la dent dure, notre travail, plus pointu, se concentrait sur l'horreur de la dépendance involontaire. L'achat de la drogue y était à peine mentionné. Josh avait manifestement prêté la plus grande attention aux paroles de ma cliente. Je me félicitais de lui avoir permis de rester.

Alors que l'article prenait forme, il devenait clair que le résultat allait bien au-delà de la simple opération de réhabilitation. Il pourrait même servir de pivot pour la nouvelle vie de Premilla. Un groupe de dépendants aux tranquillisants allait sans doute la recruter comme porte-parole. Et le fait qu'elle ait survécu à un tel enfer lui permettrait sans doute de relancer sa carrière en décrochant des rôles plus dramatiques.

— Premilla sera réhabilitée, avais-je alors admis.

— C'est la meilleure chose qui lui soit jamais arrivée, avait approuvé Josh.

Surprise, j'avais vivement levé la tête. À son regard pétillant de malice, j'avais vu qu'il blaguait.

— « Notre plus grande épreuve est aussi notre plus grande chance », avait-il repris d'un ton faussement solennel.

— « Tout arrive pour une raison. »

— « Parfois, il faut prendre le mauvais virage pour atteindre son but. »

— Et celui que je déteste plus que tout, avais-je déclaré : « Mon destin n'est pas d'attendre que la tempête soit calmée, c'est d'apprendre à danser sous la pluie. »

— Le mien, c'est : « Ne fuis pas ta tristesse. Mais... »

Je l'avais interrompu.

— « ... danse avec elle. »

L'humeur s'était allégée. Nous souriions tous les deux. Lui d'un sourire en coin, comme à contrecœur.

— Il n'y a rien de pire qu'Instagram et ces pseudo sources d'inspiration, avais-je dit.

— Oui. Plus c'est banal et évident, plus ça tourne.

— Idem pour Pinterest. Je suis des tas d'abrutis que je déteste juste pour voir les platitudes qu'ils postent.

— Je n'ai jamais vraiment accroché avec Pinterest. Alors ? avait-il ajouté en regardant son écran.

— Allez ! On s'y remet.

— Pour finir, avait-il dit, que diriez-vous de l'accroche : « Prescrits par mon généraliste » ?

— Super !

L'article avait pour thème la drogue, pas Premilla.

— Faites une dernière lecture. Si vous êtes satisfaite, je l'envoie.

Après l'avoir parcouru encore une fois, je lui avais adressé un signe de tête et, à l'instant où il avait pressé sur « envoyer », j'avais senti la fatigue me submerger. J'avais jeté un coup d'œil à mon téléphone.

— Quelle heure est-il ? Mon Dieu ! 22 h 45 ! J'ai raté le dernier vol pour Dublin.

Et Druzie étant à Londres, il était trop tard pour débarquer chez elle.

— Je ferais bien de trouver un hôtel.

— Vous êtes dans votre hôtel.

— Vous délirez. Aucune personne normale ne pourrait se payer une suite pareille.

— Mais l'*Herald* l'a déjà payée. Vous devriez rester. Dans cette suite « luxueuse ».

J'avais souri à son sarcasme.

— Il est vrai qu'elle est luxueuse… mais accepter ne serait pas correct. C'est à vous d'en profiter.

Me sentant soudain prise d'un vertige dû, sans doute, à la conclusion de cette journée particulièrement difficile, je m'étais exclamée :

— Et si nous en profitions tous les deux ?

Devant son expression abasourdie, j'avais senti mon visage s'embraser.

— Je voulais juste dire…

Que voulais-je dire ?

— Je… blaguais, c'est tout.

Il m'avait dévisagée un très long moment en silence.

— C'est dommage, avait-il fini par lâcher.

Chapitre 29

Samedi 17 septembre, jour 5

Samedi matin… je me réveille et, encore somnolente, savoure la sensation divine de savoir que je peux rester au lit aussi longtemps que je le veux.

Puis je me rappelle.

Dans mon demi-sommeil, j'ai foncé dans le mur. Peinant à respirer, je cherche l'interrupteur à tâtons et je m'assieds dans mon lit, espérant avoir fait un cauchemar. Mais je sais que ce n'est pas le cas.

Maintenant, je suis bien réveillée et la chambre est inondée de lumière. Je regarde son côté du lit. Vide.

Je regarde encore. Puis je soulève la couette et touche le drap sur lequel il était allongé.

Où es-tu maintenant ? Avec qui ?

Et pourquoi ne m'as-tu pas appelée ?

Il a dit qu'il ne téléphonerait pas mais je l'espérais quand même.

Il me manque à tel point que j'en suis épuisée. Le besoin d'entendre sa voix est presque intolérable. Sa voix si caractéristique. Elle apaiserait ma douleur et comblerait le vide en moi. Hugh a la voix parfaite. Profonde, grave, chaleureuse et réconfortante. Même les mots qu'il dit sont les mots justes. Il les choisit avec soin. Il ne dira jamais rien qu'il ne pense pas. Une qualité que je n'apprécie pleinement que maintenant.

Je prends mon téléphone, regarde son numéro et hésite. Je suis sur le point de presser sur la touche « appel ». Il répondra car il croira que je dois lui parler de quelque chose de grave. Puis il sera sans doute furieux. Peut-être devrais-je garder mon énergie pour une véritable urgence.

Mais moi, est-ce que je ne lui manque pas ? Depuis mardi, il me manque quasiment chaque seconde.

Secouée par les sanglots, incapable de me contrôler, je frappe sa pile d'oreillers et je hurle :

— Pourquoi ne m'as-tu pas appelée ? Connard ! Salaud !

Je bourre les oreillers de coups de poing.

— Sale queutard !

— Maman ? appelle une voix étonnée.

Merde ! Laquelle est-ce ?

Tout va bien. C'est Neeve qui, debout sur le seuil de ma chambre, me dévisage avec surprise. Contrairement à Kiara, elle peut gérer de me voir dans cet état.

— Tu vas bien ? demande-t-elle, hésitante.

— Génial ! Tu n'imagines même pas.

Mon visage est brûlant des larmes salées qui ruissellent sur mes joues. Je frappe de nouveau les oreillers.

— Je ne peux pas croire qu'il n'ait pas téléphoné.

— Maman, il a dit qu'il ne le ferait pas.

Plaquant mes mains sur ma bouche pour éviter que Kiara ne m'entende, je hurle :

— MAIS IL AURAIT DÛ !

— Tu sais bien comment est Hugh.

— Tellement froid.

— Non, il n'est pas froid. Il est juste linéaire. C'est le mot juste ? S'il dit quelque chose, il s'y tient.

— Eh bien, il a dit qu'il m'aimerait toujours.

— Il va revenir.

— Il aura tout gâché. Rien ne sera plus jamais pareil.

— Je vais te préparer un thé.

Elle sort en trombe de la chambre, me laissant sangloter.

Au bout d'un moment, je perçois vaguement de nouveau sa présence.

— Que vas-tu faire aujourd'hui ? me demande-t-elle.

Hoquetant, je réponds :

— Les putains de courses de la semaine.

— Non, maman. Ne t'inflige pas ça.

— Je suis bien obligée. Nous avons besoin de trucs.

— Fais tes courses en ligne.

— Mais ce sont des ignares, les cons d'Internet, gémis-je. Je commande des pommes Pink Lady et ils me livrent des Gala. Et c'est le moins grave. Et je sais bien que ce sont des problèmes de monde développé, mais, s'il te plaît, ne me juge pas.

— Je peux faire les courses, propose-t-elle.

— Toi aussi tu n'y connais rien.

Maintenant, je pleure et je ris à la fois.

— Sérieusement, maman, je peux m'en occuper.

— D'accord.

Je m'essuie le visage avec la housse de couette. De toute façon, j'ai déjà touché le fond. Le cœur soudain serré par l'angoisse, je lui agrippe le bras.

— N'oublie pas le vin !

— Alors, qu'est-ce qu'on fait aujourd'hui ? demande Lovatt en soulevant une mèche de mes cheveux. On les éclaircit de deux tons ?

Je le dévisage dans le miroir. Je me sens d'humeur bizarre : toutes ces larmes m'ont vidée. Finalement, je laisse échapper de mes lèvres engourdies :

— Non.

Il pousse un profond soupir.

— Bon, et qu'allons-nous faire de ces pointes ?

C'est une autre de ses lubies : me tyranniser pour que je les coupe avant que je sois prête. Je pourrais juste m'en aller.

Je pourrais me lever, retirer la blouse et partir. La porte est juste là. Je la regarde puis lui lance un coup d'œil éloquent. Il déglutit et dit :

— Je vais juste mélanger la couleur.

— Je vais changer de coiffeur, annoncé-je à Steevie en guise de salutation.

Elle lève les yeux au ciel. Nous avons si souvent joué à ce jeu au cours des trente dernières années.

— Non, dit-elle. Amy, c'est le pire moment pour prendre des décisions capitales. Ça n'ira pas mieux avec un autre. Tôt ou tard, tu ne trouveras plus de coiffeur.

— Il y a des millions de coiffeurs dans le monde.

— De bons coiffeurs, non. C'est comme les hommes bien, ils existent en très petite quantité.

Je réprime un soupir. Comment la conversation a-t-elle déjà dévié sur : « Tous Des Salauds » ?

— Tu ne veux pas finir comme moi ? Te retrouver obligée de te couper toi-même les cheveux ? poursuit-elle.

— Mais tu ne te coupes pas les cheveux toute seule ?

Steevie a une coupe sublime, un carré en pointe ultra stylé qui épouse la forme de sa jolie tête. Elle se fait coiffer chez *Jim Hatton*.

— C'est une façon de parler. De dire que je gère ma vie seule.

La manière dont elle persiste à tout ramener au fait qu'elle ait été abandonnée par Lee est vraiment déprimante.

Je m'empresse de réfléchir à des sujets de conversation qui feraient diversion. Bottes en velours : on adore ou on évite ? Les réfugiés syriens : doit-on organiser une nouvelle sauterie de bienfaisance ? Les pères atteints de la maladie d'Alzheimer : peut-on justifier le fait de les frapper avec un iPad ? (Juste un petit coup, pas pour les blesser, simplement pour les reprogrammer.)

Je lui demande :

— Tu as déjà commandé ?

— Bien sûr que non. Je t'attendais.

Elle me passe un menu.

Mon Dieu ! Le choix est si vaste ! Et chaque plat est tellement alambiqué. Flétan au fenouil et sauce au champagne, crumble de légumes d'automne et pommes de terre duchesse. Tout a l'air… dégueulasse.

— Qu'est-ce que tu vas prendre en entrée ? demande-t-elle.

« En entrée » ? Un seul de ces plats compliqués me semble déjà trop, alors deux !

— Pas d'entrée pour moi.

— Oh ? D'accord. Ça ne fait rien. Je vais la sauter aussi.

Méfiante, j'opte pour le plat au nom le moins répugnant.

— Alors, comment vas-tu ? me demande Steevie.

C'est le moment où je devrais faire diversion. Mais, après avoir hésité, j'admets :

— Pas trop la forme.

Elle hoche la tête.

— C'est ce qui arrive quand ton mari « aimant » se montre sous son vrai jour. Quand Lee est parti, j'ai eu l'impression que l'on m'avait arraché le cœur.

Elle attend mon signe d'approbation. Mais je ne ressens pas du tout les mêmes symptômes.

— J'ai l'impression de vivre dans une pénombre constante. Comme si le monde n'était éclairé que par des ampoules à faible puissance. Tout me semble inquiétant, comme si une catastrophe menaçait. Puis je me rends compte qu'elle s'est déjà produite.

— Oh que oui !

— La plupart du temps, je n'arrive pas à croire qu'il est parti. Je persiste à penser que, quand je rentrerai à la maison, il sera là.

Ce rendez-vous avec Steevie était censé être positif, joyeux… d'accord, joyeux était peut-être un peu excessif. Mais tout au moins réconfortant. Au lieu de cela, mon moral chute au plus bas et je sens ma panique enfler.

— Il ne m'a pas téléphoné. Il n'a pas de cœur.

— Je l'ai toujours su.

— Vraiment ?

— Oh oui. Il est cruel. Et infidèle.

— Hugh ?

L'air soudain inquiet, elle me demande :

— Amy, pourquoi as-tu l'air si surprise ?

— Tu veux dire que Hugh m'a trompée ? Ici ? À Dublin ?

— Mais non, Amy ! Pas que je sache, en tout cas. Je dis juste que ce sont tous des menteurs. Et Hugh s'est plus compliqué la vie que la plupart. Il a dû s'inventer une crise existentielle pour partir à l'autre bout du monde et pouvoir te tromper sans culpabiliser. Mais ça reste un menteur.

Bien. TDS. Tous Des Salauds. Certes, elle a raison, bien sûr. Sauf que… Hugh fait-il vraiment partie du lot ?

— Alors tu vas au truc de Vivi Cooper ce soir ? poursuit-elle, changeant de sujet.

Je m'apprête à lui répondre que non quand je me ravise. J'ai trop peur qu'elle suggère une sortie ensemble et, pour quelque inexplicable raison, je préfère prendre mes distances.

— Oui, c'est son anniversaire.

— Tu vas te retrouver avec tous les couples ?

Steevie et Vivi ne sont pas amies. Mais depuis que Lee l'a quittée, Steevie persiste à laisser entendre qu'elle n'est plus invitée nulle part parce qu'elle n'a plus de mari.

Se radoucissant, elle poursuit :

— Être la seule personne célibataire à une table de couples n'est pas aussi facile que ça en a l'air, Amy.

Voyant nos plats arriver, j'espère qu'elle va abandonner le sujet. Mais non.

— C'est carrément atroce. Et je ne suis pas sûre que tu en aies la force, ajoute-t-elle, sa voix se brisant.

Seigneur ! Je regarde fixement mon assiette au contenu étrange. Jamais je n'arriverais à avaler cette mixture.

— Tu ne t'en remettras jamais, ajoute-t-elle. Jamais tu ne redeviendras celle que tu étais. Mais, avec le temps, tu t'habitueras.

Essayant de contrôler le tremblement dans ma voix, je rétorque :

— Me connaissant, je m'y habituerai probablement le jour où il rentrera à la maison.

C'était censé être de l'humour. Mais, l'air effaré, elle s'exclame :

— Amy, c'est justement là que ça commencera. Une fois qu'ils ont… Tu sais.

Elle tique.

— Pardonne-moi d'être aussi crue… tu sais, baisé avec une autre femme, ils sont incapables de se retenir d'aller voir ailleurs.

Ses paroles me rappellent étrangement celles de Derry. Et c'est ce que j'ai laissé entendre à Neeve ce matin. Que quand il reviendrait, s'il revenait, rien ne serait plus jamais comme avant.

Mais la façon dont Steevie le formule me terrifie.

— À supposer qu'il ne revienne pas avec des MST et de l'herpès et des verrues génitales et…

Oh mon Dieu ! Je regarde de nouveau la mixture informe dans mon assiette et je me rappelle que Lee lui a donné de l'herpès génital. Elle sait donc de quoi elle parle. L'estomac soudain noué, je m'entends dire :

— Steevie, je ne me sens pas bien. Je suis vraiment désolée, mais je ne vais pas…

J'attrape mon sac et je fouille dans mon portefeuille, en quête de liquide. Je dois partir tout de suite, je n'ai pas le temps d'attendre le serveur pour régler avec ma carte.

La poitrine oppressée par la panique, je trouve un billet de cinq euros. Puis, enfin, un billet de vingt euros, et quelques pièces pour le pourboire.

— Si ça fait plus, je te rembourserai. Je suis vraiment désolée, dis-je d'une voix altérée.

Elle se lève et fait mine de me retenir par le bras.

— Amy. J'essayais juste de…

Me libérant, je mens :

— Tout va bien, mon chou. Je me sens juste un peu barbouillée. Je dois y aller.

Chapitre 30

Dimanche 18 septembre, jour 6

Ma bouche se dessèche. *Mon Dieu ! Je rêve !* Je suis devant la réplique exacte d'une robe Dolce & Gabbana en velours bleu, enjolivée de sequins. Si ce n'est qu'au lieu de coûter huit millions d'euros, elle est à soixante-cinq dollars.

Je clique pour élargir la photo. Le velours paraît un peu inflammable, mais pour soixante-cinq dollars ! Ce serait un crime de la laisser passer. Je ne vois pas trop quand je la porterai, mais qu'importe ! Ce genre de robe peut se porter partout. Peut-être pas au bureau. Ni au supermarché. Mais partout ailleurs.

Ce site est stupéfiant. À des prix aussi intéressants, je devrais acheter des robes pour toutes les filles. Je pourrais même en prendre une pour Thamy pour la remercier de me l'avoir indiqué. Et quelle est ma taille dans cet étrange univers chinois de contrefaçon ? Que veut dire 42 ? Est-ce un 42 italien ? Un 42 français ? Un 42 chinois ?

Je clique pour avoir plus de détails. Les mesures sont indiquées en centimètres. Or je ne connais mes mensurations qu'avec le système métrique anglo-saxon. Il faudrait que je me lève pour aller chercher mon mètre de couture. Mais je suis bien dans mon lit, à cliquer sur des vêtements dans des pays lointains.

Je vais prendre une taille 40 et si la robe est trop grande, je la renverrai. Le puis-je ? Peut-être un site aussi louche que celui-ci ne facilite-t-il pas les retours. D'un autre côté, les Chinois ne sont-ils pas censés être très forts en affaires ? Et puis, pour soixante-cinq dollars, je ne vais pas me priver.

Soulagée de voir qu'ils livrent en Irlande, je règle mon achat avec PayPal et, heureusement, le paiement n'est pas décliné. Un message apparaît alors à l'écran : « Livraison en soixante jours. »

« Soixante jours » ? Autrement dit, deux mois !

Ma joie aura été de courte durée. Je ne peux pas attendre deux mois pour cette robe. Je la veux demain. Aujourd'hui, même. C'est maintenant que j'ai besoin de bonheur !

Je vais annuler la commande. Mais j'ai beau cliquer, impossible de trouver l'option. Je ferais aussi bien de contacter PayPal. En fait, je vais demander à Hugh de le faire pour moi.

La réalité me rattrape soudain. Hugh n'est pas là.

Ma déception est double. Non seulement il est peut-être en train de coucher avec d'autres femmes mais, en plus, il n'est pas ici pour m'aider à annuler un achat en ligne précipité. Et je ne sais pas vraiment ce qui m'afflige le plus.

Soudain, je me sens terriblement déprimée. Je viens de perdre presque deux heures à regarder des robes dont je n'ai pas besoin, que je ne peux pas m'offrir, ou que je ne recevrai pas avant deux mois. Mais est-ce vraiment du temps perdu ? Qu'aurais-je fait d'autre pendant tout ce temps ? Au moins, surfer en ligne m'a distraite.

D'un autre côté, je ne devrais pas être au lit un dimanche après-midi. Je devrais dialoguer avec d'autres humains. Mais je n'ai qu'une envie, rester sur Internet.

Neeve et Kiara sont à la maison. Du moins, elles l'étaient quand nous avons fait le ménage, tout à l'heure. Je décide de descendre les retrouver.

Dans le séjour où la télévision braille, je trouve Bébé Maisey installée sur le canapé. Declyn a dû passer la déposer. Elle est coincée entre Kiara et Sofie, que je suis ravie de voir à la maison. Toutes les deux absorbées par leurs téléphones, elles ignorent totalement l'enfant. Mais Maisey adore ses cousines et son petit visage potelé rayonne de bonheur.

Kiara s'aperçoit alors de ma présence.

— Salut maman ! Ça va ?

— Qu'est-ce que c'est que ce boucan ?

Je ne peux pas croire que je viens de dire ça. Plissant les yeux, Kiara regarde la télévision.

— *La Planète des singes ?*

J'essaie de serrer Maisey dans mes bras mais elle me repousse.

— Elle n'est pas un peu petite pour ce genre de film ?

Neeve, qui vient de surgir derrière moi, rétorque :

— Declyn ne nous paie pas. Nous sommes donc libres de choisir comment l'occuper quand nous la gardons.

— Bon. Et si nous faisions quelque chose toutes ensemble ?

— Encore du ménage ? s'exclame Neeve d'un air soupçonneux.

— Quelque chose de sympa. Declyn a laissé la poussette de Maisey ? Non ? Si nous allions faire des courses ?

Après un moment d'un silence stupéfait, Kiara demande :

— Pour acheter quoi ?

— Des vêtements ! Des chaussures ! Des jolies choses ! Allez, nous avons la chance de pouvoir aller à pied au plus grand centre commercial d'Irlande.

— Oh maman, ressaisis-toi ! dit Neeve en passant un bras autour de mes épaules.

— Ce serait déprimant, renchérit Sofie.

— Tu ferais ça par tristesse, ajoute Kiara. Pour combler l'absence de papa.

Il est tellement étrange de sentir que votre fille de seize ans est plus sage que vous. D'un autre côté, si elles ne veulent pas sortir, j'ai quelques heures devant moi pour retourner surfer sur Internet sans la moindre culpabilité. Cette fois, je vais regarder des sites pour la maison, des tapis, des housses de coussin brodées et des tableaux à prix abordable.

— Waouh ! L'odeur ! s'exclame Sofie en bondissant du canapé.

Le visage de Maisey est fendu d'un sourire qui ne dit rien qui vaille.

— Un prout ? Ou un vrai caca ? demande Kiara.

Sofie est déjà à la porte.

— Je ne sais pas. Et je ne peux pas regarder.

Hésitante, Kiara sent les fesses du bébé.

— Oh, mince ! Tu as besoin d'être changée.

Sofie hèle de la cuisine :

— Je ne peux pas la changer.

— Moi non plus, dit Neeve.

— Je pourrais le faire, suggère Kiara en me jetant un regard implorant.

Bon sang! Quelle bande d'incapables! D'un ton impatient, je lance :

— Donnez-moi le sac de couches !

— Si nous n'y allons pas, tout le monde va le remarquer, déclare Sofie.

Kiara s'étonne :

— On est si importantes que ça ?

— La chieuse au ragoût est une vraie langue de vipère. Maman fait le buzz. Alors, on décide quoi ? demande Neeve.

Devant mon silence, Neeve insiste, les sourcils froncés :

— Maman ?

— Hum. Oui, je suis désolée, Neeve. D'accord, on y va.

— Cette salope ne perd rien pour attendre ! promet Neeve.

Nous sommes en train d'étudier la question du ciné-club. Ma responsabilité est de faire en sorte que la vie continue aussi normalement que possible. Mais ai-je la capacité de donner le change et d'avoir l'air heureuse ? « Oui, mon mari est parti en vacances sexuelles pour six mois mais je suis tout à fait détendue. »

En outre, aucune de mes vraies amies ne sera présente ce soir. Steeve est toujours furieuse parce que je l'ai abandonnée pendant notre déjeuner de la veille. Elle a salué mes excuses d'un « Génial ! » un peu agressif. Et à mon texto lui demandant si elle venait au cinéma, elle a répondu « Occupée ». Je me sens à la fois contrariée et coupable mais je n'ai pas l'énergie de donner suite.

Jana a une réunion de famille. Petra la Snob ne sera pas là non plus : les jumelles ont encore provoqué une catastrophe quelconque.

— Aucune de nous n'a vraiment envie d'y aller, déclare Kiara. Quel est le plus important ? Nous protéger ? Ou l'opinion des autres ?

Quelle sagesse !

— Attends, je te prête mon bonnet, propose Neeve.

Kiara étouffe un cri de joie.

— Celui du vlog ? Avec les fleurs ?

— Oui.

Kiara hésite. Puis, soudain, sa détermination vacille.

— Et peut-être l'écharpe ?

— Je te prête même les gants. Mais si quelqu'un demande, tu dis bien qu'ils sont à moi.

— *Yessss !*

— Allez, les filles ! lance alors Neeve en tapant dans ses mains. En place.

Dans une effervescence soudaine, elles se préparent, échangent des manteaux, se coiffent. Enfin, mon aînée décrète :

— On déchire !

Kiara porte des Doc Martens qui lui arrivent au genou, un treillis skinny, un énorme pull en mohair noir, et le bonnet, l'écharpe et les gants prêtés par sa sœur.

Parce que les vêtements de Sofie sont soit chez Urzula soit chez ma mère, Neeve lui a trouvé une parka en jean avec une capuche en fausse fourrure bleue. Quant à elle, elle porte un manteau boyfriend, un caleçon léopard noir, et des brogues argentées. J'ai pour ma part opté pour la pièce sans doute la plus chère de toute ma garde-robe. Un manteau rouge à taille marquée et bas évasé que j'ai trouvé dans une boutique de vêtements dégriffés pour un prix si modique que j'ai cru halluciner. Des bottes vernies noires complètent ma tenue et Neeve me maquille d'un rouge à lèvres couleur framboise.

— Selfie ! Selfie !

Sur la photo, nous sommes toutes coiffées, maquillées, souriantes. Neeve a un air adorablement coquin, Kiara est un peu solennelle et Sofie aussi gracieuse qu'un chaton. Je sens mon cœur prêt à exploser d'amour.

Toutes les quatre debout dans l'entrée, nous nous empressons de télécharger la photo sur les réseaux sociaux. Puis nous sortons dans la fraîche soirée de septembre et, décidant d'aller jusqu'au cinéma à pied, nous nous tenons par la main. Je me sens bien.

Chapitre 31

Dix-sept mois auparavant

J'avais donc dit : « Je blaguais », et Josh Rowan avait eu l'air de vouloir me pousser sur le lit et commencer à défaire sa ceinture. Puis il avait dit : « C'est dommage ! » Et ce qu'il voulait dire, c'était : « C'est dommage parce que je pense que vous êtes la femme la plus sexy que j'ai rencontrée depuis longtemps et… »

— Maman ?

La voix de Kiara m'avait fait sursauter.

— Qu'est-ce que tu fais ici ?

Le fil de ma rêverie interrompu, j'avais répondu d'un ton brusque :

— Je suis allongée sur mon lit. Ça ne se voit pas ?

— Mais pourquoi ?

Pour continuer à revivre l'instant où Josh Rowan a dit : « C'est dommage ! »

— J'ai eu une semaine particulièrement difficile au travail et je suis fatiguée.

— Encore ?

Seigneur ! J'étais allongée depuis moins d'une heure et elles se comportaient toutes comme si j'étais au lit depuis un mois.

— Oui, *encore*. Je ne vais pas tarder à faire un somme. Ne remonte pas.

— Pourquoi es-tu si méchante ?

— Parce que je suis fatiguée.

… et il a dit : « C'est dommage ! »

Il avait pensé que c'était dommage. Que ma suggestion de rester à l'hôtel avec lui n'était qu'une plaisanterie ! Ce qui voulait dire qu'il en avait envie ! Dans la chambre ! Dans le lit !

Et je nous imaginais nus, lui m'agrippant les cheveux et pressant son érection contre moi… C'était à la fois grisant et terrifiant.

— Il a l'air de quoi, Amy ?

— D'un homme qui refoule une peine secrète.

— Oh ! Comme c'est romantique !

D'accord, j'avais flashé sur Josh Rowan. Le genre de truc qui pouvait sans doute arriver à n'importe qui. Mais c'était la première fois depuis que j'étais avec Hugh.

Certes, Jamie Dorman et Aidan Turner me plaisaient, tout comme les acteurs des séries scandinaves (Hugh les appelait mes Scandi-fantasmes). Mais c'était la première fois que j'étais vraiment émoustillée par un homme dans la vraie vie. Je connaissais certaines femmes, en couple, qui avaient eu des aventures, des liaisons, des histoires d'un soir. Elles pouvaient même quitter un homme avec qui elles étaient depuis longtemps pour s'embarquer dans une nouvelle relation avec un amant. C'était arrivé. Derry l'avait fait. Mais depuis que j'étais avec Hugh, je n'avais littéralement jamais flirté avec un autre homme. La pensée m'était étrangère. J'aimais Hugh, j'aimais tout de lui. Et, en plus, j'étais bien avec lui. Ce qui, comme je l'avais découvert, était moins fréquent que l'on ne le pensait dans les relations à long terme.

Je le respectais, l'appréciais, et j'éprouvais une véritable affection pour lui. Il était, de loin, l'une des personnes que j'aimais le plus au monde.

Il était donc parfaitement anormal pour moi de me retrouver seule, tard le soir, dans une chambre d'hôtel, en compagnie d'un homme qui était sans doute un affreux coureur mais qui, à cet instant précis, me semblait vraiment sexy.

Pas du tout d'une beauté classique. Mais plein d'assurance, viril sans être macho. J'avais du mal à définir ce que je trouvais soudain si attirant chez Josh Rowan. Ni ses yeux ni ses pommettes n'étaient exceptionnels. Mais, avec son air de chien battu, il avait quelque chose d'irrésistible.

En outre, il était évident qu'il était du genre rétrograde. Assurément pas végétarien ! C'était une description qui me plaisait et que j'utilisais beaucoup dans mes nombreuses conversations imaginaires.

— *Il est comment, Amy ?*

— *Il n'est pas un végétarien.*

Et ces conversations devenaient de plus en plus élaborées.

— *Il est comment, Amy, cet homme qui est amoureux de toi ?*

— *Journaliste. Anglais. Sexy. Pas végétarien.*

— *Oh !*

Chaque fois que je pensais à Josh Rowan, j'avais l'impression que des flammes couraient dans mes veines. Et, soudain, une partie de ma vie irradiait de couleurs chatoyantes. Aurions-nous l'occasion de nous revoir, Josh et moi ?

Le matin où l'article sur Premilla était paru, il m'avait téléphoné. J'avais passé la nuit dans l'un de ces hôtels de l'aéroport où la moindre bouteille d'eau du minibar coûtait une fortune.

— Vous avez vu l'article ?

— C'est super ! Merci.

J'avais marqué une pause puis, hésitante, l'avais appelé par son prénom :

— Josh.

M'entendre le prononcer me semblait étrangement audacieux.

— Vraiment super !

— Vous rentrez en Irlande ? Bon week-end !

— Vous aussi… Josh.

Cette fois, le dire avait fait naître en moi un frisson électrisant.

— Au revoir, Amy.

— Au revoir.

Un peu anxieuse des conséquences, je n'avais pas répété son prénom une troisième fois. J'aurais eu trop peur de… m'embraser ?

Peut-être pourrions-nous organiser un déjeuner de travail. Même s'il avait déjà refusé mes invitations dans le passé. Mais, aujourd'hui, c'était différent, nous avions une vraie relation professionnelle. D'un autre côté, je ne voulais pas être celle qui en prendrait l'initiative. Ce serait un peu pitoyable.

Peut-être serait-il plus simple d'en rester là.

Mais non ! Toute ma joie s'était évanouie. Vite ! Avant qu'elle ne disparaisse totalement, je m'étais répété : *« Et il a dit "c'est dommage". »* J'avais savouré le souvenir du regard dont il m'avait enveloppée avant de parler. Comme s'il le pensait, comme s'il le pensait vraiment !

Mais c'était sans doute un coureur… Oui, bien sûr, c'était un coureur. Comme j'étais naïve ! Il était marié.

D'un autre côté, je l'étais aussi. Est-ce que cela faisait aussi de moi une coureuse ?

Non ! Au fond de mon cœur, je n'avais nulle intention de poursuivre quoi que ce soit avec Josh Rowan. Sinon, n'aurais-je pas juste couché avec lui ? Après tout, nous étions ensemble, dans une chambre d'hôtel, avec un lit… Il n'y avait rien pour nous en empêcher. Mais nous nous étions retenus.

Ni lui ni moi n'étions des coureurs. Et c'était la conclusion qui me convenait le mieux. Nous avions simplement flirté gentiment. Où avait été le mal ? C'était un homme loyal qui ne tromperait jamais la fougueuse Marcia. Et s'il avait dit : « C'est dommage », c'était que je l'attirais tellement qu'il n'avait pas pu s'en empêcher. Il avait décelé des qualités en moi qui échappaient à la plupart. Il se fichait que je sois petite et plus très jeune. Il aimait mes vêtements étranges. Il les voyait comme une preuve d'une personnalité unique, peu banale.

La réalité m'avait soudain rattrapée. C'était un homme. Avec un pénis. Dans une chambre d'hôtel avec une femme. Qui lui avait… n'oublions pas, suggéré d'y passer la nuit ensemble. Oui, la suggestion était venue de moi. Pas de lui.

Que diable m'était-il passé par la tête ?

Flirter dans le cadre du travail était la pire des idées. Mais, avec le recul, je venais tout juste de passer trente-six heures extrêmement stressantes. J'avais été si concentrée sur ma mission, autrement dit sauver Premilla, que j'avais rompu tout lien avec le monde extérieur et temporairement oublié qui j'étais.

C'était juste une phrase stupide qui m'avait échappé dans un instant de vertige.

Mais Freud avait dit qu'il n'y avait pas d'accidents. Vertige ou pas. Il était évident que c'était mon subconscient qui avait parlé, exprimant ce qu'une partie plus polie de mon cerveau n'oserait pas admettre.

Je m'étais emparée de mon iPad et avais ouvert Facebook : le moment était venu de faire un peu d'espionnage.

En proie à un mélange d'excitation et de honte, j'avais fait défiler son mur, prenant grand soin de ne pas appuyer sur « like » malgré moi.

Soudain, à ma grande surprise, j'avais vu son nom sous l'un de mes posts. Oui ! C'était bien là. Un « like » de Josh Rowan. Ivre de joie, j'étais restée en contemplation devant mon écran, si concentrée que j'en avais les poings crispés. Manifestement, il m'espionnait tout comme je l'espionnais. Presque immédiatement, le « like » avait disparu. Tout comme moi, il essayait de brouiller les pistes. *Mon Dieu ! « C'est dommage ! »*

— Tout va bien ? avait demandé la voix de Hugh.

Mon cœur s'était mis à battre la chamade. *Bon sang !* Je voulais juste, pour une fois, un peu de tranquillité pour savourer mes rêveries. Était-ce trop demander ?

— Oui, super ! avais-je répondu avec une pointe d'animosité.

— Tu as besoin de quelque chose ?

Un peu de temps avec mes propres pensées sans être dérangée, ce serait bien !

— Non merci. Je ne vais pas tarder à descendre.

… et il a dit : « c'est dommage ! »

CHAPITRE 32

Mardi 20 septembre, jour 8

— S'il devait se dégonfler et rentrer, ce serait déjà arrivé, déclare Druzie.

En ce mardi soir, assises dans son jardin, nous mangeons du fromage. Elle est revenue de Syrie pour quelques jours et, dans ses vêtements couleur sable, elle ressemble à un soldat ou à un correspondant à l'étranger. Tout chez elle semble être de la même couleur : ses cheveux courts blond foncé et sa peau hâlée, couverte de taches de rousseur.

— Il vit sa nouvelle vie depuis une semaine, poursuit-elle. Il doit s'y habituer, rencontrer d'autres baroudeurs, commencer à s'amuser. Je suis trop dure ?

En dépit de tout, je ris.

— Évidemment ! Mais tu as raison.

Les premiers jours qui avaient suivi le départ de Hugh, j'avais pensé qu'il ne serait vraiment pas capable de supporter la solitude, l'énormité de sa décision. Mais maintenant ? Il était parti pour de bon.

— Alors, que vas-tu faire ? me demande-t-elle. Tu as six mois, moins une semaine, devant toi. Ça te laisse du temps pour faire beaucoup de choses.

— Arrête, je ne suis pas toi.

Druzie n'avait jamais peur. C'est une Zimbabwéenne, elle ne regarde jamais la télévision et elle sait tirer à la carabine. Et elle se fout des règles de la société. Si j'étais arrêtée dans un pays étranger à risques, ce serait la première personne que j'appellerais.

— Allez, qu'attends-tu de la vie, Amy ?

— Rien, admets-je. À part que Hugh revienne à la maison. Mais les autres trucs, la liste des choses à faire avant de mourir, les ambitions inassouvies, ça ne m'intéresse pas vraiment.

— Ah bon ?

— C'est embarrassant, non ? Je veux dire, j'aimerais que les filles aillent bien. Une mère ne peut pas être heureuse quand l'un de ses enfants ne l'est pas et je m'inquiète de Neeve à cause de Richie.

— Ce crétin !

« Crétin » est le mot juste. Je m'inquiète qu'elle n'arrive même pas à gagner de l'argent. C'est dur pour elle d'habiter encore à la maison. Elle a vingt-deux ans, elle devrait sortir s'amuser, trouver un copain. Quant à Sofie, je veux juste qu'elle soit heureuse.

— Ça a l'air tellement simple mais…

— C'est la chose la plus difficile au monde. Quant à Kiara, elle devrait devenir présidente du monde. D'un autre côté, tout le monde fonde tant d'espoirs en elle que je m'inquiète que ça la fasse dérailler.

Je me plonge dans un silence songeur. Une brise un peu fraîche s'est levée. J'aimerais rentrer mais Druzie, qui aime vivre dehors, n'est pas frileuse.

— D'un autre côté, c'est un peu pitoyable de n'avoir que des objectifs liés à mes enfants. C'est presque aussi lamentable que de ne rien souhaiter d'autre que le retour de Hugh. Je vis à travers les autres.

— Ce n'est pas celle que tu veux devenir. Allons, Amy ! Réfléchis un peu.

Je cherche une réponse. Avant d'avancer la meilleure que je puisse trouver :

— J'aimerais me sentir en sécurité.

— Et être mince ?

Pour Druzie, rien n'est plus navrant que l'ambition d'être mince.

— Dit la femme qui oublie de manger !

— Dit la femme qui travaille dans des zones de guerre avec des gens qui meurent de faim. Mais vas-y, chérie, lâche-toi !

Consciente de ma frivolité, j'acquiesce :

— Oui, d'accord, et être mince. Et avoir de beaux vêtements et partir pour des vacances fabuleuses avec Hugh et vivre dans une très belle maison avec une armée de domestiques et de jardiniers invisibles. Et un homme dont le seul travail consisterait à régler les petits problèmes ennuyeux comme de changer les interrupteurs et les carreaux cassés, avant même qu'on le lui demande. Au lieu de venir m'énumérer toutes les raisons pour lesquelles il ne pourrait pas réparer, il apparaîtrait comme par magie et arrangerait tout.

Druzie esquisse un sourire indulgent. Elle se débrouille seule pour tout. Mais je suis lancée.

— Nous aurions tellement de pièces que j'en aurais une qui me serait réservée pour la décorer exactement à mon goût et je commanderais un papier peint par des vrais peintres hongrois. Et des rideaux et des coussins brodés à la main. Mais de motifs différents, parce que trop de trucs assortis, c'est kitsch. Le tout détonant mais étrangement harmonieux.

— « Étrangement harmonieux » ? Je vois.

— Et des tableaux. J'achèterais tous les tableaux de Dušanka Petrovic.

— De qui ?

— La mystérieuse artiste serbe qui m'obsède. Nous aurions une salle de sport, une autre pour le cinéma, et peut-être une piscine… mais si nous ne l'utilisions pas ? J'ai peur que le premier enthousiasme passé, nous ne l'utilisions pas. Alors, je me sentirais coupable de savoir que l'eau est chauffée tous les jours pour rien. Un peu comme Elton John qui dépense une fortune en fleurs pour toutes ses maisons, même quand il n'y est pas. Ce n'est qu'un rêve, et c'est censé être agréable, mais maintenant, ça me rend juste anxieuse.

— Et si Hugh ne revient pas ? Tu veux toujours être riche ?

La gorge soudain sèche, je réponds :

— Je ferais aussi bien.

— Mais quel intérêt aurait tout cet argent si tu n'avais pas Hugh ?

— Aucun, je sais bien !

Cette blague entre nous avait commencé après le départ de Richie lorsque, fidèle à elle-même, elle avait fait preuve de son pragmatisme immuable. Nous méprisions notre société si sexiste qui poussait les femmes à croire qu'elles ne comptaient pour rien si elles n'avaient pas un homme dans leur vie.

— Si triste que soit ta vie actuelle, Amy, ce serait pire d'être riche et célibataire, ironise-t-elle.

— Tu as raison. Les chasseurs de dots me prendraient pour proie, des hommes jeunes qui me bombarderaient de compliments.

— Et parce que tu te serais fait botoxer…

— Et que je pourrais m'acheter des robes Simone Rocha…

— Tu les croirais.

— Mais ils ne m'aimeraient pas ! Ils auraient une vraie copine.

— Ou un copain.

— Oui, un copain. Ils me demanderaient en mariage à condition de se marier sous le régime de la séparation des biens.

— Et parce que tu es une véritable idiote, les voyant aussi désintéressés, tu te croirais aimée d'un amour sincère et tu insisterais pour te marier sous le régime de la communauté universelle.

— Puis je me ferais joyeusement plumer, refusant d'écouter Derry, Neeve, et même Kiara qui me diraient que mon homme est un escroc.

— Puis ton nouveau mari se prendrait pour un metteur en scène de cinéma.

— Oh oui. J'adore ! Je financerais quelques films pour flatter son ego, dans lesquels il ferait jouer sa copine secrète…

— Ou son copain.

— Les films feraient un bide et je serais la risée de toutes les critiques.

— Puis tu mourrais dans des circonstances inexpliquées et tu aurais droit à un grand article dans *Vanity Fair*.

— Ce qui serait horriblement gênant. Et je serais morte. Et même si ça ne va pas fort, je ne veux pas mourir. Je suis curieuse de voir comment les choses vont évoluer. C'est bon signe, tu ne trouves pas ?

Chapitre 33

Vendredi 23 septembre, jour 9

— Bonjour, bonjour !

Vendredi, à l'heure du déjeuner, Alastair arrive de Londres avec sa verve habituelle.

Tim met fin à une communication téléphonique et dit :

— Fais-nous un compte-rendu rapide. Je dois partir à 15 heures.

— Que se passe-t-il ?

— Ma femme m'emmène à Paris pour le week-end.

Alastair et moi en restons cois. Puis, presque malade d'envie, je m'exclame :

— C'est merveilleux !

Tim poursuit :

— Mme Staunton vient de trouver des billets pour le match de rugby.

Ah ! Ma vision d'un week-end sexy et romantique, de draps froissés, de macarons, d'adorables boutiques, et de marchés aux puces regorgeant de pièces Chanel vintage s'évanouit soudain. Un match de rugby : très peu pour moi !

— Mme Staunton adore le rugby, Elle adore la France. Elle n'aime rien plus qu'être assise dans un café sur les Champs-Élysées à boire de l'absinthe et à fumer un cigare.

Je le regarde, un peu déconcertée. On ne sait jamais si Tim plaisante ou s'il est sérieux.

— D'accord, peut-être pas un cigare, concède-t-il. Juste une cigarette. Ou vingt.

— Qui s'occupe de votre marmaille ? demande Alastair.

— Les parents de Mme Staunton. Ils sont terrifiants.

Si leur fille leur ressemble un tant soit peu, je veux bien le croire. Alastair et moi connaissons Tim depuis des années. Mais nous n'avons jamais accroché avec Mme Staunton. Toujours extrêmement occupée, elle arrive en retard partout. Même à la soirée que nous avons donnée pour lancer Hatch. Plutôt abrupte, elle ne se fatigue pas à faire des politesses. Quand Alastair flirte avec elle, elle fronce les sourcils d'un air perplexe, comme s'il lui parlait swahili. (Mais je dois reconnaître que je l'admire pour cette réaction). Contrairement aux autres femmes, elle semble parfaitement indifférente aux compliments que je lui fais sur son sac à main. Et quand je lui dis qu'elle a de beaux cheveux, elle me répond qu'ils sont généralement catastrophiques mais que son nouveau coiffeur lui fait des brushings qui tiennent. Et ainsi de suite.

Néanmoins, Tim et elle semblent parfaitement s'entendre. Chacun ses goûts.

Je lui demande :

— Tu me rapporterais quelques trucs de *Sephora* ?

— Non.

— Tu ne sais même pas ce qu'est *Sephora*.

— Tu permets ? J'ai une fille adolescente.

—Je t'enverrai un mail. Il te suffira de montrer ton téléphone à la dame. Tu n'auras même pas besoin de parler.

—Non.

—Allons, Tim, intervient Alastair. Sois gentil. Pauvre Amy.

—Je suis désolé Amy, mais Mme Staunton m'a informé qu'elle voulait toute mon attention.

À 15 heures précises, il éteint son ordinateur.

—Je suis parti. Bon week-end à vous deux. À lundi.

—*Au revoir*!*

—*Bonne chance*!*

Je m'empresse de lui rappeler :

—Chez *Sephora*. C'est la base de Marc Jacobs. Au cas où.

Tim secoue la tête d'un air exaspéré, puis disparaît.

—Il a de la chance, fait remarquer Alastair.

Après avoir vérifié qu'il est bien parti, je réponds :

—Mais il doit aller au match de rugby. Je pense que j'en pleurerais.

—Et il doit y aller avec Rosanna.

Je concède :

—Elle est… Elle est bizarre. C'est vraiment l'alpha dans le mariage. En tout cas, bravo à elle. Respect ! Une femme. Chirurgien. Cinq enfants. Qui emmène son mari en week-end.

Alastair et moi avons régulièrement cette conversation.

—D'un autre côté, reprend-il, Tim est tellement coincé que tout le monde ne pourrait pas le supporter.

Je ne suis pas d'accord.

—Ah non ! Tim est super. Il est tellement fiable, il travaille si dur, c'est un bon père et il a bon cœur, Alastair. Il a vraiment bon cœur. On a de la chance de l'avoir.

---

* Les mots en italique suivis d'un astérisque sont en français dans le texte original. (*NdT*)

Rosanna, d'accord, ce n'est pas la plus adorable des femmes, mais ça fonctionne pour eux.

— La règle dit-elle que l'alpha ne doit pas être sympa avec les collègues du bêta ?

Je n'en ai pas la moindre idée. Ni Hugh ni moi ne sommes des alphas, ni lui ni moi ne gagnons assez… Mais puis-je continuer à penser à Hugh et à moi au présent ? La voix d'Alastair me tire de ma mélancolie soudaine.

— Amy ? Allô ? Amy ? Amy, parle-moi. Ça va ?

— Désolée.

— Sérieux ça va ?

— Oui.

Chapitre 34

Six mois auparavant

— … Ce qui nous amène à notre prix suivant pour ce soir…

Sur la scène, le maître de cérémonie blablatait.

La remise des prix et les discours de remerciements faussement modestes de ces galas étaient d'un ennui absolument mortel.

Si seulement cela avait pu finir afin que je puisse aller faire un tour vers la table de Josh Rowan. Mais la cérémonie s'éternisait. Et je me creusais l'esprit pour trouver une pensée positive. Je me sentais devenir dingue. À moins que je fasse un saut aux toilettes.

J'avais chuchoté à Alastair :

— Je vais me rafraîchir.

J'aurais pu chercher Josh du regard depuis notre table, mais j'avais peur d'offenser nos hôtes, le groupe de multimédias qui nous avait invités, Tim, Alastair et moi.

Alastair m'avait agrippé le bras.

— Tu as intérêt à revenir. Ne m'abandonne pas. D'accord ?

— Compte sur moi.

La tête baissée, ne voulant croiser aucun regard ni risquer de me voir critiquée pour m'être absentée pendant la minute de gloire de l'une de mes relations, je m'étais frayé un chemin parmi les tables rondes. Les toilettes des femmes se trouvaient à huit cents mètres au moins, au fond de la salle de bal. J'avais hâté le pas.

Ramassée sur moi-même, je m'étais efforcée de ne pas cacher la scène aux invités. Je venais de franchir la ligne invisible où les rangées de tables finissaient, avec l'impression d'avoir échappé à un régime totalitaire, quand ma tête s'était cognée contre un torse.

— Désolée, avais-je marmonné, sans m'attarder.

— Hé, Amy !

Sentant que l'on m'attrapait par l'avant-bras, j'avais levé les yeux. Et, le souffle soudain coupé, j'avais reconnu Josh.

— Bonsoir !

L'interview de Premilla Routh remontait à presque quatre semaines, vingt-cinq jours pour être précise. Et depuis tout ce temps, je n'avais cessé de penser à lui. Beaucoup trop. Pour être honnête, cela frôlait l'obsession.

Quelques jours après, il m'avait posté sur Instagram une platitude délicieusement atroce. Cela m'avait plongée dans un état d'enthousiasme mêlé de honte. Après avoir passé d'interminables minutes à effacer des dizaines de réponses possibles, j'avais fini par lui envoyer une émoticône souriante. Immédiatement, je m'étais mise à le suivre sur Instagram et sur Twitter et, quelques minutes plus tard, il avait fait de même.

Une autre platitude était arrivée deux jours plus tard. Puis, après avoir perdu beaucoup trop de temps à la chercher, je lui en avais envoyé une que j'avais trouvée originale. Les choses s'étaient accélérées quand je lui avais tweeté une vidéo d'un chien qui dansait sur Wham. Il l'avait retweetée. Puis, pensant visiblement que c'était mon truc, ce qui était vrai, il m'avait envoyé un GIF de cockers habillés en pingouins. Depuis, nous nous échangions des blagues à travers la mer d'Irlande.

Et nous étions devenus amis sur Facebook. Pendant la journée, je parvenais à contrôler mon espionnage numérique, mais, tard le soir, quand j'avais un peu trop bu, je me connectais en catimini et j'allais sur sa page et sur celle de Marcia par simple curiosité.

Ils avaient depuis peu un chiot, un croisé labrador, qui s'avérait être un cauchemar à dresser, mais qui débordait d'énergie. Il mangeait les chaussures : hilarant ! Mordillait les pieds de chaises. LOL ! Il y avait une quinzaine de jours, Marcia avait installé un poêle à bois noir dans leur séjour et, même si je ne pouvais pas comprendre ce qui pouvait pousser quelqu'un à s'encombrer d'un objet aussi peu pratique, elle était aux anges.

Peu après, toute la famille était partie skier dans l'Utah. J'aurais pensé qu'il faisait bien trop chaud dans l'Utah pour skier. Mais, visiblement, je n'y connaissais rien. Leurs murs avaient été envahis de photos d'eux quatre, équipés de lunettes de soleil à verres réfléchissants et de combinaisons de ski, un paysage de neige éblouissante en arrière-plan. Ils semblaient beaucoup s'amuser.

Ce qui m'avait plongée dans l'inquiétude. Je n'étais pas du tout fan d'activités de plein air. Mais Josh pourrait peut-être partager ces passe-temps avec ses copains. Ou avec ses fils. Du calme ! Mon imagination s'emballait ! Je n'étais pas près de vivre avec Josh. Et puis, de toute façon, je n'avais pas la moindre intention de briser leur bonheur familial…

Et c'était visiblement une famille heureuse. Le mariage de Josh semblait solide. Je m'étonnais de ce besoin de flirter, de cette étrange attirance qui semblait couver entre nous.

Quand je retrouvais un peu de bon sens, j'admettais qu'il n'était probablement qu'un coureur, doué pour compartimenter ses deux vies. Mais ce genre de pensée ne provoquant pas les sensations électrisantes qui me grisaient, je préférais mille fois continuer à fantasmer sur une liaison aussi passionnée que romantique.

Nous étions certains que le hasard nous réunirait ce soir. Nous avions prévu avec un détachement étudié d'essayer de nous croiser après les discours. En conséquence, j'avais apporté le plus grand soin à ma coiffure et à ma tenue. Avant d'entrer dans la salle de bal, Alastair m'avait même regardée, les yeux plissés, et m'avait demandé :

— En quel honneur ce décolleté ?

— Je suis une femme, avais-je répondu d'un ton un peu hautain. J'ai des seins.

— Oui mais…

Hélas, j'avais aussi un cul et un ventre.

— Laisse-moi regarder.

Debout devant le miroir en pied du lobby, j'avais étudié mon reflet dans le fourreau coupé en biais. Mon Dieu, il dévoilait vraiment mes rondeurs ! Et pas simplement celles de ma poitrine.

— Sérieusement, tu n'as pas un châle ?

J'avais une étole dans ma chambre. Mais je ne voulais pas porter une étole. Ou, pire encore, un châle. Je voulais être une guerrière, une rebelle, qui s'avançait, bras nus, le dos droit, tirant fierté de son embonpoint qu'elle assumait.

C'est alors que Tim était arrivé, interrompant mon dialogue avec Alastair. Dans son smoking noir et son nœud papillon noir, il donnait l'impression d'avoir onze ans.

— Tim, est-ce que c'est trop ? avais-je demandé en montrant mes seins.

Son sourire gêné m'indiquant sa pensée, j'étais retournée chercher la déprimante étole dans ma chambre.

Mais maintenant, Josh Rowan, me tenant toujours par le bras, me regardait, et mon étole était loin, drapée sur le dossier de ma chaise.

— Vous êtes superbe.

— Vous aussi. Très James Bond dans votre smoking. Très Daniel Craig. Désolée, désolée.

Confuse, j'avais plaqué une main sur mon visage. Il ne ressemblait pas du tout à Daniel Craig… Peut-être un peu dans l'expression ? Je l'avais attiré contre moi et lui avais murmuré à l'oreille :

— Je suis un peu ivre.

— Ce n'est pas grave, avait-il dit en reculant un peu pour que je puisse voir son visage. Moi aussi.

Nous avions conclu, à l'unisson :

— C'est la seule manière de supporter ces trucs !

Notre éclat de rire avait résonné, sonore. Puis, échangeant un grand sourire, nous nous étions regardés.

— Vous savez quoi ?

— Quoi ? avait-il demandé.

— J'ai une chambre en haut.

— Et ?

— Ça vous dirait d'y monter avec moi ?

Chapitre 35

Samedi 24 septembre, jour 12

Bronagh Kingston m'accueille avec un grand sourire.

— Saluuuut ! Comment vas-tu ?

Je m'exclame :

— Très bien !

Suis-je suffisamment positive ? Peut-être pas.

— Super ! En pleine forme. Et toi ?

— Waouh, tu es de bonne humeur ! fait-elle remarquer en riant. Tu as eu de bonnes nouvelles ?

— Hum !

Étrangement, je trouve mon temps libre plus difficile à gérer que mes semaines de travail. Surtout lorsque j'ai des conversations avec ceux qui ne savent pas ce qui se passe entre Hugh et moi.

Bronagh m'a envoyé un texto mardi pour m'annoncer qu'elle m'avait mis des tonnes de vêtements de côté. Aussi, pendant la semaine, dans mes moments de profond vague à l'âme, je me réconforte avec la promesse des merveilles que je vais pouvoir m'offrir samedi. Toutefois, après l'attente, la réalité est souvent décevante. Bronagh est charmante, mais nous n'avons jamais franchi la limite qui nous permettrait de nous confier à cœur ouvert. Et je m'aperçois avec surprise que lui parler me demande un effort.

— J'ai plein de trucs super à te montrer.

Avec fierté, elle me présente une pile de vêtements de défuntes et, parce que je semble désormais incapable de la moindre réaction spontanée, je dois feindre l'enthousiasme.

Manifestement, je ne suis pas crédible car, au bout d'un moment, Bronagh me demande avec inquiétude :

— Ça va, Amy ? Tu sembles un peu… hystérique.

« Hystérique » ? D'accord. Je ferais bien de calmer le jeu. Je force trop sur la gaieté. Il n'est pas facile de trouver le juste équilibre. Je suppose que cela va demander bien des essais et des erreurs. Eh bien, j'ai six mois (moins douze jours) pour y arriver. Aucun doute, d'ici à mars, je maîtriserai parfaitement mon numéro.

Pour me faire pardonner mon attitude étrange, j'achète trop de choses, des choses que je n'aurais pas choisies si je n'avais pas été aussi détraquée. Et je repars profondément abattue. Sans savoir vraiment si c'est parce que j'ai dépensé de l'argent ou parce que j'ai dû feindre avec Bronagh une connivence qui, jusqu'ici, m'était naturelle.

Je pars retrouver Steevie pour un café. Nous nous sommes réconciliées pendant la semaine. Dans une rafale de « désolée » et « non, je suis désolée ». Et : « Non, c'est moi qui suis encore plus désolée. » Mais tout en me hâtant à travers la ville, je prends conscience de la fragilité de mes liens avec les autres. Si Steevie se moque de mes vêtements de défuntes ou si elle essaie de me pousser à souhaiter une MST à Hugh, je ne pense pas pouvoir gérer.

Je l'aperçois, à une table derrière la vitre du restaurant *Il Valentino*. Elle avait suggéré un déjeuner, ce à quoi j'avais répondu que je préférais un rendez-vous plus court. Devant son silence plein de ressentiment, j'avais admis que j'étais devenue sujette à des crises de panique.

— Même avec moi ? m'avait-elle demandé d'un ton peiné.

— Avec tout le monde !

Ce qui n'était pas entièrement vrai.

— C'est depuis le départ de Hugh ?

— Oui.

— Pauvre Amy. Salaud de Hugh ! Je lui souhaite de choper une belle saloperie, avait-elle ajouté d'une voix sombre.

Mais nous nous entendons bien, très bien, même. Je lui raconte la visite de Genevieve Payne avec son ragoût. Elle a déjà entendu l'histoire de plusieurs sources, mais elle veut ma version. Quand j'imite Neeve lançant : « Gardez votre ragoût ! », elle rit aux larmes. Même si la version qui lui est revenue aux oreilles est : « Vous pouvez vous le mettre où je pense, votre putain de ragoût, pauvre abrutie ! »

Je suis soudain inquiète. Neeve pourrait-elle être attaquée en diffamation ?

— Écoute, Jana et moi allons à une fête ce soir et nous aimerions que tu viennes.

— Non, Steevie. S'il te plaît, non.

— Mais c'est tellement nul que tu restes cachée dans ton antre pendant que Hugh s'envoie en l'air avec des filles.

Je préférerais qu'elle s'abstienne de parler ainsi. Peut-être est-ce la vérité. Mais je ne veux pas y penser. Et je ne veux pas en entendre parler de façon aussi désinvolte. Mais si je lui en fais la remarque, elle pourrait de nouveau se froisser.

En rentrant, je suis soulagée de trouver la maison vide. Je me couche avec mon iPad et regarde les nouvelles arrivées sur BrandAlley. Toutes ces choses ravissantes… Comme c'est réconfortant ! Des manteaux qui en mettent plein la vue, d'amusantes pochettes, et, soudain, me tirant un cri, les chaussures les plus inouïes. Très hautes, absolument magiques, avec des talons couverts de paillettes. Je n'ai pas besoin de vérifier pour savoir que ce sont des Gucci. Non que je sois une cliente régulière de Gucci, je ne pourrais même pas m'acheter un porte-clés. Mais j'ai un don pour reconnaître les marques chères. Je peux reconnaître toutes celles que portent les femmes dans les émissions télévisées.

« Demandez à Amy », a-t-on coutume de dire. « Amy saura. »

Nous avons tous nos dons. J'avoue que le mien n'offre pas beaucoup de débouchés. Mais si je pouvais en faire un métier, je serais très appréciée.

Kiara n'approuve pas. Elle dit que reconnaître des créations de stylistes n'est pas une qualité dont on peut tirer fierté. D'un autre côté, où est le mal ?

Subjuguée, je regarde ces ravissantes chaussures Gucci. Elles sont si jolies que, même si je ne peux pas me les offrir, elles me rendent heureuse.

J'en trouverai peut-être une copie sur le site d'Asos ! Mais je reste bredouille. Je passe donc sur le site de Kurt Geiger, Zara, puis TopShop, puis Russell & Bromley.

Je vais de site en site et me laisse distraire par une paire de bottes de chez Dune. De style edwardien, à lacets, elles sont divines. Et même si je n'en ai pas besoin et que je n'ai pas l'argent, je les achète.

Chapitre 36

Lundi 26 septembre, jour 14

Ce lundi matin est un vrai lundi.

— Kiara, lève-toi !

— Oh, maman ! Apporte-moi du jus d'orange.

Je hurle en direction de la mansarde.

— Sofie ! Lève-toi.

Elle est restée ici la veille, mais son uniforme d'école est chez Urzula et je dois l'y conduire avant d'aller au bureau.

— Kiara, il est huit heures moins dix, lève-toi !

— Jus d'orange.

— Lève-toi, putain ! rugit Neeve de sa chambre. J'essaie de dormir.

Je me précipite au rez-de-chaussée pour aller chercher le verre de jus d'orange de Kiara. Sofie n'est toujours pas apparue. Je hurle :

— Sofie ! Je vais être en retard au travail si tu ne descends pas tout de suite.

— La ferme ! Merde ! hurle Neeve.

— Maman, où sont mes chemises d'uniforme ?

— Dans ta penderie.

— Je ne les vois pas.

Je me précipite dans la chambre de Kiara, me dirige droit sur son placard et en sors une.

— Elle n'était pas là il y a deux minutes, dit-elle d'un ton boudeur.

Ma fille, habituellement adorable, n'est pas du matin.

Sofie descend l'escalier en trombe. Vraiment, elle ne peut pas continuer à vivre entre trois maisons. Urzula et elle passent leur temps à se chamailler et j'ai l'impression de ne pas avoir d'autre choix que de laisser courir. Mais peut-être est-il finalement temps d'avoir une conversation à ce sujet. Machinalement, j'ouvre la bouche pour demander l'avis de Hugh. Et, bien entendu, il n'est pas là. Et l'absence est toujours aussi douloureuse, toujours aussi choquante, et il va me falloir longtemps, très longtemps, pour me défaire de l'impulsion de lui confier toutes mes pensées.

Mais je sais que c'est possible. Parce que tout est possible.

— Amy, dit Sofie. Je peux avoir de l'argent pour acheter des fusains ? Pour mon cours de dessin. Maman est partie pendant quelques jours.

— Eh bien, reste ici. À moins que tu préfères aller chez mamie, m'empressé-je d'ajouter.

— Je vais rester ici.

— Super ! Mais dépêche-toi, nous devons aller chercher ton uniforme.

— Maman, tu peux venir me chercher à la piscine à 19 heures ? demande alors Kiara.

— Et j'ai besoin que tu m'accompagnes chez mon prof d'histoire à 19 heures, ajoute Sofie.

La piscine et le cours d'histoire sont dans deux directions opposées et je ne peux pas assurer les deux. Je frappe à la porte de Neeve.

— QUOI ?

— Peux-tu accompagner Sofie chez son prof d'histoire à 19 heures ?

— Non ! J'ai un truc de boulot ! Et maintenant, si vous pouviez toutes vous taire. Par pitié !

— D'accord, Sofie, je te conduirai.

— Et moi ? gémit Kiara.

— Rentre à vélo.

— Avec les cheveux mouillés ? Rentrer à vélo avec les cheveux mouillés ? Eh bien, si j'attrape la grippe et que je meurs, ce sera ta faute.

— Tu ne vas pas attraper la grippe à cause de tes cheveux mouillés, hurle Neeve de sa chambre. Et c'est carrément dommage !

Après tout ce bazar, j'arrive au bureau avec une bonne vingtaine de minutes de retard. Tim et Alastair sont déjà là et je fais une entrée discrète. En théorie, nous sommes trois associés, sans patron. Mais nous ne pouvons pas nous permettre d'être en retard. Aucun de nous ne veut donner l'impression de ne pas faire sa part.

— Bonjour, marmonné-je. Désolée.

Soudain, je m'interromps à la vue du sac Sephora. Je le regarde fixement puis, pivotant sur mes talons, je demande à Tim :

— Tu m'as acheté la base ?

— Oui, dit-il.

Malgré son air horriblement gêné, il a l'air d'être sur le point d'exploser de fierté.

— Oh mon Dieu !

Les mains tremblantes, je commence à déchirer l'élégant ruban adhésif noir. J'ouvre le sac et, à ma grande surprise, je découvre qu'il contient trois cadeaux.

Je le referme et le dévisage. À la fois étonnée et enchantée, tout mon spleen du lundi évanoui, je me mets à rire.

— Tim ! Que se passe-t-il ?

— Ils ont fait un lancement. D'un nouveau mascara. Je sais que tu aimes les nouveaux produits. Nouveaux et intéressants.

J'exulte de joie.

— J'adore !

Je m'empare de la base et du mascara pour les admirer.

— Puis je t'ai pris un…

— Rouge à lèvres !

Je viens de trouver la boîte.

— Parce que ça me permettait d'avoir un eye-liner gratuit. Je l'ai pris en noir. Ça te va ?

— Bien sûr. On n'a jamais faux avec un eye-liner noir.

Je sors alors le rouge à lèvres, que je suis résignée à trouver horrible : sans doute un corail ou un rouge orangé, qui donnera une teinte jaunâtre à mes dents. Néanmoins, la couleur n'a pas d'importance parce que Tim est vraiment génial !

Mais il est magnifique. D'une teinte carmin foncé, idéale pour la saison, avec des pigments bleutés qui s'accordent parfaitement à mon teint. Je le contemple avec un soupir d'aise.

— Comment as-tu su ?

— Je t'ai décrite à *la femme**.

— Et que lui as-tu dit ? chuchoté-je.

— Que tu étais la Celte typique.

J'ai sorti mon miroir et je l'applique. La texture ! La finition...

— Mon Dieu ! J'adore !

— J'ai assuré ? demande Tim d'un ton timide.

— Oh, Tim tu as assuré grave !

Il a l'air ridiculement content de lui, debout dans son petit costume, deux taches rouges sur les joues trahissant sa fierté. Je me jette sur lui et il recule.

— Pardon, Tim. Mais je dois te serrer dans mes bras.

— « Toute bonne action mérite sa récompense », murmure-t-il, alors que je le plaque contre moi.

— Tu es tellement drôle !

Au comble de l'excitation, je n'arrive pas à m'arrêter de rire. Puis, plantant un baiser sur sa joue qui garde la trace de mes lèvres rouges, je répète :

— Merci, Tim. Sincèrement. Merci, mille fois.

— Pas de quoi. N'en parlons plus.

— Mais tu dois me dire combien je te dois.

Il secoue la tête.

— C'est un cadeau. Et maintenant, calme-toi. Il est l'heure de travailler. Alastair et Amy, salle de réunion !

Oh non ! C'est le dernier lundi du mois, donc le jour de notre bilan financier. Où est mon Nexium ? Mon pauvre estomac brûle d'anxiété. Je déteste ces réunions. Nos revenus sont alloués de manière complexe : le plus gros pourcentage va à celui d'entre nous qui a amené le compte, les deux autres associés touchent chacun un pourcentage, et le reste du chiffre d'affaires paie Thamy, le loyer de nos bureaux, les billets d'avion et tous nos autres frais. Mais quelle que soit la façon dont nous fractionnons la somme, il n'y a jamais vraiment assez.

— Alors ? C'est grave ?

Anxieux, Alastair et moi regardons Tim.

— Vous avez tous les chiffres dans vos ordinateurs, répond-il.

— Dis-nous, s'il te plaît.

Tim commence à lire les bilans comme je lis *Grazia*.

— Nous allons mieux. Nous avons fait huit pour cent de plus de chiffre d'affaires que le mois dernier et vingt-deux pour cent de plus qu'à la même époque, l'année dernière, et nos dépenses sont restées stables.

— Qu'est-ce que ça veut dire ? En chiffres concrets, sur mon compte en banque.

— Tu confonds le chiffre d'affaires avec la marge d'autofinancement, me répond-il. Le chiffre d'affaires ne veut rien dire tant que les clients ne paient pas.

— Eh bien, comment les fait-on payer ?

— C'est pour ça que nous avons Thamy.

Je me détends un peu. Thamy ne se laisse jamais marcher sur les pieds.

Je retourne à mon bureau, juste à temps pour répondre à l'appel de maman.

— J'ai besoin que tu t'occupes de ce zinzin ce soir.

— Maman, je ne peux pas. Je dois conduire Sofie chez son prof d'histoire et aller la chercher une heure plus tard.

— Alors, que dois-je faire ?

— Tu as quatre autres enfants. Demande à Maura.

— Ton père ne peut pas supporter Maura.

— Derry ?

— Elle a rencontré quelqu'un.

— Vraiment ?

— Ne t'emballe pas trop vite. Le pauvre couillon va probablement mal prononcer le mot « scone » et sera remercié.

Depuis quand maman utilise-t-elle des mots comme « couillon » ?

—Et Joe ?

Maman se met à chantonner :

—Oh, le baratin habituel.

Autrement dit, chaque fois qu'on lui demande un service, mon frère invente des excuses aussi élaborées qu'invraisemblables pour se défiler.

Circonspecte, je persiste :

—Declyn ?

—Mais on ne peut pas demander à Declyn ! Il est trop jeune.

—Il a trente-neuf ans !

—C'est bien trop jeune, Amy. Il faut que ce soit toi.

Le désespoir me submerge.

—Amy, je vais le tuer si je ne sors pas.

Je comprends, vraiment. Mais, moi aussi, je pourrais le tuer.

—Maman, honnêtement, je ne peux pas, pas ce soir. Si tu m'avais prévenue plus tôt… Écoute, essaie Declyn. Au revoir !

Chapitre 37

Seize mois auparavant

Josh Rowan avait laissé tomber mon bras comme s'il était radioactif.

—Vous rejoindre ? Dans votre chambre d'hôtel ?

—Hum, oui ?

—Pour quoi ?

Seigneur, faites-moi mourir sur-le-champ ! S'il vous plaît. Que l'un de ces énormes lustres m'écrase !

J'avais bafouillé :

— Rien. Pardon, non, rien, juste…

Qu'est-ce que je racontais, enfin ? J'étais ivre, mais assez ivre pour faire des avances à un homme ?

— Oubliez ça, avais-je dit.

J'avais passé bien trop de temps à fantasmer et à délirer. Or, confronté à la réalité, le fantasme devenait horriblement gênant. Je m'étais détournée pour m'éloigner mais, m'attrapant par le poignet, Josh m'avait attirée vers lui pour me faire face.

— Amy, si vous faites une proposition pareille, vous devez être sérieuse.

Muette, j'avais levé les yeux vers lui.

— Alors, avait-il murmuré. Êtes-vous sérieuse ?

Les pensées avaient défilé dans mon esprit : mon adorable Hugh, Marcia et son poêle à bois, cet ascenseur qui nous emmènerait, Josh Rowan et moi, jusqu'à ma chambre d'hôtel, notre embarras une fois la porte refermée, ce lit où, comme tant d'autres avant nous, nous nous tortillerions, mon corps de femme de quarante-trois ans dévoilé à ses yeux… Tout ce tableau m'avait fait soudain froid dans le dos.

— Non, avais-je dit en baissant la tête.

Me tenant toujours par le poignet, il m'avait entraînée hors de la salle de bal, dans la lumière éblouissante du lobby géant. Docile, je m'étais laissé faire. Je m'étais sentie aussi contrite qu'un enfant pris en faute.

J'avais ressenti une honte implacable. Si l'objet de mes fantasmes, l'homme avec qui j'avais joué à des jeux, n'était pas réel, Josh Rowan l'était. Je n'avais pas le droit de faire des propositions libertines si je n'avais pas l'intention de les honorer.

— Que se passe-t-il ? m'avait-il demandé.

Que devais-je répondre ? Devais-je lui parler de l'obsession sans gravité que j'avais développée à son sujet ?

— Venez vous asseoir un instant.

Nous avions traversé le vaste sol marbré pour gagner un canapé où nous avions pris place, à distance respectueuse l'un de l'autre.

Un serveur s'était présenté avec un plateau.

— Non merci ! l'avait congédié Josh.

L'homme s'était éloigné et, reportant son attention sur moi, Josh avait répété :

— Alors ? Que se passe-t-il ?

— Je… hum… Écoutez…

La seule réponse décente était la vérité.

— J'ai… j'ai flashé sur vous. Le jour de l'interview de Premilla.

Il m'avait dévisagée un long moment.

— Vous êtes mariée.

Je m'étais couvert le visage des deux mains.

— Je sais. S'il vous plaît. Je sais. J'aime Hugh. Je ne sais pas ce qui m'arrive.

— Qu'auriez-vous fait si je vous avais répondu « oui », à l'instant ?

J'avais poussé un grognement.

— Je me serais sans doute dégonflée avant même d'arriver à l'ascenseur, avais-je dit, submergée par une nouvelle vague de honte. Peut-être avais-je juste besoin d'un peu d'attention. De sonder votre réaction. Pourrions-nous prétendre que ce n'est jamais arrivé ?

Parce que, à ce moment-là, hormis l'aspect personnel, je m'étais inquiétée de l'impact que ma conduite éhontée pouvait avoir d'un point de vue professionnel. Et si Josh Rowan allait raconter à tous les journalistes de Londres que je lui avais fait des avances ? Ce serait une catastrophe pour la réputation de notre agence. Et la crédibilité que Tim, Alastair et moi avions mis si longtemps à établir en prendrait un sacré coup.

— Je vous en prie ! l'avais-je imploré. Cela ne me ressemble pas du tout. C'est sans doute une espèce de crise de la quarantaine. Préménopause peut-être. Apparemment, ça rend certaines femmes folles.

— Tout va bien, Amy, mon chou, Nous ne sommes que des humains.

Oh ! Cet accent !

— Merci, avais-je dit dans un long soupir tremblant.

Puis j'avais ajouté :

— Vous auriez dit « oui » ?

Me regardant sans ciller, il avait acquiescé :

— Oui.

J'avais eu l'impression d'être frappée par la foudre. D'une voix étranglée, je m'étais contentée de répondre :

— Je vois.

— Je ne suis pas tombé sur vous par hasard, avait-il ajouté en montrant la salle de bal du menton. J'ai compté les jours.

Merde ! C'était le genre de phrase qu'il disait dans mes rêves. Mais maintenant qu'il la disait dans la vie réelle, j'étais terrifiée.

— Je vous ai espionnée toute la soirée.

Après quelques instants de silence, j'étais parvenue à dire :

— Je n'ai littéralement jamais trompé mon mari.

Il avait souri. D'un vrai sourire, pas son habituel petit sourire en coin.

— C'est plutôt évident.

— Et vous ? Avez-vous... ?

Sans parler, il avait hoché la tête.

— Souvent ?

— Non... Mais quelquefois.

Je m'étais soudain sentie nauséeuse. J'étais choquée, jalouse, honteuse. Je voulais qu'il soit fidèle à Marcia. Et je voulais qu'il me désire. Les deux réactions étaient difficiles à concilier.

— Josh, je vais sortir fumer une cigarette. Seule.

— J'aurais pu mentir, avait-il ajouté.

— Ce n'est pas ça.

En fait, c'était exactement ça. Je le désirais autant qu'il me désirait. Et je ne pouvais pas gérer cette version de moi-même.

— Mais vraiment, j'ai besoin d'une cigarette.

— D'accord, mais quand vous rentrerez retrouver votre mari, faites en sorte de bien lui faire comprendre à quel point sa femme est sexy. Je ferais bien de regagner le dîner. J'ai peut-être gagné un prix.

— Oh, je suis désolée.

— C'était une blague. À moins qu'il en existe un pour le rédacteur en chef le plus discrédité de Grande-Bretagne.

Mon sourire s'était effacé peu à peu.

Et maintenant, où étaient mes cigarettes ? Malgré la taille de ma minuscule pochette à paillettes, je n'arrivais pas à mettre la main sur ma nicotine. Alors que je fouillais à l'intérieur, quelque chose m'avait fait lever les yeux. C'était Tim. Il venait de sortir de la salle de bal et, debout, adossé à la porte, il m'observait.

Oubliant mes cigarettes, je m'étais hâtée vers lui, mes talons claquant sur le sol.

— Qu'est-ce qui se passe ? avait-il demandé.

— Rien.

Il m'avait dévisagée d'un air sceptique.

— Vraiment, honnêtement, rien.

J'avais décidé de miser sur la discrétion de Josh.

— C'était Josh Rowan du *Herald*, c'est bien ça ?

— Oui. Mais il ne se passe rien.

J'avais ignoré son air soupçonneux. Il n'était pas question que je me confie à lui. Nous n'avions pas ce genre de relation. En outre, il aurait pu être furieux d'apprendre que j'avais pris le risque de nuire à la réputation de Hatch. Quel merdier !

Chapitre 38

Vendredi 30 septembre, jour 18

Une fois de plus, nous sommes vendredi. Cela fait plus de quinze jours que Hugh est parti et cette dernière semaine m'a fait l'effet d'un parcours du combattant : lessive, cuisine, supervision des devoirs, aéroport, Londres, réunions, aéroport, rentrer en titubant de fatigue mercredi soir pour trouver Neeve et Kiara pétrifiées d'horreur parce que le Wi-Fi était en panne. Et elles pensaient que je saurais le réparer. Moi ! Je croyais que ma semaine ne pouvait pas empirer, quand maman m'a chopée sans préavis pour me demander de garder papa jeudi soir.

D'un point de vue professionnel, en revanche, c'est loin d'être un échec : finalement, après l'avoir envoyée faire une série de distributions de soupe dans le but de la confronter à la réalité, Room a décidé de prendre Tabitha Wilson comme nouvelle ambassadrice et m'a chargée de la préparer pour un lancement presse bien tape-à-l'œil dans six semaines.

Mais chaque événement, chaque rencontre, est assombri par l'angoisse de l'absence de Hugh. Et maintenant Alastair me demande quelles délices me réservent le week-end.

— Oh, tu sais, les courses à Tesco, les comptes, le ménage, être l'attraction du ciné-club du dimanche… un vrai week-end de réjouissances.

— Tu n'as pas un truc sympa prévu ? Et Derry ?

— Elle est occupée. Elle fait une sortie à cheval. Elle a un nouveau copain.

— Vraiment ? Ça ne va pas durer, ça ne dure jamais. Elle et moi sommes très similaires…

— Non, vous êtes à l'opposé l'un de l'autre. Tu n'es jamais sans copine.

— Si tu permets, je n'en ai aucune en ce moment. Je me réserve pour quelqu'un de spécial. Mon psy me dit que…

Je l'interromps d'un ricanement.

— Désolée, Alastair.

— Qu'y a-t-il de mal à avoir un psy ? Je suis décidé à changer pour le mieux.

— Pardon. Je ne sais pas pourquoi ça m'a fait rire. Ce n'est pas aussi drôle que la fois où tu t'es fait teindre les cheveux. Je ne suis pas moi-même, Al. S'il te plaît, pardonne-moi.

— D'accord.

Une chose est sûre concernant Alastair, il n'est pas rancunier.

— Et Petra la Snob ? Ou Steevie ? Tu ne peux pas prévoir un truc sympa avec elles ?

J'ai besoin d'un moment avant de pouvoir répondre :

— Tu sais, Alastair, les choses sont bizarres avec Steevie.

Voilà ! Je l'ai dit. Elle est ma plus vieille amie. Une amitié qui a survécu à des décennies. Et, maintenant, je peine à analyser pourquoi, mais nous ne sommes plus au diapason.

— Quand je suis avec elle, j'angoisse.

— Pardon ? Mais pourquoi ?

— Elle est tellement en colère contre Hugh. Elle dit des choses affreuses. Mais, en fait, ce n'est pas du tout après Hugh qu'elle en a.

— C'est après le mari qui l'a quittée ?

— Oui. Elle veut sortir déjeuner avec moi demain. Mais je dois, vraiment, m'occuper de mes comptes. Je préfère affronter mes dépenses incontrôlables plutôt que la voir. C'est nul, non ?

— C'est comme ça. Alors, ce sont tes projets pour demain soir ?

— Si maman n'essaie pas de me coincer pour un *papa-sitting* impromptu…

— Que se passe-t-il avec ta mère ? Elle sort beaucoup plus qu'avant ou c'est juste une impression ?

— Non, tu as raison. Elle sort beaucoup plus qu'avant. Mais je ne l'en blâme pas. Si ce n'est que j'aimerais bien qu'elle sollicite quelqu'un d'autre plutôt que toujours moi. Enfin, c'est comme ça. Supposons que je ne garde pas papa, je vais m'affaler devant un film étranger idiot sur BBC4, avec des trucs délicieux à grignoter. Puis j'espère que je dormirai. Je ne peux pas dormir, Alastair. Ça fait des semaines que je n'ai pas bien dormi.

Il me regarde, pensif.

— J'ai ce dont tu as besoin.

Pourquoi sa réponse me remplit-elle d'appréhension ?

— C'est un… endroit où tu vas écouter des contes. Pas des contes pour enfants, des contes pour adultes, nous sommes des adultes. Tous les samedis soir, un homme avec une voix grave, qui s'appelle Grigori, lit une histoire. C'est au *Kingsley Hotel*, à Dublin. Il y a des poufs, du chocolat chaud, des lumières tamisées. Beaucoup de gens y vont. C'est… réconfortant. Ça t'aidera à dormir. Ça coûte dix euros.

— Et qui y va ? Quel genre de personne ?

— Des personnes de tous les âges. Certains y vont seuls, d'autres avec des amis. L'ambiance est bienveillante, comme à un cours de yoga.

L'ambiance des cours de yoga n'est pas bienveillante. Si j'en crois mon expérience limitée, ils sont bondés de snobs, obsédés par leurs corps, qui se nourrissent de poudre verte.

— Bienveillante mais pas louche. C'est ce que tu veux dire ? Je ne serai pas trop âgée ?

— Tous les âges, répète-t-il d'un ton ferme. Les samedis soir, à 21 heures. C'est excellent pour le système nerveux.

— Que devrai-je faire ?

— Écouter l'histoire. Boire du chocolat chaud.

— Et c'est tout ? Tu es sûr ?

— Je suis sûr.

— D'accord.

Thamy entre en trombe dans le bureau.

— Ayez l'air professionnel. Elle est dans l'ascenseur.

C'est le jour du rapport de progrès mensuel de Mme MaxiProtect. Et même si nous lui avons obtenu plusieurs reportages favorables, nous n'avons toujours pas trouvé d'ambassadeur pour l'incontinence. Elle va nous massacrer.

Mais c'est mission impossible, tout simplement. Qu'importe à quel point sa chance a tourné, personne n'est disposé à admettre publiquement qu'il a des problèmes de fuites urinaires.

Chapitre 39

C'est la semaine du dîner de Derry.

Elle me commande toujours un naan Peshwari. Et au diable les glucides ! Mais la circulation est loin d'être fluide, ce soir. Je suis en retard et j'ai peur que quelqu'un me le pique.

De nombreuses voitures sont garées devant la maison. Les vendredis de Derry, tous les O'Connell sont présents. Même le mari de Maura, le Pauvre Bougre, que nous ne voyons jamais autrement.

Parfois, Urzula nous honore également de sa présence, comme le spectre de la fête. Elle ne commande jamais rien pour elle mais demande à goûter les plats des autres à la petite cuillère, puis se moque de nous parce que nous mangeons trop.

Debout devant la porte, je cherche frénétiquement ma clé. Je suis paniquée à l'idée que quelqu'un puisse manger mon naan. Jackson finit par venir m'ouvrir. Fébrile, je demande :

— Est-ce que les plats sont arrivés ?

Il pose un doigt sur ses lèvres.

— Chut ! Neeve tourne un vlog de maquillage avec sa grand-mère. Elle vient tout juste de commencer.

Il monte l'escalier sur la pointe des pieds. Je le suis. Un petit attroupement s'est formé devant la porte de la chambre : Derry, Sofie, Kiara, Maura, le Pauvre Bougre, Joe, Siena. Et même Dominik.

En silence, je joue des coudes pour voir ce qui se passe.

Maman est sur une chaise, sous la lumière éblouissante des lampes de Neeve. Coiffée, maquillée, elle fait face à la caméra. Elle porte une jupe en daim bleu cobalt et un tee-shirt à col effiloché, à la mode. Elle ressemble… à tout sauf à ma mère. Elle est cool, branchée : une Super Mamie !

Je suis abasourdie.

— Nous allons commencer, annonce Neeve. Si quelqu'un fait le moindre bruit, je le tue ! Bon, mamie. Tu regardes la caméra et tu réponds aux questions.

— Et si je me trompe ?

— Si tu te trompes, tu peux recommencer. Mais tu ne te tromperas pas !

Cela a tout d'un ordre.

— Bien, Lilian, parlez-nous un peu de vous.

— Je suis Lilian O'Connell, commence maman. J'ai soixante-douze ans, j'ai cinq enfants, et j'estime qu'un imprimé panthère est un classique.

Elle jette un petit coup d'œil nerveux à Neeve pour voir si elle a bien dit sa réplique sur l'imprimé panthère.

— Vous avez une très belle peau, Lilian. Comment en prenez-vous soin ?

— Je bois des litres de thé et, une fois par semaine, j'exfolie avec un coton plongé dans du dissolvant pour vernis à ongles.

Neeve laisse passer un instant. Manifestement, elles ont répété. Puis elle feint de s'étonner :

— Du dissolvant pour vernis à ongles ?

— Oui.

— C'est surprenant, Lilian.

— Ça pique mais ça m'éclaircit la peau. J'ai commencé à l'utiliser par erreur. En le confondant avec ma lotion tonique. Les flacons étaient pareils. En fait, même quand on vous déconseille quelque chose, si ça vous convient, n'hésitez pas !

— Quels sont les produits que vous emporteriez sur une île déserte ?

— Je ne pourrais pas quitter la maison sans mon fond de teint.

Elle lance un regard anxieux à Neeve.

— Je veux dire, ma base. J'aime avoir une bonne protection. Je ne comprends pas les « textures voile », les « teintes correctrices » et autres, dit-elle en brandissant un flacon de fond de teint. Celui-ci est bon et épais. Et j'aime cette poudre de soleil. J'aime ce qui me donne l'air hâlé.

Elle se fige.

— Ai-je le droit de dire ça ? Que j'aime avoir l'air hâlé ? Ou dois-je vérifier mes droits ?

Neeve éclate de rire.

— Tout va bien.

— Et j'aime cette palette d'ombres à paupières parce que ce sont des couleurs sages.

Elle montre un boîtier de quatre teintes de brun et beige.

— Que pensez-vous du Botox et autres produits injectables ? demande Neeve.

— Il ne faut jamais dire jamais, répond maman avec un petit sourire charmant. Qui sait ? Peut-être quand je serai plus âgée.

Elle est… je dois le voir à l'écran pour m'en assurer, mais elle est… adorable.

— Merci pour vos paroles pleines de sagesse, Lilian.

— Puis-je ajouter quelque chose ? demande maman.

Je n'ai pas l'impression que cette partie ait été répétée. Mais Neeve répond :

— Je vous en prie.

— Si vous trouvez *votre* teinte de rouge à lèvres, ce qui risque de prendre toute votre vie, mais si vous la trouvez, achetez-en au moins trois, car dès que les fabricants de la marque sauront qu'elle vous plaît, ils arrêteront sa fabrication.

— Excellent conseil !

— Et la vendeuse essaiera de vous faire acheter un fond de… une base de la couleur de votre visage. Mais prenez un plus sombre, si possible. C'est votre argent et c'est votre visage.

— Merci, Lilian. C'est bon, c'est dans la boîte.

Évidemment, tout le monde applaudit. Les acclamations, cris de joie, sifflements, fusent. Nous sommes une famille bruyante. Une famille avec de nombreux défauts, mais, et c'est tout à notre honneur, les O'Connell savent quand il faut applaudir.

Lorsque nous redescendons, Declyn vient d'arriver, en compagnie de son mari, Hayden, et de Bébé Maisey. La fillette est immédiatement happée par ses cousins.

Dans la cuisine, les gens s'affairent, attendant le dîner. Maman est au cœur de l'action. Et je suis vraiment perturbée par son apparence « Mamie Sexy ».

— Le dîner est servi !

Tout le monde se rassemble dans la salle à manger. À l'exception de papa qui insiste pour rester dans le salon, devant sa télévision ; de Sofie qui ne peut manger que devant Jackson ; de Finn, Pip et Kit qui sont constamment en mouvement ; et de Neeve qui, ayant besoin de la compagnie de Snapchat, doit s'allonger sur le palier pour avoir accès au Wi-Fi.

Du bout de la table, Derry déballe le premier sac et crie :

— Murgh markhami ?

— Moi ! s'exclame Joe.

Immédiatement, le plat passe de main en main, jusqu'à lui. Comme dans l'une de ces scènes si réconfortantes de chaîne humaine pour éteindre un incendie.

— Lal maas ?

— Pour moi, répond Dominik.

Derry l'avait inclus en témoignage de notre gratitude. Il avait été si surpris que c'en était touchant. Et elle l'appâte avec des plats indiens pour qu'il ne nous quitte jamais. Mais, n'ayant pas eu le réflexe de se précipiter pour s'assurer une place à la table de la salle à manger, il en sera réduit à dîner debout, son assiette sur le rebord de la fenêtre avec le Pauvre Bougre et Joe, ses compagnons d'infortune.

— Poulet betteraves ?

C'est la commande habituelle du Pauvre Bougre. Va-t-il parler ?

— Pour lui ! lance Maura en montrant son mari du doigt.

— Et riz pour tout le monde, poursuit Derry, en faisant passer plusieurs boîtes. Et voici un naan à l'ail. Non, c'est un Peshwari. Pas touche, c'est pour Amy !

Je perçois plusieurs marmonnements : « On sait que c'est pour Amy. »

Mon Dieu ! Voilà Urzula. Elle a l'air d'un squelette couleur porcelaine, avec deux billes bleues en guise d'yeux. La maigreur d'Urzula ne reflète en rien le concept du « bien-être ». Elle n'a que la peau sur les os. Même ses cheveux sont fins.

D'un ton égal, Derry, qu'elle n'impressionne pas le moins du monde, commence :

— Urzula. Tu aurais dû dire que tu venais. Je ne t'ai pas commandé à dîner.

— Ce n'est pas un problème. Jamais je ne pourrais manger l'un de ces plats en entier.

Autour de la table, tout le monde baisse piteusement la tête. Nous pourrions tous avaler l'un de ces plats en entier, sans le moindre problème.

— Mais je pourrais peut-être goûter une cuillerée de celui de l'un d'entre vous.

Le seul point positif étant qu'elle veut *vraiment* dire une cuillerée. Néanmoins, personne ne se propose.

— Où est Sofie ? demande-t-elle.

— Au premier.

— Que mange-t-elle ?

Personne ne répond. Nous n'allons pas balancer la pauvre Sofie qui, de toute façon, n'a commandé qu'une entrée et qui va sans doute persuader Jackson de presque tout manger.

Comme j'aime Sofie, j'ai besoin de rester en bons termes avec Urzula. Je lui propose donc :

— Goûte mon plat. Et veux-tu un peu de naan ?

— Laisse-moi le regarder.

Elle prend un quart de mon naan avant de le jeter comme s'il était contaminé.

— Pâte d'amande ? Raisin ? Amy, c'est un gâteau !

Elle mange sa cuillerée de curry, puis nous regarde nous régaler.

— Vous mangez trop vite. Ralentissez. Le cerveau a besoin de vingt minutes pour recevoir les signaux de satiété de l'estomac.

De plus en plus honteux, nous baissons encore la tête.

— Vous devriez boire un verre d'eau entre chaque bouchée, poursuit-elle.

Soudain, du séjour, on entend papa hurler :

— Dégage, pauvre idiote !

Chapitre 40

Samedi 1er octobre, jour 19

Que suis-je censée porter pour une soirée de contes ? Quelque chose de confortable, je suppose. Mais j'ai besoin de me sentir protégée par de jolis vêtements.

J'ai dans ma garde-robe une vraie jupe années 1950, que je n'ai jamais mise : évasée, en crêpe marine avec des poches sur le côté, je ne pourrais rêver mieux. Encore une trouvaille de Bronagh. Sa coupe est idéale pour une femme de ma taille.

Je l'essaie avec un chemisier noir, imprimé de chats de bande dessinée. Elle fera l'affaire. Mais je n'arrive pas à faire glisser la fermeture Éclair du chemisier qui se ferme dans le dos. Refusant de penser à Hugh, je sors donc sur le palier et je hèle : « Fermeture Éclair. »

Neeve surgit de sa chambre.

— Où vas-tu dans tes fringues de morte ?

— Je sors. Je vais à une soirée de contes. En ville.

— Vraiment ? s'étonne-t-elle en fermant mon chemisier.

— Tu connais ?

— Oui. Les gens sur Google sont fans. Ils sont surmenés, stressés, et, contrairement aux Irlandais, ils n'ont pas adopté la forte consommation d'alcool comme décontractant.

Une affreuse pensée semble lui traverser l'esprit. Elle m'agrippe par le bras.

— Tu n'y vas pas seule ?

— Non. Avec Alastair.

— Alastair du bureau ? Ah, il est cool.

Quand mes filles ont été recrutées comme serveuses pour la soirée de lancement de Hatch, Alastair s'est montré très généreux en pourboires.

— Vu que tu y vas avec lui, tu as le droit de t'amuser, poursuit-elle.

Alastair m'attend dans le lobby du *Kingsley Hotel*. En jean délavé et chemise large, sans col, il a l'air plus jeune, plus branché, plus négligé qu'au bureau. Ses joues bien rasées de la veille sont presque couvertes de barbe. Comment est-ce possible ? *Pousse-Miracle ?*

Nous montons. L'ouvreuse, devant la porte, porte la veste en jean la plus ample que j'aie jamais vue. Elle a facilement la taille d'un abri de jardin.

Le temps que je fouille dans mon sac, Alastair a payé pour nous deux et me pousse à l'intérieur.

— Arrête de me bousculer ! dis-je en trouvant un billet de dix euros. Tiens !

— Je t'invite.

— Je ne veux pas que tu m'invites. Prends l'argent.

— Détends-toi, Amy. Vraiment.

— D'accord. Mais j'offre le chocolat chaud.

— Le chocolat chaud est inclus.

La pièce est spacieuse, confortable, éclairée d'une lumière tamisée, rose. Sur le sol jonché de tapis moelleux sont disséminés des poufs, des hamacs et des canapés bas. L'assistance est déjà nombreuse. Presque tous les hommes portent une barbe et un chignon. Quant aux femmes, elles sont à la pointe de la mode du millénaire, autrement dit elles donnent l'impression d'avoir passé le premier truc qui leur tombait sous la main : des vestes trop grandes sur des petits hauts fluo et des jeans à taille haute délavés, ou des pulls informes presque aussi longs que leurs minijupes brillantes à plis.

Je les regarde avec envie. J'ai vu naître le style grunge dès son apparition : il ne m'allait pas à l'époque et il ne m'irait pas aujourd'hui.

Tout le monde semble circuler, enjamber des corps, se saluer en accolades enthousiastes. Alastair survole la pièce du regard et lance :

— Par ici !

Nous nous frayons un chemin à travers les meubles jusqu'à un îlot composé de coussins de sol, de poufs, d'une table basse et d'une lampe de chevet. Affublée d'une robe noire qui ressemble à une chasuble de bonne sœur, une fille se dirige vers nous, distribuant du chocolat chaud.

Alastair s'assied en tailleur sur l'un des coussins et je m'installe avec précaution sur un pouf. Ma jupe est trop courte pour cette fiesta. Oui, je porte des collants, mais si quelqu'un a l'œil qui traîne, il sera récompensé. Je m'aperçois alors que je dois me relever pour aller au bar.

— Que veux-tu boire ?

— Il n'y a pas de bar.

— Quoi ? Pas d'alcool ?

Je veux rentrer chez moi. Ce n'est pas du tout pour moi. Je suis trop vieille, trop ancrée dans mes habitudes, pas assez ivre…

— Essaie le chocolat chaud.

Je bois une gorgée. Et, bien entendu, je me brûle la langue. Ignorant la douleur, je commence :

— Bon. À propos de Mme MaxiProtect, je pensais…

— Nous ne parlons pas travail.

— Eh bien, dans ce cas, de quoi allons-nous parler ?

— Pas de travail ! réplique-t-il.

— Tu veux discuter de trucs personnels ? Dans ce cas, j'ai besoin d'alcool.

— D'accord, je vais aller au bar de l'hôtel.

En un mouvement souple, il se lève avec une telle grâce qu'une fille qui se trouve à proximité le dévisage.

— Que veux-tu ?

— Vodka tonic.

Restée seule, je m'étale sur le pouf. Je me sens un peu idiote. Je tente un sourire dans l'espoir de dissimuler ma gêne, en vain. Je sors alors mon téléphone et je consulte mes mails.

— Salut.

Debout devant moi, un homme qui ressemble à Jésus me dévisage. Cheveux longs, barbe, regard intense. Quel âge ? Impossible à déterminer. Avec tous ces jeunes barbus, aujourd'hui. Mais je dirais entre dix-neuf et trente-sept ans.

— Je peux me joindre à vous ?

Je me fige. Quelle est l'étiquette, dans ce genre de soirée ?

— Je suppose que oui. Mais…

Dieu merci, Alastair arrive, chargé de deux verres. Jésus-Christ suit mon regard.

— Vous êtes accompagnée ? C'est cool. Vous avez un haut super !

— Lequel ? Le mien ? Merci.

— Ce sont des chats ?

— Oui.

Ses vêtements sont très étranges : jean skinny délavé, pantoufles en peau de mouton, chaussettes de sport et un pull marin pelucheux qui semble avoir rétréci au lavage. Curieusement, il pourrait tout aussi bien venir d'Emmaüs qu'avoir coûté sept cents euros chez Dries van Noten.

Il bat en retraite vers un hamac proche, où il se met à se balancer tout en continuant à me regarder effrontément.

Alastair me tend un verre.

— Que se passe-t-il ? Tu as une touche ?

— Je ne sais pas, dis-je en buvant une gorgée de vodka. Peut-être se montrait-il juste amical. C'est une double ?

L'alcool me procure une sensation de bien-être.

— Je me suis dit que ça m'économiserait un second voyage en bas.

Je regarde autour de moi. La pièce s'est remplie, partout des gens sont allongés.

— On a l'impression qu'ils se préparent à une partouze.

— Pas du tout ! rétorque Alastair.

— Comment le sais-tu ?

Il me sourit d'un air entendu.

— Tu as vraiment été à une partouze ?

— Pourquoi ? Tu aimerais venir aussi ?

Je réplique avec véhémence :

— Jamais de la vie !

Visiblement très amusé, il insiste :

— Tu es sûre ? Comment peux-tu le savoir si tu n'as jamais essayé ?

— Parce que je le sais, dis-je en buvant une nouvelle gorgée. Pour être honnête, ce n'est pas le sexe en soi qui me fait vibrer. J'aime la romance, la passion. J'aime la sensation d'un homme qui te dit : « Je ne peux pas m'arrêter de penser à toi. » Ou : « Tu m'obsèdes. » Tu sais ?

— Je t'écoute.

— Par exemple, je n'ai jamais été intéressée par une expérience lesbienne. Je ne veux pas me sentir sur un pied d'égalité avec mon partenaire. Mon Dieu ! Cette vodka me délie la langue. Au lit, j'aime me sentir dominée. Pas avec des fessées, bien sûr. Mais j'aime me jeter sur un lit et entendre un homme me dire : « J'attends ce moment depuis tellement longtemps. » Et j'adore sentir le poids d'un homme sur moi.

Après un silence songeur, Alastair avance :

— Tu es classique.

— Totalement. J'ai honte, Alastair, de ne pas éprouver le moindre intérêt pour les partouzes, la sodomie, le sado-maso. Ce que j'aime, c'est attendre. J'aime la tension sexuelle. J'aime me sentir désirée. Mais je suis timide au lit. Jamais je ne pourrais…

Guettant sa réaction, je poursuis :

— … faire la cow-girl renversée.

— Hum, en effet, dit-il pensif. J'ai du mal à t'imaginer dans cette position.

Maintenant, je suis vexée.

Une jeune femme s'est installée au bout du canapé d'Alastair. Je me penche vers lui et je chuchote :

— Elle est seule ?

— Arrête de te projeter, me taquine-t-il.

— Je suis mariée depuis longtemps, sifflé-je. Je fais de mon mieux pour m'adapter aussi vite que possible.

— Ici, même si quelqu'un arrive seul, il ne repartira peut-être pas seul. Et, quoi qu'il arrive, il aura entendu une belle histoire et aura bu du chocolat chaud. Voilà Grigori.

Un homme très grand, costaud, traverse la pièce. Il a une barbe bouclée et porte un ensemble en lin, pantalon large enfoncé dans des bottes de cuir et tunique, et un gilet en tapisserie.

— Oh ! Il a le physique idéal pour un conteur.

Je jubile.

Grigori s'assied sur une grosse chaise en bois sculpté et sort un livre. Un frisson semble traverser la pièce, puis le silence se fait. Sa diction évoque celle de Stephen Fry, avec un accent slave, ce qui convient parfaitement à l'histoire : une fable qui parle d'un bûcheron, d'une forêt, d'orphelins, de *Simnel Cake*, d'un miroir d'eau, de méchants, de gentils, de gens mystérieux…

Un grand calme m'envahit et je sens la tension qui m'oppresse la poitrine se dissiper. Ma respiration est calme, régulière, je jure que je peux sentir mon estomac se dénouer. M'enfonçant dans le pouf, je me laisse porter de la manière la plus délicieuse. Gagnée par un sommeil libérateur, j'ai les paupières lourdes. Et j'ai une question. Je tire sur la manche d'Alastair.

—Grigori est-il un acteur ? Ou est-il réel ?

—Il est réel.

Il est réel ! J'en suis contente. Bercée par cette pensée réconfortante, je m'abandonne de nouveau. Je suis dans un bateau qui flotte sur une mer d'huile. Je me sens m'assoupir. Qu'importe si je ne suis pas dans mon lit. Je vais passer la nuit ici, sur ce pouf… Je paierai le prix qu'ils voudront pour la chambre. Cette plénitude n'a pas de prix.

—Quoi ?

Je suis en train de rêver que des petites bêtes à fourrure se sont attachées à mes joues et que j'ai l'air d'avoir des favoris. Je tire, et je tire, essayant de m'en débarrasser…

—Amy… Amy…

Je ne veux pas être la femme aux favoris.

—Je ne suis pas une bobo !

Et, soudain, je suis réveillée. Le visage d'Alastair surgit au-dessus du mien.

—Amy, me dit-il avec tendresse. L'histoire est finie. Il est temps de se réveiller.

Chapitre 41

Jeudi 6 octobre, jour 24

La plus étrange des choses vient d'arriver. Un texto de Richie Aldin :

> Amy, pouvons-nous nous voir ? Pour une brève conversation. Bises.

Je suis pleine d'appréhension. Que diable me veut-il ? Parler d'argent ? Je ne vois rien d'autre. Mais de quel argent ? Il a arrêté de me verser la pension de Neeve quand elle avait dix-huit ans.

Mon jeudi vient de prendre la pire des tournures.

La semaine a encore été un parcours du combattant. Des petits matins brumeux à essayer de faire lever Kiara et Sofie (quand elle dort à la maison), pour les envoyer au lycée, à les aider à trouver les innombrables trucs qu'elles ont égarés. Des soirées passées à préparer à dîner pour tout le monde, à ne pas me laisser dépasser par les lessives et tous les autres travaux ménagers, sans parler des innombrables pannes et pépins en tous genres qui sont généralement du domaine de Hugh.

Lundi soir, maman m'a encore coincée pour aller garder papa. Pour encore sortir boire un verre avec ses mystérieux amis. Ou autre. Je n'ai pas la moindre idée de ce qu'elle trafique.

Mes deux jours à Londres m'ont presque fait l'effet d'un répit : je n'étais responsable que de moi-même.

J'ai également trouvé deux nouveaux clients : ma réhabilitation réussie de Bryan Sawyer semble avoir fait de moi une vedette. Savoir que je vais gagner plus d'argent est un souci en moins. Néanmoins, Hugh occupe constamment mes pensées. Rien n'a changé dans mon quotidien, si ce n'est cette angoisse qui me mine. Me retenir de lui téléphoner est littéralement épuisant.

Mon besoin de me remettre à fumer s'est estompé. Ce qui serait une bonne nouvelle si ce n'était que j'ai une nouvelle dépendance : mon shopping en ligne est devenu compulsif. Mon obsession actuelle est de trouver la robe idéale pour le Media Awards, à Brighton. Elle doit être à la fois sexy, formelle, adaptée à mon âge, stylée, de longueur idéale, et m'avantager. Mes exigences sont telles que je dois renvoyer toutes les robes que je me fais livrer pour en commander trois ou quatre nouvelles. Je suppose que le travail que je fournis aux salariés d'UPS, de Fedex et autres est le bienvenu. C'est ce que l'on appelle l'économie du ruissellement.

Folle d'anxiété, j'envoie un texto à Richie.

Que se passe-t-il ? Rien de grave ? Je peux venir chez toi. Bises.

J'avais prévu une manucure en sortant du bureau. Mais je suis tellement paniquée que je décide d'annuler. Puis je me ravise. Quoi qu'il me veuille, ça peut attendre une heure de plus. J'ai passé trop d'années à lui obéir au doigt et à l'œil et il n'est pas question de recommencer. Mais ce n'est pas facile.

Je lui envoie un nouveau texto :

Retrouve-moi à 19 h 30 au *Bailey*.

Il me répond immédiatement :

Trop de monde. Au *Marker* 19 h 45.

Non. Le *Marker* est trop loin et dans la mauvaise direction. Toujours méfiante, je réponds :

Je serai au *Bailey* à 19 h 30

OK. Bises.

Une fois chez l'esthéticienne, qui est bavarde mais rapide, j'ai du mal à feindre que tout est normal. Ce qui aurait été compliqué, de toute façon, car tout est compliqué en ce moment. Mais Richie m'a vraiment affolée. Voyant que j'ai un peu de temps devant moi, je vais ensuite faire un tour chez *Brown Thomas*. Le grand magasin est bondé. On a beau n'être que le 6 octobre, on sent déjà Noël approcher. À 19 h 20, lasse de me faire bousculer, je gagne le pub.

Prouvant que Richie a eu tort d'objecter, je trouve immédiatement une place. La salle est animée mais pas bondée. Tout doit toujours être selon ses conditions.

Je le vois entrer. Lui aussi est en avance. Il porte un coûteux manteau en tweed, à chevrons, et une écharpe kaki. Quand il m'aperçoit, il hoche la tête dans ma direction. Puis une femme l'intercepte et je devine qu'il s'agit d'une admiratrice. Il lui répond, lui sourit, et elle fond. Quand il prend congé, elle paraît déconfite.

Enfin, il arrive jusqu'à moi.

— Je suis désolé.

Il m'embrasse sur la joue, s'installe à califourchon sur un tabouret et se déshabille. Sous son manteau, il porte un pull col en V à mailles fines, mauve. Une couleur qui fait ressortir les reflets dorés dans ses cheveux et le vert de ses yeux.

Seigneur! Il est tellement content de lui.

Il me prend la main.

— Tu as de beaux ongles. C'est joli.

Je murmure, polie malgré moi :

— Merci. Je sors de chez la manucure. Alors, que se passe-t-il ?

— Tu bois quelque chose ?

— J'ai déjà commandé.

Je lui montre ma vodka. Dieu sait que j'en ai besoin !

— Je vais juste chercher un…

Il se dirige vers le bar et revient presque immédiatement avec un verre qui semble rempli d'eau. Puis il reprend son siège, juste en face de moi.

— Alors ?

Plaquant ses mains sur ses cuisses, il prend une profonde respiration et me regarde droit dans les yeux.

— Bien. Je voulais te dire que je suis désolé.

La surprise, mêlée d'incrédulité, me laisse un instant sans voix. Je finis par demander :

— Pourquoi ?

Avec un nouveau soupir à fendre l'âme, il m'enveloppe d'un regard empreint de sincérité.

— De t'avoir quittée. Que tu l'aies découvert comme tu l'as découvert. De ne pas t'avoir donné assez d'argent. De ne pas avoir vu Neeve.

Abasourdie, je reste bouche bée. Puis je dis :

— Pourquoi maintenant ?

— Je…

— Tu as un cancer ? Tu as rencontré Dieu ? Tu es en rémission ?

— Non, rien de tout ça. Juste… je te dois des excuses.

Laborieusement, je demande :

— Mais… Quoi ? Vingt ans après ?

— Vingt-deux.

Qu'importe !

— Amy, j'avoue que pendant des années, je n'ai pas pris conscience de mon égoïsme. Et j'en suis désolé. Ça a dû t'anéantir.

— Pas vraiment.

D'une voix vibrante de franchise, il poursuit :

— Je suis désolé, Amy, ce n'est pas ce que je voulais sous-entendre. Simplement, tu étais jeune. Et tu devais élever un enfant seule. Ça a dû être difficile.

— Mais tout s'est arrangé.

— Je ne comprends pas pourquoi j'ai mis tant de temps à prendre conscience de mon égoïsme. Je ne sais pas pourquoi j'étais si cruel. Quand Neeve m'a dit que Hugh t'avait quittée…

— Tu permets ? Hugh ne m'a pas quittée. Il fait un break. Et tout va bien.

Il n'était pas question que je me lance dans des explications pour Richie Aldin.

— Mais Neeve m'a dit…

— Elle s'est trompée. Elle n'a pas compris. D'accord ?

Il hoche la tête.

— D'accord. Mais quand, par erreur, j'ai cru qu'il t'avait quittée, j'ai pensé à ce que je t'avais fait subir quand je suis parti.

Il me dévisage, comme s'il avait soudain des états d'âme.

— Penses-tu… je veux dire, pourras-tu jamais me pardonner ?

Et soudain, je m'aperçois que je lui ai pardonné depuis bien longtemps. Ma rancœur a dû disparaître à mon insu.

— Je te pardonne de m'avoir plaquée. Mais je ne pourrai jamais te pardonner d'avoir fait souffrir Neeve.

— Je sais, je comprends. Et je vais me rattraper avec elle.

Surprise, je rétorque :

— Tu ne peux pas. Je ne veux pas être dure, Richie. Mais c'est ainsi. Toutes ces années, tu as été un père absent. Tu ne pourras jamais les rattraper.

— Si, je le peux. Et je vais le faire.

Assis devant moi, il est calme, serein. Le regard brillant de bonnes intentions.

Je bafouille :

— Je ne comprends pas. Comment peux-tu penser… la seule manière dont tu pourrais te racheter, ce serait en voyageant dans le temps.

Il se met à rire. Pourtant, je ne plaisante pas.

— Il y a d'autres moyens.

— Par exemple ?

— Je vais passer plus de temps avec elle. Je vais la rendre heureuse au présent.

Cela ne changera rien au passé.

— Quoi qu'il arrive, je te défends de mener Neeve en bateau !

J'ai peur maintenant qu'il déboule dans sa vie, lui donne de faux espoirs, pour disparaître de nouveau dès qu'il se sera lassé.

L'air interloqué, il réplique :

— Je ne vais pas la mener en bateau. Je vais tout arranger. Et je veux vraiment que toi et moi soyons amis.

— Et en quel honneur serions-nous amis ?

Après un silence, je reprends :

— Ce n'est pas ce que je voulais dire. Mais, sérieusement, pourquoi serions-nous amis ?

— Parce que, à une époque, nous étions tout l'un pour l'autre. Non ?

Me prenant au dépourvu, un souvenir resurgit. Richie avait été la première personne au monde à me procurer un sentiment de sécurité. Après une enfance aussi instable, j'avais trouvé merveilleux de pouvoir prendre mes distances avec la piètre famille que le destin m'avait imposée pour en fonder une nouvelle. J'avais pensé avoir découvert le secret du bonheur. Mais je m'étais trompée. Quand ma nouvelle famille avait explosé, j'avais compris que ma famille d'origine était loin d'être nulle.

— Ces sentiments sont morts à jamais, dis-je froidement.

— Alors recommençons. Comme amis.

— Mais Richie… en général, j'apprécie mes amis. Je ne pense pas pouvoir faire une exception pour toi.

Il rit de nouveau. Pourtant, encore une fois, je n'essayais pas d'être drôle.

— Je vais tout arranger. Je vais me faire pardonner.

Autrefois, sa farouche conviction m'aurait fait exulter de joie.

— Non. Je t'en prie, non. S'il te plaît, Richie. Non.

Dès que j'arrive à la maison, Neeve m'appelle :

— Maman, tu me dois cent douze euros.

— Pourquoi ?

— Tu as acheté plein de trucs en Corée ?

— Attends, un ou deux trucs. Essentiels.

— Il y avait des frais de douane.

Vraiment ?

— Le site n'y faisait pas référence.

Je me sens stupide et vexée. Je pensais que c'était un site sympa. Géré par des gens sympas.

— Il est hilarant ce George, le livreur d'UPS, reprend-elle.

— Tu connais son prénom ! s'étonne Sofie.

— Il livre si souvent les trucs de maman qu'on est quasiment fiancés. Bon, et si nous jetions un coup d'œil à ses achats ?

Deux cartons attendent sur la table basse. Entourée par les trois filles, je les déballe sans plus trop savoir ce que j'ai commandé. Il était tard, j'étais peut-être un peu ivre, et je passe tellement de commandes qu'elles se confondent. Ce sont des robes. Je déplie la première, une robe longue en dentelle noire, au décolleté à élastique. À moins que ce soit l'ourlet ? Il est difficile d'en déterminer le haut et le bas car elle est immense.

— Quelle taille as-tu prise ? s'étonne Neeve.

Je murmure :

— Un trente-huit.

— On dirait un cinquante-huit.

— Vérifie l'étiquette.

— Oui, ça dit bien trente-huit. Mais ce n'est pas du tout un trente-huit.

— On pourrait y tenir à deux, fait remarquer Kiara.

— Chiche !

Neeve l'enfile, puis Kiara se glisse à l'intérieur. Leurs deux têtes émergent de l'encolure élastique et elles se tordent de rire.

— Allez, Sofie ! Allez, maman ! Il y a de la place pour tout le monde.

Chapitre 42

Six mois auparavant

— Hugh, m'as-tu jamais trompée ?

— Pardon ? Quoi ? Comment peux-tu même me poser la question ?

— Pardon.

J'avais secoué la tête.

— Je suis idiote. Ne fais pas attention.

Nous étions le lendemain du gala des Media Awards. Depuis que je m'étais réveillée ce matin-là, j'étais morte de honte d'avoir fait des avances à Josh Rowan.

Comment avais-je pu faire cela à Hugh ? Hugh que j'aimais avec une telle tendresse. Hugh qui était si bon pour moi, si bon pour tout le monde. Et ma honte allait bien au-delà de l'épisode de la veille au soir. J'avais passé tout le mois de mauvais poil, absente, à rêver à un autre homme. J'étais vraiment nulle !

Je me détestais. J'étais impardonnable. Et furieuse. Parce que je n'étais même pas vraiment ivre quand j'avais lancé mon invitation à Josh Rowan.

Mon attitude aurait pu s'expliquer si j'avais été vraiment bourrée. On entend parler de gens qui, ivres morts, font les pires folies : comme voler une pelleteuse et proposer aux passants de les emmener faire un tour sur Oxford Street. Mais j'étais loin d'avoir été dans un tel état d'ébriété.

Que m'était-il arrivé ? J'avais joué un jeu, voilà tout. J'avais voulu tester ma séduction. Ce qui était indigne car Josh Rowan était un être humain. Avec des sentiments. Et qu'il avait une femme.

Et lorsque j'étais rentrée à Dublin, ma honte avait laissé place à de la gratitude : j'étais euphorique qu'il ne se soit rien passé.

Quand Hugh m'avait ouvert la porte d'entrée, je m'étais jetée dans ses bras. Pressée contre son corps réconfortant, je l'avais serré très fort. Au bout d'un long moment, il avait fini par me repousser en riant.

— Qu'est-ce qui t'arrive ?

J'avais levé les yeux vers son visage adoré, ses yeux bleus si honnêtes. Puis, d'un geste empreint de douceur, j'avais effleuré sa barbe de mes doigts.

— Hugh Durrant, tu es le meilleur homme du monde. Tu le sais ?

— Là, tu commences à me faire peur.

— Tu m'as manqué. Tu n'as pas le droit de me manquer ?

— Si, mais…

Dans la cuisine, un besoin régressif de toucher toutes mes affaires m'avait envahie. Comme pour sentir la solidité de ma vie. J'étais partie et j'étais revenue, et rien n'avait changé. Rien. Il n'y avait aucun accroc à mon mariage, aucune trahison me consumant de honte. J'étais dans le même état d'exaltation que lorsque l'on sort indemne d'un accident de voiture.

— Tu veux manger quelque chose ? m'avait demandé Hugh.

— Non… d'accord, peut-être.

Pour la première fois de la journée, j'avais faim.

— Qu'est-ce que tu me proposes ?

— Ton fromage. Je suis allé le chercher au centre de tri. Où il dérangeait tout le monde depuis une semaine.

Mon Dieu ! Quel homme ! Il avait pris la peine d'aller chercher le fromage que je recevais mensuellement depuis qu'il m'avait fait cadeau d'un abonnement à un club de fromages.

— D'accord, dans ce cas, oui, s'il te plaît.

— Du vin ?

J'avais eu un mouvement de recul.

— Pas de vin.

— C'était si terrible, hier soir ?

— Atroce, avais-je répondu, traversée par un frisson.

Alors qu'il avait sorti une assiette, un couteau, des crackers, dans la cuisine, j'avais été prise d'une crise de panique.

Ce n'était pas arrivé.

Josh se profilant au-dessus de moi, déroulant un préservatif sur son érection.

Ce n'était pas arrivé.

Josh s'enfonçant en moi.

Ce n'était pas arrivé.

Mais, et si la nuit avait évolué différemment ? Et si j'avais été assise, ce soir, dans ma cuisine, après avoir fait l'amour avec un autre homme ?

Hugh l'aurait su. Non ? Notre osmose était telle qu'il aurait eu l'intuition qu'il s'était passé quelque chose. À la pensée de lui cacher un secret qui, sans nul doute, l'aurait détruit, j'avais été prise d'une nouvelle nausée.

Mais ce n'était pas arrivé. Je ne l'avais pas fait. Dieu merci !

Cela dit, qui aurait pu croire qu'il n'était pas plus facile de tromper que d'être trompé ?

C'est alors qu'une pensée insidieuse avait germé en moi. Hugh m'avait-il déjà trompée ? Je l'avais interrogé et sa réponse : « Comment peux-tu même me poser la question ? » m'avait prouvé à quel point je divaguais. Exprimant mes pensées à voix haute, j'avais alors demandé :

— Mais serait-ce si difficile ?

— Qu'est-ce qui serait si difficile ?

— La culpabilité. Tu sais, de devoir garder le secret avec la seule personne à qui tu dis tout.

Il avait posé le couteau qu'il avait à la main et, me dévisageant fixement, s'était figé.

— Tu as quelque chose à me dire ?

— Non.

Une fois de plus, j'avais senti le soulagement me submerger. Éperdue de reconnaissance qu'il ne se soit rien passé avec Josh Rowan, j'avais jubilé. Je me sentais propre.

— Non, chéri. Rien. Oublie le fromage. Montons.

Interdit, il était resté à me regarder, comme pour s'assurer qu'il avait bien entendu.

— Je vais allumer les bougies.

C'était une blague entre nous. Ma façon de signaler à Hugh que j'étais d'humeur.

Malgré son air peu convaincu, il m'avait suivie à l'étage, où j'avais fait l'amour à mon mari avec l'enthousiasme de la femme fidèle, sans une seule seconde penser à Josh. Même si pas une seule fois son image ne m'avait effleurée quand je faisais l'amour avec Hugh. Cela m'était arrivé uniquement à Londres, quand je dormais seule.

Mais plus jamais.

Chapitre 43

Samedi 8 octobre, jour 26

Samedi matin. Il fait encore nuit mais je suis réveillée. Même si je n'ai pas bu d'alcool hier soir, ma tête me lance. Sans doute ai-je fait un excès de sucre.

Je ne suis pas habituée au sucre. Je préfère le salé. Je peux perdre la tête pour des roulés à la saucisse. Mais, quoi qu'il en soit, hier soir, j'ai commencé par les Haribo Star mix. Puis je suis passée au chocolat et, pour finir, j'ai vidé les placards, en quête de biscuits.

Personne n'était là pour m'arrêter. Neeve, Sofie et Kiara étaient parties garder les affreuses jumelles de Petra la Snob. À ma grande surprise, j'entends une respiration à côté de moi. Y a-t-il quelqu'un dans mon lit ? Mais qui ? Je pose une main sur un bras, un bras mince, trop mince pour appartenir à Hugh. Non, il n'est pas rentré à la maison en pleine nuit pour se glisser dans notre lit et me surprendre ! Je savais que c'était peu probable. Malgré tout, j'ai une douloureuse seconde d'espoir.

La voix de Neeve s'élève dans l'obscurité.

— Mon Dieu ! Ces putains de jumelles !

Malgré tout, je me mets à rire.

— Tu aurais pu nous prévenir, me reproche-t-elle.

— Mais je vous ai prévenues.

— Sofie est traumatisée.

— Elles n'ont pas fait le coup de… ?

— La purée de carottes dans ses cheveux ? Si !

— Oh, non !

J'avais pensé qu'entre la fermeté de Neeve et la douceur de Kiara, l'énergie des infernales jumelles serait canalisée. Et même si je n'étais pas sûre de vouloir risquer d'y exposer Sofie, elle est si souvent ici qu'il me semble naturel de l'inclure dans toutes les activités familiales.

— Tu aurais dû voir Petra la Snob quand elle est rentrée, reprend Neeve.

— Elle était comment ?

— Ivre morte. À tel point qu'elle ne pouvait pas marcher et que Peter le Snob et le chauffeur de taxi ont dû la porter dans la maison. Comme un soldat blessé ! Et, surtout ne me juge pas, mais si ces enfants étaient les miens, je serais en prison pour double homicide. Tu es réveillée maintenant ? Alors je vais dans ma chambre. Je n'ai pas assez dormi.

Elle disparaît. Je n'ai pas très bien compris la raison de sa présence, mais nous jouons souvent aux lits musicaux. Je vérifie l'heure : 4 h 37. Un samedi. Si je me levais, que ferais-je ?

Je me souviens du temps où je me serais rendormie avec bonheur. Oh, combien j'aimais mon lit ! J'avais pour habitude de m'y écrouler avec une telle reconnaissance. Mais, depuis le départ de Hugh, c'est l'endroit où il me manque le plus. Les moments les plus difficiles sont le soir, tard, et le matin, au réveil. Sans doute parce que mon esprit, vacant, est incapable de me masquer la vérité. Et les matins de week-end sont les pires. Les autres jours, j'accompagne les filles au lycée, ou je me hâte vers l'aéroport, ou à travers Londres.

Mais le samedi et le dimanche matin, j'ai le droit de faire la grasse matinée. Or, en ce moment, le week-end, j'ai trop de temps à tuer. Et les invitations me sont insupportables. Je persiste à essayer de les accepter. Je commence par me composer un personnage, avant de battre en retraite, épuisée, pour retrouver ma solitude et mon shopping en ligne.

Je m'en veux de ne pas plus profiter de cette pause inespérée. Mais j'assure l'essentiel, comme mon travail. Je suis incapable de plus.

Je sors mon iPad et, une fois de plus, je vérifie la page Facebook de Hugh. Aucun post, aucun signe d'activité, rien. Tout est figé. J'ai beau savoir que c'est son souhait, c'est néanmoins vraiment étrange. Presque comme s'il était mort.

Je préférerais presque voir une photo de lui assis sur une plage tropicale, buvant une bière, entouré de nouveaux amis, juste pour savoir qu'il va bien. Loin de devenir plus facile, l'absence est de plus en plus intolérable. C'est une torture. Pour la millième fois, je prends mon portable et rêve de l'appeler. Je regarde fixement son prénom. Je pourrais juste le presser, entendre la sonnerie, puis le clic quand il décrocherait… et entendre sa voix, l'entendre dire : « Amy ? » Cette simple pensée me grise.

La surprise, l'émerveillement, le regret déchirant de le sentir si proche. Une simple pression de mon doigt suffirait.

Je lui dirais : « Rentre. »
Il répondrait : « D'accord. »
Et tout s'arrangerait.

CHAPITRE 44

Lundi 10 octobre, jour 28

Certes, les lundis matin ne sont jamais franchement festifs, mais, aujourd'hui, à peine arrivée à mon bureau, je reçois un mail de Richie Aldin. Que me veut-il encore ? Je le parcours rapidement. Le salaud ! Il est gonflé ! Il m'invite à un bal de bienfaisance !

J'émets un petit son outragé et Alastair lève les yeux.

— Qu'y a-t-il ?

— Richie Aldin m'invite à une soirée le mois prochain.

— Qui ? demande-t-il, un instant perplexe. Oh, le Richie Aldin auquel tu étais mariée quand tu n'étais qu'une gamine ? Qu'est-ce qui lui prend ?

Je jette un coup d'œil furtif derrière moi.

— Où est Tim ?

Imitant mon air de conspiratrice, Alastair chuchote :

— Sorti.

Très bien. Je n'aime pas discuter de ma vie privée devant Tim.

— Richie veut que nous soyons amis. À cause du départ de Hugh, il prétend comprendre maintenant ce que j'ai dû ressentir quand il m'a quittée.

— Mais Hugh ne t'a pas quittée pour de bon ?

Qui sait ?

— Alastair, je pense vraiment que Richie a un problème. Pour une raison inexplicable, sa culpabilité a enfin repris ses droits, ce qui le dérange. Alors il pense pouvoir la faire disparaître comme par magie en me forçant à devenir amie avec lui. Mais il ne peut pas décider que nous allons être amis, du jour au lendemain, je suppose ?

— Pas si tu ne le veux pas.

— Il est tellement habitué à voir tout le monde se plier à ses souhaits qu'il pense qu'il lui suffit de claquer des doigts. Mais je n'ai aucune raison d'accepter ? C'est comme s'il me disait : « Je me sens coupable de t'avoir fait de la peine, alors on va devenir amis. Je sais que tu n'es pas d'accord, mais c'est mon souhait qui prévaudra. »

Devant l'air perplexe d'Alastair qui, visiblement, se demande comment j'ai pu être mariée à un tel type, j'explique :

— J'étais folle de lui. Je ne pense pas avoir jamais aimé quelqu'un comme je l'ai aimé. Pas même Hugh.

Alastair n'a pas l'air convaincu.

— Premier amour, avance-t-il.

Tout à coup, je me rappelle combien Richie me comblait sexuellement. À dix-sept ans, insatiable, j'étais constamment au bord de l'orgasme.

— Qu'y a-t-il ?

— Avant notre mariage…

— Quel âge avais-tu ?

— Dix-neuf ans. C'était de la folie.

— Et tes parents t'ont laissée faire ?

— Maman était repartie à l'hôpital et papa ne surveillait rien. J'en ai profité. Ils ont pété un plomb quand ils l'ont appris. Mais, avant de nous marier, Richie et moi vivions chacun chez nos parents, et les occasions de coucher ensemble étaient limitées. Une fois, je l'ai littéralement poussé dans un placard pour faire l'amour. Et une autre fois, je l'ai entraîné à voler une barque à Greystones Harbour et à ramer au large pour pouvoir y baiser.

Alastair me dévisage, une lueur d'interrogation dans le regard.

— Ça a été le meilleur coup de ma vie.

— Personne ne finit jamais avec son meilleur partenaire sexuel. Le best en matière de sexe, c'est toujours avec la mauvaise personne. C'est du sexe-haine.

— Je ne le hais pas, me défends-je. Je n'ai jamais été aussi dingue de personne.

Nous étions tombés amoureux en terminale. Contrairement à nos copains qui n'avaient pas la moindre idée de leur futur, nous avions planifié le nôtre avec précision. Il serait un footballeur de première division, je serais styliste et nous serions ensemble pour la vie.

Même si je n'avais que dix-neuf ans quand je m'étais enfuie à Leeds pour l'épouser civilement, je ne me sentais pas jeune. Mais parfaitement en phase avec ma vie.

— Alors que vas-tu faire au sujet de ce bal de bienfaisance ?

— Ignorer son mail.

— Il va peut-être prendre ton silence pour un oui.

Alastair avait raison. Je tape donc vivement :

Non merci.

Puis je presse sur la touche envoi avec vigueur, espérant qu'il percevra mon hostilité.

— Tu peux garder ton père ce soir ?

— Maman. Je dois surveiller les devoirs des filles et, demain matin, je dois me lever à 5 heures pour aller à Londres.

— Je rentre à 23 heures.

Elle n'en fera rien. La dernière fois, elle est arrivée à presque minuit et j'ai une demi-heure de trajet pour rentrer à la maison.

— Tu ne peux pas demander à Dominik ?

— Dominik a un « impératif » tous les lundis soir, réplique-t-elle d'un ton presque amer. C'est le mot qu'il emploie, comme s'il était Bruno Mars. Il garde une vieille bique fêlée à Ballybrack pour que son fils puisse aller à son cours de zumba. Et si tu crois ça, tu croiras n'importe quoi.

— Maman, ça a l'air plausible.

— Un homme ? Qui fait de la zumba ? Oh, de grâce ! Tout le monde sait que la zumba est passée de mode.

Je m'inquiète pour elle. Il est évident qu'elle n'arrive plus à gérer le stress de la situation.

— Maman, où vas-tu les soirs où tu sors ?

— Je sors, Amy. C'est ce que je fais quand je sors. Je sors !

— Avec qui.

— Des amis.

— Quels amis ?

Après une longue pause, elle répond, choisissant ses mots avec soin :

— Tous les jeudis matin, papa et moi allons à un truc avec des vieux qui n'ont plus toute leur tête. Nous nous asseyons en cercle et nous chantons des chansons de notre jeunesse. C'est désespérant. Les derniers des derniers, comme on dit. Alors, avec d'autres proches accompagnateurs, ceux qui n'ont pas perdu la tête, nous avons sympathisé. Nous allons boire des gin-tonics et discuter de nos envies de meurtre sur notre malade. C'est merveilleux, Amy. Ça m'aide à vivre.

Que puis-je répondre à ça ?

— Je serai là à 19 heures.

Chapitre 45

Vendredi 14 octobre, jour 32

Tout le monde ne parle plus que du dernier rebondissement dans le divorce de Ruthie Billingham, une actrice britannique qui fait partie du patrimoine, et Matthew Carlisle, un journaliste sérieux et renfrogné qui met les politiciens menteurs sur le gril.

Ils vivaient une vie dorée, heureuse, avec leurs deux adorables enfants, quand, tout à coup, ils ont annoncé leur séparation, il y a deux mois. Aucune raison n'a été donnée mais des rumeurs glauques circulent sur le fait que Matthew aurait fauté. Ce que, quelques semaines plus tard, Ruthie a paru confirmer en déclarant lors d'une interview à la radio : « Un beau jour, ma vie de conte de fées m'a explosé à la figure. »

Mais mardi de cette semaine, Ruthie a à son tour essuyé des gros titres infamants pour avoir bécoté en douce un nouvel homme – Ozzie Brown, de *Game of Thrones* – (Si vous voulez mon avis, il a l'air d'un poids plume, comparé à son mari grognon. Mais peut-être qu'un poids plume est ce dont elle a besoin en ce moment.)

La photo granuleuse du baiser a provoqué des articles outragés, dont le thème essentiel était qu'il était prématuré pour Ruthie d'avoir un nouvel homme dans sa vie. Les gens ont tendance à la traiter comme leur petite sœur. Ruthie a affirmé qu'il s'agissait d'une relation balbutiante. Hélas, l'avis général reste désapprobateur. Elle essaie maintenant la carte « M'accorderez-vous une chance de bonheur ? » mais l'irritation générale persiste. Or, aujourd'hui, vendredi, dans un rebondissement palpitant, Matthew est accusé d'entretenir une liaison avec la jeune fille au pair de la famille, une beauté sud-africaine du nom de Sharmaine King, qui ressemble à Ruthie, en plus jeune. Une accusation sans preuves mais qui viendrait de « sources proches de Ruthie ». Et même si Matthew et Sharmaine ont marmonné des démentis paniqués en se frayant à grand-peine un chemin à travers les hordes de journalistes assiégeant leurs domiciles respectifs, le monde est sur le pied de guerre.

Apparemment, Sharmaine a été renvoyée. Matthew et elle se cachent dans deux endroits différents et reçoivent des menaces de mort sur Twitter.

Si Matthew est parfaitement capable de gérer la crise, Sharmaine King, en revanche, ne va pas tarder à avoir besoin d'aide en matière de gestion d'image. Et, si je me fie à mes expériences passées, Tim ne va pas tarder à nous suggérer de lui tendre la main.

Je ne veux pas lui tendre la main. Je ne veux pas être mêlée à cette histoire. Les maris infidèles ne me réjouissent pas vraiment en ce moment. À propos, Richie Aldin m'a envoyé un nouveau mail hier, essayant de me persuader d'aller à ce fichu bal. Sérieux, qu'est-ce qui ne tourne pas rond chez lui ?

Chapitre 46

Quinze mois auparavant

J'avais demandé à Derry :

— Donc, où est-ce que je peux le voir ?

— Chez Druzie ? avait-elle suggéré, l'air dubitatif.

— Non !

L'idée d'amener Josh Rowan dans la chambre d'amis de Druzie pour une aventure extraconjugale m'avait paru vraiment inappropriée.

— Chez lui ?

Chez Marcia ? Dans son espace ? Et voir peut-être son poêle à bois ?

— Pas question !

— Dans ce cas, ça ne peut être qu'un hôtel.

— Un hôtel, c'est ringard. Sordide.

Derry avait gardé le silence, réfléchissant à ma réponse. *Ringard. Sordide.*

— C'est ça la réalité de coucher avec le mari d'une autre quand on est soi-même mariée. Je ne veux pas juger, s'était-elle empressée d'ajouter. Juste…

Ma résolution de garder mes distances avec Josh Rowan n'avait pas duré. En fait, pas plus tard que deux jours après le gala des Media Awards, mentionnant maladroitement son nom à un petit déjeuner de travail, j'étais allée à la pêche aux informations.

Depuis, à chaque réunion avec des membres de la presse britannique, la conversation ne tardait pas à dévier vers Josh. Même si je savais que mon manque de subtilité pourrait avoir des retombées.

« Donc, c'est un bon chef, vraiment ? »

Et : « Tu as rencontré sa femme ? Elle est comment ? »

Et : « Si j'ai un projet ? Qui, moi ? Non, rien. J'ai juste peut-être un client qui envisage de travailler pour lui et j'aimerais savoir avec qui je vais me coucher. Non que j'aie l'intention de coucher avec lui. C'est une façon de parler, n'est-ce pas ? »

Même si j'avais éveillé quelques soupçons, j'avais obtenu des tas de renseignements. Marcia, apparemment, « assurait », ce qui confirmait mon espionnage en ligne. Sûre d'elle, elle semblait ne pas avoir froid aux yeux. À partir d'informations glanées à droite et à gauche, j'avais construit une image de leur mariage. C'était l'un de ces couples ballottés entre le conflit et la passion, aux affrontements fréquents, aux disputes bruyantes.

Le plus inquiétant avait été lorsque, confrontée à mes questions maladroites, une journaliste m'avait confié que Josh avait eu une liaison avec une fille de vingt-huit ans, d'un journal concurrent. Hormis la confirmation du fait qu'il était infidèle, ce qui m'avait vraiment contrariée lorsqu'il me l'avait avoué, je m'imaginais mal en compétition avec une fille dans la vingtaine.

Néanmoins, il avait rompu parce que, selon ce que m'avait dit ma confidente :

— Je répète mot pour mot : « Tu es une fille super mais tu es trop optimiste pour moi. »

J'avais émis un rire étonné.

— Qu'est-ce que ça veut dire ?

— Tu l'as rencontré, Amy. Ce n'est pas vraiment un boute-en-train.

Pour être juste, il donnait l'impression de dissimuler une peine secrète. Mais c'était sans doute mon imagination, un délire de femme qui passait trop de temps à échafauder des scénarios romantiques. En fait, chaque membre ou presque de la race humaine devait donner l'impression d'avoir l'esprit soucieux. On ne peut pas tous être le dalaï-lama !

Puis Josh m'avait invitée à déjeuner.

L'idée d'un déjeuner m'avait plu. C'était sécurisant. Un déjeuner n'avait rien d'un rendez-vous romantique. Il ne poussait pas à culpabiliser. Et, pourtant, c'était une chance de me montrer sous mon meilleur jour, de tester mon pouvoir. Mon pouvoir en tant que femme. Je devais jouer de mes charmes, peut-être pour la dernière fois.

Nous nous étions retrouvés dans un petit restaurant à l'ambiance feutrée, sur Charlotte Street. Il m'avait bombardée de questions sur moi et je lui avais débité mes opinions au hasard. Par exemple, je n'aimais pas le protocole du dîner dans le monde moderne.

— D'abord, vous devez vous tenir tellement droit à table que ça ressemble à une punition. Puis, quand votre assiette est servie, vous devez vous contenter de la regarder, résistant à la délicieuse odeur. Et quand, enfin, vous pouvez attaquer, vous devez manger par petites bouchées et mâcher très lentement.

Il m'avait écoutée avec un petit sourire en coin.

— J'aime dévorer ma nourriture, pelotonnée sur mon canapé, en regardant les nouveautés sur BrandAlley. C'est ça qui me rend heureuse. Alors évidemment, j'ai tout le temps l'impression que je suis en train de passer à côté de ma vie.

— Comme je comprends !

Soudain grave, il avait réussi à faire passer tous ses propres regrets en trois mots.

Mais quand j'avais abordé le sujet des cours de méditation auxquels Alastair m'avait convaincue d'assister, son sourire avait réapparu.

— Nous devions passer une demi-heure à manger un raisin sec. Puis une heure à apprécier une fleur. Ce que ces marchands du « vivre l'instant » ne semblent pas comprendre, c'est que je peux apprécier les choses rapidement. Je peux regarder une fleur et penser : « Elle est jolie ! On passe à autre chose. » Je ne suis pas obligée de me figer devant pendant trois heures.

Cette fois, j'avais été récompensée par un vrai sourire qui avait découvert ses dents blanches.

— Quel est votre film préféré ? m'avait-il demandé.

Prenant ma tête entre mes mains, j'avais grogné :

— Arrêtez ! Nous ne sommes pas des enfants. Ensuite, vous allez me faire une compilation de chansons.

Je l'avais regardé à travers mes doigts. Il avait l'air blessé.

— J'essaie juste d'apprendre à vous connaître.

Je m'étais empressée de répondre :

— J'adore les films de Wes Anderson.

Puis j'avais ajouté, un peu sur la défensive :

— Je sais qu'ils sont plus esthétiques que profonds, mais j'aime leur atmosphère.

— Au moins, vous n'avez pas cité un film avec Jennifer Aniston.

— J'aime aussi Jennifer Aniston.

Devant son regard surpris, j'avais insisté :

— Beaucoup.

— D'accord.

— Et vous ? Quel est votre film préféré ? Non. Laissez-moi deviner.

J'avais passé en revue les titres les plus populaires.

— *Le Parrain. Raging Bull. Citizen Kane…*

Soudain, j'avais eu une certitude.

— *La Vie des autres.*

Son visage avait pâli. Au bout d'un moment, il s'était étonné :

— Comment avez-vous su ?

Ce n'était pas si difficile. C'était l'un des films de prédilection de la plupart des hommes que je connaissais. (Cela dit, le préféré de Hugh, c'était *La vie est belle.*)

— Comme ça !

— Waouh ! avait-il approuvé en secouant la tête. C'est un film superbe, vous ne trouvez pas ?

— Je ne l'ai pas vu.

— Mon Dieu ! C'est un crime !

Il avait l'air consterné.

— Le cinéma est votre passion ?

— « Ma » passion ? avait-il répété lentement, en me regardant sans ciller. L'une d'entre elles. J'aurais adoré écrire des scénarios.

Changeant brusquement de sujet, il avait poursuivi :

— Et vous ? Votre artiste préféré ?

— Tout le monde dirait probablement Picasso ou Van Gogh. Et j'aime leur œuvre.

J'avais hésité.

— Mais encore ? m'avait-il pressée.

— Je n'ai pas fait d'études. C'est un sujet qui me rend un peu susceptible. Les gens sont tellement méprisants. Et j'ai peur que vous me jugiez.

— Je ne vous ai pas jugée pour aimer Jennifer Aniston.

— Un peu quand même, avais-je retourné en souriant. Mais je sais que vous n'aurez jamais entendu parler de mon artiste préférée. C'est une Serbe qui s'appelle Dušanka Petrovic.

Avec regret, il avait hoché la tête.

— C'est du style naïf. Je n'ai vu son travail que sur Pinterest, mais je l'adore.

— Elle expose ?

— Les seules de ses œuvres que j'ai trouvées sont exposées au musée de Jagodina, une ville serbe. J'ai envoyé un mail pour me renseigner sur la possibilité d'acheter des gravures, mais ils ne comprennent sans doute pas l'anglais. Et j'ai essayé de téléphoner, sans succès.

— Peut-être le musée est-il fermé ?

— Leur page Facebook est active. Je ne comprends pas la langue mais les dates sont récentes.

— Mais votre artiste doit avoir un site Internet.

— Je vous jure que non. Elle est peut-être morte. Mais, un jour, je vais aller à Jagodina en voiture.

J'avais eu une soudaine pointe de ressentiment. J'avais toujours choisi mes vacances en fonction de ce qui ferait plaisir à Hugh. Et surtout aux filles, pour être juste. Et mes souhaits passaient toujours en dernier. Hugh et moi n'avions jamais eu assez d'argent pour nous offrir des week-ends dans des villes d'Europe. Et quand, lors de rares occasions, l'un de nous était envoyé dans un horrible endroit en déplacement professionnel, l'autre le rejoignait pour les quarante-huit dernières heures.

Pourtant, un jour, les impôts nous ayant remboursé une somme inattendue, j'avais demandé à Hugh si nous pouvions aller visiter le musée de Jagodina. Il m'avait répondu : « Désolé, chérie, la Serbie ne me dit vraiment rien. La pensée de dépenser de l'argent pour un voyage en Serbie, alors que nous pourrions aller à Marrakech ou à Porto… »

— Tout va bien ? s'était étonné Josh qui m'observait.

— Oui.

Il n'était pas question que je me plaigne de Hugh. Il avait changé de sujet et m'avait interrogée sur mes vêtements. Je lui avais donc parlé de Bronagh. Tout en m'écoutant, il me regardait avec avidité, l'admiration qui brillait dans ses yeux contrastant avec l'impassibilité de son visage.

Toute cette attention était enivrante. Et je suis tellement lamentable que je me trouvais très cool avec mes tenues vintage et une Serbe inconnue pour artiste préférée.

La réalité, bien sûr, étant que j'étais fauchée et que je n'avais pas fait d'études. Mais tout est dans la présentation.

À la fin du déjeuner, j'avais déclaré :

— Ainsi, nous avons réussi à terminer une rencontre sans que je vous fasse d'avances. Quel progrès !

Un autre vrai sourire. Puis :

— Vous pouvez me faire des avances quand vous le voudrez.

— Ha ha ha !

J'avais rougi. Et il l'avait remarqué. Frôlant mon visage embrasé de ses doigts repliés, il avait murmuré :

— Amy.

— Je dois y aller.

Et j'avais filé.

Ensuite, nous avions de nouveau déjeuné ensemble à trois reprises, toujours le mardi, toujours au même endroit. Et, chaque fois, j'avais presque assuré toute la conversation et il m'avait dévorée des yeux comme si j'étais la femme la plus fascinante du monde. Et m'avait posé des questions sur des sujets que personne n'abordait habituellement.

J'avais essayé de le cuisiner à mon tour, mais il avait beaucoup moins à raconter que moi. Néanmoins, il s'était laissé aller à quelques confidences : il aimait la mer, son endroit préféré au monde était la côte de Northumbrie, il souffrait d'insomnies et se réveillait très tôt, il pleurait rarement mais, lorsque cela lui arrivait, c'était généralement provoqué par un article sur des enfants blessés : « Ce petit garçon, dans l'ambulance, à Alep, m'a bouleversé. Quand on a des enfants, on s'identifie à tout. »

Cette remarque avait provoqué un certain malaise, nous rappelant à nos autres vies, avec nos enfants et nos conjoints.

Je n'avais parlé de mes déjeuners qu'à Derry. Elle n'avait pas été emballée.

— Comment te sentirais-tu si Hugh déjeunait avec une femme, comme toi avec Josh Rowan ?

Mal à l'aise, j'avais répondu :

— Je serais profondément blessée. Profondément. Et folle d'inquiétude. Mais il ne s'est rien passé. Il ne se passera rien. C'est juste un flirt innocent.

Pourtant notre attirance mutuelle n'avait rien d'innocent. Je voulais faire l'autruche, ignorer la vérité : l'infidélité émotionnelle existait. Et, même si ce n'était pas aussi grave que l'infidélité charnelle, ce n'était pas excusable pour autant.

— Je vais t'expliquer ce que tu es en train de faire. Avec lui, tu t'installes dans une relation qui consiste à « normaliser l'anormal ».

Je connaissais cette phrase qui était née dans les groupes de parole. En d'autres mots, quelqu'un pouvait se réveiller un beau matin totalement dépendant d'une addiction quelconque. Le processus était insidieux. On faisait un premier écart. Puis, la notion d'aberration passée, un deuxième. Une fois la peur et la honte apaisées, on s'enhardissait à en faire un troisième, et ainsi de suite.

— Il ne va rien se passer, avais-je répété. Tu veux voir une photo de lui ?

J'étais en train de sortir mon iPad.

— Non. Amy. Reprends-toi. Écoute-moi, ce n'est pas la première frasque de Josh Rowan. Bientôt, tu vas devoir passer à la vitesse supérieure. Je ne connais pas le bonhomme. Mais je peux te dire une chose, il n'a pas l'intention de se contenter de te tenir la main.

— Nous ne nous sommes pas tenu la main. On ne se fait même pas la bise.

— Les hommes aiment baiser.

— Derry !

— Vous n'êtes pas différents de tous ceux qui envisagent une partie de baise extraconjugale, avait-elle poursuivi, délibérément brutale. Sérieusement, Amy. N'essaie pas d'enjoliver ce qui se passe entre vous en invoquant des liens spéciaux ou une irrésistible attirance.

J'étais soudain profondément abattue. C'était exactement ce que j'avais fait.

— Je peux te demander pourquoi ? avait-elle ajouté. Est-ce Hugh ? Il n'est pas... présent pour toi ?

— Ce n'est pas Hugh, avais-je répondu catégorique. C'est moi. Serais-je lasse de la monogamie ?

— Si c'était le cas, ça ne te ressemblerait pas du tout. Mais rien de tout ça ne te ressemble. Est-ce ton âge ? Peut-être que ton corps sait que le déclin a commencé et qu'il te presse de faire un dernier tour de piste.

— Je ne sais pas... Tout ce que je peux répondre, Derry, c'est que je veux juste avoir quelque chose qui m'appartienne. Je veux une tranche de vie à laquelle personne d'autre n'a droit.

J'avais l'impression de ne plus pouvoir revendiquer mon âme. Mes filles en avaient pris possession sans me demander la permission. Même mes chaussures étaient prêtées à une amie de Neeve. Et elles accaparaient mon temps avec la plus grande désinvolture. Elles m'ordonnaient de venir les chercher, de les accompagner partout, sans jamais s'occuper de savoir si cela me convenait.

Avec Hugh, notre absence chronique de sexe me tourmentait tellement que mon moment de détente préféré – m'allonger sur mon lit avec mon iPad – me faisait culpabiliser. Une culpabilité mêlée de ressentiment quand il arrivait et qu'il émettait des bruits vaguement lubriques dans l'espoir de me rejoindre sur le lit. Je pensais : « De grâce ! Je suis tellement surchargée de responsabilités. Ne peux-tu pas m'accorder quelques moments de liberté et me laisser m'amuser sur Internet ? »

L'air incrédule, Derry avait déclaré :

— Tu travailles vraiment très dur.

— Je suis constamment fatiguée. Et inquiète. J'ai une douleur quasi continuelle à l'estomac. Tellement présente que je ne la remarque presque pas. Nous manquons toujours d'argent. De temps. Et rien de ce que je fais ne suffit jamais. Ma maison est toujours crade. Je n'atteins jamais mes mille pas sur mon Fitbit. Si je décroche un gros contrat à l'agence, ça n'avance pas à grand-chose, parce que nous n'avons toujours pas assez de clients. Je m'inquiète de Neeve, je m'inquiète de Sofie, et je me déteste de pleurnicher alors que j'ai à manger et que nous ne sommes pas en guerre, mais…

— Hum !

— Et tout ce que je fais pour me faire plaisir – boire, fumer, me lâcher sur les pop-corn au cinéma – me culpabilise. Comment c'était pour toi ?

Derry était depuis huit ans avec un certain Mark quand elle avait commencé une liaison illicite avec un homme marié, Steven.

— C'était la merde, avait-elle dit. La culpabilité de mentir à Mark m'épuisait et j'avais atrocement honte d'être le secret sordide de Steven. Et je me sentais encore plus honteuse vis-à-vis de la pauvre Hannah, sa femme. Je n'avais jamais voulu être cette femme, la briseuse de ménage, la voleuse de mari. Comme tu es bien plus sentimentale que moi, ça va être encore plus dur pour toi.

— Mais il a dû y avoir de bons moments. Sinon, tu ne l'aurais pas fait.

— Oui, mais ce n'était pas réel. Par exemple, j'attendais qu'il me fasse signe. Finalement, il envoyait un texto et j'exultais. C'était comme une drogue. C'est vraiment chimique, tu sais : la dopamine.

Je connaissais la dopamine. Grâce, encore une fois, à *Psychologie Magazine.* C'était une substance chimique produite par le cerveau en réaction à certains stimuli, qui vous procurait un sentiment de bien-être. Et oui, quand Josh m'envoyait un chien dansant ou un tableau de scène de village slave par mail, mon humeur grimpait en flèche.

— À chaque texto de Steven, j'avais une poussée de dopamine. Et la perspective de notre prochain rendez-vous pouvait me faire vibrer pendant des jours.

Je comprenais. Attendre impatiemment ces déjeuners du mardi me plongeait dans un mélange d'excitation et de nervosité.

Avec un soupir, elle avait poursuivi :

— Je pense que j'étais simplement accro au soulagement de le voir. Et regarde comment ça a tourné ! C'est ce que tu veux ? Le dire à Hugh ? Le quitter ? T'installer avec Josh Rowan ?

Elle avait quitté Mark. Steven avait quitté Hannah. Derry et Steven avaient officialisé leur liaison. Qui avait duré moins d'un an.

Seigneur ! Cette seule pensée me remplissait de terreur. Je ne voulais rien de tout cela. Non. Josh Rowan représentait juste un fantasme.

— Tout ce que je veux c'est sentir qu'un homme sexy est dingue de moi. Quel est le problème ?

— Fais attention, Amy. Tu as beaucoup à perdre.

— Derry, comment une relation survit-elle à l'infidélité ? Même si celui qui trompe ne se fait pas prendre, y a-t-il des séquelles ? Je suppose que oui ?

— Bien sûr. Tu perds l'innocence. La confiance.

— Mais est-il naïf d'espérer que rien ne vienne jamais entacher une relation à long terme ? Les gens ne doivent-ils pas se contenter d'accepter qu'elles peuvent se fissurer et qu'il faut juste vivre avec ? Comme des cicatrices sur un corps, des défauts dans un tapis tissé à la main ? Une femme sur trois a une liaison dans la quarantaine.

— Je pense que tu devrais arrêter de le voir.

— Je ne peux pas me passer de lui.

— Dopamine ! avait-elle lâché, méprisante.

— Nous ne faisons que déjeuner.

— Alors arrête !

— Je ne veux pas.

— Dopamine.

J'avais bégayé :

— Tout ce que je veux, c'est m'amuser sans danger.

— T'amuser sans danger, avait-elle répété en hochant la tête, sarcastique. Achète-toi un trampoline.

Chapitre 47

Dimanche 16 octobre, jour 34

— Il y aura de l'alcool à cette fête ? demandé-je.

Kiara, Neeve, Sofie et Jackson hurlent de rire.

— « Il y aura de l'alcool à cette fête » ? répète Sofie d'une voix chevrotante de vieille dame.

— Oh, maman ! hoquette Kiara. Bien sûr, il y aura de l'alcool.

Délicatement, je continue à frotter la cuisinière. Qu'y a-t-il de si drôle ?

Tous les parents souhaitent voir leurs enfants indépendants. Mais je ne suis pas sûre d'aimer les voir me traiter comme un dinosaure qui a besoin d'être guidé dans le monde moderne.

Nous sommes en train de faire le ménage en discutant d'une soirée Halloween à laquelle Kiara est invitée dans quinze jours. Mais elle réfléchit déjà à sa tenue. Elle venait de déclarer que Derry aurait sans doute une robe à lui prêter quand j'ai émis ma question hilarante sur l'alcool.

— Tu sais qu'il y a toujours de l'alcool à ces trucs, reprend-elle. Tu es devenue si stricte.

— Quand tu ne nous couvres pas d'argent, ajoute Sofie.

C'est peut-être comme ça. Mais une chose est sûre : il n'est pas facile d'être parent célibataire. C'est comme si on repartait presque de zéro. Je ne peux pas me contenter de continuer comme avant car Hugh et moi avons toujours partagé le rôle parental. Nous imposions les règles en douceur. Attribuions les récompenses ensemble. Et, maintenant que sa présence m'a été brutalement arrachée, je n'ai plus les réponses qui m'étaient innées.

— Il y aura aussi des garçons.

Kiara me taquine mais maintenant je m'inquiète. A-t-elle une vie sexuelle ? Et à quel rythme ? Devrait-elle prendre la pilule ? Sofie la prend depuis un an. J'avais décidé d'avoir avec elle une conversation sur le sexe qui est une expression de la tendresse et de l'amour. Et cela m'avait tellement épuisée que j'étais ensuite allée dormir. Il devrait être plus facile d'aborder le sujet avec Kiara. Elle est bien plus ouverte.

Mais n'est-ce pas trop tôt ? Elle n'a jamais eu de petit ami. En tout cas, Hugh et moi ne l'avons jamais rencontré. Même si elle a des tas de copains. Le moment est peut-être venu pour cette entrevue. Qu'en pense Hugh ?

— J'ai fini mon quart d'heure ! s'exclame Neeve en s'éloignant de la planche à repasser.

— Tu n'as fait que douze minutes, proteste Jackson en regardant le chronomètre.

J'arrête de frotter la table de cuisson. Ces cercles de nourriture brûlée sont plus résistants que la lave durcie.

— Oui, tu n'as fait que douze minutes, dis-je en regardant la pendule.

— Ouais ! approuve Kiara.

— Douze, répète Sofie. Mais tu peux y aller. Ça ne me dérange pas de repasser.

— Tarée ! lui lance Neeve avec affection.

Nous avons tous notre tâche ménagère préférée. Je nettoie volontiers le four. Quand Jackson est ici, il se charge de la salle de bains, et Neeve aime bien passer la serpillière. Mais le repassage étant très impopulaire, nous prenons des tours d'un quart d'heure chacun.

Je ne sais pas si Sofie vit de nouveau officiellement avec nous. Elle est ici plusieurs matins par semaine et rentre presque tous les soirs pour faire ses devoirs. Puis elle disparaît pendant deux ou trois jours d'affilée, parfois pour aller chez Urzula, parfois chez ma mère. Une désorganisation qui ne doit pas beaucoup contribuer à son équilibre. Mais je ne suis que sa tante.

Si seulement j'avais quelqu'un à qui je pouvais me confier. Mais je trouve la compagnie des autres pénible. À part Petra la Snob. Même si elle est stressée et malheureuse, c'est l'une des rares personnes avec qui je peux me détendre.

Hier, nous sommes allées nous promener ensemble. Nous n'en avions pas particulièrement envie, mais elle a insisté sur le fait que cela nous ferait du bien.

— La nature, l'oxygène, tout ça. Ça me changera de l'alcool pour m'abrutir.

— Moi aussi.

Même si je ne bois pas pour m'abrutir. Je bois un peu, sans abuser car, sinon, je me sentirais encore pire le lendemain. Mais, avec elle, je fais preuve de « Contagion Émotionnelle », un phénomène que l'on peut observer dans le monde animal. C'est ainsi que les animaux renforcent leurs liens. (Oui, encore *Psychologie Magazine*.)

Nous étions allées marcher en forêt. Et Petra était tombée en contemplation devant le cours rapide de la rivière comme si elle envisageait de s'y jeter. Puis elle avait déclaré d'un ton lugubre :

— Je regrette de ne pas avoir avorté.

— Non. Petra. Je t'en prie !

— Je regrette, Amy. J'aurais dû le faire. J'ai bien failli.

Je le savais. Nous avions hésité pendant une quinzaine de jours avant qu'elle ne décide que cette grossesse tardive pouvait être une bénédiction.

— Les femmes ont le droit de regretter leur avortement. Pourquoi celles d'entre nous qui regrettent de ne pas avoir avorté ne pourraient-elles pas revendiquer le même droit ?

— Petra, tu devrais aller chez le médecin. Peut-être te faire prescrire des cachets.

— Du cyanure ? Pour elles ou pour moi ?

Elle avait alors sorti une minibouteille de vin rouge de son sac.

— Tu en veux ? S'il te plaît, dis-moi que non.

— Ça va, Amy ? s'inquiète Sofie.

Je suis figée, comme un mannequin.

— Oui, très bien.

Mes cheveux sont moites de transpiration d'avoir astiqué la cuisinière.

— Où sont les gants ? demande Jackson. Je vais faire les toilettes du bas, maintenant.

Nous en frémissons d'horreur et il éclate de rire.

— Attache tes cheveux, mon chou, lui dit Sofie.

Elle sort un élastique et, d'un geste tendre, réunit les magnifiques boucles de Jackson en un chignon haut. Ils se frottent le nez en riant.

— Attention ! Pas de démonstrations publiques d'affection ! plaisante Neeve.

Kiara lance les gants en caoutchouc dans une bassine de produit ménager.

— Les voilà !

Elle la lui tend et, soudain songeuse, elle lance :

— Je me demande si papa pense à nous. Je me demande si on lui manque.

Mon cœur se serre.

— Ouais, c'est ça ! Comme si ça pouvait lui manquer, répond Neeve en nous balayant d'un geste de la main.

Dans nos pantalons de jogging et nos tee-shirts, nous avons le visage rouge, les cheveux dégueu.

— Qui rêverait d'un paradis tropical quand on peut nettoyer le réfrigérateur ?

Tout le monde se met à rire, même Kiara.

La sonnette retentit. Nous nous interrompons pour échanger des regards alarmés. Qui diable vient sonner chez les gens un dimanche matin ?

— Sans doute Maura, dis-je.

— Pourquoi ?

— Juste… Parce que…

— Oui, ça ressemblerait bien à Maura, acquiesce Neeve.

Les trois filles explosent de rire.

J'essaie de comprendre la blague, mais elle m'échappe. Étant donné l'hilarité qu'a déclenchée ma question sur l'alcool, je préfère ne pas demander d'explication.

Je longe le couloir, priant pour que, au cas où ce ne soit pas Maura, ce ne soit pas quelque voisine « inquiète ».

À ma grande surprise, dans le matin glacial de cette mi-octobre, je trouve la squelettique mère de Sofie sur le perron.

— Urzula, quelle surprise ! Entre.

Ignorant mon invitation, elle me tend un sac-poubelle.

— Voilà les affaires de Sofie. Et de ce Jackson.

— Oh ?

Je suis perplexe. Que se passe-t-il ? Est-elle en train de mettre Sofie dehors ? Nous ferions aussi bien d'en parler.

— Urzula, entre. Je t'en prie.

— Elle est une fille difficile.

— Mais non, pas du tout.

— Elle est une fille très difficile.

— Non, Urzula, c'est un amour.

Se désintéressant de ma réponse, Urzula me regarde de la tête aux pieds, son visage exprimant un mélange de colère et de détresse.

— Amy, je suis diététicienne. Crois-moi, quand je dis qu'un mini-Magnum est aussi satisfaisant qu'un gros Magnum.

Je ne sais que répondre. Sans vouloir l'insulter, c'est carrément faux.

Et soudain une évidence s'impose à moi : je pensais que la ligne qui délimitait les gens sains d'esprit des déments était bien nette : sain d'esprit ou fou. Sans zone grise. Or, la zone grise est immense. Elle envahit nos vies. Les fous ne sont pas juste ces pauvres âmes confinées dans des asiles. Les fous sont partout, ils vivent parmi nous, sous leurs masques de gens normaux. Les fous ont des postes de pouvoir, d'influence, ils ont parfois leur propre émission télévisée, comme celle dans laquelle Urzula humilie les gros pour les faire maigrir. (Du moins temporairement ; j'ai lu dans un article que dès que ces gens lui échappaient, la plupart d'entre eux se ruaient sur la nourriture.)

— J'aime Sofie, dis-je. Je suis ravie qu'elle habite de nouveau avec nous.

— Et ton Hugh. Il n'est pas ici pour être ravi, non ?

La sournoise!

— Hugh va revenir.

— Hugh va repartir quand il te verra avec tes kilos des Magnum.

Mon embonpoint est surtout dû au fromage et aux chips, pas aux glaces. Mais je ne suis pas sûre d'être grosse. En fait, je ne sais plus très bien ce que je suis parce que j'ai perdu toute notion de mon corps.

Je suggère alors :

— Pourquoi ne viendrais-tu pas t'expliquer avec Sofie ? Je n'essaie pas de te persuader. Mais vous pourriez au moins vous parler seule à seule.

— Non.

— Je peux lui faire passer un message ?

— Tu peux lui dire qu'elle est une fille difficile.

Sur ces mots, elle pivote sur ses talons.

— Urzula, attends !

Mais elle est partie.

Chapitre 48

Lundi 17 octobre, jour 35

Quand arrive le lundi matin, je suis en général soulagée que le week-end soit fini.

Après la visite théâtrale d'Urzula, j'avais annoncé diplomatiquement la nouvelle à Sofie. Visiblement furieux,

Jackson avait paru refouler sa rage. Mais elle l'avait pris avec philosophie.

— J'ai fait mon possible avec elle, avait-elle dit, optimiste.

— Plus que ton possible, avait renchéri Jackson.

Sous une apparence frêle, il cache une grande force et soutient beaucoup Sofie.

— Tu ne peux pas faire plus, lui avais-je dit. Tout le monde n'a pas la fibre maternelle.

Peut-être outrepassais-je mes droits en me montrant aussi tranchante. Mais, tant pis ! Sofie est un amour et je ne voulais pas qu'elle se sente coupable.

Épuisée émotionnellement par toute cette histoire, j'étais montée me coucher tôt et avais fait faire un devis en ligne pour des vacances de dix-sept jours, de l'Argentine au Chili, pour nous tous, Jackson compris, en juillet prochain. J'avais choisi juillet parce que le laps de temps qui se serait écoulé depuis le retour de Hugh me semblait raisonnable.

Bien entendu, je savais au fond de mon cœur que nous ne nous remettrions peut-être jamais de cette séparation. Mais tout ce qui faisait tenir, c'était l'espoir. En organisant ce voyage, j'avais l'impression de concrétiser une liste de souhaits, et je l'avais fait dans les moindres détails. J'avais sélectionné des classes affaires, pas des premières. (Même dans mon fantasme, je gardais un certain sens des réalités.) Au lieu de choisir les hôtels les plus élégants dans chaque ville (Buenos Aires, Córdoba, Santiago), j'avais opté pour les troisièmes sur la liste. Les filles auraient des chambres doubles. Jackson pourrait même partager celle de Sofie. Hugh et moi descendrions dans les suites de la partie ancienne des hôtels.

J'étais arrivée à un total démentiel. Même lorsque j'avais changé quelques détails (les parents de Jackson payant son vol, Neeve et Kiara partageant la même chambre, pas de transferts de l'aéroport dans une voiture envoyée par l'hôtel), le prix restait exorbitant. Néanmoins, cela m'avait occupée un moment.

Au bureau, j'ai à peine eu le temps de retirer mon manteau que Tim déclare :

— Sharmaine King. J'ai eu son équipe presse. Ils nous invitent à la présentation.

Généralement, j'apprécie l'ambition de Tim. Cette fois, je suis dubitative.

— Lequel de nous deux se lance ? Toi ou moi ? demande-t-il à Alastair.

— Elle vient d'Afrique du Sud mais elle vit au Royaume-Uni. Donc ce sera une affaire britannique, répond Alastair en me lançant un coup d'œil. Et Amy passe autant de temps que moi à Londres… Bon, d'accord. Je m'en charge. Fais-moi passer tout ce que tu as.

Si je suis reconnaissante à Tim de m'avoir protégée, j'ai honte d'être considérée comme une rabat-joie. Je m'absorbe donc dans mon travail et réponds à un premier appel.

— Dan Gordon. Représentant un client qui serait intéressé par une collaboration avec vous.

— D'accord…

Il est toujours bon d'avoir de nouveaux contrats. Du moins, presque toujours.

— Je peux vous demander son nom ?

— Je ne suis pas libre de le dévoiler. Le client veut vous voir aujourd'hui. Centre de Londres.

— J'ai bien peur d'être à Dublin.

— Vous pouvez sauter dans un avion ?

Je réfléchis un instant. Le temps d'arriver et d'avoir cet entretien, il serait trop tard pour rentrer ce soir. Et Kiara et Sofie ont besoin de moi. C'est déjà assez pénible que je ne sois jamais là le mardi soir.

Je propose donc :

— Et l'un de mes collègues ? Ce sont tous les deux des attachés de presse exceptionnels.

— Vous avez géré l'image de Bryan Sawyer ? Le client insiste pour que ce soit vous.

J'avoue qu'il est agréable de se sentir désirée. À moins que le mystérieux client ne soit Robert Mugabe.

— Je serai à Londres demain, dis-je.

— Il faut que ce soit aujourd'hui.

Je me prépare à l'entendre insister quand j'entends un clic. Il m'a raccroché au nez ! Je regarde le téléphone et je hurle :

— Ça ne coûte rien les bonnes manières !

Quand je relève les yeux, je m'aperçois que Tim, Alastair et même Thamy me dévisagent, l'air choqué.

— Quoi ? Il a raccroché avant même d'entendre ma réponse.

Trois paires d'yeux sont braquées sur moi.

— Il était mal élevé, dis-je. Vraiment grossier.

Lorsque je rentre après le déjeuner, en sortant de l'ascenseur, j'entends Alastair qui rit à gorge déployée. D'autres rires fusent. Impatiente de partager la gaieté ambiante, j'entre en trombe dans le bureau.

Tim et Thamy sont rassemblés autour de son écran.

— Amy ! crient-ils. Viens voir. Il faut que tu voies ça.

J'avance et, stupéfaite, me trouve face à ma mère. C'est son vlog !

J'étouffe un petit cri.

— Comment êtes-vous au courant ?

— Quelqu'un me l'a tweeté.

— Sur quoi ?

Je m'avance plus près de l'écran et je vois que le vlog a été retweeté plus de trois cents fois. C'est phénoménal. Un résultat incroyablement difficile à atteindre. Mes tentatives pour rehausser l'image de certains clients à grand renfort de tweets et de vlogs se sont quasiment toutes soldées par des échecs.

— Elle est tellement adorable, s'extasie Alastair. Et tellement drôle. Elle se fera peut-être botoxer quand elle sera plus âgée ! C'est absolument génial.

Je suis si fière d'elle. Et de Neeve – elle a eu une illumination en filmant maman.

— C'est une belle femme, renchérit Thamy. Je vois de qui tu tiens, Amy.

— Je tiens quoi ?

Je n'aime pas la condescendance.

— Allons ! Tu sais bien que tu es fabuleuse, s'exclament-ils en chœur.

Ce vlog les met d'excellente humeur.

— Imagine avoir Lilian O'Connell, mère de cinq enfants, comme belle-mère ! me déclare Alastair. À propos, comment va ta sœur si sexy ?

Je le regarde du coin de l'œil et me dirige vers mon bureau. Puis j'appelle Neeve et nous poussons des cris d'excitation.

— Ce n'est sorti que ce matin. C'est… waouh ! s'exclame-t-elle.

— Tu déchires, chérie !

— Oh, maman !

Me sentant un peu grisée, je me mets à rire.

— Que dis-tu de : « Bravo, ma fille chérie ! Je suis super fière de toi. »

Alastair passe le plus clair de l'après-midi à regarder les vlogs de Neeve en les ponctuant de commentaires.

— Ah ! Je ne savais pas ça.

— Quoi ?

— La différence entre une peau sèche et une peau déshydratée. Ce n'est pas la même chose. Qui s'en serait douté ?

J'explique :

— « Sèche » signifie une carence en sébum, « déshydratée » une carence en eau.

Moi aussi, j'ai regardé ce vlog.

— Je me demande ce qu'est la mienne. Je vais descendre à la pharmacie pour poser la question, dit-il en se levant à moitié. Mais avant, je vais en regarder un autre.

Quarante minutes plus tard, il est toujours là.

Je m'absente pour aller aux toilettes et, quand je reviens, Alastair me hèle de l'autre côté de la pièce :

— Tu sais qu'elle en a fait un avec *Monsieur Le Meilleur Coup de ta Vie* ?

Tim lève vivement la tête. Thamy se tourne d'un air intéressé et je pâlis.

— Qui ? Avec Richie Aldin ? Je sais, mais, de grâce, Alastair, ne l'appelle pas comme ça.

— Tu préfères le *Crétin d'Ex-Mari* ?

— C'est mieux.

— Regardons puisqu'on le déteste !

Une nouvelle fois, nous nous rassemblons tous les quatre autour du bureau d'Alastair.

Richie apparaît à l'écran et raconte à Neeve quel shampooing il utilise.

— Il s'adore, déclare Alastair, cinglant. Il est tellement content de lui, ce con prétentieux. Oh, voilà un bon morceau. Écoute, Amy.

« Ma peau ne me cause jamais le moindre souci », est en train de dire Richie.

— Tu peux le croire ? reprend Alastair, avant de le singer : « Ma peau ne me cause jamais le moindre souci. » Comme si c'était grâce à lui, le tocard !

— Je le trouve sexy, déclare Thamy.

Hors champ, Neeve demande à Richie ce qu'il pense du Botox. Avec un sourire, il répond :

— Je n'en ai jamais pris.

— Mais quand tu seras plus vieux ?

— Je n'en aurai jamais besoin.

— Alors comme ça, il peut prédire l'avenir, maintenant ? Garde tes distances, Amy, parce que, vu le genre d'homme, il va continuer à te mettre la pression jusqu'à ce que tu aies dit oui.

Je ne sais pas comment il peut ainsi l'évaluer après trois minutes et quarante secondes d'une conversation sur les crèmes de protection solaire.

— Il veut se remettre avec toi ? demande Thamy, en émoi.

— En fait, pas exactement.

— Waouh ! Fonce. Il est canon dans le genre quadra sexy.

Curieuse, je demande à Tim :

— Que penses-tu de lui ?

Sa réponse est directe :

— Il ne renoncera pas avant d'avoir eu ce qu'il veut.

Je me mets à rire. Richie Aldin peut aller se faire voir !

Chapitre 49

Quatorze mois auparavant

Aïe ! Un morceau de gras de bacon avait sauté de la poêle pour venir rissoler sur mon bras. La douleur s'était immédiatement estompée. Mais je ne pouvais pas prendre le risque qu'il éclabousse mon haut : je venais à peine de le mettre et la corbeille à linge sale était déjà pleine.

J'avais retiré mon tee-shirt, l'avais jeté sur une chaise. Le tablier n'était pas à sa place, accroché au radiateur. Dieu sait ce que j'en avais fait mais je n'avais pas le temps d'en chercher un autre. J'allais finir de préparer le dîner en jean et en soutien-gorge. Ce dont je ne me souciais pas outre mesure. Toutes mes pensées étaient occupées par Josh Rowan.

Lors de notre déjeuner habituel du mardi précédent, pour la sixième fois d'affilée depuis que nous nous étions rencontrés, il avait lancé à brûle-pourpoint :

— Ça me manque que tu ne me fasses plus d'avances.

— Vraiment ! Je vois.

Je m'étais mise à rire.

— As-tu l'intention de recommencer ?

— Je ne sais pas.

— Tu préfères que ce soit moi ? Qui te fasse des avances ?

Bien ! Je savais que cela allait finir par arriver.

Oh, rien qu'à la pensée d'une séance de jambes en l'air avec lui ! Je nous voyais tous les deux nus. Ses mains sur mes hanches, me pressant sur le lit. Me chevauchant avec une énorme érection. Me faisant languir…

L'appartement de Druzie était libre, ce soir-là. J'aurais pu l'y ramener sans que personne en sache jamais rien. Mais cela aurait été jouer avec le feu. M'engager sur une voie qui n'aurait peut-être pas d'issue.

— J'aime Hugh.

Il avait hoché la tête. J'attendais que, à son tour, il me dise qu'il aimait Marcia, mais il avait gardé le silence.

Et la manière dont il me regardait… Sa moue sombre, ses yeux embrasés de désir. Il était vraiment déterminé.

Il avait levé les paumes, révélant les veines bleues sous la peau pâle de l'intérieur de ses bras. Je voyais son pouls battre.

Il avait quelque chose de vulnérable qui avait fait naître en moi une douloureuse tendresse.

— Ne le prends pas mal. Mais je préférerais ne t'avoir jamais rencontrée, ce jour-là, au *Black Friar*, avait-il déclaré sans quitter la table des yeux. J'allais bien. Mais, quand je t'ai vue, cherchant ton peigne, et que tu as levé les yeux vers moi, avec ton adorable visage et ta tenue si originale, je suis resté sous le choc. Amy, c'est vraiment étrange, parce que tu es unique. Mais j'avais le sentiment que je te connaissais déjà.

Il aurait très bien pu être en train de me baratiner.

— Puis l'âpreté avec laquelle tu as défendu l'affaire de Premilla… La plupart des attachés de presse feignent la bienveillance, mais ils ont des cœurs de pierre. Je savais que, toi, tu avais du cœur. J'ai fait plus d'efforts qu'à mon habitude pour faire annuler l'article de Marie Vann. Et si j'ai regretté d'avoir échoué, cela m'a donné une nouvelle chance de te voir. Je serais resté avec toi, ce soir-là. Et le soir du gala des Media Awards, je serais monté dans ta chambre.

Je l'avais écouté parler, secouée de frissons.

— Écoute, Josh, si nous commencions… quelque chose, que se passerait-il ?

Je m'étais empressée d'ajouter :

— Je ne veux pas dire niveau sexe ou…

J'avais dégluti et je m'étais figée, en l'imaginant nu, s'enfonçant en moi… et à la façon dont il me regardait fixement, j'étais sûre qu'il visualisait la même image.

Seigneur !

Il avait pressé sa main sur ses yeux et avait émis un son étrange, à mi-chemin entre le grognement et le gémissement. Puis il m'avait de nouveau dévisagée.

— Tu veux dire, que se passerait-il au bout du compte ? Quitterais-tu ton mari ? Quitterais-je ma femme ? Je ne sais pas, Amy. Nous n'avons pas le scénario, avait-il ajouté en haussant les épaules d'un air impuissant.

Je voulais un scénario. J'avais besoin de connaître la fin avant de pouvoir me lancer à corps perdu dans quoi ce que soit.

— Et ta femme ? Tu l'aimes ?

— Parfois, avait-il répondu avec un soupir las. Mais pas en ce moment.

— Est-ce que l'amour fonctionne comme ça ?

— Je ne sais pas pour les autres, mais c'est comme ça que Marcia et moi semblons le vivre.

— Tes autres fois, tu t'es senti coupable ? Ta femme a-t-elle jamais soupçonné tes incartades ?

— Oui aux deux questions.

— Et que s'est-il passé ? Tu les lui as racontées ?

— Non, mais Marcia avait ses propres trucs.

— « Ses propres trucs » ? Tu veux dire, ses propres aventures ?

— Je suppose. Je lui ai demandé. Comme moi, elle a menti.

— Et ?

— J'ai attendu qu'elles se terminent.

— Josh, je me sens dépassée… Je…

Je m'étais interrompue, cherchant les mots exacts.

— Je ne suis pas comme toi. Ni comme ta femme. Tu es solide. Plus solide que moi.

— Je ne suis pas solide. Amy, tu aimes ton mari, non ? Pourquoi es-tu ici, alors ?

Il s'était penché en avant et, le regard grave, avait déclaré :

— Je vais te dire ce que je te soupçonne de vouloir. Tu aimerais m'entendre dire que je n'aime pas ma femme, que nous avons déjà rompu et que nous sommes sur le point de l'annoncer aux enfants. Tu veux faire disparaître comme par magie tous les problèmes, les autres, ceux à qui nous ferions du mal. Tu veux que Hugh soit toujours là pour toi à long terme, et tu voudrais que jamais il n'apprenne notre liaison et que tu n'en ressentes aucune culpabilité. Mais Amy, c'est la vraie vie, et la vraie vie est compliquée.

J'avais gardé le silence. Il avait parfaitement compris : je voulais vivre une idylle, une histoire d'amour, et voir tout l'aspect sordide de l'infidélité balayé par la violence de notre passion.

Je ferais tout aussi bien de l'admettre.

— Je veux me sentir… désirée, comme si tu avais envie de moi à en mourir.

— En fait, c'est le cas.

Sentant ma bouche se dessécher, j'avais poursuivi :

— Je voudrais que tu n'aies jamais trompé ta femme avant. Je sais. Je suis lamentable. Et hypocrite.

— J'aurais pu mentir et tu aurais pensé que j'étais un homme bien.

— Je veux que ton autre… que tes autres aventures me laissent parfaitement indifférente. Mais ce n'est pas le cas. J'ai l'impression d'être ringarde… Pas sophistiquée du tout. Et même si je me déteste, je veux connaître tous les détails.

— D'accord. Je vais te raconter. Avec l'une d'entre elles, ça a duré six mois, puis elle a rencontré quelqu'un d'autre. Une autre avait une vingtaine d'années et ça s'est fini parce que je ne pouvais pas assumer sa…

Un instant pensif, il avait repris :

— Sa gaieté.

Ce qui correspondait aux informations que j'avais glanées.

— Mais ce qui se passe avec toi, Amy ? Je ne peux pas supporter un autre déjeuner. Je veux plus.

Moi aussi je voulais plus. Mais en étais-je capable ?

— Je peux y réfléchir ?

— Ne mets pas trop longtemps à te décider.

Était-ce une menace ? Aurais-je dû me froisser ? J'avais décidé que non.

— Et si je décide de ne pas… passer à l'acte ? Continuerons-nous à nous voir ?

— Non.

— Oh.

— Je suis sérieux, Amy. Je ne peux plus supporter nos rencontres.

Peut-être aurais-je dû me sentir offensée. Le Grand Amour peut attendre et tout le tralala. Mais j'appréciais son honnêteté d'adulte.

Depuis cette conversation, j'étais rongée par l'incertitude. Je me réveillais aux aurores, ballottant d'un point de vue à l'autre. Je prenais la décision d'aller à l'hôtel avec lui et voir ce qui arriverait. Puis j'étais envahie d'une écrasante culpabilité parce que j'aimais vraiment Hugh et que je nous avais toujours vus vieillir ensemble.

Mais mon attirance pour Josh était violente. Et je ne tardais pas à recommencer à planifier de coucher avec lui.

Et si nous nous faisions pincer ? Cette pensée me terrifiait. Je ne voulais pas faire souffrir Hugh et je ne voulais pas que notre mariage prenne fin. En outre, que savais-je vraiment au sujet de Josh ? Certes, nous avions passé beaucoup de temps ensemble. Mais j'avais quasiment été la seule à faire la conversation.

Je savais qu'il était sexy.

Oui, il était vraiment sexy. Et je continuais à hésiter.

L'idéal aurait été que Josh et moi, victimes d'une catastrophe quelconque, nous retrouvions abandonnés dans un endroit loin de tout. Comme toujours, les secours finiraient par arriver, mais dans l'intervalle, nous pourrions laisser libre cours à nos désirs interdits.

En attendant, mes nuits d'insomnie avaient pour conséquence que je me traînais toute la journée.

Épuisée, inquiète, je sentais mes brûlures d'estomac s'intensifier avec l'anxiété.

Le mardi suivant, je n'avais toujours pas pris de décision. J'avais donc annulé notre déjeuner.

Mais ce soir, onze jours après notre dernière rencontre, alors que, debout devant ma cuisinière je faisais frire du bacon, j'avais su que le moment était venu de trancher. Séance tenante. Parce que si cette indécision continuait à me miner, j'allais devenir folle.

J'avais donc fait mon choix : plus de Josh.

J'allais lui envoyer un mail lundi. Le voir en personne n'était pas une bonne idée. Cela ne servirait qu'à tout relancer.

Mettre un terme à nos rencontres était l'option la plus sage. Au bout du compte, je m'en féliciterais. Mais, à cet instant précis, j'avais eu l'impression d'être la petite fille aux allumettes voyant sa dernière allumette s'éteindre. Ma vie, soudain vide de couleurs et de joie, m'avait paru grise, froide et morne.

— Qu'est-ce qui se passe ?

La voix de Hugh s'était élevée derrière moi.

— Sandwichs au bacon pour le dîner, avais-je répondu sans me retourner. Il a atteint sa date de péremption.

— Non, je veux dire…, avait-il repris en surgissant à mon côté, qu'est-il arrivé à tes vêtements ?

— Oh ! Je ne voulais pas me tacher.

J'avais fait tourner la tranche de bacon dans la poêle. Hugh s'était glissé entre la cuisinière et moi. Ses mains sur ma taille, il avait repris d'une voix étonnée :

— Mais regarde-toi. Tu cuisines du bacon en soutien-gorge sexy. On dirait un fantasme incarné.

J'avais baissé les yeux. Mon soutien-gorge était en satin rouge. Je ne le portais que parce que tous les autres étaient au sale.

Il avait repoussé mes cheveux derrière une épaule et avait enfoui son visage au creux de mon cou.

— Je parie qu'en plus, tu connais aussi les résultats du foot.

Je l'avais repoussé.

— On est en juillet, la saison n'a pas encore commencé.

— Tu vois ce que je veux dire ? Quelle autre femme saurait ça ?

Avec un grognement de satisfaction, il avait fait remonter ses mains sous mes seins.

— Oh, Amy.

Je m'étais tortillée pour me dégager de son emprise.

— Hugh. J'essaie de faire le dîner.

— Ah oui ?

Dos à la cuisinière, me regardant droit dans les yeux, lentement, en un geste délibéré, il avait tourné le bouton et la lumière rouge de la plaque de cuisson s'était éteinte.

— Tiens ! avait-il fait en écarquillant les yeux, feignant la surprise. Coupure de courant.

— Rallume, Hugh.

— Allez, chérie, les filles sont sorties et…

— Pas maintenant, Hugh.

Je m'étais écartée de lui et avais rallumé la plaque. Sans croiser ses yeux, j'avais dit :

— Le dîner sera prêt dans dix minutes.

Plus tard, ce même soir, Josh m'avait envoyé un texto. Presque comme s'il avait deviné ma décision.

Le timing ne pourrait être pire mais je suis sur le point d'écrire un mail professionnel. C'est la vérité. Bises. Josh

Bonjour Amy. J'espère que vous passez un bon week-end. J'ai eu une idée hier, pendant une réunion. Premilla Routh serait-elle intéressée par une chronique hebdomadaire pour nous ? Elle peut prendre un prête-plume, si elle préfère. Tenez-moi au courant.

Merci. Josh.

Une « chronique hebdomadaire » ? Sur sa guérison de sa dépendance ? Ou sur un thème plus général ? Pour un temps donné ou une durée indéterminée ? Il y avait des tas de points à aborder mais, sur le principe, c'était une proposition bienvenue. La rémunération était correcte et cela ne représenterait que très peu de travail pour Premilla.

Elle était dyslexique et Josh le savait. D'où sa suggestion d'un prête-plume. Un type d'arrangement qui allait nécessiter ma vigilance constante. Il faudrait organiser une réunion hebdomadaire avec un journaliste qui, ensuite, rédigerait sa chronique pour elle. Qui me serait envoyée pour validation. Et je devrais surveiller qu'il n'ait rien travesti des déclarations de Premilla dans l'espoir d'en faire un papier à sensation. Autrement dit, je devrais me prendre le bec avec le rédacteur en chef, Josh.

C'était impossible. M'extraire de notre relation personnelle était suffisamment douloureux. M'engager dans un contrat professionnel à long terme avec lui aurait été la pire des idées.

J'avais longuement réfléchi. Les deux options qui me restaient ne m'enchantaient guère.

Soit je refusais l'offre de Josh sans en parler à Premilla en espérant qu'elle ne l'apprendrait jamais. Ce qui serait injuste vis-à-vis d'elle.

Soit je confiais Premilla à Alastair, dont elle deviendrait la cliente. Et je disais adieu à un revenu régulier. Alastair serait désormais l'attaché de presse de Premilla et toucherait son acompte mensuel. C'était écœurant mais je n'avais pas le choix.

Je lui avais donc téléphoné et, dans un discours passionné sur le fait de dynamiser son image, je lui avais vendu l'idée de collaborer avec mon associé. Sa première réticence passée, à la fin de notre conversation, elle était enthousiaste.

J'avais ensuite appelé Alastair et lui avais dit :

— Ne me demande pas pourquoi parce que je ne te répondrai pas, mais Premilla Routh est désormais ta cliente.

D'abord désorienté lui aussi, il avait fini par s'en féliciter.

Le moment était alors venu de s'occuper de Josh.

J'aurais pu opter pour l'option brutale. J'aurais pu ne plus être amie avec lui sur Facebook, cesser de le suivre sur Twitter et Instagram, bloquer ses mails… mais cela aurait ressemblé à de l'acharnement. En outre, d'un point de vue professionnel, nous étions obligés de rester en termes cordiaux. J'avais donc répondu à son message en lui disant que, pour toute future requête professionnelle, il pouvait désormais s'adresser à Alastair.

Il m'avait envoyé un texto presque dans l'immédiat :

Est-ce que cela veut dire ce que je comprends ?

L'espace de quelques instants, j'avais cherché la conduite à adopter, avant, le cœur lourd, d'écrire :

Josh, je suis désolée.

Quelques minutes plus tard, mon portable avait sonné. Voyant son nom s'afficher, je n'avais pas décroché. Il m'avait laissé un message que j'avais effacé sans l'écouter. Puis j'avais cessé discrètement de le suivre sur Instagram et l'avais masqué sur Twitter. Ce n'était pas aussi brutal que de le bloquer ou de le retirer de ma liste d'amis, mais cela m'éviterait de repenser à ce qui aurait pu être.

Néanmoins, de temps en temps, je tombais sur un post partagé par d'autres. Ou un souvenir inopiné jaillissait. Avec, pour conséquence, une culpabilité déchirante.

Chapitre 50

Mardi 18 octobre, jour 36

Mardi matin, 7 h 48. Heathrow est bondé, chaotique. Mon téléphone sonne. Il n'est même pas encore 8 heures ! C'est quoi ce plan ? Le numéro est masqué mais, toujours à l'affût d'une information, je réponds néanmoins.

— Amy O'Connell.

— Dan Gordon.

Qui ? Oh ! Le goujat qui m'a raccroché au nez hier.

— Vous êtes à Londres ? demande-t-il.

— Qu'est-ce que ça…

— Vous êtes libre pour un rendez-vous avec mon client dans une heure ?

— Je suis libre aujourd'hui à 15 h 15.

— Il faudra que ce soit plus tôt.

— J'ai des rendez-vous avant.

Il émet une exclamation irritée.

— D'accord. Où êtes-vous ?

— *Home House.*

Du moins, j'y serai dans une heure.

— Réservez une salle de réunion privée. Très privée, d'accord ? On se voit à 15 h 15. Pile.

Ma journée est chargée. Une flopée de « célébrités » oubliées qui cherchent à relancer leur carrière d'une manière ou d'une autre. Et comme Mme Mullen refuse obstinément de changer d'avis, j'évalue chacune d'entre elles en tant que potentielle ambassadrice MaxiProtect.

Mais la tâche n'est pas simple.

Manifestement, il faudra quelqu'un de populaire. Mais désargenté. Parce que personne ne va devenir ambassadeur pour l'incontinence pour le prestige, j'imagine !

Donc populaire mais pauvre, de préférence aux abois. Et séduisant, parce que personne ne veut s'identifier à un film d'horreur. En outre, il doit avoir l'âge adéquat, autrement dit, moins de soixante ans, car les gens n'aiment pas se reconnaître en un vieux croulant. D'un autre côté, pour être réaliste, il ne pourra pas avoir moins de soixante ans. Sinon personne ne le croira incontinent. Mon Dieu ! C'est compliqué !

Aucun de mes clients potentiels d'aujourd'hui ne faisant l'affaire, je mise tous mes espoirs sur mon mystérieux rendez-vous de 15 h 15.

Dan Gordon ressemble à un comptable croisé avec un lévrier affamé, ou peut-être un Harry Potter aux membres efflanqués qui vient d'apprendre que Voldemort a gagné une Ferrari. En costume, lunettes sur le nez, il s'avance, l'air agressif, dans notre salle de réunion « très » privée (qui est exactement comme toutes les autres salles de réunion privées). Je me lève pour lui serrer la main. Pour toute réponse, il ouvre une chemise en carton, en sort un contrat de confidentialité et le fait glisser vers moi sur la table.

— Signez !

— Je vais commencer par le lire, si vous permettez.

Je lui adresse un sourire plein de douceur. Mon Dieu, quel abruti ! Je n'ose même pas imaginer comment sera le client en personne. D'un autre côté, je ne suis pas obligée d'accepter le job. Certes, les affaires sont toujours appréciées mais, dans certains cas, aucune somme d'argent n'en vaut la peine.

Le contrat est standard. En substance, je n'ai jamais rencontré le mystérieux client et, si je cherchais à monnayer la moindre information, un procès me mettrait sur la paille.

— D'accord.

Dans un geste théâtral, je signe Minnie O'Mouse, me fatiguant à peine à dissimuler les mots.

— Et maintenant, que se passe-t-il ?

Dan Gordon m'arrache le contrat et tape un texto.

Il est tellement grossier !

— J'espère que ça vaut le coup, dis-je alors.

Il m'ignore et un bip de son téléphone indique qu'il a reçu un message.

— Il sera là dans un quart d'heure.

— C'est donc un « il » ?

Dan Gordon garde le silence.

— Cela n'a plus d'importance maintenant, dis-je. Je vais *le* rencontrer d'ici quelques minutes. C'est Wayne Rooney ?

Il émet un reniflement de dédain.

— Non.

— Le dirigeant de la Corée du Nord.

Il ne répond rien.

— Est-ce que c'est le dirigeant de la Corée du Nord ?

— Ce n'est pas le dirigeant de la Corée du Nord.

— Allez, dis-je en lui frappant le mollet du bout de ma botte. C'est Emma Stone ?

— Vous savez que c'est un homme.

— C'était une question piège. C'est Roger Moore ?

— Roger Moore est mort.

Dan Gordon refuse de dire un mot de plus et je n'aime pas son silence. Cela me laisse trop de temps pour penser. Une pensée inattendue me traverse l'esprit : et si Hugh était mort ? Mais s'il était mort, une ambassade ne m'aurait-elle pas contactée ? À moins qu'il ne soit tombé dans un fleuve de Thaïlande et que personne ne l'ait retrouvé. Mais pourquoi serait-il tombé dans un fleuve ? Personne ne tombe dans des fleuves… À moins que mon coup de brosse ait vraiment provoqué une rupture d'anévrisme. Si peu probable que ce soit, je sens un frisson glacé me parcourir le dos. Incapable de garder mon anxiété pour moi seule, je demande :

— M. Gordon, est-ce qu'on peut tuer quelqu'un d'un coup de brosse à cheveux ?

Il me regarde avec méfiance.

— Vous avez l'intention de me frapper d'un coup de brosse ?

— Non.

Soudain furieuse, je fulmine :

— Tout ne tourne pas autour de vous ! Alors, c'est possible ?

— Je ne suis pas médecin. Regardez sur Google.

J'ai besoin de mettre un terme à cette folie. Je vois des catastrophes partout. Si ce n'est que, visiblement, c'est une manière déguisée d'exprimer mes véritables angoisses. Plutôt que d'accepter son silence, je trouve presque plus facile d'imaginer que Hugh a trouvé la mort dans le Mékong, dévoré par de vicieux poissons asiatiques.

Le téléphone de Dan Gordon émet un nouveau bip. Il quitte la pièce et revient quelques instants plus tard accompagné d'un autre homme. En le reconnaissant, je me sens défaillir. C'est Matthew Carlisle, le mari de Ruthie Billingham, qui l'a trompée avec leur baby-sitter, Sharmaine King ! Et il est super beau gosse ! Très grand, brun, il a une coupe en brosse et de très beaux yeux couleur chocolat, derrière des lunettes à monture noire. Si certaines célébrités sont bien moins impressionnantes dans la vraie vie, ce n'est certes pas le cas de Matthew Carlisle.

— Merci de me recevoir au pied levé, dit-il avec un sourire las.

— Je vous en prie. Voulez-vous vous asseoir ?

Il s'installe dans le fauteuil en face de moi et Dan Gordon prend place à côté de lui, comme un chien de garde affamé.

— Je peux vous offrir un café ? De l'eau ? demandé-je.

Il secoue sa tête aux traits si parfaits.

— Non merci. Tout va bien.

— Quelque chose de plus fort, peut-être ?

Une lueur d'intérêt s'allume dans son regard.

— Non, je ne peux pas commencer à boire l'après-midi.

— Alors, en quoi puis-je vous aider ?

Deux jours auparavant, je ne voulais pas du tout être mêlée à cette histoire douloureuse. Mais c'était avant de me retrouver confrontée au charisme insensé de Matthew Carlisle. L'écouter n'est que justice, je suppose.

— Ruthie Billingham, commence-t-il. L'actrice. C'est ma femme. Ex-femme. En fait, pas encore, nous sommes en train de divorcer.

Avec douceur, je réponds :

— Je sais qui vous êtes.

Sans lui laisser le temps de devenir paranoïaque, j'ajoute :

— Parce que c'est mon travail de le savoir. Vous n'avez pas besoin de me mettre au courant de la situation.

— Oh, d'accord. Elle entretient une liaison avec Ozzie Brown depuis plus de deux ans.

« Depuis plus de deux ans » ? La version qu'elle avait donnée à la presse était qu'Ozzie et elle ne se voyaient que depuis une quinzaine de jours.

— Aux yeux du public, Ruthie ne peut pas passer pour la méchante.

Bien entendu. Ruthie décroche tous ses contrats grâce à son physique de jolie voisine.

— Donc elle… en fait, ses attachés de presse ont fabriqué de toutes pièces ces histoires de liaison entre notre jeune fille au pair et moi. Afin de détourner l'attention publique.

Je dois lui poser la question.

— Ces histoires sont-elles fondées ? Si vous voulez que je fasse mon travail correctement, vous ne pouvez rien me cacher. Si je n'ai pas tous les éléments, je ne peux pas vous aider.

— Sharmaine est une gentille fille, poursuit Matthew. Une super baby-sitter. Mais il ne s'est jamais rien passé.

Mon esprit tourne à cent à l'heure. Ruthie a recours aux attachés de presse de l'une des agences les plus puissantes du Royaume-Uni. S'ils décidaient de réhabiliter Jimmy Savile, ils en seraient sans doute capables.

— Pourquoi êtes-vous venu à moi ?

— Parce que personne ne vous connaît, m'assène Dan. Nous devons rester discrets.

Vexée, je proteste :

— Certains savent qui je suis…

— Vous avez fait un excellent travail avec Bryan Sawyer, tempère alors Matthew Carlisle. Et Tabitha Wilton dit que vous êtes efficace.

Son sourire fait fondre ma colère. Je suis pitoyable.

— Qu'attendez-vous de cette opération ?

— Je ne veux pas d'une image de sale type. Je ne suis *pas* le sale type.

— Vous êtes un journaliste télévisé réputé, en quoi est-ce que ça a de l'importance ?

— Parce que ce n'est pas vrai.

Bien. C'est un idéaliste.

— Pouvez-vous réparer le mal ? me demande-t-il.

Cela pourrait se révéler difficile. Ruthie jouit d'une énorme cote de popularité. Son fidèle public a été déçu de la voir remplacer son sémillant mari aussi vite. Faire porter le chapeau à Matthew arrange tout le monde. Ruthie a vraiment l'opinion générale de son côté et, pour autant que je sache, la faire virer en faveur de Matthew ne sera pas simple.

En outre, on ne peut pas prouver un démenti. Matthew et la baby-sitter peuvent toujours s'égosiller à nier, le doute persistera.

— Pouvez-vous publier quelque chose dans la presse d'ici à ce week-end ? demande Dan. Une longue interview avec Matthew, dans laquelle il donne sa version de l'histoire.

— Ce serait une erreur.

Une terrible erreur.

— Cela tournerait au concours d'insultes, Matthew. Vous deviendriez la proie de la presse à scandale, ce qui est encore plus toxique que le napalm.

Il semble accablé. Je poursuis alors :

— Mais un communiqué de presse est vital. Nier en bloc et demander le respect de la vie privée, tout particulièrement pour vos enfants. Simplicité et dignité.

— C'est tout ce que vous feriez ? s'emporte Dan, furieux.

— Non, mais mes multiples expériences précédentes m'ont appris à miser sur le long terme.

— Alors quelle serait votre stratégie ? me demande Matthew.

C'est une question de taille. Pour être franche, cela dépendra du nombre d'heures qu'il est prêt à m'acheter.

— Il faudra que j'étudie tout, en détail. La couverture médiatique actuelle, qui sont les journalistes acquis à Ruthie, quel est votre objectif précis. Mais je peux assurément changer la donne. À moyen terme, je peux travailler à modifier votre profil public.

— Les gens penseront toujours que je suis un homme infidèle.

— Si tel est le cas, cela n'aura pas d'importance.

— Oh, je vois, il n'y a pas de recette miracle, dit Matthew.

— Exactement.

Je pourrais l'embrasser.

— Il suffira d'un démenti ferme et discret assurant qu'il n'y a jamais rien eu avec Sharmaine, si le sujet venait un jour sur le tapis. Ce qui finira par ne plus jamais arriver.

— Donnez-nous un exemple de ce que vous feriez pour changer son image publique ? demande Dan.

Mon Dieu ! Je ne connais Matthew Carlisle que depuis dix minutes, comment suis-je censée trouver un plan de campagne ? Et soudain, je suis frappée par une idée.

Matthew Carlisle debout dans un seau, coiffé d'un saladier de travers, de la crème anglaise coulant sur son beau visage.

— Les enfants défavorisés. « Journaliste politique sérieux montre qu'il peut supporter une petite humiliation. » Les gens adorent ce genre de truc.

— « Les enfants défavorisés » ?

Dan Gordon écume de rage. Matthew pose une main apaisante sur la sienne.

— Donnez-moi quelques jours. Le temps d'élaborer une stratégie. De tâter le terrain pour voir quelle association caritative serait intéressée par une collaboration avec vous.

Je m'empresse d'ajouter :

— Même si elles le seront toutes, bien entendu.

Ne jamais oublier la fragilité des egos !

Derrière les verres à monture noire de Matthew, je discerne une lueur complice dans son regard malicieux. Visiblement, il n'est pas aussi narcissique que la plupart.

— Que puis-je faire ? demande-t-il.

Puis il retire ses lunettes, frotte ses beaux yeux fatigués et ajoute :

— Pour vous.

Avec un tel physique, il ne devrait vraiment pas poser ce genre de question avec une telle intonation. C'est indécent.

— Je veux dire, pour vous aider dans votre travail.

Il esquisse une moue contrite, comme s'il venait de comprendre que sa question pouvait être mal interprétée.

Je lui adresse un sourire entendu. C'est bien, nous communiquons.

— Pour commencer, j'aimerais que vous me fassiez confiance.

— Pourquoi le devrions-nous ? maugrée Dan Gordon.

À bout de patience, je me tourne vers lui.

— Quel est votre rôle dans tout ça ?

— Je suis son frère.

— Le frère de qui ?

— Le sien.

D'un geste de tête, il désigne Carlisle.

Surprise, mon regard va de Matthew, le dieu vivant, à Dan, l'ours mal léché, si insignifiant. Et je dois pincer les lèvres pour ne pas éclater de rire.

— Quel genre de frère ?

Il veut peut-être dire qu'ils sont si proches qu'ils sont comme des frères.

— Frère de sang, répond Matthew avec une pointe d'avertissement dans la voix. Enfants des mêmes parents. *Ce* genre de frère.

Immédiatement, je pense à ce film dans lequel Arnold Schwarzenegger et Danny DeVito sont jumeaux. Et j'ai soudain peur de ne pas pouvoir contrôler mon hilarité et de faire foirer toute l'affaire.

— Mais vous avez des noms de famille différents ?

Je n'ai trouvé que cette réplique pour justifier mon étonnement flagrant.

— Je ne m'appelle pas Dan Gordon. J'ai eu recours à un faux nom pour vous faire signer le contrat de confidentialité. Mon nom est Dan Carlisle.

— En fait, c'est Dante Carlisle, ajoute Matthew. Notre mère est italienne.

— Mais je ne ressemble pas à un Dante, ajoute Dan.

Certes ! Dante est un nom sombre, théâtral. On imagine un homme qui marche à grands pas, une longue cape noire tournoyant autour de lui. Aucun rapport avec Dan Carlisle.

Le moment est donc venu de sortir le contrat Hatch pour dix heures de mon temps.

Dan penché sur son épaule, Matthew le lit. Puis il signe. J'exulte ! Matthew Carlisle est mon client ! Le vrai, l'unique Matthew Carlisle !

Je suis totalement éblouie !

— Je vais préparer un communiqué de presse et je vous l'envoie tout à l'heure. Une fois que vous y aurez apporté les corrections souhaitées, il sera expédié à tous les médias.

— On ne peut pas garder le secret sur le fait qu'il a une attachée de presse ? demande Dan.

— Non !

Enfoiré ! Je ne suis quand même pas une prostituée !

M'exhortant à reprendre mon sang-froid, je rappelle à Matthew :

— Vous savez que je ne suis à Londres que le mardi et le mercredi. Mon collègue Alastair est ici le jeudi et le vendredi matin. Vous devriez vous rencontrer, il peut travailler avec moi.

— J'en serais ravi, répond Matthew. Mais je vous veux comme interlocutrice principale.

Eh bien… c'est JUSTE GÉNIAL !

Penchée sur mon iPad, j'essaie de dissimuler mon visage rouge de plaisir et je murmure :

— Certainement. Bien, voulez-vous que nous nous voyions mardi prochain ? J'aurai des tas d'idées pour vous.

— Venez chez moi, propose Dan. C'est là que se cache Matthew en ce moment. Je vous enverrai l'adresse par mail.

J'ai les plus grandes peines du monde à reprendre mes esprits pour mon rendez-vous de 16 heures.

Chapitre 51

Une fois dans le bar, je tombe sur… Alastair ! Comme par hasard !

— Que fais-tu ici ?

— J'ai rendez-vous avec un client potentiel, me répond-il.

Soudain, un sentiment funeste m'envahit.

— Ce n'est pas Sharmaine King, j'espère ?

— Si.

— Non, Alastair ! Tu ne peux pas. Je viens tout juste de faire signer Matthew Carlisle.

Il me dévisage avec étonnement.

— Je croyais que tu ne voulais rien avoir à faire avec cette histoire.

— C'était la décision de Tim. Pour essayer de me protéger, m'empressé-je d'ajouter. Mais je vais bien. Tout va bien.

— D'accord. Beau travail, en tout cas. Matthew Carlisle ! Ce n'est pas rien ! Il est aussi canon dans la vraie vie ?

— Oh, Alastair, si tu le voyais ! Écoute, je suis désolée que tu aies dû faire un voyage pour rien.

— Pas de problème ! Heathrow est toujours un endroit charmant à cette époque de l'année. Hé ! Et si je restais à Londres, ce soir ? Nous pourrions aller dîner ? Tu dors chez Druzie ? Je peux squatter avec toi ?

— Non. Non à tout. Je dors chez Druzie mais je vais étudier le cas Matthew Carlisle à fond. Donc, pas de squattage.

— Très bien. Ouh là ! La voilà ! À plus.

L'arrivée de Sharmaine King provoque un frisson dans l'assemblée. Même chez les membres de la presse de *Home House*, pourtant très habitués aux célébrités. C'est une bombe : blonde, vibrante, mince sans être maigre. La beauté incarnée, de cette beauté de la jeunesse éclatante de santé. Elle porte un jean roulé sur des brogues et un manteau boyfriend trop grand en tweed, qu'elle retire pour dévoiler un pull droit aux bords effilés.

La presse se trompe : elle ne ressemble en rien à Ruthie. Oui, elles sont toutes les deux blondes et dotées de jolies formes. Mais j'ai toujours trouvé Ruthie un peu pleurnicharde. Alors que cette Sharmaine est rayonnante.

J'éprouve un instant un véritable chagrin à l'idée qu'elle ne sera pas notre cliente. Elle serait un rêve à promouvoir. D'un autre côté, ce qui me réconforte est de savoir que nous ne serons en rien responsables de sa chute. Une autre agence va s'empresser de la récupérer et la suite est écrite d'avance : elle va finir dans *L'Île de la tentation* ou dans *La Ferme Célébrités* et, pendant quelques années, elle sera victime des piques quotidiennes des encadrés de la honte sur Internet. Elle finira par tomber en disgrâce. Comme toutes les autres. Elles pensent toutes que ce type de scandale est le sésame qui leur ouvrira les portes de la richesse et de la célébrité mais, au bout du compte, c'est un aller simple pour le malheur et l'oubli.

Alastair emmène Sharmaine vers un canapé en retrait, au fond du salon, et mon rendez-vous de 16 heures arrive. C'est une rédactrice pour le *Times*. Vers 17 heures, elle prend congé. Quand elle se lève pour me dire au revoir, Alastair et Sharmaine King sont toujours penchés l'un vers l'autre. *De grâce !* Il était juste censé mettre un terme à une éventuelle collaboration.

Tous mes entretiens terminés, je décide de m'attarder pour travailler sur le communiqué de presse de Matthew Carlisle. Dès qu'il libérera enfin Sharmaine, je sermonnerai Alastair… Je m'aperçois alors que j'ai trois appels manqués de Tim. Je le rappelle.

— Tu es sûre pour cette histoire de Matthew Carlisle ? me demande-t-il.

— Oh, oui, Tim. Je suis contente d'avoir un nouveau projet important.

— Alastair peut s'en charger.

— Hum, non. Il insiste pour que ce soit moi.

Je perçois ma satisfaction à l'intonation de ma voix.

— Si tu es sûre. Il est présélectionné pour un prix au Brighton Media Awards, mais c'est un secret. Il ne le sait pas encore.

— Comment le sais-tu, toi ?

— Quelqu'un y a fait référence… Mais Paxman est nominé aussi.

— Je suppose que ce n'est pas l'année de Matthew.

Après avoir dit au revoir à Tim, je rédige le communiqué de presse.

« De récentes rumeurs dans la presse affirment que j'ai eu une relation inappropriée avec la jeune fille au pair de mes enfants. Je nie expressément et fermement toutes ces rumeurs infondées. Il n'y a jamais eu de conduite inappropriée. Notre famille traverse une période très difficile et je vous saurais gré de respecter la vie privée de nos enfants. Ce sera mon dernier commentaire sur cette affaire. »

Je l'envoie à Matthew et à son maudit frère pour approbation… et que fout Alastair ? Je me redresse comme un suricate. Ils sont toujours penchés l'un vers l'autre.

Sharmaine King m'inspire un sentiment étrangement protecteur. S'ils n'ont pas fini d'ici dix minutes, je vais aller les séparer.

Enfin, il se lève. Les yeux plissés, je le regarde aider Sharmaine à enfiler son manteau. Seigneur ! Comme j'aimerais être grande. Ce manteau est magnifique. Zara. Je le reconnais grâce à mes aventures en ligne, mais je nagerais dedans. Il pose ses mains sur ses avant-bras et… *– j'y crois pas ! –* repousse le manteau et le pull pour toucher sa peau nue. Tous les regards sont braqués sur eux. Puis, la regardant droit dans les yeux, il se baisse un peu vers elle et embrasse sa jeune joue fraîche… et laisse ses lèvres s'attarder un instant de trop… Elle rougit. *Putain, je vais le tuer !*

— Au revoir, dit-elle dans un souffle.

Elle sort, trébuchant sur ses brogues. Elle est partie et, à entendre le soupir général, il est évident que toute l'assistance retenait son souffle. Tout le monde semble se réveiller de son rêve.

J'attrape mes affaires et je retrouve Alastair à la porte.

— Viens !

Je marche d'un pas rapide.

— Tu dois attraper un taxi pour Heathrow. Il faut que tu quittes ce pays.

— Qu'est-ce que j'ai fait ? s'étonne-t-il.

— C'est à toi de me le dire !

Nous descendons l'escalier, puis sortons dans la rue.

— Cette pauvre fille. Tu étais censé la congédier. Ça aurait dû durer dix minutes maximum.

J'aperçois un taxi et le hèle d'une main. Il s'arrête devant moi, son compteur tournant.

— Monte !

Je pousse Alastair et lance au chauffeur :

— Heathrow via Shepherd's Bush !

Dès que nous sommes installés, Alastair avoue :

— Je me sens seul.

— Mais tu t'y prends mal.

J'ai bien dû lui répéter le même discours une bonne centaine de fois, mais je vais recommencer :

— Tu penses que celle que tu attends va apparaître et que cette sensation de vertige que tout le monde éprouve au début d'une relation va durer toujours. D'accord, on se plaît et le sexe est super, du moins les premiers temps. Mais nous sommes tous des êtres humains, avec nos failles, essayant de faire au mieux. Le Grand Amour finira par te taper sur les nerfs, comme parfois tes amis t'agacent. Ils te déçoivent, ou bien le bruit de leur cuillère contre leurs dents quand ils mangent un crumble aux pommes avec de la crème anglaise te met en rage. Mais tu ne peux pas te défiler…

Je m'interromps. Parce que, bien sûr, Hugh s'est défilé.

L'évidence me frappe comme un coup dans la poitrine. Encore une fois. Inlassablement.

Alastair me presse :

— Tu n'as pas fini. Tu peux me refaire la comparaison d'une relation avec un petit pays ?

En mode pilote automatique, je reprends ma leçon de morale rebattue.

— Fonder une relation saine c'est comme fonder un petit pays aux frontières bien gardées. Elles sont constamment menacées et, tous les jours, tu dois les consolider. Et quand une crise éclate, tu dois t'astreindre à la contenir, en dépit des répercussions.

Quel droit ai-je de lui dire ça ? Aucun. Plus maintenant. Hugh et moi avons rompu, nos frontières n'ont pas tenu…

Alastair me donne un brusque coup de coude.

— Amy, nous n'avons pas fini ! Dis-moi que je suis trop beau et ainsi de suite. Allez !

On dirait un enfant qui insiste pour avoir son histoire du soir. Laborieusement, je me prépare pour la dernière partie de ma réprimande.

— Les gens pensent que c'est génial d'être beau. Mais, Alastair, rien de pire n'aurait pu t'arriver. Tu gères cet avantage avec une irresponsabilité totale.

— C'est comme… ? me presse-t-il.

— C'est comme confier un fusil à un enfant.

Il hoche la tête. Il a l'air d'un chien battu mais heureux. Nous gardons le silence et, après quelques secondes, il commence à s'activer sur son téléphone. J'en fais autant.

Nous ne prononçons pas un mot jusqu'à ce que nous arrivions à l'appartement de Shepherd's Bush.

— Dis bonjour à Druzie de ma part.

Il sort ma valise à roulettes du taxi et la pose sur le trottoir.

Nous nous embrassons. J'ai de l'affection pour lui et je m'en veux de lui avoir fait la morale. *L'hôpital qui se fout de la charité.*

Chapitre 52

Je cours le long d'une rue grise et poussiéreuse, entourée par de hauts immeubles dévastés. Loin devant moi, je vois Hugh, et j'essaie de l'appeler, mais je n'arrive pas à émettre un son. Je suis dans un endroit dangereux, une ville en ruine, avec des tireurs d'élite sur les toits, des ennemis partout. Dans mes bras, je porte plusieurs chatons qui se tortillent pour essayer de s'échapper. Quand je baisse les yeux, je vois que ce ne sont pas des chatons mais des bébés, des filles. Je reconnais Sofie, Kiara et Neeve. Et une, deux… non, trois Sofie de plus, leurs visages de bébé levés vers moi, éclairés par d'étranges yeux bleus.

À travers l'écran de fumée, j'aperçois toujours Hugh. Mais il s'éloigne et j'essaie d'accélérer le pas. Puis une minuscule Sofie, beaucoup plus petite que les autres, glisse de mon emprise. Mais je n'ai pas le temps de m'arrêter, je l'attrape par l'oreille et elle hurle de douleur. Maintenant, Hugh a disparu et je dois courir plus vite. Mes jambes sont comme du plomb. À mesure que ma terreur enfle, le ciel s'assombrit. Si je ne le rattrape pas, notre famille sera brisée à jamais. Hélas, il est parti. Parti. Parti.

Il ne savait pas que je le suivais. Ne se doutait pas de l'âpreté de mes efforts pour le rattraper. Je ne compte pas pour lui, pas du tout. Et cette perte me fait l'effet d'un éclair me foudroyant la poitrine. La douleur est fulgurante, tellement implacable qu'elle pourrait m'être fatale. Mais je n'ai pas le droit de mourir.

Puis je me réveille en sursaut.

Allongée dans l'obscurité, je sens mon cœur cogner à grands coups. La sensation de crépitement ne s'estompe qu'au bout de quelques instants. Je cherche l'interrupteur à tâtons et, immédiatement, la lumière dissipe l'horreur du cauchemar.

Chapitre 53

Vendredi 21 octobre, jour 39

Je lance à Alastair, de l'autre côté du bureau :

— Que penserais-tu de *Top Gear* ? Trop macho ?

— Peut-être. C'est très subtil. Il doit faire passer le message d'un homme viril, normal et sympathique, mais pas assez macho pour pouvoir se taper une jeune fille au pair.

— Hum.

Je travaille à fond sur Matthew Carlisle et la meilleure source d'inspiration est le questionnaire auquel il a répondu pour le *Guardian* deux ans auparavant.

> Matthew Carlisle (39 ans), fils d'un électricien et d'une immigrée italienne, a grandi à Sheffield. Pendant trois ans, il a présenté l'émission politique

phare de la BBC, *This Week*. Il est marié à l'actrice Ruthie Billingham, ils ont deux enfants et il habite Londres.

Quand avez-vous été le plus heureux? Mardi dernier. Ma femme, mes enfants, le canapé, un film, une pizza.
Quelle est votre plus grande peur? Manquer de pizza.
Quelle est la personne vivante que vous admirez le plus? Ma mère. Elle est arrivée de Naples en Angleterre en 1968 avec deux livres sterling en poche et a jonglé entre trois travails à la fois quand notre père nous a quittés.
Quel est le trait que vous déplorez le plus en vous? L'impatience. Les queues, les fours à micro-ondes, les commandes en ligne, tout pourrait aller plus vite.
Quel est le trait que vous déplorez le plus chez les autres? Mentir par omission. (Je passe une grande partie de ma vie avec des politiciens.)
Qu'est-ce qui vous énerve? Quand il manque une chaussette à la paire.
Que vouliez-vous faire quand vous étiez petit? Footballeur de première division.
Quel est le plus grand amour de votre vie? Ruthie Billingham.
Qu'est-ce qui, pour vous, symbolise l'amour? Mon foyer.
Si vous pouviez faire revivre quelque chose qui n'existe plus? Les Treets. C'est un souvenir heureux de la façon dont je dépensais mon argent de poche.
Quel super-pouvoir aimeriez-vous avoir? La redistribution des richesses.

Quel a été votre moment le plus embarrassant ? Caresser une Maserati à l'arrêt sans remarquer que les deux propriétaires (un peu terrifiés) étaient assis à l'intérieur.

Qu'est-ce qui vous fait pleurer ? Ikea.

Qu'est-ce que vous aimez le moins dans votre apparence ? Mes yeux sont trop rapprochés.

Quel rôle joueriez-vous dans le film de votre vie ? Quelqu'un qui louche.

Que considérez-vous comme votre plus grande réussite ? Que Ruthie m'ait dit oui.

À qui aimeriez-vous demander pardon et pourquoi ? Ma première femme. J'étais un mari nul.

À quelle fréquence faites-vous l'amour ? Pas assez souvent.

Une seule chose qui améliorerait la qualité de votre vie ? Un chien.

Quelle est votre odeur préférée ? Ma femme.

Comment aimez-vous vous détendre ? J'aime cuisiner.

Quelle leçon tirez-vous de la vie ? Nous faisons tous semblant.

Dévoilez-nous un secret sur vous. Dans le fond, je suis un grand sentimental.

Racontez-nous une blague. Comment appelle-t-on un mouton sans jambes ? Un nuage. (Désolé, c'est ma fille qui me l'a racontée.)

Les yeux de Matthew ne sont pas rapprochés. Ils sont intelligents, chaleureux et parfaitement équilibrés. Je suis enchantée de découvrir qu'il aime cuisiner. J'ai déjà parlé avec quelqu'un de *Celebrity MasterChef*. Et il aime les chiens. J'ai donc l'intention de l'associer avec la SPA. Rien de mieux qu'une séquence dans un *Prime Time* populaire montrant un homme adulte jouant avec des chiots abandonnés pour faire fondre les cœurs… Puis, il y a l'histoire de la Maserati. C'est donc visiblement un accro de la mécanique.

Et peut-être pourrions-nous envisager un segment comédie avec pour titre : « L'homme qui avait appris à aimer *Ikea* ».

Presque tous les profils de Matthew débitent nonchalamment les mêmes faits : mère italienne, femme de ménage ; père électricien parti quand il était bébé ; une intelligence remarquable dès l'enfance ; a obtenu une bourse pour Oxford ; Mention « très bien » en philosophie politique et économie ; blablabla… Un premier mariage, très bref, alors qu'il était très jeune, avec une snob, portée sur la cocaïne, suivi par un mariage très en vue avec Ruthie.

Ces interviews ont deux tons : ou la journaliste, invariablement une femme, un peu essoufflée, semble émoustillée, ou le chroniqueur, en dépit de son admiration, donne l'impression que Carlisle gagnerait à se détendre un peu. Il n'est manifestement pas du genre à aller boire une pinte avec le premier venu.

Jusqu'à récemment, tous les articles dont il faisait l'objet étaient unanimes. Il aime sa femme et ses enfants, il vit pour la politique et il a une tolérance zéro pour l'hypocrisie. S'il est coupable de quoi que ce soit, c'est de manquer un peu d'humour. Cela, ajouté à des rumeurs d'infidélité, ne sera pas très bien perçu.

Infidélité plus sens de l'humour = sympathique canaille. Infidélité moins sens de l'humour = mari minable.

Il a besoin de se composer un personnage plus chaleureux et moins prétentieux. Chaque homme en Grande-Bretagne doit avoir envie d'aller boire une bière avec lui. Et chaque femme doit le trouver séduisant, tout en restant convaincue qu'il aime toujours Ruthie.

Qu'est-ce que c'est encore que ce bordel ?

Richie vient de me renvoyer un mail. Je n'y crois pas ! Cette fois, il s'agit d'une capture d'écran de l'invitation, avec en dessous « Pense aux pauvres enfants aveugles ». Il est tellement lourd que j'en reste perplexe : il ne pense quand même pas être convaincant ?

— Alastair, viens voir un peu.

Il se penche sur mon écran, lit le message et commente :

— Il a perdu la tête. Je ne vois pas d'autre explication. Et maintenant, rentre chez toi. Tu as des projets pour le week-end ?

— Steevie organise un brunch demain. Je sais déjà que ça va être un spécial : « Pourquoi nos mecs vont-ils tous voir ailleurs ? »

— Sacrée partie de rigolade en perspective !

— Ça part d'une bonne intention. Mais je sais qu'elle va vouloir que je boive trop et que je dise des horreurs sur Hugh et je n'en ai pas la moindre envie.

— Non ?

— Je regrette tout ce qui se passe. S'il revient et qu'il veut tout reprendre comme avant, je ne veux pas me sentir pleine de haine et de ressentiment.

— Chacun son truc. Comment va Derry ? Elle monte toujours à cheval ?

— Je crois.

— Passe-lui le bonjour.

— Dans tes rêves !

L'ambiance chez mes parents est très joyeuse. Tout le monde parle des débuts de maman dans le vlogging.

— Ils l'ont vue au bureau, déclare Joe. Tous la trouvent hilarante quand elle parle de vérifier ses droits.

— C'est déjà le vlog le plus vu de Neeve.

— Pouvons-nous en faire un autre ? la presse maman. Peux-tu changer ma coiffure ? Je crois que j'aimerais bien me teindre en blonde.

Neeve toussote.

— Hum. Bien sûr. Sans doute. Je m'en occupe.

— En maintenant, ne me gâche pas mon moment de gloire en me criant dessus. Mais où est-ce exactement ?

— Où est quoi ?

— L'Internet ? Où gardent-ils tous ces trucs ? Comme les chaussures que tu m'as achetées et le remontant pour grand-père ? Et maintenant, mes vidéos ? Dans un grand entrepôt ? Au-delà de l'autoroute M50 ?

Pauvre Neeve. Il est évident qu'elle refoule sa rage.

— Mamie, ce n'est pas quelque part. C'est dans l'atmosphère, comme l'électricité. Ou Dieu !

Maman la foudroie d'un regard sévère.

— Dieu est mort.

— Vraiment ? demande papa. En tout cas, il aura bien profité de la vie !

Chapitre 54

Samedi 22 octobre, jour 40

Steevie m'ouvre sa porte en s'essorant les cheveux. Elle a l'air surprise. Et pour cause. J'ai vingt minutes d'avance.

— Amy ! Quelle heure est-il ?

— Tout va bien, il n'est que moins vingt.

Je m'avance dans l'entrée et lui tends une bouteille.

— Écoute, Steevie, avant que les autres arrivent, puis-je te demander une faveur ?

— Bien sûr.

— Aujourd'hui, ça ne te fait rien si nous ne trinquons pas aux malheurs qui pourraient arriver à Hugh ?

— Comme quoi ?

Je fais mon possible pour prendre un ton enjoué :

— Eh bien, comme s'il chopait la chaude-pisse et que son sexe devenait tout vert et tombait.

L'air déconfit, elle s'étonne :

— Pourquoi pas ?

Elle était censée rire. Rire et accepter ma requête. Il me faut une seconde pour rassembler ma détermination.

— Parce que ce n'est pas ce que je ressens.

— Mais c'est ce que tu devrais ressentir ! Le culot qu'il a de partir pour six mois, de te laisser affronter l'humiliation. Ce qu'il a fait est une honte et c'est un vrai connard. Et j'espère bien que son sexe va devenir vert et tomber !

Sans hausser le ton, je réplique :

— Tu vois, je ne pense pas que Hugh soit un vrai connard.

— Mais il l'est. C'est un vrai connard.

Elle est perplexe. Et vexée. Elle a pris la peine d'organiser un brunch pour moi, de se lever tôt et de préparer sa célèbre moussaka végétarienne, sa pavlova au chocolat, d'aller à *Donnybrook Fair* pour acheter quatre sortes de salades différentes et une sélection de fromages coûteux. Et j'ai le culot d'ignorer ses efforts en refusant de croire que mon mari est un vrai connard.

J'ai soudain le moral en berne : ce brunch va être très long.

— Prends un verre de vin, me suggère-t-elle. Et ne t'inquiète pas pour Hugh. Il finira par avoir ce qu'il mérite.

Arrive alors Jana Shanahan, la commère. Elle est vêtue d'une robe farfelue, et ses cheveux sont remontés en un chignon lâche. Si j'ai toujours été charmée par son style juvénile, je crois que je commence à m'en lasser.

Je me demande encore quelles vont être les retombées du scandale du ragoût. Comme il est étrange d'être ainsi liée à des mœurs bourgeoises qui vous obligent à feindre de n'y voir qu'une noble intention. Même sachant que le seul but de l'auteure de ce « cadeau » était de vous espionner sans vergogne. L'espace d'un instant, je me demande ce qui arriverait si je mettais un terme à toute cette hypocrisie en déclarant d'un ton calme : « Genevieve Payne est une garce. »

Seigneur, non ! Je ne suis pas assez courageuse.

En même temps, encore aujourd'hui, des semaines plus tard, chaque fois que je repense à Neeve lui lançant : « Gardez votre ragoût ! », je suis pliée de rire intérieurement.

Peu après l'arrivée de Jana, nous saluons Tasha Ingersoll, sur son trente et un dans une robe Hervé Léger bleue, ultra moulante. Je ne l'ai pas vue depuis au moins un an et je ne l'ai jamais aimée. Puis Mo Edgeworth fait son entrée, en jean skinny et chemise ample. Elle est plutôt sympa mais je la connais à peine. Et je comprends soudain le dénominateur commun entre toutes les participantes à cette réunion : chacune de ces femmes a été larguée par un homme.

Le Lee de Steevie l'a quittée pour son assistante. Quatre jours avant leur mariage, le fiancé de Jana a tout annulé. Tasha Ingersoll a « volé » Neil O'Hegarty à Siobhan O'Hegarty puis Neil est retourné avec Siobhan. Mo Edgeworth ignorait que son petit ami était marié. Puis il y a moi…

J'aurais dû vérifier l'identité des autres invitées. Je pensais avoir assuré en insistant sur le fait que Genevieve Payne ne devait pas être là. Mais cette victoire m'avait tellement soulagée que j'avais baissé ma garde. Maintenant, il est trop tard. Tour à tour, elles me prennent la main en me dévisageant, les yeux dans les yeux, et m'expriment leur compassion. J'affiche la même expression quand je suis face à quelqu'un qui vient de perdre un proche ou d'apprendre qu'il a un cancer. Et je comprends à quel point il est humiliant d'en faire les frais. Je ferai plus attention à l'avenir.

— La moussaka est prête ! lance Steevie, abrupte.

Elle a l'air blessé.

Nous prenons place autour de la table et je bois mon vin avec prudence, consciente du danger si je ne me surveille pas.

— Alors ! Comment as-tu géré ? commence Tasha.

— Franchement, je vais bien.

Ma réponse est accueillie par un silence acrimonieux.

— Qu'as-tu fait ?

— J'ai été très occupée, totalement accaparée par mon travail. J'ai fait signer un nouveau client, mardi. Devinez qui. Un indice, il est vraiment fabuleux.

— Hugh Jackman ?

— Pas si fabuleux. Il travaille pour la BBC.

— Bruce Forsyth.

— Allez !

— Qui est-ce, Amy ?

— Matthew Carlisle.

— Celui qui se tape sa baby-sitter ?

— Il ne…

— Je trouve qu'il ressemble à Tom Ford, m'interrompt Tasha d'un ton dégoûté.

— Quoi d'autre ? me presse Mo.

— J'ai profité de mes filles. Sofie est revenue vivre à la maison, ce qui me comble de joie.

Hélas, les histoires sur mes filles ne suffisent pas à satisfaire leur curiosité insatiable. Je devrais pour le moins leur confier que je viens de m'inscrire sur ce site de rencontres qui met en relation les femmes portées sur les barbes avec des barbus. Dans le silence qui suit, feignant ma gratitude pour cette réunion lugubre, je mange trop de moussaka. Mais mon hypocrisie est flagrante.

Quand Steevie demande à Tasha : « Alors ? Tu as rencontré quelqu'un ? », je n'ai qu'une envie, me lever et partir. Seule la promesse du fromage gourmet me retient.

Tasha se lance dans une histoire épouvantable sur un homme horrible qui avait un pénis tout déformé. Je bois lentement mais beaucoup. Elle termine son récit en me lançant un coup d'œil en coin et, sarcastique, annonce :

— C'est ce qui t'attend, Amy.

Ce n'est pas du tout ce qui m'attend.

— Nous sommes en train d'échouer au test de Bechdel de façon spectaculaire, dis-je.

Steevie me foudroie littéralement du regard puis, avec des gestes saccadés, débarrasse. Je me rends compte que j'ai mangé dix fois plus que les autres. La pavlova arrive. Encore le dessert à supporter, puis le fromage, comme le veut la coutume britannique. Ensuite, je pourrai prendre congé.

C'est la dernière fois que j'assiste à ce genre de réunion. C'est au-dessus de mes forces. Mais Steevie va en prendre ombrage. Je suis donc confrontée à un choix vraiment pénible : soit lui faire plaisir, soit me protéger et, ce faisant, compromettre une amitié qui compte. Ce n'est pas ce que je veux. Mais c'est ce que l'on appelle le développement personnel. Qui ne peut que résulter de circonstances déplaisantes. Un jour, plus tard, je me sentirai peut-être pleine de sagesse, satisfaite de ma décision. Même si cela risque de demander un certain temps.

J'accepte une assiette de pavlova au chocolat, que j'engloutis en sentant à peine le goût.

— Waouh ! Regardez comme elle compense par la nourriture ! lance Tasha.

Sa méchanceté me laisse sans voix. Je parviens finalement à riposter par une superbe phrase que m'a apprise Neeve :

— Aïe ! Emmenez-moi aux urgences !

— Attends un peu de voir arriver le fromage, persifle Steevie.

Oh non ! Nous venons de passer des blagues agressives au crêpage de chignon déclaré.

L'espace d'une seconde, j'envisage de jeter ma serviette sur la table et de partir. Mais j'ai trop peur. Au lieu de cela, je vide la moitié de mon verre de vin.

Dans un effort désespéré pour ranimer l'ambiance, Jana lance :

— Alors, Amy, tu as une liste de souhaits à réaliser pendant l'absence de Hugh ?

Je réponds par une blague :

— Des voyages ? Machu Picchu ?

— Tu vas faire le treck de trois jours ? demande-t-elle.

— Il n'y a pas de train ? Je ne vais pas randonner pendant trois jours, je n'ai pas envie de le voir à ce point.

Maintenant, je suis un peu ivre.

— Et que dirais-tu d'aller nager avec les dauphins ? insiste-t-elle.

— Les dauphins m'inquiètent. Jusqu'ici, ils font preuve envers nous d'une certaine tolérance. Mais j'ai le sentiment que le vent pourrait tourner.

Je suis vraiment bourrée. D'une voix avinée, je poursuis :

— La seule chose que j'aime vraiment, c'est les vêtements. Si je le pouvais, je passerais mes journées dans des friperies. À chercher de belles pièces vintage. J'aurais ma propre boutique.

Je fais un gros effort pour parler clairement.

— Et tu le devrais, Amy, m'encourage Jana.

Immédiatement, Tasha commence à chercher des idées dans son téléphone.

Calmant l'enthousiasme de Jana d'un geste, je m'exclame :

— Ah non ! Pas d'illusions. Ce n'est pas un métier. Ces vieilles robes ne seront jamais que de vieux oripeaux sans valeur.

Tout en dévisageant Tasha, je répète, sentant soudain une envie de rire :

— De vieux oripeaux sans valeur ! Les clients seraient furieux parce qu'elle coûterait cinq euros alors que j'aurais dépensé dix euros pour la faire nettoyer au pressing. Et je pourrais passer trois jours d'affilée à ne rien vendre tout en continuant à payer le loyer de la boutique. Puis je serais expulsée.

Sur cette note optimiste, Tasha se lève.

— Je dois y aller.

— Moi aussi, dis-je.

— Tu n'as pas mangé ton fromage, fait remarquer Steevie.

Je la regarde droit dans les yeux.

— Je n'en veux pas.

Ça va mal. Vraiment très mal. Je ne sais pas comment cela a bien pu arriver, mais nous sommes en guerre. C'est terrible et j'ai peur.

— Il y a une chose que tu devrais savoir, annonce Tasha. Quand Genevieve a apporté ce ragoût chez toi, ça partait d'une bonne intention.

— Conneries !

— S'il te plaît, ne m'insulte pas, me prie-t-elle d'un ton guindé.

Sarcastique, je persifle, cinglante :

— Je te prie d'accepter mes excuses. Elle a été *absolument* abjecte. Genevieve s'est comportée en vrai vautour.

— Pourquoi aurait-elle fait ça ? demande Steevie avec froideur.

La même Steevie qui sait exactement à quoi ressemble Genevieve.

— Tu penses que Hugh plaît à Genevieve ? insiste Tasha, virulente.

Je préfère me taire.

Je pourrais raconter l'histoire du jour où Hugh a acheté une nouvelle voiture, une Volkswagen d'occasion, et que Genevieve a susurré : « Super pneus ! » avant de lui demander s'il pouvait l'emmener faire un tour, comme s'il s'agissait d'une Porsche.

Je le pourrais. Mais je ne le ferai pas.

— Il lui plaît, intervient Mo. Elle me l'a dit.

Alors comme ça, Mo aussi est une amie de Genevieve ? En fait, toutes les femmes présentes sont ses amies. Je suis tombée dans un nid de vipères, le fan-club de Genevieve Payne.

— Eh bien…

La pauvre Jana se creuse la tête pour essayer de trouver une phrase innocente.

— Eh bien, peut-être qu'il lui plaît parce que, soyons franches, Hugh est plutôt sexy !

Chapitre 55

Je ne peux pas rentrer en voiture, j'ai beaucoup trop bu. Je pars donc à pied, sur mes talons trop hauts. Une fois à bonne distance de mes compagnes de déjeuner, les larmes se mettent à ruisseler sur mes joues.

J'ai très mal géré. Je suis à la fois pleine de honte et d'amertume. Toujours sur la défensive mais vraiment triste. Steevie et moi étions amies depuis longtemps et, soudain, notre amitié est fichue. Est-ce que tout le reste aussi va partir à vau-l'eau ? Le départ de Hugh est-il le prélude à un changement de vie radical ?

Je déteste les confrontations, je déteste la rancœur, je me sens tremblante, nauséeuse.

Je titube sur mes chaussures inappropriées et, en passant devant Marley Park, je décide de reposer mes pauvres pieds. Qui sait, peut-être même vais-je dessoûler.

J'avise un banc près d'un arbre énorme, sans doute un chêne, et je m'assieds quelques minutes. Une feuille se détache de sa branche et tournoie vers le sol. Pour elle, la partie est finie. Elle est suivie d'une autre, noire et desséchée. Puis une autre et encore une autre. Elles meurent toutes, comme s'il pleuvait des feuilles, comme si la mort pleuvait. Hugh me manque, il me manque tellement. Je donnerais tout ce que je possède simplement pour rentrer à la maison et l'y trouver, lisant le journal, écoutant de la musique.

Il aurait trouvé un antidote à la hargne de Steevie. Il m'aurait attirée sur ses genoux et m'aurait serrée contre lui, la chaleur de son corps faisant fondre l'étau glacé qui m'enserrait le cœur. Il m'aurait laissée fulminer, aurait trouvé des paroles apaisantes. Mais il n'est pas là.

Et cela fait bien plus de six semaines qu'il n'est plus là pour moi. L'évidence me frappe alors. Il a démissionné en août de l'année dernière, lorsqu'il a appris que son père était en train de mourir.

Je l'avais trouvé dans notre chambre, assis sur notre lit, et devant l'étrange froideur qu'affichait son visage, j'avais pensé qu'il avait appris pour Josh. Même s'il s'était passé plus d'un mois depuis que j'avais mis un terme à nos rencontres, ma culpabilité était toujours prête à resurgir.

— Qu'est-ce qui ne va pas ?

— Papa. Il est malade.

J'avais alors compris que ce que j'avais pris pour de la froideur était de la stupéfaction, une profonde stupéfaction. Ma culpabilité déformait la réalité.

— Malade comment ?

D'un cancer. Je le savais avant même qu'il ne le dise.

— Ses poumons. C'est grave, Amy.

— Mais la chimio…

— Non. Il est… mourant. Il va mourir.

Le moment n'était pas propice aux platitudes.

— Raconte.

— Trois mois.

— Ça pourrait durer plus. Les médecins se trompent souvent.

Les sourcils froncés, il avait marmonné :

— Dans trois mois, mon père sera mort. Dans douze semaines. C'est étrange.

La mort de sa mère, Sandie, l'année précédente, avait été une épreuve particulièrement difficile. Elle n'avait que soixante-deux ans, un âge scandaleusement jeune pour mourir. C'était une femme merveilleuse. Chaleureuse, sensible, solide, elle était vraiment l'âme de leur foyer.

Pourtant, en dépit de l'insoutenable absence, en l'espace d'une année, les Durrant avaient réorganisé leur vie. Sans pour autant combler le vide, ils avaient su recréer leur cellule familiale, peut-être encore plus soudée qu'avant.

Même si cela paraît étrange à dire, Hugh avait vécu le deuil de sa mère à la perfection : il pleurait souvent, avait des accès de rage inexplicables, dont, consterné, il s'excusait immédiatement, il regardait de vieilles photos et racontait des souvenirs pleins de tendresse. Nous la pleurions ensemble parce que je l'aimais aussi. J'avais même l'impression que cette disparition m'avait plus affectée que lui. Je la vivais comme un petit séisme intérieur, j'avais des insomnies, je mangeais trop, et tout me paraissait vain. Puis c'était passé. Mais, pendant les deux années qui avaient suivi, j'en avais ressenti les secousses, j'avais continué à mal dormir.

Néanmoins, je savais d'instinct que, cette fois, ce serait différent pour lui. Peut-être parce que son père était son seul parent vivant. Quelle que soit la raison, j'avais le pressentiment qu'il allait vivre ce deuil beaucoup plus difficilement. Et qu'il aurait besoin de mon soutien sans faille. De ma présence constante. Que je n'aurais plus le droit de me laisser aller à rêver à Josh Rowan. J'avais donc pris la décision de ne plus le voir, ce qui me procurait un immense soulagement.

— Nous devons rendre ces trois mois merveilleux, avais-je dit.

Mais nous n'avions pas la moindre chance de remplir les derniers jours de Robert de plaisirs, pas la moindre chance de cocher quelques souhaits sur sa modeste liste de choses à faire avant de mourir. Dès le départ, la maladie l'avait frappé de façon implacable. Il avait survécu pendant deux mois mais dans d'atroces souffrances. Tous les matins, je murmurais une prière silencieuse à l'univers : « S'il vous plaît, faites qu'il meure aujourd'hui. » Être au chevet d'un malade, témoin de sa douleur déchirante, et, totalement démuni, l'entendre supplier pour de la morphine, était à la fois épuisant et surréaliste.

Le frère de Hugh, Carl, avait formulé ce que nous pensions tous :

— Ne peuvent-ils pas faire quelque chose ? Pour… abréger tout ça ? L'emmener dans cette clinique en Suisse ? Qu'en penses-tu, Hugh ?

Hugh avait secoué la tête avec raideur.

— Non, avait admis Carl en pleurant. Je disais juste ça par…

— Désespoir ? avais-je proposé.

— Oui.

Il m'avait lancé un regard reconnaissant. Mais Hugh n'était plus impliqué. Il s'était refermé. Il adressait à peine la parole à ses frères. Et, à ma grande surprise, il repoussait mes tentatives pour le persuader de parler.

— Arrête, Amy. Essayons juste de traverser cette épreuve.

Finalement, par une journée venteuse d'octobre, Robert avait été autorisé à quitter son corps et j'en avais éprouvé un tel soulagement qu'il m'avait fallu un moment pour me rendre compte qu'il était mort. Quand, enfin, j'avais compris, je m'étais mise à sangloter. Il était tellement adorable avec sa boîte à outils et ses mauvais jeux de mots.

Tout comme Robert avait été délivré par sa mort, je pensais que son départ délivrerait aussi Hugh. Il s'était fermé sur lui-même pour endurer les souffrances de son père et maintenant, il allait passer à une nouvelle phase de chagrin, plus saine, plus cathartique. Mais il était resté taciturne, inaccessible, n'exprimant aucune pensée, aucun sentiment, toujours plus loin de moi.

Parfois, j'avais l'impression qu'il recommençait à s'ouvrir. Comme le soir où il avait annoncé au beau milieu de *Game of Thrones* :

— Il avait soixante-treize ans. Ce n'est pas un âge.

J'avais attrapé la télécommande, prête pour une conversation à cœur ouvert, mais il s'était levé et avait gagné la chambre.

— C'est beaucoup trop jeune.

Un autre soir, alors que nous étions couchés, il avait déclaré dans l'obscurité :

— Je suis le prochain.

— Pour quoi ?

Mais je savais déjà ce qu'il entendait par-là. La mort l'obsédait silencieusement.

— Chéri.

J'avais essayé de me blottir contre lui mais il était resté raide, sans réagir. J'avais allumé la lumière. Aussitôt, il l'avait éteinte.

— Bonne nuit, Amy.

— Hugh.

Il m'avait tourné le dos.

Je comprends aujourd'hui que, depuis que nous avions appris que Robert était en train de mourir d'un cancer, je me sentais… seule. Je suppose que c'est le mot approprié. Pourtant, je n'avais pas vraiment fait face à cette solitude. Hugh et moi avions continué à vivre au sein de l'infrastructure d'une vie partagée. Il était toujours là physiquement, nous avions notre routine, nous étions polis l'un envers l'autre.

Et toutes les relations connaissent des hauts et des bas. J'en avais pleinement conscience. Pas juste les mariages, mais Derry et moi, Alastair et moi, tout le monde et moi. Parfois, votre cœur explose d'amour pour quelqu'un, parfois le simple fait de l'entendre entrer dans une pièce vous plonge dans un terrible état de tension. Mon subconscient me soufflait que Hugh et moi traversions une phase d'éloignement. C'était déjà arrivé à deux reprises : quand il avait eu quarante ans, il s'était refermé sur lui-même pendant quelques mois. Il y avait cinq ans, quand j'avais été licenciée, j'avais vécu trois mois lugubres pendant lesquels je m'étais sentie détachée de tous, même de lui. Nous finissions néanmoins toujours par renouer le lien. Mais pas cette fois.

Chapitre 56

Mardi 25 octobre, jour 43

Le secret pour pousser les gens à faire quelque chose contre leur gré est de commencer par leur proposer des options bien pires.

—Alors…

En ce mardi matin, je suis dans la cuisine de Dan Carlisle. Avec un grand sourire, je regarde le séduisant Matthew Carlisle, puis son frère, nettement moins séduisant.

—J'ai eu des appels des producteurs de *Je suis une célébrité* et de *La Ferme Célébrités.*

En effet, ils m'ont téléphoné. Mais cela n'avait aucun rapport avec Matthew. Et pas récemment. Mais, en théorie, je ne mens pas…

Dan se lève pour marquer son mécontentement et déclare d'une voix abrupte :

—*Je suis une célébrité ?* Vous voulez lui faire manger des orteils d'émeu ? C'est ça, votre plan imparable ?

Me drapant dans un calme olympien, je réponds de cette voix si caractéristique qui pousse les gens à faire mes quatre volontés.

—Jamais de la vie. Mon idée est simplement d'illustrer le fait que Matthew suscite beaucoup d'intérêt.

Ce dernier réagit à peine. Il contemple ses grandes mains sexy, posées sur la table de la cuisine. Son beau visage pâle affiche une profonde tristesse.

Le culot de ces garces, dimanche dernier ! Dire qu'elles n'ont même pas été impressionnées d'apprendre qu'il était mon client. *Oh, merde !* Je n'aurais pas dû repenser à ce déjeuner.

Rien que le souvenir me donne la nausée. Lundi matin, j'ai dû aller chercher en catimini ma voiture abandonnée chez Steevie avant de partir au bureau. Sa Mini était toujours dans l'allée : il y avait de fortes chances pour qu'elle sorte de chez elle, vêtue de son tailleur. Tête baissée, je me suis hâtée furtivement en direction de ma voiture. Pourtant, malgré moi, j'espérais la voir. Un face-à-face nous aurait peut-être offert plus de chances d'oublier ce moment aussi étrange que désagréable. Nous nous serions sans doute embrassées, nous serions excusées, aurions ri et un peu pleuré, et tout aurait été oublié. Nous nous étions déjà accrochées par le passé, bien entendu. Nous étions amies depuis longtemps. Mais c'était la première fois que nous avions un différend aussi acerbe.

Je reviens au présent. Sarcastique, Dan Carlisle me demande :

— Laissez-moi deviner. Vous l'avez inscrit à *Danse avec les stars* ?

Franchement, ce serait carrément fantastique. Quelque chose me dit que Matthew ne sait pas danser mais qu'il ferait son possible pour apprendre. Avec son physique de star de cinéma et l'application qu'il y mettrait malgré ses pieds lourdauds, il pourrait, qui sait, aller jusqu'à la finale. Je pouvais déjà imaginer les juges en émoi devant sa salsa, en train de dire : « Chéri, tu es vraiment mauvais, mais tu as tout donné ! » avant de lui attribuer un six par pitié. À la fin de la deuxième semaine, il serait la coqueluche de tout le pays.

— Nous sommes presque fin octobre, lui rappelé-je. Il est bien trop tard pour *Danse avec les stars.* Et maintenant, s'il vous plaît, asseyez-vous.

La cuisine de Dan Carlisle, en chrome et éléments laqués de blanc, est mon pire cauchemar. Elle est froide, dure, repoussante. À l'image de son propriétaire, en fait.

Avec douceur, je reprends à l'intention de Matthew :

— Vous ne devez rien faire qui ne vous plaise pas. Mon projet n'est pas de vous ridiculiser.

Il me lance un regard reconnaissant. Je reprends :

— Vous aimez cuisiner. Vous vous sentez à l'aise dans une cuisine ? Que diriez-vous de *Celebrity MasterChef* ?

Il hoche la tête.

— Ça pourrait aller.

Un grand sourire aux lèvres, j'approuve.

— Super ! Donc, vous seriez d'accord pour que je contacte la productrice ?

Je n'ai pas besoin de lui préciser que c'est déjà fait.

— Je ferais bien de commencer à m'entraîner, dit-il, soudain plein d'énergie.

— Inutile. Vous n'avez pas besoin d'être trop bon. Les gens n'apprécient pas la perfection. Commencer par être correct, puis s'améliorer, ça passe beaucoup mieux.

— Tout cela est d'un tel cynisme, murmure-t-il, sa mélancolie revenue.

Avec un sourire en coin, je réplique :

— Venant d'un homme qui passe sa vie avec des politiciens.

Il sourit à son tour, avec une gaieté inattendue.

— Oui. C'est bien pire.

— Qu'avez-vous d'autre ? intervient Dan.

M'adressant à Matthew, je déclare :

— Vous aimez les chiens.

— Oui. Mais Ruthie est allergique.

J'ignore mon envie de pousser un soupir de lassitude.

— Un chien pourrait être un réconfort pour vous, en ce moment.

Ce qu'il ne sait pas, c'est que j'ai déjà pris contact avec une société de production pour voir s'ils seraient intéressés par le tournage d'un documentaire d'une demi-heure sur Matthew Carlisle et son nouveau chiot.

— Si je prends un chien, est-ce que cela n'enverra pas le message que tout est vraiment fini entre Ruthie et moi ?

Matthew pourrait même s'offrir une meute de huskies adultes. À voir la façon dont Ruthie l'a jeté en pâture aux vautours des médias, il est manifeste qu'elle ne veut plus jamais entendre parler de lui.

Même si je peux me tromper. Chaque relation n'est-elle pas un mystère, qui se révèle uniquement aux deux principaux intéressés ?

— Réfléchissez-y, dis-je d'une voix enjouée. Ce serait émouvant pour le public.

— « Émouvant » ? C'est l'homme le plus intelligent de Grande-Bretagne, ricane Dan.

Je sens la moutarde me monter au nez. Pour commencer, pourquoi ce tocard est-il ici ?

— Ne devriez-vous pas être au travail ?

Attaché à une longue chaîne s'entrechoquant, devant un entrepôt isolé, dressé pour aboyer sur les intrus ?

— Vous savez quoi, vous avez raison. Mais je trouve plus important de m'occuper de mon frère.

— Je peux m'occuper de lui.

— Vraiment ?

— Quelles sont vos autres idées ? tempère Matthew.

Je devine que l'attitude de Dan l'oblige à souvent calmer le jeu.

Sachant que je vais avoir plus de mal à vendre ma suggestion suivante, je commence :

— Bon, voilà. Avez-vous entendu parler d'une émission qui s'appelle *Deadly Intentions* ? C'est une émission de deuxième partie de soirée, un truc sombre et subversif, avec un invité du nom de Matthew Carlisle qui dit des choses du genre : « Je suis Matthew Carlisle et sous mon costume je porte le slip d'Angela Merkel. »

Matthew renchérit d'un ton pince-sans-rire :

— Je suis Matthew Carlisle et quand je jouis, je crie « Bernie Sanders ! »

Bien, il connaît l'émission. Ce qui, au moins, me sauve de la tâche malaisée de la lui expliquer.

— Vous voulez qu'il aille dans cette émission ? s'exclame Dan. C'est injurieux.

Il semble frôler la crise d'apoplexie.

— Ce sont juste des idioties sans méchanceté, dis-je avec un sourire plein d'assurance. Mais si Matthew pouvait sortir de son personnage, le public adorerait. Le sens de l'autodérision est toujours très attachant.

— D'accord, acquiesce-t-il. Je marche.

— Eh bien, super !

Je suis un peu surprise. Jamais je ne me serais attendue à le convaincre aussi facilement.

— Je suis Matthew Carlisle et je suis prêt à m'humilier sur une chaîne nationale si cela peut m'aider à blanchir mon nom.

— Ha ha ha ! Très bon. C'est drôle.

En fait, c'était vraiment drôle.

— Alors que dois-je faire ?

— Le tournage de la nouvelle série d'émissions démarre en novembre.

Dan bondit.

— En novembre ? Alors quand est-ce que ce sera diffusé ?

— En début d'année prochaine. Vous vous rappelez ce que je vous ai dit quand nous nous sommes rencontrés la semaine dernière ? C'est un projet à long terme, un recalibrage long et délicat de l'image publique de Matthew.

— Mais le fait qu'il soit actuellement perçu comme un type qui se tape sa baby-sitter est en train de le tuer. Nous insistons pour que vous agissiez dès aujourd'hui.

Sans me départir de mon flegme, je rétorque :

— Matthew, nous pouvons tout arrêter maintenant. Je vous rembourserai pour les heures non utilisées et vous pourrez trouver un autre attaché de presse.

— Oh ! s'exclame-t-il d'un air stupéfait. Nous sommes si difficiles que ça ?

D'un ton aimable mais ferme, je fais remarquer :

— Cette relation doit fonctionner dans les deux sens.

— Oh. Bien. Oui, mais… Je veux continuer avec elle, ajoute-t-il en se tournant vers son frère.

Dan ferme les yeux. Il semble sur le point de défaillir. Et, parce que je suis faible, je triomphe intérieurement.

Plein de ferveur, Matthew explique :

— Dan cherche juste à me protéger. Nous n'avons toujours été que tous les deux.

— Je compatis.

Ce qui est totalement faux. Je n'éprouve aucune empathie, je veux juste faire mon travail.

— Mais toute cette agressivité ne m'aide pas beaucoup, ajouté-je.

— Désolé. Nous allons nous montrer plus coopératifs, affirme Matthew.

— Merci.

J'ai la victoire modeste. Hormis le regard assassin que je coule furtivement à Dan. Mais il est si bref qu'il le remarque à peine.

— Encore quelques précisions. Vous devriez vous associer à une œuvre caritative. Alors réfléchissez à une cause qui vous tient à cœur. Et vous êtes un supporter de Fulham, c'est ça ? Commencez à vous montrer à des matchs. Mettez votre fierté de côté. Ayez l'air abordable. Et maintenant, Twitter. J'ai besoin d'avoir accès à votre compte pour compléter son contenu.

— Des vidéos de chats qui dansent, persifle Dan.

Encore une fois, il m'accable de son mépris. Mais, pour lui rendre justice, il s'empresse de marmonner :

— Désolé.

— Des chiots, dis-je. Des chiots qui dansent. Matthew aime les chiens.

Puis, le regardant intensément droit dans les yeux, j'ajoute :

— Je n'insisterai jamais assez sur ce point : pas de romance. Pas d'aventures d'une nuit. Rien.

Je vois un éclair traverser son regard, une infime lueur que je suis incapable de déchiffrer.

— C'est vital.

— D'accord.

— Tout est clair ?

— Limpide.

— Encore une chose. La cérémonie des Media Awards doit avoir lieu vendredi prochain. Félicitations pour votre nomination. Mais aucune escorte autorisée.

— Ruthie m'accompagnait toujours à ce genre de truc.

— Je sais, dis-je d'un ton compréhensif. Mais, cette fois, vous ne pouvez pas vous montrer en compagnie féminine.

— Pas même Nara Nordstrom ? C'est une collègue.

J'en frémis d'avance. Nara Nordstrom est l'une des présentatrices de la télévision qui font fantasmer les foules.

— Matthew, non ! Vous devez penser à l'effet qu'une photo de vous avec Nara produirait sur le public britannique en ce moment. Si vous voulez vraiment un allié, emmenez Dante.

Il lance un regard chagriné à son frère et maugrée :

— Charmant !

J'ajoute alors :

— Je serai présente. Vous serez bien entouré.

— Oh. D'accord. Ça ira, dans ce cas.

— Bien.

Je rassemble mes affaires.

— Je vous raccompagne, annonce Dan.

Il me suit dans le couloir et déclare :

— Bien joué. Lui avoir proposé de changer d'attaché de presse. Maintenant, il vous fait vraiment confiance.

— Parce qu'il peut me faire confiance.

Sachant que Matthew ne peut plus nous entendre, je laisse libre cours à ma frustration.

— Quel est votre problème avec moi ?

— J'essaie juste de protéger mon grand frère.

— Il me l'a déjà dit. Vous radotez.

Il a l'air ulcéré. Je le suis aussi. C'est tellement peu professionnel. Abasourdi, il me lance :

— Vous savez quoi ? Vous me faites penser à l'un de ces petits roquets qui ne lâchent jamais.

— En fait, c'est vous qui êtes comme l'un de ces petits roquets !

Je sors dans la rue et j'entends la porte claquer derrière moi.

— Sympa, la cuisine, Dante, dis-je d'une voix forte.

Puis, je hurle :

— Ou pas !

Chapitre 57

Jeudi 27 octobre, jour 45

Ce jeudi, quand je rentre, Neeve me demande :

— Maman, est-ce que ton portable est éteint ?

— Non. Pourquoi ?

— Parce que papa a appelé.

Mon cœur fait un bond dans ma poitrine. *Hugh a appelé ?*

— Au sujet d'un bal d'une association caritative, poursuit Neeve.

Mon sang se glace. Mon profond soulagement est submergé par une intolérable déception. Richie Aldin. Oui, j'ai vu son nom s'afficher à l'écran de mon téléphone et, non, je n'ai pas répondu. N'avais-je pas déjà décliné son invitation à son fichu bal un million de fois ? Son insistance frôle le harcèlement.

— Il a dit que nous devrions y aller tous les trois ensemble.

Terrifiée par son visage rayonnant, plein d'espoir, je décide de gérer le problème sans attendre. D'un ton plein de douceur, je lui dis :

— Neeve, je ne vais pas à ce bal. Mais je vais en parler à ton père.

Je trouve son numéro et je l'appelle. Il répond trop vite.

— Amy ?

J'entends à sa voix qu'il brûle d'impatience.

— Pouvons-nous nous voir pour parler ?

— Je peux passer chez toi.

C'est hors de question. Mais, n'ayant nulle intention de courir à l'autre bout de la ville, je suggère :

— *Starbucks* à Dundrum. Dans combien de temps peux-tu y être ?

— Tu veux dire, maintenant ? Mais je suis chez moi, à Clontarf. Ça va prendre un moment.

— Fonce, alors. Et envoie-moi un texto quand tu arrives.

— Ce ne serait pas plus simple si je venais chez toi ?

— Envoie-moi un texto quand tu seras à *Starbucks*.

Mon téléphone bipe.

Je suis arrivé. Que veux-tu boire ?

Un thé à la menthe.

D'accord, ça marche ! Bises.

Souriant, Richie a l'air ravi de me voir.

— Amy !

Il se penche pour m'embrasser, sur la bouche. M'y attendant un peu, je me détourne juste à temps. Ce qui le surprend. Mais il se ressaisit vite.

— Tu es superbe ! me complimente-t-il. Joli manteau.

Il fait un signe à un serveur derrière le comptoir. Immédiatement, il arrive avec un pot d'eau bouillante pour mon thé à la menthe.

— Je ne voulais pas que ton thé refroidisse, m'explique-t-il avec un nouveau sourire.

Pour la première fois, je remarque qu'il s'est manifestement fait faire des facettes : ses dents sont étrangement carrées et régulières. Peut-on décrire des dents comme pédantes ?

Il fait glisser une assiette à travers la table et reprend :

— Je t'ai commandé un muffin. Cannelle, ça te va ?

Puis, il me sert le thé.

— Alors, que se passe-t-il ? Tu ne pouvais pas attendre jusqu'à samedi pour me voir ?

Un éclair de sa dentition d'une blancheur immaculée apparaît soudainement.

— Richie, je ne vais pas à ce bal avec toi.

Son expression pleine d'espoir ne s'évanouit pas.

— Tu n'aimes pas ce genre d'événement ? C'est vrai, je suppose que ton travail t'oblige à assister à des tas de trucs comme ça. Et que dirais-tu d'un dîner ? Où tu voudras ! *La Greenhouse* ? *Guilbaud* ? Ou nous…

— Richie, je ne veux rien faire avec toi.

— Pourquoi pas ? Tu es en break.

— Hugh fait une pause. Mais pas moi. Et, même si c'était le cas, je n'éprouve pas ce genre de sentiment pour toi.

— Il te suffit d'essayer. Allons, Amy ! Tu ne te souviens pas de comment nous étions ?

— Si, je m'en souviens.

Il doit y avoir un nom pour ce que je ressens à cet instant précis, cette absence totale d'empathie. C'est manifestement une espèce de trouble de la personnalité. Serait-ce du narcissisme ? Je vais devoir en chercher les symptômes exacts sur Google.

— Tu mérites que je me rachète, dit-il.

— Mais ça n'a plus d'importance.

— Ça en a pour moi. Je me sens coupable. Amy, je suis… troublé. Je me réveille la nuit et je pense à toi et à Neeve. Tu étais si jeune, l'âge de Neeve aujourd'hui, et seule, et je t'ai arnaquée avec l'argent et…

— Je te pardonne. Tu le sais déjà.

— Mais le remords ne me lâche pas. Et ça va au-delà de la culpabilité, ajoute-t-il. Je suis toujours attiré par toi.

— Oh, de grâce !

— Oui, ajoute-t-il. Je veux dire, sexuellement.

Comment puis-je ne pas rire ? « *Oui, je veux dire sexuellement.* » Quelle anecdote fabuleuse ! Attendez un peu que je raconte ça à Hugh. Ah, c'est vrai, Hugh est parti ! Mais à d'autres. À Derry. Ça a déjà tous les ingrédients d'un super slogan.

« *Oui. Je veux dire, sexuellement.* »

Puis-je avoir ce gigot d'agneau ? Oui. Je veux dire, sexuellement.

J'ADORE tes cheveux. Oui. Je veux dire, sexuellement.

Comme il est étrange de voir qu'à une époque, entendre Richie demander mon pardon m'aurait comblée de joie. Je me demande soudain si Hugh et moi pourrions un jour nous asseoir face à face, à une table d'un *Starbucks* animé, quand tout serait fini entre nous, que notre histoire appartiendrait au passé. À cette pensée, une flèche d'une douleur indicible me transperce le cœur.

Où va l'amour quand il meurt ? Dans les fleurs et autres beautés de la nature ? Il repart dans l'univers pour y être recyclé ? Mais Richie a raison : nous nous sommes aimés passionnément et, maintenant, il ne reste plus rien, hormis cette culpabilité pleine de complaisance qui n'a que trop tardé.

— Fais-moi confiance, Amy. Nous pouvons redevenir ce que nous étions.

— C'est absolument impossible.

— Tu ne fais pas d'effort. Essaie. Il le faut. Parce que je ne supporte pas ce remords qui me ronge.

— Richie, tu devrais peut-être voir un médecin. Va te faire examiner, ça ne te peut pas te faire de mal.

— Tu me punis !

Ce n'est pas mon intention. Mais je ne peux pas lui donner ce qu'il veut. Pas maintenant, c'est beaucoup trop tard. Ainsi donc, tout passe. Tout finit par passer, le bonheur, le malheur, l'amour, la douleur. C'est une vérité aigre-douce à laquelle s'accrocher. Tout finit par passer.

Je lui suggère :

— Entame une psychothérapie. Ou va faire du bénévolat pour une soupe populaire. Quoi que tu fasses, Richie, apprends à vivre avec la culpabilité.

— D'accord.

Contre toute attente, il se met à fulminer.

— Si tu refuses de me voir, je ne verrai plus Neeve.

Maintenant, je suis inquiète. Mais ma peur est de courte durée. Parce que si j'étais assez folle pour accepter sa requête débile, il se lasserait de moi à vitesse grand V et Neeve se verrait de nouveau ignorée.

— Sérieux, Richie, tu me menaces ? C'est comme ça que tu veux te racheter ? Peut-être que traiter ta fille avec gentillesse apaisera un peu ta culpabilité. Pourquoi ne l'emmènerais-tu pas au bal pour les pauvres petits aveugles ?

— Je voulais juste…

— Richie, je vais être très claire. Je ne veux pas passer de temps en ta compagnie. Je ne veux pas te voir.

Je me lève.

— Je ne veux pas avoir de tes nouvelles, à moins qu'il ne s'agisse de Neeve.

— Ah, non, Amy !

Je repousse le muffin vers lui, faisant crisser le couteau sur l'assiette.

— Une dernière chose : je déteste la cannelle. J'ai toujours détesté la cannelle. Tout le monde le sait.

Neeve m'attend sur le pas de la porte.

— Comment ça s'est passé ?

La gorge sèche, je réponds :

— Neeve, viens t'asseoir avec moi.

Elle sait. Je le vois. Elle sait ce que je vais dire et ses larmes jaillissent déjà. Ma pauvre Neeve qui ne pleure presque jamais.

Nous nous asseyons sur le canapé, genou contre genou, sa main dans la mienne. De la voix empreinte de douceur que je réserverais à une petite fille, je commence :

— Neeve, j'aime Hugh. Tu aimerais que ton papa et moi soyons ensemble, et c'est facile à comprendre. Mais il y a longtemps que nous sommes séparés et j'en aime un autre maintenant.

— Mais Hugh est si méchant, gémit-elle, le visage ruisselant de larmes. Il est parti, il t'a laissée, et papa est ici et il est désolé. Il me l'a dit, maman, à quel point il était désolé, à quel point il souhaiterait tout changer. Il m'a dit qu'il allait tout arranger. Il va tout arranger pour nous deux, pour nous trois.

— Mais j'aime Hugh.

Je l'écoute hoqueter, avec des petits cris déchirants. Et je la laisse pleurer. Que puis-je faire d'autre ? Rien !

Chapitre 58

Samedi 29 octobre, jour 47

Samedi matin. Il n'est même pas encore 10 heures, et j'ai déjà commandé une jupe en satin sur le site d'Asos, fait les courses de la semaine, lu les journaux, et me suis demandé si Steevie me reparlerait un jour. Il y a beaucoup à dire au sujet de l'insomnie.

Kiara entre dans le séjour.

— Bonjour, dis-je. Et si nous décorions pour Halloween aujourd'hui ?

— Quel est l'intérêt de fêter Halloween sans papa ? répond-elle d'un air lugubre.

Grâce aux talents de Hugh en électronique, nous avions toujours eu la plus belle maison de la rue pour Halloween. Peut-être même de tout le lotissement. Le jardin était illuminé d'éclairs, sur un fond sonore de coups de tonnerre, de grincements de gonds et de rires caverneux. Chaque année, depuis que nous avons emménagé ici, il s'habillait en bourreau pour distribuer les bonbons. Mais même avec son casque à chaînes et son masque, tous les enfants le reconnaissaient. J'adorais le regarder offrir des mini-Haribo aux petits fantômes et aux minuscules squelettes, et les entendre dire : « Merci, Hugh. » Et parfois : « Super costume, Hugh ! »

Je proteste fermement :

— Bien sûr que si. Nous sommes toujours ici. Nous comptons aussi !

— Maman, reprend Kiara. J'en veux à papa. D'être parti. Au début, j'éprouvais une certaine admiration. Mais, maintenant, je me sens en colère.

Je suis contente qu'elle ait vidé son cœur mais je comprends à quel point trouver les mots justes pour exprimer sa rancœur lui pèse.

— Kiara, il t'aime de tout son cœur. Il n'est pas parti comme ça… tu sais… de gaieté de cœur. Il n'avait pas le choix.

— Tu le crois vraiment, maman ? Et ne mens pas juste pour me réconforter !

— Je te le jure, Kiara. Je crois sincèrement qu'il n'avait pas le choix. Il détestait l'idée de nous faire souffrir mais, s'il n'était pas parti, c'est sa santé mentale qui aurait été en jeu. Il prenait déjà des antidépresseurs.

— Vraiment ? Oh, pauvre papa !

— Il n'a pas pu gérer le chagrin que lui a causé la mort de grand-père Robert.

— C'est tellement bizarre. Je pensais qu'à l'âge de papa, certaines choses, comme la mort de quelqu'un, ne vous atteignaient pas.

— Eh bien, voilà.

— Waouh ! Bien. Nous allons décorer la maison pour Halloween. Je vais aller réveiller Neeve et Sofie.

Kiara n'est jamais déprimée bien longtemps.

Elle se précipite à l'étage et j'entends Neeve pester contre le fait d'être réveillée si tôt un samedi matin, pour ces conneries de Halloween. Mais quand j'atteins le palier, elle est sortie de son lit. Pour une raison inexplicable, elle me serre dans ses bras. Quelque chose a changé depuis mardi soir. Nous sommes soudain plus proches.

Sofie passe la tête par la porte de sa trappe.

— Halloween ! Cool !

— Où sont les décorations ? demande Kiara.

— Dans le grenier.

L'une d'entre nous va devoir ramper sous les toits pour attraper les cartons. C'est généralement le travail de Hugh. Mais, maintenant, c'est le mien. Je n'en soupire même pas. Neeve me tend la lampe électrique et j'escalade avec prudence l'échelle qu'il a installée. Éclairées par la lampe, les boîtes sont faciles à repérer : Hugh y a dessiné un crâne et deux os croisés pour les différencier des décorations de Noël qui sont marquées par des sapins. *Merde !* Une horrible araignée noire aux pattes épaisses me guette depuis la boîte du haut. Je la foudroie du regard et elle file.

Je m'encourage. À voix basse, parce que ce n'est jamais bon de parler seule.

— Allez !

Les filles se rassemblent au pied de l'échelle et je descends avec les cartons. Elles commencent à les vider.

— Les guirlandes de citrouilles électriques ! Les pierres tombales ! Les toiles d'araignées ! C'est dingue !

— Qu'est-ce que c'est que ça ? demande Neeve en sortant une longueur de tissu noir. Oh, le costume de Hugh.

Elle roule la tenue de bourreau en boule et la lance dans ma direction.

— Pourquoi moi ?

— Tu es les deux parents, maintenant, dit Neeve. Allez. Enfile-le !

Elle plaisante. Indépendamment de tout le reste, je nagerais dedans. Et nous parvenons toutes à rire.

— Bon, dit Kiara. L'année prochaine tout sera redevenu normal.

Mais dès qu'elles sont sorties pour planter des pierres tombales devant la porte d'entrée, je porte le costume à mon visage et le renifle avec prudence. Il s'est écoulé presque un an depuis qu'il a été porté et il est peu probable qu'il sente toujours son odeur. Pourtant, elle persiste et, submergée par les souvenirs, j'ai le vertige. C'est exactement l'odeur de Hugh. Elle est impossible à décrire, chaude, sucrée, naturelle : c'est *lui*, tout simplement. La nostalgie, le vide atroce de l'absence, me paraissent momentanément intolérables.

À 16 heures, Derry arrive munie de trois robes pour la soirée de Halloween de Kiara.

— Tu as des nouvelles de Steevie ? me demande-t-elle discrètement.

Depuis le brunch désastreux du week-end dernier, je ne lui en ai donné aucune. Elle non plus. Pire, ni elle ni moi n'avons liké nos posts sur Facebook, ce qui est l'équivalent moderne d'un duel à l'aube.

Je déteste être en froid avec quiconque mais, en ce moment, Steevie et moi ne pouvons nous aider mutuellement. C'est regrettable, mais qu'y faire ?

— Tu nous montres les jolies robes ?

Voir de belles choses me distraira peut-être l'esprit. Derry brandit un long fourreau noir en velours, fendu jusqu'au genou,

— J'ai pensé que c'était de saison, déclare-t-elle à Kiara.

— Laisse-moi regarder.

Je vérifie l'étiquette. C'est Givenchy.

— Ah ! Je le savais ! Mon Dieu, Derry ! Tu ne te prives de rien. Pourquoi ne faisons-nous pas la même taille ?

— Parce que la vie est pourrie !

Je trouve sa réponse tellement drôle que je ris.

Kiara essaie la robe. Ma fille est si grande, si fine, si belle, que je m'en étrangle presque d'émotion.

— Je ne sais pas, dit-elle, hésitante, en essayant de fermer la fente. Je ne pense pas que ça me ressemble.

— Tiens-toi droite ! lui ordonne Derry. Allez, tu es une vraie beauté.

— Non. Fais-m'en essayer une autre.

La deuxième, une robe Preen en soie marine, doublée de jersey de soie, lui va tout aussi bien. Mais le dos est nu jusqu'à la taille et, comme Derry le fait remarquer :

— Tu ne peux pas porter de soutien-gorge.

Rougissante, Kiara réplique :

— Je ne peux pas ne pas porter de soutien-gorge.

— Tu n'es pas vraiment Emily Ratajkowski.

— Je porterai un soutien-gorge.

Mon Dieu, elle n'a pas hérité sa détermination de moi !

La troisième robe est une robe aux lignes épurées en satin crème. À manches longues, à col montant, très pudique. Très Kiara.

— On dirait une robe de mariée ! s'exclame Neeve. Tu as quelque chose à nous annoncer, Derry ?

Derry la fusille du regard. Sans se laisser impressionner, elle s'esclaffe :

— Tu es mon héroïne, Derry !

— C'est celle que je préfère, dit Kiara.

Je m'exclame :

— Mariée morte-vivante ! Carrément.

Allant sur Google, Neeve déclare :

— Tu as besoin de quelque chose pour la tête. Des fleurs noires. Un voile. Maman, regarde dans ta boîte à couture.

En effet, j'y trouve des roses en tissu noir. Je me rappelle le jour où je les ai achetées, il y a moins de deux ans, à la foire de Noël de Taney. Tous les étés et tous les Noëls, cette foire était une tradition familiale. Mais les filles avaient grandi et, une à une, s'en étaient désintéressées. Pour la première fois, deux ans auparavant, elles m'avaient laissée tomber. Mais je voulais y aller pour les gâteaux, les livres bon marché, et pour la possibilité de dénicher quelque merveille. Devant ma mélancolie, Hugh avait suggéré :

— Tant pis pour les filles. Allons-y tous les deux !

Main dans la main, nous nous étions bien amusés. Et au stand d'accessoires de couture, il m'avait encouragée à faire une provision de rubans et de tissus brodés de motifs qui ne coûtaient presque rien.

Il avait, de son côté, trouvé une luge en fibre de verre.

— Regarde ! s'était-il exclamé. Elle est en parfait état. Neeve adorerait, non ?

Je n'en étais pas si sûre. Neeve était un peu grande pour une luge. Toutes les trois l'étaient.

— En fait, non, avait-il répliqué, la réalité le rattrapant. Pourquoi ne peuvent-elles pas rester des petites filles pour toujours ?

— Je sais, avais-je acquiescé, mélancolique.

— Faisons un nouveau bébé.

Avec un petit rire, je lui avais signifié qu'il était complètement fou. Et, maintenant, je regrettais que nous ne soyons pas rentrés directement à la maison pour faire l'amour. Pas dans l'espoir d'avoir un nouveau bébé. Mais nous aurions dû saisir ce moment de complicité.

Chassant le souvenir, je reprends mes tâches en cours. Rien ne sert de regretter. Je suis certaine d'avoir une longueur de tulle blanc qui pourra servir de voile pour Kiara.

— J'ai besoin d'un bandeau.

— Oh, s'exclame Sofie, soudain très affairée, je m'occupe des cheveux.

Tandis que je couds des roses noires sur un bandeau de velours de la même couleur, Neeve juche Kiara sur une chaise de cuisine au milieu du séjour et la maquille en mariée morte-vivante. Derry repasse la robe blanche, avant de s'attaquer à notre pile de linge.

— Puisque le fer est branché, autant continuer.

Nous ouvrons la boîte de Quality Street destinée aux enfants. Puis, Derry, Neeve et moi prenons un verre de Baileys. Peut-être est-ce l'effet combiné de l'alcool et du sucre mais, alors que, assise sur le canapé, je regarde Neeve poser des faux cils à Kiara, Sofie appuyée contre moi, Derry en tailleur par terre, sa tête sur mes genoux, je me rends compte que je vais bien. Certes, ma vie est loin d'être parfaite et, dans cinq minutes, j'aurai peut-être tellement de peine que j'aurai envie de m'arracher le cœur. Pourtant, à cet instant précis, je me sens bien. Et ce répit me procure une intense satisfaction.

— Je peux regarder maintenant ? demande Kiara.

— Non.

Neeve lui a peint le visage en blanc et cerné les yeux de larges cercles pourpres. Elle lui pose le rouge à lèvres noir. Le maquillage fini, Sofie prend le relais. Elle tire ses cheveux en arrière, y fixe des extensions bleu nuit qui tombent en anglaises, avant d'asperger sa coiffure d'eau salée.

— Et maintenant, le voile, Amy.

Avec soin, j'attache le bandeau de roses noires et le voile à la coiffure élaborée, puis recule d'un pas.

— C'est magnifique ! s'extasie Derry. Vraiment magnifique !

— Et maintenant, tu peux regarder, déclare Neeve en lui mettant un miroir sous le nez.

— Oh ! glapit-elle. Je suis belle, non ?

En dépit de son maquillage, on peut voir à son visage qu'elle jubile.

— Tu es sublime ! la complimente Sofie.

— Et maintenant, tu devrais manger quelque chose.

— Oh, maman, lâche-t-elle d'une voix plaintive. Bon, d'accord.

— Des pâtes, ça te va ? Je te fais les papillons.

Je les nappe d'une sauce en pot et, nous imitant, Hugh et moi, les fans de *MasterChef*, elle s'exclame :

— Quelle ravissante assiette !

Ma fille est vraiment la plus adorable des créatures.

À 18 h 55, son rendez-vous arrive.

— Dix minutes d'avance, dit Derry, soupçonneuse.

— Il est bien élevé.

— Super névrosé, tu veux dire.

D'un « chut ! » sévère, je la fais taire.

Neeve lui ouvre la porte.

— C'est toi, Reilly ? Kiara descend dans une minute.

— Entre, laisse nous te regarder, le hèle Derry.

— Non, je vais juste…

— Entre !

— Je pense que tu ferais mieux d'entrer, lui suggère Neeve.

Le pauvre garçon cède en traînant les pieds.

Il est difficile de dire à quoi il ressemble car il est déguisé en vampire. Fond de teint blanc, eye-liner noir, et des traces rouges autour de la bouche. Mais il est grand. Et sachant que Kiara est complexée par sa taille, je m'en félicite.

La voilà, qui descend l'escalier. Ils se mettent à crier tous les deux.

— Mec !

— Mec !

— Tu es carrément halloweentastique !

— Toi encore plus !

Kiara s'éclipse dans un tourbillon de « au revoir maman, au revoir tout le monde ».

— Au revoir. Amuse-toi bien. Tu as ton téléphone ?

Je dois me faire violence pour ne pas lui lancer :

— Sois sage !

La porte claque derrière eux. Puis nous nous regardons toutes les quatre, les yeux exorbités.

— Notre bébé a grandi ! s'exclame Neeve. Oh, merde, maman ! Ne me dis pas que tu pleures encore !

Tard, le samedi soir, je me rends compte que Jana m'ignore.

Je lui ai envoyé deux textos pendant la semaine, un pour la remercier pour son soutien lors de ce brunch si toxique, l'autre pour m'assurer qu'elle avait reçu mon premier texto. Les deux fois, je n'avais eu aucune réponse. Mais j'étais tellement flippée par le silence de Steevie que je n'avais pas fait attention au sien.

Cinq minutes plus tard, prise d'une crise aiguë de paranoïa, je vérifie ma page Facebook et m'aperçois qu'elle n'a liké aucun de mes posts depuis samedi dernier.

Elle a choisi son camp. Jusqu'à maintenant, j'ignorais qu'il y avait des camps à choisir. Je pensais que Steevie et moi ne tarderions pas à régler notre différend. Mais, apparemment, ce conflit ne se limite pas à elle et moi. Maintenant, j'ai peur : qui d'autre va-t-elle recruter ? Va-t-elle monter tout le monde contre moi ?

Parce que je suis certaine que Jana n'a pas pris cette décision de son plein gré. J'en suis terriblement blessée. J'ai tellement d'affection pour elle. Une grande tendresse. Je n'aime pas que l'on se moque de sa niaiserie et j'ai, à maintes reprises, pris sa défense, y compris avec Steevie. Oui ! Si Jana doit choisir un camp, c'est moi qui la mérite.

Mais n'ai-je pas appris que la vie est loin d'être aussi simple ?

Chapitre 59

Mercredi 2 novembre, jour 51

Caroline Snowden, la journaliste assise en face de moi, a quelque chose qui la tracasse. J'attends.

— Amy, commence-t-elle enfin. Ruthie Billingham a donné une longue interview au magazine du *Sunday Times* de cette semaine.

Merde ! C'est la première interview dans la presse écrite de Ruthie. Jusqu'ici, toutes les informations provenaient de « sources proches ».

— Écoute, tu vas devoir calmer le jeu, me conseille-t-elle.

Elle écourte notre déjeuner.

— Je suis tellement désolée, Caroline.

— Il est temps de rentrer, de toute façon. On se voit vite.

C'est une fille vraiment sympa. Je l'embrasse pour lui témoigner ma gratitude. J'ai vingt et une minutes pour cogiter avant mon prochain rendez-vous. *Réfléchis…*

Bon. Une séance photo avec les enfants. Où ? Dans une aire de jeux ? Hum. Un endroit plus important serait préférable. Soudain, une idée me traverse l'esprit. À un match de foot !

Je prends mon téléphone.

— Matthew ?

— Amy ?

Il a l'air distrait.

— Vous pouvez parler ? J'ai deux questions. Quand est-ce que Fulham joue son prochain match chez lui ?

— Ce samedi.

— Pouvez-vous y emmener les enfants ?

— C'est mon week-end avec eux et j'ai des billets pour toute la saison.

— Même votre fille, Beata ?

— Stéréotypes sexistes, Amy !

— Ah, ah ! Je suis nulle.

Allons, je n'ai pas de temps pour ce type de considération !

— D'accord, nous devons nous voir dès que possible.

— Quoi ? Pourquoi ?

— Pour organiser une séance photo de paparazzis au match.

— Je ne veux pas que mes enfants soient dans les journaux.

Je réprime un soupir exaspéré. Ils ont déjà été dans plusieurs.

— Leurs visages seront floutés.

— Ça ne me va pas. Pourquoi ne puis-je pas aller au match seul ? Ou avec Dan ?

Pour un homme intelligent, il est étonnamment stupide.

— Matthew, dis-je avec douceur. Deux mecs. À un match de foot ? Pardonnez-moi si je me trompe, mais ça n'a rien à voir avec un tragique père célibataire qui passe l'un de ses rares après-midi avec ses deux enfants adorés.

Je l'entends déglutir.

— J'ai une journée de dingue.

C'est vrai. On est mercredi. Le jour de son émission, dans laquelle il massacre les politiciens.

— Tout ce que je peux vous accorder, c'est un petit quart d'heure vers 17 h 30.

Je vais rater mon vol de retour mais tant pis.

— Vous êtes à la BBC ? Je vous y retrouve.

— Donc, il se passe enfin quelque chose. Dan sera content.

J'en doute fort.

Quelques secondes avant d'arriver à la BBC je sens un claquement étrange sur mon épaule droite, suivi par un affaissement de mon sein droit. Qu'est-ce qui… *Oh mon Dieu !* L'une de mes bretelles de soutien-gorge vient de lâcher.

Désespérée, je survole Oxford Street du regard. J'avise un *Marks & Spencer* à proximité mais je ne peux pas courir le risque d'être en retard au rendez-vous de Matthew. J'ai besoin de chaque seconde du temps qu'il peut m'accorder. Je pourrais peut-être passer rapidement aux toilettes, épingler la bretelle au soutien-gorge et remonter mon sein récalcitrant ? Mais cela supposerait que j'aie une épingle sur moi, ce qui n'est pas le cas.

Il me suffit de baisser la tête pour voir que ma poitrine est de travers. Je pourrais retirer le soutien-gorge. Ainsi, même tombante, elle serait symétrique. Mais la décence exige que je le garde. *Merde.* Le timing ne pourrait être pire et, malheureusement, je ne porte pas les vêtements appropriés. Il m'arrive de porter des tailleurs stricts, qui aident à tout maintenir en place. Mais, aujourd'hui, j'ai opté pour une robe de style victorien qui ne soutient rien. Je n'ai d'autre choix que de me donner un style. De mon bras droit, je bloque mon sein et m'avance avec l'impression d'être Quasimodo.

À voir le regard sévère de l'agent de sécurité de la BBC, le résultat laisse manifestement à désirer. Néanmoins, le spectacle doit continuer. Je joue la comédie habituelle : signer, prendre un badge, m'entendre dire que quelqu'un va venir me chercher. Et qui vois-je, attendant dans l'immense hall marbré ? Dante ! Pas aujourd'hui ! Pas quand je viens d'avoir un accident de soutien-gorge ! Et puis, nom d'un chien, que peuvent bien trafiquer les frères Carlisle ? Sont-ils obligés de toujours tout faire ensemble ?

Dante inspecte le plafond, puis regarde son téléphone. Tournant brusquement la tête, il m'aperçoit.

Immédiatement, il a l'air d'un lévrier contrarié, comme si j'étais celle qui n'avait rien à faire ici. D'un pas rapide, ses talons résonnant sur le sol, il s'avance vers moi.

— Que se passe-t-il ?

— Bonjour à vous aussi.

Il s'arrête, rajuste les pans de sa veste de costume et semble reprendre ses esprits.

— Pardon. Bonjour, Amy. Mais pourquoi ce besoin soudain d'action ?

Comme si j'étais une gamine, je ne veux rien lui dire.

— Secret professionnel.

Pour un peu, il aurait l'air malheureux.

— Je suis ici pour aider.

— Votre aide n'est pas nécessaire. Sérieusement, Dante, je fais très bien mon travail.

— Je sais.

J'accepte son compliment en hochant la tête avec raideur.

— Et je préfère que vous m'appeliez Dan.

— Je sais.

Il pousse un soupir à fendre l'âme.

— Dan ? Amy ?

L'un des milliers de salariés de la télévision, identique à tous les autres avec son bloc-notes, son casque et ses baskets, vient de surgir devant nous.

Nous montons dans un ascenseur et le garçon au casque annonce :

— Matthew est en rendez-vous. Il ne va pas tarder.

Au troisième étage, Dante et moi suivons le sous-fifre le long d'interminables couloirs et longeons une multitude d'espaces de travail. Le subalterne marche à vive allure et j'ai toutes les peines du monde à empêcher mon sein rebelle de jaillir du bonnet du soutien-gorge. Finalement, nous nous arrêtons dans une entrée, devant un petit bureau aux parois de verre protégées par des stores vénitiens noirs.

— Attendez ici, nous dit-il avant de disparaître.

Il n'y a aucun siège. Dante sort son téléphone, j'en fais autant. Mais nous sommes distraits. Nous attendons Matthew et nous voulons tous les deux être le premier à le coincer.

Enfin, il surgit du bureau, deux personnes sur ses talons. Nous bousculant presque, Dante et moi nous hâtons vers lui.

— Bonjour, Amy, me salue Matthew en m'embrassant sur la joue. Entrez.

Nous le suivons à l'intérieur de la pièce exiguë, pas plus grande qu'un cube. On penserait qu'un homme aussi important que lui aurait sa propre suite en penthouse, mais la BBC doit insister sur l'égalité. En effet, nous avons à peine la place de tenir à trois autour du minuscule bureau.

— Alors ?

Devant la nervosité de Matthew, j'endosse mon rôle d'Amy la rassurante.

— Ça va. Tout va bien, vraiment. Ruthie a donné une grosse interview à paraître dans le *Sunday Times* de ce week-end.

Matthew déglutit.

— Qui dit quoi ?

— Je ne l'ai pas lue. Mais, selon mes sources, c'est toujours la même histoire. Des allusions mais rien de concret. Comme elle est la cible de critiques concernant sa liaison avec Ozzie Brown, elle continue à vous enfoncer. Nous n'avons plus le choix, nous devons agir sans attendre.

— Une interview ! lance Dante.

— Chut, Dante. Je vous ai dit que c'était une mauvaise idée, je ne vais pas le répéter. Nous allons faire une séance photo.

Matthew retire ses lunettes à monture noire et se frotte le visage.

— D'accord. Je vous écoute.

— Des photos de paparazzis de vous au match de foot avec vos enfants. L'image que nous voulons projeter est celle d'un père célibataire qui fait de son mieux, alors que sa femme l'a quitté pour un autre homme.

Mon Dieu! Devant la douleur indicible qu'exprime soudain son visage, je lui laisse un moment avant d'ajouter :

— Les enfants devront être habillés chaudement et donner l'impression que l'on s'occupe bien d'eux.

— C'est le cas.

Bien entendu, la réponse vient de Dante. L'ignorant, je demande à Matthew :

— Est-ce qu'ils ont des bonnets, des écharpes Fulham, toute la panoplie ? Bien. À vous trois, vous devez avoir l'air d'une mini-équipe. Et maintenant, c'est important, Matthew. Il faudra être très vigilant quant à leur sécurité. Leur interdire de se mettre debout sur les dossiers des sièges devant eux. Ne rien faire qui puisse vous faire passer pour un mauvais père.

Nous n'avons pas besoin d'un scénario à la Britney qui emmène ses enfants en voiture sans leurs ceintures de sécurité.

Il hoche la tête, se mordillant la lèvre inférieure.

— Prévoyez beaucoup de jouets au cas où ils se mettraient à pleurer.

Il serait catastrophique que d'autres spectateurs photographient les enfants Carlisle pleurant, avec leurs portables.

— Et des tas de gourmandises. Mais ni chocolats, ni bonbons. Ce serait aussi des trucs de mauvais père. Des raisins secs, des galettes de riz, vous savez. Enfin, montrez-leur votre affection.

Il me défie du regard.

— Je n'ai pas besoin que l'on me rappelle de me montrer affectueux avec mes propres enfants.

— Bien sûr, désolée, bien sûr.

Comme il est susceptible !

— Mais il faut la totale, Matthew. Le moment n'est pas à la subtilité. Et je vais avoir besoin de vos numéros de place pour localiser le meilleur endroit pour les paparazzis.

— L'idée de me savoir espionné…

À ma grande surprise, je vois des larmes rouler sur ses joues. Je trouve un mouchoir dans mon sac, lui prends la main et la serre dans la mienne.

— Je suis désolée, Matthew. Mais, au bout du compte, cela en vaudra la peine.

— Vous serez là ? me demande-t-il.

L'air alarmé de Dante ne pourrait échapper à personne. Bienveillante, je réponds :

— Vous ne pouvez pas être vu avec une autre femme, vous vous en souvenez ? Et cela ne doit pas avoir l'air d'une mise en scène. Une attachée de presse dans votre entourage ne servira en rien votre cause.

— Mais je pourrai vous téléphoner ? Pendant le match ? Au besoin ?

— Je vous le déconseillerais, Matthew. Vous serez en train de passer du temps avec vos enfants. Si on vous surprend au téléphone, vous donnerez l'impression de vous ennuyer. Alors pas de vérification de mails, rien. Vous oubliez votre téléphone pendant deux heures, d'accord ?

— Matthew.

Une jeune femme passe sa tête dans l'entrebâillement de la porte.

— J'ai ta chemise.

— Greta ? dit-il en s'essuyant le visage de ses mains. Cinq minutes ?

Elle secoue la tête et parvient tout juste à se glisser dans le minuscule espace avec une chemise et une poignée de cravates.

— Ça ne peut pas attendre. C'est l'heure du maquillage.

Matthew se lève et, s'adressant à moi, poursuit :

— Pardon.

Il retire son tee-shirt et le lance à Greta. Seigneur ! Ces abdos ! De vrais abdos. Il y a longtemps que je n'ai pas eu ce type de vision. Et ce torse ! Parsemé de poils noirs. Mais pas trop, juste ce qu'il faut, rien de répugnant.

Greta prend une chemise couleur vanille sur un portemanteau et, dans un bruissement de coton fraîchement repassé, Matthew l'enfile et la boutonne. Devant mes yeux ébahis, il défait rapidement la ceinture de son pantalon et baisse la fermeture Éclair de sa braguette, m'offrant un flash d'un boxer Calvin Klein scandaleusement alléchant et d'une bande noire descendant vers une proéminence évidente, et… oh non ! Bien trop vite, le spectacle est fini. La chemise est rentrée dans le pantalon, couvrant la partie si excitante d'une blancheur fade et je reste sur ma faim. Comme si j'avais été en train de regarder un film palpitant et que soudain, au moment crucial, l'écran était devenu blanc. En moins d'une seconde, la braguette est remontée, la chemise bien en place. Et j'ai la tête qui tourne un peu.

Quant à Dante ? Il arbore une expression revêche. Il ne doit pas être facile d'avoir pour frère un demi-dieu. Pas étonnant qu'il soit constamment à cran.

— Alors ? demande Matthew à Greta.

— Parfait.

Il passe une cravate noire autour de son cou et son assistante s'avance vers lui. *Je vois.* Les fonctions de Greta incluent le nœud de cravate de Matthew Carlisle.

— Personne ne sait nouer une cravate comme Greta, explique-t-il d'un ton d'excuse.

Sans répondre, cette dernière soulève son col de chemise puis, méthodiquement, s'acquitte de sa mission, son jeune visage à quelques millimètres de celui, si beau, de Matthew. Quel travail ! Enfin. Elle a probablement un doctorat en sciences politiques et déteste chaque instant de cette tâche humiliante.

Une fois qu'elle a fini, toujours en silence, elle lui tend un petit miroir, suivant visiblement une routine bien huilée.

— Impressionnant ! s'exclame-t-il en l'ajustant, avant de lui sourire.

Greta l'entraîne alors vers le studio. Et Dante et moi (avec mon sein rebelle) descendons retrouver le monde extérieur.

— Je peux vous accompagner quelque part ? propose-t-il.

— Vous habitez à Islington. Je vais à Heathrow.

— Puis-je vous être utile ?

— Non, dis-je sans ménagement, avant de poursuivre. En fait si. Pourriez-vous me trouver un plan du stade de Fulham ?

Il semble tout à coup absorbé par ses pensées. Clignant des paupières, il envisage ses options et, pour la première fois, je remarque qu'il a les mêmes yeux que Matthew : c'est la seule chose qu'ils ont en commun.

— Pour quand en avez-vous besoin ? Dès que possible, je sais. Demain matin, ça ira ?

J'acquiesce d'un signe de tête. Et maintenant ? J'ai une heure devant moi avant d'attraper le dernier vol. J'ai du pain sur la planche. Mettre la main sur un photographe, prendre contact avec le rédacteur en chef de l'un des quotidiens nationaux, sans doute le *Times*. Mais je suis fatiguée. En outre, j'ai besoin d'un soutien-gorge neuf et la perspective de faire un achat est tentante. La perspective de faire un achat est toujours tentante. Le soutien-gorge l'emporte.

Chapitre 60

Jeudi 3 novembre, jour 52

— Je nous ai réservé une cabine, dit Matthew.

— D'accord.

Je suis essoufflée.

— Chez *Marks & Spencer*. Vas-y la première. Fais comme si tu essayais des soutiens-gorge. Je te rejoins dans un quart d'heure. Et je n'ai qu'un quart d'heure. Nous n'avons pas plus. Après, je suis à la télévision, à massacrer les politiciens.

— Un quart d'heure, ça va très bien.

Une fois chez *M&S*, je sélectionne trois soutiens-gorge avant de prendre une cabine. Au moment où je me demande comment Matthew saura dans laquelle je me trouve, la porte s'ouvre à la volée, il se précipite et se met à m'embrasser frénétiquement. Ses lunettes sont de travers, il les retire et les pose sur le haut de la porte.

— Tu n'en auras pas besoin ?

— L'accessoiriste pourra m'en procurer une autre paire.

— Personne ne t'a vu entrer ?

— Je n'en sais rien.

— Non, mais ça ne va pas, Matthew. Nous risquons de nous faire surprendre.

— C'est encore mieux comme ça. Le risque d'être découvert pimente cette rencontre. Mais nous ferions bien de nous dépêcher.

Il déboutonne son pantalon, prend ma main et la glisse à l'intérieur. Son érection est énorme.

— Elle est impressionnante, dit-il.

— Comme ton nœud de cravate.

— Impressionnante.

Il se met à rire et je pense : *Il est très différent de l'image que je me faisais de lui. Beaucoup plus gamin.*

Je commence à baisser son pantalon mais il proteste :

— Non, non. On ne peut pas tout retirer. On tire juste un petit coup coquin.

Sans que je comprenne vraiment comment, il parvient à me retirer ma culotte, mes collants, et ses mains se posent sur mes seins. Ma robe a été remplacée par un haut et une jupe, ce qui est bien commode. Il est debout, j'enroule mes jambes autour de sa taille et il me pénètre sans plus de cérémonie. Tout se déroule bien plus simplement que ce que j'avais imaginé.

Nous nous regardons dans les glaces. Nous pouvons nous admirer sous tous les angles. Il va et vient, s'enfonce, se retire.

— Ils sont parfaits, tu ne trouves pas ?

— Les miroirs *Marks & Spencer* ? Oui, ils sont parfaits.

— Tu peux tout voir. Tu as un beau corps, ajoute-t-il. Tu ne devrais pas t'inquiéter.

Je m'examine. Il a raison. J'ai un beau corps.

— Je vais jouir maintenant. Parce que je suis en retard pour le maquillage. Alors si tu veux jouir aussi, c'est maintenant.

— D'accord.

Nos orgasmes s'enchaînent. Je regarde l'expression de son visage dans la glace. Elle me rappelle celle de Richie quand je l'ai surpris avec cette fille tant d'années auparavant.

Mais, déjà, Matthew se rhabille.

— Je pars avec Greta maintenant, dit-il. Tu attends cinq minutes et tu sors. Prends l'air naturel.

— Est-ce que j'achète un soutien-gorge ?

— Oui. Je pense que j'ai cassé celui que tu portes. Tu as bien le badge indiquant le nombre d'articles que tu as emportés à l'intérieur ?

C'est alors que je me réveille.

Seigneur, quel rêve ! Un rêve dans lequel j'étais plutôt pas mal… Mais je me rends compte que j'ai fait l'amour avec Matthew Carlisle dans mon corps d'il y a vingt-cinq ans.

Tout cela me perturbe un peu. Dans mon rêve, Matthew s'est montré assez… antipathique. Macho, vorace, même. Ce matin, je n'éprouve plus pour lui la même compassion qu'hier. Mon sentiment protecteur s'est émoussé. Ce qui est très injuste. Le vrai Matthew n'est pas responsable du comportement du faux Matthew.

Mais, hier, dans son petit bureau en verre, il s'est passé quelque chose. Un instant infime, si étrange que je me suis obligée à l'ignorer pour y repenser plus tard : quand, d'un geste rapide, il a rentré sa chemise dans son pantalon, j'ai eu l'impression que sa main avait imperceptiblement ralenti en frôlant son érection. Et, l'espace d'un infime instant, alors qu'il me regardait droit dans les yeux, elle avait semblé s'attarder sur la proéminence.

Cela avait duré un quart de seconde. Sans long silence éloquent. Quelque chose qui s'était terminé avant même de commencer. Mais nos regards s'étaient vraiment croisés.

Pour être juste, avait-il agi sciemment ? Après tout, le bureau était minuscule et j'étais quasiment seule dans son champ de vision. Et puis, bien sûr, cela aurait pu être un accident. Il s'était peut-être touché comme il aurait touché un talisman. Je pense que c'est souvent le cas en ce qui concerne les hommes. Ils vérifient qu'il est toujours là.

Mais peut-être que ce regard signifiait juste : « Je suis désolé que vous deviez rester assise à me regarder me déshabiller partiellement. »

Ou peut-être avais-je simplement tout imaginé.

Chapitre 61

Vendredi 4 novembre, jour 53

Maman a changé de coiffure. Elle a maintenant un carré blond, bouffant, vraiment glamour.

— J'ai des extensions, annonce-t-elle, triomphante. Neeve a tout organisé, je n'ai rien eu à payer.

— En échange d'un vlog, mamie. Rien n'est jamais gratuit.

— Mais ça ne me dérange pas du tout. Tout le monde dit que j'ai un don pour le vlogging.

Derry et moi échangeons un sourire espiègle. Puis, je la complimente.

— En tout cas, tu es superbe.

— Je sais. Je vais vous dire quelque chose, les filles. Toutes les années où j'étais malade, je n'avais pas de vie. Mais il n'est jamais trop tard ! Lundi, je vais me faire poser un vernis semi-permanent. N'est-ce pas Neeve ?

— Exactement, mamie.

— Et j'avais pensé à un tatouage, ajoute alors maman.

— Plutôt mourir ! crie Maura de l'autre pièce.

— Dans ce cas, ne te gêne pas, l'encourage Joe.

Pour empêcher la discussion de s'envenimer entre Maura et Joe, Derry intervient :

— J'ai largué mon copain.

— Tu as bien fait ! approuve maman. Pourquoi voudrais-tu te marier à quarante-cinq ans ? C'est bien trop jeune. Amuse-toi, ma chérie, amuse-toi !

J'entraîne Derry à part et lui demande discrètement :

— Qu'est-ce qui se passe ? Elle prend des cachets ou quoi ?

— Tu veux dire des antidépresseurs ? Je ne pense pas. Mais tout cela est extrêmement étrange.

— Alors que s'est-il passé avec ton nouvel homme ?

— Rien. Ses chaussettes. C'étaient vraiment les pires. Oui, je sais, j'ai la phobie de l'engagement. Nous avons tous un problème.

Je suis en train de me préparer pour la nuit quand Neeve surgit sur le seuil de ma chambre.

— Maman.

L'expression de son visage m'inquiète.

— Qu'y a-t-il, mon ange ? Entre.

Elle s'assied sur mon lit, sans croiser mes yeux.

— Dis-moi.

N'ayant pas l'habitude de la voir réticente, je sens mon anxiété croître. La tête baissée sur ses mains, elle commence :

— Écoute, je ne sais pas, je ne suis pas sûre…

Qu'a-t-elle donc fait ? Calomnié quelqu'un dans son vlog ? Bousillé la voiture de Hugh ?

— Ça ne peut pas être si terrible.

Enfin, elle me regarde.

— Maman, je suis désolée. Je n'espionnais pas, c'était juste pour surveiller. Hugh. Sur Facebook.

— Et…

L'évidence me frappant soudain, je comprends que ce n'est pas elle qui a un problème. Je la presse :

— Il a posté des trucs ? Ça fait quelques jours que je n'ai pas vérifié.

— Non, mais il est tagué sur une photo de quelqu'un et…

Machinalement, je prends mon iPad.

— Maman, maman. Attends un moment. Sérieux, arrête !

Je lui obéis. Prenant une profonde inspiration, elle poursuit :

— Maman, tu dois te préparer.

Son conseil ne fait qu'aggraver mon angoisse. Mon cœur bat la chamade, j'ai la bouche desséchée. J'ai besoin de voir ce qui se passe. Et tout de suite.

— Tout va bien. Je savais qu'il verrait d'autres…

Je sais que ma voix stridente est loin d'être convaincante. De mes doigts fébriles, j'ouvre Facebook.

— … C'est entendu entre nous. Nous avons un accord.

Oh merde !

C'est Hugh. Avec une femme. Ou plus exactement, une fille. Jeune. Jolie. Mignonne. Des cheveux bruns, courts, dégageant un visage au menton pointu, des yeux de biche. Et Hugh, vigoureux, barbu, sa peau hâlée un peu rouge. Il porte sa chemise en lin blanc. Et il a retiré son alliance. Bien sûr, il a retiré son alliance ! Pourquoi suis-je si choquée ?

Sur la photo, prise de nuit, ils sont assis face à face, à une table de bois sombre, dans ce qui ressemble à un bar de plage, à la lueur vacillante d'une lampe tempête. Devant eux, deux bouteilles identiques de bière thaïlandaise fraîche. Ils penchent la tête l'un vers l'autre. Ce qui est tout naturel, pour la photo. Mais l'image respire une intimité partagée. Allongés sur la table en deux arcs parallèles, leurs bras se frôlent sans se toucher.

Fascinée, je suis incapable de détacher le regard de la photo. Je sens mes oreilles bourdonner, mes doigts me picoter. J'ai l'impression de faire un mauvais rêve éveillée. Je savais que cela allait arriver, que c'était en train d'arriver. Mais de le voir…

La voix de Neeve me parvient, comme de très loin.

— Maman ?

Désespérément, j'essaie de reprendre mes esprits.

— Merci, Neeve. Et merci de m'avoir montré ce… tu as bien fait… De toute façon, je n'aurais pas tardé à le voir moi-même. Je consulte sa page presque tous les jours.

Je suis l'adulte. Je ne veux pas qu'elle se sente coupable, qu'elle me voie m'effondrer.

— Maman, répète-elle d'une voix douce. Tout va bien. Je sais que ça fait mal.

— Oui, mais non, pas vraiment, bredouillé-je. Je le savais, en théorie. Donc tout va bien.

La fille s'appelle Raffie Geras. Je clique sur sa page.

— Maman, non.

Manifestement, elle est écossaise. Diplômée en 2002 de l'université d'Édimbourg, elle doit donc avoir trente-cinq ou trente-six ans. C'est jeune mais pas d'une prime jeunesse non plus. Au moins, elle n'a pas dix-neuf ans. Ç'aurait été bien, bien pire !

— Maman !

Elle a fait des études d'avocate. *Avocate !* Comment pourrais-je jamais rivaliser avec ça ? Je fais défiler son mur.

— Arrête, maman !

Une photo la montre en train de nager avec masque et tuba. Une autre sur un bateau. Et, oh… Mon Dieu, non ! Non et non ! Voilà Hugh. Au lit. Endormi. Sous le drap blanc qui le couvre jusqu'au torse… La chambre est l'une de ces chambres toutes simples d'Asie du Sud-Est. Une moustiquaire en mousseline est remontée au-dessus de leur lit, les fenêtres sont protégées par des persiennes à lattes en bois sombre. Je vois alors la légende « Sexy quadra irlandais dans mon lit ».

Je vais vomir. Je me lève d'un bond et Neeve se pousse vivement pour me laisser la voie libre. J'arrive juste à temps dans la salle de bains et mon estomac se vide en deux secondes. Je reste une ou deux minutes, écroulée devant la cuvette des toilettes, pour me laisser le temps de me remettre. Puis je me brosse les dents sans conviction et me traîne jusqu'à mon lit.

Seigneur!

Je ferme les yeux. Terrassée par la jalousie, je me mets à trembler comme si l'on m'avait injecté du poison dans les veines.

—Maman…, dit la voix douce et désolée de Neeve.

Qu'y a-t-il maintenant?

—Kiara et…

Me redressant d'un bond, je m'exclame:

—Les filles! Kiara et Sofie ne peuvent pas voir cette photo sur le mur de Hugh. Parce qu'elles cliqueront sur la page de Raffie Geras et elles verront tout le reste.

—Exactement! acquiesce Neeve. Elles ne peuvent pas voir ça. Hugh ne sait pas qu'elle l'a tagué. Tu dois le prévenir.

Que devrais-je faire? Lui envoyer un texto? Un message sur Messenger? Je pourrais même lui téléphoner. C'est le parfait prétexte. Mais je ne veux plus lui parler. En fait, je ne pense pas le pouvoir. Une boule de sentiments toxiques enfle en moi: un mélange de chagrin, de jalousie, de furie. Un sentiment de trahison. Je le hais, littéralement.

—Le mieux, c'est WhatsApp, déclare Neeve. Il lit ses messages sur WhatsApp.

L'air piteux, elle ajoute:

— C'est ce qu'utilisent Kiara et Sofie quand elles veulent lui parler.

Tout cela est profondément humiliant.

Les doigts tremblants, je tape :

S'il te plaît, dis à ta petite copine Raffie de te « détaguer » sur la photo qui est sur ta page Facebook. Fais en sorte que ça ne se reproduise pas. Tu as promis de protéger les filles.

— Montre-moi, m'ordonne Neeve.

Elle lit et approuve d'un signe de tête.

— C'est super. Envoie !

— C'est salaud de l'appeler sa petite copine ?

— Qu'est-ce qu'on s'en fout !

Je presse sur « Envoyer ». Puis Neeve et moi restons assises, à nous regarder.

— Tu ne dois pas te sentir coupable, lui dis-je.

Mon Dieu, je ne peux même plus respirer. Je prends une grande inspiration et, des larmes de chagrin et de colère jaillissant de mes yeux, je murmure :

— Je n'en peux vraiment plus ! Mais tu ne dois pas te sentir coupa...

Mon téléphone émet un bip et les battements de mon cœur s'affolent. Je lis la réponse, pouvant à peine distinguer les mots.

Je suis désolé. Ce sera effacé dès que possible. Ça n'arrivera plus. Bises. Hugh.

C'est tout ? Rien de plus ? Pas un « Comment ça va ? ». Pas de démenti pour me dire que cette femme n'est pas sa petite copine ? Deux mois de silence et il m'envoie quinze mots ?

Jamais je n'aurais pensé pouvoir me sentir plus blessée, plus furieuse. Pourtant, c'est le cas.

— Montre-moi, me demande Neeve.

Elle lit en silence puis me tend un coussin. Je le plaque contre ma bouche et j'étouffe un hurlement.

Chapitre 62

Samedi 5 novembre, jour 54

— Pourquoi tu regardes un match de foot ? s'étonne Neeve. Ça a un rapport avec papa ?

— Pardon ?

Soudain, je comprends. Elle fait référence à Richie Aldin.

— Non, non. C'est un truc de travail. Un de mes clients assiste au match. Je veux juste voir comment ça se déroule pour lui.

Chaque fois que la caméra balaie le public, je cherche Matthew et ses enfants. Mais je ne les vois pas. Il est vrai que la foule est très dense.

La nuit dernière, je n'ai pas fermé l'œil. J'ai passé des heures et des heures d'affilée à espionner Raffie Geras sur Facebook. J'ai espionné ses amies, sa famille, ses collègues. Aujourd'hui, n'ayant pas mon compte de sommeil, je me sens nauséeuse, sous le choc.

Si le départ de Hugh m'a totalement anéantie, ce n'était rien comparé à cette nouvelle épreuve.

La photo n'a pas tardé à disparaître de son mur. Mais en faisant défiler celui de Raffie Geras j'ai compris que leur histoire n'était pas une banale liaison sexuelle. Mais plutôt une véritable aventure amoureuse.

Mes pires craintes sont en train de se concrétiser : Hugh ne va pas revenir. Il était illusoire de l'espérer. Il lui suffisait de trouver la nouveauté et la fraîcheur auxquelles il aspirait tant pour ouvrir la boîte de Pandore.

J'avais tenu sur l'espoir pathétique qu'après avoir collectionné les aventures purement sexuelles, une relation sérieuse commencerait à lui manquer et qu'il voudrait me retrouver. Or, maintenant, je regarde se dérouler un scénario que je n'avais pas envisagé : Hugh rencontrant une nouvelle femme qui compte au cours de ses voyages. C'est elle qui lui apporte la relation dont il rêve. Il va tomber amoureux d'elle – si cela n'est pas déjà arrivé, ce qui, hélas, semble être le cas –, nous allons divorcer et il va l'épouser.

Et peut-être n'ai-je que ce que je mérite. Peut-être l'ai-je cherché en persistant à voir Josh Rowan.

Je suis tellement reconnaissante de pouvoir m'évader dans le travail. À 18 heures environ, je reçois les images de Matthew avec ses enfants au match et elles sont fabuleuses. Sur chacune d'entre elles, il est beau, aimant, gentil et affectueux. Agenouillé devant Beata pour lui nouer son lacet. Parlant à Edward d'un air solennel et plein d'amour. Assis avec un enfant sur chaque genou, les stabilisant de ses mains géantes. Frappant sa paume contre celle de Beata quand Fulham marque un but. Serrant Edward dans ses bras quand Fulham gagne enfin. Ouvrant un minisac de raisins secs de ses doigts fébriles… Sur deux ou trois clichés, il rit, mais en général, il arbore son merveilleux – et si sincère – sourire tragique.

Le choix d'une vingtaine de ces clichés pour le journal ne va pas être aisé. Seuls trois ou quatre seront imprimés. Mais les autres seront peut-être publiés en ligne.

Je sais déjà que ces photos vont faire remonter la cote de Matthew auprès du public. Et que les femmes feront la queue pour remplacer Ruthie. Rien n'est plus sexy qu'un père aimant.

Bien sûr, Matthew ne doit pas envisager une seconde d'exploiter son sex-appeal. Pour le moment, il va devoir vivre en moine. Mais je m'inquiète de le voir craquer. Il n'a rien fait de mal, mais depuis mon rêve de l'autre nuit, dans lequel nous faisions l'amour chez *Marks & Spencer*, je commence à le voir comme un mufle prédateur. Ce qui est de la folie.

— Sofie ! hurle Neeve de sa chambre. Viens IMMÉDIATEMENT me coiffer !

J'entends un bruit de pas qui courent et une certaine effervescence derrière la porte de ma chambre. Richie Aldin l'emmène au bal de bienfaisance. Et elle est bien plus nerveuse que pour un simple rendez-vous avec un copain. *S'il la fait souffrir...*

Neeve n'a jamais eu de longue histoire d'amour. D'un autre côté, je n'en sais peut-être rien. Je ne doute pas qu'elle ait des millions de secrets pour moi. Mais elle n'a jamais amené l'élu de son cœur à la maison pour regarder des vidéos de Drake tous ensemble, comme nous le faisons avec le Jackson de Sofie.

De temps en temps, elle devient très mélo, ce qui ne lui ressemble pas du tout, et développe une véritable obsession pour quelqu'un. Mais, sans surprise, aucune de ces histoires n'a abouti sur une relation aussi ennuyeuse qu'ordinaire. Récemment, chaudement approuvée par Kiara, elle a eu une brève aventure avec une fille. Mais, elle a apparemment décidé : « Je suis au bout du spectre de la norme hétéro et je me sens nulle. » « Attends ! Tu as essayé », l'a réconfortée Kiara.

Avant, je m'inquiétais que l'apparente allergie de Neeve à la stabilité amoureuse soit due à Richie. Ses abandons en série auraient-ils endommagé sa capacité à faire confiance ? Je vois maintenant que je n'avais rien compris. Ne faudrait-il pas être complètement idiot pour se livrer en pâture à toutes ces souffrances potentielles ? Il est évident que Neeve est bien plus heureuse en se consacrant à son travail et à ses amis. Ainsi, elle protège son cœur.

Je regrette de ne pas avoir eu le bon sens de préserver l'équilibre que j'ai trouvé quand Richie m'a quittée. Certes, j'aurais tort de dire que je regrette d'avoir rencontré Hugh. Kiara est un merveilleux cadeau. Mais si j'étais restée la femme autonome que j'étais à l'époque, je ne serais pas en proie aux affres que je traverse actuellement.

Kiara fait irruption dans ma chambre.

— Maman, viens ! Avec ta boîte à couture.

J'ai l'impression d'être une secouriste. Neeve a coincé le talon de sa chaussure dans l'ourlet de sa robe et déchiré quelques points. Elle est aussi bouleversée que si elle se retrouvait au milieu d'un carambolage de voitures.

Nous réparons les dégâts. Pomponnée, apprêtée, elle est enfin parée. La robe Self-Portrait en dentelle noire et blanche, asymétrique, est la tenue la plus élégante qu'elle ait jamais portée. Ses sandales à sequins noires Dolce sont sublimes et son collier de chien en velours noir est une copie du Marc Jacobs dont je rêve. Sa magnifique chevelure d'or roux est rassemblée en chignon sur son crâne, lui faisant gagner encore deux centimètres.

— Maman, ça va ?

Le cœur serré de la voir si anxieuse, je m'empresse de la rassurer :

— Tu es éblouissante.

Mais le fin mot de l'histoire, c'est que je n'ai aucune confiance en Richie Aldin. Il peut d'une minute à l'autre mettre un terme à sa phase de culpabilité et retrouver sa cruauté d'homme sans vergogne. Il ne me reste plus qu'à espérer qu'il ne la fera pas souffrir.

Pour la millième fois, je rafraîchis la page. Toujours rien. Il est bien plus de minuit et j'attends que les journaux du dimanche paraissent en ligne. La pensée de monter et d'endurer une deuxième nuit d'insomnie est tellement intolérable que feindre de travailler me donne l'impression d'être un peu moins pitoyable.

L'inquiétude persiste. Et si, en dépit de ses promesses, le *Sunday Times* ne publiait pas les photos de Matthew ? Jusqu'à en avoir la preuve concrète, on ne peut faire confiance à aucun journal. N'importe quoi pourrait venir saborder l'opération : des politiques internes, le caprice d'un rédacteur en chef ou, bien sûr, une catastrophe.

Je bois une gorgée de vin, puis une lampée de Gaviscon, rafraîchis une nouvelle fois la page et, enfin, les journaux du lendemain apparaissent. Matthew est en page cinq, un excellent emplacement qui garantit une visibilité maximum. Seize des vingt photos sont en ligne, ainsi qu'un article très positif, qui détaille les vêtements chauds des enfants, l'affection manifeste de leur père et à quel point ils semblent heureux d'être ensemble. Cerise sur le gâteau, il n'y a aucune référence à Sharmaine.

Je parcours alors rapidement l'interview de Ruthie : beaucoup d'allusions mais très peu de faits compromettants. Je suis heureuse de déclarer match nul entre les médias du week-end.

Chapitre 63

Lundi 7 novembre, jour 56

Le lundi soir, maman me chope encore une fois pour garder papa. L'air radieux, elle est vraiment très belle. Sa nouvelle coiffure lui va à ravir et elle porte des boucles d'oreilles magnifiques. En tout cas, magnifiques sur elle. Des pierres bleues serties de petits diamants. Jamais je ne pourrais porter ce genre de bijoux.

Je la complimente :

— Jolies boucles d'oreilles.

— Une boutique les a envoyées à Neeve pour moi ! Gratuitement ! Ils veulent juste que je les mette sur Instagram.

— Tu n'es pas sur Instagram.

— Maintenant, si. Neeve m'a ouvert un compte. Elle gère tout, les photos et le reste. Mais c'est vraiment marrant ! Tu n'imagines pas à quel point je suis heureuse, Amy. Heureuse comme si je venais de commencer à vivre. Non seulement les cheveux et le vlog, mais mes nouveaux ongles rouges, poursuit-elle en me montrant son vernis semi-permanent. Mais tout. Les nouvelles rencontres et les gin-tonics, et tout.

Quelque chose me chiffonne, le même instinct qui m'a titillée, récemment.

— Parle-moi de ces nouvelles connaissances. Avec des conjoints souffrant d'Alzheimer, tu m'as dit ? Certaines ne seraient-elles pas des hommes ?

Elle devient rouge pivoine.

— Bien sûr qu'il y a des hommes. C'est la loi des probabilités.

— Et combien de ces hommes sont présents lors d'une de vos soirées ?

Elle ouvre la porte d'entrée et sort la tête dans la nuit froide.

— C'est mon taxi ?

Je jette un rapide coup d'œil. La rue est déserte. J'insiste :

— Alors, combien d'hommes viennent à ces soirées gin-tonic ?

Changeant de sujet, elle me demande :

— Comment s'est passée la sortie de Neeve avec cette erreur de la nature de Richie Aldin ?

— Très bien.

Du moins, je le suppose. Elle avait fait irruption dans ma chambre à 3 heures du matin, ivre de bonheur parce qu'elle s'était fait plein de nouveaux amis et qu'il l'avait présentée comme sa fille.

— Maman, arrête d'essayer de me distraire. Alors, raconte, les messieurs gin-tonic ?

— Ce n'est pas du tout ce que tu penses, chérie. On s'amuse un peu, c'est tout. Et on boit des gin-tonics. C'est devenu mon cocktail préféré.

Puis, agrippant mon bras avec une vigueur surprenante, elle me regarde droit dans les yeux.

— Amy. La plupart du temps, papa est sur une autre planète. Mais, parfois, il est encore là. C'est l'homme que j'ai épousé et, même si je trouve que c'est dur, jamais je ne le ferai souffrir.

Je m'en veux immédiatement. Maman n'a pas eu la vie rose. Mais elle s'amuse enfin. Et quoi qu'elle mijote avec ses boucles d'oreilles ringardes et ses gin-tonics, c'est son affaire.

Chapitre 64

Mardi 8 novembre, jour 57

Aujourd'hui, mon métro venant de Heathrow, sur la ligne Piccadilly, s'arrête dans un tunnel pendant vingt minutes interminables et je suis en retard à *Home House.*

Je me dirige vers Mihaela, la réceptionniste.

— Est-ce trop espérer que Matthew Carlisle ne soit pas encore arrivé ?

— Il est ici, répond-elle. Et il est très désirable. Dans la petite salle de réunion, au troisième étage.

Je me précipite au troisième, me confonds en excuses, et Matthew se lève et se penche pour m'embrasser sur la joue. Il a la peau douce et dégage un parfum de mojito. Guerlain Homme, si je ne me trompe pas.

— Bonjour.

Je suis un peu gênée. C'est la première fois que je le revois depuis ce rêve déstabilisant et je dois faire un effort pour assimiler que je me trouve face au vrai Matthew Carlisle et non au macho qui m'a séduite dans une cabine chez *Marks & Spencer.*

Rôdant derrière lui, j'avise son frère. À ce stade, sa présence constante n'est plus une source de perplexité. Aucun risque qu'il essaie de m'embrasser, ce qui me convient parfaitement. Il se contente de me saluer d'un bref signe de tête et d'un « Bonjour, Amy » laconique.

— Bonjour, Dante.

Malgré tout, j'ai un petit frisson de plaisir puéril en le voyant tiquer. Jamais je ne l'appellerai Dan.

— Alors ? lance Matthew l'air heureux, plein d'espoir. Vous pensez que l'opération photo a marché ?

— Il n'y a eu aucune référence à Sharmaine. Le vent a assurément tourné.

— Pouvons-nous dire que nous avons franchi un cap ? insiste-t-il, le regard brillant.

Je m'empresse de modérer ses espoirs.

— Ces photos sont un excellent début, Matthew. Mais rappelez-vous ce que je persiste à dire. Ce sera un travail de longue haleine.

— De longue haleine ?

Il me dévisage de ses yeux limpides. Et, en toute franchise, je ne sais plus très bien si je suis toujours dans mon rêve. Son ton est tellement suggestif.

— D'accord, acquiesce-t-il, son ton soudain lugubre. Qu'il en soit ainsi.

Je m'éclaircis la voix et, me ressaisissant, reprends :

— Compte tenu du succès de ces photos, j'ai des billets pour vos enfants et vous pour l'avant-première du nouveau Disney jeudi soir. Inutile d'organiser la présence de paparazzis, ils ont des photographes officiels. Et des caméras de journaux télévisés, pour dire quelques mots. J'ai préparé quelques remarques inoffensives. N'en déviez pas trop.

— D'accord.

— Que diriez-vous d'un voyage en Laponie, début décembre ? Pour rencontrer le Père Noël ? Les enfants et vous ?

— Hum. Oui.

— *The One Show* vous invitera pour en parler.

Je passe en revue d'autres propositions qui composent la mosaïque qui finira par créer le nouveau Matthew Carlisle et sa nouvelle image.

— Bien, et maintenant je dois aller travailler, annonce-t-il.

— D'accord. On se voit tous à Brighton, vendredi soir.

Chapitre 65

Jeudi 10 novembre, jour 59

La légende de la dernière photo sur la page de Raffie Geras dit : « Plage déserte, Koh Samui ».

Hugh et Raffie sont assis sur du sable blanc et soyeux. Elle est blottie entre ses jambes, le dos contre son torse. Il l'enlace fermement de ses bras. Ils rient tous les deux. Et pourquoi ne riraient-ils pas, étant donné la proximité de l'eau turquoise et des forêts de palmiers ?

D'un autre côté, leur plage ne devait pas être si déserte s'ils ont réussi à trouver quelqu'un pour prendre la photo. Ce qui me procure un sentiment de satisfaction amère. Jusqu'à ce que je me rende compte que l'appareil photo peut sans doute se déclencher à distance.

De nouvelles photos de défonce tropicale continuent à apparaître tous les jours. Pour un peu, on sentirait la chaleur moite et étouffante de Koh Samui transpirer des clichés. Ici, il pleut à seaux et il fait déjà nuit à 16 h 30.

Je suis prise d'une folle pulsion de leur envoyer une photo de moi, assise mélancoliquement à mon bureau, intitulée : « Bureau désert, froid et pluvieux Dublin. »

Et pourquoi pas ? Pour contrebalancer le flot incessant d'insouciante langueur tropicale de ses posts, peut-être devrais-je les bombarder avec des photos de ma vie ! Et si j'écrivais : « Je prends une douche froide parce que le thermostat du chauffe-eau est cassé et que je n'ai pas la moindre idée de comment le réparer car c'était le travail de mon mari. »

Puis, il y a toujours : « Je suis en train de regarder *Dans la tête des tueurs en série les plus célèbres du monde* avec mon père qui souffre de la maladie d'Alzheimer et qui insiste pour dire que je ressemble à Myra Hindley, en brune. »

Néanmoins, il est impératif que tout cela ne me rende pas folle. J'ai un devoir envers les filles : je dois rester saine d'esprit.

— Que se passe-t-il ?

Alastair entre dans la pièce.

— Où étais-tu ? Ça fait une heure que je suis seule au bureau et je n'aime pas ça.

— Je me faisais pomponner. Nous sommes à Brighton, demain. J'ai besoin d'être prêt pour l'action.

— Ça n'a pas marché avec Sharmaine King ?

Je poursuis alors :

— C'est la question la plus naïve que j'ai jamais posée. En quoi est-ce que cela t'empêcherait de draguer d'autres filles ?

— Excuse-moi, mais je suis un monogame en série, réplique-t-il, un peu froissé. Je ne suis pas infidèle. Et Sharmaine m'a brisé le cœur.

— C'est pourquoi tu es paré pour l'action demain soir ?

— Exactement. Écoute, la vie continue. Et oui, Sharmaine ne voulait pas de moi.

— C'est une première dans ta vie ?

— Bien sûr que non. Je tombe toujours amoureux de femmes qui ne veulent pas de moi. Qui ne me remarquent même pas !

Soudain, il avise les photos sur mon écran.

— Oh merde, Amy ! Arrête de les espionner.

J'aimerais tant en être capable.

— J'étais en train de réfléchir à leur envoyer des photos de ma vie. Du genre : « Retour à la maison après une journée de onze heures pour constater qu'il n'y a rien à manger, pas même du fromage, parce que mon mari, qui avait l'habitude de passer chercher ma livraison mensuelle au club de fromages, est maintenant en Thaïlande en train de s'envoyer en l'air avec une minette. »

— Oh, Amy !

— Ou encore : « Il est hallucinant d'envisager la possibilité que ma mère puisse avoir une liaison. »

— Quoi ? Lilian O'Connell, mère de cinq enfants, a une liaison !

— Bas les pattes, ordure !

— Pouvons-nous encore croire en quelque chose, dans ce monde vide et tordu ? Ce n'est pas vrai, rassure-moi ?

— C'est sans doute simplement qu'elle vit sa vie à fond. Il est déjà 17 heures ?

— 16 h 40.

— Super ! dis-je en m'emparant de mon sac. J'ai rendez-vous pour un brushing puis je dois retrouver Derry pour un verre de vin.

— Transmets-lui mes amitiés.

Je plisse les yeux d'un air soupçonneux.

— Ne t'approche pas de ma famille !

— À demain, à l'aéroport !

— Et dire que je me sentais si coupable concernant Josh Rowan. Et maintenant, je suis furieuse de ne pas avoir couché avec lui. Merde !

Je fulmine.

— Eh bien, couche avec lui demain.

— Comment ça ? Je ne l'ai pas vu depuis plus d'un an. Et il est marié. Mais je vais te dire une chose. Je comprends parfaitement pourquoi Steevie souhaitait que le sexe de Hugh devienne tout vert et tombe.

Je suis folle de rage. Une rage qui dissimule un sentiment de perte tellement profond, tellement intolérable, que je ne peux même pas y faire face.

— Tu as des nouvelles de Steevie ?

— Elle m'a retirée de sa liste d'amis sur Facebook. N'importe quelle autre semaine, cela m'aurait anéantie, mais cette semaine, j'ai épuisé toutes mes réserves de tristesse.

— Vous allez vous réconcilier.

— Je ne sais pas, Derry. Je ne sais même pas si j'en ai envie. Et une autre chose. Dont je suis certaine. J'en ai fini avec Hugh. Peut-être que si je n'avais pas vu ces photos, nous aurions pu surmonter tout ça. Mais cet espoir était d'une naïveté ridicule.

Elle hausse les épaules d'un air désabusé. Elle en a toujours été convaincue.

— Même si Hugh rentre à la maison et qu'il veut toujours de moi, ce dont je doute fort, jamais je ne le lui pardonnerai.

— Tu es une battante. Et tu vas rencontrer quelqu'un d'autre.

— Jamais de la vie ! Plus jamais je ne traverserai cela. Raconte-moi à quel point c'est chouette d'être célibataire.

— Honnêtement, il n'y a rien de mieux. Je rentre chez moi, je ferme la porte de ma petite maison et je me retrouve seule avec moi-même.

— La solitude ne te pèse-t-elle pas quelquefois ?

— Jamais.

Nous avons plusieurs vies à vivre. Je repousse cette pensée.

Me retrouver célibataire à mon âge m'inspire de nombreuses craintes. J'ai peur de devenir ce genre de femme pas du tout glamour, pleine de sérénité. Je ne me teindrais plus les cheveux, qui seraient striés de fils argentés. Je me lèverais à 6 heures tous les matins et remercierais le ciel pour ma bonne fortune. Et j'arriverais au mariage de Kiara, comme les adeptes de yoga, séduisante pour mon âge, avec de jolies rides mais pas de bajoues. Ces femmes ont en général des mentons étonnamment fermes, un teint lumineux et éclatant, comme si elles avaient absorbé des litres d'acide ascorbique. Même si vous savez parfaitement que ce n'est pas le cas car elles n'utilisent que des produits du docteur Hauschka, lequel ne permet même pas d'avoir recours à une crème de nuit.

Je ne veux pas devenir cette femme. Je préfère mille fois être une vieille ivrogne botoxée. Au moins, j'aurai un peu de vie en moi.

Et je vois maintenant que je n'ai pas à suivre le parcours d'une adepte de yoga. Derry est encore terriblement glamour. D'un ton songeur, elle reprend :

— Je ne pense plus pouvoir vivre avec quelqu'un d'autre, désormais. Je suis trop habituée à faire ce qui me plaît.

Elle a eu des relations à long terme, l'équivalent de mariages. Elle sait de quoi elle parle.

— Et si je me sens seule, ajoute-t-elle, je peux toujours rencontrer un homme.

— Tu parles de sexe. Comment pourrais-je coucher avec quelqu'un de nouveau ? Regarde-moi. Je suis une vieille peau.

— Si quelqu'un te plaît et que tu lui plais, tu es emportée par la passion et tu te fiches de ton apparence. Je te le dis, Amy, nous, les femmes en préménopause, vibrons d'énergie sexuelle.

— Pas moi. Je suis plus intéressée par quelqu'un avec qui regarder la télé en mangeant des chips. Franchement, Derry, j'ai passé certains des moments les plus heureux de ma vie en regardant une série, allongée sur le canapé avec Hugh. Je ne savais pas à ce moment-là que je vivais mon rêve, mais je le vivais.

— Tu es habituée à être mariée et tu ne peux pas t'imaginer autrement. Un jour, Hugh te sera indifférent.

— En dépit de tout ce qu'il a fait, cette pensée m'est intolérable.

— Intolérable maintenant. Mais donne-toi une chance. Ne sois pas si dépendante.

— Il y a une différence entre la dépendance et une solidarité mutuelle et saine.

Elle me regarde d'un air spéculateur.

— Encore *Psychologie Magazine* ? Tu sais quoi ? C'est arrivé. Il est parti. Et avant son départ, tu t'amusais, et je le sais !

Elle arrête mes protestations d'une main levée.

— Tu n'as jamais couché avec Josh Rowan, d'accord. Mais Amy, tu vivais une liaison affective. Réfléchis-y. Réfléchis-y bien. Visiblement, Hugh ne te comblait pas totalement dans votre solidarité mutuelle et saine.

Chapitre 66

Vendredi 11 novembre, jour 60

Alastair m'appelle sur le téléphone interne.

— Comment est ta chambre ? me demande-t-il.

J'examine mon lit simple, peu engageant, et ma salle de douche exiguë.

— Un trou à rats. Et toi ? Tu as quelle vue ?

— Un mur sale, à environ trois centimètres.

— Quand même ! C'est chouette d'être ici.

Et, c'est la vérité. J'ai décidé de positiver. Et de voir le verre à moitié plein. Et je me félicite de ma présence à Brighton pour le Media Awards. Je veux être avec des gens ivres qui s'amusent. Je veux danser, profiter de ma journée, me coucher tard et rire. Je veux de la distraction, je veux sentir un lien avec d'autres humains, savoir que je suis toujours vivante.

— Descends boire un verre, me suggère Alastair. Voyons qui est dans les parages.

— J'ai une réunion rapide avec Matthew Carlisle.

— Oh, le laïus d'encouragement. Tu as raison, cet hôtel est plein de paparazzis. Il faut vraiment qu'il se tienne à carreau.

Il a raison. Matthew, qui est d'une naïveté affolante, a constamment besoin de se voir rappeler l'importance de l'image qu'il projette.

Ma chambre-placard semble être une annexe des caves. Je dois monter deux volées de marches avant d'atteindre le lobby et de prendre l'ascenseur pour gagner la chambre de mon client, située au dernier étage.

L'hôtel grouille de monde et la plupart des participantes sont déjà en train de boire. Je croise certaines têtes que je n'ai pas vues depuis des lustres et, pour la énième fois, me pose la question : Josh est-il ici ? Le revoir sera embarrassant. Le simple fait de penser à lui est douloureux.

Avec ses couloirs aérés et spacieux, le dernier étage est un autre monde. Je frappe chez Matthew. Soudain le cliquetis d'un appareil photo et l'éclair d'un flash me font sursauter. Un photographe !

J'ignore qui il est mais sa chambre est à deux portes de celle de Carlisle. Je me précipite et tambourine au panneau en chêne. Comme personne ne répond, j'appelle :

— Je suis Amy O'Connell, l'attachée de presse de Matthew.

La porte s'ouvre. C'est un paparazzi que je connais vaguement. Tout cela est tellement fou que je me mets à rire.

— Lenny ? Oui, c'est ça, Lenny. Je suis son attachée de presse, idiot ! Amy O'Connell, tu me connais !

Hargneux, il me répond :

— Il pourrait te tripoter.

Toujours riant, je réplique :

— Pas du tout. Il ne tripote personne.

Je ne comprends pas bien la cause de mon hilarité. Ce doit être l'adrénaline.

Lenny paraît se dégonfler. D'un ton réconfortant, j'ajoute :

— Mais tout le monde va tripoter tout le monde, ce soir. Tu ne rentreras pas les mains vides. D'accord ? Au revoir.

Je retourne frapper chez Matthew et, au bout de dix secondes, j'entends un bruit de pas pressés. Il m'ouvre.

— Désolé ! Je me suis endormi. Entrez.

Sa chemise est froissée et il a l'air abruti de fatigue.

— Oh, c'est magnifique !

Il occupe une suite. Le salon meublé de deux canapés et de fauteuils est inondé de lumière.

— Ils m'ont surclassé, explique-t-il en étouffant un bâillement.

Je me précipite vers la fenêtre.

— Vous avez vue sur la mer !

— Pas vous ?

Dans un éclat de rire, je réponds :

— J'ai déjà de la chance d'avoir un lit. Alors ? Dante est dans le coin ?

— La chambre de Dante est à un autre étage.

Je le crois aisément. Dante s'est sans doute vu relégué dans l'annexe des trous à rats, comme moi et tous les autres anonymes.

— Vous voulez un café ? Ou autre chose ? Regardez, j'ai un bar rempli de bouteilles d'alcool.

— Mon Dieu ! Non. La soirée va être longue. Un café, ça ira très bien.

Je remarque alors qu'il a même une machine Nespresso ! Il en prépare deux et pose les tasses sur la table, à côté du canapé.

— Bien, commence-t-il en me dévisageant de ses yeux bruns. Alors, les instructions pour ce soir. Pas de femmes !

— Vous m'avez bien écoutée. Sérieusement, prudence avec *toutes* les femmes.

— Pas de slows en discothèque ? Pas de danses sexy ?

— Pas de discothèque du tout.

— Quoi ? Mais c'est une tradition.

— Les photos de vous, ragaillardi, en train de vous amuser ? Non, Matthew.

Le moment est venu de se montrer impitoyable.

— Un paparazzi vous guette, dans une chambre, à deux portes de la vôtre.

Il pâlit.

— Pourquoi ?

— Parce que vous êtes le mari de Ruthie Billingham. Parce que Ruthie continue à pondre en série des allusions à votre infidélité. La presse, le public, tout le monde veut des photos compromettantes.

Accablé, il se prend la tête entre les mains.

— Quand finira ce cauchemar ?

— Je ne sais pas. Tout ce que je peux promettre, c'est qu'il finira. En attendant, tenez bon.

Il laisse échapper un long soupir de lassitude.

— Autre chose, Matthew. Imaginons que vous ne gagniez pas votre prix, ce soir ?

— Vous voulez dire : « Dans le cas peu probable où vous ne gagneriez pas votre prix ? »

Il ponctue sa boutade d'un clin d'œil sans grande conviction.

— Exactement. Vous devez sourire. Beaucoup. Applaudir avec enthousiasme.

En termes de relations publiques, il est presque préférable de perdre avec grâce que de gagner.

— J'ai compris.

Après une seconde de réflexion, il poursuit :

— Vous pensez que je ne vais pas gagner ?

— Bien sûr que si, vous allez gagner.

Je mens. Il ne gagnera pas. C'est Jeremy Paxman qui va gagner.

— Ce ne sera pas Paxman ?

— Ce ne sera pas Paxman.

— Je vous parie dix livres.

— Pari tenu !

Merde ! Je viens de perdre dix livres.

— Pour finir, qu'allez-vous porter ce soir ? Vous avez loué votre costume ?

C'est une soirée en smoking.

— Il est à moi.

— Montrez-le-moi.

Je suis un peu rassurée. C'est un Zara Homme. Au moins, ce n'est pas un Gucci qui en jette. Néanmoins…

— Essayez juste de ne pas être trop beau, ce soir, d'accord ?

— Comment dois-je faire ?

Ne sachant pas trop s'il plaisante, je lui lance un regard perplexe.

— À plus tard, Matthew.

Au rez-de-chaussée, mes deux associés m'attendent au bar.

— Comment va Matthew ? me demande Alastair.

Je secoue la tête et me mets à bredouiller, peinant à trouver les mots exacts.

— Si… oui, s'il avait le sens de l'humour, il serait l'homme le plus sexy de la planète.

Une ombre passe sur le visage de mon collègue. Exaspérée, je lance :

— Quoi ?

— J'ai le sens de l'humour ? Je suis drôle, non ?

Je le regarde fixement.

— Tu as un humour un peu particulier. Et tu es plus en manque d'affection que d'habitude, ajouté-je.

Inopinément, Tim me demande :

— Tu en pinces pour Matthew Carlisle ?

— Hum… non.

Je me sens rougir. Parler de mes émotions avec Tim me met terriblement mal à l'aise.

— J'ai besoin de flasher sur une cliente pour me sentir bien, avoue-t-il.

Un instant sans voix, je finis par bafouiller :

— Mais Mme Staunton et toi ?

D'un ton grave, il répond :

— Je suis sûr que Mme Staunton aussi a des béguins pour des patients ou des collègues.

Il me lance un regard narquois et me fait un clin d'œil. *Un clin d'œil !*

— Tu te moques de moi. Il plaisante, c'est ça ? demandé-je en me tournant vers Alastair.

— Tu me poses la question ? Je suis aussi stupéfait que toi.

— Je t'en prie, Tim, pas cette semaine, justement. J'ai besoin de quelque chose, de quelqu'un, sur qui je peux compter. Je t'en prie, dis-nous que tu blagues.

— Je blague, répète-t-il, pince-sans-rire.

Mais je ne suis pas sûre de le croire.

CHAPITRE 67

— Et pour présenter le journaliste politique de l'année, j'appelle…

La victoire de Jeremy Paxman n'est pas une surprise. Matthew bondit sur ses pieds, applaudit à tout rompre, siffle, avant de m'adresser un signe de tête éloquent à travers l'immense salle de bal. Il articule silencieusement : « Vous me devez dix livres. »

Dante Carlisle suit le regard de son frère. En me voyant, la contrariété se peint sur son visage. Je lui envoie un baiser.

Quand la remise des prix se termine enfin, la partie amusante de la soirée débute. J'ai l'intention de passer de table en table, de rencontrer une multitude de gens, d'aller danser jusqu'au bout de la nuit.

Mais, pour commencer, je ferais bien d'aller montrer ma compassion à Matthew et de lui donner son billet de dix.

Je le trouve assis à une grande table ronde, seul. Tous les autres convives ont dû se ruer vers le bar.

— Dommage, dis-je.

— Je vous avais dit que Paxman allait gagner.

Il tente un sourire qui s'évanouit aussitôt.

— Vous allez bien ? Que se passe-t-il ?

Inquiète, je prends place à côté de lui. Tenait-il tant à gagner ?

— C'est juste que… ma femme me manque.

Il se tourne pour me faire face. Le regard fixé sur la table, il poursuit :

— Je n'arrive toujours pas à croire qu'elle m'a quitté.

Les yeux écarquillés, je hoche la tête.

— Tous les matins, quand je me réveille, l'espace d'un instant, je me dis que ce n'est pas arrivé. Puis je dois affronter la réalité et mon sentiment de perte… J'ai l'impression d'être redevenu enfant, quand mon père est parti.

Tout ce que je peux faire, c'est hocher la tête. C'est insoutenable.

— Ce n'est pas juste Ruthie qui me manque. C'est notre famille. Nous quatre.

Je n'ai qu'une envie, qu'il se taise.

— C'est comme le paradis avant la chute. C'était parfait mais c'est fini.

Hugh m'avait adorée. Il nous avait adorées toutes les quatre, Neeve, Sofie, Kiara et moi. Nous étions une famille heureuse. Je n'avais pas juste perdu mon mari. J'avais perdu chaque élément de ce que nous étions, notre dynamique unique à cinq.

Je sens une boule se former dans ma gorge.

— Tout le monde pensait que je prenais soin de Rudy, poursuit Matthew. Mais c'était elle qui prenait soin de moi. Nous prenions soin l'un de l'autre et… Ça va ? Amy ? Ça va ?

— Oui.

Je hoche la tête. Mais je sens mes larmes jaillir.

— Mon Dieu ! Qu'est-ce que j'ai dit ?

— Rien. Je suis désolée. C'est gênant.

Je m'essuie le visage d'un revers de main.

— Dites-moi. Je vous en prie, dites-moi, me presse-t-il, plein de sollicitude.

Son froncement de sourcils lui donne un tel charme !

— Je vous en prie.

Je sais que ce n'est pas professionnel mais je me sens brisée.

— Puis-je vous montrer quelque chose ? lui demandé-je.

— Bien sûr.

Je pianote sur l'écran de mon téléphone et fais défiler divers trucs avant de trouver la photo la plus récente de Raffie les représentant, Hugh et elle, sur un ponton, enlacés.

— Vous voyez cet homme, là ? Avec cette femme ? C'est mon mari.

— Mais il est…

— Oui. Avec une autre femme. Ils sont en Thaïlande.

— Et… quoi ? Comment êtes-vous au courant ?

— Nous faisons un break. Du moins, c'est surtout lui. Pendant six mois. Il rentre en mars. Si ce n'est qu'il ne rentrera pas. Non ? Je veux dire, vous rentreriez ?

Le visage de Matthew exprime un mélange d'inquiétude et de surprise.

— Amy, vous voulez qu'on file à l'anglaise ? Qu'on laisse tomber cette soirée ? Personne ne le remarquera. Allez, je vous raccompagne à votre chambre.

Soudain épuisée, vidée, je n'ai plus qu'une envie : fuir.

— D'accord.

Au moment où nous nous levons, Dante surgit avec des boissons.

— Que se passe-t-il ?

— Amy va se coucher. Je la raccompagne à sa chambre.

Son regard va de mon visage à celui de son frère.

— Je m'en occupe, dit-il en posant les verres sur la table. Reste ici, Matthew.

Je m'insurge :

— Non !

Je ne veux pas que Dante m'approche.

— Oui mais…

— Je reviens dans cinq minutes, lui promet-il alors. Attends-moi.

Alors que nous nous éloignons, je lui demande :

— Qu'est-ce qui se passe avec votre frère ? Il est amoureux de vous ou quoi ?

Il émet un petit rire.

— Quelque chose dans ce genre.

Oh ! Je n'y crois pas ! Josh Rowan. Sur le seuil de la porte de la salle de bal, il discute avec quelqu'un. Il m'a vue, me dévore du regard. Je croyais ne pas vouloir le rencontrer. Qu'il était lié à trop de culpabilité. Mais maintenant que je le vois, tout resurgit. La nostalgie, le désir, le regret de savoir que tout aurait pu être différent.

Ma ferveur se reflète sur son visage. Un long moment, en dépit des fêtards qui se bousculent, j'ai l'impression que nous sommes seuls au monde. Je ressens son émotion comme je suis sûre qu'il ressent la mienne. Sans prononcer une parole, nous communiquons. C'est comme si les seize mois qui se sont écoulés depuis notre dernière rencontre étaient effacés.

Un homme ivre, aux joues rubicondes, le prend par le cou, lui hurle quelques paroles joviales et l'entraîne. Il a disparu.

Quand je franchis la porte, je balaie du regard la foule qui se presse dans le lobby. Mais il n'est nulle part. L'air très affairé, Matthew m'accompagne en bas, fait glisser la clé électronique dans la porte, puis passe la tête à l'intérieur.

— Juste pour m'assurer que personne ne se cache sous le lit. Mon Dieu ! On dirait une cellule de prison.

— Ça va très bien.

— C'est honteux. Je ne peux pas vous condamner à rester ici. Montez un moment dans ma chambre. On pourra boire un verre.

— Non, non.

Je ne m'en sens pas capable. Il insiste :

— Un verre. Je ne veux pas me retrouver en tête à tête avec mon cafard. Vous me rendez service.

— Oh, et puis pourquoi pas ?

— D'accord.

Dans la suite de Matthew, les lumières, tamisées par les femmes de chambre, créent une ambiance feutrée, accentuée par la musique classique en bruit de fond. Je vais à la fenêtre. Il fait maintenant trop sombre pour voir la mer mais le bruit du ressac m'apaise.

— Asseyez-vous, m'invite Matthew en me montrant le canapé.

Il inspecte alors la rangée de bouteilles sur son buffet.

— Que puis-je vous offrir ?

— Une vodka, je suppose. Et un Coca light.

Il verse une généreuse mesure dans un verre à fond épais et me rejoint sur le canapé.

— Alors, racontez-moi tout.

Je bois une gorgée, ouvre la bouche et laisse libre cours à mon désespoir. Mon verre se vide étonnamment vite. Il le remplit et m'encourage à continuer à parler.

— En fait, non, dis-je. Je préfère m'arrêter. La tristesse est épuisante et je n'en peux plus d'être triste.

De l'extérieur me parvient le bruit de la musique. La soirée dansante a dû commencer et soudain mon humeur change.

— Allons, Matthew ! S'apitoyer n'avance à rien ! Descendons à la discothèque. Je veux aller danser.

Je suis un peu ivre mais, bizarrement, d'une ivresse joyeuse, pas mélancolique.

— Je ne peux pas, fait-il remarquer. Ce sont vos instructions.

Je plaque une main sur ma bouche.

— Oh, c'est vrai, je suis désolée.

Après un silence gêné, je m'exclame :

— Nous pourrions avoir notre propre discothèque ici même. Avec juste quelques chansons. Vraiment. Ce sera super !

La culpabilité décuple mon enthousiasme.

Matthew commence à régler la stéréo de la chambre et un air entraînant, que je reconnais, s'élève dans la pièce. Ça doit être un des morceaux qu'écoute Kiara. Quand j'entends *Groove Is in the Heart*, mon moral remonte en flèche.

— Oh, j'adore cette chanson !

Je bondis sur mes pieds et retire mes chaussures.

— Montez le son, Matthew. Plus fort !

Immédiatement, la musique fait vibrer les murs. Je sens la basse résonner en moi, la mélodie m'envelopper, et je me sens vivante. Je virevolte autour de la pièce, et, l'espace d'un moment, j'oublie tous mes soucis. Il n'y a plus que la musique et moi, et je me sens heureuse et libre.

Soudain, je remarque qu'il me regarde danser, les traits crispés, immobile.

Il est installé confortablement sur le canapé, les bras étalés sur le dossier. Sa cravate noire a disparu, les trois premiers boutons de sa chemise sont ouverts – sans que j'aie rien remarqué – et, sans crier gare, j'ai soudain une conscience aiguë de la tension sous-jacente. Pour un peu, j'aurais l'impression de faire une lap-dance. Cette pensée est à la fois excitante et tellement gênante que j'en ai un peu la nausée.

— Plus fort !

Sans cesser de me dévorer d'un regard avide, il fait passer une main derrière lui et, à tâtons, tourne le bouton du volume.

Son regard perçant devient insoutenable.

— Allez, levez-vous, venez danser !

Le prenant par les deux mains, je le fais se lever. Maintenant debout, il ne bouge toujours pas, se contente de me dévisager.

— Danse avec moi, me dit-il.

— Mais je suis déjà en train de danser.

— Non, tu danses pour moi. Je veux que tu danses avec moi.

Il essaie de m'attraper par la taille, mais je me dégage. Mais il me rattrape et, plaquant ses mains dans mon dos, m'attire contre lui.

— Non.

Je ne veux pas ralentir, je ne veux pas arrêter. Mais, en un mouvement fluide, il repousse mes cheveux sur le côté, enfouit sa tête au creux de mon cou et me mord. Soudain, il a toute mon attention. Je ne danse plus.

Je chuchote :

— C'était quoi ?

Je veux m'échapper mais ses bras me retiennent fermement prisonnière. Je ne peux que le regarder.

Son visage s'approche du mien. Sa main a glissé sur mon crâne et il m'attire vers lui. Puis, sa bouche est sur la mienne et, vu sa détermination, les choses ne vont pas s'arrêter là.

Je le repousse.

— Nous ne pouvons pas. Je ne peux pas !

Je suis essoufflée, il est essoufflé. Sa chemise est froissée, ses yeux farouches.

Il pousse un grognement de frustration et je répète :

— Nous ne pouvons pas.

Je me dégage de son étreinte, créant de la distance.

— Pourquoi pas ?

Parce que… je ne veux pas.

Je suis un peu ivre, abasourdie, mais je suis sûre de ma réponse.

— Je ne m'excuserai pas, dit-il en faisant de nouveau un pas vers moi. Je veux faire ça depuis toujours.

— Vraiment ?

— Depuis la première fois que je t'ai vue.

Ce sont des paroles agréables. Je devrais me sentir flattée. Mais ce n'est pas le cas.

— Et Ruthie ?

— Et ton mari ? Nous pourrions nous réconforter mutuellement.

Non ! Il n'en est pas question.

La sonnerie de mon téléphone me fait sursauter. C'est Alastair.

— Où es-tu ?

— Pourquoi ?

— Tu es avec Matthew Carlisle ?

— Oui.

— Retrouve-moi immédiatement dans le lobby ! m'intime-t-il d'un ton furieux. Si tu ne descends pas, je monte te chercher.

Je m'élance vers la porte et Matthew me bloque le passage.

— Ne pars pas.

L'espace d'une seconde, je prends son insistance pour de la flatterie, mais soudain, il se fait menaçant.

— Tu m'as dit de ne pas approcher une seule femme, alors maintenant tu dois…

Seigneur ! C'est atroce. Et terrifiant.

— Si je ne descends pas immédiatement, Alastair va monter.

Il se rembrunit, son visage exprimant une fureur impuissante. Avec une grimace d'amertume, il lâche :

— Dans ce cas, vas-y.

Dans le lobby bondé, Alastair m'attend, en compagnie de Tim et de Dante Carlisle.

— Par ici, lance-t-il en nous entraînant vers un canapé.

Nous y prenons place tous les quatre.

— Tu as… ? me demande-t-il.

— Couché avec Matthew Carlisle ? Ne suis-je pas la seule que ça regarde ?

— Non, rétorque mon associé. Premièrement, c'est un client.

Mon Dieu ! Ça lui va bien !

— Deuxièmement, il a une liaison avec Sharmaine King.

— Oh !

— Je suis désolé, Amy. Mais c'est la vérité.

— Comment le sais-tu ?

— Elle n'a pas voulu coucher avec moi et n'a pas voulu me dire pourquoi. Mais j'avais mes soupçons. Quand Dante me les a confirmés, je lui ai téléphoné. C'est vrai.

Je peine à suivre.

— C'est pour ça que Ruthie est partie.

— Et la goutte d'eau qui fait déborder le vase : il a couché avec toutes leurs baby-sitters, annonce Dante.

Alastair renchérit :

— C'est un coureur. Il y a d'autres femmes aussi.

Pour un peu, il aurait l'air prude.

— Mais il aime Ruthie, dis-je.

En tout cas, il en donne vraiment l'impression.

— Il l'aime, oui, approuve Dante. C'est toute la tragédie.

— Alors pourquoi… ?

— C'est un obsédé sexuel, déclare Alastair d'un ton catégorique.

Pour la première fois, Tim prend la parole et, toute trace d'humour disparue, d'une voix rauque, persifle :

— C'est l'hôpital qui se fout de la charité.

— Il est bien pire que moi, affirme Alastair avec ferveur. Dante a des tas d'histoires à raconter.

— Il est sans doute plus politiquement correct de le qualifier d'accro au sexe que d'obsédé sexuel, reprend Tim.

Je me tourne vers Dante.

— Pourquoi n'avez-vous rien dit ?

— C'est mon frère, répond-il avec un geste d'impuissance. Mais j'ai essayé de m'assurer que vous ne soyez jamais en tête à tête avec lui. J'étais contre le fait qu'il vous engage, mais il était inflexible.

C'était sans doute l'explication à l'antipathie que me témoignait Dante.

— Je pensais que vous ne m'aimiez pas.

— C'est le cas. Je ne vous aime pas.

D'un ton furieux, Tim intervient :

— Pourquoi ?

— Elle est autoritaire. Elle ne laisse aucun choix.

— Si elle était un homme, vous diriez qu'elle est efficace. J'ai une autre question.

— Alors la liaison de Ruthie avec Ozzie Brown depuis deux ans, c'était un craque ?

— Non. C'est vrai.

— Et Greta ? Qui travaille avec lui ? Il…

— Oui.

Je le savais ! Je l'avais deviné à son attitude de carnassier dans mon rêve. Et en dépit de l'étrangeté de cette soirée, je dois me féliciter. Et m'attribuer un dix sur dix pour mon intuition.

— Alors que se passe-t-il maintenant ?

— Tu mets un terme à ton contrat immédiatement, répond Tim avec emphase.

— Envoyez-moi la facture pour les heures restantes. Je m'en occuperai. Et désolé pour tout ça, s'excuse Dante.

— Vous n'êtes pas vraiment responsable si votre frère est incapable de contrôler son appétit sexuel, fait remarquer Alastair, grand seigneur.

Manifestement, il ne s'est jamais senti aussi haut dans l'échelle de la morale.

Dante me tend la main.

— C'est un plaisir de ne plus travailler avec vous.

— Pareillement.

Sur ces mots, il se lève et se fond dans la foule.

— Désolé, Amy, si tu croyais être en train de vivre un truc avec Matthew.

— Pas du tout. Il est beau mais… je ne sais pas. Il n'est pas sexy. Pas pour moi, en tout cas. Mon instinct me soufflait de me méfier de lui.

Alastair secoue la tête d'un air consterné.

— Au dire de tous, c'est vraiment un chaud lapin.

— Oh, Alastair, c'est peut-être la soirée la plus heureuse de ta vie ! réplique Tim d'un ton sec.

Je me lève à mon tour et j'annonce :

— Bon, je vais à la discothèque danser sur les Killers. Vous venez ?

Josh sera peut-être là. Ou pas. Mais, pour le moment, tout ce que je veux, c'est me soûler et danser.

Chapitre 68

Samedi 12 novembre, jour 61

La chaleur me réveille. La température dans ma petite chambre d'hôtel est caniculaire. Comme si j'étais enterrée vivante dans un brasier. Il est à peine 7 heures mais je dois me lever.

Je prends une douche rapide, me coiffe, applique mon rouge à lèvres, enfile un manteau et traverse le lobby, où traînent encore des fêtards de la nuit dernière.

Le ciel se colore de traînées mauves et bleu roi. Il ne va sans doute pas tarder à faire jour. La brise, vive, est d'une fraîcheur agréable. Je me dirige vers la mer. Je veux entendre les vagues et respirer l'air iodé. Je m'avance vers le rivage, les graviers crissant sous mes bottes trop hautes. La plage est déserte. Tout l'hôtel doit dormir d'un sommeil aviné. Je m'étonne d'ailleurs d'être réveillée. J'ai dansé comme une folle avec Alastair pendant des heures. Et quand, enfin, je me suis écroulée dans mon lit, il était presque 3 heures.

Cela dit, je suis un peu dans les vapes. J'ai cette sensation propre aux gueules de bois d'être déconnectée de tout. Comme si je regardais défiler le film de ma vie à distance.

Les gentilles petites vagues ne s'accordent pas à mon humeur. Les lames d'une mer gonflée de colère m'aideraient à m'extraire de ma torpeur.

Je me suis trompée sur le compte de Matthew Carlisle. C'est décevant, sur bien des points. Je me suis lancée dans la réhabilitation d'un homme qui ne méritait pas du tout de se voir blanchi. En outre, cette perte de revenu est un coup dur. Surtout à l'approche de Noël. Au moins, je n'ai pas couché avec lui. Heureusement…

Une silhouette surgit de l'obscurité. Longeant la plage, elle se dirige vers moi. Un autre client matinal sorti marcher pour soigner sa gueule de bois. C'est un homme grand, dans un manteau sombre, son col relevé pour se protéger du froid. Je reconnais soudain Josh. L'esprit embrumé, je parviens presque à me convaincre que je l'ai fait apparaître.

Nos yeux se croisant, nous marchons droit l'un vers l'autre. Puis nous nous arrêtons, nous frôlant presque. Ni lui ni moi ne sourions.

—Alors ? dit-il. Comment vas-tu ?

Même si nous ne nous sommes pas parlé depuis plus d'un an, nous avons dépassé le stade des mondanités et retrouvé immédiatement cette intimité que nous avons partagée pendant ces déjeuners défendus. Et je devine qu'il a appris pour Hugh.

— Hum. Mon mariage a pris une direction un peu étrange.

Le regard empreint de compassion, il répond :

— Je sais.

Je pince les lèvres. J'ai honte.

— Je ne t'ai pas espionnée, dit-il. Mais je pense toujours à toi et, de temps en temps, je… regarde Facebook. Parfois, je ne peux pas m'en empêcher.

Avec un haussement d'épaules, je lui demande :

— Et toi, comment ça va ?

— Rien de neuf.

— Ta femme ne te comprend toujours pas ?

— Arrête.

— Pardon.

D'une voix pleine de ferveur, j'ajoute :

— Je suis désolée. C'est la culpabilité.

— Tu n'as rien fait de mal.

C'est faux.

— Je n'arrête pas de me demander si Hugh est parti à cause de moi. S'il savait, dans son subconscient, que je l'avais trompé. Parce que je le trompais, même si toi et moi, nous n'avons jamais rien fait.

Trempée par les bourrasques glacées, je ne bouge pas : je suis tellement soulagée de me retrouver face à face avec Josh, de pouvoir lui parler.

— Je peux te demander quelque chose ? dit-il. Si tu n'avais pas été mariée et que je n'avais pas été marié, aurais-tu… ?

Je réfléchis, longuement.

— Je ne suis pas sûre que nous soyons compatibles d'un point de vue psychologique.

Ma gueule de bois me permet de prendre de la distance. Jamais, sinon, je n'aurais été aussi honnête.

— Mais d'un point de vue physique, l'attirance, qu'importe le nom que tu lui donnes, c'était… fort.

Un éclair passe dans ses yeux et il murmure :

— Oui. Ça l'était. Ça l'est toujours, ajoute-t-il. Du moins, pour moi.

D'un ton las, j'admets :

— Pour moi aussi.

— Bien… alors…

Il s'éclaircit la voix.

— Qu'est-ce qui te retient ?

Bien peu de choses. J'ai déjà perdu mon mariage.

— Ta femme.

— Tu veux que je la quitte ?

— Seigneur ! Jamais de la vie ! C'est tout l'opposé.

Peut-être est-ce la désillusion dans le sillage des révélations sur Matthew Carlisle. Avoir découvert sa véritable personnalité si peu de temps après avoir vu les photos de Hugh me pousse à croire que la monogamie est une cause perdue. Personne n'en semble capable. Ni Hugh, ni Matthew, ni Josh, ni peut-être même Tim.

J'ai l'impression que tout est parti en cendres. Et, à cet instant précis, d'avoir très peu à perdre. Si ce n'est la notion que je suis quelqu'un de bien. Mais ce n'est sans doute plus suffisant pour m'arrêter.

Quand Josh a commencé à m'obséder, je caressais le fol espoir de pouvoir contourner ces embarrassantes considérations d'éthique comme par magie. Mais cela n'arrivera pas. Je suis une adulte. Et si c'est ce que je veux, c'est à moi de prendre une décision d'adulte.

— Dans la vie, nous prenons des décisions qui vont à l'encontre de notre éthique. Non ?

— Si, répond-il d'un ton méfiant.

— Nous prenons des décisions que nous n'aurions pas dû prendre par faiblesse, par besoin.

Les yeux plissés, il me scrute du regard, essayant de comprendre mon raisonnement.

Je poursuis d'un ton sans appel :

— Josh, tu ne dois jamais parler de la quitter. Tu ne dois pas la quitter. Et ce que nous allons vivre devra durer un temps déterminé. C'est la seule condition pour que je me sente en paix avec ma conscience. Jusqu'à la fin de l'année. Après, ce sera fini.

— Que veux-tu… Amy, qu'es-tu en train de dire ?

— Mardi soir, à Londres. Réserve une chambre.

Chapitre 69

Lundi 14 novembre, jour 63

Pas de satin noir. Et sûrement pas de satin rouge. Pas de corset, pas de guêpière, rien d'un tant soit peu vulgaire. Pas de dentelle, pas de culotte ouverte, rien de coquin.

Je finis par acheter des culottes et un soutien-gorge, noirs, tout simples. Dans un satiné brillant, ils ne sont peut-être pas totalement quelconques, mais ils ne réservent aucune surprise du genre string.

Non sans réticence, j'achète aussi des bas et un porte-jarretelles parce que je ne peux pas lui imposer des collants pour notre première nuit. Et je ne vais pas mettre des bas autofixants parce qu'ils ne sont pas fiables. Ils pourraient se détacher et se mettre à flotter sur mes jambes au moment où je traverserais un bar bondé.

Et maintenant, je dois vraiment rentrer au bureau. J'ai pris plus de deux heures pour ma pause-déjeuner, aujourd'hui.

— Comment ça s'est passé ? me demande immédiatement Alastair.

— Où est Tim ?

Il désigne la porte fermée de la salle de réunion.

— Là.

Très bien. Je peux parler librement.

— Désolée d'avoir mis tant de temps. Mais mission accomplie.

— Donc, tu es prête ?

— Presque. Ce soir, j'ai prévu une douche autobronzante. Le ton le plus clair. Juste pour me débarrasser de mon teint blafard. Et, je ne devrais vraiment pas te raconter ça, mais où est le mal ? Je me suis fait épiler hier soir.

— Oh, tu veux dire… ?

Il baisse les yeux sur mon entrejambe.

— Je me fais faire le maillot brésilien. Hugh aime. Aimait. Tu penses sans doute que c'est répugnant.

— Non. Je… en fait, oublions cette conversation. Donc, tu as fait la paix avec ton corps répugnant ?

— Je ne peux rien y faire. J'ai l'âge que j'ai, j'ai vécu la vie que j'ai vécue. Et il n'a pas dix-neuf ans non plus. Il en a quarante-deux. C'est drôle, Alastair, je ne veux pas qu'il soit comme David Gandy. Tout en muscles et en abdos. Ça m'intimiderait terriblement. Mais je ne veux pas non plus qu'il soit flasque et… bref, tu comprends. Je veux qu'il soit au même niveau de décrépitude que moi. Bon, d'accord, peut-être pas aussi atteint que moi.

— Alors où va se passer cette rencontre ?

Pendant que j'étais sortie, Josh m'a envoyé un texto :

Sarah Hotel. Retrouve-moi au bar du dernier étage à 19 heures.

— *Sarah Hotel.* Waouh !

— Je sais. Stylé, hein ?

— Je n'y suis jamais allé, mais, ouais, stylé ! Cher. Il est amoureux, Amy !

Je suis prise de spasmes d'anxiété.

— Oh, merde, et maintenant j'ai la trouille. Mais qu'est-ce qui peut arriver de pire ?

— C'est à toi de me le dire.

Certaines pensées me tourmentent depuis que j'ai lancé mon invitation samedi matin.

— Eh bien… Je vais peut-être totalement me dégonfler et développer un vaginisme qui bloquera l'accès de mon sexe à Josh Rowan.

— Ce serait tragique !

Tragique est le mot juste. J'imagine Josh cognant son pénis contre moi comme un bélier médiéval. Je me sens à la fois excitée, horrifiée, terrifiée, stimulée…

— Ou alors Josh trouvera peut-être mon corps de quadra si flasque et répugnant qu'il sera incapable d'avoir une érection.

— Ça n'arrivera pas. Je ne veux pas te vexer, Amy, mais les hommes, la plupart des hommes… Bref, tu as entendu le dicton qui dit : « Penser avec son pénis. » En tout cas, tu es très bien. Tu es adorable. J'en ai marre de te le répéter.

— L'autre scénario étant que, peut-être, ce sera pas mal, juste pas mal. Rien de spécial. Quelque chose que ni lui ni moi ne pourrons nous fatiguer à raconter. Ce qui ne serait pas plus plaisant. Il a beaucoup occupé mes pensées depuis un an et demi. Je serais mortifiée si cela n'en avait pas valu la peine.

— D'un autre côté, ça peut être magnifique, me réplique Alastair.

— Tu penses ! Comme l'a dit Derry, ce n'est pas la première incartade de Josh Rowan. Il sait sûrement comment combler une femme.

— Ça ne marche pas comme ça, affirme Alastair. Tu n'imagines pas tous les mauvais amants que les femmes doivent supporter. Le nombre de filles que j'ai dû rééduquer.

— Non, s'il te plaît, Alastair. Chut, maintenant. De toute façon, je ne cherche pas une aventure sexuelle torride ni… ni une technique de doigts agiles.

— Tu veux du romantisme.

— J'ai besoin d'une histoire. Et j'ai besoin de croire que j'ai un futur, après Hugh.

— Avec Josh Rowan ? demande-t-il d'un air alarmé.

— Non, juste un futur. Je ne sais pas exactement comment l'exprimer, mais j'ai besoin de m'assurer que j'existe encore. Et ne me dis pas que c'est le cas.

— Je n'en avais pas l'intention. Comme je te l'ai dit, le départ de Hugh t'a fait perdre conscience de ton identité. Il faut du temps pour l'assimiler. Tu te débats, tu cherches tes nouvelles marques.

— Ah oui ? Et, d'un point de vue éthique, c'est acceptable ?

— Pas idéal. Josh Rowan est un être humain.

Je réponds avec passion :

— Et un être humain qui me plaît. Qui m'attire.

— Qui a une femme.

— Eh oui, je sais.

Je ne pouvais pas protester contre ce fait honteux.

Chapitre 70

Mardi 15 novembre, jour 64

Dans l'ascenseur qui m'emmène au bar du dernier étage s'entasse une bande d'Apollon. On les croirait descendus d'un yacht, à Portofino.

Je contemple mes stilettos neufs – noirs, couverts de faux cristaux Swarovski – et j'essaie d'ignorer le bronzage, les sublimes robes flottantes et l'élégance innée de mes compagnons d'ascenseur.

Dans un état d'ivresse fiévreuse, j'ai pris le vol de Dublin, passé la journée en réunions. Puis je me suis fait faire un brushing sexy, j'ai acheté ces chaussures à un prix exorbitant, et me suis fait poser des faux cils. (La pose était gratuite. Et si j'ai dû payer pour les cils, j'ai quand même fait une affaire car ils sont réutilisables. Si ce n'est que ce ne sera pas le cas car, chaque fois que je me pose des faux cils seule, le résultat est consternant.) Puis je me suis précipitée à *Home House* pour déposer mes sacs et me changer : un bustier vaporeux et une jupe de satin. Enfin, j'ai pris un taxi jusqu'au *Sarah Hotel*.

L'ascenseur s'ouvre sur un rassemblement d'hôtesses armées d'iPad. Elles me font penser à des CRS. Derrière elles, le bar est bondé de gens fabuleux. Pourvu qu'avec mes clavicules hâlées, mes cheveux balayant mes épaules, ma bouche brillante et mes chaussures trop hautes, je m'intègre.

— Josh Rowan, dis-je à la femme qui me bloque le passage.

C'est alors que je l'aperçois, se frayant un passage à travers la foule des fêtards. Avec son sweat-shirt bleu encre et son jean ample, que je soupçonne d'être neufs, lui aussi semble arriver tout droit de Portofino. Un peu gênés, nous échangeons un regard complice.

—Je t'ai vue, dit-il. Il y a tellement de monde que j'ai pensé préférable de venir te chercher.

Malgré mon appréhension, je souris et me laisse entraîner, jouant des coudes à travers la foule, jusqu'à un box. Deux chaises à haut dossier encadrent une table étroite.

Je m'installe sur la chaise, qui est si molle que je m'y enfonce. Quand, cherchant à me redresser, je pose mes coudes sur la table, mon visage est penché vers le sien, bien trop près, à quelques centimètres d'écart.

Un serveur pose un iPad devant moi, avec le menu des boissons, une longue liste de whiskies.

Reconnaissante d'avoir quelque chose à dire, je m'exclame :

—Mon Dieu ! C'est donc vrai.

—Qu'est-ce qui est vrai ?

—Il y a quinze jours, un article dans *Style* disait que le whisky était la dernière boisson branchée.

Il inspecte la liste d'un air distrait.

—Que veux-tu ? Un Macallan trente ans d'âge ? Un Laphroaig introuvable ?

Son ton est un peu moqueur.

—De l'eau.

L'air surpris, il me demande :

—Tu es sûre ?

—Je ne veux pas me soûler. Je ne veux pas me mettre à déformer la réalité de ce rendez-vous.

—Et quelle est-elle ?

Je ne le sais pas encore.

—Nous verrons bien.

Il adresse un signe à un serveur et commande nos boissons. Puis il me demande :

— Amy ? Comment se fait-il que nous nous soyons rencontrés sur la plage dimanche matin ? Un sixième sens ?

— Pas du tout. Il s'agit juste d'un amalgame de nos cinq autres sens. Même sans être conscients, nous savons certaines choses. Il y a longtemps, tu m'as dit que tu te réveillais souvent tôt.

Je me rappelle alors un autre détail.

— Tu m'as aussi dit que tu aimais les plages, les plages froides.

— Donc tu es sortie me chercher ?

— Je ne sais pas. En tout cas, je n'espérais pas sciemment te rencontrer. Mais mon subconscient avait enregistré tes informations.

— Il n'y a donc pas de hasards ?

— Je pense…

J'hésite, cherchant à formuler mes pensées. Puis je poursuis :

— … que nous sommes responsables de nos actions. Nous les choisissons. À notre insu. Quoi qu'il en soit, Josh, j'ai apporté des préservatifs.

Il feint un rire scandalisé.

— Moi aussi.

Je referme ma main sur son poignet.

— Josh…

Il attend.

— Je suis… Comment dire ? Conventionnelle. Au lit. Je déteste devoir te l'avouer, mais je ne veux pas de surprises désagréables. Ni pour toi ni pour moi.

— D'accord.

— Tu l'es ? Conventionnel ?

— Je n'y ai jamais vraiment réfléchi, mais je suppose que oui.

Avec un sourire radieux, je m'exclame :

— Oh, Josh ! Je suis tellement soulagée. Bon. Allons-y !

— Tu m'as pris de court avec les préservatifs.

— Désolée. Pas très romantique. C'est la nervosité.

Il fait glisser une carte en plastique à travers la table.

— Chambre 504. Cinquième étage. Pars en premier. Je règle l'addition.

Je me dirige vers l'ascenseur, un peu nerveuse. Je me sens paranoïaque. Les gens peuvent-ils deviner ce qui se passe ? Mais, même si c'est le cas – et pourquoi le serait-ce ? –, qu'est-ce que ça pourrait bien leur faire ?

Quelque chose a changé en moi. J'ai perdu mon innocence. L'amour, la loyauté, la fidélité, ne sont plus que des mots. Je suis différente maintenant. Je vis une vie plus dissolue. Et même si je ne suis pas sûre d'aimer celle que je suis devenue, je vais peut-être m'y habituer.

Je glisse la carte dans la serrure, pénètre à l'intérieur et referme vivement derrière moi. Puis je m'adosse au battant. La chambre me plaît. Le décor est très masculin : boiseries sombres, meubles anguleux des années 1950, lampes imposantes. Un plaid en angora crème et un fauteuil en cuir classique complètent cette décoration d'un goût impeccable.

Je n'ai pas bu, je suis très lucide. Rien ne peut m'éblouir, faciliter ce qui est sur le point de se passer. Je suis sensible à chaque détail : le ronronnement du minibar, le poids du sac de Josh sur le lit, froissant la perfection de la couette d'un blanc neigeux, la rumeur des passants qui monte de la rue. J'avise soudain une bouteille de champagne dans un seau à glace. Une attention délicate ? Ou douteuse ?

Je m'empresse de tamiser l'éclairage afin de créer un jeu d'ombres et de lumières. Au moment où j'hésite sur la musique à mettre, j'entends un coup discret à la porte. Mon cœur fait un bond dans ma poitrine.

Je lui ouvre. Josh entre et me regarde.

— Ça te va ? demande-t-il. La chambre, je veux dire ?

— C'est très bien. Simplement, je me sens nerveuse.

— Moi aussi.

— Et si tu me trouves trop vieille, trop…

— Jamais. Je te jure. Y a-t-il un panneau « Ne pas déranger » ?

Il ne tarde pas à le trouver, rouvre vivement la porte et l'accroche à la poignée. Maintenant, nous ne risquons pas d'être importunés.

Face à face, un peu gênés, nous sommes debout. J'attends qu'une force incontrôlable nous projette l'un sur l'autre, que le tourbillon de la passion nous emporte, dissipant notre malaise.

Il s'avance vers moi et pose sa main sur ma taille.

— N'aie pas l'air si effrayée.

Puis, de sa main libre, il prend ma main droite et s'avance plus près. Nos visages se frôlent presque et je sens son souffle sur ma peau.

— Il y a si longtemps que je le désire que je n'arrive pas à croire que c'est vraiment en train d'arriver, murmure-t-il.

J'attends qu'il m'embrasse. Voyant qu'il n'en fait rien, je pose mes mains sur ses épaules et, hésitante, pose ma bouche sur la sienne. Nos lèvres s'effleurent. Il prend mon visage en coupe dans ses mains et m'embrasse avec une douceur inattendue. Je pensais qu'il serait plus rude, plus macho. Et c'est délicieux.

Cela fait dix-sept ans que je n'ai pas été embrassée par un autre homme que Hugh. Cet instant de folie avec Matthew Carlisle ne compte pas. Avec Josh, tout est différent.

Son goût, son odeur, il n'a pas de barbe. Même la caresse de sa main…

Trop vite, il met un terme à son baiser et me chuchote :

— Arrête de penser à lui.

N'étant pas sûre d'en être capable, j'éprouve une seconde de désespoir. Puis je lui chuchote à mon tour, feignant une audace que je suis loin de ressentir :

— Fais-le-moi oublier.

Avec un sourire, il glisse sa main sur ma nuque et soulève mes cheveux. Je sens de délicieux frissons m'électriser le dos. De son pouce libre, il me caresse la joue, puis m'embrasse de nouveau. Cette fois, il approfondit son baiser, qui devient plus intime.

Il est vraiment très doué.

— Tu n'imagines même pas à quel point je te désire, chuchote-t-il.

De mes mains, j'agrippe ses flancs. Puis, avec précaution, je les fais glisser dans son dos. Et de nouveau, je ne peux que constater les différences avec Hugh. Josh est plus fort, plus musclé, et je ressens tout à coup toute ma déloyauté.

Sa main glisse de ma nuque à la chute de mes reins, descendant toujours plus bas, sur mes fesses couvertes de satin.

— Tu es encore plus belle que ce que j'espérais, reprend-il dans un souffle.

J'enfonce l'une de mes mains dans la poche arrière de son jean, le plaque contre moi et je sens la dureté de son érection. Instinctivement, il se baisse et je la presse avec vigueur contre mon entrejambe. Et soudain, tout mon corps le réclame. Ce qui me procure un soulagement étrange, teinté de tristesse.

La main qui était sur mon visage descend sur mon ventre avant de remonter vers mes seins. Ses doigts les frôlent, mes mamelons se durcissant immédiatement, appelant leur caresse. N'y tenant plus, je prends sa paume et la pose sur mes seins et je sens un éclair de volupté se propager jusqu'au creux de mon ventre.

— Doucement, me chuchote-t-il.

— Non.

Je ne peux pas endurer des heures de préliminaires. Pas la première fois. Je veux avoir fait l'amour avec lui, je veux pouvoir me retourner sachant que j'ai couché avec un autre que Hugh.

— C'est notre première fois. Prenons notre temps, plaide-t-il.

Je le regarde droit dans les yeux et, l'espace d'un instant, je suis sous le choc. Ce n'est pas Hugh.

— Sérieusement, nous pourrons prendre notre temps une autre fois, mais là, je ne veux pas attendre.

Il se rembrunit. Ou peut-être est-il vexé, je ne sais pas. Mais il passe une main sous mes fesses et, à ma grande surprise, il me soulève du sol. Instinctivement, j'enroule mes jambes autour de ses hanches et, me portant, il comble les quelques mètres qui nous séparent du lit.

Il m'allonge sur la couette, pousse son sac sur le sol et recommence à me couvrir de baisers à me faire défaillir, tout en déboutonnant mon haut à une vitesse stupéfiante. Je remonte son sweat-shirt. Nous sommes maintenant peau contre peau.

— Comme tu as la peau douce, chuchote-t-il.

De mes doigts fébriles, je défais sa ceinture, déboutonne son jean. Il arrête de m'embrasser pour me regarder faire glisser la fermeture Éclair. J'écarte le tissu sur la prédominance de son érection. J'y pose ma main. Son sexe frémit à mon contact. Quand je le presse, il m'intime :

— Non !

Je lui lance un coup d'œil surpris.

— À moins que tu ne veuilles en finir tout de suite.

Mon haut est ouvert, ses mains trouvent l'agrafe de mon soutien-gorge qu'il fait sauter, libérant mes seins. Efficace, il me fait m'asseoir, me retire chemisier et soutien-gorge et, à son tour, son sweat-shirt se volatilise.

— J'ai fantasmé, murmure-t-il. Mais la réalité est bien préférable.

Alors qu'il s'apprête à me repousser sur le lit, je parcours son corps d'un regard rapide. Sa peau pâle est couverte d'une toison sombre. Il n'est pas musclé, ce qui me rassérène car je ne le suis pas non plus. Mais il a un torse vigoureux et un ventre assez plat.

Nous nous embrassons de nouveau, ses doigts caressant légèrement mes seins, frôlant parfois un mamelon, me mettant au supplice.

Son autre main part en exploration sous ma jupe et, quand elle frôle la peau nue au-dessus de mes bas, il laisse échapper un grognement. De ses deux mains, il la relève pour regarder mon porte-jarretelles et émet un nouveau grognement.

— Comment ça marche ?

Pendant qu'il m'enlève ma jupe, mes mains s'insinuent sous son jean et son caleçon et je les fais glisser jusqu'au milieu de ses cuisses, faisant jaillir son sexe pourpre, hypnotisant. Il me retire ma culotte et, quand son pouce effleure accidentellement mon intimité, je laisse échapper un gémissement.

— Oh ? Tu aimes ça ? dit-il avec un petit sourire.

Me regardant droit dans les yeux, il me pince un mamelon d'une main et presse fermement l'autre contre mon sexe palpitant. Surprise, je me plaque contre sa paume, ivre de surprise et de plaisir, des petits cris m'échappent malgré moi. Il rit doucement, gentiment moqueur.

Je lui chuchote alors :

— Mets un préservatif.

S'il me pénètre maintenant, je pourrai de nouveau jouir.

— Je te laisse faire.

Les mains tremblantes, je le déroule le long de son érection. L'air anxieux, les yeux écarquillés, il me regarde.

— J'ai besoin que tu sois sur moi, pour commencer, dis-je.

Prenant appui sur un coude, il se positionne entre mes jambes, et se glisse en moi avec une facilité déconcertante. Et maintenant, c'est fait, j'ai trompé Hugh. Peut-être est-ce juste un détail technique, mais il n'y a plus de retour en arrière possible.

Il se met à bouger lentement, caressant mon sexe en feu de son os pelvien.

— Amy, c'est ce que tu veux, c'est comme ça que tu le veux ?

Oh non, c'est un bavard ! C'est la première fois que je fais l'amour avec un bavard. Hugh et moi semblions nous comprendre sans paroles.

Mais Josh ne va pas assez vite pour moi. J'ai beau enfoncer mes ongles dans ses fesses et accélérer le tempo en oscillant des hanches, cela ne fait aucune différence.

— Tu pourrais aller un peu plus vite ?

— Comme ça. Oui ?

— Plus fort.

— Tu veux que je te baise plus fort ?

J'acquiesce dans un chuchotement :

— Oui.

— Dis-le-moi.

— Baise-moi plus fort.

— Josh.

— Baise-moi plus fort, Josh.

— Comme ça.

— Plus vite. Baise-moi plus vite, Josh.

— Je vais te baiser plus fort, Amy. Plus fort.

C'est un peu idiot. Et pourtant c'est sexy. Une nouvelle fois, des vagues de volupté enflent en moi et Josh me grogne à l'oreille :

— Je vais te baiser plus fort, Amy, et tu vas jouir.

Mon sexe explose dans un feu d'artifice de sensations divines, mes hanches se cambrent, mon dos s'arque, de petits cris incontrôlables s'échappent de ma gorge et je me rends compte que je lui ai quasiment perforé les fesses de mes talons.

Me laissant languide, baignant dans les brumes de la volupté, il se relève, retire ses vêtements, puis se rassied contre la tête de lit et m'installe sur ses genoux. Je me positionne, pose mes mains sur ses hanches, et ondule d'avant en arrière. Nous nous dévisageons. Pourtant, je suis envahie d'un sentiment étrange, comme si je rêvais.

Je ferme les yeux et j'entends son souffle se faire de plus en plus court. Puis de sa voix rauque :

— Je suis désolé, Amy, je vais jouir. Je vais… je jouis, je jouis, je jouis.

J'ouvre les yeux et regarde le plaisir déformer son visage. Comme elle est étrange, cette force qui nous pousse à trahir ceux que nous aimons !

Nous nous laissons retomber sur le lit et nous allongeons côte à côte, ma tête sur sa poitrine, les battements de son cœur résonnant à mon oreille. Il m'enlace d'un bras, ses doigts jouant dans mes cheveux. De l'autre, il me tient fermement, de sa main sur ma hanche.

Alors qu'un grand calme m'envahit, une émotion enfle, engloutissant toutes les autres. J'ai du chagrin.

Coucher avec Josh, avec n'importe quel autre homme que Hugh, est pour moi un événement majeur. Certes, j'ai acquis une nouvelle expérience de la vie. Mais au prix d'une telle perte.

Immobile, je pleure en silence. Une larme roule sur sa peau nue. Il ne prononce pas un mot, mais, à la façon dont il resserre son étreinte, je sais qu'il comprend.

Je me réveille pour me retrouver au lit avec Josh Rowan. Nous avons dû nous endormir.

D'un ton anxieux, je demande :

— Quelle heure est-il ?

— Un peu plus de 1 heure.

— Tu ne peux pas passer la nuit ici. Moi non plus.

Son regard s'assombrit. J'ajoute alors :

— Prends une douche et rentre chez toi.

— Tu peux rester.

— Non.

Je vais aller chez Druzie.

— Amy, il y a un problème avec cet hôtel ?

— C'est très bien.

— Mais ?

— Je préférais peut-être un endroit moins branché.

— Ah oui ?

Incapable de déterminer s'il est sarcastique ou pas, je suggère

— Nous pourrions réserver dans un petit hôtel à Marylebone, la prochaine fois.

— « La prochaine fois » ?

— Mardi prochain.

Je m'empresse de préciser :

— Si c'est ce que tu veux.

— C'est ce que je veux.

Je sens un nouveau frisson m'électriser.

— Je réserverai une chambre, dit-il.

J'hésite. Peut-être devrais-je payer pour la chambre, cette fois. Quelle que soit cette histoire que nous vivons, nous sommes sur un pied d'égalité. Devinant mes pensées, il secoue la tête.

— Non. Je m'en charge.

Chapitre 71

Mercredi 16 novembre, jour 65

Le mercredi, je suis bombardée de textos.

Merci pour la nuit dernière.

Puis :

Je n'arrête pas de penser à toi.

Puis :

Tu es fabuleuse.

Puis :

Mardi prochain est bien trop loin.

Quand j'arrive au bureau le jeudi matin, Thamy me salue en me disant :

— Quelqu'un est soit vraiment désolé soit vraiment reconnaissant.

— Ah ?

— Tu as reçu des fleurs. Mais pas des fleurs banales. Elles sont arrivées hier. Sur ton bureau.

Je me précipite, sentant déjà leur parfum qui embaume les lieux.

— Oh mon Dieu !

Non seulement le bouquet est énorme, mais il est extraordinaire. Mon bureau ressemble à une prairie de fleurs sauvages. Par quelque miracle inexpliqué, il a réussi à trouver des fleurs de printemps : des coquelicots d'un rouge éclatant, leurs pétales aussi fins que du papier ; de longues et gracieuses digitales blanches et mauves ; des boutons d'or jaunes et des véroniques bleues.

J'ouvre la carte jointe et je lis :

Tu es une déesse. Je t'embrasse. Josh.

— C'est de la part de qui ? me demande Tim.

Sentant mon visage s'empourprer, je ne sais que répondre.

— D'un homme.

— Hugh ?

Trop gênée pour parler, je secoue la tête.

Alastair, qui vient d'entrer, s'exclame :

— Waouh, Amy ! Quel bouquet ! C'est tout à l'honneur de Josh Rowan. Ces fleurs sont vraiment toi.

— C'est Josh Rowan qui les a envoyées ? s'étonne Tim. Pourquoi ? Oh ! Bien !

Il toussote et se hâte de s'éloigner.

— Je n'ai jamais entendu parler de ce fleuriste, reprend Alastair. Je retiens le nom. Alors, comment ça s'est passé ?

— Je suis un peu mitigée. C'était étrange. Bien. Triste. Agréable.

— Super ! Bon, j'ai des nouvelles, moi aussi. Je suis amoureux.

— Tiens donc ? Tu n'as pas perdu de temps.

— Je l'ai rencontrée mardi soir, à un atelier de salsa yoga.

— Naturellement.

— C'était l'animatrice. Elle s'appelle Helmi. Amy, cette complicité entre nous ! Instantanée, stupéfiante. Nous avons passé presque toute la nuit à discuter et, hier soir, je suis allé chez une voyante.

— Oh, Alastair, quel abruti tu fais !

— Sérieux, Amy, j'ai besoin de savoir si elle est pour moi. Je n'ai plus de temps à perdre. Et la bonne nouvelle, c'est que Helmi et moi sommes des âmes sœurs, m'annonce-t-il avec son sourire éblouissant. Nous nous sommes rencontrés dans d'innombrables vies antérieures, m'a dit la voyante. Quelquefois, j'étais sa mère et elle était mon fils. Nos rencontres ne se manifestaient pas toujours comme cette fois.

— Oh, Alastair !

Comment peut-il choisir ainsi de gober toutes ces imbécillités ? Pour un peu, j'en pleurerais.

— Helmi et moi sommes des âmes sœurs, insiste-t-il.

— Ça n'existe pas. Nous sommes environ six milliards d'êtres humains sur cette planète. N'est-il pas un peu commode de rencontrer son « âme sœur » à proximité de là où l'on vit et travaille ?

— Non.

— Un peu de jugeote, Alastair. Sérieusement ! Ce n'est pas comme ça que l'amour marche : tu rencontres quelqu'un qui te plaît, ce qui te pousse à mieux le connaître. Nous avons tous à l'esprit une liste des qualités que nous attendons de cette personne en particulier. Si elle ne répond pas à tous tes critères, elle en satisfait suffisamment pour te décider à faire en sorte que ça fonctionne. Mais tu dois apprendre à ignorer ce qui t'énerve, ce qui te déçoit, chez elle. Et tu dois essayer de changer ce qu'elle ne peut pas supporter chez toi.

— Non.

— Tu as besoin de faire des compromis. Par exemple, tu repars encore une fois en vacances à la mer, en Algarve, au lieu d'aller en Serbie en voiture, à la recherche de ton peintre préféré.

Alastair a l'air perplexe. Mais je n'ai pas fini.

— Une âme sœur, c'est comme l'un de ces vols à soixante-dix-neuf euros pour New York. C'est un concept très agréable mais qui n'existe pas.

— Waouh, Amy, dit-il en secouant la tête. C'est bien sombre. Brutal.

— Tout ce que je cherche à te faire comprendre, c'est qu'il faut que tu restes réaliste.

— Tu t'es brûlé les ailes avec Richie puis Hugh t'a quittée. Mais tu as peut-être rencontré une nouvelle âme sœur.

D'un geste du menton, il montre les fleurs.

— Non.

S'adressant à Tim, il demande alors :

— Qu'en penses-tu, Tim ? Mme Staunton et toi, êtes-vous des âmes sœurs ?

— Il faudrait que tu lui poses la question.

— Est-ce qu'elle a l'impression d'être l'unique pour toi ?

— Je te répète, tu devrais lui poser la question.

Heureusement, Tim a repris son attitude coincée. Cette autre version de sa personnalité me terrifiait.

Néanmoins, la leçon que je viens d'infliger à Alastair m'a mis le moral à zéro.

— Que se passe-t-il ? me demande-t-il, remarquant ma soudaine mélancolie.

— Je vais être deux fois divorcée. C'est un mauvais palmarès. Et ce n'est pas la peine d'essayer de me faire passer pour un témoin innocent. J'ai aussi ma part de responsabilité.

— Si, tu as été un témoin innocent avec Richie Aldin « sauveur des pauvres petits aveugles ».

— Peut-être. Nous étions trop jeunes. Nous n'aurions pas dû nous marier. Je ne voulais pas. J'aurais dû écouter mon instinct.

— Et Hugh ?

— Là, je suis coupable. Mais je ne veux pas y penser maintenant.

Je viens de découvrir un fait carrément bizarre. Raffie Geras est de retour à Édimbourg. Elle a retrouvé son travail, sa vie d'avant. Et sans Hugh.

Je l'avais imaginée en globe-trotteuse à long terme. Pas un instant je n'avais supposé qu'elle puisse être partie pour des vacances de quinze jours au soleil. Il y a une photo de bottes qu'elle a achetées chez *Dune* sur George's Street. (Je sais que je ne vais pas paraître objective, mais elles sont moches : le talon est décevant.) Une autre photo la montre, un vendredi soir, en train de prendre une cuite avec « les filles ». Une autre au lit, seule, un dimanche matin, à boire du Berocca.

Je ne sais pas trop qu'en penser. Si ce n'est que, maintenant, je ne peux plus surveiller Hugh. Je suppose que je vais devoir attendre qu'il réapparaisse, tagué par une autre femme. À moins qu'il ait l'intention de déménager à Édimbourg pour vivre avec Raffie.

Il est possible qu'il puisse y trouver du travail. Et peut-être devrais-je m'en réjouir. Il ne serait pas loin pour Sofie et Kiara. Mais cette perspective m'écœure.

Chapitre 72

Mardi 22 novembre, jour 71

Chambre 18.

J'ai logé des clients dans cet hôtel à deux ou trois reprises. Mais je ne connaissais pas le troisième étage. Il ressemble à un labyrinthe. Je suis le couloir qui fait un angle, franchis une porte coupe-feu, grimpe une demi-volée de marches et, enfin, j'accède à la chambre 18.

Je m'autorise un bref instant pour me recoiffer. Mais avant même que je frappe, la porte s'ouvre à la volée. Josh m'attire à l'intérieur et me plaque contre le battant, qui se referme en un claquement. Devant la passion brûlante qu'expriment ses yeux, je tressaille. Comment ai-je jamais pu les trouver banals ? C'est sans doute ce qu'il a de plus sexy.

Il prend mon visage entre ses mains et, dans un souffle, me déclare :

— Ça a été la plus longue semaine de ma vie.

Puis il m'embrasse, mettant toute sa ferveur dans son baiser.

Mon corps renaît, chacune de mes terminaisons nerveuses en alerte. Il déboutonne ma robe, je défais son jean à tâtons, il happe l'un de mes mamelons dans sa bouche, je caresse son érection, il fait glisser ma culotte le long de mes jambes, je défais son jean.

Cette fois, c'est différent, plus rapide, plus violent. Le tempo s'accélère et cela me convient parfaitement.

En moins de trois minutes, nous sommes à moitié nus. Il sort un préservatif et le déroule sur son sexe durci. Il soulève mes jambes, je les enroule autour de sa taille, puis il s'enfonce en moi, me collant à la porte.

C'est tellement intense, sexy, que je pousse un cri de plaisir.

— Tu aimes ?

— Oui, dis-je dans un souffle. Recommence. Plus vite.

— Dis-le.

— Baise-moi plus vite, Josh.

Mes talons s'enfoncent dans ses fesses, ses mains sont sous les miennes, mes doigts agrippent ses cheveux, sa bouche dévore mes seins. Il s'enfonce en moi, encore et encore. Sans relâche.

— Amy, je vais jouir, halète-t-il dans mon oreille.

Je n'ai pas encore eu d'orgasme et il le sait.

— Je t'en prie, Amy, jouis, je t'en prie, m'implore-t-il.

Mais il est trop tard. Dans un râle, son corps se fige et je sens son spasme en moi. Enfin, il chuchote dans mon cou :

— Je suis désolé.

—Mais nous avons toute la nuit.

Avec tendresse, il me porte jusqu'au lit (il me porte !) et, après un passage éclair dans la salle de bains pour se débarrasser du préservatif, il finit de nous déshabiller tour à tour. Puis, de sa langue magique, il me comble de volupté, avant de m'accorder la délivrance ultime.

Baignant dans un voile de sensualité, je m'entends répéter :

—Oh ! Oh ! Oh !

Quand, rouvrant enfin les yeux, je reviens sur terre, il a une nouvelle érection.

—Regarde ce que tu me fais, me dit-il. Cette semaine, Amy, j'ai été super excité. Je ne m'étais jamais autant masturbé depuis l'adolescence.

Choquée, je toussote.

—Qu'est-ce que j'ai dit ? Quoi ? Parce que j'ai parlé de masturbation ?

—Hum !

En riant, il propose :

—Je peux te montrer. Maintenant.

—Non !

—Non ? Alors que dois-je faire à la place ?

—Tu le sais.

—Dis-le.

Beaucoup plus tard, il m'annonce :

—Je t'ai téléchargé *The Grand Budapest Hotel.*

Sa délicatesse me réjouit. Il a aussi commandé une assiette de fromages au service d'étages.

—Mais pourquoi te la joues-tu Cosette ? demande-t-il alors. Pourquoi as-tu choisi cet endroit plutôt que l'hôtel huppé ?

—C'est très bien, ici. Il y a tout ce qu'il faut et nous risquons moins de rencontrer quelqu'un que tu connais.

— Mais ce n'est pas la seule raison, je me trompe ?

— Je ne veux pas que tu dilapides de l'argent que tu pourrais dépenser pour ta famille.

— Et ?

Je cherche mes mots puis finis par répondre :

— Il est inutile d'enjoliver cette histoire, de la faire passer pour ce qu'elle n'est pas.

— Et qu'est-ce qu'elle n'est pas ?

J'ai le plus grand mal à m'exprimer.

— Ce n'est pas une vraie relation. Ta femme… Je ne peux pas m'empêcher de me sentir coupable. Et c'est ce que je veux.

— Donc, tant que tu ressens de la culpabilité, tu peux continuer ?

— Non. Je peux continuer tant que je ne perds pas de vue la différence entre ce qui est bien et ce qui est mal.

Son visage exprime un mélange d'exaspération et d'affection.

— Ma petite Cosette. Tu ne sais rien de ma femme. Si ça se trouve, elle me déteste. Elle se réjouit peut-être de mon aventure.

C'est difficile à croire. Mais qui sait ? Avec les gens, on n'est jamais au bout de ses surprises.

— Elle est comment ?

— Tu es sûre de vouloir savoir ?

— Oui.

Peut-être.

— Elle est… sûre d'elle. Quand je l'ai rencontrée, j'ai tout de suite su que j'avais trouvé mon égale. C'était la première fois qu'une femme me tenait tête.

— Alors pourquoi fais-tu ça ? Avec moi ?

Il marque un temps, avant de demander :

— Les choses changent, non ? J'aime mes enfants. Si quelqu'un touchait un seul cheveu de leur tête, je le tuerais.

Mais ils sont difficiles. Quand on a des enfants, la vie devient sombre, ajoute-t-il avec un soupir.

Je ne sais pas quoi répondre. Nos enfants nous ont rapprochés, Hugh et moi. Et, pourtant, il est à l'autre bout du monde et je suis au lit avec Josh Rowan. Peut-être que je suis exactement comme Josh, après tout.

Alors qu'il s'assoupit, il me serre contre lui et murmure :

— Ma petite Cosette.

Chapitre 73

Mercredi 23 novembre, jour 72

Pour une fois, mon vol de retour n'est pas retardé et la circulation n'est pas un cauchemar. Quand j'arrive à la maison, ce mercredi soir, je trouve Neeve, Sofie et Kiara, blotties les unes contre les autres sur le canapé. L'air concentré, elles sont en plein conciliabule. Mais, à ma vue, elles se taisent brusquement. Je sens l'anxiété me nouer la poitrine. Il se passe quelque chose.

Je ne suis pas vraiment superstitieuse. Je ne crois pas en un Dieu vengeur. Pourtant, les mots surgissent dans mon esprit : « Punition, amorale, traînée. » Le souffle coupé, je demande :

— Quoi ?

Après une hésitation affectée, Neeve regarde tour à tour Sofie et Kiara de ses yeux étincelants et annonce :

— Elle est enceinte.

La voix intérieure reprend, réprobatrice : « Femme de petite vertu, mauvaise mère, mauvais exemple. »

— Qui est enceinte ?

— Sofie.

Je laisse tomber mon sac et m'avance vers elle.

— Comment te sens-tu, mon ange ?

— J'ai peur.

Elle fond en larmes.

— Raconte.

Je m'installe à mon tour sur le canapé et attire son petit corps maigre contre le mien. Si ce n'est pas idéal, ça aurait pu être pire.

Elle sanglote contre mon épaule.

— C'était un accident. J'ai laissé ma pilule chez maman un soir où je dormais chez mamie.

— Elle a pris la pilule du lendemain, explique Kiara. Elle coûte soixante euros.

— Mais ça n'a pas dû marcher. Elle devrait se faire rembourser, ajoute Neeve.

— Que dit Jackson ?

— Lui aussi, il a peur. Nous avons tous les deux tellement peur.

Elle est maintenant secouée de ces spasmes incontrôlables provoqués par la terreur. D'une voix apaisante, je murmure :

— Chut ! Chut ! Tout ira bien.

Je caresse sa tête couverte de cheveux soyeux et la laisse pleurer. Je suis déjà en mode gestion de crise.

— Je peux me faire avorter, s'il te plaît ? demande-t-elle d'un ton pitoyable.

— Tu es sûre que c'est ce que tu veux ?

— Tu plaisantes, j'espère ? lance-t-elle en se détachant de mon étreinte. Dans l'état où je suis, je ne suis même pas capable de m'occuper de moi-même.

Paradoxalement, elle n'a jamais paru aussi adulte.

Je dois l'emmener à Londres. À moins que je puisse me procurer illégalement des pilules abortives et que nous puissions pratiquer l'intervention à la maison. Mais ne serait-ce pas dangereux, sans conseil médical ? Comment saurions-nous si nous avons eu recours aux pilules adéquates ? Comment m'occuperais-je d'elle pendant l'opération ? Et après ? Avec une violence aussi soudaine qu'intense, Hugh me manque désespérément : sa bonté, son bon sens, sa présence rassurante.

Toutefois, en tant que mère de substitution de Sofie, je ne ferais pas honneur à mon rôle si je ne lui proposais pas l'autre solution.

— Tu sais que si tu décidais de le garder, nous serions tous là pour t'aider.

Elle me dévisage, l'air abasourdi et, d'une voix stridente, réplique :

— Tu vas me forcer à l'avoir ? Parce que je ne peux pas.

— Elle n'a que dix-sept ans, renchérit Kiara d'une voix tout aussi aiguë.

Neeve ajoute :

— Elle est encore au lycée.

— Je suis totalement flippée !

— Tu ne peux pas la forcer à avoir un bébé, poursuit Kiara.

— Je n'aurais jamais dû t'en parler ! gémit Sofie.

Je chuchote, rassurante :

— Sofie, mon chou, tout va bien. J'essaie juste de te dire que, quoi que tu décides, nous sommes là pour t'aider.

Puis, regardant Neeve et Kiara par-dessus sa petite tête rasée, j'ajoute :

— Sofie et moi devrions peut-être avoir cette conversation seules ?

Kiara lui prend la main, comme pour dire : « Nous allons surmonter cette épreuve. »

— Non, réplique-t-elle. Nous allons nous serrer les coudes.

— Je suis d'accord, approuve Neeve.

J'hésite. Il n'est pas facile de décider si je dois les traiter en enfants ou en adultes. Et où est Hugh à cette minute précise ? Sur une plage, en train de boire une bière, parfaitement insouciant ?

— Je veux juste me réveiller demain matin et ne plus être enceinte, chuchote Sofie. Je regrette tellement d'être obligée de prendre une décision. Je ne veux pas mettre au monde quelqu'un comme moi. Et qui devra être élevé par une mère qui n'en est pas une, et un père absent. Et ce n'est ni contre toi ni contre papa, Amy. Vous avez été super. Si vous n'aviez pas été là, je n'aurais pas eu de famille.

— Tu n'es pas ta mère.

— J'en suis une moitié. Je suis peut-être incapable d'aimer.

— Mais non. Bien sûr que tu es capable d'aimer ! Tu aimes Kiara et Neeve.

Ce n'est pas la première fois que nous avons cette conversation.

— Et nous t'aimons ! affirme Kiara avec conviction.

— Et tu aimes Jackson, ajouté-je.

— Je l'aime tellement, dit-elle d'une voix pleine de ferveur. Et toi, je t'aime, Amy, et papa. Et j'aime mamie. Mais je ne suis pas prête à aimer un bébé.

— Pas encore.

— Peut-être jamais.

Je renonce à insister.

— Donc tu es absolument sûre d'être enceinte ? Tu as fait le test ?

Elle rit au milieu de ses larmes.

— J'en ai fait au moins mille.

— Tu sais de combien de semaines ?

— Six. Peut-être sept, répond-elle d'une voix incertaine.

— Tu as eu tes dernières règles quand ? Il y a six ou sept semaines ?

— Pas depuis que nous avons fait l'amour sans protection.

— Et tu t'inquiètes depuis tout ce temps ?

J'ai honte de ne rien avoir remarqué. Et, soudain, cette honte se transforme en fureur contre Hugh. Si je n'avais pas eu à gérer son absence, j'aurais peut-être vu que Sofie était soucieuse.

— Nous devons t'emmener chez le médecin.

Il faut commencer par établir de combien de semaines exactement elle est enceinte. Une pensée inopinée me traverse l'esprit. Le médecin pourrait-il nous dénoncer, en cas d'avortement ? Notre cabinet médical familial compte de nombreux généralistes. Si je fais confiance aux femmes, je ne suis pas aussi sûre des hommes d'un certain âge.

Certes, je sais que l'avortement n'est pas légal en Irlande. Mais, jusqu'ici, je n'ai jamais vraiment été confrontée au fait que je pourrais être envoyée en prison. Peut-être ne prenons-nous vraiment conscience des faits que lorsqu'ils ont un impact direct sur nos vies.

C'est de la folie pure. J'habite un pays civilisé, j'y travaille, j'y paie mes impôts. Et, pourtant, je pourrais être traitée en criminelle pour avoir aidé ma nièce enceinte.

— Tu m'en veux ? s'inquiète Sofie.

— Bien sûr que non !

— Est-ce que je vais devoir le dire à Joe ?

Avec un soupir résigné, je réponds :

— Oui.

— Est-ce que je vais devoir le dire à maman… à Urzula ?

Je réfléchis. Remplacer les vrais parents n'est jamais simple.

— Joe pourra le lui dire.

— Alors, est-ce que je vais être obligée d'aller en Angleterre ?

— À moins que nous puissions nous procurer les pilules abortives. Nous allons peut-être pouvoir les trouver sur Internet, déclare Neeve en faisant défiler son écran d'iPad. Si elle est à moins de huit semaines, elle peut les prendre.

« Si » elle est à moins de huit semaines !

Je lui demande alors :

— Les parents de Jackson sont-ils au courant ? Vas-tu le leur dire ?

— Nous avons besoin d'en parler, Jackson et moi.

Un vague souvenir me remonte à l'esprit. L'histoire de l'homme qui a essayé de faire un procès rétroactif à sa petite amie qui s'était fait avorter. Il est impératif de protéger Sofie d'une telle éventualité.

— Mais c'est elle qui est enceinte, déclare Kiara. Ça ne regarde personne d'autre.

— Oui, mais il doit payer la moitié, intervient Neeve. À supposer que nous parvenions à nous procurer les pilules.

Seigneur ! Je me sens liquéfiée. Toutes ces questions épineuses et personne sur qui me décharger.

Chapitre 74

— Amy, je peux te demander autre chose ? Tu sais, les gens qui disent que l'avortement, c'est tuer un bébé ?

— Oui ?

— Est-ce que c'est ce que je vais faire ? s'inquiète Sofie.

Kiara et Neeve se lèvent d'un bond et s'insurgent :

— Pas du tout ! Pas à ce stade !

Je m'accorde un moment avant de répondre. Je suis toujours partie du principe que c'était à la femme de prendre cette décision individuellement. J'en connais trois qui ont choisi d'avorter : Derry, Jana et Druzie. Toutes les trois étaient terrifiées par la perspective de la maternité. Et pas une, pas même Druzie, n'a jamais exprimé le moindre regret pour son choix.

Mais, même en étant certaine que c'est la meilleure option, des scénarios alternatifs se présentent inévitablement. Par exemple, si Sofie avait un bébé, Joe serait grand-père et mes parents seraient arrière-grands-parents. Et elle pourrait craquer, se tirer et laisser quelqu'un d'autre élever son enfant. Répéter exactement ce qu'elle avait vécu.

D'un autre côté, la maternité ne lui permettrait-elle pas de s'accomplir enfin ? Même si je peine à l'imaginer. Mais qui sait ? Et c'est exactement le problème. Nous ne pouvons pas savoir. Nous ne pouvons que prendre la meilleure décision, basée sur les informations que nous avons à ce moment précis.

J'opte pour la réponse suivante :

— Je pense que ton corps n'appartient qu'à toi. Et que tu devrais avoir le droit de faire tes propres choix en ce qui le concerne. Mais ce que tu penses est bien plus important.

— Je ne pense pas faire quoi que ce soit de mal.

— Tu en es sûre ?

— Absolument.

Je ne demande qu'à la croire. Pourtant, j'ai le vague sentiment de ne pas lui avoir vraiment exposé toutes les options. De toute façon, je n'ai jamais le sentiment d'être à la hauteur. Mais que pourrais-je ajouter ? Le médecin pourra peut-être lui donner quelques conseils.

— Je vais me renseigner sur les pilules abortives.

— Et tout va s'arranger ? demande-t-elle d'une petite voix plaintive.

— Oui, mon ange, tout va s'arranger.

— Tu vois ? déclare Neeve. Je ne t'avais pas dit que maman arrangerait tout ?

Merde ! Elles mettent tous leurs espoirs en moi. Or, je ne suis vraiment pas sûre d'être digne d'une telle responsabilité.

— Maman, il faut que tu ailles te coucher, me conseille Kiara d'une voix douce. Tu as l'air fatigué.

— Tout le monde va se coucher. Tu veux dormir avec moi, mon poussin ?

J'enlace Sofie de mes bras.

— Je vais dormir avec Kiara.

— Dommage que nous ne puissions pas toutes dormir dans le même lit. Comme quand nous étions petites, déclare Neeve, une pointe de nostalgie dans la voix.

Et quand Hugh était ici.

— Oh ! C'était tellement bien ! murmure Sofie.

Les souvenirs m'envahissent : leurs petits corps se tortillant et s'escaladant mutuellement dans la pénombre ; me réveiller pour trouver l'une des filles blottie contre moi, profondément endormie, son haleine chaude et sucrée me caressant le visage.

Soudain joyeuse, Neeve s'exclame :

— Et les samedis matin ! Quand nous déboulions toutes dans le lit, avec Hugh et toi.

— Tu nous suppliais de descendre regarder la télévision. Mais nous nous entassions avec nos jouets.

L'image fait sourire Sofie.

— Et papa et toi étiez trop fatigués pour préparer un petit déjeuner, alors nous partagions une grosse boîte de glace au lit, ajoute Kiara.

— Et les biscuits menthe-chocolat ? Avec le papier brillant ? Ils étaient délicieux !

— Mais, parfois, ils étaient à l'orange. Et ils étaient dégueulasses.

— J'aimais bien ceux à l'orange.

— Tu as toujours été bizarre…

Les laissant débattre des mérites des biscuits chocolat-menthe ou orange, je me traîne au premier étage, tout en regrettant amèrement que personne n'ait inventé le maquillage qui se dissout automatiquement. Je considérais l'eau micellaire comme un cadeau du ciel. Jusqu'à ce que je lise quelque part que l'on ne devait pas l'utiliser tous les jours, que l'on devait se faire un gommage de la peau au moins tous les trois jours, et… *Seigneur !* La vie n'est-elle pas assez compliquée ?

J'envoie un texto à Derry pour lui demander de m'appeler. Soudain, Steevie me manque. Comme je regrette de ne pas pouvoir lui parler. Surtout de Sofie. Mais, prise d'une paranoïa soudaine, je m'interroge : et si je lui faisais part de nos projets et qu'elle me dénonçait à la justice ?

Une fois au lit, les doigts tremblants, je lance une recherche Google sur les pilules abortives. Et immédiatement, je suis prise de nouvelles angoisses : et si Sofie avait un problème médical ? Une hémorragie ? En cas d'hospitalisation, tous les sites recommandent de parler d'une fausse couche. Si je dis la vérité, j'avoue un crime.

Mais si je la dissimule, comment pourra-t-elle recevoir les soins médicaux adéquats ? Et si elle meurt ?

Cette situation est des plus étranges. C'est le genre de situation dont je n'ai été témoin que dans des films. Je ne suis pas une criminelle-née. Pas plus que je ne suis une infirmière-née. Je ne sais pas gérer la douleur physique, et surtout pas celle des autres.

Et si je me fais prendre ? Et si je vais en prison ? Parce que cela arrive. En Irlande du Nord, une femme a été condamnée à une peine de trois ans d'emprisonnement pour avoir procuré des pilules abortives à sa fille.

Cela provoquera peut-être un tollé général, mais je ne veux pas être l'exemple pour la cause. Tout ce qui m'importe, c'est que Sofie traverse cette épreuve sans le moindre problème.

Puis je me souviens du rêve dans lequel je portais plusieurs bébés, la plupart d'entre eux étant Sofie. Et celui que j'avais laissé tomber et ramassé par l'oreille était une minuscule Sofie. J'avais dû soupçonner qu'elle était enceinte, enregistrer de manière subliminale qu'elle était plus pâle que d'habitude, qu'elle mangeait moins que la normale, qu'elle n'avait pas eu ses règles depuis un moment… Comme je n'étais pas prête à affronter la vérité, mon subconscient avait essayé de m'ouvrir les yeux.

Eh bien, je l'affronte maintenant ! Je commande les pilules. Le site est convivial, mais toute l'affaire a un parfum menaçant de clandestinité.

Chapitre 75

Jeudi 24 novembre, jour 73

Je me lève de mon siège à 16 heures.

— Bien, Tim, désolée d'abandonner le navire.

J'emmène Sofie chez le médecin. J'ai bien précisé que je souhaitais voir une femme mais je ne sais pas sur laquelle je vais tomber. J'espère sincèrement que ce ne sera pas le docteur Frawley, la très jeune, qui m'avait recommandé de réduire mon stress et mon poids, comme si cela pouvait arriver par magie, juste parce que je le souhaite. Ce jour-là, elle m'avait conseillé de me mettre à la marche.

— Je marche.

L'air surpris, elle m'avait demandé :

— Super. Où ?

— À… Glendalough.

En fait, j'y étais allée marcher une fois. Était-ce lors du jour de l'an ? Ou, peut-être, celui de l'année précédente.

— Combien de kilomètres parcourez-vous en général ?

— Jusqu'à la cascade.

— C'est une sacrée ascension.

Puis, soudain soupçonneuse, elle avait ajouté :

— À moins que vous ne vouliez dire la première cascade ? La petite.

Bien entendu, je parlais de la première cascade. Celle qui se trouvait à cinq minutes du parking. Mais qui avait le temps de faire de l'exercice ? En toute justice, je faisais de mon mieux. Le mardi et le mercredi, j'arpentais des kilomètres d'aéroports et, chaque dimanche, je faisais le ménage chez moi.

— Achetez-vous un Fitbit, m'avait-elle suggéré.

Je n'avais rien répondu. J'avais un Fitbit. Je le détestais presque. Je n'atteignais presque jamais la cible des dix mille pas quotidiens. Ce gadget ne faisait que me conforter dans l'impression que ma vie était un échec.

Heureusement, aujourd'hui, nous voyons le docteur Conlon. La quarantaine, elle m'a toujours semblé être une femme pleine de bon sens.

Sofie est en larmes. Elle demande que je reste dans le cabinet pendant l'examen. Même si elle le sait déjà, quand le médecin lui annonce « vous êtes bien enceinte », elle redouble de pleurs. Je demande alors :

— À quel stade en est-elle ?

— Sans savoir à quand remontent ses dernières règles, je ne peux pas vous donner de date précise. Mais huit semaines, peut-être neuf.

— Pas si longtemps ! rétorque Sofie, catégorique.

D'un ton patient, le docteur Conlon lui explique :

— Nous comptons depuis la date de vos dernières règles. Pas depuis la conception.

Cette réponse me déconcerte totalement. Est-il déjà trop tard ? La surprise me fait oublier toute prudence.

— Sofie ne veut pas garder le bébé. Est-il trop tard pour les pilules ?

— Les abortifs peuvent être utilisés sans danger jusqu'à la dixième semaine.

— Vous diriez sans aucun doute qu'elle n'en est pas encore à dix semaines ?

— Seule une échographie pourra le confirmer. Mais je ne pense pas.

Je décide de tenter ma chance.

— Pensez-vous pouvoir prescrire les pilules abortives ?

Elle secoue la tête.

— Je perdrais ma licence. Ou pire, j'irais en prison.

— Je suis désolée.

Je me sens mortifiée d'avoir même posé la question.

— Pourquoi est-ce illégal ? demande Sofie.

Avec un soupir résigné, le docteur Conlon répond :

— Bonne question.

Elle nous dévisage tour à tour et je devine sa compassion.

— Prenez rendez-vous pour l'échographie aussi vite que possible, me recommande-t-elle en me tendant des feuilles. Vous avez là les coordonnées d'organismes qui pourront vous renseigner, des adresses en Grande-Bretagne, etc.

Un conseil : si vous utilisez des abortifs achetés sur Internet et que vous êtes dénoncées, vous risquez quatorze ans de prison chacune.

— C'est dément ! s'exclame Sofie, à la fois indignée et incrédule. Ils devraient s'occuper de leurs oignons ! C'est ma vie, ma décision.

C'est la réaction typique d'une gamine de dix-sept ans qui, totalement ignorante des enjeux politiques, voit ses besoins contrecarrés par les limites du système judiciaire.

— Autre chose, Sofie, reprend le médecin. Parles-en autour de toi. C'est une décision que tu ne dois pas avoir à regretter.

Se recroquevillant sur sa chaise, elle réplique :

— Je ne la regretterai pas ! Je ne peux pas mettre au monde une personne comme moi. J'ai trop peur, poursuit-elle, secouée par de violents sanglots. J'ai regardé sur Internet. Seulement deux pour cent des filles regrettent leur avortement et je n'en ferai pas partie.

— Néanmoins, ça ne peut pas faire de mal ! rétorque le docteur Conlon d'un ton ferme.

Une fois dans la voiture, j'appelle pour prendre rendez-vous pour une échographie. Je ne peux pas en obtenir un avant lundi prochain, à l'hôpital. C'est un souci. Nous n'avons pas beaucoup de temps. Mais que puis-je faire ? Je regrette vivement de ne pas avoir opté pour une mutuelle plus chère. Cela nous aurait permis de décrocher des rendez-vous à n'importe quelle heure du jour ou de la nuit et d'avoir accès à toutes les procédures médicales. (C'est du moins ce qu'assurent les publicités.)

Puis, prenant mon courage à deux mains, je déclare :

— Sofie, tu sais qu'il y a d'autres solutions. Tu pourrais par exemple avoir le bébé et le faire adopter.

Dans un cri perçant, elle glapit :

— Amy ! Ce serait encore pire ! Je m'inquiéterais trop qu'il soit comme moi. Et je ne saurais rien de lui.

Elle se remet à pleurer.

— Tu ne sais pas ce que c'est d'être comme ça. D'avoir peur.

Il est vrai que je n'ai jamais vraiment vécu ce qu'elle traverse. Pourtant, ce genre de peur m'est familière : l'angoisse, jour après jour, épuisante, quand Richie m'avait quittée, me laissant sans argent pour m'occuper de Neeve. La semaine de terreur lorsque j'avais découvert que j'attendais Kiara. Hugh et moi étions ensemble depuis si peu de temps, moins de quatre mois. Peut-on me reprocher d'avoir pensé : « C'est bien trop tôt. Ce bébé va ruiner notre relation. »

Mais, à l'époque, j'avais onze ans de plus que Sofie aujourd'hui. J'avais appris à ne plus me laisser dépasser par les événements. Et, fondamentalement, j'étais une personne différente. Plus solide.

— Et si tu attendais d'avoir vu un psychologue avant de prendre ta décision finale ? suggéré-je.

— Je ne changerai pas d'avis, Amy. Je veux aller à la fac. Je veux être scientifique et faire de la recherche sur des traitements de guérison. Je veux un avenir.

C'est la toute première fois que je l'entends formuler une ambition quelconque. Dans d'autres circonstances, j'en aurais été ravie.

Elle poursuit alors :

— Je suis désolée, Amy. Pour tout ça. Je n'aurais pas dû faire l'amour.

— Tu es humaine. C'est comme ça que notre race survit depuis si longtemps.

— Mais dix-sept ans, c'est un peu jeune.

L'est-ce vraiment ? Aux yeux de la loi, elle a l'âge légal. Mais mon cœur le ressent différemment. Mes filles me paraîtront toujours trop jeunes. Si je le pouvais, je serais une mère poule pour l'éternité. Cela dit…

— Quand j'avais ton âge, je n'en avais jamais assez.

— Sérieux ! Non ?

Un peu vexée par son exclamation horrifiée, je suis sur le point de lui raconter l'anecdote confiée à Alastair, du jour où j'ai poussé Richie à voler le bateau dans le port de Greystones. Mais je me retiens. Sofie a besoin de modèles solides.

La vérité étant que chaque génération est convaincue d'avoir inventé le sexe.

— Au moins, Jackson et moi avons utilisé des contraceptifs, reprend-elle. Même si ça n'a pas marché. Au moins, je ne suis pas une écervelée totale.

— À mon époque…

Je m'interromps. Je ne peux pas croire que je viens de dire : « À mon époque. » Je me force à reprendre :

— Nous n'avions pas accès aux contraceptifs, pas même aux capotes, et nous devions…

— Utiliser des sacs de chips. Je sais, c'est lamentable.

Mon Dieu ! « Des sacs de chips » ?

— Pas des sacs de chips. J'allais dire que nous devions arrêter à temps.

— C'est presque aussi barbare.

Avec un soupir accablé, je poursuis :

— Et maintenant, nous allons l'annoncer à ton père.

— Non, s'il te plaît, Amy ! Pas aujourd'hui. Si nous allions manger quelque chose ?

Sofie me fait un coup en traître. D'habitude, je suis si contente de la voir manger que j'abandonne tout autre plan. Hélas, nous n'avons pas le choix.

— Puis nous irons parler à Jackson et à ses parents.

— Non, Amy !

— Si, Sofie !

Ces perspectives ne me réjouissent pas spécialement non plus.

Joe peine scandaleusement à cacher son soulagement en constatant que j'ai la situation en main.

— Merci, Amy. J'apprécie.

Malgré moi, je lui jette un coup d'œil éloquent. C'est une erreur. Il se sent alors obligé de sortir l'artillerie lourde. Il foudroie Sofie du regard.

— Tu n'es pas un peu jeune ? Tu n'as que…

Devinant qu'il a sans doute oublié l'âge de sa propre fille, je m'empresse d'intervenir :

— Elle a dix-sept ans.

— Oh vraiment ? Eh bien, dans ce cas, c'est super, alors !

Je demande alors :

— Qui va le dire à Urzula ?

— Elle est obligée de savoir ? avance Sofie.

Je suis partagée. D'un côté, je veux la punir – tout comme Joe – d'avoir négligé Sofie. D'un autre côté, c'est sa mère biologique.

— Et si elle dit que je dois garder le bébé ? reprend Sofie.

— Ça m'étonnerait.

— Je ne peux pas le lui annoncer. Nous n'avons aucune relation, déclare Joe.

Eh bien, moi non plus, je n'ai aucune relation avec Urzula. Comme elle ne tourne pas très rond, je devrais peut-être faire preuve d'un peu plus de compassion. Mais c'est comme ça !

D'un ton ferme, je lance :

— C'est à toi de lui parler, Joe. Bien, et maintenant, tu ne connais personne avec des compétences médicales ? Qui pourrait assister Sofie pendant l'intervention ?

— Que veux-tu dire ? Ça ne va pas se passer dans une clinique ?

Bordel!

— Pas dans ce pays. C'est illégal.

— Même les pilules abortives ?

Mais quel tocard!

— Même les pilules. Écoute-moi bien. Pas un mot de tout ça à Maura.

L'air outragé, il lâche avec le plus grand mépris :

— Et quand en parlerais-je à Maura ?

— Bon, d'accord. Allez, Sofie ! On y va !

— Vous allez où ? demande mon frère.

— Chez les parents de Jackson.

Devant son air ahuri, je précise :

— Jackson est son copain. Depuis un an. Appelle Urzula. Salut !

Jackson a déjà parlé à ses parents et ils font preuve d'une inquiétude appropriée. Ce sont des gens charmants. Il est évident que leur fils a hérité de leur gentillesse et de leur politesse.

Leur soulagement devant la décision de Sofie de ne pas garder le bébé n'est pas vraiment une surprise.

Sa mère persiste à répéter :

— Nous aimons Sofie, mais, vous savez…

Son père ne peut pas quitter Jackson des yeux, comme s'il n'arrivait pas à croire que son fils d'apparence si peu virile ait pu féconder une fille.

— Vous allez en Angleterre ? demande-t-elle alors.

— Nous avons commandé les pilules abortives.

Elle fait un signe d'assentiment.

— Nous partagerons les frais.

Ce que Joe n'a même pas pris la peine de proposer. Mais je n'attendais rien de lui. Voilà longtemps qu'il s'est déchargé de toute responsabilité concernant Sofie. Si je m'écoutais, j'écumerais de rage. Urzula et lui ont toujours été en dessous de tout. Mais la seule personne qui compte est Sofie. Tant que l'indifférence de ses parents biologique ne l'atteint pas, ce qui semble être le cas, je peux supporter leur attitude.

Il est inutile d'essayer de changer le monde pour qu'il corresponde à mon idéal. Je dois apprendre à accepter la vie comme elle vient.

Chapitre 76

Vendredi 25 novembre, jour 74

Aucune des trois filles ne se présente chez mes parents pour le dîner du vendredi soir. Elles n'ont pas confirmé leur venue, car personne ne le fait jamais. Mais le fait qu'elles manquent toutes les trois à l'appel prouve que nous traversons une période difficile.

Je pars une demi-heure plus tôt que d'habitude et les trouve toutes les trois assises sur les marches du perron de la maison, comme des réfugiées.

— Maman, quand est-ce que les pilules vont arriver ? me presse Kiara. Elle est dans tous ses états.

— Si je dois avoir ce bébé, je vais me suicider, chuchote Sofie.

— Chut, chut ! Personne n'aura de bébé, tout ira bien.

Je pousse Neeve et Kiara d'un coup de fesses, m'installe à côté de Sofie et lui montre les détails de livraison sur mon iPad.

— Je les ai suivies. Elles sont arrivées en Irlande ce matin. Nous les aurons lundi.

Je l'espère.

— Et là, nous le faisons ? murmure-t-elle d'une voix faible.

— Après ton échographie et ta séance chez le thérapeute.

Je suis catégorique.

— Et si les pilules n'arrivent pas ? Si elles ne passent pas à la douane ?

Cette possibilité bien réelle me donne des brûlures d'estomac. Feignant l'enthousiasme, je m'exclame :

— Bien sûr, elles vont arriver !

Parce que plus que tout, nous avons besoin d'espoir.

Chapitre 77

Lundi 28 novembre, jour 77

Lundi matin, je frappe à la porte de Neeve. En général, je me fais recevoir par un torrent d'injures quand je prends une telle liberté. Mais nous avons passé un week-end maussade.

— Neeve ? Tu penses pouvoir rester à la maison aujourd'hui ?

— Pourquoi ? Oh ! Au cas où les pilules arriveraient ? Bien sûr.

— Tu as des trucs prévus ?

— C'est plus important. Je t'enverrai un texto quand elles arriveront.

Encore somnolente, Sofie descend de sa chambre mansardée. Elle est toujours en pyjama.

— Chérie, habille-toi.

— Je ne peux pas aller au lycée.

Je prends son visage entre mes mains et le couvre de baisers.

— Tu dois aller à l'école. Je te promets que tout ira bien.

— Oh, Amy !

— Habille-toi ! Vite ! Je vais préparer le petit déjeuner.

La porte de la chambre de Kiara s'ouvre à la volée.

— Vraiment ? s'exclame-t-elle. Waouh !

— T'embête pas, marmonne Sofie. Je ne mangerai pas.

— Tu dois manger, Sofie.

— Je ne mangerai pas jusqu'à ce que tout soit fini.

Je suis déconcertée. Quoi que je cuisine, elle ne mangera rien. Mais je me sentirais irresponsable si je restais les bras ballants. Même si je suis déjà en retard au bureau. J'aperçois alors le petit visage plein d'espoir de Kiara.

— Des pommes de terre sautées ? avance-t-elle.

Et, malgré moi, j'éclate de rire.

Je passe la matinée à inspecter mon téléphone, attendant un joyeux texto de Neeve m'annonçant :

Elles sont arrivées !

Mais rien. Et le site du coursier reste désespérément vide de toute notification.

À l'heure du déjeuner, je téléphone.

— Neeve ?

— Toujours pas, maman. J'ai un mauvais pressentiment.

Moi aussi.

Elle reprend :

— Elles vont peut-être arriver demain.

Mais je crains fort que ce ne soit pas le cas.

— Putain ! Je n'y crois pas, s'étrangle Alastair.

Tim et moi faisons volte-face pour le regarder.

— Quoi ?

Le regard toujours fixé sur l'écran, il me lance d'une voix étranglée :

— Amy. C'est Lilian O'Connell, mère de cinq enfants. Encore !

C'est le deuxième vlog de maman. Avec pour thème les extensions capillaires et les mèches. Elle parle de son nouveau look.

— J'aime penser que je ressemble à Candice Bergen. Mais…

Elle baisse les yeux d'un air modeste puis les relève avec un coup d'œil démoniaque.

— … en plus jeune.

Tim étouffe un cri de surprise.

— Elle vient de débiner Candice Bergen ?

— Oui, acquiesce Alastair en secouant la tête avec admiration. Et, pourtant, pas exactement. Elle y a mis du respect, du charme, un soupçon de prétendante au trône. Le tout en parfait accord avec Lilian O'Connell, mère de cinq enfants.

Pensant qu'il regarde le vlog sur Twitter ou sur Facebook, je lui demande :

— C'est sur quoi ?

À ma grande surprise, il me répond :

— L'*Independent*. Ils ont publié le lien de son vlog.

L'*Independent* est le quotidien le plus important d'Irlande.

— Super stylé ! s'exclame Thamy qui a quitté son poste à l'accueil.

Neeve est celle à qui je devrais téléphoner. C'est le fruit de son travail. Mais j'appelle ma mère.

— Maman ? Tu es au courant pour ton vlog ?

— Oui ! Neeve dit que j'ai gagné en poids. Amy, je peux te poser une question ? C'est idiot de dire ça puisque je suis en train de t'en poser une. Mais ça veut dire quoi exactement ? Si je demande à Neeve de m'expliquer, elle m'arrache les yeux. Ça ne veut pas dire que j'ai grossi ?

Je m'empresse de la rassurer :

— Non, ça n'a rien à voir avec le poids. Écoute, l'*Independent* a publié le lien de ton vlog !

— Le journal ? chuchote-t-elle sous l'effet de la surprise. Je suis dans le journal ?

— Oui, Neeve t'expliquera.

— Amy, puisque je t'ai…

Merde ! Je devine ce qu'elle s'apprête à me demander.

— … pourrais-tu par hasard garder ton père pendant une heure ou deux, ce soir ? J'aimerais fêter ça avec quelques gin-tonics.

Plutôt mourir. D'un autre côté, je me sens déjà suicidaire.

— Neuf semaines, annonce l'échographiste à Sophie. Vous êtes enceinte de neuf semaines.

— Vous voulez dire neuf semaines depuis ses dernières règles ? C'est important.

— Oui.

D'accord ! Quel soulagement !

Chapitre 78

Mardi 29 novembre, jour 78

Mardi matin, j'atterris à Heathrow et rallume mon téléphone. J'ai un texto de Neeve.

Appelle-moi.

Mon cœur se serre. Pourtant, je ressens un étrange soulagement. Maintenant, je connais le pire.

— Neeve ?

— Pas de pilules, maman. Mais une lettre flippante du…

Un froissement de papier.

— Des douanes. Quelque chose au sujet des la loi de codification relative aux douanes. Ils disent qu'ils ont saisi les pilules. Quelqu'un de la section de lutte contre les fraudes à la direction générale de la Santé prendra contact prochainement. Tu vas aller en prison, maman ?

— Mais non !

— Ce n'est vraiment pas sympa de leur part, putain ! Pourquoi se croient-ils obligés d'être si menaçants ? demande-t-elle d'une voix tremblante.

Elle est au bord des larmes.

— Tout va bien, mon chou. Je t'assure.

— Vraiment ? renifle-t-elle. Je suppose qu'il est temps d'envisager un plan B.

Mais il est inutile de lui demander de m'exposer son idée. C'est moi qui suis censée trouver les solutions.

Ce n'est qu'en début d'après-midi que je trouve un moment pour passer les coups de téléphone nécessaires.

— Je voudrais prendre un rendez-vous pour ma fille.

Il est juste plus simple de présenter Sofie comme ma fille. D'ailleurs, étrangement, des trois filles, c'est la seule qui porte le même patronyme que moi.

— Pour le… la version pilules. Dès que possible.

— Quelle est la date de ses dernières règles ? Elle doit venir pour une échographie. Je peux vous donner un rendez-vous aujourd'hui à…

— Hum, non. Elle habite en Irlande. Mais elle a fait une échographie hier.

— Nous avons besoin de notre propre échographie. Que nous pouvons programmer pour le même jour que l'intervention. Mais si elle est enceinte de plus de dix semaines, les pilules ne sont plus sûres.

Je suis toujours aussi surprise d'entendre la petite Sofie qualifiée d'« enceinte ».

— Alors, puis-je prendre rendez-vous ? Pour le plus tôt possible ?

Il y a une chance, certes infime, qu'après avoir vu la psychologue, Sofie change d'avis. Mais un tiens vaut mieux que deux tu l'auras. Je vais devoir prendre le risque de perdre les arrhes.

— Je regarde les disponibilités. Mais je dois vous expliquer que nous aurons besoin de la voir deux fois en l'espace de vingt-quatre heures. Nous lui donnons la première dose de pilule, puis elle part. Et elle revient le lendemain pour la deuxième dose et reste avec nous jusqu'à ce qu'elle ait avorté. Il faut compter approximativement trois heures.

— Je vois.

— J'ai une première disponibilité lundi, à 13 heures, et une autre, le lendemain, mardi, à 14 heures. Un adulte devra venir chercher votre fille à 17 heures. C'est très important. Elle ne peut pas partir seule.

Oh non ! Le timing ne pourrait être pire. J'ai le lancement presse Tabitha Wilton/Room mardi, à 17 heures. Il est beaucoup trop tard pour changer la date.

— Je risque de ne pas pouvoir arriver avant 19 h 30.

— Nous fermons à 18 heures.

Désespérée, je demande :

— Auriez-vous par hasard une autre disponibilité ?

— Tous nos rendez-vous sont pris.

— Si j'essayais une autre clinique ?

— Le préavis est un peu court. Néanmoins, je peux vous garder ce rendez-vous pour les vingt-quatre heures à venir.

Je passe alors quasiment deux heures à discuter avec divers secrétariats de cliniques londoniennes. Mais aucune ne peut recevoir Sofie cette semaine. En désespoir de cause, je finis par rappeler la première et confirmer le rendez-vous.

J'ai fourni des tonnes d'informations quand la secrétaire médicale me déclare :

— Votre fille ne pourra pas reprendre l'avion pour l'Irlande mardi soir. Pas après un rendez-vous l'après-midi même. Nous pouvons vous fournir le nom de B&B locaux. Et n'oubliez pas, si vous ne pouvez pas venir c'est un autre adulte qui doit la raccompagner, insiste-t-elle de nouveau.

Mais qui ?

Druzie ne doit pas rentrer avant au moins un mois. J'envisage Jackson. Il est raisonnable, gentil, et Sofie apprécierait sa présence. Mais il n'a que dix-sept ans et paraît encore plus jeune. Il est trop risqué de l'emmener en tant qu'« adulte ».

Peut-être Derry. Si elle ne travaille pas à Oulan-Bator, ou une autre lointaine destination. Je pourrais demander à

Joe, mais je sais déjà qu'il inventera une bonne raison pour se défiler.

Une rage aussi soudaine qu'inattendue enfle en moi. *Va te faire foutre, Hugh ! Va te faire foutre pour m'avoir laissée gérer tout ça seule !*

Il n'était pas censé deviner le futur. Mais, en toute honnêteté, en laissant deux adolescentes sous ma seule responsabilité, il se doutait bien qu'il pouvait arriver n'importe quoi. S'il ne pouvait pas prédire cet événement en particulier, il aurait dû anticiper. Savoir qu'il y aurait un os. N'est-ce pas *toujours* le cas ?

Chapitre 79

Je suis censée retrouver Josh dans moins de deux heures. Mais, aujourd'hui, notre rendez-vous me paraît déplacé, à tous les points de vue.

Après avoir longuement tergiversé et changé d'avis à plusieurs reprises, je finis par lui envoyer un texto.

Quand puis-je t'appeler ?

Dans les dix secondes qui suivent, mon téléphone sonne.

— Cosette ?

— Josh, je ne peux pas te voir ce soir.

Après une longue pause, il demande :

— Tu es en train de rompre ?

— J'ai un problème familial et je ne me sens pas… à l'aise. Concernant notre rendez-vous. Nous deux. Pas ce soir.

— Mais tu te sentiras à l'aise un autre soir ?

— Oui.

En fait, qui sait ?

— Tu as tes règles ?

Sa question me prend tellement au dépourvu que je me mets à rire.

— Parce que ça m'est égal, précise-t-il. Si tu ne veux pas, tu sais, nous ne sommes pas obligés. Mais nous pourrions quand même, par exemple…

— C'est trop compliqué à expliquer au téléphone.

— Nous pourrions boire un verre ? Juste un verre.

— Pas ce soir, Josh.

— La semaine prochaine ?

— Probablement.

— D'accord, Amy, acquiesce-t-il, son ton s'adoucissant. Je croise les doigts. Et si tu changes d'avis…

Soudain, je me ravise.

— D'accord, oui. Ce soir, mais juste un verre. Au bar de l'hôtel.

Déchirée entre ma peine et mon besoin de réconfort, j'opte pour le réconfort.

Il m'attend dans un coin du bar du petit hôtel de Marylebone. En me voyant, il se lève d'un bond. Son visage exprime un mélange de méfiance et d'inquiétude. Plein de sollicitude, il retire mon manteau et me tend un verre. Mais je sens son anxiété. Et, peut-être, son impatience.

— Tu vas bien ? me demande-t-il une fois que je suis installée.

— Oui. Disons que je n'ai aucun problème de santé ou autre.

Il est tendu, pressé d'entendre mon explication.

— C'est difficile à formuler… Il y a un problème. Pas dans ma vie. Mais avec une jeune femme dont j'ai la responsabilité et…

J'en ai déjà trop dit.

— Une jeune femme dont tu as la responsabilité ? me presse-t-il.

— Elle est enceinte. Et elle ne veut pas garder l'enfant.

— Elle va se faire avorter ?

— C'est la bonne décision en ce qui la concerne. Je suis pour l'avortement. Et toi ?

L'air surpris, il répond :

— Bien entendu.

— Vous, les Anglais ! Vous avez tellement de chance d'être libérés de toute cette culpabilité, de toute cette honte.

— Tu as grandi dans une famille catholique ?

— Pas vraiment. Mes parents n'étaient pas des grenouilles de bénitier. Mais, quand tu vis en Irlande, il est impossible d'échapper à la honte. Elle est dans l'air.

— Tu ne peux pas vraiment blâmer l'air pour la honte. La honte est un produit dérivé des lois irlandaises. Quatorze ans de prison pour avoir avalé une pilule ? C'est un sacré jugement !

— Wouah ! Je n'avais jamais envisagé les choses sous cet angle. De toute façon, je ne sais pas exactement comment te le dire, mais il me semble inconvenant pour moi, une femme mariée, de te retrouver toi, un homme marié, dans un hôtel, alors qu'une jeune femme dont j'ai la responsabilité est sur le point de se faire avorter. Ça fait un peu, tu sais…

Je m'interromps.

— Sodome et Gomorrhe.

Son expression est indéchiffrable. Tout ce que je sais, c'est qu'il n'est pas tiraillé comme je le suis. Choisissant ses mots avec soin, il déclare :

— Amy, ma conduite n'est pas exemplaire. Mais tu ne fais rien de mal. Tu es en pause.

— Hugh m'a peut-être donné un congé, mais je ne suis pas sûre de me l'être vraiment accordé. Ça paraît dingue, mais je n'approuve pas mon comportement avec toi. C'est ce qu'on appelle la dissonance cognitive.

— Tu l'as lu dans *Psychologie Magazine* ?

Il esquisse un sourire en coin.

— Oui. Donc, voilà. Et puis, je me sens triste. Pour de nombreuses raisons. Pour la jeune femme. Sa vie a été beaucoup perturbée d'un point de vue affectif, et l'idée d'être enceinte la terrifie. Et elle est particulièrement proche de mon… de Hugh. J'ai de la peine qu'il ne soit pas là pour elle.

Josh pose sa main sur la mienne mais je la retire vivement. Il ne peut pas me toucher en public. D'un ton penaud, je reprends :

— Loi de l'emmerdement maximum : la meilleure amie de Marcia va entrer.

Mais j'ai froid, je tremble et j'aimerais qu'il me serre dans ses bras. Je poursuis alors :

— Je vais te poser une question. Et tu n'es pas censé l'interpréter. D'accord ? Tu as annulé la chambre ?

— Non.

— Parce que, n'espère rien, je ne pourrais vraiment pas. Mais pourrions-nous y monter ?

Blottis l'un contre l'autre, habillés, nous sommes allongés sur le lit. Je parle par bribes, racontant des histoires anodines : les aventures de vlog de maman, l'idéalisme de Kiara, la beauté des longs cheveux bruns de Jackson. Je me tais un moment, puis je me rappelle autre chose.

À mesure que le temps passe, je sens un grand calme m'envahir et ma tristesse se dissipe.

— Parle-moi de toi, Josh. Tu écris des choses ? Des scénarios de films ?

Il hésite avant de répondre :

— J'ai arrêté.

— Tu en écrivais ?

Presque distraitement, je me mets à jouer avec l'avant de son jean, faisant glisser mes doigts sur le pli de tissu qui couvre sa braguette.

— Oui, quand j'étais… Amy, qu'est-ce que tu fais ?

— Je ne sais pas.

— S'il te plaît, arrête.

— Ça ne te fait rien si je continue ?

— Mais…

— Pouvons-nous juste improviser ? chuchoté-je.

— Non !

Il m'attrape le poignet et repousse ma main.

— S'il te plaît, Josh. S'il te plaît. J'en ai envie.

— Ça ne rime à rien.

— Pour moi, si.

Cette fois, nous faisons l'amour de manière totalement différente. La tendresse, la douceur, sont d'une délicieuse intensité. Quand il me pénètre et se met à bouger en un lent tempo, des larmes silencieuses roulent sur mes joues. Horrifié, il se fige et je dis :

— S'il te plaît, ne t'arrête pas, Josh. Je le veux.

Il recule et se retire.

— Non.

Je l'agrippe de mes mains, le retiens de mes jambes.

— S'il te plaît, reste en moi. Reste en moi.

— Mais ça te rend triste.

— Ça me fait du bien.

— Ce n'est pas l'impression que ça donne.

Je parviens à laisser échapper un rire poignant.

— Tu es sûre ?

Et tandis qu'il me fait l'amour, mes larmes continuent à couler. Couvrant de baisers mes joues humides, il chuchote :

— Amy, ma belle Amy. Ma beauté.

Chapitre 80

Mercredi 30 novembre, jour 79

Mercredi soir, quand je rentre de Londres, je trouve Sophie encore plus patraque et repliée sur elle-même que deux jours auparavant.

— Je ne peux pas manger jusqu'à ce que tout soit fini, répète-t-elle.

Paniquée, je lance une menace précipitée :

— Si tu ne manges pas, je ne te laisserai pas aller en Angleterre.

— Si tu ne me laisses pas y aller, je ne mangerai plus jamais.

— Sofie !

— Tu ne comprends pas, Amy. Je préfère mourir qu'avoir un bébé.

— Tu n'auras pas de bébé. Je te jure sur la tête de tous ceux que j'aime que tu n'auras pas de bébé.

Elle secoue la tête.

— Le vol pourrait être annulé, la clinique pourrait brûler, les membres du mouvement pro-vie pourraient me kidnapper.

— Sofie, tu délires ! Et si je te faisais un peu de soupe ?

— La soupe, c'est de la nourriture.

— Un milk-shake ?

— C'est de la nourriture.

— Et des sels de réhydratation ?

— D'accord.

Derry ne sera pas à Oulan-Bator la semaine prochaine, mais sur un autre site lointain. Elle ne pourra donc pas aller chercher Sofie à la clinique.

— À qui fais-tu confiance ? me demande-t-elle.

— Facile. À Alastair. Mais il ne serait pas la bonne personne à qui confier cette mission.

Et, étant donné que Steevie et Jana ne me parlent toujours pas et que Petra ne peut jamais s'échapper de ses jumelles, mes options se réduisent comme peau de chagrin.

— Et Maura ? suggère Derry. Siena ? Jackson ?

— Non. Aucun des trois.

— La mère de Jackson ?

— Elle ne peut pas.

Elle a un enfant qui a des besoins spécifiques et demande beaucoup de soins.

— Urzula ?

— Même pas en rêve !

Nous partons d'un éclat de rire. D'un ton dubitatif, Derry reprend :

— Joe ?

Avec un soupir de lassitude, je réponds :

— Qu'en penses-tu ?

— Je pense qu'il inventerait n'importe quel mensonge pour se débiner. Et que si, par le plus pur des hasards, il s'engageait à aller la chercher, le jour venu, il te laisserait tomber. Tu te rongerais les sangs en attendant de voir quel coup il te prépare.

Elle a parfaitement raison, sur toute la ligne.

— Derry, il pourrait y avoir une autre voie. Sofie ne mange quasiment plus rien. Elle répète qu'elle veut attendre que ce soit réglé. Pourrait-elle être qualifiée de suicidaire ? Parce que, d'après la loi, une femme suicidaire est autorisée à se faire avorter.

Ma sœur s'empresse de me faire taire.

— Ils solliciteraient témoignage sur témoignage et, le jour où ils décréteraient que Sofie est vraiment suicidaire, le fœtus entrerait à l'université.

— Ou Sofie se serait jetée d'un pont.

— Ou serait tout simplement morte de faim.

— Exactement.

Bon, ça valait la peine d'essayer.

— Il faudra que ce soit Neeve, déclare Derry. Il n'y a personne d'autre.

— Elle est trop jeune.

— Elle a vingt-deux ans. Et nous n'avons pas d'autre choix.

Elle a raison. Elle ajoute alors :

— Kiara n'aura qu'à aller chez Joe. C'est la moindre des choses que ce sale enfoiré peut faire.

— Que se passe-t-il ?

En ce jeudi matin, Alastair me téléphone de Londres.

— Que veux-tu dire ?

— Thamy me dit que tu dois encore t'absenter pour l'une de tes mystérieuses virées, cet après-midi. Et que tu vas prendre ton lundi.

Stupéfaite, je m'exclame :

— Thamy t'a téléphoné ? À Londres ?

— Et tu ne peux pas l'engueuler. C'est moi qui l'ai forcée à me le dire. Qu'est-ce qui se passe, bordel, Amy ? Je veux dire, je sais que tu t'envoies au septième ciel avec Josh Rowan. Qu'est-ce qui peut être plus excitant que ça ?

— Espèce de sale fouineur !

— Moi, je te raconte tout.

— Mais là, ce n'est pas *mon* secret. Mais, écoute, je vais peut-être être obligée de te le dire, de toute façon. Sofie est enceinte.

— Oh ! s'exclame-t-il, comprenant soudain que tout cela n'a rien de rigolo. Oh merde !

Au bout d'une seconde, il ajoute :

— Pourquoi aurais-tu dû me le dire de toute façon ?

Je suis à deux doigts de rire.

— Elle ne t'a pas dénoncé comme étant le père de son bébé, si c'est ce qui t'inquiète.

— Tu n'auras jamais rien à craindre de ce côté-là. Je te respecte tellement que jamais je ne coucherais avec une femme de ta famille.

— À part, peut-être, avec ma sœur si sexy.

— À part avec elle, peut-être. Oui. Et Lilian O'Connell, mère de cinq enfants, comment va-t-elle…

Je l'interromps :

— Donc ma virée, cet après-midi, consiste à emmener Sofie chez une psychologue.

— Je suis sincèrement navré, Amy. D'abord, de m'être trompé à ce point. Ensuite pour ce que Sofie et toi traversez.

— Elle se fait avorter mardi, à Londres.

— N'est-ce pas le jour de ta grosse opération presse Tabitha Wilton ?

— Oui. Alors, je vais peut-être avoir besoin de toi, Alastair.

— Je suis là. Il te suffit de me dire quand tu auras besoin de moi.

Chapitre 81

Lundi 5 décembre, jour 84

— Nous descendons au prochain arrêt.

Sofie, Neeve et moi bondissons de nos sièges et attrapons nos valises à roulettes, tout en essayant de garder notre équilibre dans le train cahotant. Nous n'avons pas besoin de nous lever avant au moins trois minutes, mais nous prenons de l'avance en tout. Nous préférons attendre presque trois heures avant notre rendez-vous plutôt qu'arriver en retard.

La clinique se situe au fin fond de Wimbledon et nous tuons le temps dans un café lugubre. Mon cœur se serre en voyant Sofie si jeune, si perdue. Qu'importe le pays où cela arriverait, ce qu'elle est en train de vivre ne serait pas facile. Mais le fait qu'elle ait dû se lever aux aurores pour prendre l'avion et qu'elle doive traverser une ville étrangère n'arrange rien.

J'ai longuement réfléchi. Si je ne veux pas la couvrir de honte, elle doit néanmoins être protégée. D'une voix un peu étranglée, je commence :

— Nous devrions donner une fausse adresse. Il ne faut pas que ça retombe sur Sofie.

— N'importe quoi ! s'exclame Neeve.

— S'il te plaît, Neeve. Tout le monde n'est pas comme nous, en Irlande. Les gens jugent.

S'adoucissant, elle concède :

— Tout va bien, maman. Je comprends. C'est juste que ce pays me rend dingue.

La clinique est une grande bâtisse laide qui donne sur une rue passante. L'entrée se trouve sur un côté. Sofie tremble de tous ses membres. Même Neeve semble au bord des larmes.

Nous saluons les réceptionnistes. Un rapide coup d'œil dans la salle d'attente m'indique que huit autres groupes d'âges et d'ethnies différents sont représentés. Certains peut-être irlandais aussi. Aucun regard n'en croise un autre.

Mon « adresse » est un amalgame de celles d'amis et de famille. Elle est truffée d'indices et Derren Brown ne mettrait pas trente secondes à découvrir la vraie. Si seulement j'avais eu la bonne idée d'utiliser un faux nom quand j'ai pris le rendez-vous ! Certes, les dossiers médicaux sont censés être confidentiels. Mais si quelqu'un faisait une descente dans cette clinique et en publiait tous les détails pour humilier les femmes et…

Seigneur ! J'ai les paumes moites.

— Tu vas bien ? s'inquiète Neeve.

— Oui, bien sûr, absolument !

— Sofie ? Tu viens ?

Une femme habillée d'une robe que je reconnais comme venant de chez *Cos* passe la tête par une porte entrouverte.

— Est-ce qu'Amy, je veux dire, ma mère, peut venir aussi ? demande-t-elle.

— Non, mon chou. Toi et moi allons avoir une conversation. Qui doit rester privée.

C'est une autre psychologue. Je m'en félicite. En ce qui me concerne, plus nous en verrons, mieux ce sera.

Sofie disparaît pendant une bonne heure. Dès qu'elle revient, une autre femme, vêtue d'une blouse blanche, l'emmène pour son échographie. Cette fois, je suis autorisée à l'accompagner.

— Tu es à presque dix semaines, Sofie. Juste dans les temps.

Elle lui tend deux cachets à avaler et un gobelet d'eau.

— Si tu vomis dans l'heure qui suit leur absorption, tu dois revenir.

Je suis anxieuse. Étant donné qu'elle ne mange plus depuis des jours, quelles sont ses chances de vomir ? Je ne peux qu'espérer qu'elles sont nulles.

— Tu commenceras peut-être à avoir des contractions ce soir ou demain matin. Mais peut-être pas. Si c'est le cas, prends de l'ibuprofène. Rien d'autre. Reviens demain pour 14 heures. Compte environ trois heures et prévois quelqu'un pour te ramener chez toi.

Je déclare alors :

— Ma fille, pardon, mon autre fille, Neeve, celle qui est dans la salle d'attente, accompagnera Sofie demain et la ramènera à la maison.

Mais je me dégonfle. C'est un terrible fardeau à imposer à mon aînée. Je sais que d'autres très jeunes femmes se font avorter sans le soutien d'une adulte comme moi. Je sais aussi qu'à vingt-deux ans, j'avais beaucoup plus de responsabilités que celle qui sera confiée à Neeve demain. Néanmoins, j'ai le sentiment d'être en train de me démettre de mes devoirs parentaux.

Devrais-je appeler Alastair et lui demander de venir à Londres pour couvrir le lancement presse de Tabitha Wilton ?

Avant de quitter la clinique, je dois régler la facture. Les parents de Jackson ont promis d'en payer la moitié, dès que nous aurons le montant final. En attendant, regrettant amèrement d'avoir acheté toutes ces robes inutiles, je prie pour que ma carte de crédit ne soit pas refusée.

Surprise de voir que la somme est moins élevée que prévu, je demande :

— Est-ce juste une partie du coût ?

La réceptionniste m'explique :

— Le voyage pour Londres étant déjà très cher, nous appliquons des tarifs réduits pour nos patientes venant d'Irlande.

— Merci.

C'est exceptionnellement délicat de leur part. Pourtant, je ne peux m'empêcher d'avoir honte : ainsi, nous recevons d'un pays étranger une aide que notre propre pays refuse de nous apporter ?

En chemin vers l'appartement de Druzie, Sofie paraît soudain toute revigorée. Je lui demande :

— S'il te plaît, tu vas manger un peu, ce soir ?

— Oui ! Mais tu ne penses pas qu'en mangeant un peu, je vais tenter le diable et que quelque chose va très mal se passer et…

— Tout ira très bien.

Nous nous arrêtons chez *Tesco* pour acheter des beignets, un ananas et d'autres gourmandises. Une fois arrivées à l'appartement, les filles installées devant Netflix, j'appelle Alastair.

— Salut ! me dit-il. Comment ça se passe ?

— Bien, tout va bien. Pas de souci. Je pense. C'est juste que je suis en train de me dégonfler pour demain. Je ne sais pas si je peux laisser Neeve gérer tout ça seule.

Sans l'ombre d'une hésitation, il annonce :

— Je prendrai le premier vol demain matin. Je peux aussi bien travailler de Londres que d'ici.

— Vraiment ? Mais où vas-tu dormir demain soir ? Nous serons chez Druzie.

— J'irai à l'hôtel.

— Tu pourrais dormir sur le canapé ?

— Je prendrai un hôtel. Il n'y a pas de problème, Amy. Aucun ! Ainsi, ça te laissera le choix de ta décision.

— Tu es vraiment un homme bien, Alastair Donovan.

Sofie partage mon lit. Je ne dors que d'un œil, aux aguets, au cas où quelque chose tournerait mal et qu'elle ait besoin de moi. Mais, quand arrive le matin, les choses semblent suivre leur cours normal.

— Pas de contractions ? lui demandé-je.

— Non. Je suppose que je n'en aurai pas avant de prendre les derniers cachets.

Je suis toujours indécise. Que vais-je faire aujourd'hui ? Même sachant qu'Alastair mettra tout le monde dans sa poche en moins de quatre secondes, il me semble incorrect d'abandonner Tabitha Wilton et l'association caritative pour les SDF. D'un autre côté, je ne sais pas comment réagirait Sofie si un homme venait la chercher à la clinique. Elle ne connaît que vaguement Alastair, semble bien disposée à son égard, mais elle est dans un état d'extrême vulnérabilité. Le mieux est de le garder en renfort.

Mais le savoir prêt à intervenir ne risque-t-il pas de saper le moral de Neeve ? Profitant de l'absence de Sofie qui prend sa douche, je lui demande discrètement :

— Neeve, tu connais Alastair, avec qui je travaille ? Il est à Londres aujourd'hui. S'il… arrivait quoi que ce soit… tu dois l'appeler.

— D'accord. Tu sais, c'est un peu… flippant.

Elle s'empresse d'ajouter :

— Même si je peux le faire, pas de souci. Je m'en sens parfaitement capable. Mais c'est bien de savoir que s'il arrivait… Oui, merci maman.

Super ! Profondément soulagée de savoir que Neeve et Sofie ne seront pas seules, j'appelle Alastair et lui demande de se tenir prêt.

Chapitre 82

Mardi 6 décembre, jour 85

À midi, le taxi pour Neeve et Sofie se gare devant l'appartement. Je prends alors le métro pour le *Jade*, un joli petit hôtel un peu défraîchi, à côté de Goodge Street, plus cher qu'il n'y paraît. Franchement, dénicher le lieu adéquat pour l'événement a été un véritable cauchemar ! Comme l'organisateur est une association caritative, l'endroit ne doit surtout pas être tape-à-l'œil. D'un autre côté, si je dois convaincre les médias, il ne peut pas être trop modeste non plus. Autrement dit, j'ai prévu du vin, mais pas de Prosecco, des morceaux de gruyère, mais pas de miniburgers au bœuf de Kobé.

Quand j'arrive, l'installation a à peine commencé. Pendant le week-end, j'ai eu une illumination : un chariot à friandises. Ne serait-ce pas l'idéal pour faire passer le message subliminal que Tabitha est une femme douce ? Alors qu'elle est tout l'opposé. Mais, maintenant, devant les grands sacs Haribo contenant des Banan's et des Happy Cola, je suis dubitative : et si cette mise en scène paraissait trop frivole ? Si j'avais fait une désastreuse erreur d'appréciation ?

Le vestiaire est prêt à accueillir une centaine de personnes. Tabitha Wilton est un personnage tellement controversé que les journalistes vont arriver en nombre.

Mais, le plus important, c'est que les boissons coulent à flots, que les assiettes ne soient jamais vides.

Je donne mes consignes au personnel.

— Ne ralentissez pas la cadence. Ce n'est pas une foule civilisée. C'est la presse.

Officiellement, l'événement commence à 17 heures. Mais à 16 h 43, le premier gratte-papier déboule, suivi par trois autres.

Je chuchote à l'oreille de Tabitha :

— C'est parti !

Puis je commence à la guider dans la salle de réception qui se remplit rapidement pour la présenter, tour à tour, à chaque journaliste, tout en prenant bien garde à ce qu'elle ne dévie pas de notre stratégie, même si on lui pose des questions susceptibles de l'énerver.

Pendant un moment, j'oublie même Sofie. Je reçois alors un texto de Neeve qui m'écrit :

Tout va bien. Nous sommes en train de rentrer.

Et je suis submergée par une telle vague d'émotions – du soulagement auquel se mêle une peine inexplicable – que je rate presque la réponse hargneuse de Tabitha à un journaliste du *Telegraph*.

À 18 h 30, alors que l'événement est sur le point de finir, la salle grouille de membres de la presse ivres. Les serveurs ont arrêté de servir le vin, ce qui, généralement, fait déguerpir les invités illico presto.

Mais nous avons un problème : le chariot à friandises fait un carton. Il est assailli par une foule de journalistes, leurs visages réjouis rubiconds, qui se bousculent pour remplir des sacs en papier à rayures bleues et blanches de Wine Gums et de Fried Eggs Haribo. Je les maudis ! Ne pourraient-ils pas se casser chez eux au lieu de rester là, à échanger joyeusement leurs souvenirs d'enfance ? Les exclamations fusent.

— Cherry Lips !

— Apple Rings !

— Combien coûtent les bonbons ?

— Ha ha ha ! C'était ce qu'on demandait à l'épicier ! Toi aussi ? Ha ha ha !

Quand, enfin, je parviens à me débarrasser du dernier invité, il est presque 20 heures. Je saute dans un taxi. Je suis éreintée, j'ai les joues douloureuses d'avoir trop souri. À mesure que j'approche de l'appartement de Druzie, je sens l'anxiété me nouer l'estomac. Est-ce que tout ira bien ? Sofie se remettra-t-elle jamais de ce qu'elle a vécu aujourd'hui ?

Neeve m'ouvre la porte d'entrée.

— Alors ?

Elle hoche la tête.

— Elle va bien.

Je la trouve au lit, roulée en boule. Jamais je ne l'ai vue aussi pâle. Elle semble avoir du mal à s'asseoir.

— Comment te sens-tu ?

— Soulagée, dit-elle en fondant en larmes. Oh, Amy ! Je suis tellement soulagée. Je n'ai plus peur. Merci Amy, merci.

— Tu as mal ?

— Comme si j'avais des règles particulièrement douloureuses.

Elle ne peut s'arrêter de sangloter.

— Je suis si contente, tellement reconnaissante, Amy. Maintenant, je suis redevenue moi-même. Et je suis si heureuse. Si heureuse que j'ai l'impression que je ne serai plus jamais triste. Quel soulagement, Amy ! Je n'aurais pas pu mettre une autre personne comme moi au monde. Et je ne ferai plus jamais l'amour. Jamais !

Je demande à voir combien de temps cette résolution durera.

Nous nous allongeons sur le lit et, somnolente, je l'enlace, la serre dans mes bras, la bouillotte calée contre son ventre.

Au moment où je me sens sombrer dans le délicieux néant, je l'entends murmurer :

— Je voudrais que papa soit ici.

Chapitre 83

Mercredi 7 décembre, jour 86

À Heathrow, nous nous dirigeons vers le contrôle de sécurité. Oh non ! La queue est interminable.

Inquiète, je murmure :

— Sofie ?

Son visage est si pâle qu'il a pris une teinte verdâtre. Pliée en deux sous l'effet des crampes, elle attire les regards curieux. Y aurait-il un endroit où elle pourrait s'asseoir ? Un endroit où je pourrais la planquer en attendant d'atteindre le tapis roulant de la sécurité ? Mais non.

Et si elle s'évanouit ? Et si elle s'effondre ? Et qu'ils ne la laissent pas monter dans l'avion ?

— Maman, redonne-lui des antalgiques, marmonne Neeve.

Il est trop tôt. Une trop grande quantité risquerait d'augmenter le risque d'hémorragie. Je lui demande :

— Tu peux tenir ? Dès que nous aurons passé la sécurité, nous irons dans un salon où tu pourras t'allonger en attendant d'embarquer.

— D'accord.

Pendant vingt insoutenables minutes, nous progressons comme des tortues, avant d'atteindre enfin le tapis roulant.

— Imagine si Sofie devait faire ça toute seule, me murmure Neeve. C'est vraiment n'importe quoi !

Comble de la malchance, elle bipe en passant sous le scanner et doit aller se faire fouiller dans une cabine en Plexiglas. Je suis prise d'une furieuse envie de hurler : « Arriverons-nous un jour à la maison ? »

Enfin, je les guide vers le salon. L'aéroport me semble bien vaste, aujourd'hui. J'aurais dû louer une voiturette électrique. J'ai toujours pensé qu'être vue dans ce genre d'engin serait vraiment mortifiant. Mais, à cet instant précis, je rêverais de pouvoir lentement me frayer un chemin au milieu de gens qui, à pied, iraient aussi vite que mon véhicule.

— On a besoin d'un chariot, déclare Neeve. On y mettra Sofie. Guettez si vous en voyez un libre.

Mais nous arrivons au salon avant d'en avoir trouvé un.

Je tends ma carte de crédit à l'hôtesse du salon.

— Vingt-cinq livres chacune, maugrée Neeve. Encore soixante-quinze livres. Quelle arnaque, toute cette histoire ! Ça craint.

— Chut. Entrez.

Sofie se pelotonne sur un canapé pour deux personnes, ses pieds sur mes genoux, son manteau étalé sur son petit corps menu. Pendant que Neeve part chercher « pour vingt-cinq livres de trucs gratuits », je me mets à dramatiser : et si Sofie n'a pas le droit d'embarquer ? Sérieusement, qu'allons-nous faire ?

Une hôtesse autoritaire, à talons hauts, surgit. Elle vient me réprimander.

— Tout va bien, ici ? lance-t-elle en montrant le petit paquet d'os qu'est Sofie.

Affichant mon sourire le plus assuré, j'explique :

— C'est ma fille adolescente. Elle a des règles douloureuses. Je dois la ramener à la maison et lui faire une bonne bouillotte chaude.

— Pas de chaussures sur les sièges !

— Elles ne sont pas sur le canapé, elles sont sur mes genoux.

Neeve revient alors, triomphante.

— Maman, j'ai volé assez de biscuits pour ouvrir un magasin et le panneau affiche « Embarquement immédiat ». Allez, on y va !

En sortant du salon, je repère un chariot abandonné. Avec l'aide de Neeve, je parviens à persuader Sofie d'y grimper, avec sa valise. Puis, tandis que je la pousse, Neeve tire nos deux sacs à roulettes.

— Un jour, nous rirons de tout ça, déclare-t-elle.

Peut-être.

Alors que nous attendons d'embarquer, mes brûlures d'estomac frôlent l'insoutenable. Je n'ose imaginer son état. Avec des sueurs froides, je tends nos cartes d'embarquement au steward. Il dévisage attentivement Sofie mais nous autorise à passer.

Nous la cachons contre un hublot. Tendue comme une corde, je sens l'avion rouler sur la piste, puis attendre le signal du départ dans la queue. Enfin, le train d'atterrissage remonte ! Silencieuses, nous le sentons prendre de l'altitude. Quand le signal des ceintures s'éteint, Neeve et moi laissons échapper un profond soupir de soulagement. Puis, nous échangeons un sourire hésitant.

CHAPITRE 84

Lundi 12 décembre, jour 91

— Plus noirs !

Maman est surexcitée.

— Ce n'est pas une bonne idée, répond l'esthéticienne.

— Mais à quoi bon me faire tatouer les sourcils si personne ne remarque ?

— Les gens remarqueront.

— Cette pauvre esthéticienne, fait remarquer Alastair. Lilian O'Connell, mère de cinq enfants, a une volonté de fer.

On est lundi matin et le dernier vlog de Neeve, dans lequel maman se fait tatouer les sourcils, vient d'être publié sur Internet.

— C'est presque comme un film à suspense, fait-il alors remarquer. On attend de voir laquelle des deux va imposer sa volonté. Je parie sur Lilian O'Connell, mère de cinq enfants.

Sans se départir de son calme, l'esthéticienne, Elaine, explique à maman que, étant blonde, ses sourcils doivent être de la couleur de ses cheveux.

— Mais qui dit que je vais rester blonde ? proteste-t-elle. Je pourrais changer demain pour me teindre en rouge. Ou en bleu, même ! Alors, accentuez le brun de mes sourcils de deux tons. S'il vous plaît.

L'opération d'une heure et demie défile en accéléré et, à la fin, maman affiche de beaux sourcils châtain clair, bien dessinés, qui changent sensiblement son apparence.

— Ça me transforme le visage ! s'extasie-t-elle. On me voit. Je suis une femme que l'on remarque. Que l'on respecte.

— Je vous respectais bien avant ça, Lilian O'Connell, déclare Alastair. Amy, tu crois qu'elle m'adopterait ?

— Ta propre mère est absolument adorable, espèce d'ingrat ! Pourquoi veux-tu toujours la femme que tu ne peux pas avoir ?

Soudain, je remarque l'heure.

— Mon Dieu, Alastair ! Il est 12 h 50. Dépêche-toi !

La folie de Noël bat son plein. Les lumières, les foules, les sacs de courses, les retrouvailles, le vin chaud, les gueules de bois. Travail et plaisir se chevauchant, j'apporte des cadeaux à mes journalistes et clients préférés, avant de les inviter à déjeuner ou à boire un verre. Aujourd'hui, nous avons le déjeuner de Noël du bureau. Même si, comme le fait remarquer Alastair : « C'est un peu comme de faire manger des glaces à des Esquimaux, vu que notre job n'est jamais qu'une longue cuite sans fin. »

— Pas le mien, souligne Thamy.

La maison est parée de ses décorations annuelles. Mais nous avons dû nous passer de certaines d'entre elles, comme de la guirlande électrique qui clignote traditionnellement dans l'arbre du jardin. Nous aurions eu besoin de Hugh et d'une échelle.

En son absence, Kiara a émis le souhait d'apporter un changement à notre routine habituelle de Noël.

— Je ne veux pas que nous soyons juste toutes les quatre, il me manquerait trop, et à Sofie aussi. Pourrions-nous faire un truc avec Derry, peut-être ? Ou avec Declyn ?

— Nous pourrions aller dans un hôtel ? suggéré-je.

— Oh non, maman ! Ce serait nul, à tous les points de vue. Et je veux que nous cuisinions ensemble.

J'aurais dû me douter que Kiara allait répugner à dépenser de l'argent aussi futilement.

Merde ! Merde et remerde ! C'est toujours Hugh qui se charge du dîner de Noël. Pour Kiara, « cuisiner ensemble » consiste à ouvrir la porte du four et à crier : « Quelle couleur la dinde est-elle censée avoir quand elle est "à point" ? »

Et Derry aussi déteste cuisiner. Encore plus que moi. J'en frémis d'avance. Ça va être atroce !

Kiara demande alors :

— Je pourrais acheter un cadeau pour papa ? Même s'il ne sera pas là pour l'ouvrir.

J'écume soudain de rage intérieure. Je hais Hugh. Comment peut-il lui infliger ça ?

Tout à coup, Maura se retrouve impliquée dans l'organisation de Noël et il est décidé que nous déjeunerons tous, en famille, chez mes parents.

J'apprends la nouvelle par Derry.

— Mais tu t'en tires à bon compte, Amy. Tu es chargée d'apporter le *trifle* et le gâteau.

— Jackson et moi t'aiderons, me promet Sofie.

À mon grand soulagement, elle va bien. Elle est même en pleine forme. Elle mange, elle s'implique, et Jackson et elle sont toujours aussi amoureux.

Je m'empresse de déclarer :

— Nous ferons le *trifle*, mais j'achète le gâteau. La vie est trop courte.

Maman me téléphone.

— Amy. On m'a reconnue à cause du vlog. À Cornelscourt. Des jeunes filles sont venues vers moi et m'ont demandé : « Vous êtes la grand-mère de Neeve Aldin ? »

— Mais c'est génial !

— Je sais ! Elles voulaient voir mes sourcils de près. Puis elles ont dit que j'étais une légende.

— Maman, maman ! s'exclame Neeve en entrant dans la cuisine.

Un peu malgré moi, je suis en train de préparer le dîner. Je sens mon cœur se serrer. *Que se passe-t-il encore ?*

— Maman, répète-t-elle d'une voix rauque.

Elle fond en larmes.

— Quoi ?

— C'est arrivé.

Pour l'amour du ciel !

— Qu'est-ce qui est arrivé ?

— Un règlement. De l'argent ! Enfin. Une agence veut faire de la pub sur mon site. Ils vont me payer. Les visites sont assez fréquentes.

Elle pleure maintenant à chaudes larmes.

— Oh, Neeve !

Je savais que son affaire se portait de mieux en mieux. Le nombre de ses abonnés avait grimpé en flèche, les cadeaux étaient de meilleure qualité et quelques microentreprises avaient proposé des partenariats entre marques. Mais là, elle entre dans la cour des grands.

— Maman, tu peux le croire ? murmure-t-elle d'une voix étranglée d'émotion. De l'argent, vraiment. Que j'ai gagné, et pas le salaire de ce club de cons où je suis payée des cacahuètes. J'avais pensé à devenir chauffeur *Deliveroo* après Noël. Et, maintenant, je ne serai plus obligée.

— Oh, Neeve, bravo ! Tu y as travaillé si dur, tu le mérites.

— Je dois remercier mamie. Son premier vlog a marqué un vrai changement.

C'est vrai. Il y a des milliers de bloggeurs mode YouTube interchangeables, qui ciblent tous la même population avec leurs échantillons. Pour réussir, ils ont besoin d'un argument de vente-clé : un chien craquant, un petit ami craquant ou, dans le cas de Neeve, une grand-mère craquante.

— C'est toi qui as eu l'idée de la filmer. Tu dois t'attribuer quelques mérites.

Ses larmes jaillissent de nouveau.

— Soudain, tout va mieux. Papa est enfin vraiment dans ma vie et maintenant ça ! Jamais je n'aurais cru pouvoir être si heureuse !

Chapitre 85

Mardi 13 décembre, jour 92

Je me redresse en sursaut. Le monde est plongé dans l'obscurité. Qu'est-ce qui a bien pu me réveiller ? Je passe rapidement en revue mes inquiétudes habituelles : Hugh, Sofie, l'argent, Kiara, Neeve, papa, maman, Josh... pour finir par m'apercevoir que c'est Marcia. Encore. Je souffre d'une violente culpabilité. Décidément, je n'ai pas l'étoffe d'une maîtresse.

Je n'ai pas vu Josh depuis presque quinze jours. Mardi dernier, j'étais avec Sofie. Mais nous avons rendez-vous demain. Ou, comme me l'indique un coup d'œil au réveil, plus tard, aujourd'hui.

Trois mardis de suite, Josh et moi nous sommes retrouvés dans cette chambre d'hôtel, où, l'espace d'une parenthèse, toute ma tristesse est sur pause. Au cours des quelques heures que je passe à me perdre en Josh, en ce désir insatiable que je lui inspire, tous les tourments du chagrin causé par Hugh se dissipent. Et j'oublie ma culpabilité vis-à-vis de Marcia. Mais dès que je suis de nouveau seule – autrement dit, la plupart du temps, étant donné que je ne vois Josh que six heures par semaine – elle me rattrape, me réveillant souvent au beau milieu de la nuit.

Ce que je fais à Marcia est absolument méprisable.

L'infidélité de Richie ou – bien pire – les photos de Raffie avec Hugh ne m'ont-elles pas anéantie ? Or, même si c'est à son insu, j'inflige à Marcia exactement ce que ces femmes m'ont fait subir.

En théorie, Josh est le seul qui doive fidélité à sa femme. Je ne lui dois rien. Mais la vie n'est pas si simple. En fait, ce sont toujours les femmes que l'on blâme pour l'infidélité des hommes : soit l'épouse parce qu'elle n'est pas assez sexy, soit la maîtresse parce qu'elle a usé de ses charmes pour s'attaquer à un homme qui « appartient » à une autre.

J'avais l'intention de mettre un terme à notre liaison à la fin de l'année. Or, d'ici à Noël, je n'ai plus que deux soirées à passer à Londres. Soit deux nuits avec Josh. Et je ne veux pas que ça finisse.

— Josh ?

— Cosette ?

— Mardi prochain sera mon dernier mardi à Londres avant Noël. Je ne reviendrai pas avant le 10 janvier.

— Quoi ?

Il se redresse vivement dans le lit.

— Mardi dans quinze jours, nous serons le 27 décembre. Et, le suivant, nous serons le 3 janvier. Venir à Londres n'en vaudra pas la peine. Tout le monde sera en congé.

Il fait mentalement le calcul.

— Donc, nous ne nous verrons pas avant trois semaines ?

Le moment est venu de lui rappeler ma date butoir du 31 décembre. Pourtant, je n'en fais rien.

— Ça ne me réjouit vraiment pas, poursuit-il. C'est assez difficile comme ça de ne te voir qu'une fois par semaine.

Je suis dans le même état d'esprit. Soudain, il suggère :

— Partons quelque part tous les deux. Entre Noël et le nouvel an. Pour quelques jours.

Ne repoussant pas immédiatement sa proposition, je demande :

— Où ?

— Où aimerais-tu aller ?

— Toi, où aimerais-tu aller ?

Je suis curieuse.

— Tu adores la mode. Nous pourrions aller dans l'une des capitales de la mode ? Milan ?

Même si je suis étrangement touchée, je ne peux m'empêcher de rire.

— Milan me terroriserait.

— Paris ?

Je secoue vivement la tête.

— Trop romantique pour ma petite Cosette ?

— Trop cliché.

Voyant qu'il se rembrunit un peu, je m'empresse de demander :

— Où aimerais-tu aller ?

— J'aime les endroits qui ont une histoire. Berlin est une ville cool. Je ne suis jamais allé à Venise.

— Pas Venise.

— Cliché ?

— Cliché.

— Saint-Pétersbourg ?

— Jamais de la vie. À cause de Poutine.

— Le Lake District ?

— Nulle part en Grande-Bretagne, dis-je avec ferveur. Je culpabilise déjà bien assez au sujet de ta femme, il n'est pas question de courir le risque de tomber sur quelqu'un qui la connaît.

— Alors quelle destination ne serait ni un cliché, ni romantique, ni trop british ?

Je n'en ai pas la moindre idée.

— Y a-t-il un endroit où tu as toujours rêvé d'aller ? Il doit bien y en avoir un.

En fait, oui. Il y en a un.

— La Serbie.

Il part d'un éclat de rire sonore. Puis il s'arrête subitement.

— Oh non ! Tu es sérieuse.

Chapitre 86

Mercredi 14 décembre, jour 93

Sur la table, mon téléphone sonne. Je le prends et regarde l'écran. Comme je m'y attendais, c'est Josh. Encore. C'est la troisième fois qu'il appelle ce matin. D'habitude, nous communiquons par textos, mais je suppose qu'il veut une vraie conversation. Hier soir, nous nous sommes séparés en termes glacials. Après son éclat de rire à ma suggestion d'escapade, je me suis réfugiée dans un silence furieux et, ignorant ses suppliques, je suis partie.

Un bip me signale l'arrivée d'un texto. Qui, bien entendu, est de lui.

> Je t'en prie. Parle-moi. Je suis désolé. Je suis un idiot. Laisse-moi me racheter.

Non. Je vais le laisser ronger son frein encore un peu.

Parce que, bien évidemment, je lui reparlerai. Mon ressentiment, sa contrition, tout cela n'est qu'un jeu, un jeu auquel j'ai déjà joué par le passé. S'il est vrai que j'ai été sincèrement froissée par sa réaction, j'admets que cette partie est vraiment jubilatoire.

À sa quatrième tentative, je décroche et, avec un soupir, je lâche :

— Quoi ?

— Je peux te voir aujourd'hui ?

— Non. J'enchaîne réunion sur réunion.

— Après le travail ?

— Aéroport. Puis je rentre chez moi.

— À quelle heure est ton vol ? Retrouve-moi à l'aéroport avant de partir.

— Pourquoi ?

— Retrouve-moi et je te dirai.

Je le trouve dans un box du *Prêt À Manger* de l'aéroport, penché sur son téléphone. Il a retiré son manteau. Sa chemise gris-bleu met en valeur sa large carrure, ses manches roulées dévoilant ses avant-bras. Puis il me voit et sourit, de son sourire le plus sincère.

— Amy.

Même son intonation quand il prononce mon nom est lamentablement excitante.

— Salut !

Je prends place en face de lui.

— Je t'ai commandé un thé à la menthe.

— Merci.

— Je regrette de ne pas pouvoir t'embrasser, chuchote-t-il.

— Qui a dit que je te le permettrais ?

Il pousse un soupir.

— Tu me pardonnes ?

Je suis prise d'une envie subite de pleurer.

— Je suis en vrac, poursuit-il. Je suis désolé de ne pas t'avoir prise au sérieux. J'ai été surpris, c'est tout. Mais, Cosette, c'est toi. Tu ne cesses de me surprendre.

Il fait glisser ses mains à travers la table et, quand elles frôlent les miennes, je sens un frisson m'électriser. Ignorant le fait que nous sommes entourés de gens, je m'empare de l'une d'entre elles, avide de sentir la chaleur de sa paume contre la mienne. Tout aussi vite, je la libère.

— Donc, j'ai mené ma petite enquête, m'annonce-t-il, sa voix couvrant le tapage. Ton musée serbe n'est qu'à une heure et demie de Belgrade. Il est ouvert tout le mois de décembre car, là-bas, ils ne fêtent pas Noël avant le 7 janvier.

Je m'étonne :

— Tu leur as même parlé ?

— Une de mes collègues du journal parle un peu serbe. Elle a traduit. Donc, 27 décembre, départ tôt de Londres, arrivée à Belgrade à 13 heures, heure locale. On loue une voiture, on prend la route du sud et on arrive à ton musée à 15 heures. Qu'en dis-tu ?

— Hum ! Terrifiant.

Il rit.

— Nous pouvons revenir à Belgrade le même soir et passer deux nuits dans un bel hôtel. Ou nous pouvons trouver un boui-boui spécial Cosette dans la ville de ton musée. J'ai déjà regardé, nous aurons le choix. Dans ce cas, nous ne passerions qu'une nuit à Belgrade. Retour à Londres le 29.

Il se tait pour marquer l'effet.

— Alors ?

— Que vas-tu dire à ta femme ?

— Ce que tu voudras. Je peux lui dire la vérité.

— Non !

C'est la pire des idées.

— Et si je n'ai pas le choix ? Si je suis tombé amoureux de toi ?

Je le dévisage. Est-il même sérieux ?

— Non !

— Alors, je réserve les vols ?

— Doucement. Je ne sais pas. Laisse-moi y réfléchir. Je dois y aller maintenant.

— Sinon, je pourrais venir passer ces deux nuits à Dublin ?

Je ne veux absolument pas. Nous pourrions être vus par quelqu'un qui le répéterait aux filles.

— Sérieusement, c'est l'heure de mon avion. Je t'appelle demain matin.

— Amy, murmure-t-il en se penchant vers moi, sa main se refermant sur mon poignet. Ne pars pas.

— Je…

— Prends un vol plus tard. Viens à l'hôtel avec moi.

Il m'enveloppe d'un regard brûlant de convoitise.

Je suis abasourdie. Mais tout mon corps est en alerte, chacune de mes terminaisons nerveuses réclamant ses caresses. C'est tellement tentant…

— Allez ! insiste-t-il. J'ai tellement envie de toi.

Incapable de m'en empêcher, je retire une chaussure et fais glisser mon pied le long de sa jambe, jusqu'à son aine. Encore quelques centimètres. Il a raison, il est dur comme du roc. Et la chaleur qu'il dégage ! De la plante de mon pied, je presse son pénis. Il s'étrangle. Incapable de cacher mon amusement, j'attends qu'il se ressaisisse.

— Tu es toujours décidé ? Ou ça te suffit ?

D'une voix rauque, il me répond :

— Je suis toujours décidé.

J'attrape mon sac.

— Alors, on y va !

Chapitre 87

Jeudi 15 décembre, jour 94

— Qui est-ce qui paie ?

C'est la première question de Derry.

— Lui.

Elle a l'air impressionnée.

— Je vois !

— Je ne suis pas une bonne féministe ?

Elle étouffe un soupir et me rassure :

— On a toujours le droit de se faire inviter, non ? Tu vas le dire aux filles ?

— Tu délires ? Non ! Je leur dirai que je pars quelques jours avec quelqu'un pour le travail. Mais si elles me demandent si c'est un homme, je mentirai. Derry, et si je m'aperçois qu'il ne ferme pas la bouche en mangeant ?

— Tu as déjeuné avec lui, tu sais que ce n'est pas le cas.

— Et si la voiture tombe en panne et qu'il ne peut pas la réparer et qu'il se met en colère et qu'il lance sa clé à molette par terre et qu'il part, furieux ?

— Là, tu revis la plupart des voyages en voiture de notre enfance avec papa.

Oh non ! Elle a raison.

— Et s'il se révèle dégoûtant ?

— C'est-à-dire ?

— Je ne sais pas. Il est assez macho, plus que Hugh. Je ne veux pas y penser, mais un homme peut être dégoûtant de différentes façons.

Comprenant à demi-mot, Derry suggère :

— Tu peux peut-être réserver deux salles de bains.

— Comment serait-ce possible ? Oh, Derry, et s'il dit « chiottes » au lieu de « toilettes » ? Et s'il dit : « J'ai besoin d'aller aux chiottes » ?

— Si ça arrive, tu rentres direct.

Derry est la dernière personne avec qui je devrais avoir cette conversation. N'a-t-elle pas mis un terme à une relation de cinq mois parce que le malheureux type insistait sur le fait que « kébab » se prononçait « kébob » ?

— Et moi ? Et ma vessie ? Je tiens environ une demi-heure. La première chose que je fais en arrivant quelque part est de vérifier où sont les toilettes. Comment vais-je survivre à un voyage en voiture dans un pays sous-développé ?

Derry secoue la tête d'un air impuissant. Je poursuis :

— Et si je fais un long trajet en Irlande, je préfère me déshydrater que de risquer d'utiliser ces toilettes louches, à l'arrière d'une station-service. Elles seront pires en Serbie, non ?

Je suis secouée d'un frisson d'angoisse.

— Bon sang, Amy ! explose ma sœur. Pourquoi ne peux-tu pas te comporter en personne normale ? Pour un week-end sexy, tout le monde opterait pour une belle ville, comme Barcelone, descendrait dans un hôtel somptueux, avec des toilettes à volonté, au lieu d'un B&B, paumé dans la cambrousse, où tu devras sans doute partager des toilettes extérieures avec toute une famille, y compris le grand-père édenté et son vieux zizi pendant de ses caleçons longs, jaunis. Et personne ne s'embarquerait pour un voyage en voiture avec un quasi-inconnu.

Que puis-je répondre ? Elle n'a pas tort.

— On pourrait jurer que tu n'as pas vraiment envie de t'amuser.

— C'est vrai. Enfin, si, un peu. Mais pas trop non plus.

Elle secoue de nouveau la tête.

— Ils ont sûrement de beaux hôtels à Belgrade ?

Elle prend sa tablette, clique à plusieurs reprises et commence à lire :

— Voilà ce que dit *Lonely Planet* : « Spontanée, audacieuse, fière et impertinente, Belgrade n'est en aucun cas une jolie capitale. Mais son ambiance festive endiablée en fait l'une des plus branchées d'Europe. »

— Je ne sais pas quel mot me fait le plus peur, dis-je. « Endiablée » ou « branchée ».

Derry fait défiler les informations.

— « Entourée de forêts… Baroque… magnifiques rives de fleuve et châteaux à moitié en ruine à flanc de colline. »

— Belgrade ?

— Non, Heidelberg. C'est le minibreak que tu aurais pu choisir. Oh ! Écoute ça : « Avec son architecture colorée sortie tout droit d'un livre de contes, l'une des villes à l'histoire la plus riche d'Europe, avec ses palais imposants et ses rues pavées. » C'est Stockholm. Je dis ça comme ça. Mais tu préfères la laideur du réalisme. Foutue excentrique que tu es, maugrée-t-elle.

Je proteste :

— Je suis décalée. Un peu bizarre.

— Oui, et rongée par la culpabilité, ajoute-t-elle en riant. Alors ? Tu vas y aller ?

— Je pense que oui.

— Josh, est-ce qu'il fera très froid en Serbie ?

Non sans réticence, il répond :

— Il neigera sans doute.

C'est exactement ce que j'espérais entendre. J'ai des visions de capuches bordées de fourrure, de maisons en bois, de nappes brodées, de bottes fourrées.

— On se retrouvera à l'aéroport de Belgrade. D'accord ?

Après un silence, il demande :

— Pourquoi ?

Parce que, pour être à l'heure pour le premier vol du matin, je serais obligée de prendre l'avion pour Londres la veille. Il est plus simple pour moi de partir de Dublin en faisant escale à Vienne. Mais il y a une autre raison…

— Je ne sais pas si je te connais assez pour passer trois heures en avion avec toi.

— Justement, c'est l'occasion.

— Non. Ce n'est vraiment pas une bonne idée.

D'un ton un peu froissé, il me demande :

— Tu me fais confiance pour réserver les hôtels ?

— Je ne pense pas, Josh.

S'ensuit un long silence vexé. Il est un peu susceptible. Juste un peu.

— Je suis désolée, Josh. Mais je ne me sens pas totalement à l'aise avec tout ça. J'ai besoin de participer à l'organisation.

— D'accord, concède-t-il avec un soupir. Mais réserve quelque chose de bien, à Belgrade. Rien de trop miteux. À Jagodina, il n'y a que des hôtels rudimentaires. Alors passons deux nuits à Belgrade et choisis le meilleur. Je vais te donner mes informations de carte de crédit.

C'est vraiment étrange. J'ai couché avec cet homme. Il a embrassé les parties les plus secrètes de mon corps. Pourtant, le fait qu'il me donne les chiffres de sa carte de crédit me paraît exagéré, d'une intimité dérangeante.

J'ai trouvé le plus fabuleux des hôtels à Belgrade. D'authentiques chambres slaves traditionnelles, avec tout le confort moderne. J'ai l'impression de voir mon rêve devenir réalité : de moelleux tapis aux motifs représentant des paons ou des chênes ; un exquis papier tontisse ;

d'immenses fenêtres aux cadres ondulés, parées de lourdes tentures en jacquard ; des lampes en cristal coloré ; des poufs ottomans en cuir ; des poêles non encastrés en carreaux de céramique aux couleurs vibrantes ; d'étranges tableaux représentant des hommes qui ressemblent à des Cosaques ; des lits magnifiques aux têtes peintes, recouverts de plusieurs couches d'édredons et d'une multitude d'oreillers ; des housses de coussins brodées ; et même… de vraies têtières !

La dissonance de ce foisonnement de motifs et de couleurs frôle l'indécence. Mais c'est un éblouissement enchanteur. C'est bohême, c'est folk. Et, pourtant, ce n'est pas kitsch.

— Si, c'est kitsch, affirme Petra la Snob. Rien que les photos me donnent la migraine. Que va penser ce Josh ?

— Je m'en fiche. C'est pour moi. De toute façon, Josh ne fera même pas attention à la chambre. Tout ce qui l'intéresse, c'est de s'envoyer en l'air avec moi.

L'expression de Petra la Snob vaut le détour.

— Amy ?

Elle marque une pause.

— Entre vous, c'est vraiment sérieux ?

— Non. En fait, je ne sais pas. C'est intense, ce qui n'est pas pareil. Mais c'est une relation qui n'a pas d'avenir.

— Pourquoi dis-tu ça ?

— Parce qu'il est marié. Nous ne vivons pas dans le même pays. J'ai trois enfants, il en a deux, nous n'avons pas d'argent, nous ne savons rien du plan-plan routinier d'une vie ensemble, au quotidien… la liste est sans fin.

— Certains font en sorte que ça marche. Des hommes quittent leurs femmes…

La pensée de Hugh nous traverse simultanément l'esprit. Elle s'exclame :

— Désolée ! Mon chou, je suis désolée !

— Tout va bien. Remets-toi.

À la douleur des premiers temps est venue se substituer une mélancolie sourde.

— On entend tout le temps parler de mariages qui cassent. Celui de Josh part peut-être à vau-l'eau. Et tes filles sont presque adultes. Bientôt, elles quitteront la maison.

— Tu rêves ! Vu l'état du marché immobilier, elles vont habiter chez moi toute leur vie.

— Mais toi, tu peux partir.

— Petra, arrête. S'il te plaît. Josh et moi, c'est juste pour s'amuser. Un jour ou l'autre, il va falloir que j'affronte mes sentiments pour Hugh et ça va être sanglant. Pour le moment, j'ai besoin de vivre le présent.

Chapitre 88

Samedi 17 décembre, jour 96

— Maman ! Maman ! Maman !

Des clameurs d'excitation me parviennent du premier étage. J'abandonne mon lave-linge. Je suis d'humeur pour une bonne nouvelle.

Mais les filles dévalent l'escalier, Neeve brandissant son iPad.

— Regarde, maman, regarde !

C'est un site Internet. Sous le titre : « À suivre en 2017 », je lis : « Neeve Aldin, vlogueuse irlandaise stylée. Charmante, drôle, elle ne maquille pas la vérité. Ne manquez pas les brèves apparitions de sa grand-mère, vous serez morts de rire. »

— J'y suis arrivée ! hurle-t-elle en levant son visage vers le plafond. Je suis AU TOP !

— C'est sur quoi ?

— Le site Internet de *Glamour.* Je sais ! C'est réel ! Je fais presque partie du courant dominant !

— Bon, ça ne vous fait rien, les filles, si je pars quelques jours après Noël ?

J'ai pris mon ton le plus dégagé. Mais ma question ne les intéresse pas le moins du monde. Neeve a été invitée dans un élégant hôtel de Tipperary avec Richie et ses parents. Il fait de gros efforts pour l'inclure dans la famille élargie et c'est tout à son honneur. Même si je ne lui fais pas assez confiance pour ne pas craindre de le voir subitement se désintéresser de nouveau de sa fille. Sofie et Jackson ont une fête grunge dans le Connemara. Et Kiara part faire du camping sauvage dans le Kerry, avec des copains de classe.

Le 21 décembre, quand Josh et moi nous disons au revoir, je me sens bizarre.

— On se voit en Serbie, me dit-il.

Je sens mon estomac se nouer. Suis-je en train de faire une terrible erreur ? Devinant ma question muette, il s'empresse de me rassurer :

— Non, ce n'est pas une erreur. Tout ira bien.

— Mais si nous ne nous entendons pas ? Imagine que je sois affamée et prête à me satisfaire d'un café merdique, mais que tu veuilles passer des heures à arpenter les rues dans le froid pour trouver le restaurant idéal. Ou alors, je pourrais ronfler.

— Tu ronfles. Et ça m'est égal. Mais, Cosette, en attendant, tu vas tellement me manquer. Je peux t'appeler ? Le jour de Noël ?

— Non.

Immédiatement, il se renfrogne.

— Josh, non, sérieusement. Ce serait manquer de respect à ta femme. Noël est une fête familiale.

— C'est justement pour ça que c'est tellement insoutenable, bordel !

— Ça suffit, Josh. Certaines choses sont sacrées. Ne m'appelle pas le jour de Noël.

Chapitre 89

Dimanche 25 décembre, jour 104

— Maman ! Lève-toi ! me presse Kiara en me secouant. Nous ouvrons les cadeaux !

Neeve et Sofie surgissent sur le seuil de ma chambre.

— Allez !

Elles dévalent toutes les trois l'escalier en riant. J'enfile mon pyjama imprimé de bonshommes de neige et chausse mes pantoufles avec des rennes. Puis je les suis. Le cœur gonflé de tendresse, je les regarde se jeter sur leur « pile » et commencer à déchirer les papiers aux couleurs vives.

Outre une chaussette de Noël pleine de frivolités – du genre chaussettes léopard et des colifichets dénichés chez *Claire's* –, elles ont chacune un « vrai » cadeau.

— Oh, maman ! Des lunettes de soleil Tom Ford ! s'exclame Neeve.

La monture est de couleur caramel et les verres d'une teinte ambre, inhabituelle, qui s'accorde à merveille avec ses cheveux blond vénitien.

— J'adore, j'adore trop !

Aussitôt, elle les juche sur son nez et commence à se pavaner en pyjama, chaussée de ses pantoufles duveteuses.

— Je suis fabuleuse, non ?

— Absolument !

Une boîte de Quality Street s'est matérialisée et nous nous servons toutes. Même Sofie.

— Maman…

Kiara a ouvert son « vrai » cadeau : un don à une œuvre caritative pour que quatre fillettes du tiers-monde puissent s'acheter des chaussures, aller à l'école et recevoir une éducation. Ses yeux se remplissent de larmes.

— Oui, si maman m'avait offert ça, moi aussi, je pleurerais, la taquine Neeve.

— Le meilleur cadeau du monde !

Kiara se jette sur moi et, riant, nous nous écroulons sur le sol.

— Tu es super, Amy. Vraiment super ! s'écrie Sofie en brandissant son téléphone neuf.

Elles aussi m'ont prévu des surprises : quelques babioles – un bon pour un massage, des boucles d'oreilles – et un « vrai » cadeau !

Elles sortent un paquet plus volumineux de derrière le canapé et le posent sur mes genoux.

— Qu'est-ce que c'est ?

— Un lévrier irlandais adulte, blague Neeve.

Elle est en grande forme.

— Ouvre-le, tu verras, me suggère Sofie.

Je ne me berce pas d'illusions. Parce que, même si elles sont pleines de bonnes intentions, elles ne me comprennent pas vraiment. Pourtant, elles se sont donné de la peine. Ce qui est sincèrement touchant.

La surprise me laisse sans voix. C'est un cadeau magnifique : un sac de cuir, brodé de scènes champêtres slaves.

— Il te plaît ? s'inquiète Kiara dans un souffle.

— Je l'adore !

Ma réponse déclenche un flot d'explications.

— Il nous a rappelé ces tableaux que tu aimes.

— On l'a trouvé sur Etsy.

— On avait peur de ne pas le recevoir à temps.

— Et puis, il est arrivé pour Noël !

— Et quand on l'a vu pour de vrai, on a tout de suite su qu'il te plairait.

— J'ADORE Noël ! s'exclame Kiara.

Je propose alors :

— Vous voulez un verre de Baileys ?

— Il est neuf heures et demie du matin, fait remarquer Neeve.

— Et alors ? Allez, soyons fous !

Au moment où je me lève pour aller à la cuisine, j'entends du bruit dehors, devant la porte d'entrée. Des visiteurs ? Mais qui pourrait bien passer si tôt, un jour de Noël ?

Nous échangeons un regard interrogateur. Puis, soudain inquiètes, nous entendons un cliquetis de clés. Qui diable a la clé de notre maison ?

La porte s'ouvre avec fracas et… *Seigneur !* Si mes yeux le voient, mon cerveau semble incapable d'assimiler la réalité. Aminci, bronzé, les cheveux plus longs, vêtu d'une veste inconnue, c'est Hugh.

Je suis comme paralysée par la surprise. Pétrifiée, je le vois tirer un énorme sac à dos à l'intérieur. Puis, soudain, les filles explosent de joie. Sofie et Kiara se lèvent d'un bond et se précipitent vers lui en s'écriant :

— Papa !

Neeve les suit.

Il leur tend les bras et, les étreignant toutes les trois, il les serre contre son cœur. Même Neeve se laisse inclure.

Son regard rivé au mien, il me montre leur petit groupe d'un signe de tête et demande doucement :

— Et toi ?

Mais je suis incapable de faire un mouvement.

Sofie se tourne vers moi.

— Tu savais ? C'était une surprise ? Tu as gardé le secret ?

Je secoue la tête avec raideur.

— Entre, entre ! le pressent-elles.

Elles l'entraînent vers le canapé et Kiara me pousse doucement pour me faire asseoir à côté de lui. Puis elles s'agglutinent sur le sol.

— Pourquoi tu n'as pas téléphoné ? Ou envoyé un texto ? questionne Kiara.

— Je voulais vous faire la surprise.

— Et c'est une sacrée surprise. C'est le plus beau cadeau de Noël de notre vie.

À son tour, Neeve demande :

— Tu es ici pour combien de temps ? Quand est-ce que tu repars ?

Visiblement pris au dépourvu, il bredouille :

— Non, non ; je ne repars pas. Je suis rentré.

— C'est vrai ? s'étonne-t-elle.

— Oh, j'espérais vraiment vous faire plaisir…

— Le plus beau cadeau de Noël de ma vie ! répète Sofie.

— C'est le jour de Noël, lui rappelle Kiara.

— Je sais.

Il m'adresse un sourire comme pour me dire : « Elle est tellement adorable. » Il a l'air heureux.

Abasourdie, je suis incapable de proférer une parole. J'ai l'impression de rêver.

Les filles escaladent ses genoux, réclamant des cadeaux.

— Je n'ai pas eu le temps de vous acheter de vrais cadeaux de Noël, mais j'ai des babioles.

Il tire son sac à dos dans le séjour et en sort des écharpes en batik aux couleurs vives, de jolis bracelets en perles et des boîtes laquées.

J'ai l'impression d'être en train de regarder défiler les images d'un film.

— Hé ! s'exclame soudain Kiara en jetant un coup d'œil à son téléphone. On ferait bien de se bouger.

Nous sommes attendus chez mes parents pour l'échange des cadeaux. Seuls les petits-enfants en reçoivent. Mais ce sera un moment très joyeux. Du moins, ce le serait, si je n'étais pas sous le choc.

Je m'entends demander :

— Neeve, peux-tu emmener Sofie et Kiara ?

— Pourquoi pas toi ?

— J'ai besoin de rester à parler avec papa.

— Mais tu vas venir ?

— Dans un moment.

Elles se précipitent au premier, s'habillent à la hâte, rassemblent leurs sacs de friandises et sortent, faisant claquer la porte d'entrée derrière elles.

Je suis enfin seule avec Hugh. Incapable de détacher mes yeux de son visage, je lui demande :

— Tu es vraiment ici ?

— Chérie, je suis désolé, répond-il en prenant ma main inerte. J'aurais dû t'envoyer un texto, ou autre. J'ai pensé vous faire la surprise.

— Mais c'est un choc. Tu devais te douter que c'en serait un.

Il se mordille la lèvre inférieure d'un air contrit.

— J'étais si heureux de rentrer à la maison que je n'ai pas réfléchi. Je suis désolé.

Avec douceur, il poursuit :

— Je peux te parler ? Pouvons-nous parler ?

J'acquiesce sans grande conviction :

— Oui.

— Je n'aurais pas dû partir. C'était une mauvaise décision, une décision insensée. Qu'avec le recul, je ne peux pas m'expliquer. Je devais être fou. Au sens propre. Perturbé mentalement. Je ne peux pas comprendre comment ce projet m'a jamais paru justifiable.

Sa détresse semble sincère.

— Amy, tu m'as tellement manqué. La solitude m'a pesé quasiment chaque seconde…

Non !

Je persifle :

— J'ai vu les photos avec Raffie Geras. Tu n'avais pas l'air spécialement seul.

Il baisse la tête d'un air penaud.

— C'était… ça n'a pas duré. Le cœur n'y était pas. Je suis désolé que tu aies vu ces photos.

— Il a dû y avoir d'autres filles dont j'ignore tout.

L'air affligé, il garde le silence. Puis il répète :

— C'était une erreur. Toute cette histoire, c'était une erreur. Je me sentais ridicule. Tout le temps mal à l'aise. Je me persuadais de profiter du « paradis », mais, sans toi, tout me semblait vain. Pendant le séjour, j'ai ressenti quelques rares moments de bien-être. Et je me disais : « Ça y est, je commence à m'y faire. » Mais ça ne durait jamais. J'ai fini par ouvrir les yeux. Par comprendre à quel point je t'aime. Toi et moi, Amy, nous nous aimons. C'est juste que… je ne sais pas. Pendant un temps, je ne ressentais plus cet amour. Mais aujourd'hui je prends toute la mesure de ce lien qui nous unit, de notre chance.

Mais la chance a tourné…

— Ces trois dernières semaines, je ne pouvais m'endormir qu'en t'imaginant dans mon lit, poursuit-il. Alors j'ai décidé de rentrer. Il y a trente-six heures environ, j'étais quelque part dans les montagnes birmanes. Je me suis rendu compte que si je partais immédiatement, je serais à la maison pour Noël. J'étais prêt à rentrer à pied, s'il le fallait. Une fois ma décision prise, je me suis senti délesté d'un poids énorme.

Je pense qu'il s'attend à me voir sourire de bonheur. Mais je ne peux que le dévisager.

— Et maintenant, j'ai peur. J'ai peur d'avoir tout gâché entre nous.

Je continue à le regarder en silence. Que puis-je dire ?

— C'est ça ? J'ai tout gâché ? me presse-t-il, impérieux.

Je hoche la tête.

— Je t'en prie, Amy. Donne-nous un peu de temps. Je suis rentré, maintenant. Il va te falloir un moment pour te réhabituer à moi et, je l'espère, me pardonner et…

— Hugh, ce n'est pas ça. J'ai… eh bien, je pense que j'ai rencontré quelqu'un d'autre.

Soudain blême, il tressaille.

— Oh.

— Tu savais que ça pourrait arriver. Tu m'avais donné le feu vert.

— Oui mais… Bon sang, Amy ! Désolé, j'ai juste besoin de…

Il se frotte le visage de ses mains, puis me regarde sans ciller.

— C'est sérieux ?

— Je ne sais pas. Peut-être. Pas encore, mais ça pourrait le devenir.

— Qui est-ce ?

— Quelqu'un que j'ai rencontré au travail.

— Tu le connais depuis longtemps ?

C'est à mon tour de tressaillir.

— Quelque temps.

D'une voix étranglée, il demande :

— C'est Alastair ?

— Non ! Oh non, Hugh !

Il semble rasséréné. Mais son soulagement est de courte durée.

— Mais il y a quelqu'un d'autre ? Alors, tu veux que je parte ? Que je quitte cette maison ?

Je ne peux décemment pas le virer le jour de Noël. D'un autre côté, je ne sais pas comment gérer sa présence. D'un ton brusque, je demande :

— Où es-tu allé ? Dans quels pays, je veux dire ?

Il y a tellement de choses que je ne sais pas.

— Au Vietnam, au Laos, en Thaïlande et en Birmanie.

— C'était beau ?

Sans lui laisser le temps de répondre, je poursuis :

— Écoute, Hugh, je me sens complètement paumée. Je m'étais habituée à l'idée que tu ne reviendrais jamais.

Perplexe, il réplique :

— Mais je t'avais dit que j'allais revenir.

— Après… cette fille, j'ai pensé que tu ne t'en donnerais pas la peine. Que tu irais t'installer avec elle, en Écosse.

— Je n'ai été avec elle que dix jours. Ça n'a jamais compté.

— Ce n'était pas l'impression que ça donnait.

Comme s'il se parlait à lui-même, il explique :

— Je n'ai pas réfléchi. Je me suis emballé. Je n'ai pas le droit de revenir ici en espérant tout retrouver comme avant. Je vais partir.

— Où ?

— Chez Carl.

Mon cœur saigne d'une infinie tristesse, comme si mon monde n'était plus qu'un amas de cendres.

— Tu ne peux pas partir le jour de Noël. Je ne peux pas te renvoyer dans le froid. Mais c'est le bordel, Hugh. C'est vraiment le bordel !

— Ne pleure pas, Amy. Je t'en prie, ne pleure pas. Je suis désolé, Amy. Oh, s'il te plaît, ne pleure pas.

— Tu es épuisé. Prends une douche et va te coucher.

— Où ?

— Dans notre lit.

Où d'autre ?

— Je sors. Je vais chez papa et maman.

— Je pourrais t'accompagner.

Abrupte, je rétorque :

— Non !

Puis, d'un ton plus calme :

— Non, Hugh. Ce serait trop bizarre pour tout le monde.

Surtout pour moi.

— Repose-toi. On se voit tout à l'heure.

Chez mes parents, on ne parle que du retour surprise de Hugh. Aux filles qui pleurnichent qu'il ne soit pas venu pour le déjeuner de Noël, je baragouine quelque excuse au sujet du décalage horaire. Tout en redoutant de devoir leur annoncer que sa présence à la maison n'est que temporaire.

Je survis au déjeuner, mais, avant le dessert, j'ai besoin de partir. J'ai besoin de m'assurer qu'il est vraiment rentré.

Sans pouvoir me défaire de l'impression que je suis dans un rêve, je monte au premier et pousse la porte de notre chambre. Il est bien là, écrasant le matelas de son poids, sa chaleur se dégageant de son corps. Rien ne pourrait être plus étrange que cette présence à la fois si familière et si choquante.

Je m'avance à pas feutrés pour m'apercevoir qu'il dort encore. Il a dû m'entendre car il se réveille et s'assied sur le lit.

— Oh ! Amy ! s'exclame-t-il en m'attrapant par le poignet. Je pensais avoir rêvé. Je suis à la maison.

Il m'attire contre lui et me couvre le visage de baisers. Puis, son regard réjoui s'assombrissant, il me relâche et s'excuse :

— Pardon, Amy. Je suis vraiment désolé. Qu'aimerais-tu que je fasse ? demande-t-il en fronçant les sourcils.

— Je dois partir après-demain. Pour quelques jours.

— Où ?

— Un genre de vacances.

— Avec l'autre homme ?

Je hoche la tête. Puis j'ajoute :

— Pourrons-nous parler quand je rentrerai ?

— Oui. D'accord, acquiesce-t-il d'une voix étranglée.

Il a l'air atrocement malheureux.

— Je n'ai que ce que je mérite, hein ?

— Ce n'est pas ça.

Il ne s'agit pas de le punir.

— Reste ici pendant mon absence et, à mon retour, nous aurons une conversation à cœur ouvert.

Chapitre 90

Mardi 27 décembre

Alors que nous atterrissons, je me réveille. J'ai dormi presque tout le temps depuis Dublin. L'aéroport de Belgrade semble tout droit sorti d'un film d'espionnage d'après-guerre : un lugubre bâtiment gris aux panneaux en lettres cyrilliques, sous des tourbillons de flocons de neige.

Je bouillonne d'un mélange d'impatience et d'anxiété.

Le retour surprise de Hugh m'a fait l'effet d'une bombe. Je suis encore sous le choc. Mais je me suis sévèrement sermonnée. Il y a longtemps que je veux faire ce voyage et je dois essayer d'en profiter. Certes, le timing est déplorable. Mais c'est comme ça.

Néanmoins, depuis deux jours, une question me taraude : dois-je annoncer à Josh que Hugh est rentré ? Sans doute pas. À vrai dire, pendant les trois jours que je vais passer ici, je peux prétendre qu'il n'est pas revenu. Ce qui me perturbe vraiment, c'est où le faire dormir : il ne devrait pas dormir dans notre lit. D'un autre côté, les filles étant folles de joie de l'avoir à la maison, l'expédier chez Carl les plongerait dans une détresse indicible. Aussi, depuis deux nuits, Hugh dort à même le sol de notre chambre.

De la pure folie !

À 3 heures, ce matin, alors que je partais pour l'aéroport, je lui ai dit :

— Tu peux prendre le lit, maintenant.

Mais il s'est contenté de hocher la tête.

— Je suis très bien ici.

Manifestement, il a décidé de s'imposer un genre d'autoflagellation.

— Tu es belle, a-t-il ajouté, une pointe de tristesse dans la voix.

Son compliment m'a mise mal à l'aise : en fait, j'avais vraiment mis le paquet sur mon look. C'est la première fois que Josh et moi allons nous réveiller ensemble et je refuse de faire partie de la catégorie de celles qui dorment sans se démaquiller. Toutefois, pour améliorer un peu mon physique naturel, je me suis fait poser des extensions de cils, ai pris rendez-vous pour une douche autobronzante et j'ai rackетté Neeve pour une crème de jour nacrée.

Bien sûr, Josh m'a déjà vue nue. Mais, bon !

Le moment est arrivé de descendre de l'avion. Je rassemble mes affaires. Neeve m'a prêté – à son insu ! – l'ensemble bonnet, gants et écharpe, enjolivé de fleurs. Derry a contribué à ma tenue en me procurant une parka M. and Mme Italy. Bleu marine, à capuche bordée de fourrure bleue. De la *vraie* fourrure. Oui, je sais ! Mais j'ai besoin d'avoir chaud et je veux être à mon avantage. Et si je me retrouve aux prises avec une nouvelle considération morale, ma tête va exploser.

Ma valise contient principalement des ensembles de lingerie. Contrairement à la façon dont la plupart des relations évoluent, je ne sors l'artillerie lourde que maintenant. Asos proposait ces fabuleuses culottes style années 1950, en hommage aux merveilles de Dolce & Gabbana : en soie et dentelle, à taille haute, avec des porte-jarretelles intégrés et des soutiens-gorge assortis. Le genre de lingerie que l'on porte uniquement pour se la voir prestement retirer.

Je franchis le contrôle des passeports. Et je l'aperçois, les yeux plissés, guettant attentivement l'arrivée de chaque passager. Il me voit. Sans sourire, il me regarde m'avancer dans sa direction, me transperçant de son regard.

Arrivée devant lui, je lève mon visage vers le sien.

Il m'attrape par le bras avec une telle force qu'il me fait presque mal.

— Cosette, me salue-t-il d'une voix sourde, presque provocante.

— Bonjour.

Prenant mon crâne de sa main libre, il effleure mes lèvres d'un baiser hésitant.

— Et merde ! s'exclame-t-il alors.

Cette fois il m'embrasse avec fougue, longuement, passionnément.

Maintenant, je suis dans un film classique sur la Seconde Guerre mondiale et j'accueille mon amoureux qui rentre du front.

Nous nous séparons, nos regards noyés l'un dans l'autre. Mon cœur bat la chamade, j'ai les doigts parcourus de picotements.

— Nous devrions y aller, dit-il.

Puis, dans un quasi-grognement, il ajoute :

— Pendant que je peux encore.

Il s'empare de ma valise remplie de culottes. Son seul bagage semble être un fourre-tout en nylon qu'il porte en bandoulière. Nous sortons dans les bourrasques neigeuses. Saisie par le froid, je vois mon haleine former un nuage de vapeur. J'adore !

— La voiture n'est pas loin, annonce-t-il.

Il ne porte ni chapeau ni gants, ni manteau matelassé isolant, mais un simple Crombie de laine noire.

Je fais remarquer :

— C'est donc vrai que vous, les gens de Newcastle, vous ne sentez pas le froid ?

— Mais j'ai une écharpe. Il y a trop longtemps que j'habite au sud. Je ne suis plus aussi coriace. La voiture est là.

Nous sortons de l'aéroport guidés par le GPS de son téléphone et, en un rien de temps, nous sommes en route en direction du sud.

— D'après l'itinéraire, nous serons à Jagodina à 14 h 30. Sinon, ça va ?

— Hum, réponds-je. C'est juste un peu bizarre, non ?

— Ça dépend des moments.

Bon. Autrement dit, il y aura des instants où tout, dans cette escapade, me semblera normal.

— Tu as déjeuné ?

— Dans l'avion.

— J'ai prévu un sac de trucs à grignoter, chips et autres. Et il y a des stations-service sur la route. Si tu veux t'arrêter, demande-moi.

Je souris. Je l'ai prévenu au sujet de ma vessie capricieuse.

Il a préparé une playlist de chansons serbes. Alors que nous roulons, je regarde le paysage défiler derrière ma vitre. Un vrai tableau champêtre hivernal : des champs silencieux sous leur manteau blanc, des fermes isolées aux toits enneigés. Quant aux rares panneaux que nous croisons, ils sont en lettres cyrilliques.

Je suis maintenant dans un troisième film. Cette fois, c'est un film d'art et d'essai européen qui, peut-être, a pour thème l'effondrement de la Yougoslavie.

De l'extérieur, le musée ressemble à un « vrai » musée. Mais miniature. C'est un joli petit bâtiment aux murs jaune pâle qui me fait penser à un magnifique gâteau. Pétrifiée, je laisse Josh se garer. Je m'apprête à vivre un moment capital.

— Je n'arrive pas à croire que je suis ici, Josh. Ça fait des années que je regarde des photos de ce bâtiment, que je rêve de le visiter. Et, maintenant, je suis vraiment là.

— Mais tu dois descendre de voiture, me rabroue-t-il gentiment. Tout ça ne servira pas à grand-chose, si tu restes assise à le regarder.

Sa collègue qui parle serbe ayant téléphoné pour nous annoncer, nous sommes accueillis par Marja, qui possède quelques rudiments d'anglais. Nous avons visiblement été présentés en termes élogieux car elle m'a réservé une salle pour admirer les tableaux. Bouleversée, je peux enfin admirer concrètement la beauté de ces œuvres.

— J'aimerais pouvoir entrer dans l'une de ces peintures et y vivre.

— Qu'est-ce que tu aimes tant en elles ? me demande Josh.

Le bleu est la couleur dominante. J'en contemple les variations.

— En partie, la couleur. Petra la Snob dit que c'est ringard, mais il faut laisser parler son cœur. Tu ne crois pas ?

— Si, acquiesce-t-il avec un regard éloquent.

Les peintures, qui représentent des scènes rurales, enrichies d'arbres et de fleurs bleus, dégagent une légère impression hallucinogène. Un instant songeuse, je finis par répondre :

— J'aime les sujets. Je ne sais pas, Josh. Ce sont surtout les émotions qu'elles éveillent en moi.

— Mais encore ?

— Un sentiment de bonheur, de sécurité.

Mon Dieu, comme j'aimerais en posséder une ! Je vais peut-être pouvoir au moins acheter une reproduction dans la boutique du musée. À ma grande déception, je n'y trouve qu'une collection de cartes, et aucune de ma peintre. Ma question va peut-être paraître insultante. Mais, après avoir parcouru tout ce chemin, il serait dément de ne pas la poser.

— Marja, serait-il possible… d'acheter l'un des tableaux de Dušanka au musée ?

Elle secoue la tête avec regret.

— Patrimoine national.

Naturellement. *Merde !*

— Mais galerie Belgrade vend.

Mon Dieu ! Je sens une poussée d'adrénaline. C'est comme si l'on venait de m'annoncer que *Selfrige's* donnait tous ses articles Tom Ford.

— Adresse ? Vous avez ? Et prix ? Vous connaissez ?

À ma grande honte, quand je suis avec des gens qui ne maîtrisent pas l'anglais, je copie d'instinct leur syntaxe.

— Adresse ? Je sais. Prix ? Je sais pas, répond-elle avec un haussement d'épaules désolé.

Qu'importe ! Surexcitée, je me tourne vers Josh.

— S'ils sont en vente dans une galerie de Belgrade, peut-être des gens ordinaires peuvent-ils se les offrir ? Pas comme ces Van Gogh au prix astronomique qui sont entreposés dans des caves voûtées au Japon.

Il laisse échapper un petit rire.

— Certes.

Puis, m'adressant de nouveau à Marja, je demande :

— Pourriez-vous nous donner l'adresse de la galerie ?

Si je n'achète absolument rien de toute l'année prochaine et que j'ai trois nouveaux comptes client…

Je suis déjà en train de faire mes calculs, me demandant combien je peux me permettre de dépenser.

Pleine de reconnaissance, j'offre à Marja une énorme boîte de chocolats Fortnum and Mason. Puis Josh et moi prenons la route pour Belgrade.

Chapitre 91

Il n'est que 16 h 30 mais le crépuscule est tombé et conduire la nuit est différent. La route n'est pas éclairée, et la vitesse à laquelle roule Josh ne m'inspire pas confiance. Mais je ne peux pas glapir, comme je le ferais avec Hugh : « Ralentis ! »

N'y pense pas. N'y pense pas.

— Josh, tu pourrais peut-être aller un peu moins vite ?

Il freine sensiblement. Mais, au bout de quelques minutes, la voiture reprend de la vitesse et, cette fois, je ne dis rien.

Puis, au sommet d'une côte, pour la première fois, nous apercevons Belgrade. Le cœur serré, j'observe les immeubles gris et décrépits. Josh, qui semble lire dans mes pensées, me rassure :

— Il paraît que le centre-ville est joli.

Alors que nous nous en approchons, la circulation se fait plus dense. Nous roulons au ralenti, les rangées de véhicules garés des deux côtés de la rue n'arrangeant rien. Les tramways qui longent les voitures me font peur.

Le téléphone de Josh est censé nous guider jusqu'à l'hôtel. Pourtant, nous nous retrouvons soudain coincés dans une rue à sens unique dont la voix féminine du satellite de navigation semble tout ignorer.

— Comment sortons-nous de là ? maugrée-t-il.

Il essaie de regarder son téléphone en même temps que la route, ce qui me rend vraiment nerveuse.

— Peut-être que si tu…

Je suis en train de réinitialiser le GPS mais c'est vraiment pour la forme. Je suis le plus nul des navigateurs.

— Tu pourrais peut-être prendre à droite plus tôt ?

Nous faisons un nouveau tour du pâté de maisons, ce qui nous demande un bon quart d'heure. Et bien que nous ayons emprunté une autre rue, nous nous retrouvons dans le même sens unique.

— Que suis-je censé faire, bordel ? fulmine-t-il.

Je n'en ai pas la moindre idée. Et les panneaux en lettres cyrilliques ne nous aident guère.

— Pourquoi ne puis-je pas tourner là ? demande-t-il en s'engageant dans une nouvelle rue perpendiculaire.

Je ne suis pas censée connaître la réponse et pourtant je sais exactement pourquoi.

— C'est une rue réservée aux taxis et aux tramways.

— Putain ! marmonne-t-il.

Je commence à sentir des brûlures d'estomac. Ce périple me rappelle vraiment mes voyages d'enfance avec mon père. Avons-nous fait quelque chose d'illégal ? Et si la police nous arrête ? Nous sommes dans un pays inconnu, nous ne parlons pas la langue, nous ne connaissons personne…

C'est vraiment l'enfer ! Nous allons rester coincés ici, condamnés à tourner dans les rues de Belgrade, pour l'éternité.

Je regarde Josh. *Qui est cet homme ? Qu'est-ce que je fais ici, dans cette ville étrangère, avec cet inconnu en colère ?*

Hésitante, je suggère :

— Nous pourrions demander à quelqu'un.

— Nous ne parlons pas serbe.

— Ils parlent peut-être anglais.

— Eh bien, ne te gêne pas ! Demande-lui.

Il freine, faisant crisser les pneus et provoquant un concert de klaxons derrière nous. Baissant ma vitre, je hèle un jeune qui a l'air d'un étudiant. Dieu merci, il parle anglais. Il connaît l'hôtel et se lance dans des explications détaillées. Puis, parce que les klaxons redoublent d'intensité, il monte prestement à l'arrière et déclare :

— C'est plus facile si je montre.

Josh et moi échangeons un regard. Qu'avons-nous déclenché ? Mais le jeune, qui est tout à fait charmant, nous amène à notre hôtel en littéralement trois minutes. Surprise, je l'entends annoncer :

— C'est ici. Parking hôtel.

— Déjà ?

— Oui. Près. J'espère que vous passez très bon séjour à Belgrade.

— Merci. Mais comment allez-vous retourner où vous étiez ?

— C'est près. Plus près marcher que voiture.

— Eh bien, merci.

— Oui, merci, vieux ! renchérit Josh.

Il gare la voiture, nous prenons nos sacs dans le coffre, nous dirigeons vers la réception et nous nous exclamons :

— Waouh ! Nous y sommes.

Pourtant, nous nous fuyons des yeux.

La tension n'est pas près de passer.

L'hôtel *Zaga* est un ravissant bâtiment de cinq étages, agrémenté de petits balcons à fioritures et de fenêtres ornementées. En franchissant le seuil du lobby, on a l'impression d'entrer dans un joli livre d'histoires illustrées. Ne m'inquiétant pas des dépenses, j'avais réservé une petite suite, ce qui m'avait paru avisé : outre son petit salon, elle était équipée de deux salles de bains.

Nous sommes à l'étage mansardé. Quand la femme de chambre nous ouvre la porte, nous sommes accueillis par une explosion de couleurs : du bleu, du violet, du jaune et du blanc. Le soin qui a été apporté au choix des tapis, des tableaux, des tissus, des accessoires, témoigne d'un goût parfait.

Ce n'est ni kitsch ni trop féminin. Pour moi, c'est une œuvre d'art.

La femme de chambre nous laisse et je regarde Josh.

— Tu détestes ?

Mais, grisée par la joie, je me fiche de sa réponse. L'air un peu désorienté, il me dit :

— Non. C'est… disons… authentique.

Il passe dans la chambre.

— Hé, pas mal, le lit !

Et c'est vrai, le lit est très beau : une tête de lit impressionnante, un couvre-lit et des coussins aux somptueux motifs. Néanmoins, il ne commentait pas la décoration.

— Il serait beaucoup plus beau si Amy y était allongée, nue.

Il m'enlace la taille d'un bras, m'attire contre lui et, de son autre bras, soutient ma tête penchée en arrière. Son visage frôle presque le mien.

— J'ai une érection depuis l'aéroport, me confie-t-il. Tu imagines à quel point il est difficile de conduire avec une érection de cette taille ?

Il m'attire plus près afin de me faire éprouver la violence de son désir, et, rapide comme l'éclair, commence à me retirer ma parka.

Mais il est trop tôt. Le voyage m'a stressée et ma rancœur ne s'est pas totalement évanouie.

Je recule d'un pas.

— Attends.

— Quoi ?

Il est surpris. Et contrarié ?

— Pouvons-nous juste prendre le temps de nous poser ?

— Vraiment ?

Son mécontentement ne fait plus de doute.

— Mais nous ne nous sommes pas vus depuis…

Il s'interrompt brusquement.

— Pardonne-moi. Oui. Je suis désolé. Bien sûr.

Puis il poursuit :

— Amy, je suis vraiment désolé. Tu m'as tellement manqué. Tu veux boire quelque chose ? Un thé peut-être ? Tu penses qu'ils ont du thé ici ?

— Tu sais, j'aimerais bien du vin. Qu'est-ce que tu veux ? Je vais appeler la gentille dame.

Mais il a déjà décroché le combiné du téléphone.

— Rouge ou blanc ?

Il y a quelque chose qui cloche…

Je sais ! Je me trompe d'homme. C'est Hugh qui est toujours paniqué à l'idée d'appeler le service d'étages. *Ne pense pas à lui. Ne pense pas à lui.*

Pendant que nous attendons le vin, laissant le malaise se dissiper, nous déballons nos affaires, prenant bien soin de ne pas nous cogner l'un à l'autre. La deuxième salle de bains est un simple cabinet, équipé de toilettes et d'un lavabo.

— C'est la tienne, lui dis-je. Tu pourras prendre ton bain ou ta douche dans la mienne.

Peinant à dissimuler son sourire narquois, il hoche la tête. J'ajoute :

— Ouais, bon !

Heureusement, le vin arrive : une bouteille de rouge et deux verres en cristal sur un petit plateau d'argent ciselé. L'effet de l'alcool ne tarde pas à opérer.

— Qu'est-ce que c'est que tous ces coussins sur ce lit ? peste-t-il d'un ton bon enfant. Je n'ai presque pas la place de m'asseoir…

Remarquant mon regard agacé, il s'exclame :

— Quoi ?

— Rien.

Visiblement, je n'ai toujours pas rencontré l'homme qui m'aimera pour ma prédilection pour les lits couverts de coussins. Il commence à les balancer par terre. Devant sa détermination, je ne peux m'empêcher de rire.

Une fois remise, j'annonce timidement :

— J'ai un cadeau pour toi. Un cadeau de Noël.

C'est un énorme livre relié décrit dans le *Guardian* comme le guide définitif du cinéma des années 1970. Il semble sincèrement touché.

— Tu as mis tellement de cœur à le choisir et tu l'as transporté jusqu'ici. Si je te disais ce que ma famille m'a offert…

Catégorique, je m'exclame :

— Non !

Puis je poursuis, m'adoucissant :

— Oublions le monde réel.

— J'ai quelque chose pour toi. Un petit cadeau.

— Josh, non ! Tu m'as amenée ici. C'est le meilleur des cadeaux.

— Ce n'est pas grand-chose.

Curieuse de connaître l'image qu'il a de moi, je déballe mon paquet. Ce que je découvre sous les couches de papier de soie me déstabilise totalement. De la lingerie de Victoria's Secret. *Non !* C'est beaucoup trop jeune et bien trop vulgaire. Mais tous les hommes sont nuls pour acheter des cadeaux. Il y a longtemps que je le sais.

— Tu pourrais les mettre, dit-il, plein d'espoir.

— Peut-être plus tard.

À moins qu'il ne leur arrive un accident malencontreux. Comme de frôler une flamme de trop près et d'incendier la moitié de Belgrade.

Debout devant l'une des fenêtres, je contemple la nuit sur la capitale serbe. Contrairement aux villes auxquelles je suis habituée, il n'y a quasiment ni publicités ni lumières. Tout cela est tellement cool. Et même si la perspective de cette escapade me faisait peur, je suis ici. Ce qui est tout à mon honneur.

— Josh, tu ne veux pas sortir dîner ?

De notre petit nid d'aigle, j'aperçois soudain quelque chose qui m'intrigue.

— Viens voir. Il y a un fleuve et il est gelé !

Se penchant par-dessus mon épaule, il regarde dans la direction que je montre. Je constate :

— C'est la première fois que je vois un fleuve gelé.

— C'est dingue. Il est gelé sur toute sa longueur ?

Il est tout près de moi et, alors qu'il se penche pour mieux voir, son érection frôle mes fesses. Je sens l'odeur de son cou et, soudain, je suis ivre de désir.

Je me retourne vivement, attrape son visage entre mes mains et l'embrasse à perdre haleine. Je lui retire son jean, son pull, puis je me déshabille. Je m'enivre de son odeur, j'ai son goût dans ma bouche et, si je ne sens pas sa peau contre la mienne immédiatement, je vais mourir.

Je le presse :

— Aide-moi !

Mais nos vêtements nous résistent. C'est exaspérant. Trop de boutons, de fermetures Éclair. Et ses bottes.

— Garde-les !

Son jean et son caleçon sont tombés sur ses genoux, il est torse nu, son érection est énorme. Je le pousse sur le lit. J'ai retiré ma jupe.

— Les préservatifs. Où sont les préservatifs, putain ?

— Laisse tomber, me dit-il.

— Non !

— Dans la salle de bains.

Il fait mine de se lever et je glapis :

— Non, reste ici.

Je reviens, j'en déroule un sur son sexe, il pousse un long gémissement désespéré. Je lui ordonne :

— Ne jouis pas ! Pas encore.

Je me positionne sur lui, lui tirant un râle de volupté.

— Retire ton haut ! m'intime-t-il.

— Non, tu jouirais trop vite.

— S'il te plaît.

— Non.

— Je t'en supplie.

Continuant mon lent va-et-vient, je déboutonne langoureusement ma chemise et me retrouve en soutien-gorge.

— S'il te plaît, plaide-t-il.

—Non.

—Pitié.

Je fais passer mes mains dans mon dos et le dégrafe. Lentement, je fais glisser les bretelles le long de mes bras. Son regard est embrasé de désir. Une secousse vigoureuse, et le soutien-gorge tombe, dévoilant mes seins. Immédiatement, l'orgasme le frappe de plein fouet et il hurle :

—Je t'aime, Amy ! Oh, je t'aime !

Puis, épuisés par l'effort physique, nous restons allongés, côte à côte. Je finis par briser le silence.

—Ne prononce plus jamais ces mots.

Je sens sa tension soudaine, mais il ne répond rien.

Chapitre 92

Des marches de pierre de guingois conduisent à une étroite allée escarpée qui descend vers l'étonnant fleuve blanc. Les lieux ne sont pas très animés. La neige a cessé et des réverbères noirs, désuets, forment des halos de lumière vive. La ville est en noir et blanc.

—C'est comme dans *Le Troisième Homme*, déclare Josh.

—Ah bon ?

—Tu ne l'as pas vu ? s'exclame-t-il en s'arrêtant brusquement pour marquer sa stupéfaction. Cosette ! C'est un classique du film noir. Un policier dans la Vienne d'après-guerre. Très sophistiqué d'un point de vue visuel. J'en ai écrit un remake un jour.

—Vraiment ?

— Ne t'emballe pas. Ça n'a jamais rien donné, répond-il, soudain sec.

Nous arrivons en bas de la rue abrupte et il consulte le plan que l'on nous a remis à l'hôtel.

— Donc, maintenant, nous allons à droite.

L'architecture des bâtiments décrépits, aux façades envahies de graffitis, est typique de l'Europe centrale du XIXe siècle. De belle facture, leurs portes à doubles battants sont ouvragées et leurs fenêtres aux élégants encadrements soigneusement décorées de rideaux au crochet ou en dentelle.

La rue sombre aux pavés glissants est déserte. Seule une rare voiture passe de temps en temps, le bruit de ses pneus presque sinistre sur le bitume couvert de neige fondue. Il est 22 heures passées et nous sommes en route pour un restaurant sur les berges du fleuve.

Un peu à cran, je plaisante :

— On ne devinerait jamais que Belgrade est une ville qui vit la nuit.

— Oui, peut-être sommes-nous sortis un peu tôt.

À travers une fenêtre élevée, j'aperçois une jeune femme qui prépare à dîner. Ces élégants immeubles délabrés doivent abriter des appartements. Je regarde avec une curiosité avide son jean serbe, son élastique à cheveux serbe, son abat-jour serbe, sa table de cuisine serbe. Fascinée, je demande :

— À quoi peut bien ressembler sa vie ?

— À celle de n'importe qui.

— Mais habiter un endroit si poétique doit être…

— Ce n'est pas la meilleure époque pour être serbe. Pas facile d'obtenir des visas pour d'autres pays, pas d'investissements étrangers donc pas beaucoup d'emplois…

D'accord. J'idéalisais la vie de cette femme mais Monsieur Réaliste a cassé l'ambiance.

— Nous allons juste là, m'indique-t-il alors, avant de s'arrêter.

Nous sommes séparés du bord du fleuve par une voie ferrée. Irrité, il s'exclame :

— Elle n'est pas sur le fichu plan !

Nous regardons à droite, puis à gauche. Pas le moindre passage piéton. Traverser la voie ferrée en courant ne serait pas un problème mais une barrière de fer nous bloque le passage.

— Hum ! Nous pourrions continuer à avancer un peu.

Mais je suis transie de froid. Alors que nous progressons péniblement dans la nuit, je me sens soudain abattue.

— Ils ne facilitent pas les choses, marmonne Josh.

Contrairement aux autres villes, aucun panneau ne vous indique les sites à voir, aucune avenue ne débouche sur un magnifique endroit qui vous récompense de votre errance.

Un peu plus loin, nous apercevons quelque chose qui ressemble à une hutte en métal. Un peu comme le TARDIS de *Doctor Who*, mais en acier.

— Je crois que c'est un ascenseur, déclare Josh, de plus en plus agacé.

Alors, maintenant, je suis dans un film de science-fiction ? Ou peut-être dans un épisode de *Lost* ?

Il presse un bouton, une porte coulisse et la lumière nous aveugle presque.

— Tu crois qu'il va nous mener sur les quais ? me demande-t-il.

Comment diable le saurais-je ? Devant mon silence, il suggère :

— On tente le coup ?

Il ne peut pas être sérieux. Une sensation étrange de nouveau. *Qui est cet homme ? Qu'est-ce que je fiche ici ?* Et si ce n'était pas un ascenseur ? Mais une navette spatiale ? Ou un container pour kidnapper les imbéciles ? Ou…

— Ça ira, me murmure-t-il. Je comprends maintenant. Il descend jusqu'au fleuve.

Malgré ma réticence, j'y monte, avec l'étrange impression de flotter au-dessus de mon corps. Au bout de quelques secondes qui me font l'effet d'une éternité, la porte s'ouvre et nous nous retrouvons devant la Save gelée.

— Et voilà notre restaurant, annonce Josh.

Chapitre 93

Mercredi 28 décembre

Le quartier de la ville où se trouve la galerie ne ressemble en rien au décor de film noir de la veille. Josh inspecte les lieux d'un air dégoûté.

— C'est un peu touristique.

Enjouée, je réponds :

— Mais nous sommes des touristes !

J'ai l'impression d'être dans un village rural prospère : les rues sont pavées, les restaurants et les boutiques ressemblent à des fermes de contes de fées. Des illuminations de Noël scintillent dans l'air glacé. Les musiciens d'un petit orchestre folklorique, rassemblés autour d'un brasero fumant, jouent un air joyeux, entrecoupé de quelques sanglots de violons délicieusement slaves. Quelques infortunés, vêtus de redingotes et de pantalons brodés, nous interceptent avec des menus pour essayer de nous attirer dans leurs tavernes.

— Peut-être plus tard, dis-je à l'un d'entre eux.

Je suis en mission.

— Feu de cheminée, me décrit l'homme. Blinis à la crème. Porc cuit dans…

Les terrasses des restaurants sont toutes envahies de tables et de chaises, abritées par de jolis auvents.

— L'été, tout le monde s'assied probablement à l'extérieur, fait remarquer Josh.

Taquine, je réponds :

— Il faudra revenir.

Ce que je regrette immédiatement, car il saisit ma boutade au vol.

— Tu es sérieuse ?

Pour toute réponse, je lui presse la main. Nous arrivons enfin à ma galerie ! Je suis tellement excitée que j'en tremble.

Le jeune galeriste parle bien l'anglais. Mais quand je lui expose ma requête, avec un sourire contrit, il me répond :

— Nous n'en avons pas en ce moment.

— Aucun tableau de Dušanka Petrovic ? Vous êtes sûr ? Je peux en commander un ?

— Vous me donnez votre adresse ? Je vous envoie un mail quand le prochain arrive.

— Et ce sera quand ?

Les mots se bousculent dans ma bouche.

— Je ne peux pas dire, les artistes…

Il hausse les épaules d'un air impuissant et, souriante, je le regarde, dans l'espoir d'établir une complicité. *Oui, c'est vrai les artistes, on ne peut jamais compter sur eux, ces enfoirés ! Nous partageons la même opinion, vous et moi.*

— Donc elle vit toujours ? Euh, vivante ?

— Oui. Elle vit toujours.

— Elle doit avoir un site Internet ? J'ai déployé tant d'efforts pour la trouver et… Non ?

Non, bien sûr. D'un autre côté, pourquoi me donnerait-il ses coordonnées ? Cela me permettrait de la contacter directement, sans passer par lui.

— Combien coûtent ses tableaux ? Disons, de cette taille.

Je lui en désigne un au hasard.

Mon nouvel ami me donne un chiffre si dérisoire que je suis prise d'une soudaine nausée. Oh, pourquoi n'en ai-je pas trouvé un à acheter dans sa galerie ?

Après lui avoir arraché la promesse qu'il m'enverra un mail à la seconde même où les nouveaux tableaux arriveront, Josh et moi ressortons dans le froid. Et, tout à coup, je m'aperçois que je suis affamée. Une réaction à ma profonde déception. Sans oublier que l'heure du déjeuner est largement passée. Nous sommes restés au lit toute la matinée et nous sommes en début d'après-midi.

— Désolé, Amy, me réconforte-t-il en m'attirant dans ses bras.

— Retournons manger des blinis chez l'homme à la redingote.

— Ici ? Tu es sûre ? Je préférerais voir un peu du vrai Belgrade.

— Le « vrai Belgrade » est monté sur notre siège arrière hier pour nous aider à trouver l'hôtel et nous avons tous les deux failli avoir une attaque. Mais si tu ressens vraiment un besoin désespéré d'authenticité, nous pouvons retourner nous perdre dans les rues à sens unique ?

Un instant ébloui, il s'exclame :

— Tu es incroyable !

Vraiment ? Il est surprenant de voir les accès de rage que la faim peut provoquer. Nous ne tardons pas à nous retrouver à l'intérieur d'un restaurant, assis à côté d'un feu crépitant, et nous commandons un shot de cognac à la prune.

— À Rome, on fait comme les Romains, dis-je.

En vérité, j'ai besoin de me retaper. Ma déception est rude. Je commande les blinis et Josh le plat au porc.

— Je suis désolé pour ton tableau, répète-t-il.

D'une voix pleine d'intensité, je réplique :

— Non ! Sans toi, je ne serais pas ici. Tu n'as pas à être désolé. C'était déjà incroyable de voir ses œuvres, concrètement, hier. Et puis, qui sait, le type de la galerie va peut-être avoir une livraison. Tout va bien.

— Tu es sûre ?

— Complètement. Absolument.

Bon sang! Je veux refaire l'amour avec lui.

— Tu penses ce que je…

— Oh oui !

Il éclate de rire. Mais je me raisonne.

— Non. Nous ne partons pas. Ce ne serait pas bien pour ces gens si gentils. Regarde, notre commande arrive. Prends ton mal en patience.

Mon blini est tentant mais le porc de Josh, servi avec des pommes de terre sautées, a l'air succulent.

— Waouh ! Quelle ravissante assiette !

Il me lance un regard étrange. Je m'aperçois, trop tard, que c'est notre blague, à Hugh et à moi. À son expression, je sais qu'il a compris.

— Erreur sur la personne ? me demande-t-il.

Je n'ai pas d'autre choix que de m'en sortir avec élégance. Mentir serait pire.

— Hum… en effet. Je suis désolée, Josh. Vraiment !

— Ça ne fait rien.

Et même si c'est moi qui me suis trompée, son rictus plein d'amertume ne me dit rien qui vaille.

APRÈS

Chapitre 94

Jeudi 29 décembre

Ma valise est perdue. Bien entendu. C'est le genre de journée où tout va mal. L'aéroport de Dublin grouille de vacanciers de Noël et je suis derrière onze personnes dans la queue au guichet des bagages perdus.

Les adieux avec Josh à l'aéroport de Belgrade ont été délicieusement romantiques. Nous nous sommes embrassés, incapables de mettre un terme à notre baiser, jusqu'à ce qu'il dise :

— Je vais rater mon avion.

— D'accord. Au revoir. On se voit le 10 janvier.

Nous nous sommes embrassés de nouveau.

— Profite du reste de tes vacances, m'a-t-il dit. Je peux t'appeler le 31 décembre ?

Sa question m'a fait revenir sur terre. J'étais sur le point d'affronter le chaos absolu provoqué par le retour de Hugh.

Immédiatement méfiant, il m'a demandé :

— Quoi ?

Devant mon hésitation, il a insisté :

— Qu'y a-t-il ?

— Hugh. Mon mari. Il est revenu.

Josh a sursauté, comme si je l'avais frappé.

— Il est revenu où ?

— En Irlande. À Dublin. À la maison.

— Pour de bon ?

— Oui.

— Quand est-il arrivé ? Le jour de Noël ? Non ? Quand repart-il ?

— Je ne sais pas. Pour l'instant il est chez nous, je veux dire chez moi. Je ne sais pas pour combien de temps. Il va probablement aller chez son frère.

— Vous êtes de nouveau ensemble ?

Avec ferveur, j'ai répondu :

— Non ! Non, Josh, non. Ça n'arrivera jamais. Il sait pour toi. Il n'a pas les détails, mais il sait que je suis partie avec toi.

Son regard s'assombrissant, j'ai senti sa main se crisper sur mon épaule. Puis, d'une voix sourde, il a lâché :

— Ne couche pas avec lui !

Il était hors de question que je couche avec Hugh. J'ai néanmoins répliqué :

— Josh, tu n'as pas d'ordres à me donner.

— Pardon ?

— Je ne te pose pas de questions sur Marcia.

— Je ne couche pas avec Marcia.

Sans pouvoir me l'expliquer, j'en doutais. Et, même si c'était le cas, cela ne m'aurait pas dérangée. Sans doute une conséquence incompréhensible de ma culpabilité.

Mon Dieu, avoir une liaison provoque des émotions extrêmes : de grisants moments d'euphorie, suivis par de douloureuses introspections. Ou, carrément, la déprime. Après la merveilleuse escapade de ces trois derniers jours, le retour à Dublin est triste et morne.

La queue des passagers aux bagages perdus progresse lentement. Mon sac est sans doute coincé à Vienne, où j'ai fait escale. Je veux me dépêcher de remplir cette paperasse et rentrer à la maison. Mais Hugh sera là. Nous allons devoir avoir une conversation d'une intensité douloureuse. À la limite du supportable.

La sonnerie de mon téléphone me fait sursauter. C'est Josh.

— Je suis désolé. J'ai paniqué. C'est le choc d'avoir appris le retour de ton mari. J'ai l'impression que tu n'as accepté de sortir avec moi que parce qu'il était parti.

— Attends, Josh, non. C'est moi qui suis désolée. J'aurais dû te le dire. Mais je ne voulais pas créer de malaise. Je voulais que tout soit parfait.

— Tout était parfait.

Pas tout à fait, mais pas loin.

Rien n'est plus étrange que de partir avec un homme et de revenir à un autre. Les trois filles envolées vers leurs destinations respectives, je trouve Hugh seul à la maison. Avant même que je me sois garée, il a ouvert la porte.

— Où est ta valise ? s'étonne-t-il.

— Perdue.

— Oh, chérie !

Sa taille, sa virilité : il occupe tellement de place.

— Je peux te servir quelque chose ? Du thé ? Du vin ?

Je ne veux rien. Et surtout pas que nous nous comportions comme si nous avions retrouvé une vie normale.

— Ton voyage était agréable ?

— Hugh, il faut que nous parlions.

— Où es-tu allée ?

— En Serbie.

— Oh ? Pourquoi ?

— J'aime tout particulièrement cette peintre et elle est serbe. Rappelle-toi, je blaguais toujours sur le fait d'aller jusqu'en Serbie en voiture pour la rencontrer.

— Ah oui, c'est vrai.

Manifestement, son souvenir est vague.

— C'est ce nouvel homme qui t'a emmenée ? Waouh ! La classe !

Il n'a rien de sarcastique. Je dirais même qu'il est plutôt admiratif.

— Bien, Amy, j'ai parlé avec Carl et je peux reprendre le travail début janvier, poursuit-il. Tu peux garder le reste de l'argent de papa pour n'importe quel projet te tenant à cœur. Nous pouvons rééquilibrer nos finances. Tout reprendre normalement.

Je l'écoute, abasourdie. Il ne peut pas être sérieux !

— Hugh ? Franchement, nous avons dépassé ce stade depuis longtemps.

— Je ne comprends pas.

Moi, je comprends. Il est dans le déni. En revenant, il avait pensé retrouver sa famille telle qu'il l'avait laissée. Il n'est pas prêt à affronter ce que j'ai déjà accepté. Que notre famille a éclaté, que nous sommes sur le point d'aborder un futur complètement différent, dans lequel nous vivrons séparés.

Avec douceur, parce que je tiens à lui, je reprends :

— Hugh. Toi et moi. Tout a changé. Nous ne vivrons plus ensemble.

Il paraît toujours aussi dérouté. Je n'arrive pas à discerner si sa confusion est réelle ou feinte.

— C'est sérieux avec cet homme ?

— Ça n'a rien à voir avec lui. Il s'agit de toi et moi, Hugh. Et c'est… fini, dis-je d'une voix étranglée.

— Mais je t'aime, Amy. Tu ne m'aimes plus ?

J'hésite. Il a l'air accablé. Je ne ressens aucun plaisir à lui faire du mal. C'est une souffrance supplémentaire à ajouter à toutes celles accumulées depuis le début de ce fiasco.

— Pas comme avant, Hugh. Je t'aimerai toujours. Nous aurons toujours un lien, surtout à cause des filles. Mais ce sera un lien différent.

Les sourcils froncés, il fait remarquer :

— Je ne suis parti que trois mois et demi. Comment est-ce que cela peut suffire à tout changer ?

— Le fait d'avoir vu ces photos…

— Je suis tellement, mais tellement désolé.

— … m'a fait un effet bizarre. J'ai failli en crever de jalousie. Puis j'ai eu l'impression d'un couperet qui tombait.

— Avec quel résultat ? demande-t-il, désemparé.

— Il a tranché l'amour qui me liait à toi.

— Mais l'amour ne meurt pas aussi vite.

Une rage inattendue me submerge et je me mets à hurler :

— Va te faire foutre ! Ne viens pas me dire ce que je devrais ressentir quand je vois mon putain de mari dans cette putain de Thaïlande, avec une autre femme, bordel ! J'ai le droit de ressentir ce que je veux, bordel !

Debout devant lui, à deux reprises, je lui frappe l'épaule de mon coude.

— Prends ça, sale con !

— Je suis tellement désolé et désespéré, chuchote-t-il.

Je continue à hurler :

— C'est comme ça que je fonctionne, Hugh, putain ! Je me protège. Voilà ce que je fais. Je suis en train de me protéger. Je n'aurais jamais dû te faire confiance. Neeve et moi nous en sortions très bien toutes les deux. Tu m'avais dit : « Je suis fidèle comme un chien. » Eh bien, je constate que c'est loin d'être le cas.

— Si, je le suis. Et comment as-tu pu cesser de m'aimer si vite ? Tu n'as jamais dû m'aimer vraiment.

— Je t'aimais. Jamais je n'ai autant souffert que lorsque tu m'as quittée.

— Et maintenant, je suis revenu.

Couvrant son visage de ses mains, il se met à pleurer. Je le regarde, le cœur brisé. Nous ne pouvons plus rien l'un pour l'autre. Je n'ai plus qu'une envie, retrouver le sanctuaire de ma chambre. Me rappelant soudain qu'il y dort, j'annonce :

— Je vais me coucher. Je vais prendre la chambre de Kiara, tu peux garder la mienne. Mais, demain, tu pars.

Afin de rester dans ma bulle avec Josh, je n'ai pas consulté Facebook pendant mon voyage en Serbie. Mais il est temps de regarder ma page. Ce que je redoute car le retour de Hugh doit déjà y être annoncé. Ce qu'un rapide coup d'œil me confirme. Et il déchaîne des réactions aussi vives que celles provoquées par son départ. L'une de mes voisines a posté :

« OMG, Amy, j'ai vu Hugh partir en voiture, trop sexy ! »

Les images d'aubergines et autres symboles phalliques abondent. J'ai même un message de Jana. Soit elle a oublié que Steevie lui a interdit de m'adresser la parole, soit, entraînée par l'excitation générale, elle est incapable d'obéir aux ordres.

« Amy ! Hugh est tellement beau gosse. Enferme-le dans ta chambre et n'en sortez plus avant Pâques ! »

Si c'est loin d'être agréable, ce n'est pas aussi humiliant qu'à l'époque de son départ. J'ai trente et un messages privés. Ils resteront non lus jusqu'à la fin des temps. Mais je suis quasiment convaincue que des dizaines de textos et de messages brûlants de curiosité sont échangés à travers Dublin, spéculant sur le statut de Hugh : l'ai-je accueilli à bras ouverts ou est-il un cœur à prendre ?

Eh bien, la nouvelle ne tardera pas à se répandre.

Chapitre 95

Vendredi 30 décembre

Le lendemain matin, je me réveille dans la chambre de Kiara, accablée par une infinie tristesse. Jamais je ne me suis sentie aussi malheureuse de ma vie. J'entends Hugh s'agiter dans la cuisine. Ma colère calmée, affligée, je descends le retrouver.

En me voyant, son visage se décompose et il me serre contre son cœur. Je m'effondre contre son torse vigoureux et, le serrant étroitement, me mets à pleurer contre sa poitrine. Il est secoué de sanglots. Une fois le torrent de larmes apaisé, je dis :

— Hugh, hier soir, tous ces cris, ces disputes, ce n'est pas bon. Pouvons-nous essayer de nous comporter en gens décents ? Parce qu'il ne s'agit pas juste de toi et moi.

Nous nous asseyons à la table de la cuisine devant des cafés et je reprends avec douceur :

— Tu sais que tu ne peux pas rester habiter ici ?

— Vraiment ? Mais…

— C'est perturbant pour les filles.

Pendant ma longue nuit d'insomnie, j'ai envisagé d'habiter avec lui jusqu'à ce que Sofie et Kiara passent leur bac. Mais cette maison est trop petite pour que nous continuions à vivre en colocation. Dieu sait comment nous allons nous débrouiller financièrement, nous tirons déjà le diable par la queue. Mais nous devrons faire en sorte d'y arriver.

—Ne peux-tu pas me laisser un peu de temps ? Je t'en prie, Amy. J'ai tant de regrets… je ferais n'importe quoi pour remonter le temps et faire les choses différemment.

Sa peine est sincère. La mienne aussi. Mais mon amour pour lui s'est évanoui.

—Mon chou, on ne peut pas revenir en arrière.

—Tu changeras peut-être d'avis.

Je sais que non.

—C'est fini. Nous ne sommes plus ensemble, notre histoire appartient au passé.

—Comment peux-tu en être si sûre ?

Cela doit être un réflexe d'autoprotection.

—J'ai eu comme un déclic. Je ne l'ai pas décidé, c'est arrivé tout seul.

Il hoche la tête, un peu hésitant. Je reprends alors :

—J'étais sûre que tu ne reviendrais jamais.

—Mais je suis revenu.

—J'étais certaine du contraire. Mais Hugh, ne va pas t'imaginer que je ne ressens rien. J'ai tellement de chagrin que je ne peux le supporter qu'à petites doses. Il va me falloir des années avant de le surmonter. Si je le surmonte un jour. Nous avons tellement perdu. Pas seulement toi et moi. Mais nous cinq.

—Mais si c'est ce que tu ressens, ne pouvons-nous pas nous remettre ensemble, tout simplement ?

—C'est fini.

—Non. C'est trop rapide.

—On meurt bien instantanément du coup du lapin.

Chuchotant, il plaide :

—S'il te plaît, ne dis pas ça.

—Hugh, j'ai quelques mois d'avance sur toi en ce qui concerne… ce deuil. S'il te paraît horrible maintenant, je te promets que même le pire finit par devenir normal.

—Ce ne sera jamais normal.

Il a sans doute raison, mais ça deviendra supportable.

— Amy ? Que s'est-il passé ? demande-t-il d'une voix qui, malgré sa douceur, me trouble.

— Que veux-tu dire ?

— L'été de l'année dernière.

Il s'interrompt et j'ai l'impression d'une main glacée m'étreignant le cœur. Un très long moment, il me regarde en silence.

— Je…

— Tu as couché avec un autre ?

Je me sens devenir rouge pivoine.

— Non, non, Hugh, je n'ai couché avec personne.

— Amy. Je savais qu'il se passait quelque chose.

— Comment ?

Qui le lui aurait dit ? Dans un petit rire amer, il répond :

— Parce que je te connais.

Choisissant mes mots avec soin, j'avoue :

— J'ai rencontré un homme. Il me plaisait. Mais il ne s'est rien passé.

— C'est celui que tu vois maintenant ?

Un peu penaude, je baisse la tête.

— Oui. Mais jamais je n'aurais couché avec lui si tu ne t'étais pas enfui, dis-je avec ferveur.

Et peut-être ne se serait-il pas enfui si je n'avais pas…

Soudain sur la défensive, je demande :

— Autrement dit, tu es en train de suggérer que tout est ma faute ?

— Non, bien sûr…

Je me sens honteuse, en contradiction avec moi-même. Mais, hargneuse, je lance :

— Très bien ! Tant que nous sommes d'accord sur le fait que tu es le seul responsable de cette situation.

Il fait un signe d'assentiment.

— Donc, tu voulais six mois de break ?

— Je ne les veux plus.

— Chut ! Voilà le plan. Nous allons dire aux filles que tu finis tes six mois, soit encore dix semaines. Tu iras habiter chez Carl et Chizo, ce qui nous laissera le temps de nous adapter à notre nouvelle routine. Les filles s'habitueront au fait que nous habitons la même ville, mais pas ensemble. Puis, les dix semaines écoulées, nous leur annoncerons qu'il s'agit d'une situation permanente.

Il tressaille.

— Pendant ce temps, nous chercherons des solutions pour nos finances.

— Amy.

Je ne veux rien entendre. C'est la seule façon pour que ça marche.

— Et, surtout, Hugh, toi et moi nous parlons avec respect. Sofie est en terminale. Kiara en première. Elles ont besoin de stabilité. Donc nous restons solidaires. D'accord ?

— D'accord.

— Il y a quelque chose que tu dois savoir. Pendant ton absence, Sofie est tombée enceinte.

— Je sais. Elle, je… Nous nous parlions régulièrement. Le plan a toujours été qu'elles pouvaient me contacter en cas de besoin.

Bon. Je le savais. J'avais compris que les besoins des filles comptaient plus pour lui que les miens. Néanmoins, ça fait mal. Laissant ma colère mêlée de chagrin se dissiper, je déclare, à brûle-pourpoint :

— Puis-je te demander une faveur ? Si tu as des aventures, pourrais-tu éviter Genevieve Payne ?

— Tu es folle ? Je t'aime, je n'aurai pas d'aventures. Et Genevieve est mariée.

Comme nous l'avons découvert tous les deux, le fait d'être marié ne change rien.

Comme s'il lisait dans mes pensées, il acquiesce :

— D'accord, je l'éviterai. Et si toi et ton... homme rompez, il y a quelqu'un que j'aimerais que tu évites.

— Qui ?

— Alastair.

C'est la deuxième fois qu'il fait référence à Alastair comme amant potentiel.

— C'est quoi cette fixette sur cette andouille, Hugh ? Hormis Richie Aldin, il serait littéralement le dernier homme au monde sur lequel je jetterais mon dévolu.

— Je ne sais pas. Vous êtes si proches. Il tient tellement à toi. Et il est... tellement beau.

Je ne sais même pas par quoi commencer pour lui faire comprendre.

— Ce n'est pas mon type.

J'aime les hommes qui sont moins préoccupés de leur apparence.

— Mais si tu ne couches pas avec Genevieve Payne, je ne coucherai pas avec Alastair.

Nous échangeons un sourire timide.

Chapitre 96

Je remonte dans la chambre de Kiara où j'attends d'entendre la porte d'entrée se refermer derrière lui, puis le bruit de moteur de sa voiture qui s'éloigne. La maison désertée hurle de solitude.

On ne meurt pas de chagrin, je le sais. Si intolérable que ce soit, je survivrai. Le temps cicatrisera ma peine. Mais je dois traverser cette épreuve, seconde par seconde.

Je veux me mettre au lit et dormir pendant une semaine. Mais ma chambre est imprégnée de l'odeur de Hugh. Je décide donc de changer le linge de lit pour le laver. Une fois dans mes draps propres, je ferme les yeux, attendant la fuite libératrice. En vain. Son image persiste à s'imposer à mon esprit. Je le revois, encore et encore, franchir la porte d'entrée avec son sac à dos, s'effondrer en larmes, m'implorer… Mon coude est encore douloureux de l'avoir frappé, hier.

Les images ne me laissent aucun répit. J'ai un peu l'impression d'être devant un film d'horreur.

Les événements se sont précipités, si vite, j'ai fait une overdose de mauvaise adrénaline. Peut-être suis-je en état de choc.

Mon téléphone vibre. C'est un texto de Derry. Le vingtième, au moins. Elle fait campagne pour un rapport en bonne et due forme, mais je suis totalement déconnectée de la réalité.

Je tape :

Tu as des somnifères ?

Sa réponse est presque instantanée :

J'arrive !

Quelques minutes plus tard, elle est là, avec les somnifères, espérant se voir récompensée par un compte-rendu complet.

— Non, Derry. Ça ne va pas. J'ai à peine fermé l'œil de la nuit.

— Mais Hugh est reve…

— Je sais. Mais, Derry, s'il te plaît. Pas maintenant. Donne-moi les cachets. J'ai besoin d'oublier.

Mes larmes ruissellent sur mes joues.

— « D'oublier » ? Comment ça, d'oublier ?

— Temporairement.

Elle me regarde avec inquiétude.

— Je ne sais pas. Je ne t'en donne que deux.

Je ne risque pas de faire une overdose. Mais je n'ai pas l'énergie de protester. Je vais devoir me contenter de deux.

J'en prends un qui m'assomme : instantanément, je sombre dans le néant. Au milieu de la nuit, je reprends vaguement conscience et j'avale le deuxième cachet. Lorsque je me réveille de nouveau, il est 14 h 10, et nous sommes le 31 décembre.

Il s'est écoulé vingt-cinq heures. Vingt-cinq heures avant que je commence à ressentir un léger mieux. Et même si je sais que je vais devoir revivre d'autres horribles périodes de vingt-cinq heures, c'est un début.

Mon téléphone sature d'invitations à des soirées de Saint-Sylvestre. Si j'ai toujours détesté cette date, maintenant que je suis redevenue tendance, elle me fait encore plus horreur. À la simple pensée de tous ces curieux s'accrochant à moi, avides d'informations sur l'état de mon mariage tout en feignant de me féliciter, j'ai des sueurs froides.

Je reste chez moi et, hormis le coup de téléphone de Josh, ne parle à personne. Je passe le jour de l'an à m'affairer dans la maison, redoutant de voir le 2 janvier arriver. C'est le jour où Hugh et moi devons annoncer aux filles qu'il ne reviendra pas vivre avec nous « tout de suite ».

Chapitre 97

Lundi 2 janvier

Il est environ midi quand Hugh arrive. Je lui ouvre et nous nous dévisageons, gênés.

— Comment va Carl ?

— Très bien, affirme-t-il. Super !

Je suis sûre qu'il n'en est rien mais je devrai m'en contenter. Carl est le plus tape-à-l'œil et le plus riche des frères Durrant. Et même s'il a trois chambres d'amis dans sa maison huppée (ils n'ont qu'un fils unique, Noah, « la Merveille »), j'ai le sentiment que Chizo ne sera pas enchantée de voir Hugh s'incruster trop longtemps. Chizo mène son petit monde à la baguette. Elle ne rate jamais une occasion de me faire remarquer que mon organisation est effroyablement chaotique. Je l'aime beaucoup mais elle me terrifie.

— Kiara devrait arriver d'ici une demi-heure. Installe-toi dans le séjour.

Notre plan suscite la méfiance de Kiara. Elle nous regarde tour à tour, puis demande :

— Mais tu es rentré parce que tu voulais être avec nous ?

— Oui.

Elle se tourne vers moi.

— Et papa t'a vraiment manqué ?

— Bien sûr, mais…

— Alors pourquoi ne pouvez-vous pas simplement vous remettre ensemble maintenant ? Pourquoi devez-vous attendre que les six mois soient écoulés ?

— Vous quitter a été loin d'être facile, explique Hugh d'une voix rauque. Je n'ai pas pris cette décision à la légère et…

Je poursuis :

— Il a besoin de s'assurer qu'il a complètement évacué le problème.

Les émotions défilent sur le visage de notre fille à la vitesse des nuages filant dans le ciel.

— Non, papa.

— Non quoi, chérie ?

— Non, tu sais, avec d'autres femmes. Des gens qui pourraient nous connaître. Quoi que tu aies fait pendant que tu étais parti… Je ne peux même pas en parler. Mais, ici, ça ferait du tort à maman.

— Il n'y aura pas d'autres femmes. Il ne s'agit pas de ça.

Le regard glacial qu'elle lui lance nous montre que beaucoup de choses ont changé depuis son départ. Je ne peux m'empêcher de me demander si elle a vu cette photo sur sa page Facebook. En tout cas, il s'est passé quelque chose. Ou peut-être qu'elle a juste grandi.

— Mon ange, tu as le droit d'être en colère, ou déçue, ou inquiète, lui dis-je, apaisante.

— Je n'ai pas besoin de ta permission pour ressentir mes émotions.

Sur ces mots, elle sort de la pièce, raide comme la justice.

Bouleversée, je me mets à trembler. Hugh et moi échangeons un regard consterné. Notre adorable Kiara. Tout cela ne risque-t-il pas de la détruire, de la rendre aigrie, méfiante ?

— Tu crois que je devrais aller la voir ? me demande-t-il.

— Oui.

J'avais espéré me sentir moins déstabilisée une fois que les filles sauraient que Hugh ne revenait pas vivre à la maison.

Mais la réaction de Kiara me fait redouter celle de Sofie. Elle risque de le prendre encore plus mal.

Contre toute attente, il n'en est rien.

— Le jour de Noël, j'ai pensé que tu étais juste rentré momentanément, ce qui ne m'a pas dérangée, déclare-t-elle à Hugh. Je sais que ça t'a fait de la peine de nous quitter en septembre et que tu as pris cette décision uniquement parce que tu n'avais pas le choix. Et c'était une décision importante. Je suppose donc que c'en est la suite logique.

— Merci, chérie.

— Toi aussi, tu es un être humain. Tu ressens des émotions. Je le comprends maintenant. Je t'aime, papa.

Après lui avoir donné un baiser rapide, elle s'en va, nous laissant tous les deux troublés. Songeuse, je fais remarquer :

— Elle sera effondrée quand elle découvrira que tu ne reviens pas.

— Je sais.

— Chaque chose en son temps.

— Il ne nous reste plus qu'à parler à Neeve.

Mais Neeve sera contente de savoir que Hugh ne revient pas tout de suite. Et quand elle apprendra que c'est un départ définitif, elle sera folle de joie.

Elle ne doit rentrer que dans deux heures environ. Poliment, j'attends dans le séjour, avec lui. Mais je ne tarde pas à me sentir mal à l'aise. Je prétends donc devoir « m'organiser » et m'éclipse.

Une fois au premier étage, allongée sur mon lit, je regarde fixement le plafond. Je veux juste que tout cela finisse, je ne veux plus souffrir. Je décide de fermer les yeux un moment.

Je suis réveillée par le grondement d'un moteur de voiture dans la rue, suivi par le bruit de la porte d'entrée s'ouvrant à la volée et de pas résonnant dans le vestibule.

La voix de Neeve s'élève :

— Maman ! Kiara ! Sofie !

Que se passe-t-il ? Il est 15 h 10. J'ai dû m'assoupir.

— Quoi ? hurle Kiara.

— Sortez !

De nouveaux pas résonnent, puis des cris d'excitation s'élèvent de la rue. Quelqu'un se précipite en haut de l'escalier et m'appelle :

— Maman ! Maman ! Où es-tu ?

Kiara fait irruption dans ma chambre.

— Viens, il faut que tu viennes.

Qu'est-il arrivé ? Mais elle a l'air folle d'enthousiasme. Pas du tout paniquée.

Une voiture grise, à la carrosserie rutilante, est garée devant la maison : la jolie Audi aux courbes arrondies.

— Elle est à Neeve ! m'annonce fièrement Sofie. Et elle est toute neuve.

Oh non ! Richie Aldin a acheté une voiture à Neeve. Quel con phénoménal ! Il aurait pu l'aider à verser un acompte pour un appartement, à prendre un peu d'indépendance. Mais, au lieu de cela, il lui achète un jouet clinquant.

Surexcitée, Neeve écrase mes mains dans les siennes.

— Maman ! Elle a coûté soixante-cinq mille euros.

Seigneur ! C'est presque ce que je gagne quand je fais une bonne année.

— Tu sais qu'il a aussi une Audi ? ajoute-t-elle avec fierté. Nous les avons garées côte à côte. On aurait dit le père Audi et son bébé Audi.

— Wouah, Neeve, c'est génial !

— Je sais ! Je lui ai dit que Hugh était rentré et que je devais lui rendre sa voiture et il m'a répondu qu'il allait m'en acheter une et j'ai pensé que ce serait une caisse d'occasion. Mais il appelé quelqu'un et il m'a emmenée dans un showroom et il m'a dit « la voilà ». Et il a payé, comptant, et l'homme a posé les plaques d'immatriculation et je l'ai conduite pour rentrer !

Si Richie Aldin m'avait versé une pension alimentaire décente pendant les dix-huit premières années de Neeve, elle aurait représenté un total bien plus élevé que soixante-cinq mille euros. Mais il n'était pas question que je gâche sa joie.

— Chacune de mes sœurs en a une aussi. Mais la mienne est la plus récente !

Un instant désorientée, je comprends soudain qu'elle fait référence aux autres filles de Richie.

— Quand tu seras redescendue sur terre, Hugh et moi devons avoir une petite conversation avec toi.

— Sur quoi ? s'enquit-elle, immédiatement soupçonneuse.

— Hugh ne reviendra pas vraiment avant la fin de son break, explique Sofie.

Neeve plisse les yeux. Puis, faisant tourner la chaîne de sa clé de voiture autour de son index, elle lance :

— Ah ouais ? On peut parler tout de suite.

Hugh attend dans le séjour.

— Super voiture, Neeve !

— C'est ça… Alors ? Les nouvelles ?

— Le plan initial était que je sois absent pendant six mois. Donc, je vais m'y tenir.

— Mais où vas-tu habiter ?

— Chez l'oncle Carl.

— Tu veux dire, ici, à Dublin ? Pas question, bordel ! s'emporte-t-elle.

J'essaie de calmer le jeu.

— Mais, Neeve…

— Arrête de jouer avec ma mère. Tu en as déjà fait bien assez en Thaïlande quand tu te tapais des minettes assez jeunes pour être tes filles. Mais pas ici. Et n'approche pas cette pouffiasse de Genevieve Payne.

— Je ne comptais pas…

— Ni aucune des amies de maman. Ne les approche pas. Tu n'as pas idée de ce qu'elle a traversé.

— Neeve, arrête ! lui dis-je.

— Je l'ai vue. On ne laisserait même pas un chien souffrir comme ça.

Chapitre 98

Mardi 10 janvier

La porte de la chambre d'hôtel s'ouvre à la volée, Josh me porte à l'intérieur, la fait claquer et me presse contre le battant. D'une voix rauque, il me chuchote à l'oreille :

— Tu as couché avec lui ?

— Tu sais bien que non.

— Cosette ?

— Je n'ai pas couché avec lui.

— Je n'ai pas arrêté de penser à lui te baisant. Ça me rend dingue.

Au cours des douze jours où nous avons été séparés, cette attitude possessive qui a commencé à l'aéroport de Belgrade est devenue une espèce de jeu. Et elle ne me plaît pas. Mais le fait d'être avec lui me prive de toute pensée rationnelle. J'attire son visage vers le mien. *Seigneur !* La chaleur de sa bouche, le plaisir enivrant du contact de ses lèvres, de son baiser qui me fait chavirer. Quand nous nous séparons, je soupire :

— Tu m'as manqué.

Le soulagement procuré par sa présence, sa voix, son odeur, à cet endroit secret, au creux de son cou, la sensation de sa peau, de mes paumes glissant le long de son dos.

Je lui retire son sweat-shirt et, de ses doigts fébriles, il déboutonne ma robe.

— Je te veux tellement, je ne peux pas attendre.

Il me soulève, enroule mes jambes autour de sa taille, pressant son érection contre mon sexe qui le réclame et, dans un gémissement de désir, je lui ordonne :

— Le lit !

Il m'allonge et repousse ma robe pour me retirer ma culotte.

— Allonge-toi sur moi, lui dis-je. J'ai besoin de sentir ton poids sur moi.

Il se positionne sur moi, pressant son érection contre mon pubis, me tirant un nouveau râle.

— Il a déménagé ?

Sachant qu'il fait référence à Hugh, je réponds :

— Tu sais bien que oui.

Depuis le retour de Serbie, nous nous parlons quasiment tous les jours.

— Il est revenu chez toi depuis ?

— Tu sais bien que oui.

Je déboutonne son jean et prends son pénis entre mes mains, cette peau si douce, si fine, couvrant une dureté pleine de promesses.

— Je dois respirer ton odeur.

Je le fais rouler de côté et enfouis mon visage dans sa chaleur musquée. Je sens autre chose, comme une pointe de citron.

— Josh, le mardi, ne prends pas de douche.

— Pourquoi ?

— Parce que j'aime tellement ton odeur que je ne veux pas que le gel douche l'altère.

— Arrête de changer de sujet. À quelle fréquence Hugh passe-t-il chez toi ?

Tous les jours ou presque. Il vient chercher des vêtements, voir Kiara et Sofie : il a une bonne centaine de raisons justifiant ses visites.

— Josh, ne parle pas de lui.

— Pourquoi, tu as quelque chose à cacher ?

— S'il te plaît, Josh. Mon temps avec toi est si précieux, s'il te plaît…

— Tu es sérieuse, m'interrompt-il d'un ton ravi.

Je le suis. Au cours de ces douze derniers jours, la perspective de cette nuit avec Josh a été mon seul rayon de soleil. L'ambiance à la maison est vraiment pesante. Les fréquentes visites de Hugh et son air accablé de chagrin. Kiara irascible, au bord des larmes ; Neeve constamment soupçonneuse ; Sofie étrangement insouciante et joyeuse.

Quant à moi, je ne peux pas contenir ma peine. Je persiste à essayer de la refouler mais elle persiste à resurgir et à remonter à la surface, me plongeant dans des moments de douleur insoutenable.

La présence de Hugh en est le déclic. Son frère et sa belle-sœur n'habitent qu'à un quart d'heure de voiture. Et Chizo ne lui ayant pas permis d'arriver avec toutes ses affaires, il doit régulièrement venir en chercher.

Pour sa défense, il ne fait rien de mal. Par exemple, il a dû passer chercher son seul costume pour un rendez-vous à la banque au sujet de la restructuration du prêt immobilier du studio dont il est copropriétaire avec Carl. Ou venir aider Sofie sur un problème de physique particulièrement difficile.

J'ai même été complice. Samedi soir, un fusible a sauté, nous plongeant dans l'obscurité. Armée d'une lampe électrique au faisceau tremblotant, j'ai actionné d'innombrables interrupteurs, en vain. Alors quand Sofie a suggéré : « on peut toujours appeler papa », il n'en a pas fallu beaucoup plus pour me convaincre.

En moins d'un quart d'heure, il était là. Une fois le plomb défectueux réparé, je lui avais offert une bière. « Je vais aller la chercher », avait-il dit.

Quand il avait ouvert le réfrigérateur, l'espace d'une seconde, j'avais remonté le temps et oublié le présent. Nous étions revenus en arrière, à l'époque où notre vie était stable, confortable, un peu ennuyeuse. L'époque où Hugh était mon mari et que nous vivions tous ensemble, heureux, même si nous remarquions rarement notre bonheur.

Un moment, gagnée par ce sentiment de plénitude, j'avais pris toute la mesure du sens de ma vie sur cette Terre : j'étais protégée, j'étais en sécurité, j'étais à ma place, j'étais entourée. Puis, l'esprit en pleine confusion, la dure et froide réalité m'avait rattrapée. Ces glissements du temps et ces sentiments de perte qu'ils provoquent, comme une impression de tomber dans un gouffre, se répètent régulièrement. Et c'est sans doute le cas pour nous cinq.

Je préférerais faire table rase du passé. Ce contact continu avec Hugh me fait l'effet de sables mouvants. Et, s'il n'y avait pas les filles, je ferais en sorte de ne jamais le voir.

Mais ce sont elles qui comptent le plus dans toute cette histoire.

Tout ce que je peux faire, c'est m'exhorter à endurer la situation au jour le jour. Elle finira bien par me paraître plus facile. Les situations les plus étranges, les plus douloureuses, finissent toujours par devenir normales.

— Alors, me demande Josh avec un sourire narquois. Tu as aimé notre séance de sexe sur FaceTime ?

Je déglutis.

— Tellement sexy…

C'était probablement l'expérience la plus excitante de toute ma vie. Elle avait eu lieu le soir du nouvel an. Josh était seul chez lui, j'étais seule chez moi. Rien qu'à y repenser, des flammes couraient dans mes veines, faisant naître un besoin en moi qui devait être assouvi sans attendre.

— Nous pourrions recommencer, pendant la semaine, suggère-t-il alors.

— Non. Et tu sais pourquoi. Pas avec Marcia chez toi.

— Je pourrais lui demander de partir.

Je roule sur le côté, le regarde droit dans les yeux et, d'un ton farouche, je lance :

— Ne dis plus jamais ça ! Je supporte déjà tout juste ma culpabilité. N'en rajoute pas !

Chapitre 99

Mercredi 11 janvier

Je reprends l'avion pour Dublin. Jeudi, vendredi, le week-end passent. Puis lundi revient déjà. Le temps s'écoule. À une lenteur intolérable. Mais le mois de janvier est déjà entamé de plus de la moitié. Il s'écoule…

Au bureau, le lundi après-midi, Alastair persiste à rafraîchir la page Internet dans l'espoir de tomber sur le dernier vlog de Neeve. Il a le « pressentiment » que maman en sera la vedette.

Et, bien entendu, c'est le cas ! Soupçonneuse, je demande :

— Comment as-tu su ?

— Mon intuition.

Il hausse les épaules, puis se fige.

— Mince ! J'ai l'impression qu'elle se fait tatouer.

— Quoi ?

— Un tatouage !

— Ma mère ?

Je me rue sur son écran, suivie par Tim et par Thamy. Visiblement, il ne s'est pas trompé.

Maman est allongée dans une chaise. Munie d'une aiguille, une femme couverte de piercings et de tatouages est penchée sur elle. Visiblement, elle répond au prénom de Micki.

— Bien, vous êtes prête à avoir mal, Lilian ?

— Vous pensez que *ça*, ça fait mal ?

— *Yeeees !* s'exclame Neeve, hors champ.

— Essayez d'accoucher si vous voulez me parler de douleur. Je n'ai pas vraiment voulu dire qu'il fallait essayer, Neeve, précise-t-elle d'un ton anxieux. N'aie jamais d'enfants. Ils te gâchent la vie.

Regardant directement la caméra, elle ajoute :

— Sans vouloir offenser mes cinq enfants.

Alastair, Tim et Thamy sont pliés de rire.

— Je n'aurai pas d'enfants, rétorque ma fille avec mépris. Mais, sérieusement, mamie, se faire tatouer peut faire vraiment mal.

— Mais vous allez utiliser la bombe anesthésiante ? Et nous pourrons faire des pauses ?

— Waouh ! s'exclame Alastair. Lilian O'Connell est mon héroïne. Se faire tatouer est une vraie torture.

— Tu as quoi comme tatouages ? s'étonne Thamy.

Sans lui laisser le temps de répondre, je lance :

— Laisse-moi deviner. Une connerie sanskrit sur ta chute de reins qui, tu le crois, dit : « rien n'est plus généreux que l'abnégation » mais qui, en fait, dit : « deux paquets de marshmallows pour le prix d'un. »

— Dégage ! lâche Alastair.

Je hurle de rire.

— Chut ! nous rabroue Tim d'un ton sérieux. On regarde !

Je me compose un visage solennel mais, ne pouvant m'en empêcher, j'articule en silence :

— Marshmallows.

— Je te déteste ! rétorque Alastair sur le même mode.

À l'écran, Micki demande :

— Et pourquoi voulez-vous un Lokhlass ?

— J'ai joué à *Pokémon Go* avec mes petits-fils pendant Noël.

— C'est vrai ? demande Tim.

En fait, je n'en ai pas la moindre idée. J'étais tellement absorbée par la surprise causée par le retour de Hugh, puis par mon escapade en Serbie, que je n'ai absolument pas prêté attention à maman jouant à *Pokémon Go* avec mes neveux.

— Je suis devenue un peu accro, explique-t-elle alors.

— Waouh ! Vraiment, waouh !

Micki voit tous ses clichés sur le vieillissement remis en question.

— Donc, Lokhlass est votre préféré ?

— Non, Lokhlass est super unique.

— Super unique ! glapit Alastair. Elle est tellement craquante.

— Tu vas te taire ! s'impatiente Tim.

— On n'a jamais réussi à en attraper un.

— Et vous voulez un tatouage pour que vos petits-fils puissent l'« attraper » ?

— Pas du tout ! Je le veux pour les énerver. Pour leur rappeler leurs échecs.

Sa réponse provoque l'hilarité générale, y compris celle de la tatoueuse.

— Ils me traitaient en abrutie mais j'en ai attrapé plus qu'eux. Attends, je peux redire ce passage, Neeve ? Efface la première ligne. J'en ai attrapé *bien plus* qu'eux.

Nous nous tordons de rire.

— Elle ne l'a pas effacé, souligne Thamy.

Parce que Neeve, fine mouche, sait ce qui plaît aux spectateurs.

— D'accord, acquiesce Micki. Et vous êtes absolument sûre de le vouloir juste au-dessus du poignet ? Parce que, genre, si vous changez d'avis, il ne sera pas facile à cacher.

— Je suis certaine. Le Lokhlass est du même bleu que mon cardigan préféré. Et ça m'épargnera la peine de porter un bracelet.

Le reste de la vidéo ne s'appesantit pas sur les détails. De temps à autre, maman, le visage moite de douleur, fait une pause et s'adresse à la caméra.

— C'est douloureux. Mais pas autant qu'un accouchement. Et, au moins, à la fin, j'aurai quelque chose que je veux vraiment. Pas un bébé.

Elle ponctue sa phrase d'un clin d'œil et Alastair murmure :

— Je suis amoureux.

Le film passe en accéléré jusqu'à la fin. Un grand sparadrap couvre la partie tatouée. Puis on saute dix jours pour arriver au moment du résultat dévoilé. Et voilà ma mère, le bras tatoué d'un Pokémon.

— Qu'importe le qu'en-dira-t-on, déclare-t-elle avec un sourire diabolique. Si vous avez envie de vous faire plaisir, il n'est jamais trop tard.

Sa déclaration conclut le vlog.

— J'en veux encore, murmure Alastair d'un ton de regret.

— C'était le meilleur de tous ses vlogs, fait remarquer Tim.

Chacun regagne son bureau à contrecœur.

— Tu étais au courant ? me demande Thamy.

Immédiatement sur la défensive, je réplique :

— Il se passe beaucoup de choses dans ma vie en ce moment.

Vendredi dernier, lors du dîner hebdomadaire, le sparadrap de maman était recouvert par sa manche. Mais même si cela n'avait pas été le cas, comme je l'ai dit, je n'aurais sans doute pas remarqué.

J'essaie de reprendre le travail. Mais je peine à me concentrer. Je suis dans cet état depuis le début de l'année. Je veux vraiment me ressaisir : tout dans ma vie est tellement incertain que je dois garder le contrôle de mon revenu. Mais c'est difficile. Les connexions dans mon cerveau ne se font pas, les idées ne jaillissent pas…

— Amy ! glapit Alastair, me tirant brutalement de mes réflexions. Viens voir !

— Qu'est-ce qui te prend, bordel ? Tu m'as fait peur !

— Ça va te plaire.

Il est sur le site guardian.com. Une capture d'écran floue de la vidéo surmonte la légende « InstaMamie ».

« Une grand-mère irlandaise qui a fait des apparitions en tant qu'invitée sur *Peste Power*, la chaîne YouTube de sa petite-fille, est désormais la star YouTube la plus improbable. Le clip le plus récent de Lilian O'Connell, dans lequel elle se fait tatouer un personnage de *Pokémon Go*, a été visionné quarante mille fois depuis sa mise en ligne plus tôt dans la journée. »

Je regarde Alastair.

— Seigneur ! C'est… c'est démentiel !

— Je t'avais dit qu'elle était exceptionnelle.

— Je suis désolée pour Neeve. Elle bosse sur *Peste Power* depuis plus d'un an, puis sa grand-mère fait trois ou quatre apparitions et lui vole la vedette.

— Mais c'était l'idée de Neeve de faire participer Lilian O'Connell. Tout le mérite lui en revient. Et c'est toujours de l'audimat. Quoi qu'il arrive, ta fille va bénéficier de cet engouement pour sa mamie. Elle y gagnera en recettes publicitaires, en placement de produit…

Je l'agrippe par le bras.

— Alastair ! Imagine qu'elle puisse se payer son propre appartement !

— Elle ne te manquerait pas ?

— Si… si. Mais elle ne peut pas habiter avec moi pour toujours.

Chapitre 100

En rentrant à la maison, j'achète une bouteille de Prosecco pour fêter le vlog de Neeve qui fait le buzz sur Internet. *Tant pis pour janvier sans alcool !* Hélas, elle ne rentre pas. Quant à Sofie et Kiara qui sont en mode « on bosse », elles n'en veulent pas. J'envisage un instant d'ouvrir quand même la bouteille. Mais je risque de la vider seule. Mobilisant toute ma volonté, je m'oblige à aller la ranger au fond du réfrigérateur. Nous la boirons à une autre occasion.

Je suis dans ma chambre, en train de remplir ma valise de façon distraite, quand la sonnette retentit. Je tressaille. *Mon Dieu, je vous en prie, faites que ce ne soit pas Hugh !* Je descends ouvrir et, à ma grande surprise, me trouve nez à nez avec Steevie. Je la dévisage avec des yeux ronds. Elle est égale à elle-même : le même visage malicieux, la même coupe de cheveux parfaite, le même manteau ravissant. C'est la dernière personne que je m'attendais à voir sous la neige fondue de ce lugubre lundi soir.

— Oh ! Salut.

La stupéfaction me coupe la parole.

— Amy, je suis désolée.

Elle a l'air au bord des larmes.

— Ah.

Je ne suis pas sûre d'être d'attaque pour elle. Je me sens épuisée. Une fatigue qui devient chronique.

— Hum... Entre.

Nous gagnons la cuisine où j'ouvre une bouteille de vin. Pas le Prosecco. Elle ne le mérite pas. Mais, vu les circonstances, du thé ne ferait pas non plus l'affaire.

Elle retire son manteau, le pose sur le dos de sa chaise et redresse les épaules.

— Je suis désolée, Amy, répète-t-elle.

Désemparée, je bois une longue gorgée. *Et comme ça fait du bien !*

— Quand Hugh est parti..., commence-t-elle alors.

Elle me donne l'impression d'avoir répété son petit discours. Et, malgré moi, je suis touchée. Après avoir vidé presque la moitié de son verre, elle reprend :

— Quand Hugh est parti, j'ai été submergée par toutes les émotions que j'avais ressenties au moment du départ de Lee et j'ai un peu perdu la boule.

Je fais un signe d'assentiment.

— C'était bon de ne plus se sentir la seule humiliée. Mais quand j'ai vu que tu ne voulais pas le traîner dans la boue, je me suis sentie... pardon, Amy, mais je me suis sentie trahie.

Je me souviens maintenant qu'après avoir été confrontée à ces photos sur Facebook, j'avais souhaité voir le sexe de Hugh virer au vert et tomber. Mais toute ma rage s'était évanouie à partir du moment où j'avais commencé ma liaison avec Josh. Néanmoins, je ne veux pas me livrer à Steevie. Pas encore. Certes, nous sommes amies depuis longtemps et je déteste être en froid avec elle. Et je sais qu'il lui a fallu beaucoup de courage pour se présenter chez moi à l'improviste. Mais je ne peux pas oublier qu'elle m'a ignorée pendant deux mois, qu'elle m'a supprimée de sa liste d'amis sur Facebook, et qu'elle a monté Jana contre moi.

— Alors, il est revenu ? demande-t-elle.

— Nous ne sommes pas ensemble.

— Mais qu'as-tu planifié ?

Perplexe, je demande :

— Que veux-tu dire ?

— Rayer sa voiture ? Couper une jambe à chacun de ses pantalons ?

— Ah… !

Elle blague ?

— J'en ai entendu une excellente, poursuit-elle, s'animant soudain. Cette femme a surpris son mari en train de la tromper. Elle a jeté la chaussure gauche de toutes ses Nike dans la Tamise. Et il les adorait. Il les collectionnait. Il s'est retrouvé avec des dizaines de baskets droites qui ne lui servaient plus à rien.

Après un instant de réflexion, je suggère :

— Je pourrais m'en prendre à sa collection de disques. Peut-être casser chacun de ses vinyles en deux.

— Et il tient vraiment à ses vinyles, non ? Il détesterait, s'esclaffe-t-elle. Et il faudra que tu te filmes sur YouTube.

— Évidemment !

Les yeux brillants, elle se penche vers moi.

— Nous pourrions faire une fête !

Mon Dieu, comme ça m'a manqué ! *Elle* m'a manqué. Elle est tellement marrante.

— Sans Tasha ni Mo. Je m'en veux tellement pour ce brunch ! Uniquement des filles sympas : Jana, Petra, Derry. Qu'en dis-tu ? Vendredi ? Ce vendredi soir ?

Je ne saisis pas bien son intonation. Mais, déjà, elle a sorti son téléphone et commence à envoyer des textos.

— Je leur dis à quelle heure ?

— Attends, tu es sérieuse, là, Steevie ?

— Oui.

Devant sa surprise, je sens la déception m'envahir. Elle comprend soudain le malentendu.

— Mais Amy ! s'emporte-t-elle presque, tu ne peux pas rester sans rien faire. Tu dois punir Hugh.

Ce n'est pas ce que je veux. Tout ce que je demande, c'est ne plus jamais le revoir. Mais parce que notre amitié remonte à si longtemps, j'avance :

— Eh bien, je l'ai frappé, à plusieurs reprises. Ça ira ?

Avec un petit rire, elle réplique :

— Il faut que tu trouves bien pire que ça. Puisqu'il t'a trompée, tu dois le punir. Puis tu pourras le reprendre, ton amour-propre intact.

— Il n'en est pas question.

— Arrête, Amy. Tu peux tout me dire. Je sais qu'il veut revenir.

Ainsi, mon mariage est redevenu un sujet de discussion ? Refoulant mon malaise, je déclare :

— Hugh et moi, c'est fini.

Elle en pâlit de surprise. Au bout de quelques instants, j'essaie d'alléger l'atmosphère.

— Les femmes trompées font-elles vraiment ce genre de trucs à leurs hommes infidèles ? Leur couper les testicules et les clouer à des réverbères ? Dissimuler des crevettes dans les tringles à rideaux de la nouvelle garçonnière où ils s'envoient en l'air pour l'inonder d'une odeur pourrie ?

Avec une adorable expression espiègle, elle répond :

— Femme trompée, femme enragée.

— Je ne suis pas enragée.

— Pourquoi pas ? s'étonne-t-elle, visiblement déconcertée.

— Je suis triste, c'est tout.

Après un silence interminable, elle avance :

— Tu es trop passive.

— Je ne me remettrai jamais avec lui. C'est loin d'être une décision passive.

Nous nous dévisageons avec méfiance. Ni elle ni moi ne savons quoi dire. C'est une impression à la fois bizarre et tragique.

Elle finit par se lever et enfile son manteau.

— Bien, j'ai été contente de te voir. Mais on est lundi soir, je travaille demain. Je ferais mieux d'y aller. Plein de trucs à faire, tu connais. On se voit vite, d'accord ?

— Oui… Vite. Absolument.

Nous nous embrassons du bout des lèvres et Steevie file dans la nuit froide, me laissant désorientée. Je n'ai pas tout compris mais j'ai le sentiment qu'encore une fois, elle estime que je l'ai laissée tomber.

Son arrivée inopinée m'avait donné l'espoir que j'allais me sentir moins seule. Mais, maintenant, en la regardant filer comme une flèche, je comprends qu'elle ne comblera aucun de mes vides. Et je suis perdue.

Pour essayer de dissiper ma sensation de solitude, j'essaie de me réconforter en faisant défiler les pensées positives : Kiara, vin, Derry, nourriture, Sofie, Neeve, chaussures neuves… En vain. Puis je pense à Josh et c'est comme si le soleil transperçait les nuages, illuminant soudain ma vie. Je le vois demain soir. Je rends grâce à mes mardis soir.

Tant que je les aurai, je pourrai tenir.

Chapitre 101

Mardi 17 janvier

— Josh, parle-moi de tes scénarios de film.

Nous sommes allongés sur le lit, enlacés, et je sens sa soudaine tension. Il laisse passer un moment, avant de répondre :

— C'est du passé.

Au cours de ces dernières semaines, j'ai déjà essayé d'aborder le sujet à plusieurs reprises. Il m'a toujours interrompue. Mais je sais que cela représente une importante partie de sa vie.

— Raconte-moi quand même.

Après un nouveau silence pesant, il marmonne :

— Ça remonte à longtemps.

— Je veux tout savoir sur toi. Tout.

— Je déteste en parler.

— Pourquoi ?

Après un nouveau blanc, il commence :

— À vingt et un ans, je pensais avoir tellement de talent, je me croyais tellement original. Je pensais que le monde m'appartenait. Je n'avais pas compris qu'à cet âge, nous sommes tous arrogants et ignorants. J'avais beaucoup plus de certitudes que de talent.

— Et que s'est-il passé ?

Avec un haussement d'épaules désabusé, il répond :

— J'ai écrit des scénarios, beaucoup. J'ai même pris un agent. Mais ça n'a jamais rien donné.

— Rien ?

Il pousse un soupir résigné.

— Les producteurs me rencontraient. Ils me demandaient de remanier le scénario, ce que je faisais. Puis ils réclamaient plus de changements. Ou un autre film qui ressemblait beaucoup trop au mien allait se tourner. Ou bien, tout simplement, ils s'en désintéressaient.

Je resserrai mon étreinte.

— Pendant dix ans, entre vingt et un et trente et un ans, j'ai essuyé refus après refus. Au début, j'étais surpris que personne ne prenne conscience de mon génie. Mais j'étais jeune, je me prenais pour Dieu le Père, alors j'encaissais les coups. Puis j'ai fini par ouvrir les yeux et, mon stupide rêve s'écroulant, j'ai compris que je ne serais jamais assez doué.

Ignorant totalement quoi lui dire sans avoir l'air condescendante, je garde le silence.

— Et maintenant, je suis un vieux quadra, et il n'est pas facile d'accepter que mon futur scintillant est loin derrière moi. Qu'il n'a jamais pris forme.

— De nos jours, on est jeune dans la quarantaine. Le concept de l'âge mûr n'existe plus, tu ne penses pas ?

Il me regarde d'un air entendu.

— Oh, que si ! Tu peux me croire !

— Mais…

Et je ne trouve pas les mots.

— J'ai dû tirer un trait sur mes rêves. Et ça n'a pas été facile.

— Mais la vie t'a apporté du positif.

Je m'apprête à ajouter : « ta femme et tes enfants », mais je m'arrête à temps.

— Tu as un super poste au *Herald*. Rédacteur en chef, ce n'est pas rien !

— Bon Dieu ! marmonne-t-il.

— Quoi ? Tu en tires de la fierté, de la satisfaction ? Non ?

— Je hais mon travail.

Oh non ! Tout le monde se plaint de son travail. Moi la première. Mais je pensais que le sien flattait son amour-propre.

— Je déteste les manœuvres politiques internes. Je déteste la merde que nous publions. Je déteste les dégâts que nous provoquons avec nos faits post-vérité.

Seigneur !

— Et, le pire, c'est que je ne peux pas me plaindre. Je suis l'un des chanceux, avec un boulot au salaire correct.

Timidement, j'avance :

— Alors, tout va bien.

— Je suis coincé. J'ai deux gamins, un crédit immobilier. La routine.

Il étouffe un nouveau soupir et ajoute :

— Je suis un quadra médiocre. Écoute, Cosette. Je ne me plains pas. Je suis comme tout le monde. Tôt ou tard, tout le monde se voit confronté à ces vérités.

Je ne sais que répondre. Certes, j'avais compris qu'il n'était pas euphorique concernant ses choix de vie. Mais de le voir aussi désillusionné est un choc.

— Je regarde le reste de ma vie, poursuit-il d'un ton monocorde. J'ai quarante-deux ans et je n'ai rien de positif en perspective. Je vais juste continuer à avancer péniblement, dans ma médiocrité, à me disputer avec Marcia en espérant que les enfants vont quitter la maison et devenir financièrement indépendants. Ce qui, étant donné le système capitaliste du XXIe siècle, n'arrivera pas. Tout va rester exactement pareil. Puis j'aurai Alzheimer, comme mon père, et je mourrai.

J'ai la gorge sèche.

— La seule solution, c'est de trouver l'espoir et le bonheur là où nous le pouvons.

Je devine que c'est ce que je représente pour lui.

— Et toi, Cosette ?

— C'est sans doute pareil pour moi.

Même si je suis loin d'être aussi déprimée que lui, manifestement.

— Quel est ton grand rêve ?

J'ai du mal à me ressaisir. Mais je m'y oblige. Il faut sauver la situation avant de nous laisser tous les deux engloutir dans la réalité glaciale.

— Je voulais me diriger vers un métier artistique. Styliste, décoratrice d'intérieur. Mais je n'ai jamais rien fait pour. Et, maintenant, ça n'arrivera plus.

— Je ne vais même pas essayer de te sortir les conneries du genre : « Il n'est jamais trop tard. » Parce que rien n'arrive plus à notre âge. Si ça doit arriver, c'est plus jeune.

Mais tout le monde ne peut pas être Angela Merkel, ou Malala, ou Beyoncé. La plupart d'entre nous doivent être ordinaires. S'il n'y avait pas autant de gens ordinaires, les gens extraordinaires ne sortiraient pas du lot. Ce qui ne me dérange pas le moins du monde. Cela ne m'est pas pénible. En tout cas, loin de m'être pénible comme, apparemment, cela l'est pour lui.

Il change abruptement de sujet :

— C'est bientôt la Saint-Valentin. Si nous partions quelques jours ?

J'ai lu un article dans *Grazia* sur une femme de Manchester qui avait une liaison avec un homme qui habitait Düsseldorf. Chaque mois, ils se retrouvaient dans une ville différente : Amsterdam, Prague, Madrid. Ils descendaient dans un hôtel élégant, s'envoyaient en l'air comme des fous, mangeaient de fraises, buvaient du champagne, et faisaient du shopping. Puis, comblés, heureux, ils rentraient chez eux, retrouver leurs conjoints respectifs qui ne se doutaient de rien. L'espace d'un instant, je me demande si je pourrais l'imiter. Cela dit, j'aurais besoin de plus beaux bagages…

Mon bon sens reprend vite le dessus.

— Josh, ressaisis-toi. Nous n'avons pas d'argent.

Puis, m'adoucissant, je poursuis :

— C'est ta femme que tu devrais emmener quelque part pour la Saint-Valentin.

— C'est avec toi que je veux partir, Cosette.

Il est en rogne.

— Tu ne peux pas.

— Il ne va pas être simple de trouver un hôtel assez lugubre pour t'accueillir avec ta culpabilité, ironise-t-il. Mais ça ne m'empêchera pas d'essayer.

— Je ne viendrai pas. Et ne me redemande pas.

— Pourquoi ? Tu as l'intention de partir avec Hugh ?

Maintenant réellement contrariée, je rétorque :

— Arrête ! Hugh et moi, c'est fini.

— Tu en es bien sûre ?

— Absolument. Et, s'il te plaît, arrête de me poser la question, Josh. Je n'aime pas ça.

— Bon, d'accord.

Après un silence, il reprend :

— J'ai pensé à un truc : au lieu de venir ici tous les mardis, nous pourrions peut-être aller chez ton amie ? Druzie ? Ça nous permettrait de faire des économies.

Non ! Absolument pas ! C'est l'appartement de Druzie. Même si elle n'est pas toujours à Londres. Josh et moi batifolant dans la chambre d'amis pendant qu'elle fait sa lessive et prépare son dîner, à quelques mètres de nous ? Non. Ce serait totalement déplacé. Je me sentirais honteuse, j'aurais l'impression de lui manquer de politesse, d'avoir envoyé balader tous mes principes.

Chapitre 102

Mardi 24 janvier

Une semaine s'écoule. Encore sept jours de janvier, lugubres, éreintants. Le cœur lourd d'inquiétude, je me tracasse au sujet de Josh.

Je ne veux surtout pas l'entendre suggérer à nouveau que nous passions nos mardis soir dans l'appartement de Druzie. La différence entre une nuit à l'hôtel et une nuit dans la chambre d'amis d'une copine est de taille. Si la première option paraît acceptable, l'autre a quelque chose de… *sordide*. Ce mardi, nous venons de faire l'amour quand, le souffle court, haletant, il me demande :

— À quelle fréquence ta copine Druzie est-elle à Londres ?

Je sens mon cœur se serrer.

— Tu m'as entendu ? insiste-t-il.

— Josh, c'est impossible. Ce ne serait pas correct.

Voyant qu'il ne répond rien, j'ajoute :

— Je ne peux pas.

Après un long moment de silence, il ajoute d'un ton brutal :

— Tu es d'accord pour partir quelque part pour la Saint-Valentin ?

— Josh.

— Quoi ?

— Non. La réponse est non. S'il te plaît, arrête ça. Les moments que nous passons ensemble sont trop courts.

Il pousse un soupir, remonte son oreiller, le tapote, le remet en place et s'y enfonce. En l'entendant soupirer de nouveau, je me demande si je ne ferais pas mieux de partir. Quel est l'intérêt de rester allongée dans ce lit alors que l'angoisse me donne des brûlures d'estomac ?

— Hé ! s'exclame-t-il alors, me faisant sursauter. C'était ta mère qui était dans le *Daily Mail* d'aujourd'hui ? Celle qui s'est fait tatouer ? C'est le site de ta fille ?

— Oh. Oui. C'est bien ça, c'est elle.

Mince ! Josh est au courant !

— J'ai reconnu le nom. Tu dois être vraiment fière.

Maintenant, il sourit.

— Oh oui. C'est vraiment bien. Neeve a travaillé si dur. Et, maintenant, elle fait le buzz. Enfin, presque. Zoella n'a pas encore à s'inquiéter. C'est super.

Depuis huit jours que le *Guardian* a, le premier, rebondi sur le vlog, maman et Neeve ont attiré beaucoup d'attention.

— Je devrais peut-être en toucher un mot à mon équipe. Nous pourrions en faire une exclusivité juteuse, vu que j'ai un rapport privilégié avec un membre de la famille.

Me félicitant de le voir de meilleure humeur, j'assure :

— Il va falloir que tu te dépêches. Elles sont invitées dans la plus importante matinale télévisée vendredi. Après ça, même moi, je serai peut-être obligée de prendre rendez-vous pour leur parler.

Chapitre 103

Vendredi 27 janvier

— Donc, vous avez passé une grande partie de votre vie à l'hôpital ? lui demande gentiment la journaliste.

On est vendredi matin et, la télévision du bureau allumée, Alastair, Tim, Thamy et moi regardons l'interview de maman et de Neeve.

— Lilian O'Connell est magnifique, fait remarquer Alastair.

Et c'est vrai qu'elle est magnifique. Blonde, ravissante, elle porte un ensemble jupe chemisier qui ressemble outrageusement à une contrefaçon Gucci.

— Au total, répond-elle, je n'ai peut-être pas passé tant de temps que ça à l'hôpital. Mais, chaque fois que j'en sortais, je savais que ce n'était qu'une question de temps avant que j'y retourne.

— En quoi est-ce que cela vous a affectée ? intervient l'autre présentateur.

— Je suppose… que ça a un peu fait de moi une pétocharde.

— Une pétocharde ! glapit Alastair. J'adore ce mot.

— À quoi ressemblait votre vie de pétocharde ?

— Je ne participais jamais à rien. Même si certaines choses me tentaient, je me disais que c'était inutile d'essayer.

— Regardez-la, reprend Alastair avec une admiration non dissimulée. Assise là, à papoter, décontractée.

— Et quelles étaient ces choses qui vous tentaient ?

Il est évident que le journaliste a reçu la consigne de lui faire raconter des anecdotes drôles.

— Je voulais être batteuse dans un groupe, avoue-t-elle, ses joues se colorant d'une charmante rougeur. C'est tellement cool une femme à la batterie !

Alastair renchérit :

— Et sur toutes les îles de Grande-Bretagne, des millions de gens viennent de tomber amoureux.

Pour une raison quelconque, il m'agace un peu.

— Et vous, Neeve ? demande alors Holly. Votre père n'est autre que Richie Aldin.

Pour ceux qui l'ignorent, autrement dit presque tout le monde, elle s'empresse d'ajouter :

— Il jouait pour Rotherham United dans les années 1990. La célébrité ne vous est donc pas étrangère ?

— Eh bien…

La pauvre Neeve doit faire un effort surhumain pour trouver une parade.

— Papa a toujours fait profil bas.

Je hurle :

— Ça, tu peux le dire, Neeve ! Pour faire profil bas… ! Ce méga enfoiré !

Voyant qu'il est inutile d'exploiter le filon « parenté avec une célébrité », Philip enchaîne :

— Bien, votre chaîne YouTube. *Peste Power*. Un nom un peu mutin, non ? la rabroue-t-il gentiment. Nous avons quelques extraits.

— C'est super pour Neeve, s'extasie Tim.

Et tout à coup, je suis furieuse après lui aussi. Je sais bien que c'est super pour Neeve. Je comprends les rouages de la publicité. La séquence finit sur maman remontant la manche de sa contrefaçon de chemise Gucci pour faire admirer son tatouage.

— Vous n'avez pas de regrets ? lui demande la présentatrice.

— Aucun ! réplique-t-elle avec passion. Il faut profiter de la vie. Ne laissez jamais personne vous dire que vous êtes trop vieux. Si vous avez envie de faire quelque chose, n'attendez pas, parce que la chance ne se représentera peut-être jamais.

— Sages paroles, assurément, approuve le présentateur, concluant l'interview. Et maintenant, allons rejoindre à la cuisine…

— C'est une vraie star ! s'exclame Alastair. Une inspiration et une star.

— Qui la représente ? demande Mme MaxiProtect, impérieuse.

Devant nos expressions ahuries, elle hausse le ton :

— Qui est son agent ?

Voyant qu'Alastair, Tim et moi restons interdits, elle plisse les yeux d'un air méfiant.

— Vous êtes en train de me dire qu'elle n'est dans aucune agence artistique ?

— C'est juste ma mère, dis-je avec une pointe de morgue.

Sans chercher à dissimuler son mépris, Mme MaxiProtect articule lentement :

— Lilian O'Connell est un Phé-No-Mène.

Maman ? C'est une star éphémère qui ne doit sa célébrité qu'au calme plat d'un mois de janvier.

— Et vous vous qualifiez d'agence de relations publiques ? Bonté divine ! Dès que j'ai l'argent, je vais ailleurs. Vous êtes trois bras cassés, vous ne seriez même pas capables d'organiser une beuverie dans un bar.

— Mme Mullen, plaide Alastair d'un ton conciliant.

— Quel est son degré d'incontinence ? aboie alors Mme MaxiProtect en me regardant.

— Vous me demandez si elle est incontinente ? Comment voulez-vous que je le sache ?

— Elle pourrait feindre, avance Tim.

— A-t-elle besoin d'argent ? insiste Mme MaxiProtect. Tout le monde est prêt à améliorer ses fins de mois, non ?

Devant mon silence, Alastair me lance un regard perplexe. Puis, prudemment, il explique :

— Je pense que Lilian veut juste s'amuser.

— Et vous venez de trouver notre slogan : « *Girls just wanna have fun* ». Je vous jure !

La fureur de Mme MaxiProtect est peut-être pire encore que la mienne. Mais, au moins, la sienne est justifiée.

— Et pourquoi je vous paie, bon sang ! Si c'est moi qui monte toute cette campagne seule ?

— Et les hommes ? avance Tim. Les hommes incontinents ? Les hommes n'achèteront pas des produits commercialisés pour les femmes.

— Les hommes n'achètent rien. Ce sont leurs malheureuses bonnes femmes qui font les courses. De toute façon, je pense à un emballage spécialement destiné aux hommes, d'une belle teinte de gris. Et puis, il y a toujours Pierce Brosnan.

Estomaquée, je bafouille :

— P… Pierce Brosnan ?

— Oui. Je ne perds pas espoir de le voir traverser une mauvaise passe et répondre enfin à mes mails.

— Alastair, dis-je à travers mes dents serrées. Nous ne sommes pas une agence artistique.

— Mais nous pourrions l'être. Pas à plein-temps, bien sûr. Mais nous pourrions gérer Lilian O'Connell tant qu'elle sera le visage de MaxiProtect. Devrais-je dire « visage » ou « vessie » ?

— Nom d'un chien ! Ce feu va-t-il jamais passer au vert ?

Nous sommes dans ma voiture, en route pour chez mes parents. La visite de Mme MaxiProtect nous a mis la pression et Alastair m'a suppliée de lui donner une chance de travailler avec maman. Ce vendredi, il s'est donc invité au dîner O'Connell.

— Amy, ça va ?

Je réponds, cassante :

— Super !

— Tu sais que la colère est une phase du chagrin ?

— Oh, ferme-la ! Tu veux ? Je suis fatiguée, c'est tout.

— D'accord. Fatiguée. Très bien. Alors, qui sera là ce soir ?

— C'est la soirée de Derry, donc tout le monde.

— Mon Dieu ! Lilian O'Connell, ta sœur si sexy, et la belle-sœur coquine. Siena, c'est bien ça ?

— Tu as intérêt à bien te tenir chez mes parents !

— Bien sûr, je vais me tenir.

Il baisse le pare-soleil, ouvre le miroir et se recoiffe. L'envie de le frapper me démange. Avant même que nous soyons descendus de voiture, Neeve ouvre la porte.

— Waouh ! Le quadra sexy ! s'exclame-t-elle en voyant Alastair.

— Salut, Neeve.

Se pavanant – oui, se pavanant ! –, il entre dans le vestibule et lui décoche Le Sourire.

— Tu étais fabuleuse à la télé ce matin.

— Je suis fabuleuse de nature.

Voyant qu'elle rougit, je m'exaspère. *Oh, remets-toi, c'est juste un grand gamin qui fait le beau.*

Il s'attaque maintenant à maman.

— Lilian O'Connell, mère de cinq enfants, c'est un honneur, murmure-t-il en lui faisant le baisemain.

L'air bouleversé, elle demande :

— Qui… qui êtes-vous ? Le nouveau petit ami d'Amy ?

D'un ton méprisant, je lance :

— Aucune chance !

— Inutile de me rembarrer, réplique maman. Tu pourrais faire pire.

— Je suis Alastair Donovan, je travaille avec Amy.

— Vous avez un beau costume.

— Alastair !

Maura, qui a eu vent de sa présence, déboule. S'en prenant à maman, Neeve et moi, elle nous rabroue :

— Ne le laissez pas dans le vestibule. Entrez, Alastair, entrez !

Il est entraîné dans le salon bondé où son entrée glamour électrise l'assemblée. Pip et Finn sont pétrifiés d'admiration. Dominik se ramasse bizarrement sur lui-même, comme pour se préparer à plaquer quelqu'un, et papa hurle : « MAIS QUI EST LA STAR DE CINÉMA ? »

— C'est Alastair, le présente Maura. C'est le patron d'Amy.

Je proteste vivement :

— Ce n'est pas mon patron !

C'est alors que quelque chose d'inimaginable se produit : le Pauvre Bougre parle.

— Bonsoir, dit-il.

Sa voix est éraillée, comme si elle n'avait pas servi depuis longtemps, mais il a vraiment émis un son.

Seule Derry reste en retrait. Son sourire glacial est loin d'être accueillant. *Tiens, tiens, tiens ! Elle va coucher avec Alastair.*

Si Neeve n'est pas plus rapide.

Eh bien qu'ils s'envoient en l'air, tous autant qu'ils sont ! *Peu importe !* Sans me fatiguer en civilités, j'entraîne Neeve, maman et Alastair dans la chambre où nous captons la Wi-Fi des Flood. Puis, arborant une expression revêche, j'écoute mon « patron » déployer tout son charme, expliquant à maman à quel point elle est fantastique et combien d'argent elle gagnerait. Mais, visiblement, se voir décerner le titre d'ambassadrice pour MaxiProtect ne l'emballe pas outre mesure.

—J'aime tourner les vlogs avec Neeve. On s'amuse beaucoup.

—Vous pouvez continuer les vlogs avec Neeve, Lilian. La campagne MaxiProtect ne serait pas un travail à plein-temps.

—Mais l'incontinence… c'est embarrassant. Ne serais-je pas un peu jeune ?

—Je vois ce que vous voulez dire. Absolument, bien sûr. Mais toutes les campagnes publicitaires font appel à des mannequins plus jeunes pour vendre à leur cible plus âgée.

—Je ne peux pas vous imaginer essuyer souvent des refus, fait-elle alors remarquer. Mais je pense que je vais être obligée de dire non.

Une fois encore, et pour la millième fois de ma vie, elle me brise le cœur. Je me lève.

—D'accord, Alastair. Je pense que ce sera tout pour aujourd'hui.

—Tu t'en vas ? s'étonne-t-elle. Mais c'est le soir de Derry.

—Ouais. Je m'en vais.

—Mais ton pain spécial ?

—Tant pis pour le putain de pain. Allez, Alastair.

—Il peut rester et manger ta part, suggère Neeve.

Désagréable, je persifle :

—Oui, reste te bâfrer, Alastair. Moi, je pars.

—Amy ? demande maman d'un ton anxieux. Est-ce que ça t'aiderait d'un point de vue professionnel si je faisais le truc de l'incontinence ?

—Oh, ne va surtout pas inquiéter ta jolie petite tête avec ça.

Bredouillant, elle poursuit :

—À la réflexion, je pense que je vais accepter. Je vous ai infligé une enfance tellement pénible, à vous tous.

Elle me dévisage avec intensité, espérant gagner ma sympathie.

— Et peut-être qu'avec l'argent en plus, nous pourrions demander à Dominik l'exclusivité de ses services.

— « L'exclusivité de ses services » ! répète Neeve en lui donnant un coup de coude.

Et je vois ma mère et ma fille s'écrouler, hilares à l'idée d'avoir l'exclusivité des services de Dominik.

Bonté divine ! Elles sont consternantes.

Chapitre 104

Samedi 28 janvier

Je dors d'un sommeil béat quand la sonnette retentit. *Je vais l'ignorer.* Même si nous sommes samedi, j'ai passé la matinée à travailler sur des documents destinés à accélérer le statut d'ambassadrice MaxiProtect de maman. Puis, soudain dans une impasse, j'étais si éreintée que je suis allée me coucher et me suis endormie.

Depuis quelque temps, je souffre d'une fatigue chronique. La moindre chose semble me demander un effort monumental et, certains jours, j'ai littéralement l'impression d'avoir les jambes lestées de poids. Les seuls moments où je me sens positive sont ceux que je partage avec Josh. Ou quand je pense à notre prochain rendez-vous.

Va-t'en, visiteur mystère. J'ai tellement besoin de dormir.

Mais la sonnette retentit de nouveau et, soudain, stimulée par la colère, je me réveille. *Qui est-ce, bordel?* Un putain de harceleur, sans aucun doute! En quête de sponsors pour une connerie quelconque. Ou bien, l'une de mes écervelées de filles aura perdu sa clé. *Andouilles!*

D'humeur belliqueuse, je dévale les marches d'un pas rageur, ouvre la porte à la volée et lance:

— Quoi?

En voyant Hugh sur le seuil, j'ai un choc. Sa présence me fait toujours un choc: après avoir été si proches, nous sommes maintenant comme deux étrangers.

Jamais je ne surmonterai cette séparation si je persiste à le croiser.

— Amy, je suis désolé. Je t'ai envoyé un texto pour te demander si je pouvais passer… Tu ne l'as pas eu?

— Mon téléphone était sur silencieux. Parce que je faisais une sieste!

— Pardon de t'avoir réveillée. J'ai juste besoin de prendre mon…

Haussant la voix, je demande, hargneuse:

— Pourquoi as-tu sonné? Tu as la clé. Je n'ai pas fait changer les serrures!

— Entrer sans m'annoncer me met mal à l'aise. Bien sûr, c'est ce que j'aurais fait si tu n'avais pas répondu. Mais ce n'est plus chez moi.

— Et ne l'oublie pas. Bon Dieu!

Je remonte l'escalier en trombe.

— Non seulement tu as bousillé mon mariage, mais tu as bousillé ma microsieste.

Devant son air triste et contrit, je m'arrête au milieu des marches.

— Et puis d'abord, que fais-tu ici?

— Je viens chercher mon sac de couchage.

— Quoi? Chizo te met dehors? Tu es SDF?

— Je vais dormir dans le garage de Nugent pendant quelques semaines. Il y a un matelas pneumatique mais pas de couette en rab.

— Oh, de grâce ! N'essaie pas de faire vibrer ma corde sensible.

— Ce n'est pas mon intention.

— Chizo a trois chambres d'amis, elle te fiche dehors et je suis celle qui doit s'inquiéter ?

— Elle attend de la famille du Niger. Je ne vais passer qu'une quinzaine de jours chez Nugent. Ensuite je pourrai retourner chez eux.

Prise au dépourvu, je lance d'un ton accusateur :

— Et maintenant, tu vas me dire que nous avons besoin de parler d'argent.

— Le moment me paraît mal choisi.

— Tu veux dire parce que je suis de si mauvais poil ? Je suis juste de mauvais poil parce que…

Oui, pourquoi étais-je d'aussi mauvais poil, au fait ?

— Parce que tu es trop fatiguée.

— Voilà ! Eh bien, je suis de mauvais poil parce que je suis trop fatiguée.

Et je suis trop fatiguée parce que je… je suis si… autre chose. Triste, peut-être. Mais je préfère être de mauvais poil.

— Puis-je t'aider en quoi que ce soit ?

Je le foudroie du regard.

— En fait, tu peux.

Son visage rayonne d'espoir.

— Tu peux faire remonter le temps à septembre dernier et rester ici avec moi au lieu de te barrer en Thaïlande pour baiser avec une centaine d'autres femmes. Putain !

— Amy, chuchote-t-il. Je suis désolé.

— Laisse tomber.

— Écoute-moi, Amy. Je te supplie d'écouter ce que j'ai à dire. Je ne suis pas un mari infidèle. Jusqu'à… ça, je n'avais même jamais regardé une autre femme. Sincèrement. Vraiment. Et cela ne se reproduira jamais plus.

— Tu ferais mieux de revenir sur ta décision. Parce que, toi et moi, c'est fini. Archi fini.

Après une hésitation, il assure d'une voix étranglée :

— Je vais juste chercher mon sac de couchage dans l'abri de jardin et je débarrasse le plancher.

Incapable de dissimuler mon amertume, je renchéris :

— Ton abri de jardin chéri ! D'où tu as planifié ta Grande Évasion.

Je monte pesamment les dernières marches et fais claquer la porte de ma chambre derrière moi. Puis, je me recouche. Tout à coup, une question me traverse l'esprit. Qu'a ressenti Hugh, il y a deux ans, quand je flirtais avec Josh ?

Il m'avait dit avoir deviné qu'il se passait quelque chose. Cela n'avait pas dû être facile pour lui. Vraiment pas.

Je ne veux pas y penser. Je me sens honteuse, mal à l'aise. De toute façon, il s'en est sans doute accommodé. Et, même si ce n'est pas le cas, c'est le passé maintenant. Il est arrivé tellement de choses depuis que cela n'a plus d'importance.

Mais quelque chose me pousse à en avoir le cœur net. Je bondis de nouveau de mon lit, descends les marches de l'escalier quatre à quatre et le rattrape alors qu'il s'apprête à partir.

— Attends ! Je veux te parler.

L'air méfiant, il acquiesce :

— D'accord.

Je m'assieds sur une marche et il m'imite, deux marches en dessous. Ne sachant comment formuler ma question sans me mettre en tort, je demande :

— L'été d'il y a deux ans, quand j'ai eu cette aventure innocente, ce béguin pour Josh, comment l'as-tu su ?

Il me dévisage d'un air surpris.

— Tu veux en discuter là, maintenant ?

— Oui.

— Très bien. Tu étais différente. Absente. Je te parlais et tu semblais très loin. D'un point de vue affectif, tu n'étais plus là.

Bon, ce n'était pas si terrible. Tous les mariages traversaient ce genre de crise.

— Et puis, tu avais changé d'apparence.

— Vraiment ?

— Tu avais acheté des vêtements neufs.

— J'achète tout le temps des vêtements neufs.

— Ce n'étaient pas tes choix habituels. Tes chaussures étaient plus hautes, tes jupes plus étroites… et tes cheveux. Tu avais commencé à te faire faire un brushing tous les lundis soir.

Je ne m'étais pas rendu compte que mon comportement était aussi flagrant. Mais, avec le recul, j'admets qu'il a raison.

— Et tu étais toujours en forme le lundi soir. Et abattue quand tu rentrais de Londres, le mercredi.

— Parce que j'étais fatiguée ! Je suis toujours abattue le mercredi soir.

— Tu m'as demandé comment je savais, fait-il remarquer d'un ton égal. Je te le dis.

— D'accord.

— Tu voulais faire l'amour plus souvent.

— Ça, c'est positif !

Il pince les lèvres et secoue la tête.

— Tu veux que je te dise ? Ça ne l'était pas.

Je sens ma peau s'embraser. Me faisant violence, je lui demande alors en toute franchise :

— Mais comment te sentais-tu pendant tout ce temps ?

— Comment penses-tu que je me sentais ?

Il me frôle le genou d'une main et, d'une voix douce, répond :

— Amy, j'avais peur. J'étais terrifié. Je t'aime. Je t'aimais. Tu es ma vie. L'idée de te perdre…

— Alors pourquoi n'as-tu rien dit ?

— Ce serait devenu une réalité. Je ne voulais pas que ça devienne une réalité. Alors, j'ai espéré que ça suivrait son cours. Et se terminerait.

— Ce qui s'est passé.

— Ce qui ne s'est *pas* passé ! s'emporte-t-il.

Confondue par sa colère, je réplique :

— Si. J'ai arrêté de le voir.

— Tu es avec lui maintenant.

— Uniquement parce que tu es parti.

L'espace d'un instant, j'ai l'impression qu'il va craquer. Son regard s'assombrit et il refoule les paroles dures dont, visiblement, il aimerait m'accabler.

— Mais Josh n'est pas la raison pour laquelle tu es parti ? Tu es parti à cause de ton père ? Et de Gavin ?

— Oui, mais…

Je n'ai pas besoin d'en entendre plus. Sèchement, je lance :

— J'apprécie que tu aies bien voulu m'en parler. Tu peux y aller maintenant.

Je retourne me coucher. Cette conversation avec Hugh ne s'est pas déroulée exactement comme je l'aurais souhaité. Elle n'a pas entièrement dissipé ma culpabilité. Cette culpabilité qui semble ne pas vouloir me laisser de répit.

Mais, comme je l'ai appris depuis des années, la vie est faite de hauts et de bas. Aucune émotion ne persiste. Elles finissent toutes par s'apaiser. Et, un beau jour, cet agaçant sentiment de honte finira par s'évanouir.

Je ferme les yeux et essaie désespérément de retrouver le sommeil quand mon téléphone se met à sonner. C'est Maura.

— Quoi ?

— Hugh et toi allez vous remettre ensemble ?

— Non.

— C'était bien ce que je craignais.

— Ce ne sont pas tes oignons.

— Désolée, s'excuse-t-elle d'un ton humble. Je sais que je suis *control freak*. J'essaie de me corriger.

Je vais encore avoir droit à l'un de ses discours rebattus sur son enfance douloureuse. Je suis bien trop exaspérée pour l'écouter.

— Eh bien, bonne chance !

À peine ai-je raccroché que la porte d'entrée s'ouvre et se referme en claquant. Quelqu'un monte l'escalier en trombe.

— Maman ? Maman ?

C'est Neeve. Elle fait irruption dans ma chambre et annonce :

— Mes sponsors m'ont proposé une nouvelle enveloppe. Plus d'argent !

— Génial !

Mais ma voix manque d'enthousiasme.

— Tu vas bien ? Hugh est passé ?

— Comment le sais-tu ?

— Parce que tu es toujours de mauvais poil après ses visites.

— J'étais de mauvais poil avant sa visite.

— Oh non ! Tu vas être de mauvais poil tout le temps maintenant. Si tu t'étais vue, chez mamie, hier. Aïe !

— Uniquement parce que Alastair faisait le charlot. Et mamie l'égoïste…

— Alors, cet Alastair ? demande-t-elle avec un sourire chafouin. Il serait partant pour une partie de jambes en l'air ? Je me renseigne pour une copine.

— Tu n'as pas de copines.

Ce qui n'est même pas vrai. Elle en pleure de rire.

— C'est tellement marrant de te voir à cran ! N'empêche, je pourrais parler de Derry. Trop mignon la manière dont elle ne l'a absolument pas calculé.

Oh, qu'importe ! Neeve et Alastair, Derry et Alastair, Neeve et Derry. Qu'ils fassent ménage à trois si ça les amuse. Je m'en fous !

— À propos de ta nouvelle proposition, Neeve. Ne signe rien avant de l'avoir montrée à un avocat.

Elle devrait s'adresser au cabinet de Hatch. Ils s'occuperaient bien d'elle.

L'air surpris, elle me répond :

— J'ai un avocat. Papa m'en a trouvé un.

Peinant à cacher ma stupéfaction, je m'exclame :

— Eh bien, c'est génial !

Carrément génial, même ! Enfoiré de Richie !

Chapitre 105

Mardi 31 janvier

Lentement, Josh m'annonce :

— Marcia a trouvé le livre… celui que tu m'as offert pour Noël.

J'attends. Je n'ai rien fait de stupide, comme de le lui dédicacer. Il n'a donc rien d'incriminant.

— Elle m'a engueulé pour avoir dépensé de l'argent.

D'accord. Ce n'est pas la pire des conséquences.

— Mais je lui ai dit que c'était un cadeau.

Quoi ?

— D'une femme.

Oh mon Dieu ! Quel salaud !

— Elle a pété un câble.

— Je m'en doute ! Josh, où l'a-t-elle trouvé ?

— Sur ma table de nuit. Caché bien en évidence.

— Ou juste sous son nez, quoi !

— Qu'es-tu en train de dire ?

— Tu…

J'essaie de formuler mes pensées.

— Tu veux mettre le feu aux poudres avec Marcia ? Qu'est-ce qu'elle t'a dit ?

— Elle m'a dit de rompre avec la femme que je voyais. J'ai répondu que j'allais y réfléchir. Mais, Cosette, c'est hors de question.

— Josh. Qu'est-ce que tu as dans le crâne ?

— Les mariages font leur temps. Je pense que le mien est fini.

Cela devient soudain trop important, trop sérieux. Je ne veux pas être impliquée dans ce bouleversement de vie.

En outre, il y a autre chose : je ne suis pas convaincue que Josh soit sincère. J'ai l'intuition que c'est un scénario rebattu entre sa femme et lui.

— Josh ? Sois honnête. Est-ce que je suis un pion dans un jeu que tu joues avec Marcia ?

— Quoi ? Comment peux-tu même… Non, notre histoire compte vraiment pour moi. Tu comptes pour moi.

Je ne sais que penser. Je suis perplexe, méfiante, et j'ai très peur. Si, en fait, ce n'est pas un jeu qu'il joue avec Marcia, l'autre scénario est pire.

D'un ton boudeur, il reprend :

— Je veux lui parler de toi.

— Non !

— Lui dire à quel point tu es douce, tellement différente d'elle.

— Josh ! Arrête ! S'il te plaît ! Quel serait l'intérêt ? Nous vivons dans deux pays différents.

— Ça peut changer.

J'ai l'impression d'être en chute libre dans un puits étroit et profond.

— Sérieusement, Amy, Tu pourrais habiter Londres. Avec moi. Je ne pense qu'à ça. Tu pourrais trouver un travail ici.

Je ne sais pas quelle objection invoquer en premier.

— J'ai trois enfants.

— Ce sont presque des adultes. Et elles ont toutes des pères. Klara pourrait vivre avec Hugh.

— Tu veux dire Kiara ?

— Oui, Kiara. Pardon, c'est ce que j'ai voulu dire, Kiara. Et Sofie aussi.

— Et Neeve.

— Elle a vingt-six ans. Ce n'est plus ta responsabilité.

— Elle n'a que vingt-deux ans.

— C'est la même chose.

Il est exaspéré. Tout cela commence à dégénérer.

— Très bien, et toi ?

J'ai soudain besoin d'entendre ses projets pour le « futur ».

— Marcia et moi nous séparons, nous vendons la maison. Les enfants restent avec elle.

— Et si elle ne veut pas ? Parce que je n'aimerais pas me retrouver à vivre avec deux garçons prépubères traumatisés.

— D'accord. On peut faire garde alternée. Fifty-fifty.

— Et Yvonne et Buddy ?

Ce sont ses chiens.

— Je veux les chiens, affirme-t-il, catégorique.

Je n'ai jamais eu de chien. Ils ont l'air adorable et apportent tellement de bonheur. Mais n'impliquent-ils pas beaucoup de travail ?

— Et où habiterions-nous, toi et moi ?

Mes questions sont purement théoriques. Il n'est pas question que ce projet se concrétise.

— Nous achèterions une maison. Marcia et moi partagerions le bénéfice de la vente de la nôtre et tu apporterais ta part de la tienne.

— Nous nous connaissons à peine, Josh. C'est de la folie. Toute cette conversation est une pure folie.

— Je sais ce que je veux. Et je te veux.

Mais je ne te veux pas. Cette évidence me frappe en plein cœur. J'ai l'impression d'être la femme la plus abjecte au monde. Je le voulais pour la passion physique, le plaisir des sens. Je le voulais quand je pensais qu'il n'attendait rien de plus de moi.

De façon hésitante, je plaide :

— Josh, s'il te plaît… C'est insensé. Je ne veux pas déménager à Londres.

— D'accord. Je viendrai travailler à Dublin.

Ma soudaine panique me choque.

— Josh, tu ne dois pas te séparer de Marcia.

— Si. Ça fait longtemps que j'y pense. Nous nous rendons très malheureux.

C'est peut-être vrai. Mais…

— Si Marcia et toi vous séparez, ne le fais pas pour être avec moi.

Son irritation évanouie, il est soudain glacial.

— Ça veut dire quoi, ça, bordel ? Tu te défiles ?

— Je veux dire…

Mon Dieu! Je me sens nerveuse.

— Ta femme et toi, vous avez besoin de régler vos problèmes. Rien qu'entre vous deux.

— Tu es en train de me larguer?

Le suis-je? Je ne l'avais pas projeté. Mais cette embardée soudaine vers un changement de vie radical m'a terrifiée. Et a bien calmé mes ardeurs. Un fabuleux rendez-vous sexuel secret hebdomadaire n'a strictement rien à voir avec le fait de changer de maison, de travail, de pays… Il me plaît. Mais pas assez pour envisager un tel bouleversement de vie.

Choisissant mes mots avec soin, je déclare:

— Josh… ce sont des décisions importantes. Très importantes. Nous nous voyons mardi prochain. Profitons de cette semaine pour réfléchir à ce que nous voulons vraiment l'un de l'autre.

— Tu es en train de me larguer? répète-t-il.

— Pas du tout. Honnêtement.

Je ne veux pas que ça finisse. Mais je dois reconnaître que la tournure que prend cette liaison ne correspond pas à ce qu'elle était à l'origine.

— C'est parce que ton mari est revenu? Je le savais. Putain! Je le savais.

Je suis tellement indignée que j'ai du mal à parler.

— La famille que je formais avec Hugh me manque mais, lui et moi, c'est fini, pour toujours.

Il me dévisage sans ciller.

— Tu es d'une telle froideur.

Bon sang! C'est perdu d'avance. D'un ton apaisant, je déclare:

— Réfléchissons chacun de notre côté à ce que notre relation signifie et nous pourrons en discuter la semaine prochaine. D'accord?

— Je n'ai pas besoin de réfléchir. Je sais ce que je veux. Et je te veux, toi.

Chapitre 106

Vendredi 3 février

Steevie et moi ne nous sommes pas revues depuis le soir de sa visite surprise. Une visite qui a sans doute sonné le glas de notre amitié. Ce qui, après trente ans, me laisse une impression bizarre. Cette fin est bâclée, saumâtre, et je sais que si je tombe sur elle par hasard, ce sera extrêmement gênant. Nous ne partageons pas et ne pouvons pas partager le même point de vue sur l'infidélité de nos maris. Ce qui a été l'écueil impossible à contourner. Steevie a établi ses règles : après l'avoir puni, elle aurait repris Lee s'il l'avait voulu. Mais ma règle, dont j'ignorais tout jusqu'au jour où j'avais été confrontée à la situation, était que je ne pouvais pas donner une nouvelle chance à Hugh. Je n'avais pas « décidé » d'être ainsi, c'était comme ça, voilà tout.

Je regrette que Steevie ne l'ait pas accepté. Je me sens blessée, pleine de ressentiment. Mais, au moins, je reste sur mes positions. Ce dont je tire un réconfort certain.

Même si je viens de tourner une page sur une autre relation – d'abord Hugh, puis Steevie –, je ne crois absolument pas en l'astrologie : je ne jetterais même pas un coup d'œil à mon horoscope. Je me demande néanmoins si l'alignement de mes planètes n'indique pas que je traverse une période marquée par des fins.

À propos de fins, un bip de mon téléphone m'indique que j'ai un texto. Qui se résume à un seul mot :

Kaboul

Depuis mardi soir, Josh m'envoie des suggestions d'endroits sinistres pour des week-ends prolongés correspondant à ma sensibilité de Cosette. Il essaie sans doute d'être drôle. Mais cette dernière est plus passive-agressive que débonnaire.

Alastair lève les yeux de son écran.

— Ça va ?

— Encore une suggestion de Josh pour ce week-end de la Saint-Valentin qui n'arrivera pas.

— Laisse-moi deviner ? Alep ?

— Tu brûles. Kaboul.

— Bon Dieu, c'est un marrant, lui ! On est quoi, aujourd'hui ? Vendredi 3 ? Il faut qu'il se dépêche d'aller sur le site lastminute.com. J'ai réservé mon week-end pour Nice il y a des semaines et je n'ai même pas de copine.

Je murmure :

— Tais-toi ! S'il te plaît. Pardon !

— Tu n'as pas besoin de t'excuser, me répond-il, enjoué. Tu es dans la phase « colère de ton chagrin ».

Si seulement il pouvait arrêter de me le répéter.

— Tu es passée par le déni et la négociation. Il ne te reste plus qu'à passer par la dépression, et tu seras ensuite dans l'acceptation.

— Ce n'est pas comme ça que ça marche et tout le monde le sait. On saute d'une phase à l'autre, au hasard. Et, pour moi, ça va durer des années. Je ne peux pas m'imaginer retrouver un jour ma joie de vivre.

— Mais si. Faire son deuil est un processus.

À cet instant précis, il n'est pas facile d'avoir confiance en l'avenir.

J'admets alors :

— La seule chose qui me rendait heureuse, c'était Josh. Et, maintenant, même ça c'est devenu étrange. Le fait qu'il parle de quitter Marcia et que j'aille vivre à Londres. C'est du délire.

— Mais comment imaginais-tu votre futur ? Continuer comme ça, chaque mardi, pendant des années ?

— Non. Tôt ou tard, nous aurions mis un terme à cette histoire.

— Peut-être est-ce la fin de la première phase de votre relation, suggère-t-il.

Je ne peux pas le concevoir.

— Tout ce bouleversement, ce serait horrible pour tout le monde.

Quand j'avais suggéré à Josh de mettre cette semaine à profit pour réfléchir à ce que nous voulions vraiment l'un de l'autre, j'avais juste voulu lui conseiller de se remettre les idées en place. Je savais déjà ce que je voulais : rien de sérieux, pas d'introspection. Juste m'amuser. Et, oui, du sexe. Du sexe torride.

Peut-être que les autres voient leurs liaisons d'un œil différent. Qu'ils créent des liens sincères qui vont bien au-delà d'une simple relation sexuelle explosive. Ils sont amoureux et bouleversent radicalement leur vie : ils quittent leur travail, changent de ville, font éclater leur famille.

Mais je n'aime pas Josh. Et Josh – en dépit des illusions dont il se berce sans doute – ne m'aime pas. Je le soupçonne de m'embrouiller l'esprit. Tout ce dont je suis sûre, c'est que je ne veux pas rompre. Sans lui, je n'ai rien. Prise d'une culpabilité subite, je me rabroue. Comment puis-je même le penser ? J'ai Neeve, Sofie, Kiara, maman, papa, Derry, même Alastair…

Je jette un coup d'œil à mon téléphone. Il est 16 h 50.

— Je vais rentrer, dis-je. Après tout, on est vendredi.

J'éteins mon ordinateur, enfile mon manteau puis, soudain curieuse, regarde Alastair.

— Que vas-tu faire si tu n'as pas de copine pour la Saint-Valentin ?

Avec un haussement d'épaules désinvolte, il répond :

— Ce ne sera peut-être pas la femme de ma vie, mais je pourrai sans doute dégotter quelqu'un.

Avec une affection indéniable, je lâche :

— Je te déteste.

— Et moi, je t'aime. Mais comme un frère. Bon week-end.

Ne serait-ce pas merveilleux de passer un bon week-end ? Je ne peux que l'espérer.

Hélas, j'arrive chez mes parents pour découvrir que Sofie, Jackson et Kiara ont élaboré le projet d'aller au ciné-club dimanche soir. Avec Hugh !

— Et si tu venais aussi, maman ? suggère Kiara.

Ne le soupçonnant plus de profiter de son retour pour faire des avances à toutes les femmes de Dublin, Kiara file de nouveau le parfait amour avec son père.

— Viens, Amy, insiste Jackson, souriant.

— Oh oui ! s'exclame Sofie.

Les yeux écarquillés, je les dévisage. Sont-ils tous dingues ? Je ne veux pas passer de temps en compagnie de Hugh. Même pas en rêve ! Chaque fois que nous nous croisons, quand il vient chercher les filles ou qu'il les raccompagne à la maison, je suis assaillie par des émotions qui me font suffoquer. Tout ce chagrin, cette jalousie, cette rage, cette culpabilité… incontrôlables.

Mais le ciné-club ? Je ne peux rien imaginer de pire ! Je n'y suis pas allée depuis un temps fou, depuis avant son retour, et je n'ai nulle intention d'y retourner un jour. C'est un endroit où je me sens jugée, totalement vulnérable. Trop de mes « amies » s'y retrouvent. Et arriver avec Hugh en donnant l'image d'une famille heureuse, tout en sachant pertinemment que les spéculations sur notre compte vont bon train, serait trop humiliant.

Toutes ces pensées se bousculent dans ma tête. Je regarde Sofie, Kiara et Jackson qui m'encouragent d'un sourire.

— Non. Ça ira. Je ne veux pas. Non.

Un concert de protestations s'élève,

— Maman !!!

— Oh, Amy !

Ils sont si bruyants que je dois quitter la pièce et monter au premier étage pour retrouver mon calme.

Résultat, chaque seconde de mon samedi et de mon dimanche est gâchée par une chape d'angoisse à laquelle se mêle la colère. Je ne veux pas que ces garces – Genevieve Payne et autres pintades de son acabit – reluquent Hugh.

Mais je m'inquiète peut-être pour rien. Peut-être va-t-il lui-même se rendre compte que c'est une très mauvaise idée.

Mais dimanche, à 16 h 30 précises, il arrive pour venir chercher Sofie, Kiara et Jackson. De le voir si beau me lacère le cœur. J'ai toujours aimé son corps baraqué. Mais chaque fois qu'il passe, désormais, il semble aminci. Et ses vêtements visiblement plus amples. Ce qui alerterait l'instinct protecteur de n'importe quelle femme. Même le mien. J'ai envie de le serrer dans mes bras, de le réconforter, de le faire asseoir dans ma cuisine et de lui donner à manger.

— Tu es sûre que nous ne pouvons pas te convaincre ? me demande-t-il avec douceur.

— Absolument, marmonné-je.

Sofie, Kiara et Jackson descendent l'escalier en trombe et se précipitent dans la rue. Je referme la porte derrière eux. Mais dès que la voiture s'est éloignée, je la rouvre, la fais claquer de toutes mes forces. Puis, assise sur le canapé, je sanglote d'une rage impuissante. Bientôt, mes sanglots laissent place à des gémissements de tristesse. Ce stupide ciné-club, d'un bobo consternant, représentait quelque chose d'unique, de précieux. C'était le moment de ma vie où tous ceux que j'aimais le plus se retrouvaient en parfaite harmonie ! Hugh, les trois filles, même Jackson.

Avec le recul, je ne peux en toute honnêteté affirmer que ces dîners du dimanche soir, à *Pizza Express*, après une projection d'un obscur film iranien, ont été les moments les plus heureux de ma vie.

Une séparation, puis un divorce… sont parmi les épreuves les plus difficiles à traverser. Certes, peut-être pas pour tout le monde. D'autres voient leur amour mourir graduellement, en parfaite synchronisation. Et quand ils se rendent compte que tout est fini, l'atterrissage se fait en douceur et ils peuvent rester amis.

Mais, pour Hugh et moi, c'est différent. Notre lien était si fort que notre rupture a été aussi brutale que choquante. Son départ a été trop soudain. La séparation trop fulgurante. Nous avons été arrachés l'un à l'autre aussi négligemment que quelqu'un rompt un morceau de baguette. Le sentiment de perte a été d'une violence extrême et mes émotions sont toujours à fleur de peau.

Mais je me raisonne. Un jour, ce sera fini. Même si je ne le sens pas, je cicatrise déjà. Chaque seconde qui passe me mène vers une nouvelle normalité. Un jour, accaparée par une activité quelconque, je me rendrai compte tout à coup que je suis heureuse et tout ira bien.

Ça viendra. Je dois juste être patiente.

Chapitre 107

Mardi 7 février

— Baise-moi, Josh, plus fort !

Il s'enfonce en moi avec violence. Je gémis et peste un peu contre le lit d'hôtel… mais quelque chose cloche.

Je ne suis pas d'humeur. En fait, ce soir, je n'ai rien apprécié : être entraînée dans la chambre, y découvrir Josh nu, déjà déshabillé, le voir m'arracher ma culotte, me positionner sur lui et me mettre à osciller avec une détermination délibérée, l'écouter m'implorer de retirer ma jupe, et regarder en toute objectivité son visage alors qu'il est emporté par son orgasme.

C'est pourtant notre routine : il me soulève dans ses bras pour me porter dans la chambre, et nous commençons à nous déshabiller. Mais si cela n'avait pas été une habitude, je ne l'aurais pas fait. Pas aujourd'hui.

Au lieu de cela, nous aurions parlé. Trop de questions graves ont été soulevées la semaine dernière. Penser que le sexe allait nous les faire oublier était une erreur.

Je ne vais pas jouir. Je veux juste que ça s'arrête. Il est maintenant derrière moi, décuplant son énergie, et je me demande si je devrais simuler.

Mais rien n'est pire que simuler. C'est une violation d'intimité. Je ne l'ai pas fait depuis littéralement des décennies, pas depuis l'époque où je sortais avec le brave père célibataire si ennuyeux de la crèche de Neeve.

Et puis, je n'ai pas l'énergie de simuler.

Néanmoins, si je n'ai pas d'orgasme, je franchis une limite. Josh va le prendre comme un affront personnel.

Mais quelque chose de plus grave semble être en train de se produire. L'espace d'un instant, je crois l'avoir imaginé. Puis je le sens de nouveau : la mollesse, le manque de contrôle. Il continue à s'enfoncer en moi, mais il ralentit. Et je sais qu'il est inutile de l'encourager en criant de nouveau : « Baise-moi plus fort. » Cela ne ferait que remuer le couteau dans la plaie.

En entendant son exclamation de frustration, je sens mon cœur se serrer.

C'est fini. Il se lève et disparaît d'un pas rageur dans la salle de bains. Quand il revient, il se glisse sous les draps, évitant mon regard.

Je garde le silence. Josh n'est pas un homme qui discute d'une défaillance de virilité.

— Tu veux que je…

— Non !

Quelle que soit sa suggestion pour m'aider à jouir, je n'en veux pas. Le silence se fait plus dense alors que je me répète mentalement : « Il n'y a rien de honteux. Ça arrive à tous les hommes un jour ou l'autre. De toute façon, il avait déjà joui. Même si, normalement, avec moi, il a deux ou trois orgasmes. »

— Bon, je vais y aller, annonce-t-il alors.

— D'accord.

Furieux, il s'habille promptement et, en quelques secondes à peine, il est sorti. J'attends dix minutes pour m'assurer qu'il est vraiment parti avant de quitter la chambre à mon tour.

La journée du lendemain est tout aussi pénible. La nuit précédente m'a totalement déstabilisée d'un point de vue émotionnel. J'ai l'impression que tout est en train de mourir.

Je reprends l'avion pour Dublin et rentre chez moi. En proie à une profonde lassitude, je suis en train de finir de me démaquiller quand Neeve fait irruption dans ma chambre. Et, immédiatement, je comprends qu'une nouvelle page est sur le point de se tourner.

— Maman, promets-moi que tu ne vas pas pleurer.

— Tu déménages ?

Elle hoche la tête, presque comme si elle avait peur de laisser éclater sa joie. Je feins l'enthousiasme.

— Oh ! Neeve ! C'est génial ! En fait, j'ai le cœur brisé, mais raconte.

— C'est papa, me confie-t-elle joyeusement. Il a un appartement.

Richie semble soudain bien plus impliqué dans les affaires de sa fille. Dommage que cet intérêt subit soit lié à la nouvelle célébrité de Neeve. Mais il ne faut pas trop lui en demander, non plus.

— Attends d'entendre où c'est.

Elle marque une pause théâtrale.

— River Side Quarter.

Rivers Side Quarter est un complexe d'appartements de luxe sur la Liffey. De très haut standing, il est équipé de ses propres salles de sport et de projection, et situé en plein centre-ville.

— En fait, il est propriétaire de quatre appartements dans ce complexe. Il les a achetés juste après le krach, pour une bouchée de pain, et maintenant, il les loue.

Seigneur ! Je le hais à un point ! Les habitants de Dublin sont écrasés par les loyers exorbitants de la capitale. Et à cause des vautours comme Richie Aldin qui, profitant de l'insolvabilité générale, foncent sur les bonnes affaires, ceux qui veulent investir dans un premier achat immobilier ne trouvent rien sur le marché. Sa propre fille est une victime de ces pratiques. Elle ne peut ni payer un loyer ni acheter. Il en ira de même pour Sofie et Kiara. Et même pour Hugh.

— Alors il te laisse habiter l'un d'entre eux ?

— Oui.

Avec difficulté, je me force à poser la question suivante :

— Gratuitement ?

— Pas gratuitement, maman ! Il n'a pas fini de payer le crédit immobilier.

— Mais les taux d'intérêt sont bas, le montant de son crédit immobilier doit être ridicule.

— Il me fait le loyer à la moitié du prix du marché.

— Bien. Super !

— Et il va m'aider à trouver un endroit à acheter. Nous allons chercher ensemble. Il dit qu'il ne peut pas venir les visiter avec moi parce que dès que l'agent immobilier le voit, le prix monte automatiquement de vingt pour cent. C'est une taxe Richie Aldin ! finit-elle, enjouée.

Et voilà ce qu'est le capitalisme. C'est abject ! Le pire étant que Neeve est pleine d'admiration.

— Alors, il va vérifier le quartier, voir si les voisins ne sont pas des racailles, ce genre de truc.

« Des racailles » ! Si Kiara l'entendait, elle fondrait en larmes.

— Quand déménages-tu ?

— Samedi.

— Ce samedi ? Dans trois jours ?

— Eh oui. Papa m'a loué une camionnette.

Non, non, non ! C'est trop tôt.

Chapitre 108

Samedi 11 février

À 9 h 30 du matin, la camionnette de déménagement de Neeve se gare devant la maison et j'ai l'impression d'entendre mon cœur se briser, comme une coquille d'œuf. Bien sûr, j'ai voulu qu'elle soit indépendante, qu'elle profite de sa vie de célibataire pour s'amuser. Mais pas de cette manière. Pas en passant du côté obscur, sous la coupe de Richie Aldin. Ma raison me martèle que je n'ai pas le droit de désapprouver ses choix, pas plus que celui de ne souhaiter son indépendance qu'à mes conditions. Mais mon cœur l'entend autrement.

Les filles et moi passons la journée à monter et à descendre des cartons de vêtements, à déménager son équipement, à vider sa chambre. Pour un peu, j'aurais l'impression qu'elle est morte. Finalement, tout est dans la camionnette.

D'humeur très joyeuse, elle s'exclame :

— Bien ! Alors, j'y vais !

— Tu ne nous oublieras pas, hein ?

J'ai réussi à contenir mes larmes toute la journée mais maintenant elles ruissellent.

— Oh, maman ! Espèce de grande andouille ! Je ne serai qu'à cinq kilomètres.

Comment puis-je lui dire que je crains que son déménagement ne soit pas simplement géographique ? Alors que, agitant la main, je regarde son véhicule s'éloigner, une peur ridicule s'empare de moi. Et si aucun de nous ne la revoyait jamais ?

Je passe mon dimanche dans mon lit, à pleurer l'absence de Neeve. Lundi matin est un véritable désastre. Je mets des heures à me lever, j'arrive au bureau avec trente-cinq minutes de retard et ne mets aucun cœur à l'ouvrage. C'est avec soulagement que je vois la journée se terminer et que je peux échapper au regard perçant de Tim. Même si la soirée ne s'annonce pas plus réjouissante. Hugh doit venir pour une discussion entre adultes. Cela fait six semaines qu'il est rentré en Irlande. Il est grand temps de nous plonger dans le sujet de nos finances problématiques et d'élaborer un plan qui nous permettra à tous d'avoir un toit.

Ma vie m'apparaît comme une succession d'épreuves. Mon seul répit était Josh. Mais j'ai le pressentiment funeste que nous allons vers une rupture. J'espère sincèrement que Hugh va annuler mais, exactement à l'heure convenue, la sonnette retentit. *Quelle poisse !* Pressentant que cette conversation risque de s'envenimer, j'ai envoyé Sofie et Kiara passer quelques heures chez Derry.

Je lui ouvre la porte d'entrée. Il se tient sur le seuil, l'air mélancolique, encore plus maigre que la dernière fois. Il commence à faire décharné.

— Entre, lui dis-je. Du vin nous aiderait sans doute, étant donné les circonstances, mais nous devons garder les idées claires, alors j'ai prévu du thé. D'accord ?

— D'accord.

La boîte à archives contenant les documents attend sur la table de la cuisine. Nous nous asseyons face à face et nous dévisageons avec méfiance. Depuis son retour, nous n'avons été en tête à tête qu'à deux ou trois reprises. Je déteste devoir régler ces questions avec lui. Le fait d'être en sa présence, de même l'apercevoir chaque fois qu'il ramène les filles à la maison, m'épuise littéralement.

—Avant que nous commencions à étudier les chiffres, puis-je dire quelque chose ?

Je sens mon estomac se nouer. *Que veut-il?*

—Quoi ?

—Dans moins d'un mois, les six mois touchent à leur terme. Il va falloir parler aux filles.

—Oh, mon Dieu !

Ça va être tellement difficile. Pas pour Neeve, qui s'en fiche, mais Sofie et Kiara vont être anéanties. Trop abattue pour réfléchir à une stratégie quelconque, je lui réponds :

—Je pense que nous devons être honnêtes avec elles.

—Je suis d'accord.

Ma plus grande inquiétude est Sofie, qui passe son bac cette année. Certes, le timing est loin d'être idéal. Mais Hugh ne peut pas revenir habiter avec nous, je ne pourrais pas le supporter. Pas plus que nous ne pouvons continuer à mener les filles en bateau encore trois mois.

—Ce ne sont plus des enfants, ce sont de jeunes adultes, souligne-t-il.

—Oui, ce sont des jeunes adultes, mais ce ne sera pas plus facile pour autant. Nous allons devoir être vraiment présents.

—Surtout pour Sofie, ajoute-t-il.

—Comment penses-tu qu'elle va ?

Je suis intéressée par son opinion. Ne pas pouvoir partager mon inquiétude à son sujet n'a pas été facile.

—Bien. Peut-être mieux qu'avant. Moins anxieuse.

—Elle te parle de l'avortement ?

—Quelquefois. Elle semble être en paix avec elle-même.

— Et pourquoi ne le serait-elle pas ?

Surpris par mon ton brusque, il se défend :

— Je n'impliquais rien.

Mais, comme la chose dans *Alien*, un flot d'une colère que j'ignorais refouler bouillonne en moi. Et, subitement, je tempête :

— Tu m'as laissée seule. Sofie était enceinte. J'ai dû l'emmener à Londres.

— Je sais. Je suis désolé.

Je sens mon visage me brûler et, soudain, des larmes de rage jaillissent de mes yeux.

— Pendant que tu t'envoyais en l'air dans toute l'Asie du Sud-Est, je gérais une urgence médicale ! Une urgence médicale pour laquelle j'aurais pu finir en prison !

J'en postillonne presque d'émotion.

— Je suis désolé, chuchote-t-il.

Inquiète de le frapper de nouveau, comme le soir où je suis rentrée de Serbie, je cogne violemment la table de mon poing.

— Connard d'enfoiré !

— Amy…

Il se lève.

— Ne me touche pas, putain ! Rassieds-toi !

Il obéit, me regardant d'un œil prudent.

Secouée de sanglots de colère, je pleure tout mon soûl. Jusqu'à sentir mes yeux gonflés, mes joues irritées par le sel de mes larmes. De longues minutes s'écoulent. De temps à autre, il fait mine de vouloir s'avancer vers moi et je hurle :

— Ne m'approche pas, bordel !

Prise d'un besoin impérieux de lui faire mal, de l'insulter, de l'humilier, je l'accable :

— Tu es faible. Et pitoyable !

— Je sais.

— Le sexe avec Josh, c'est mille fois mieux que ce que j'ai jamais connu avec toi.

Il blêmit.

— C'est fantastique !

L'évidence que nous allons rompre demain soir me frappe soudain de plein fouet. Mais il n'est pas question que je le dise à Hugh. Une nouvelle vague de larmes d'amertume enfle en moi.

— Je n'ai couché qu'avec une seule personne alors que tu as couché avec des centaines d'autres.

— Tu peux coucher avec d'autres hommes, réplique-t-il. Autant que tu voudras.

D'une voix enrouée, je demande :

— Il y en a eu des centaines ?

— Deux et demie.

— C'est quoi la demie ?

— Nous n'avons pas fait l'amour. Je voulais juste dormir dans le lit avec elle et feindre que c'était toi.

— Et comment était-ce, le sexe avec les deux autres ?

Un instant, il hésite. Mais, sans me laisser le temps de l'invectiver de nouveau, il s'empresse de répondre :

— Terrifiant. Différent. Nouveau.

— Dis que c'était super. Parce que, bien sûr, c'était super.

— C'était super.

Je pensais que c'était ce que je voulais entendre. Mais je me trompais.

— Mais elles n'étaient pas toi, ajoute-t-il.

« Elles » ?

Anéantie par la colère, la jalousie, j'imagine toutes les étapes par lesquelles il sera passé avant de « conclure ». Les regards qui se croisent sur la plage, les sourires, les invitations à boire un verre, les frôlements de mains, les yeux pleins de promesses, les baisers, les caresses, les vêtements qui valsent, l'intimité…

— Tu étais censé être à moi !

Et j'étais censée être à lui mais, à cet instant précis, je m'en fous.

— C'est sain, se contente-t-il de suggérer, hésitant. Tu as le droit d'être en colère.

— La ferme avec tes conneries de platitudes ! Entre Alastair et toi !

Je ne peux plus supporter cette conversation. Je me lève d'un bond, me dirige vers le réfrigérateur d'un pas furieux, me sers un verre de vin que j'emporte dans le séjour avec la bouteille, et je m'affale sur le canapé. Quelques minutes plus tard, Hugh me suit, gardant une distance respectueuse.

Un long moment, nous restons assis dans un silence pesant, moi buvant mon vin par lampées, lui regardant fixement ses mains.

Je finis par dire :

— Steevie m'a suggéré de casser tous tes vinyles en deux.

— Ça te ferait du bien ?

— Non.

— Y a-t-il quoi que ce soit qui te ferait du bien ?

— Non.

Après un silence, j'ajoute :

— À part peut-être si tu mourais.

Je marque une nouvelle pause et poursuis :

— Je ne le pensais pas vraiment.

— Et peut-être que si !

— Oh ! Arrête d'être aussi raisonnable, putain !

Un bruit dans l'entrée me fait sursauter. Sûrement Sofie et Kiara qui rentrent. Je ne les attendais pas si tôt. Mais un coup d'œil à mon téléphone m'indique qu'il est tard. Hugh et moi avons passé plus de deux heures bloqués dans cet échange plein d'amertume.

— Papa ! s'exclament-elles, ravies. Nous pensions que tu serais déjà parti.

—Non. Je…

L'expression de Sofie change. Elle a perçu la tension. Kiara aussi. Anxieuses, elles nous regardent tour à tour, avant de quitter la pièce avec tact.

—Je vais juste…, annonce Kiara.

—Moi aussi ! hèle Sofie en montant l'escalier. À samedi.

Après avoir entendu leurs portes de chambre se refermer, Hugh laisse échapper un soupir de lassitude et dit :

—Je vais partir.

—C'est ça. C'est ce que tu sais faire de mieux !

Chapitre 109

Mardi 14 février

Au lieu de notre lieu de rendez-vous habituel, Josh me demande de le rejoindre au bar de l'hôtel. Je suppose qu'il n'a pas réservé la chambre. Ce qui voudrait dire qu'il pressent ce qui se prépare. Il doit le savoir. Pourquoi irait-il débourser quatre-vingts euros si le sexe n'est pas au programme ? Nous nous retrouvons donc dans le petit bar, à l'hôtel.

Quelle ironie que ce soit la Saint-Valentin ! Nous marmonnons un bonsoir et nous asseyons.

—Alors, vas-y, je t'écoute.

Merde. Il me laisse la parole.

—Je t'écoute, répète-t-il.

Je m'accoude à la table et essaie de formuler mes mots.

— Je pensais que tu aurais préparé un discours, s'étonne-t-il.

Et il a raison. J'avais préparé plusieurs discours. Mais maintenant, aucun d'entre eux ne semble approprié. Au lieu de cela, je m'étonne moi-même en lui demandant :

— Josh, est-ce que cela t'est déjà arrivé ?

— Qu'une femme comme toi rompe avec moi ?

Il hoche la tête. Un instant, ses yeux brillent de façon suspecte. Je prends sa main avec douceur.

— Je suis désolée. Mais je ne suis pas ta solution.

— À quoi ?

— Tu penses que le vide qui t'habite sera comblé en redémarrant de zéro avec moi. Dans une vie étincelante de nouveauté. Mais tu te trompes.

— Et quelle est ton excuse ?

— La même que la tienne. Tu me plaisais vraiment et je voulais échapper à mon quotidien.

— Tu t'es servie de moi.

Maintenant, j'ai honte.

— Je pense que nous nous sommes servis l'un de l'autre.

Mes réflexions de la semaine m'ont fait prendre conscience que notre arrangement était aussi sordide que tragique. Nous étions deux éclopés de la vie qui essayaient de transcender leur décevante banalité. J'avais toujours su que cette relation n'avait aucun avenir. Mais je ne me doutais pas qu'elle finirait de manière aussi abrupte. Et elle est bel et bien finie.

Je poursuis :

— Les gens sont prêts à n'importe quelle folie dans la quarantaine et, d'après ce que je vois, cela vaut pour quasiment toute la race humaine. Apparemment, ils cherchent à défier la mort. Mais, dans nos deux cas, je pense qu'il s'agissait plus de faire notre deuil de promesses de jeunesse qui ne se sont jamais réalisées.

— Si nous avions habité la même ville, et qu'il n'y avait pas eu les autres, si nous n'avions pas été mariés, par exemple, tu crois que… ?

— Je ne sais pas.

— Tu ne sais pas.

Avec un soupir résigné, je concède :

— D'accord, je ne pense pas, Josh. Nous ne sommes pas du même genre. Je ne suis pas d'un optimisme acharné mais, à la longue, ma gaieté t'aurait irrité.

— Et comment te serais-tu sentie à mon sujet ?

— Je pense que je t'aurais trouvé trop… pessimiste.

Je m'empresse d'ajouter :

— Et ce n'est pas un jugement. Les gens sont comme ils sont. Tu n'as pas besoin de changer. Tu dois juste trouver quelqu'un que ton pessimisme ne dérange pas.

Il esquisse un sourire en coin.

— Comme Marcia. Je ne connais pas les tenants et les aboutissants de votre mariage mais elle semble idéale pour toi.

Il hoche la tête.

— Peut-être. Et toi, tu vas te remettre avec ton mari ?

— Non.

— Oh, Cosette, allez ! Dès qu'il est rentré, j'ai su que nous étions fichus.

Essayant de ne pas hausser la voix, je déclare :

— Il y a quinze jours, tu m'as dit que j'étais froide. C'est peut-être vrai. Parce que ça n'arrivera jamais. Il me manque, ce que nous étions me manque, et je lui souhaite que tout aille bien pour lui. Mais, lui et moi, c'est fini.

— D'accord.

L'ai-je convaincu ? Qui sait ? Et quelle importance ?

— Alors avec quoi vas-tu combler le vide en toi, désormais ? me demande-t-il.

— Avec rien. Absolument rien.

Et c'est une vérité qui n'est pas facile à accepter. Je vais juste devoir vivre avec ce trou béant en moi.

— Josh, merci. Merci pour tout.

En fait, je veux surtout le remercier pour le sexe. Mais je m'en garde bien. Je ne veux surtout pas donner l'impression que j'essaie de l'allumer.

— C'était… vraiment bien.

— Vraiment bien, répète-t-il.

Et maintenant, j'ai envie de pleurer. Je me lève.

— Je te souhaite d'être heureux, Josh.

Soudain, le monde semble enseveli sous une pluie de cendres. Toute couleur évanouie, il ne reste plus qu'un gris infini.

Chapitre 110

Lundi 27 février

Les jours qui suivent, j'ai l'impression d'avoir percuté de plein fouet un mur de granit. Ma liaison avec Josh me fait l'effet d'avoir, pendant un temps, évolué dans un monde vibrant de lumière en dansant sur des chemins d'étoiles scintillantes. Maintenant, la magie de la musique évanouie, je reste en tête à tête avec mes émotions.

Une semaine s'écoule, sans la moindre nouvelle de lui. Pas un mail, pas un texto, pas même un « like » sur Facebook. Une autre semaine démarre, dans le même silence total. À la fin de la seconde, je commence à me détendre.

Il semblerait que ce soit vraiment fini. J'en éprouve un immense soulagement. Un soulagement mitigé, néanmoins. J'ai honte de ce que j'ai fait à sa femme. J'ai brisé mes propres règles et c'est un sentiment assez abject. Et j'ai honte de m'être servie de lui. Ce n'était ni délibéré, ni cynique, mais c'est arrivé quand même. À moins que toutes les relations ne soient l'équivalent de transactions commerciales ? Qu'importe, c'est terminé et je ne le referai plus. Plus jamais avec un homme marié. En fait, avec aucun homme. Je n'en veux pas. Je n'en ai pas besoin. Je me débrouille parfaitement toute seule.

J'admets néanmoins que ma vie ne me paraît ni plaisante ni joyeuse.

À l'agence, la période est particulièrement difficile car je passe le plus clair de mon temps sur le compte MaxiProtect. À travailler avec ma propre mère ! Pour quelqu'un qui ne voulait pas être ambassadrice, Lilian O'Connell a des opinions très arrêtées sur son rôle : elle n'aime pas les vêtements confortables que nous lui avons imposés pour la séance photo (« Ils me vieillissent »). Elle ne veut voir la publicité dans aucun des abribus de son quartier (« Au cas où quelqu'un me connaîtrait »). Elle refuse toute interview avec le *Gardian* (« Ils sont trop mal habillés ! »), et ainsi de suite. Je dois, en parallèle, gérer les avis divergents de Mme MaxiProtect qui fait preuve de la même implacable volonté de fer. Aussi, en partant au bureau le matin, j'ai plutôt l'impression de partir en guerre.

Je n'ai pas revu Neeve depuis le samedi de son déménagement. Je lui envoie de nombreux textos, sans doute trop. Et, même si je ne suis pas lourde, elle n'a toujours pas annoncé sa visite.

Hugh et moi n'avons pas eu de nouvelle réunion pour discuter de nos finances. Apparemment, il habite toujours dans le garage de Nugent. Nous ne nous sommes croisés qu'une fois depuis notre affreuse querelle. Il a déposé Sofie et Kiara à la maison et nous avons échangé un salut de la tête embarrassé. Pour le moment, le problème est en attente. En fait, j'ai la sensation que le temps est suspendu dans un hiver perpétuel.

Puis, un lundi matin, Alastair arrive, chargé d'un bouquet de tulipes d'un orange vibrant. Elles irradient la vie et la lumière.

— C'est comme si tu avais déclaré l'ouverture du printemps ! m'exclamé-je.

— J'ai pensé que nous avions besoin d'un signe.

— Je sais que février est le mois le plus court de l'année, mais celui-là me donne l'impression de durer des siècles.

— Après-demain, nous serons le 1er mars. Une bonne raison de se réjouir ! se félicite-t-il.

J'annonce alors à la ronde :

— J'ai encore fait un rêve horrible, la nuit dernière.

Depuis une semaine, je fais des rêves saisissants que je relate ensuite à mes collègues.

Alastair laisse échapper un gémissement.

— Oh non ! Ne nous raconte pas, m'implore-t-il. C'est aussi pénible que d'être obligé d'admirer les photos du bébé de quelqu'un !

L'ignorant, je commence :

— Il y avait un homme. SDF, il avait vraiment froid et il avait besoin de nouvelles bottes. Alors j'ai retiré cent euros mais je me suis réveillée avant d'avoir pu les lui donner. Ça m'a rendue triste.

Des larmes ruissellent soudain sur mes joues.

— Elle pleure encore ? demande Thamy en émergeant du bureau de la réception.

— Eh oui ! acquiesce Alastair.

— Tu avais sans doute froid aux pieds, suggère Tim. Notre corps invente des histoires pour nous empêcher de nous réveiller.

Alastair secoue la tête d'un air entendu. Je lui lance :

— Quoi ?

— Rien.

— Tu crois que je pense à Hugh qui dort dans le garage de Nugent, c'est ça ? Tu crois que j'ai du chagrin pour lui ?

— Et c'est le cas.

— Il n'a que ce qu'il mérite. Mais j'ai le droit d'être triste pour lui.

Tim intervient :

— Tes pleurnicheries sont pénibles à supporter, mais, au moins, tu n'engueules plus tout le monde.

— Je ne t'ai jamais engueulé. Je n'ai engueulé qu'Alastair.

— Et moi, me rappelle Thamy.

— Parce que tu ne m'avais pas réservé le bon vol.

— Ce n'était pas elle ! s'exclament mes deux associés en cœur. C'était toi qui t'étais trompée.

Bon. C'est peut-être vrai, Mais c'est toujours mieux de pouvoir blâmer quelqu'un d'autre.

— C'est en ligne, lance Tim.

Je me précipite vers le vlog de Neeve. Depuis son départ, ce sont mes seules occasions de la voir. Cette semaine, elle nous fait visiter son nouvel et très chic « appart ».

— Waouh, s'exclame Alastair avec un mouvement de recul. Ce n'est pas un peu…

— Clinquant ?

— Oui.

— Elle est passée du côté obscur. Elle a été séduite par l'argent et les relations de ce tocard.

Je me remets à pleurer.

— Amy, me dit Tim, une pointe de mise en garde dans la voix. Et si tu rentrais chez toi ? Pour pleurer tout son soûl ?

Et revenir toute fraîche et professionnelle demain matin. C'est ce qu'il sous-entend.

— Hugh doit passer, ce soir. Nous devons décider comment annoncer aux filles qu'il ne reviendra pas.

Tim et moi nous regardons sans ciller. Je réponds à son interrogation muette :

— Exactement. Je n'ai pas fini de pleurer.

— Si tu es si triste, pourquoi ne te remets-tu pas avec lui ? lance-t-il, exaspéré.

Pour l'amour du ciel, pourquoi les gens persistent-ils à se montrer aussi peu nuancés ?

— Je ne veux pas être avec lui. Mais j'ai le droit d'être triste.

Hugh et moi sommes assis à la table de la cuisine. Je me lance :

— Lundi prochain, nous serons le 6 mars. Une semaine avant la date butoir. C'est le jour où nous leur parlerons.

— D'accord.

— Nous commencerons par leur dire à quel point nous les aimons tous les deux.

— Lequel de nous deux devra le dire ? demande-t-il.

— Ne pouvons-nous pas juste improviser ?

— Nous avons besoin d'être solidaires. Nous ne pouvons montrer le moindre doute, ça les inquiéterait.

J'acquiesce :

— Entendu. Tu parleras le premier. Je hocherai la tête et sourirai comme si j'étais d'accord. Puis j'ajouterai que, même si toi et moi ne sommes plus ensemble, nous serons toujours une famille.

— Et c'est là que je hoche la tête en souriant à mon tour ?

Seigneur ! Je voudrais tant que ce soit déjà passé !

— Oui. Mais Hugh, elles seront peut-être en colère. Peut-être pleureront-elles.

— On les laissera réagir comme elles voudront.

— Elles risquent de t'en vouloir à mort.

— Je le mérite, je peux l'encaisser.

Un frisson de culpabilité me traverse. Hugh n'est peut-être pas entièrement responsable de l'échec de notre mariage. Je demande alors :

— Où devrions-nous leur parler ? Dans quelle pièce ?

— Le séjour, je pense. Être assis à cette table serait trop formel.

— Ne devrions-nous pas être côte à côte, toi et moi ? Ou toi sur le fauteuil et moi sur le canapé ?

— Le visuel, c'est ta spécialité.

— Super ! Nous nous asseyons ensemble, sur le canapé. Devons-nous nous tenir la main ?

— Non.

— Pour témoigner de notre solidarité ?

— Ça ne servirait qu'à les embrouiller. Tu penses que Neeve viendra ? demande-t-il alors.

J'en doute fort. Elle ne passe plus jamais. Elle ne m'envoie même plus de textos, à moins d'avoir besoin de quelque chose. La dernière fois, c'était pour me demander une photo d'elle bébé avec Richie. Manifestement, elle a fait l'interview « Les Valeurs familiales » pour le *Sunday Times*.

— N'y comptons pas.

Sarcastique, il réplique :

— Je vais regretter de rater la joie sur son visage.

Il a raison. Elle sera aux anges. Ou peut-être s'en fichera-t-elle royalement.

— Bien, dis-je. Répétons. Tu commences.

— Tu veux dire, prononcer les mots ? Maintenant ? Attends, donne-moi une minute. Bien.

Il prend une profonde inspiration et regarde dans le vide.

— Sofie, Kiara, commence-t-il d'une voix rauque. Amy et moi vous aimons toutes les deux profondément. À ton tour.

Je hoche la tête et essaie de sourire, mais mes lèvres tremblotent.

— Hugh et moi ne sommes plus ensemble. Ou devrais-je dire, pour être précise, nous ne nous remettrons pas ensemble ?

Je le regarde, en quête de son approbation, essuie mes larmes d'un revers de manche et poursuis d'une voix étranglée :

— Je pense que « nous ne nous remettrons pas ensemble » est la meilleure formulation.

— Amy…

— C'est tellement triste Hugh. C'est juste tellement triste.

— Je sais, chérie. Viens là… Viens là, répète-t-il.

Et même sachant que c'est sans doute une mauvaise idée, je me lève, contourne la table et me juche sur ses genoux. Comme je le faisais toujours quand ça n'allait pas. Je vais sûrement le regretter mais, l'espace de quelques instants de béatitude, je me noie dans le réconfort de son étreinte, la chaleur de son corps, l'odeur de sa peau… Ses bras se resserrent autour de moi puis, dans un effort de volonté intense, je murmure :

— Les limites.

Je me redresse, le dévisage et il est là, devant moi. Hugh. Oh, mon Hugh. Et je vis l'un de ces moments hors du temps.

— Oh, mon Dieu !

Je me ressaisis et me relève.

— Quoi ?

— Rien. Juste un moment d'égarement. Quelquefois, j'oublie. Je pense que tout est comme avant.

— Je sais, chérie, moi aussi.

— Toi aussi ?

— Bien sûr.

Ayant regagné la sécurité de mon côté de table, je demande :

— Mais ça passera. Au fil du temps, ça paraîtra de plus en plus normal.

— Tu crois ?

Il a l'air accablé.

— Bien sûr. Ainsi va la vie.

Ayant repris place sur ma chaise, je poursuis :

— D'accord, reprenons… Ensuite, je pense que nous devrions dire que nous serons toujours là les uns pour les autres. Tous.

Prise d'un nouvel accès de larmes, je m'interromps.

— Oh, Hugh.

— Qu'y a-t-il, mon chou ?

— Tu es tellement maigre.

— Je vais bien.

Ce soir, je vais sans doute rêver d'un homme qui a faim et juste avant de lui donner à manger, je vais me réveiller.

— Tu ne peux pas manger ?

— Tu sais…

D'une voix vibrante de sincérité, je déclare :

— Je suis désolée. Je suis désolée de ne pas pouvoir guérir mon cœur. Je suis désolée de ne pas pouvoir retrouver mes sentiments d'avant ces photos. Mais je suis comme ça, je ne peux pas changer.

— Et c'est pour ça que je t'aime.

— Hugh, je t'en prie, non. Écoute, tout ira bien, pour nous deux. Au bout du compte, tout ira bien.

— Et si ce n'est pas le cas ?

— Non !

Je sais qu'il essaie d'alléger l'atmosphère. Ni lui ni moi ne supportons ce dialogue du film *Indian Palace.*

L'air soudain épuisé, il suggère :

— Et si nous arrêtions pour ce soir ?

— À lundi, alors.

— À lundi.

Chapitre III

Lundi 6 mars

La semaine précédant la conversation avec les filles est, pour moi, la pire de toutes. Pire encore que la période qui a suivi son départ en Thaïlande. Ce qui est étrange.

Mais, à l'époque, j'étais sous le choc. C'est une évidence, maintenant. J'étais abasourdie, déroutée. Je n'avais pas pris la mesure de l'ampleur de son absence. C'est ainsi que l'être humain supporte l'insoutenable : en s'exposant à la dose maximum de douleur qu'il peut tolérer en l'espace d'une journée, d'un instant. Puis il attend de l'avoir assimilée pour pouvoir en accepter plus.

Ce qui explique peut-être pourquoi nous mettons si longtemps à faire nos deuils.

Néanmoins, j'avance. Parfois, je peux mesurer ma progression. L'incrédulité initiale a disparu et mon shopping compulsif est redevenu normal. J'ai cessé d'essayer de feindre que tout allait bien et, quand je rencontre quelqu'un comme Bronagh Kingston, je ne me compose plus ce masque épuisant de fausse gaieté. Au lieu de cela, sans pour autant imposer mes larmes à tous, je ne cherche pas à cacher que je traverse toujours des moments difficiles.

Même mes colères incendiaires se sont calmées. Au moins temporairement. En ce moment, mon émotion la plus forte est le chagrin. Mais lui aussi finira par passer. Si la fin de mon mariage sera triste, je ne resterai pas ainsi paralysée par ma peine.

Parfois, je regarde en arrière et je me demande comment tout cela a bien pu arriver. De l'extérieur, personne n'aurait pu imaginer que Hugh et moi pouvions nous séparer. Nous ne nous disputions jamais vraiment. Nous n'avons jamais appartenu à cette catégorie de gens qui crient. Mais je suppose qu'une fin peut prendre la forme d'un murmure plutôt que d'une détonation.

D'autres fois, cette rupture me semble avoir été totalement inévitable. Pas simplement à cause de l'impact qu'a eu sur Hugh le décès de Gavin, si peu de temps après celui de Robert. Mais je dois prendre en considération mon aventure platonique avec Josh, l'été d'il y a deux ans. Comment la justifier ?

Je ne comprends toujours pas. Ma meilleure explication étant que j'avais l'impression de n'avoir plus rien à attendre de la vie. Or, je n'avais pas vraiment une vie difficile. Contrairement à des milliards de gens qui ne vont pas pour autant voir ailleurs.

J'avais aimé Hugh. J'avais aimé la famille que nous avions fondée. Et, pourtant, j'avais voulu autre chose.

Certes, nous sommes censés apprendre de nos erreurs. Hélas, si je suis incapable d'analyser ce qui m'a poussée à agir ainsi, rien ne m'empêchera de recommencer.

Avec un sourire hésitant, je déclare :

— Bon. Nous avons besoin de parler.

— Ne devrions-nous pas attendre que Neeve arrive ? demande Sofie.

— Neeve ne viendra pas.

— Oh ! dit Kiara. De toute façon, nous savons ce que vous allez nous dire.

Hugh et moi nous raidissons.

— Papa ne reviendra pas vivre avec nous, c'est ça ?

D'une voix étranglée, je réponds :

— Non, chérie.

— Tout va bien, dit doucement Sofie.

Mais rien ne va. Hugh et moi étions censés nous montrer solidaires, rassurants.

— J'avais plus ou moins deviné, reprend Kiara. Nous avions toutes deviné. Nous comprenons. Nous sommes désolées que vous soyez tous les deux si tristes.

— Ne le soyez pas.

— Nous avons eu le temps de nous habituer à vivre sans toi, dit Sofie.

Eh bien, tant mieux. C'était l'idée après tout !

— Mais nous allons te voir tout le temps, j'espère ? poursuit-elle.

— Absolument, acquiesce Hugh. Bien entendu, chérie, chaque fois que tu le souhaiteras.

— Mais je veux vous voir ensemble, maman et toi, reprend Kiara. Pas juste nous avec toi, puis nous avec maman. Tous ensemble.

— Ah…

Visiblement en mal d'inspiration, Hugh me lance un coup d'œil inquiet. D'un ton atrocement jovial, je m'exclame :

— Bien sûr. Pour les anniversaires, ce genre de trucs.

Sofie et Kiara échangent un regard. Visiblement nous n'étions pas les seuls à nous être préparés pour cette explication.

— Pour regarder *Crazy Ex-Girlfriend* ensemble le lundi, reprend Kiara. Comme avant.

— Mais…

— Nous avons été cool avec tout ça, nous rappelle Kiara. Super cool même. Mais il y a des conditions.

Impuissante, je lance un coup d'œil à Hugh. Il semble aussi déconcerté que moi. N'ayant visiblement pas le choix, je concède :

— D'accord.

Mais ce sera tellement bizarre ! J'en suis épuisée d'avance.

— Où vas-tu habiter ? demande alors Kiara à Hugh. Avec Carl et Chizo ?

— Hum, non, je cherche un appartement.

Je lui lance un nouveau coup d'œil surpris. Vraiment ? D'un autre côté, à quoi m'attendais-je d'autre ?

— Bonne chance ! dit Sofie. Peut-être Richie Aldin te louerait-il l'un des siens.

Kiara s'exclame :

— Bien sûr, c'est ça ! De son « portefeuille de biens ». Et il ne te ferait payer que la moitié du prix du marché.

— Ce mec est tellement sympa !

— Grave !

Elles éclatent de rire et se cognent les poings. Pour être franche, les entendre ridiculiser Richie me met du baume au cœur.

— Alors ne vous inquiétez pas pour nous, nous rassure Kiara. Tant que nous continuons à faire des trucs en famille, nous sommes contentes.

— D'accord.

— Je vous aime tous les deux, jusqu'à la Lune et retour, nous dit-elle alors.

— Moi aussi, renchérit Sofie. Jusqu'au Soleil et retour.

— Moi je les aime jusqu'à Vénus et retour, insiste Kiara.

— Vénus est plus proche que le Soleil, andouille !

— Vraiment ? Non !

— Bien sûr que si. Bon, on a fini ? demande alors Sofie. Parce que je dois aller travailler. Et toi aussi Kiara. Tu en as vraiment besoin. « Vénus et retour », pfff.

— Oui, voilà ! Tout à fait, approuve Hugh.

L'air totalement dépassé, il essaie de reprendre ses esprits.

— À demain ! lance Sofie.

— Oui, demain. Cours de physique, précise-t-il à mon intention.

Elles montent dans leurs chambres et nous échangeons un regard perplexe.

— Ça s'est bien passé.

— Oui, acquiesce-t-il, l'air toujours aussi abasourdi.

— Elles sont si mûres. Si calmes.

— Plus calmes que moi, reconnaît-il.

— Que moi aussi. Je suppose que ce sont des adultes, maintenant.

— Même si ce seront toujours nos petites filles.

— Oh, mon Dieu, Hugh, arrête !

Mon soulagement se dissipant soudain, je suis submergée par une nouvelle vague d'une peine infinie.

— Je déteste amener le sujet, Amy… mais nous avons besoin de parler d'argent.

Un instant muette, je le dévisage.

— Ça ne s'arrête jamais, c'est ça ? Nous n'en finissons pas de nous séparer. D'accord, quand ? Il faudra que ce soit ce week-end. Je suis trop prise au travail.

— Samedi ?

— Super ! Samedi.

Chapitre 112

Vendredi 10 mars

Quatre jours plus tard, les pubs MaxiProtect de maman sont affichées. Soudain, son sourire éclairant son visage un peu retouché, elle est dans les abribus et les gares d'Irlande et de Grande-Bretagne avec le slogan éternel : « Je fais toujours la fête ! »

Quand, alors que je suis sortie en quatrième vitesse à l'heure du déjeuner pour aller acheter un nouveau sérum, j'aperçois l'une de ses affiches, je reste pétrifiée. Si je savais que la campagne n'allait pas tarder à être lancée puisque je l'avais moi-même négociée avec Adshel, il est plus qu'étrange de voir votre mère d'un certain âge devenir un bien public.

Cela ne fait que deux mois qu'elle est devenue ambassadrice pour la marque. Mais la période de l'année étant calme dans le monde publicitaire, il a été facile d'accélérer le processus.

J'envoie un texto à Neeve pour la mettre au courant. Pour être honnête, c'est une excuse bidon pour la contacter. Je lui ai laissé bien trop de messages dans lesquels je disais avec un rire forcé :

> Te reverrons-nous un jour ? Ha, ha, ha. Tu manques à tes sœurs.

Je me réjouis donc d'avoir une nouvelle à communiquer.

La plupart du temps, elle m'ignore. Quelquefois, elle m'envoie des baisers ou des cœurs. La seule fois où elle m'a écrit depuis son départ a été quand je lui ai annoncé que Hugh ne reviendrait pas à la maison.

Super !

Puis :

Regarder *Crazy Ex-Girlfriend* avec lui tous les lundis ? Plutôt manger des clous.

À dire vrai, l'idée ne m'emballait pas non plus. En fait, j'étais si contrariée que, le lundi soir, avant son arrivée pour notre petite comédie de famille heureuse, j'avais été incapable d'avaler une bouchée.

Je ne peux pas. Je ne peux vraiment pas.

Mais il le fallait. Voilà tout. J'allais m'habituer. On finit par s'immuniser contre tout. Même le pire. Il m'arrive parfois de penser à ceux qui travaillent dans un abattoir, ou qui décapitent des poulets. Le genre de métier qui ne fait rêver personne. Mais si vous n'avez pas d'autres options, vous le faites. Et j'imagine que votre révulsion finit par s'amenuiser.

Je suis en train de regarder un énorme saladier de pop-corn tourner dans le four à micro-ondes quand Kiara annonce :

— Voilà papa.

Hugh entre, avec sa propre clé, suivant les consignes.

— Et encore bonsoir, me salue-t-il.

Essayant de blaguer, je lance :

— Mon Dieu ! Tu pourrais aussi bien revenir habiter ici. Je te vois si souvent !

Je fais référence à notre rendez-vous de samedi après-midi pour parler de nos finances.

— Ça va ? Que je l'utilise ? me demande-t-il en me montrant sa clé.

— Nous étions d'accord !

Encore une fois, mon enjouement est forcé. C'est un processus. Nous finirons par y arriver. Bientôt, nous serons l'un de ces couples de divorcés qui font partie de la vie l'un de l'autre et qui sont les meilleurs amis du monde.

Peut-être pas tout de suite. Mais un jour.

— Hé ! J'ai vu l'une des pubs de ta mère ! Sur un abribus. J'ai été si surpris que j'ai failli avoir un accident. Elle est magnifique ! ajoute-t-il en riant.

— Je sais ! s'exclame Kiara. C'est dingue, non ? T'imagines, c'est mamie ?

— Bravo à elle !

Eh oui, bravo à elle. Et bravo à moi parce que Mme MaxiProtect a versé un bonus à Hatch, une coquette somme d'argent qui est allée directement combler le découvert de notre compte joint. Cela nous laisse un peu de marge de manœuvre.

— Allez, maman, allez papa ! dit Kiara en nous entraînant dans le salon.

J'indique à Hugh :

— Il y a de la bière, dans le réfrigérateur.

— Oh merci.

Devant son air décontenancé, je précise :

— Flash-back !

— Oui, flash-back.

Je lui tapote gauchement le bras.

— C'est pénible, je sais, mais ça finira par passer.

— Sofie ! hèle Kiara du bas de l'escalier. Descends.

Sofie dévale les marches et entre en trombe dans le séjour. Nous nous installons tous les quatre sur le canapé. Hugh et moi, nos bières à la main, à chaque extrémité, aussi éloignés l'un de l'autre que possible. Aucun d'entre nous ne fait référence à Neeve, même si son absence laisse un grand vide.

Le saladier de pop-corn passant de main en main, nous regardons *Crazy Ex-Girlfriend* tous ensemble. Cependant, nous n'arrivons pas à recréer l'ambiance de notre rituel du lundi soir. C'est un peu comme de manger des brownies au chocolat à l'édulcorant. En dépit de leur apparence, ils n'ont pas le même goût que les originaux.

À la fin de l'épisode, j'ai le moral au plus bas. Mais Hugh et moi avons été courtois l'un envers l'autre et je suis disposée à déclarer que la soirée a été une réussite mitigée. Les filles l'embrassent un peu trop vite et disparaissent dans leurs chambres, me laissant en tête à tête avec lui dans l'entrée.

— Pendant que j'y pense, nous avons fixé une date pour disperser les cendres de papa, m'annonce-t-il. Le samedi de Pâques.

— Oh ? Tu veux dire… je suis invitée ?

Il se rembrunit.

— Bien entendu. Vous faites partie de la famille, les filles et toi.

— Toujours ?

— Oui ! Rien ne peut changer ça.

— Cette nouvelle étiquette pour les couples séparés est tellement étrange ! Tu sais, qui est invité aux enterrements, qui ne l'est pas.

L'air infiniment triste, il fait un signe d'assentiment et murmure :

— Je n'arrive toujours pas à y croire. Jamais je n'avais pensé que nous nous séparerions. Jamais je n'avais pensé que cela pouvait nous arriver.

— Moi non plus. Je nous croyais différents.

— Mais je suppose que tous les couples pensent qu'ils sont différents.

Au bord des larmes, je demande d'une voix étranglée :

— Alors, raconte comment ça va se passer.

— Comme je te l'ai dit, le samedi matin de Pâques. Dans cinq semaines. Howth Hill, puis un beau déjeuner au *Maldive*.

— Au *Maldive* ! Classe !

En fait, je veux dire « excessif ».

— Classe, certes. Organisé par Chizo, ajoute-t-il d'un air narquois.

— Ah, je comprends mieux.

Sa belle-sœur est critique culinaire dans les meilleurs restaurants d'Irlande depuis des lustres.

— Et qui sera là ?

— Tout le monde. John, Rolf et Krister d'Uppsala, Brendan, Nita et leurs enfants, de Manchester, Carl, Chizo et Noah, la Merveille, de Foxrock, et toi, moi, Neeve, Sofie et Kiara de Dundrum.

Il rougit.

— Je veux dire… ce n'était pas ce que je voulais dire. Je sais que je n'habite plus Dundrum.

— Arrête !

Nous échangeons l'un de ces regards d'acceptation stoïque.

— Et Neeve ? Tu es sûr de souhaiter sa présence ?

— Papa l'aimait bien.

— Dieu sait pourquoi !

— Allons, elle est très bien, la défend-il. Alors, oui, bien sûr, Neeve.

Brusquement, je lui demande :

— Et comment vas-tu, Hugh ? Tu sais, en ce qui concerne ton père, et Gavin ?

J'avais été tellement absorbée par mon ressentiment à son égard que je ne m'étais pas souciée de son propre chagrin. Je doute qu'il ait surmonté la peine de ces deux deuils.

— Ça va.

— Hugh. Je veux une vraie réponse.

Gêné, il se tortille sur place.

— Je ne sais pas Amy. Ils me manquent tous les deux. Je pense beaucoup à papa, à quand nous étions tous enfants. C'était un homme tellement bien.

— Alors tu te sens seul ?

— Oui, mais…

Il s'interrompt. Je suis sûre qu'il était sur le point de dire que les filles et moi lui manquions tout autant que son père et Gavin. Mais il ne veut pas donner l'impression de me le reprocher.

J'insiste :

— Tu es triste ?

Pensif, il répond :

— Il serait plus exact de dire que j'ai peur. Je ne sais pas, Amy, ajoute-t-il avec un soupir. Je suis incapable d'analyser la plupart de mes émotions. Ma seule certitude, c'est que je ne suis pas fou, comme je l'étais l'année dernière, quand j'avais l'impression de devoir me dépêcher de saisir l'instant présent, de vivre ma vie à fond, et tout le reste.

Chapitre 113

Vendredi 17 mars

Le vendredi soir, lors du trajet pour aller chez papa et maman, il fait encore jour. C'est la première fois depuis des mois qu'il ne fait pas nuit à 18 h 30. Je fais un calcul rapide : dans deux semaines, nous avancerons nos montres. Le printemps est vraiment arrivé.

Je devrais me réjouir de ce signe évident que le temps passe : chaque seconde me rapproche de cet état magique où ma douleur sera guérie. Mais, aujourd'hui, j'ai mal. Chaque nouvel événement, chaque changement de saison, chaque début de mois, est une nouvelle étape importante qui m'éloigne un peu plus de la famille que je formais avec Hugh.

Lorsque je tourne dans l'allée de la maison familiale, j'aperçois deux enfants qui jouent dans le jardin. Je reconnais alors Sofie et Jackson qui font le poirier. L'air du soir résonne de leurs éclats de rire.

Je descends de voiture et ils me hèlent.

— Salut Amy !

Je m'arrête pour les regarder.

Sofie parvient à faire un poirier passable et Jackson la tient par les jambes.

— OK, tu peux lâcher maintenant.

Mais dès qu'il recule, elle s'écroule sur l'herbe et, allongée sur le dos, se tord de rire.

— Et maintenant, à moi, dit-il.

Je craque de les voir tellement mignons. Tous les deux passent leur bac dans moins de trois mois. Ils se sont montrés très assidus dans leurs révisions et les voir s'amuser me fait chaud au cœur. Je m'inquiétais de savoir comment ils vivraient le traumatisme de l'avortement. J'avais craint de les voir rompre. Mais ils paraissent toujours aussi proches.

J'aperçois alors Derry sur le seuil de la porte d'entrée.

— Viens ! me lance-t-elle.

Je me hâte vers elle.

— Quoi ? Qu'y a-t-il ?

— C'est maman.

Rassurée, j'entends sa voix qui résonne dans la maison. Au moins, elle n'est pas morte.

D'instinct, je me dirige vers le séjour où tout le monde est rassemblé : Joe, Siena, Finn, Pip et Kit, Maura, le Pauvre Bougre, Declyn, Bébé Maisey et Kiara. Et papa, l'infortuné, écoute maman, l'air totalement déboussolé.

— Moi. Oui, moi la vieille, est-elle en train de déclarer. Pas vraiment vieille, cela dit !

Elle remarque alors mon arrivée et poursuit, à mon intention :

— Amy ! Attends un peu d'entendre ça. Ce soir, pour le *Late Late Show* ! Ils ont annulé Ed Sheeran pour me faire venir à sa place.

Eh bien, pour une nouvelle ! Maman doit démarrer la campagne médiatique pour son rôle d'ambassadrice lundi, mais le *Late Late Show* avait refusé toutes mes demandes d'interview.

— Je suis stupéfiante ? demande-t-elle. Stupéfiante, non ?

— Tu es… Waouh…, commence Joe.

— Insupportable, intervient Derry. C'est le mot que tu cherchais. Ou imbuvable, si tu préfères.

— Imbuvable, c'est ça, approuve Joe.

— QUELQU'UN PEUT ME DIRE CE QUI SE PASSE ? supplie papa.

D'un ton péremptoire, maman lance :

— Kiara ! Appelle Neeve. Dis-lui que j'ai besoin qu'elle vienne m'aider à me préparer. Dis-lui que c'est urgent.

Mon cœur se met à battre plus vite. Comment Neeve va-t-elle réagir ? Va-t-elle se précipiter ici au pied levé pour aider sa grand-mère, alors qu'elle n'a même pas eu dix minutes à me consacrer depuis le jour où elle est partie ?

— EN TANT QUE CHEF DE FAMILLE, J'EXIGE QUE QUELQU UN ME DISE CE QUI SE PASSE !

— Tais-toi, grand-père ! lui ordonne Kit.

— C'EST MOI QUI VAIS TE FAIRE TAIRE, ESPÈCE DE PETIT SALIGAUD !

Sofie, qui vient de surgir à côté de moi, me tire par la manche.

— Amy, je peux te parler ?

Je sens mon estomac se nouer d'angoisse.

— Tout va bien, dit-elle en riant. Je ne suis pas enceinte, cette fois ! En fait, pendant les vacances de Pâques, l'institut propose des cours de révision intensive. Est-ce que je peux m'inscrire pour ceux de physique-chimie ?

Mes espoirs pour Sofie ont toujours été modestes. Je voulais juste qu'elle soit heureuse. Mais voilà soudain qu'elle a de l'ambition. Elle s'est inscrite en fac de physique-chimie et elle se donne vraiment à fond.

— Mais ça coûte de l'argent, ajoute-t-elle avec une grimace. Beaucoup.

— Laisse-moi en parler avec Hugh. Mais ne t'inquiète pas, nous trouverons l'argent.

Fébrile, je me remets à suivre la discussion.

— Neeve va-t-elle vraiment venir ?

— Oui, me confirme Kiara.

Effectivement, une demi-heure plus tard, elle arrive, l'air opulent dans sa tenue scintillante.

L'air alarmé, papa demande :

— QUE T'EST-IL ARRIVÉ ? TU BRILLES DE PARTOUT ?

Je me rue sur elle et la serre si fort qu'elle s'exclame :

— Oh, maman, de grâce !

— Ma petite fille, dis-je en la couvrant de baisers.

— Tu veux bien me lâcher ? bougonne-t-elle.

Mais elle sourit.

— Tu m'as tellement manqué.

— Ce n'est pas une raison pour m'asperger de larmes.

— On peut se dire un mot ? En privé ?

— Oh merde ! s'exclame-t-elle avec un coup d'œil entendu à Sofie et à Kiara.

— Rien de grave. Mais… monte avec moi.

Dans la chambre qui fait office de bureau Internet, loge de maquillage, studio et autres, je commence :

— Réserve ton samedi de Pâques. Nous allons disperser les cendres de Robert.

— Robert ?

— Le père de Hugh, chérie. Tu sais, qui est Robert. Était.

Son expression se durcit.

— Je n'irai pas.

— Mais…

— Je n'irai pas. Il n'était pas mon vrai grand-père. Je ne suis pas obligée d'y aller.

— Mais…

Robert a toujours été si gentil avec Neeve.

— Je. N'irai. Pas, scande-t-elle. Et maintenant, si tu permets, je dois pomponner mamie. Si tu veux bien m'excuser.

Soudain, je suis furieuse.

— Hé ! Tu pourrais avoir un peu de respect. Robert t'aimait. Et tu sais quoi ? Tu le dois à Hugh.

— Hugh ? bredouille-t-elle. Tu blagues, là ? Ce n'est pas mon père.

— Il s'est occupé de toi pendant des années, il est allé te chercher à des fêtes et…

— J'ai un père. Et je ne sais même pas pourquoi tu y vas. Hugh et toi, c'est fini.

Inflexible, je poursuis :

— Je veux que tu viennes.

— Pourquoi ?

— Pour Hugh.

Nos visages se frôlent et nous nous crachons presque à la figure. Exactement comme lorsqu'elle était adolescente.

— Pourquoi tu te fatigues ? Il s'est barré ! Il t'a humiliée publiquement. Il ne mérite rien de toi. C'est un connard.

— Ce n'est pas un connard. C'est un homme qui a fait une erreur. Une énorme erreur, certes. Mais il n'a pas été cruel avec moi. En tout cas, pas de façon délibérée. Pendant longtemps, il a été très bon pour nous toutes et il mérite notre soutien pour son dernier adieu à son père adoré.

L'agrippant par le bras, je lâche d'un ton sans réplique :

— J'y vais ! Et tu viens aussi. Et il n'y a rien à ajouter.

CHAPITRE 114

Lundi 20 mars

L'interview de maman dans le *Late Late Show* tourne un peu au fiasco. Toute cette adulation lui étant montée à la tête, elle ne se rappelle pas qu'elle n'a été invitée que dans le but de promouvoir un produit. Elle fait à peine référence à MaxiProtect et Mme Mullen me bombarde de mails furieux tout le week-end.

En outre, Ed Sheeran n'a pas été annulé pour lui laisser la place. Personne ne sait d'où elle sort cette absurdité.

Le lundi matin, Tim, Alastair et moi sommes obligés de tenir une réunion d'urgence pour discuter de comment la recadrer.

— Quelqu'un doit la raisonner, déclare Tim d'un air sombre.

J'implore :

— Je vous en supplie, faites que ce ne soit pas moi.

Même Alastair a l'air découragé.

— Très bien. Je m'en charge, annonce-t-il.

Je suis tellement soulagée que je pourrais lui sauter au cou.

J'ai tellement peu d'énergie en ce moment. Et Petra m'a donné une explication qui me convient très bien : « Ceux qui souffrent d'une douleur physique constante sont épuisés. Endurer l'intolérable réduit les forces à néant. J'en conclus qu'il en va de même pour la douleur émotionnelle. »

C'est d'être obligée de voir Hugh qui est si épuisant ! Une angoisse chronique me ronge la paroi de l'estomac, la sensation de brûlure me réveillant la nuit.

Mais Sofie et Kiara sont inflexibles : nous devons poursuivre nos « séances télé famille heureuse » tous les lundis soir.

Ce soir, une fois l'épisode fini, elles ont filé dans leurs chambres. Restés seuls, nous discutons de la requête de Sofie pour des cours supplémentaires. Cela représente beaucoup d'argent, une somme que nous n'avons pas.

— Nous pourrions demander une autorisation de découvert plus importante ? suggéré-je.

— Je ne suis pas sûr que la banque acceptera, répond-il avec une grimace.

— Un prêt ?

— Peut-être. Le plus évident, ce serait de payer avec la caution pour mon appartement.

Comme je le pressentais, Chizo ne lui a pas permis de revenir habiter son élégante piaule. Je ne suis même pas sûre de croire à son histoire de famille arrivant du Niger. Il habite donc toujours le garage de Nugent. Mais nous venons à grand-peine de réunir la somme pour la caution et le premier mois de loyer d'un petit appartement pour lui.

— Mais, Hugh, tu es limite SDF.

Il lève les yeux au ciel.

— J'ai un toit sur la tête. Le Wi-Fi. Accès à la salle de bains. Que puis-je demander de plus ?

— Tu vis dans un garage. Oh Hugh, c'est tellement triste, merde !

— Arrête, Amy, c'est plus confortable que ça en a l'air. Et cela ne fait que repousser de quelques semaines. Dans un mois, j'aurai mon propre appartement.

— Si nous ne nous retrouvons pas avec quelque nouvelle exigence financière.

— Allons, Amy ! Sois courageuse. Tout va bien. Sofie peut prendre son cours et j'aurai un appartement dans un mois.

— D'accord.

Presque admirative, je poursuis :

— Regarde-nous, Hugh. Parlant de nos enfants. Nous comportant en adultes, courtois. Nous touchons au but.

— Oui, répond-il d'une voix étranglée. C'est vrai.

Nous nous regardons d'un air un peu désespéré.

— Hugh… je voudrais te demander quelque chose.

— Oui ? fait-il d'un air méfiant.

— Quand nous étions ensemble, avant que nous sachions que ton père était malade, étais-tu heureux ? Avant de répondre « oui » machinalement, s'il te plaît, réfléchis. Qu'aurais-tu changé ? Je ne parle pas d'avoir eu plus d'argent ou autres facteurs extérieurs. Qu'aurais-tu changé dans notre relation ? Et ne dis pas « rien ». Sois honnête.

Il garde le silence, feignant de réfléchir. Mais je suis sûre qu'il connaît la réponse. Il est juste trop timide pour me la donner.

Je lance à brûle-pourpoint :

— Le sexe. Tu aurais voulu que ce soit mieux. Différent ?

— J'aurais aimé que ce soit plus fréquent, avec toi. Juste avec toi, ajoute-t-il.

— Mais tu aurais aimé que je t'envoie des Snapchats coquins, ou des sextos ?

— Je n'aurais pas dit non. Mais, surtout, j'aurais voulu que nous fassions l'amour plus souvent. Ce n'était pas agréable d'avoir l'impression d'être une bête en rut te pelotant alors que tu n'étais pas intéressée.

Je réponds, immédiatement sur la défensive :

— J'étais tout le temps fatiguée.

— Je sais, acquiesce-t-il, sur le même ton défensif. Je sais à quel point tu travailles dur. Mais tu m'as demandé d'être honnête. C'était difficile de te trouver belle, de te désirer, et de savoir que je n'avais pas d'espoir de te toucher. Et avant que tu me catalogues comme obsédé, c'était la tendresse qui me manquait, tout autant que l'aspect physique, ajoute-t-il avec ferveur.

Je n'aime pas ce que j'entends. Je me sens piquée au vif par ses critiques. Mais c'est moi qui l'ai voulu. Je soupçonnais que ce serait sa réponse et je sais qu'il a raison.

Je dis alors :

— Une fois que nous passions à l'acte, j'étais contente. Passer de la position verticale à la position horizontale était la partie que je trouvais la plus…

Dérangeante, irritante, une perte de temps. Il y avait toujours un repas à préparer, de la lessive à trier, des vêtements à regarder en ligne.

— Mais une fois que je me sentais excitée, c'était…

En fait, maintenant que je m'en souviens, c'était fabuleux.

Hugh prenait le contrôle, au lit. Il était vigoureux, plein d'assurance, et il savait ce qu'il voulait. Ce qui offrait un contraste saisissant avec sa douceur et sa décontraction au quotidien. Il n'avait pas un corps de dieu sexuel, je ne l'avais jamais connu avec des abdominaux, mais il était sûr de lui et sans complexe.

— J'avais l'impression d'arriver en dernier sur ta liste, m'avoue-t-il.

Et il avait raison. Faire l'amour avec lui était juste un élément de plus sur ma « liste de choses à faire ». Et cela arrivait tout en bas.

— Nous étions comme des colocataires et… presque collègues. Nous voir soudain comme des objets sexuels torrides… c'était difficile, fais-je remarquer.

— Pas pour moi.

Mais ça l'était pour moi. Personne ne veut devenir un cliché. Pourtant, c'est ce qui finit par arriver.

— Comment les autres vivent-ils leur vie sexuelle ?

J'ai parlé tout haut. Parce que personne n'aborde jamais le sujet du sexe. Je poursuis :

— Avant, je pensais que tout le monde avait des relations constantes. Beaucoup plus que toi et moi. Puis j'ai compris que les gens se contentaient de sauver la face. C'est difficile de savoir où se situe la norme.

— Et toi, qu'aurais-tu changé ? me demande-t-il. Et ne répond pas « rien ».

— J'avais l'impression que mes souhaits passaient toujours en dernier. Mais je ne sais pas si cela aurait pu être évité. Nous n'avions pas assez d'argent pour satisfaire les envies de toute la famille.

— Je suis désolé, murmure-t-il d'une voix consternée. C'est ce qui te plaisait avec Josh ? Qu'il t'emmène en Serbie et tout ça ?

— Il me traitait comme si j'étais exceptionnelle. Si tu m'avais réservé ce genre d'attentions particulières, j'aurais pensé que c'était juste pour me persuader de faire l'amour.

D'un autre côté, Josh ne m'avait-il pas accordé un traitement de faveur exactement pour cette raison ? Si nous avions été assez naïfs pour essayer de construire une vie ensemble, nos parties de jambes en l'air torrides n'auraient pas fait long feu.

— Peut-être que si nous avions eu cette conversation il y a deux ans, nous n'en serions pas là aujourd'hui, fait-il remarquer, une pointe de nostalgie dans la voix.

— Mais nous ne l'avons pas fait. Et nous en sommes là.

Chapitre 115

Vendredi 14 avril

Je continue ma routine habituelle. *Crazy Ex-Girlfriend* avec Hugh le lundi soir, Londres le mardi et le mercredi, Dublin le reste de la semaine, Derry ou Petra le week-end.

Le rythme au bureau est toujours aussi effréné et génère des revenus toujours un peu trop modestes pour apaiser mes anxiétés financières chroniques.

La campagne MaxiProtect de maman m'occupe jusqu'à Pâques. Après avoir été recadrée par Alastair, elle a assuré son rôle d'ambassadrice. Pendant quelques semaines, fin mars et début avril, elle semblait être partout. Dans chaque journal, dans chaque émission de divertissement. Certes, toute cette couverture était un peu condescendante, mais qu'importe ? La publicité reste de la publicité.

Et, en ce vendredi saint, alors que la journée touche à sa fin, nous avons l'impression d'avoir bouclé cette campagne avec succès.

Mme MaxiProtect passe et nous offre à chacun un œuf de Pâques. D'humeur joyeuse à la perspective de ce long week-end, je sors le mien de sa boîte, le déballe de son papier argenté et en mange un énorme morceau.

— Je vais faire pareil, déclare Alastair en s'attaquant au sien.

Thamy ne tarde pas à l'imiter. Tim nous regarde d'un air dédaigneux.

— Allez, le taquine Alastair. Mange le tien.

— Ce n'est pas le jour de Pâques.

Thamy l'encourage :

— Lâche-toi !

Je renchéris :

— Goûte-le, au moins.

Excités par le sucre, nous le tannons jusqu'à ce qu'il craque. Franchement, je ne l'ai jamais vu aussi détendu : la cravate dénouée, les cheveux en bataille, il a la bouche pleine de chocolat. Alastair et moi sommes pliés de rire. Il finit par nous dire de rentrer.

— Tu n'es pas notre chef, fait remarquer Alastair.

— Mais c'est le mien, s'empresse de dire Thamy avant qu'il ne se ravise. Le patron a dit que je pouvais partir. Joyeuses Pâques à tous !

— File, lui dit Tim. Amy, Alastair, allez-y aussi. Bonnes Pâques. Reposez-vous.

J'ai l'intention de dormir comme un loir. Mais, pour commencer, nous devons disperser les cendres de Robert.

Sous le ciel bleu, en ce samedi de Pâques venteux, nous escaladons Howth Head. C'est dans cet endroit qu'il adorait que, tous les matins et tous les soirs, Robert venait promener ses chiens. John, l'aîné des Durrant, porte l'urne. Il est arrivé de Suède avec son mari Rolf et leur fils Krister.

Derrière ce trio photogénique viennent Brendan, Nina et leurs trois filles.

Je suis le cortège, encadrée par Kiara et Sofie. Hugh, Carl, Noah la Merveille, et Chizo, qui hurle des instructions, ferment la marche.

Neeve n'est pas venue et je la déteste.

Le pire a été de guetter l'arrivée de sa petite Audi dans le parking. Jusqu'à ce qu'il devienne évident qu'elle ne viendrait pas.

— Pas de Neeve ? m'a demandé Hugh.

— Je n'ai pas l'impression.

— Ah, bien ! s'est-il contenté de dire.

Devant son air profondément accablé, j'ai murmuré d'une voix étranglée :

— Hugh. Je suis désolée.

— Tout va bien.

Mais c'était faux. Par son absence, Neeve montrait son rejet de Robert qui s'était substitué à son grand-père biologique. Sans parler de la claque pour Hugh qui l'avait aimée et s'était occupé d'elle pendant tant d'années.

— Arrêtez-vous ! lance Chizo. C'est un bon endroit.

Dociles, nous obéissons tous.

— Mettez-vous en ligne, nous intime-t-elle. Prenez une poignée de cendres, recueillez-vous un instant et, juste avant de les lancer, regardez-moi pour la photo.

Soudain anxieuse, je me tourne vers Hugh.

— Moi aussi ?

— Bien sûr, répond-il avec ferveur. Tu fais partie de la famille.

John commence :

— Merci papa d'avoir été un si bon père. Je suis heureux que tu ne souffres plus.

Puis il jette les cendres au vent. Nina enchaîne :

— Merci Robert d'avoir élevé quatre super fils et de m'avoir accueillie chez les Durrant.

Un par un, nous faisons nos adieux.

Quand le tour de Sofie arrive, elle déclare :

— Merci grand-père de m'avoir appris à bricoler et d'avoir fait que papa soit un homme si bon.

Puis vient le mien. Mentalement, je lui dis : « Merci Robert. Vous étiez un homme si bien. Merci d'avoir été si bon pour mes trois filles et, même si c'est fini, merci pour Hugh. Vous l'avez élevé pour en faire un homme de cœur et c'est ce qu'il est devenu. »

Et je libère mes cendres qui s'envolent dans la brise.

— Bien ! Et maintenant, allons déjeuner ! s'exclame Chizo en frappant dans ses mains.

La salle à manger privée du *Maldive*, sur pilotis, surplombe la mer. La longue table est recouverte d'une nappe en lin blanc immaculé, d'argenterie rutilante et de verres en cristal scintillant. De magnifiques bouquets qui n'ont rien de bouquets d'enterrement décorent la pièce.

Chizo, qui excelle dans ce genre de rôle, se débarrasse discrètement du marque-place de Neeve et ordonne à un serveur de retirer son couvert.

— La petite garce a fichu mon plan de table en l'air, me murmure-t-elle à l'oreille de sa voix rauque.

Nous nous installons. Je suis assise entre Kiara et elle. En face de moi se trouve Rolf, et je déplore que son voisin soit Hugh. Le regarder me fait toujours aussi mal.

Je me concentre sur le menu, qui propose des plats végétariens et vegan. La viande est bio, d'origine locale, les légumes proviennent du jardin du restaurant.

— Tout a l'air délicieux ! s'extasie Rolf en parcourant la liste.

Les Suédois sont toujours très polis.

— Miam… Oui, délicieux, renchéris-je.

Consternée, je sens soudain des larmes ruisseler sur mes joues.

— Amy ? s'exclame Hugh, inquiet. Ça va ?

Je parviens à bredouiller :

— Ça va.

Si ce n'est que je pleure. À chaudes larmes.

— Mais…

— Tu l'as entendue, elle a dit que ça allait ! le rembarre Chizo.

C'est un ordre déguisé pour me prier de me ressaisir. Mais je suis incapable de me contrôler.

— Pourquoi pleures-tu ? me chuchote-t-elle.

Parce que Robert est mort. Parce que j'aimais Hugh, qu'il m'aimait et que tout est gâché. Parce que je faisais partie de la famille Durrant et que c'est fini. Parce que notre mariage est fichu et que, peut-être, j'en suis responsable. Parce que rien n'est jamais acquis. Parce qu'on ne peut échapper à la douleur. Parce que la condition humaine est intolérable.

— Je vais avoir mes règles, parvins-je à balbutier.

— Pas aujourd'hui, pas question ! Ressaisis-toi, Amy !

Je sais que l'organisation de ce déjeuner lui a demandé beaucoup d'efforts. Et qu'il a coûté très cher. Il a été conçu dans un souci de perfection et les convives sont censés n'exprimer leur chagrin qu'avec dignité. Seuls quelques sourires tristes sont tolérés. Et si certains veulent vraiment verser des larmes, elles doivent rester silencieuses, discrètes. Sanglots et hoquets sont proscrits.

— Arrête de pleurer ! me siffle Chizo.

Je me fais violence car elle me terrorise.

— Je ne peux pas.

— Alors va aux toilettes.

Je m'exécute. Une fois la porte refermée derrière moi, mes pleurs redoublent. *Oh non !* Chizo m'a rejointe.

— Tiens-toi ! me houspille-t-elle de nouveau. Il ne s'agit pas de toi, aujourd'hui. Rentre chez toi. Prends un taxi. Pas ta voiture.

— D'accord.

En sortant, je tombe sur Hugh qui m'attend dans le couloir. Je me jette à son cou.

— Oh, Hugh !

Il m'enlace et, secouée de convulsions, je me blottis contre son torse.

— Je sais, chérie, je sais.

Je lève les yeux vers lui.

— Tu comprends, non ?

— Bien sûr.

Lui aussi pleure. Et c'est loin d'être uniquement Robert que nous pleurons.

— Je vais te ramener, propose-t-il.

La gratitude me fait presque défaillir.

— Quoi ? s'exclame Chizo qui m'a suivie. Pas question ! Tu ne peux pas partir.

Elle a raison.

— Reste. S'il te plaît. Je vais bien, dis-je, essayant de le rassurer.

— Tu ne vas pas bien.

— Tu dois rester ! insiste sa belle-sœur avec un claquement de doigts.

Comme par magie, Kiara surgit, suivie par Sofie.

— Ramenez votre mère chez elle ! leur ordonne-t-elle.

Je parviens à balbutier :

— Je dois aller chercher mon sac. Et dire au revoir.

Sans lui laisser le temps de m'en empêcher, je me précipite. Mais, me devançant, elle récupère mon sac et me pousse en direction de la sortie tout en marmonnant à l'intention du reste des convives :

— Elle aimait beaucoup Robert. Beaucoup. Elle va s'en remettre. Mais continuez. Les amuse-bouches arrivent dans cinq minutes.

Chapitre 116

Lundi 1er mai

Les journées passent sans aucune nouvelle de Neeve. Et j'en éprouve un chagrin infini. Une semaine s'achève, une autre commence. Je ne peux m'empêcher de me demander si nous nous reparlerons un jour.

Mais j'ai d'autres soucis à gérer : nous sommes en mai, autrement dit Sofie passe son bac dans un peu plus d'un mois. Elle n'a plus que cinq semaines pour réviser. Je ne suis pas la seule à m'angoisser. Tous les parents des candidats bacheliers sont dans le même bateau.

Sofie a besoin d'une nutrition adaptée pour ce parcours du combattant. Je lui achète donc vingt barres énergétiques, en espérant qu'elle les mangera. Puis, miracle des miracles, elle vient me trouver avec une liste de courses : avocats, œufs, saumon, baies, amandes, graines de citrouille.

Ravie, je m'exclame :

— Bien sûr ! Je vais te chercher ça tout de suite.

— Détends-toi, me dit-elle en riant. Écoute, j'ai réfléchi. J'ai besoin d'un travail pour l'été. Je dois faire des économies pour quand je démarrerai la fac en septembre.

En espérant qu'elle démarrera la fac. Qu'elle obtiendra les notes adéquates. Son point faible est la physique. Ce en quoi, hélas, je ne peux lui être d'aucun soutien. Mais Hugh, qui peut l'aider pour les sciences, la fait réviser. (J'en arrive parfois à me demander si Sofie a décidé de s'orienter vers des matières scientifiques uniquement pour prouver à quel point ils étaient semblables.)

— Est-ce que Derry pourrait m'aider à trouver un travail ? me demande-t-elle.

Je n'en ai pas la moindre idée. Probablement.

— À quel genre de travail pensais-tu ?

— Peut-être dans un hôtel. Serveuse ? De préférence en Europe parce qu'ils paient mieux qu'en Irlande.

Je vois qu'elle a longuement mûri son projet.

— Juste pour toi ? Ou pour Jackson et toi ?

— Juste pour moi. Et peut-être pour Kiara.

— Pas pour Jackson ? Que se passe-t-il ?

— Il travaille pour son père, cet été. Nous ne sommes pas en train de rompre, si c'est ce que tu penses.

Eh bien… tant mieux. Mais je dois néanmoins la mettre en garde.

— Mon chou, Jackson et toi allez être séparés pendant trois mois. Et vous êtes tous les deux à un âge où on change beaucoup.

L'air étonnamment lucide, elle répond, pétillante :

— Nous le savons tous les deux. Mais nous sommes ensemble, lui et moi. Nous en avons parlé. Nous avons décidé.

Oui, mais si elle rencontre quelqu'un d'autre et qu'elle se retrouve déchirée par la culpabilité ?

— Tu vas être en contact avec toutes sortes d'autres gens. Il n'est pas inconcevable qu'un autre garçon te plaise…

— Je suis avec Jackson. Je suis à lui, il est à moi.

— Tout ce que je veux dire, mon cœur, c'est qu'une séparation de trois mois peut comporter des risques.

— Tout comporte des risques, Amy. Il n'y a aucune garantie quand tu aimes quelqu'un. Mais nous voulons rester ensemble. Nous avons donc décidé de mettre toutes les chances de notre côté.

— Je vois. Très bien, dans ce cas.

J'ai l'impression que je devrais en dire plus. Mais rien de pertinent ne me vient à l'esprit. Heureusement, mon téléphone sonne. C'est ma mère.

— Maman ?

— Amy, aurai-je encore du travail ? Comme ambassadrice ?

— Non maman. Alastair ne t'a pas expliqué ?

— Si mais je pensais encore intéresser.

Seigneur ! Comme les egos sont fragiles !

— Je suis sûre que tu intéresses toujours beaucoup. Mais Mme MaxiProtect est satisfaite de tes résultats. Nous n'avons donc pas besoin de continuer.

— Mais ça m'est égal. Elle n'a même pas besoin de me payer.

Mais elle devra payer Hatch et ce n'est pas au programme.

— Maman, la campagne est finie. C'est une belle réussite, tu devrais être fière.

— Mais ce n'est pas facile de retomber dans ma routine, coincée à la maison, avec papa.

— Dominik est toujours là, pourtant ? Tu peux sortir quand tu veux ?

— Oui. Je sais. C'est juste…

J'ai déjà été témoin de la déception qu'entraîne une célébrité éphémère. Elle est violente.

Le deuxième mardi de mai, la cérémonie des *Press Awards* a lieu à Londres. C'était lors de cet événement, il y a deux ans, que j'avais proposé à Josh de monter dans ma chambre d'hôtel. J'ai le plus grand mal à m'imaginer aussi impudente. Peut-être sera-t-il présent, ce soir. J'appréhende de le rencontrer par hasard. Mais tout se passe bien. Les prix sont remis, les discours prononcés, sans que je croise une seule fois ses yeux.

Puis, juste après la remise des prix, parmi la foule qui grouille dans les salons, je l'aperçois, dans un groupe de six personnes absorbées dans une discussion animée.

Je sens ma bouche se dessécher. Je ne l'ai pas revu depuis presque trois mois. Profitant qu'il ne regarde pas dans ma direction, je l'observe à la dérobée. À ma grande surprise, il ne ressemble en rien à l'homme de mon souvenir. Dire que je le trouvais si sexy ! Mais, dans cette salle de bal d'hôtel, il me paraît… banal. Très loin de l'amant que je trouvais extraordinaire tout le temps qu'a duré notre liaison. J'ai vraiment dû prendre mes désirs pour la réalité !

Des images de la soirée d'il y a deux ans surgissent à mon esprit. Je n'avais vu Josh que trois fois dans ma vie et, pourtant, je l'avais invité à monter dans ma chambre ! Mais quelle mouche m'avait piquée ? Franchement ?

Pire encore, le lendemain, j'étais rentrée retrouver Hugh et, assise avec lui dans la cuisine, je l'avais allumé avec des allusions douteuses.

Par la suite, quand il m'avait confié qu'il avait compris qu'il se passait quelque chose, je l'avais cru. Mais, étrangement, ce n'est que maintenant que je ressens une culpabilité implacable, viscérale.

Bien sûr, Hugh avait compris. Ma distraction, mes allusions coquines, mon insistance pour faire l'amour le soir où j'étais rentrée : tous les signes trahissaient qu'il s'était passé quelque chose avec un autre homme.

Et il ne se trompait pas en disant que j'avais changé au cours de ma liaison platonique avec Josh : j'étais lunatique. Fréquemment irritable. À l'occasion, je compensais par de courts accès de démonstrations d'affection exagérées.

J'avais acheté des vêtements plus excitants, des chaussures à talons plus hauts. Même ma lingerie était devenue plus séduisante. J'ai des souvenirs d'avoir été assise face à Josh dans ce restaurant où nous allions déjeuner, excitée de savoir que je portais des dessous sexy, en dentelle noire.

Dans la salle de bal bondée, je m'éloigne de lui. Je ne veux pas qu'il me voie. Et, surtout, je ne veux pas le voir. Parce que j'ai honte. Atrocement honte.

Pire, je suis triste. Hugh a dû se sentir bien seul, durant cette période. Qui a duré environ trois mois. Jusqu'alors, j'avais été sa meilleure amie, sa confidente et, soudain, j'étais devenue cette inconnue pleine de cynisme. Une conséquence de mon égoïsme plutôt que d'une cruauté calculée, mais le résultat est le même.

Chapitre 117

Mercredi 17 mai

Lorsque je me réveille dans la chambre d'amis de Druzie, la honte de la nuit dernière persiste. Elle ne me quitte pas de la journée. J'ai besoin de parler à Hugh. Je dois lui demander pardon.

À l'aéroport, alors que j'attends mon vol pour Dublin, je reçois un mail de Derry m'annonçant qu'elle a trouvé des jobs d'été pour Sofie et pour Kiara. Impulsivement, je lui téléphone. J'ai besoin de m'épancher avec quelqu'un.

— Bien, commence-t-elle sans ambages. Elles vont être femmes de chambre dans un centre de cure clinquant en Suisse. Salaires très corrects. Elles ont intérêt à ne pas me faire faux bond.

— Mais bien sûr que non, elles ne te feront pas faux bond.

Évidemment, j'espère qu'elles vont bien se comporter et, c'est tout à leur honneur, elles savent au moins faire le ménage.

— Amy, ça va ?

Mal à l'aise, je me tortille sur mon siège.

— J'ai vu Josh hier soir.

— Quoi ?

— Pas comme ça. Il ne m'a pas vue. Mais j'ai été prise d'une atroce crise de culpabilité. À propos de Hugh, je veux dire. Pendant des semaines, j'ai retrouvé Josh pour ces déjeuners et Hugh savait qu'il se passait quelque chose. Et même si ça remonte à deux ans, je me sens nulle. Tellement coupable.

— Puis Hugh s'est enfui en Thaïlande. Remets-toi. Le score est à égalité.

— Derry, il n'y a pas de score. Les torts sont partagés. C'est difficile à admettre, mais j'ai été cruelle envers Hugh.

— Alors, que comptes-tu faire ?

— Je veux me racheter. Je veux effacer sa douleur.

— Ça fait sans doute longtemps qu'il ne souffre plus.

Sa réponse est loin de me réconforter. Aussi, après lui avoir dit au revoir, j'appelle Hugh. Il répond au bout de deux sonneries et, d'une voix inquiète, me demande :

— Amy ? Tout va bien ?

— Super. Si ce n'est que… Pourrais-tu passer chez moi… chez nous… à la maison, tout à l'heure. Juste pour une petite conversation. Je suis sur le point d'embarquer. Je serai rentrée d'ici deux heures environ.

Lorsque j'arrive à la maison, Hugh est déjà là. Sofie et Kiara papillonnent dans les parages. Elles ont l'air préoccupées. Je suppose que toute rencontre imprévue entre lui et moi est une source d'anxiété. Rien n'est plus horrible qu'un mariage brisé.

En me voyant, il se lève.

— Nous allions juste…, bredouillent les filles avant de s'éclipser.

— Tu veux quelque chose à boire ? À manger ? me demande-t-il.

Sa sollicitude ne fait qu'exacerber le souvenir de ce fameux soir, deux ans auparavant. Il venait d'aller chercher mon fromage au bureau de tri et m'en avait offert à mon arrivée.

— Rien, merci. Allons dans le salon.

Il faut que je sorte de la cuisine, je ne supporte pas ces images du passé.

Une fois que nous sommes installés, je commence :

— Hugh, je voulais te dire que j'étais désolée.

— Pour… ? s'étonne-t-il.

— L'été dernier, quand je flirtais avec Josh et que tu le savais. Je suis désolée de t'avoir fait souffrir. De t'avoir inquiété. Je me sentais coupable à l'époque. Mais c'est pire maintenant.

— Tout va bien.

— Non. J'ai fait quelque chose de terrible. Tu ne peux pas juste… laisser passer.

— Je comprends tes raisons, me rassure-t-il. La routine, le stress, les constants soucis d'argent. Josh représentait une échappatoire. Certains boivent trop, d'autres se mettent au jogging, chacun trouve ses endorphines où il peut.

Je proteste. Je n'ai pas besoin de son absolution.

— Non. Ma vie était parfaite. Mais je voulais plus. Quelque chose à espérer. Je ne comprends pas pourquoi.

— Mais…

— Quand tu es parti, c'est parce que tu voulais deux vies : une vie familiale et une vie de célibataire. Si tes arguments ne m'ont pas plu, je les comprends maintenant. Et mieux que je comprends les miens.

— Écoute, ce qui est fait est fait.

Il a l'air las. Peut-être est-il juste triste.

— Je le regrette. Tout ça est un sacré gâchis. La plupart du temps, je ne comprends pas comment tout a pu se… détraquer ainsi.

— Et si tu pouvais revenir à ta première rencontre avec Josh, agirais-tu différemment ? Sachant comment tout s'est passé ?

J'acquiesce avec conviction.

— Oui. Toi et moi, nous avons perdu quelque chose de très… très beau. Mais il est trop tard.

Il hoche la tête.

— J'ai trouvé un appartement.

Même si c'est une bonne nouvelle, elle creuse encore l'espace entre nos deux vies.

— C'est à Tallaght.

Tallaght est à l'extrême périphérie ouest de Dublin. Pauvre Hugh. Il sera bien seul, là-bas, loin de sa famille. Mais nous ne sommes plus sa famille. En tout cas, je ne le suis plus.

— Il est… bien ?

— Très bien. Petit mais bien.

— Je me sens triste pour toi.

— Ne le sois pas. Je ne le mérite pas.

— Arrête. N'ayons plus ce genre de conversation. Hugh ? Est-ce que nous allons continuer à nous offrir des cadeaux d'anniversaire ?

— Pardon ? demande-t-il, déconcerté par le changement de sujet. Que veux-tu dire ?

— Que va-t-il se passer quand mon abonnement au club de fromages expirera en juillet ? Je n'aurai plus mes fromages tous les mois ?

Il se met à rire.

— Un monde sans fromage. Quelle catastrophe ! Chérie, je te promets que, tant que je serai vivant, tu auras ta livraison de fromage tous les mois, poursuit-il en plaquant une main sur sa poitrine.

Je sens soudain mon cœur se gonfler de chaleur. C'est de l'amour. De l'amour pour Hugh. Ce doit être la dernière phase du processus de deuil.

Manifestement, ce n'est pas la fin avec un grand F. Deux pas en avant, un pas en arrière. Ce n'est pas le terminus pour mes émotions. L'amertume, le chagrin, la colère, vont sans doute me rattraper de temps à autre. Mais j'ai connu la paix de l'acceptation, j'ai donc la preuve que c'est possible.

Chapitre 118

Mercredi 20 mars

Le jeudi soir, lorsque j'entre dans ma cuisine, chargée de sacs de courses, j'y trouve Hugh.

— On en blague, mais je jure que quand les enfants passent des examens, c'est encore plus dur pour les parents, plaisante-t-il.

Je dépose mes courses sur la table et demande.

— À quoi dois-je ce plaisir ? À la physique ?

— À la physique.

Il a l'air vraiment épuisé.

Le bac étant dans moins d'une semaine, la tension monte dangereusement. Comme chaque année à la période des examens.

— Qu'as-tu acheté ? me demande-t-il en m'aidant à vider mes sacs.

— Un cocktail de vitamines pour sa forme générale, des vitamines B6 et B12 pour ses nerfs, du kava-kava pour la sérénité, du ginkgo biloba pour qu'elle reste alerte. Des fleurs de Bach, mais ça, ce sera peut-être pour moi. Et ces bouteilles de vin, qui sont pour moi. Et pour toi, je suppose.

J'ouvre le flacon de vitamines et lui en donne une.

— Tiens. Prends ça. Nous devons tenir la cadence, nous aussi.

— C'est vrai, ces quinze jours vont être intenses.

Les examens de Sofie ne sont que le 20 juin. Je poursuis :

— Les rayons du magasin bio sont presque vides. On a l'impression qu'il y a eu une émeute. Tous les parents du pays doivent être en train de faire des réserves.

Je décide d'ouvrir une bouteille de vin et Hugh finit de déballer mes sacs. Visiblement interloqué par le paquet d'épinards et la boîte d'œufs, il me demande :

— C'est pour elle ?

— C'est riche en vitamines B, dis-je d'un ton suffisant de mère de famille.

Deux gorgées de vin et je suis déjà pompette.

— Percy Pigs ! s'exclame-t-il.

— Pas touche ! Ils sont pour elle, pendant les examens.

— Je croyais que le sucre était un instrument du diable.

— Mais il provoque des bouffées d'énergie intellectuelle. Apparemment, dis-je d'un ton dubitatif. Il est tellement difficile de savoir ce qui est bon !

Je lui tends un verre de vin et lui dis :

— J'ai parfois envie de me porter volontaire pour passer ses examens pour elle. Mais qu'est-ce que je connais en physique et en chimie ? Tu le pourrais, toi.

— J'aurais du mal à me faire passer pour Sofie.

— C'est clair.

Il est trop costaud, trop chevelu. Je lui fais remarquer :

— Tu as besoin d'une coupe de cheveux.

Puis, je laisse échapper :

— Pardon. Mon Dieu, je suis désolée ! Glissement de temps ! Ils ne se produisent plus trop souvent, néanmoins.

— Non. Je sais.

— Et ils finiront par ne plus se produire du tout.

— J'ai hâte que ce soit le cas, répond-il en souriant.

Au bout de quelques minutes, je souris aussi.

Sofie entre en bondissant dans la cuisine.

— Allons-y. C'est du vin ? Papa, non ! J'ai besoin que tu te concentres.

Ils s'installent à la table et se lancent dans quelque atroce équation. Prise d'un accès de compassion soudain, je pose discrètement le sac de Percy Pigs à côté de lui.

La soirée est douce. Kiara et moi nous asseyons dans notre jardin de derrière, de la taille d'un timbre-poste. Je bois un peu trop de vin, m'allonge dans l'herbe et je savoure la sérénité de ce repos bien mérité. Survivre à l'emploi du temps de Sofie est tellement épuisant que j'en ai le corps douloureux. Mes reins apprécient la sensation du contact avec le sol. Un coup de coude de Kiara me fait sursauter.

— Maman, tu ronfles.

Je m'étais endormie.

Dans la cuisine, Sofie et Hugh sont toujours aux prises avec leur problème de physique. Je les salue.

— Bonne nuit. Je vais me coucher.

— Moi aussi, renchérit Kiara en bâillant.

Les yeux rougis par la fatigue, ils lèvent la tête.

—Papa, nous devrions peut-être arrêter maintenant, suggère Sofie. Aller nous coucher. Nous pourrons retravailler demain matin.

—D'accord.

Hugh se lève et s'étire, son tee-shirt se soulève, dévoilant son estomac. Je suis prise d'une envie subite d'y poser ma main. Nos yeux se croisent et je sens mon visage s'embraser.

—Ne rentre pas, plaide Kiara.

—Oui, acquiesce Sofie. Tu n'as qu'à dormir sur le canapé et nous nous lèverons tous les deux à 6 heures. Maman, on a une couette en rab ?

—Il peut prendre celle de Neeve.

Kiara monte les marches de l'escalier quatre à quatre et revient munie de draps, d'oreillers et d'une couette. Aidée par Sofie, elle fait le lit dans le séjour, et toutes les deux le bordent. Puis Kiara l'embrasse.

—Bonne nuit, papa.

—Oui, dors bien, renchérit Sofie en l'imitant.

—Maman, embrasse papa pour lui dire bonne nuit.

—« L'embrasser » ? On ne sait pas où a traîné sa bouche !

J'ai voulu blaguer mais ma plaisanterie a un goût amer.

—Maman ! me rabroue Kiara, choquée.

—Pardon.

Je regarde Hugh.

—Désolée. D'accord ?

—D'accord, acquiesce-t-il d'un ton enjoué.

Je devine que sa désinvolture n'est qu'une apparence.

Dès que nous sommes seuls, je déclare avec froideur :

—Je peux être fâchée aussi longtemps que je le voudrai. Il n'y a pas de limites.

Je suis furieuse, aussi furieuse que la nuit où je suis rentrée de Serbie.

Juste au moment où je pensais toucher au but, ma colère et mon chagrin se réveillent. Cela finira-t-il jamais ?

À la chaleur que dégage son corps, je devine qu'il est dans ma chambre. Il s'avance d'un pas rapide vers le lit et je me redresse pour l'accueillir, prends son visage entre mes paumes, et fais courir mes mains sur sa barbe rugueuse. Avec un soupir de soulagement, je m'empare de sa bouche. Il se positionne sur moi et je savoure la sensation familière. *Tu m'as tellement manqué !*

Son goût, les sensations qu'il me procurait. Tout était si juste !

C'est lui. C'est l'homme de ma vie.

C'est comme cela a toujours été. Sa taille, la conviction de ses caresses, l'assurance avec laquelle il retrouve mon corps. Nous oscillons en parfaite osmose. Hugh a toujours parfaitement su ce que j'aimais. Ses gestes étaient fluides, sans jamais une hésitation, familiers, sensuels.

Après un orgasme follement passionné, je me sens profondément sereine. Ce qui est peut-être une étrange façon de décrire le sexe.

Quelle règle impose qu'il ne peut être que torride et frénétique ? Le sexe dans des bras familiers peut être aussi bon que le sexe avec un inconnu.

Lorsque je me réveille, il me faut plusieurs secondes avant de comprendre que ce n'était qu'un rêve. Un rêve si cru, si intense, que je suis convaincue de pouvoir encore sentir l'odeur de Hugh dans la chambre.

Pourquoi ai-je fait ce rêve ? Peut-être est-ce un signe que lui et moi sommes en train de redevenir un peu trop proches, que je dois rester vigilante.

Ou, plus probablement, ce rêve fait partie de mon processus de deuil. Comme pour tourner la page sur la partie sexuelle de notre vie ensemble. Bientôt, j'aurai tourné la page sur tout ce qui a été notre vie ensemble et je serai libérée.

Chapitre 119

Jeudi 22 juin

Sofie a passé sa dernière épreuve mercredi et dès ses examens finis, Jackson et elle sont sortis faire la fête. Quand je rentre du bureau, jeudi soir, elle n'est toujours pas là.

Je trouve la maison déserte. Kiara garde les fils de Joe.

Je vais devoir m'y faire. Dans une semaine, les filles partent en Suisse. Et, pour la première fois de ma vie, je vais vivre seule.

Je le sais depuis longtemps. Mais toute mon énergie étant canalisée sur le bac de Sofie, je n'ai pas eu le temps d'y réfléchir. Ce sera étrange. La maison me semblera douloureusement vide. Mais je vais m'y habituer. Tout comme, malgré ma tristesse, je me suis habituée à vivre sans Hugh.

Cela dit, nous n'allons pas trop mal, lui et moi. D'accord, je ne suis pas spécialement fière de mes accès de colère occasionnels, mais les choses pourraient être bien pires.

Je tourne en rond dans les pièces, incapable de me concentrer sur quoi que ce soit. Après l'épuisant parcours du combattant des examens de Sofie, ce vide soudain me donne l'impression de tomber d'une falaise. Je décide alors d'appeler Hugh. N'a-t-il pas été mon compagnon d'armes ces dernières semaines ? Il me paraît la personne adéquate à qui parler.

— Qu'est-ce que tu fais ?

— Pas grand-chose. C'est bizarre. Tout à coup, je me sens totalement oisif.

— Moi aussi ! Je pensais que nous aussi méritions de fêter la fin des examens. Nous avons travaillé aussi dur que Sofie. Toi, en tout cas. Tu veux aller boire un verre ?

— D'accord.

— *The Willows*. Il y a un jardin. Tu peux y être quand ?

— Ça dépendra de la circulation.

— Pars maintenant. Dépêche-toi !

J'enfile des sandales, une vraie robe années 1950 en coton pervenche, et j'appelle un taxi. Quand j'annonce au chauffeur que la course fera environ deux kilomètres, j'ai toutes les peines du monde à calmer sa fureur.

— Vous auriez pu marcher ! me rabroue-t-il.

— Pas avec ces chaussures. Je vous donnerai un bon pourboire. Détendez-vous, s'il vous plaît. Je suis de bonne humeur. Je veux le rester.

Il me jette un coup d'œil dans le rétroviseur.

— Vous avez rendez-vous avec un homme ?

— Non. En fait, si.

Lorsque j'arrive, je suis surprise de trouver Hugh qui m'attend déjà, installé à une table, dans le jardin du pub.

— Comment as-tu fait ?

— Tu m'as dit de me dépêcher. Tu es jolie, me complimente-t-il. L'une des trouvailles de Bronagh ?

— Oui. Jamais portée. En tout cas, pas par moi. Tu n'es pas mal non plus.

— Cette robe fait ressortir le bleu de tes yeux.

— Cette chemise fait ressortir le bleu de tes yeux.

Il porte une chemise à carreaux noirs et bleus, l'une de mes préférées sur lui.

— Invente tes propres compliments et arrête de me voler les miens, plaisante-t-il.

Je regarde mon verre de vin blanc et sa bouteille de bière sur la table.

— À quoi buvons-nous ?

— À la mention « Très bien » de Sofie ?

— Ne sommes-nous pas trop ambitieux pour elle ? Peut-être devrions-nous juste boire à son bonheur.

— Que dis-tu de : « Au bonheur de Sofie, et si ce bonheur inclut une mention “Très bien”, nous serons contents. »

— Excellent !

Nous trinquons.

— J'ai l'impression que nous venons de passer un mois à vivre dans un monde parallèle, à ne plus nous laver, à manger n'importe quoi… Je suis crevée. Et toi ? Tu es crevé ?

— Oui.

Il n'en a pas l'air. Il est superbe. Toujours un peu trop maigre mais soigné, le regard vif. Sa chemise est repassée, sa barbe bien taillée et ses cheveux plus courts.

— Oh ! Tu t'es fait couper les cheveux.

— Comme tu me l'as demandé.

— Et tu fais tout ce que je te demande ?

Mon humeur taquine évanouie, ma voix a pris une intonation inexplicablement plaintive.

— Ça va, mon chou ? s'inquiète-t-il.

D'un ton accusateur, je reprends :

— Maintenant que ses examens sont finis, tu n'as plus aucune raison de passer à tout bout de champ.

Il me dévisage d'un air accablé.

— Je me suis habituée à ta présence et je vais devoir réapprendre à me détacher.

— Je suis désolé.

— Tu n'aurais pas dû partir.

— Je regrette tellement.

— Ne recommence plus jamais !

— Tu peux compter sur moi.

— Remarque, tu peux faire ce que tu veux. Tu es libre, désormais.

— Je ne le suis pas. Je serai toujours ton homme.

Un instant, je le dévisage en silence. Puis, ramassant prestement mon sac, je lance :

— Je ferais mieux de rentrer. Pardonne-moi. Je pensais être capable de faire ça. Mais…

Lorsque j'arrive à la maison, Sofie a réapparu. Elle est flanquée de Kiara et, à ma grande surprise, de Neeve. Pour autant que je sache, mon aînée est en quarantaine depuis que, deux mois auparavant, elle n'a pas daigné assister à la commémoration pour Robert.

Sans préambule, elle m'annonce :

— Maman, j'ai quelque chose à te montrer.

Anxieuse, je réponds :

— Oh ?

— Je ne te demande pas ta permission. Ce n'est qu'une faveur.

Ça alors !

— Vas-y !

Elle frappe la touche « Play » sur son iPad, démarrant un clip en noir et blanc. L'image tremblotante, il est de toute évidence amateur. Une femme traverse un endroit animé que je prends d'abord pour un centre commercial. Avant de m'apercevoir avec une angoisse croissante qu'il s'agit de l'aéroport de Dublin.

Puis la voix de Neeve s'élève dans le haut-parleur :

— Au cours de sa vie, une femme sur trois dans le monde aura recours à une IVG.

Je sens mon cœur se serrer.

— Le taux d'IVG en Irlande correspond à la moyenne mondiale, poursuit la voix de Neeve. Mais, en Irlande, l'avortement est illégal. Aussi les femmes sont-elles obligées de sortir du pays pour y avoir accès.

Je me tourne vivement vers elle.

— Neeve, non ! Tu ne peux pas faire ça à Sofie !

— Rien ne permet de l'identifier.

— Amy, intervient alors Sofie, je veux que Neeve raconte mon histoire.

La voix de Neeve continue :

— Mon amie a oublié sa pilule une fois. Elle a pris la pilule du lendemain mais s'est quand même retrouvée enceinte. Elle est jeune, elle n'a pas d'argent et, d'un point de vue émotionnel, elle n'était pas prête à être mère. Je l'ai accompagnée en Angleterre.

Aucun visage n'apparaît à l'écran. Mais la vidéo montre l'aéroport de Dublin, le tableau des départs, l'intérieur d'un avion, le métro londonien. Neeve a dû garder son téléphone allumé tout le temps. Mais lorsqu'elle filme la chambre d'amis de Druzie, je m'affole.

— Est-ce que Druzie sait que son appartement est dans ton…

— Elle est d'accord.

Montrant clairement que la silhouette de son « amie enceinte » est en fait une actrice, cette dernière décrit tout ce qui lui est arrivé comme si elle était Sofie : la terreur, la honte, l'inconfort physique, le coût exorbitant. L'image floutée montre alors Sofie installée sur le chariot à bagages, trop faible pour marcher.

— Que fait ce pays pour nos femmes et nos jeunes filles ? reprend la voix de Neeve. Notre taux d'IVG est le même que dans les autres pays développés. Pouvons-nous cesser de fermer les yeux ?

Elle illustre chacun de ses vlogs des liens des articles qu'elle a présentés pour que ses spectateurs puissent les acheter. Cette semaine, elle a ajouté ceux d'Aer Lingus, London Black cabs, London Tourism, le site The Marie Stropes, et autres. La somme totale s'élève à deux mille euros.

— Cela est arrivé il y a six mois, poursuit-elle en voix off. Mon amie a repris le cours de sa vie. Elle ne regrette pas sa décision.

Je ne sais que dire. Je suis inquiète pour Neeve, pour Sofie et, à ma grande honte, pour maman. Ses liens avec le site de Neeve pourraient la faire passer pour une signataire pro-IVG.

— Je ne peux pas me taire, déclare alors Neeve. J'ai des opinions très tranchées, j'ai une plate-forme…

— Neeve, tout le monde ne va pas être d'accord avec toi.

— Tu as raison. Je vais perdre des abonnés. Je vais peut-être en gagner de nouveaux. Mais ce n'est pas le but.

— Et tes publicitaires ?

Je m'inquiète de voir son initiative la priver de son revenu.

— Je leur ai parlé. Ils sont d'accord.

— Et ton père ?

— Il est cool.

— Et mamie ?

— Elle sait. Elle sait tout pour Sofie. Et elle est avec nous.

— Tu vas être la cible de beaucoup de haine. De trolls. Toute cette bienveillance que tu as accumulée…

— Je change mon message. Je veux atteindre ceux qui partagent mon opinion. Je suis en train de trouver ma tribu. Ce sera en ligne lundi après-midi.

Chapitre 120

Lundi 26 juin

— C'est en ligne, annonce Tim.

Un frisson d'angoisse me traverse. Alastair, Thamy et moi nous rassemblons autour de l'écran, devant le vlog de Neeve. J'ai passé la journée de ce lundi dans un état d'anéantissement total. En silence, nous regardons le clip de quatre minutes quarante secondes.

— Courageuse ! s'exclame Tim comme si elle était folle à lier.

— Tu devrais être fière d'elle, me complimente Alastair. C'est une héroïne.

Mais tout le monde ne va pas être d'accord.

Je suis incapable de travailler, cet après-midi. Je consulte des sites d'actualités en ligne, Twitter, ces horribles réseaux sociaux, et, petit à petit, les commentaires commencent à affluer. Je les suis sur YouTube. Heureusement, ils sont tous positifs. Je continue à les guetter. Plus de deux heures après la diffusion, je commence à me sentir un peu rassérénée. Tout va peut-être bien se passer. Puis…

— Oh, mon Dieu, c'est… Un homme dit qu'il va la poignarder.

Alastair se précipite et regarde mon écran.

— Il pense que Neeve est « l'amie », fait-il remarquer.

— Que dois-je faire ?

Rassurant, il me répond :

— C'est peut-être juste un commentaire isolé.

Mais, quelques minutes plus tard, un autre internaute traite Neeve d'assassin de bébé qui ira brûler en enfer.

— Il fallait s'y attendre, marmonne Alastair.

Quelques messages apparaissent d'un homme disant qu'il sait où elle habite et qu'il a l'intention de la violer avec une bouteille cassée. Je me mets à trembler de terreur.

— Ces gens. Ces menaces. Peut-on les arrêter ?

— Peut-être.

Alastair clique sur l'écran et mcs craintes se confirment.

— Ce sont des comptes anonymes. Indétectables. La police pourra peut-être faire mieux, avec sa technologie.

Je reviens à Twitter. « Neeve Aldin » est tendance en Irlande. Puis, avec horreur, je vois qu'un anonyme a tweeté son adresse privée à Riverside Quarter. Visible par le monde entier et je la vois retweetée sous mes yeux.

— Appelle-la ! me presse Alastair.

Je compose déjà son numéro.

— Neeve ? dis-je d'une voix affolée. Tu es chez toi ? Tu dois partir.

— Tout va bien, maman.

— Non, ton adresse vient d'être divulguée sur Twitter.

— Oh. Merde… Comment ?

Elle n'a pas été difficile à découvrir. Neeve a tourné des vlogs dans son élégant appartement. Elle a annoncé publiquement qu'il appartenait à son père. L'Irlande est un petit pays.

— Il y a un gardien, m'explique-t-elle. Une entrée à empreintes digitales. Une surveillance électronique. Je suis en sécurité.

— Promets-moi de ne pas sortir.

— Dans deux heures, ça se sera calmé, affirme-t-elle.

— En attendant, reste à l'intérieur. N'ouvre à personne. Tu devrais peut-être appeler la police.

Elle se met à rire.

— Maman, s'il te plaît.

Je raccroche et demande à Alastair :

— Tu trouves ma réaction excessive ? Ce sont juste des types bizarres qui pianotent sur leur clavier pour tromper leur solitude ?

— Sans doute.

Mais il suffit d'une seule personne, déterminée à refaire le monde à son goût.

Pétrifiée, je regarde les commentaires s'afficher. J'ai peur d'arrêter au cas où des menaces encore pires seraient publiées. Beaucoup de fans expriment leur amour pour Neeve. Pourtant, même ceux qui sont dans son camp supposent qu'elle est « l'amie » et les commentaires haineux ne tardent pas à égaler les positifs.

Consternée, je m'exclame :

— Oh non ! Maintenant, ils s'en prennent à Richie.

De nombreux guerriers du clavier font référence au récent article du *Sunday Times* dans lequel Neeve et Richie vantaient leur complicité.

« Richie Aldin a-t-il financé l'avortement de sa fille ? Pardon ! Je voulais dire de "l'amie" de sa fille ? »

« Richie Aldin a autorisé l'avortement de son propre petit-fils ? »

Lorsque je rentre à la maison, je trouve Sofie et Kiara feignant le calme. Mais elles ne s'attendaient pas à voir une telle haine déferler sur Neeve.

— C'était… c'est ce qu'il fallait faire, insiste Kiara.

J'entends alors le bruit d'une clé dans la serrure et Hugh surgit dans l'entrée.

C'est vrai. On est lundi, le soir de *Crazy Ex-Girlfriend.* J'ai complètement zappé.

— Ça va ? me demande-t-il.

— Tu es au courant ?

Il fait un signe d'assentiment.

— Tout ira bien. Elle s'en sortira.

— J'aimerais qu'elle soit ici.

— Elle est sans doute plus en sécurité là où elle est.

— Hugh, ça ne te fait rien si on annule ce soir ?

— Oh non, dit Sofie. Nous voulons qu'il reste.

— S'il te plaît, laisse-le rester, implore Kiara.

— D'accord. Mais je ne regarde pas l'épisode avec vous.

Je dois rester assise à la table de la cuisine, les yeux rivés à mon ordinateur, pour le cas où les réseaux sociaux se déchaîneraient dans une escalade de violences verbales.

Quand la série commence, Hugh arrive sur le seuil et me demande :

— Pourquoi n'essaies-tu pas de regarder ? Tu as besoin de faire une pause, tu t'inquiètes trop.

Il s'avance vers moi, sa présence rassurante.

— Tout ira bien ?

— Tout ira bien, me répond-il.

Docile, je le suis, m'assieds avec lui sur le canapé et, quand il prend ma main, je me laisse faire.

Après son départ, je décide que je ne peux pas aller à Londres le lendemain. Cette crise ne sera peut-être qu'un feu de paille. Mais, dans le cas contraire, je veux être ici pour Neeve.

Assise dans mon lit, j'envoie une dizaine de mails pour annuler mes réunions, puis j'essaie de dormir.

CHAPITRE 121

Mardi 27 juin

Réveillée aux aurores, je tape immédiatement « Neeve » dans la barre Google. L'important étant la réaction des principaux médias.

L'*Irish Times* et l'*Examiner* ont publié des articles fermement encourageants. Mais un chroniqueur connu de l'*Independent* enfonce Neeve, qualifiant son « numéro démontrant sa soif d'attention » de virulent, d'immature et absolument pitoyable. Le *Mail* lui réserve une critique encore plus accablante. Ce qui ne me surprend guère.

Un journaliste s'en prend à Richie. Lors du voyage à Londres, en décembre, il était tout juste revenu dans la vie de sa fille. Pourtant, le fait que, depuis quelques mois, Neeve et lui soient comme larrons en foire ne joue pas en sa faveur. Ils ont été vus ensemble à une avant-première de film la semaine dernière et il y a même une photo du bal pour « les pauvres enfants aveugles ». Des faits établissant leur lien sont étalés, montrant que Neeve habite dans un appartement dont il est propriétaire, que Richie a tourné quelques vlogs pour elle en tant qu'invité, à quel point leur ressemblance est frappante.

Tant que Neeve va bien, rien d'autre n'a d'importance. Refoulant mon besoin de lui téléphoner en raison de l'heure matinale, je me contente de lui envoyer un texto. Qui reste sans réponse. Immédiatement, je l'imagine assassinée, baignant dans une mare de sang, dans son appartement tape-à-l'œil.

Mais que puis-je faire, hormis me comporter comme si tout était normal ?

Peu après mon arrivée au bureau, elle m'appelle.

— Papa m'a fichue dehors.

— Quoi ?

— Il m'a fichue dehors et il a repris la voiture.

— Mais ne m'avais-tu pas dit qu'il était d'accord avec tout ça ?

— Il est bombardé de messages haineux et il ne s'y attendait pas. Il est furax, maman. Je peux rentrer à la maison ?

— Bien sûr. Je vais venir te chercher.

— Maman… !!!

J'ai l'impression qu'elle sourit.

— Je vais prendre un taxi.

— Mais… sois prudente, d'accord ? Y a-t-il des gens, des manifestants, dehors ?

— Bien sûr, maman. Une grosse foule agressive brandissant des pancartes.

Là, je sais qu'elle sourit.

— Assure-toi bien de ne pas être suivie. Je te retrouve à la maison et je t'aiderai à t'installer.

Je raccroche et déclare à Tim et à Alastair :

— Désolée, les garçons. Je dois y aller.

Lorsque, une heure plus tard, j'arrive à la maison, Neeve est déjà là. L'air sonné, elle est toute pâle.

Ne voyant qu'un sac de toile dans l'entrée, j'en conclus que Richie ne l'a pas vraiment chassée. Qu'il a simplement piqué une crise. Comme si elle lisait dans mes pensées, elle précise :

— Non maman. Il m'a demandé de partir immédiatement. Il fait emballer toutes mes affaires et me les fait envoyer dans une camionnette.

Mon Dieu ! Moi qui pensais déjà le connaître sous son jour le plus odieux. Il va briser le cœur de sa fille.

— Je ne comprends pas, poursuit-elle, au bord des larmes. Papa m'avait dit qu'il était d'accord pour que je prenne position.

Moi, en revanche, je comprends très bien. Richie Aldin est une ordure sans foi ni loi. Il a pensé que militer en faveur de l'avortement serait bon pour son image. Mais, maintenant, toute cette publicité négative lui fait peur. Qui sait comment cela va tourner, à moyen terme ? Si Neeve s'en sortira gagnante ou perdante ? Richie n'a pas le cran de faire front, même pour sa fille.

Comme toujours, néanmoins, je me garde bien d'exprimer le mépris qu'il m'inspire à voix haute.

La sonnerie de mon portable nous fait sursauter. C'est Hugh.

— Amy ? Où es-tu ? lance-t-il, fébrile.

— À la maison. Que se passe-t-il ?

— Neeve est avec toi ?

— Oui, pour...

— Ton adresse est sur l'un de ces réseaux sociaux. Les gens savent que Neeve est avec toi. Ou alors, ils le devinent. Dans les deux cas, c'est...

Les mains tremblantes, je vais sur Internet. *Oh non !* C'est impossible. Je vis un mauvais rêve. Mais Hugh a raison. Notre adresse s'étale sous mes yeux.

C'était déjà bien assez pénible de savoir Neeve menacée de viol et d'une mort cruelle quand elle était bien en sécurité dans un appartement ultramoderne. Mais ici ? Dans cette petite maison de banlieue ?

Je me joue mentalement un scénario à vitesse éclair. Une brique brisant ma fenêtre, des hommes en colère dans mon salon en moins de vingt secondes, en haut de mon escalier dix secondes plus tard. Nous, au lit sans aucune protection, sans personne pour nous aider. « Laquelle d'entre vous est Neeve ? » Si l'alarme se déclenche, il faut environ un quart d'heure aux agents de notre société de sécurité pour appeler et s'assurer que tout va bien. Entre-temps, nous aurons toutes été massacrées.

Si cela arrivait à quelqu'un d'autre, je penserais : « Certes, ce n'est pas agréable, mais personne n'est en danger concret. Ce sont juste des lâches qui, derrière leur écran, racontent n'importe quoi pour faire peur aux gens. »

Mais maintenant que c'est en train d'arriver, je suis terrifiée. Je jette un coup d'œil par la fenêtre de la cuisine, m'attendant presque à y voir des hommes en équilibre sur l'appui, ou une main gantée essayant de faire tourner la poignée de la porte du jardin.

— J'arrive tout de suite. Mais appelle la police, me conseille Hugh.

Me sentant à la fois idiote et terrifiée, je m'exécute et appelle le commissariat local. Un peu gênée, je déclare :

— Ma fille a reçu des menaces de mort.

En moins de vingt minutes, deux policiers arrivent, un homme et une femme. Ils insistent sur le fait que ces menaces ne doivent pas être prises à la légère. L'homme entreprend d'inspecter la maison pour évaluer sa sûreté et la femme note tous les détails. Apercevant soudain une ombre dans l'entrée, alarmée, elle bondit sur ses pieds et lance :

— Que faites-vous ici ?

C'est Hugh ! Dieu merci, c'est juste Hugh qui est entré avec sa clé.

N'ayant pas la moindre idée de la hiérarchie dans la police, je bafouille :

— Tout va bien, lieutenant… sergent… C'est mon mari. Mon ex-mari. Le beau-père de Neeve.

— Il habite ici ?

— Plus maintenant mais tout va bien, nous le connaissons.

L'autre policier revient et déclare à Neeve :

— Vous ne pouvez pas rester ici. Avez-vous des amis chez qui vous pouvez aller pendant quelques jours ? Le temps que la tension retombe ?

— Oui. Je vais juste passer un coup de fil.

Elle presse une touche et se lance dans une conversation d'une voix stridente, ponctuée de « Carrément ! ». « Je sais, oui. » Comme si le fait de recevoir des menaces de mort était la chose la plus excitante du monde. Mais quand elle formule sa requête d'hébergement, le ton change. Soudain vidée de toute énergie, elle répond :

— Oui, je comprends. Absolument. À plus.

Elle passe un nouvel appel et la conversation est quasiment identique.

Lorsqu'elle raccroche, Hugh lui demande :

— Que se passe-t-il ?

— Ils ont trop peur pour me laisser dormir chez eux.

Je suggère alors :

— Pourquoi pas un hôtel ?

Mais les policiers estiment que ce n'est pas la meilleure option : un hôtel offrirait trop d'occasions d'être repérée. Timidement, Hugh avance alors :

— Et chez moi ? Très peu d'éléments permettent de faire le lien entre Neeve et moi. Ça fait neuf mois que je n'habite plus ici. Et nous portons des noms différents.

Les deux policiers commencent par s'assurer qu'il vit seul, sans colocataires casse-pieds susceptibles de balancer Neeve. Puis, visiblement satisfaits, ils donnent leur feu vert.

D'une voix éplorée, elle gémit :

— Pendant combien de temps ?

— Impossible à dire. Habiterez-vous aussi l'appartement, M. Durrant ?

— Je ne sais pas, répond-il en lançant un coup d'œil interrogateur à Neeve. Ce n'est pas une obligation. Je peux aller chez Nugent.

— Y a-t-il de la place pour nous deux chez toi ? lui demande-t-elle alors. Je me sentirais plus en sécurité si tu restais.

Puis les policiers lui annoncent qu'ils vont devoir emporter son ordinateur. Et, pour la première fois, j'ai l'impression qu'elle va s'évanouir.

S'adressant à moi, la femme ajoute :

— Il est également déconseillé pour vous ou tout autre occupant de cette maison d'y rester. Pendant quelques jours, en tout cas.

— Je vais appeler ma mère.

Heureusement, maman, qui n'est pas sortie boire des gin-tonics, est chez elle. Je me lance dans une explication et elle comprend immédiatement.

— Bref, peux-tu nous héberger quelques jours, Sofie, Kiara et moi ?

— Et Neeve ?

— Elle va aller chez Hugh.

— Chez Hugh ? Alors qu'il n'est même pas son vrai père ? Elle a bien de la chance qu'il ne lui en ait jamais voulu de le lui avoir fait si souvent sentir, finit-elle avec un petit rire triste.

Je trouve mes parents en train de boire du thé dans leur jardin envahi d'herbes folles.

— TU TOMBES À PIC, me salue papa de sa voix de stentor. CETTE FEMME VIENT D'ACCEPTER DE M'ÉPOUSER.

— Fais-lui plaisir, me glisse maman en catimini.

— Félicitations, papa.

— C'EST LA FEMME DE MES RÊVES. JE NAGE DANS LE BONHEUR.

— C'est une très bonne nouvelle.

Dans un sens, je suis sincère.

Papa ne tarde pas à rentrer retrouver ses tueurs en série, me laissant seule avec maman. Avec un soupir de compassion, je murmure :

— Pauvre maman ! Tu vois toujours tes amis du club gin-tonic ?

Ma question est dénuée de tout jugement.

Pendant un long moment, elle contemple ses genoux en silence. Puis, finissant par lever les yeux, elle déclare :

— C'est difficile, Amy, de vivre avec un fou.

— Je sais.

— Non, tu ne sais pas. Tu n'en as pas la moindre idée. Mais mes amis avec qui j'allais boire des gin-tonics, ce n'était rien. Juste un peu de détente.

M'agrippant par le poignet, elle me force à la regarder.

— Je ne ferai jamais rien qui puisse faire souffrir ton père. Pour le meilleur et pour le pire, c'est ce à quoi je me suis engagée en l'épousant.

— Mais jamais tu n'aurais pu prévoir ça ?

— Et c'est toute la question, Amy. C'est facile d'aimer quelqu'un quand il a un comportement exemplaire. Tu peux le faire les yeux fermés. La véritable épreuve, c'est de continuer à l'aimer quand il devient « chiant » – pour reprendre le terme de Neeve. C'est ça, l'amour. Le vrai.

— Mais est-ce que ça ne fait pas de toi une femme soumise ?

D'un air étrangement grave, elle répond :

— Il y a une différence entre être une carpette et pardonner à quelqu'un parce qu'il n'est qu'humain.

— Je comprends très bien. Je ferais bien d'aller trouver des draps pour m'installer avec les filles.

Je suis impatiente de m'échapper et de la laisser à son humeur mélancolique.

— C'est ça. Va faire ton lit, Amy. Va faire ton lit, me lance-t-elle alors que je m'éloigne.

Chapitre 122

Vendredi 30 juin

La tempête sur les réseaux sociaux a continué, promettant à Neeve une variété de morts lentes et douloureuses. Dans les journaux et à la télévision, la tendance générale était de la qualifier de stupide, virulente et véhémente.

Pourtant, dès jeudi matin, j'ai senti que l'intérêt commençait à décliner, comme la marée descendante. Les posts sur Twitter, Facebook et YouTube se faisaient plus rares. Et, jeudi après-midi, tout était fini.

Neeve a donc été autorisée à rentrer à la maison. Maintenant que tout danger semble écarté, je me demande, penaude, si nous n'avons pas tous réagi de façon excessive.

Vendredi matin, Sofie et Kiara prennent l'avion pour la Suisse. Hugh et moi nous retrouvons à l'aéroport pour leur dire au revoir. Après d'interminables embrassades et quelques conseils amicaux, il est enfin temps de les laisser partir. Kiara disparaît la première derrière une cloison, en direction des contrôles de sécurité. Sofie la suit. Mais juste avant de s'évanouir à son tour, elle se retourne et nous regarde. Puis, posant délibérément une main sur son cœur, sa bouche forme un : « Merci. » Et, malgré son sourire, même de loin, nous voyons les larmes qui font briller ses yeux.

Et qui, immédiatement, déclenchent les miennes.

Je me tourne vivement vers Hugh. Lui aussi a les yeux humides.

— Tu t'en souviens ? Quand elle est arrivée de Lituanie ? Et qu'elle avait si peur. Tu étais le seul à qui elle faisait confiance.

— Et tu te rappelles le jour où nous lui avons acheté son lit ?

— Et que nous l'avons peint en rose ?

— Et que tu lui as fait cette couette et ces rideaux magiques ?

— Regarde-la aujourd'hui, Hugh !

— On a assuré, non, mon chou ?

— Carrément.

Mes lèvres tremblotent.

— Nous pouvons en être fiers.

Il ponctue sa phrase d'un grand sourire rassurant et je n'ai qu'une envie, me blottir au creux de ses bras.

— Bon, je ferais bien d'y aller, poursuit-il. À bientôt.

— Quand ?

Devant son air surpris, je réponds pour lui :

— Septembre.

Nous n'avons aucune raison de nous revoir avant le retour des filles.

— Eh bien, nous pourrions…, commence-t-il.

Non, septembre, ça ira très bien. Je voulais passer du temps loin de lui pour me remettre complètement. C'est l'occasion.

J'arrive au bureau à 11 h 30.

— Tu as pleuré ? me questionne immédiatement Alastair.

— Pas vraiment. Pas jusqu'à la fin.

— Sans cœur.

— Alastair. Je ne vais pas revoir Hugh avant septembre.

— C'est bien. Tu as enfin arraché le sparadrap et tu as tout l'été pour l'oublier. Qu'y a-t-il ? Que se passe-t-il ? s'étonne-t-il soudain.

— C'est juste que je ne supporte pas de me projeter dans un an, dans cinq ans, dans dix ans, sans Hugh.

Il cligne des yeux, surpris.

— Oh. C'est une sacrée déclaration, Amy.

— Je pensais avoir définitivement rompu toute attache. Ne plus éprouver aucun sentiment pour lui.

— Je vois. Eh bien, il va peut-être falloir songer à remettre tout ça en question.

— Je ne comprends pas ce qui m'arrive.

— C'est toi qui dis toujours que l'amour est une relation comme toutes les autres. Que l'on peut être très proches, puis se brouiller à mort, puis se réconcilier. Il ne te reste plus qu'à mettre en pratique ce que tu prêches.

— J'ai besoin de réfléchir.

— Tu pourrais partir en retraite de silence ? suggère-t-il, soudain enthousiaste. À l'abbaye de Glenstal ? Je peux leur téléphoner. Si je leur demande ce service, ils seraient d'accord pour te prendre rapidement.

— Pas d'abbaye. Pas de plan de ce genre. Ce sera tout aussi calme chez moi. La maison est vide, ce week-end. C'est là que je ferai ma « retraite ».

Rien qu'à prononcer ce mot, je me sens ridicule.

À 14 heures, je plie bagages.

— Qu'est-ce qui se passe ? s'étonne Tim.

— Je dois y aller. Désolée. Je travaillerai de la maison. Neeve doit passer chercher ses affaires. Richie les a fait envoyer par camionnette hier soir.

— Elle a déjà un nouvel appartement ?

— Contrairement à nous tous, elle est riche.

Sentant que je me dois de lui fournir quelques précisions, j'ajoute :

— Tim, après ce week-end, tout reprendra son cours normal. Je ne serai plus absente.

— Bien. Tu m'en vois ravi.

— Laisse-la tranquille ! le rabroue Alastair. Elle en a assez bavé comme ça !

— Tout va bien. Arrête. C'est super. Au revoir.

Je me dirige vers la porte et Alastair me lance :

— Bonne chance avec ta retraite de silence.

Neeve ne semble pas du tout affectée par son procès public. Philosophe, elle m'explique :

— C'est en période de crise que l'on découvre qui sont ses vrais amis. Ou, plutôt, ceux qui ne le sont pas.

Un instant, je m'interroge : fait-elle référence aux amis qui ont refusé de l'héberger, ou à Richie ? Sa question suivante m'apporte la réponse.

— Papa a toujours été comme ça ? Égoïste ? Égocentrique ?

J'hésite. Malgré mon envie d'accabler Richie, je ne dois pas oublier qu'il est son père. Que la moitié de son ADN est le sien. Que pourrais-je dire sans pour autant excuser la manière déplorable dont il l'a traitée ? Ni lui faire craindre qu'elle puisse devenir exactement comme lui ?

— Il était différent quand je l'ai connu. Il était super à l'époque. Très tendre.

— Que s'est-il passé, alors ?

— Je pense que… peut-être tout ce succès qu'il a connu trop jeune lui est-il monté à la tête ?

Sincèrement, je n'en ai pas la moindre idée. Mais c'est la meilleure explication que je puisse trouver.

— Je me suis comportée en vraie garce, ces derniers temps, dit-elle, songeuse. Et mon attitude a coïncidé avec mon succès soudain.

Instinctivement, je voudrais la rassurer. Mais je ne peux pas. Il est vrai qu'elle a vraiment été horrible.

— Je suis désolée, maman. Et je suis désolée pour la cérémonie des cendres de Robert.

Je me force à lui dire :

— C'est surtout à Hugh que ça a fait de la peine. Tu devrais lui présenter des excuses.

— D'accord. À propos, tu as vu son appart ? Oh, maman ! Il fait le ménage, bien sûr. Mais il est minuscule, et les dalles de liège tombent du plafond. C'est vraiment moche. Il ne mérite pas d'habiter dans un bouge pareil.

Après un instant de silence, elle reprend :

— J'ai toujours eu un problème avec Hugh. Je ne le trouvais pas assez bien pour toi.

Sarcastique, je persifle :

— Vraiment ? Je n'avais pas remarqué !

Elle me donne une bourrade espiègle.

— Je me trompais, maman. Il a vraiment un cœur d'or. Je pensais qu'il était gentil avec moi juste pour gagner mon affection, mais je pense maintenant qu'il est sincère.

— Je vois.

C'est sans importance, désormais.

— Richie ne s'intéressait à moi que parce que je flattais son image. Au premier problème, il m'a jetée. Mais Hugh, qui n'est même pas mon vrai père, m'a donné son lit. Il a dormi par terre, dans la cuisine. Il m'a acheté des beignets, il a cuisiné pour moi. Il m'a prêté son ordinateur portable et sa voiture.

— Je suis désolée pour Richie.

Elle essuie une larme et, dans un soupir, acquiesce :

— Ça craint. Je ne sais pas pourquoi, mais il ne m'aimera jamais.

Oh non !

— Neeve !

— Ça va. Ce n'est pas ma faute. Ce n'est pas parce qu'il ne m'aime pas que je suis impossible à aimer.

Avec douceur, je réponds :

— Je pense qu'il n'aime que lui. Et puis moi, je t'aime. Nous t'aimons tous.

— Merci maman. Moi aussi, je t'aime. Alors ! Tu crois que Hugh et toi allez vous remettre ensemble ? Parce que, vous devriez ! Carrément !

— Allons ! Tu as vu ses photos avec l'autre Écossaise.

Elle se rembrunit.

— Ouais. Tout le monde te prendrait pour une vraie poire si tu reprenais ton mari infidèle. Je suis désolée, maman. Ce ne sont pas mes oignons. On se voit tout à l'heure, chez mamie et grand-père.

À peine suis-je arrivée chez mes parents que Derry me hurle de la cuisine :

— Attends un peu de voir les projets que j'ai pour toi, cet été.

Immédiatement, Maura lève la tête.

Pitié ! Je viens de passer des mois libérée de ses intrusions constantes. Je ne veux vraiment pas que mon aînée recommence à se mêler de mes affaires.

La maison grouille de monde : Dominik, Siena, les petits voyous de Joe, Declyn, maman…

— Hugh et toi avez rompu il y a neuf mois. Il est temps pour toi de rencontrer quelqu'un d'autre, poursuit Derry.

— Non. Pas question. Je ne veux plus d'homme. Jamais. C'est fini. Derry, je ne veux pas avoir cette conversation. Pas ici.

Tirant deux chaises dans un coin, elle me lance :

— Asseyons-nous toutes les deux, dans ce cas.

Mais, nous devançant, maman s'installe sur l'une d'entre elles.

— Je suis votre mère. J'aurais peut-être un avis judicieux.

Ce serait bien la première fois !

Elle presse ma sœur :

— Allez, Derry. Parle-lui !

— Amy, tu n'as que quarante-quatre ans, commence cette dernière.

— Quarante-cinq, le mois prochain.

— Tu as toute la vie devant toi, et tu vas te sentir seule.

— Mais un homme ne me fera pas me sentir moins seule.

— Tu ne comprends pas. Si tu l'aimais, si.

— Tu ne comprends pas. Je ne l'aimerais pas. C'est terminé. J'ai aimé assez d'hommes. Je n'ai plus d'amour à donner.

— Ce que tu veux dire, c'est que tu aimes encore Hugh.

Choisissant mes mots avec prudence, je confirme :

— C'est vrai, je l'aime encore. D'une certaine façon.

— De quelle façon ?

— Comme on aime un ami. Comme le soir où il m'a dit que jamais il n'annulerait mon abonnement mensuel au club de fromages. J'ai ressenti tellement d'amour pour lui, ce soir-là.

— Tu es bien sûre de l'aimer comme un ami ? insiste Derry, soupçonneuse.

— C'est toujours de l'amour.

— Bien sûr. Neeve, qu'en penses-tu ?

Ma fille qui vient d'arriver se joint à notre petit groupe. L'air anxieux, elle me dit :

— Maman, je m'en veux. Je n'aurais pas dû te dire que tu serais une vraie poire si tu te remettais avec Hugh.

— Ne t'inquiète pas, chérie. C'est ce que tout le monde penserait.

— À ton avis, qui sont tous ces gens qui te jugent ? intervient maman.

Jusqu'ici, elle s'est contentée d'écouter en silence.

— Steevie, Jana, les autres.

— Et alors ? Quelle importance ce que tout le monde pense ? De toute façon, tu l'as trompé aussi, me rappelle Derry. En théorie, tu l'as trompé la première. Tu l'emportes !

Tu pourrais le préciser dans un communiqué de presse. Du coup, personne ne te jugerait. Tu ne passerais pas pour une nunuche.

Soudain en émoi, Neeve demande :

— Tu l'as vraiment trompé ?

Je plaide :

— Pas maintenant, Neeve. Je t'en prie !

— D'accord. L'important, c'est de savoir si tu te considérerais comme une poire si tu retournais avec Hugh ? insiste-t-elle.

— Oui.

Je me dois d'être honnête. Mais j'ajoute immédiatement :

— D'un autre côté, je crois que je m'en fiche.

— Rappelle-toi ce que je t'ai dit, me glisse maman. Qu'il faut continuer à aimer les gens dans leurs pires moments.

— C'est donner le bâton pour se faire battre !

— Rien n'est jamais tout noir ni tout blanc ! répond ma mère, s'animant soudain. La vie n'est qu'un camaïeu de gris. Si Hugh était un tricheur, jamais je ne te conseillerais de vous donner une seconde chance. Mais Hugh est un homme merveilleux !

Chapitre 123

Samedi 1er juillet

Je me réveille, une pensée à l'esprit : c'est ma vie. Je n'en ai qu'une. Je devrais la vivre comme je l'entends. Alors que je suis en train d'analyser la façon dont j'aimerais la vivre, mon téléphone sonne. C'est Alastair. Non sans réticence, je réponds, un peu hargneuse :

— Quoi ?

— Bonjour à toi, Amy.

— Tu sais que je fais ma retraite de silence.

— Je sais, mais écoute ! me lance-t-il d'une voix vibrante d'excitation. Je suis en séminaire et je viens d'entendre un truc qui va vraiment t'aider. Il faut que tu m'écoutes ! Pose-toi cette question : que ferais-je si je n'avais pas peur ?

— Peur de quoi ?

— Je ne sais pas. Peur de souffrir de nouveau ? Peur du jugement des autres ? Peur d'être seule ?

— Je n'ai pas peur d'être seule.

— Alors de quoi as-tu peur ?

— J'ai besoin d'en parler avec quelqu'un.

— Tu es en train de parler avec quelqu'un.

— Je veux dire, un ami.

— Mais je suis ton ami.

— Oui, mais…

Qu'ai-je voulu dire ?

Je le sais parfaitement. Qu'il n'y a qu'une personne au monde qui me comprend vraiment. Et que ma plus grande peur, à cet instant, c'est d'avoir soixante-dix ans et d'avoir rompu avec Hugh depuis vingt-cinq ans.

— Appelle-le, Amy. Pour l'amour du ciel !

Sur ces mots, il raccroche.

Nous emportons une bière dans le jardin et nous nous asseyons face à face, en tailleur.

— Il faut que je te parle. Je me torture l'esprit pour savoir quelle est la meilleure décision à prendre.

— À quel sujet ?

— J'ai besoin d'une personne pleine de sagesse, quelqu'un comme Oprah, pour me dire : « C'est ta vie, Amy. Tu es la seule à la vivre. Fais ce qui te rend le plus heureuse. » J'ai besoin de quelqu'un pour me donner la permission.

— Tu peux te donner la permission toi-même.

— Devrais-je me remettre avec toi ? Sans pour autant casser tous tes vinyles ?

— Je t'en prie, casse-les ! Tu peux détruire tout ce que je possède tant que tu me reprends.

— Dans ce cas, ça irait à l'encontre du but recherché. J'ai besoin de te faire souffrir.

— Tu me fais souffrir. Chaque seconde sans toi est un supplice.

Ses yeux se remplissent de larmes.

— Je ne veux pas te faire souffrir. Même si, parfois, j'en ai envie. Je suis prise d'accès de rage qui me donnent envie d'être méchante avec toi.

— Alors, sois méchante. Je suis prêt à l'accepter.

— Mais si tu décides que, finalement, tu ne veux pas ? Et que tu repars ?

— Je ne repartirai pas.

— Au cours des six mois qui ont suivi ton retour… tu as couché avec une autre ?

— Non.

— Tu pourrais mentir.

Il cherche dans ses poches de jean.

— Voilà mon téléphone. Tu connais le code. Vérifie les textos, tout ce que tu voudras.

Il le presse dans ma paume.

— Tu pourrais avoir effacé des trucs.

— Alors vérifie dans « corbeille ».

— Tu pourrais avoir un deuxième portable.

— Ce n'est pas le cas. Mais ne te gêne pas pour me fouiller.

— Tu ne vas pas m'attendre à l'infini. La vie ne fonctionne pas comme ça.

— Si, dans *L'Amour aux temps du choléra.*

— Mais tu es irlandais. Pas sud-américain.

— J'attendrai toute ma vie, promet-il avec ferveur. Tu es la meilleure. La plus adorable, la plus sexy, la plus jolie, la plus intéressante. Je promets de ne plus jamais te faire souffrir.

— Tu ne peux pas me promettre ça. Personne ne le peut.

— Chérie, je ne suis pas ce genre d'homme. Certains sont des infidèles-nés. Ils peuvent tromper, sans vergogne. Je ne suis pas comme ça. Quand j'étais loin, c'était toi que je voulais. Même quand j'étais avec ces filles, tu me manquais.

— Tu vois ? Maintenant, j'ai envie de te frapper pour me les avoir rappelées.

— Eh bien, frappe-moi !

Je n'en fais rien. Je laisse passer un moment et ma colère finit par retomber.

— Qu'est-ce que je représente pour toi ? me demande-t-il alors. Oublie un moment à quel point je suis un type bien pour avoir « pris en charge » Neeve et Sofie. Qu'est-ce que je représente pour toi ?

— Tu es celui avec qui je veux le plus regarder la télévision. Tu es mon meilleur ami et je t'aime. Et tu es un homme. Un homme vraiment sexy.

Je m'interromps. Parce que c'est la vérité. Il est *vraiment* sexy.

— Quand j'ai vu cette photo de toi, en Thaïlande, j'ai cru que je ne t'aimais plus. Mais mon amour est revenu.

— Je vois, dit-il d'une voix étouffée, les joues soudain rouge pivoine.

— Mais, Hugh, j'ai appris de mes erreurs. Je ne sais toujours pas pourquoi j'ai commencé à… divaguer, tu sais… à flirter avec Josh.

— Bien sûr, tu as appris. Tu m'as dit que, si tu pouvais remonter le temps, tu n'aurais pas démarré cette relation.

— Mais si je flashais sur quelqu'un d'autre ? Bien sûr, ce n'est pas ce que je veux. Mais si ça arrivait ?

Avec un haussement d'épaules dégagé, il me répond :

— Évite.

— C'est aussi simple que ça ?

— La vie est imprévisible. Rien n'est sans risque. Mais, si cela devait arriver, tu peux décider de passer outre.

— Ce sont des paroles pleines de sagesse. Mais si tu décidais de prendre de nouveau la poudre d'escampette ?

— Ça n'arrivera pas.

— Comment peux-tu en être si sûr ?

— Parce que ça n'arrivera pas.

— D'accord.

Prudente, je poursuis :

— Donc, je ne flashe plus sur personne et tu ne prends pas la poudre d'escampette. J'ai bien tout compris ?

— Parfaitement.

— D'accord. D'accord ?

L'air amusé, il acquiesce :

— D'accord.

— C'est tout ?

— C'est tout quoi ?

— Je m'attendais à une scène un peu plus mélodramatique si nous nous remettions ensemble.

Il reste immobile. Mais, son regard s'assombrissant, il réplique :

— Tu veux du mélodramatique ? Tu vas être servie !

Épilogue

Neeve fixe la rose blanche à la boutonnière de Hugh.

— Reste tranquille, s'il te plaît.

— Je suis tranquille.

Mais il ne l'est pas. Même s'il est beau, l'air imposant, il est loin d'être à l'aise dans sa jaquette. Du reste, il n'est jamais à l'aise en costume.

— Regarde-toi, lui dis-je. Le *pater familias.*

— Et regarde-toi. L'épouse sexy.

Neeve lève les yeux au ciel.

— Ça suffit !

— Elle arrive ! hèle Kiara du premier étage.

Maman, Derry et Maura et tous les autres membres de la famille présents se précipitent en bas de l'escalier pour regarder Sofie entamer sa descente. Dans sa longue robe droite en satin, toute simple, ses cheveux blond-blanc parsemés de fleurs, elle semble tout droit sortie d'un conte de fées.

J'agrippe la main de Hugh et la presse dans la mienne.

— Il n'est pas trop tard pour changer d'avis ! plaisante Neeve.

— Chut !

— Vingt-six ans, c'est bien trop jeune pour se marier, renchérit Derry.

— Tais-toi ! lui lance Maura, horrifiée.

Sofie est la première de la nouvelle génération à convoler. Et elle voudrait voir chacun de ses neveux casé. Rien ne doit venir compromettre cette journée.

Maman taquine Derry :

— Juste parce que Alastair ne te passe pas la bague au doigt.

D'un ton insouciant, elle réplique sans se formaliser :

— Il m'épouserait en un clin d'œil.

— Je n'en crois pas un mot.

— C'est parce que tu regrettes qu'il ne soit pas *ton* petit ami.

Maman pose une main sur sa poitrine et s'exclame, consternée :

— Le pauvre papa est mort depuis à peine trois ans. Comment oses-tu ?

— Je regrette qu'il ne soit pas là aujourd'hui, murmure Sofie, une pointe de regret dans la voix.

Si acariâtre qu'il ait été, papa nous manque terriblement.

— Mais il n'aurait pas compris ce qui se passait. Il est bien mieux là où il est, ajoute maman, philosophe.

Lorsque papa est mort paisiblement, dans son sommeil, il avait complètement perdu la tête et ne reconnaissait plus aucun de nous. Et même si cela n'avait pas été facile, cela nous avait obligés à faire le plus clair de notre deuil de son vivant.

Le photographe qui s'affaire, gênant tout le monde, lance :

— Si je pouvais avoir la mariée et ses demoiselles d'honneur.

Il les rassemble sur le perron où elles forment un trio aussi peu assorti que comique. Sofie, lumineuse et grande, Kiara, grave et sobre, Neeve dans une robe scintillante de star des médias, très éloignée de son style habituel.

Agitant un doigt réprobateur devant Kiara, elle lâche :

— Regarde-toi un peu !

— Et toi donc, réplique cette dernière en repoussant sa main.

Elles piquent un fou rire.

Kiara a refusé le coiffeur et la maquilleuse que Neeve lui proposait gratuitement. La seule chose qui trouve grâce aux yeux de cette dernière, c'est son hâle. En effet, Kiara vit actuellement en Afrique. J'avais supposé que sa tendance altruiste finirait par disparaître. Mais, démentant mes soupçons, elle a accepté un poste dans une ONG à la fin de ses études universitaires. Et, après avoir gravi rapidement les échelons, elle a été détachée dans leur bureau de l'Ouganda.

Sur la table de l'entrée, un téléphone n'arrête pas de biper.

— C'est Jackson, s'écrie Derry. Il te supplie de lui donner une seconde chance.

Sa blague est accueillie par des éclats de rire. Sofie et Jackson ont rompu environ trois ans après le bac. Mais ils sont restés les meilleurs amis du monde.

Elle a alors rencontré son futur mari, David, un docteur en biologie et chercheur en laboratoire, dans l'hôpital où elle travaillait. Il la comprenait comme Jackson l'avait comprise. Je les trouvais néanmoins ridiculement jeunes pour se marier. Mais nous devions tous vivre nos vies. Personne ne pouvait le faire pour nous.

— Nous devrions y aller, suggère Maura.

— Vas-y ! lance maman. Personne ne te retient.

— Tu viens avec moi.

— Je ne veux pas. Je vais avec Derry, dans sa décapotable. Tu pourras ouvrir le toit, Derry ?

— Maman, non ! Nos cheveux !

— Je ne veux pas partir seule, gémit Maura qui, étonnamment, semble au bord des larmes.

— Le Pauvre Bougre t'attend à l'église, non ?

— Mais je veux de la compagnie pour la route !

Hugh s'approche de moi et, avec un clin d'œil, me murmure :

— Bientôt, tout le monde sera parti et nous aurons de nouveau la maison pour nous.

— Ah oui ?

— Oh oui !

Soudain, je me rappelle l'été de son retour, tant d'années auparavant.

Nous avions partagé les moments les plus extraordinaires. La maison vide, la liberté, le frisson sans fin de la redécouverte. Comme emportés par ce tourbillon grisant du début d'une histoire d'amour, nous avions presque l'impression que nous venions de nous rencontrer. Nous nous sentions jeunes, nous nous comportions en jeunes. Nous rentrions tôt du travail pour nous retrouver, nous sortions nous enivrer ensemble, et nous passions des week-ends entiers au lit.

Nous avions tout envoyé balader.

Nous avions arrêté de faire la cuisine. Quand il nous arrivait de dîner, c'était dans des restaurants absurdement chic. Ou tard, après une soirée arrosée, d'un kébab. Nous avions renoncé à toute tâche ménagère, ne nous souciions plus de nos finances. Il m'emmenait faire des courses dans des boutiques chères, attrapait des vêtements sur les portants et insistait pour que je les essaie. J'avais flashé sur une robe Sandro qu'il ne m'avait pas permis d'acheter. Mais, le lendemain, elle m'attendait à la maison.

Nous avions profité de ces deux mois pour vivre cette phase que nous avions manquée au début notre relation. Il avait coutume de dire : « Nous rattrapons le temps perdu. »

Et même si nous faisions beaucoup l'amour, il s'agissait plus de pouvoir nous consacrer entièrement l'un à l'autre que de sexe. Ce qui, pour nous, était une nouveauté. Nous parlions sans cesse. Pas des conversations graves, mais drôles et légères. Et nous découvrions parfois des pépites surprenantes l'un sur l'autre. Par exemple, au cours de nos dix-huit ans de vie commune, je n'avais jamais su que, adolescent, il avait été coursier pendant trois mois. Et je ne lui avais jamais raconté que j'avais déjà trait une vache. Après tout, c'était l'une des choses dont j'étais le plus fière.

De temps à autre, ma vieille colère resurgissait et je fulminais après lui pendant une demi-journée. Mais il ne le prenait jamais mal. Et ne me rappelait jamais que mon aventure platonique avec Josh avait précédé ses propres frasques.

Je n'avais pas cassé sa collection de disques. Je ne l'avais soumis à aucune punition spectaculaire. Je n'en avais pas eu l'envie. Nous avions tous les deux traversé assez d'épreuves. La simple idée de nous imposer de nouvelles douleurs me révulsait.

Je devinais aisément ce que Steevie pensait de moi. Mais cela me laissait indifférente.

Ma seule certitude était que je voulais être aussi heureuse que possible pour le temps qu'il me restait à vivre. Et que chaque seconde passée avec Hugh était mille fois préférable à son absence.

L'été fini, Sofie et Kiara étaient rentrées de Suisse et, d'une certaine façon, la vie était devenue plus simple. Neeve ayant son propre appartement, la maison était moins pleine. Pour la même raison, nous avions plus d'argent. En outre, Sofie avait mûri. Il y avait donc moins de drames, moins de soucis.

J'avais l'impression que Hugh et moi vivions un nouveau mariage. Nos attentes étaient plus réalistes, notre innocence évanouie. Ce qui était un peu triste.

Sans l'être vraiment. La vie continuait.

Mes accès de rage avaient fini par disparaître. Sans doute au même moment que notre vie sexuelle avait retrouvé un rythme normal.

Interrompant le fil de mes pensées, la voix de Kiara me ramène soudain au présent.

—Nous devons y aller. Sofie et papa ne peuvent pas partir avant que tout le monde se soit mis en route.

Tous se précipitent vers leurs voitures, et la pelouse, à l'avant de la maison, se vide à une vitesse étonnante. Je reste seule avec Sofie et Hugh.

—À tout à l'heure, lui dis-je en l'embrassant.

Neeve m'attend dans sa voiture, en compagnie de Kiara.

—Maman, dépêche! me crie-t-elle.

—Tu ne peux pas venir avec moi? me demande Hugh.

—Dans la voiture des mariés avec Sofie et toi? Mais non, gros bêta!

—Je ne veux pas être séparé de toi.

—On se retrouve dans quarante minutes.

Mais je le comprends. En vieillissant, nous sommes devenus plus dépendants l'un de l'autre.

—Et si je me donne en spectacle en la conduisant à l'autel? Si je pleure? Si je trébuche et que nous tombons tous les deux?

Je me mets à rire.

—Mais non, ne t'inquiète pas.

—Maman!

—J'arrive!

Dans la voiture, Neeve se lance dans une analyse de l'organisation du mariage.

—Se marier à l'extérieur, en août, en Irlande, il faut vraiment être dingue pour prendre un tel risque!

Malgré les conseils divers, personne n'a pu dissuader Sofie de se marier à *Apple Blossom Farm*.

— Mais il fait un temps magnifique, fait remarquer Kiara.

— Pour le moment, répond mon aînée d'une voix sombre. Mais ça peut changer en un clin d'œil. Ce qui me tue, c'est de voir que, sous ses airs de bonne poire, Sofie est la personne la plus entêtée que je connaisse.

— Peut-être que tout va très bien se passer, dis-je, rassurante.

Ou peut-être pas.

Nous avons quitté l'autoroute pour nous engager sur une route étroite, enfouie sous la végétation luxuriante de cette fin d'été.

— Où est cette fichue ferme ? s'énerve Neeve. Toute cette verdure, c'est flippant.

Soudain, je m'écrie :

— C'est là. Par là !

Nous tournons dans un chemin cahoteux et longeons un corps de ferme aux murs blanchis à la chaux.

— Les voilà.

Une foule de gens sur leur trente et un grouille dans le parc ensoleillé, leur élégance s'accordant à merveille avec le cadre verdoyant. Je repère Joe et Siena, Declyn et Hayden. Puis le marié, l'air un peu anxieux, en compagnie de sa mère et de ses deux sœurs qui arborent toutes les trois d'impressionnants chapeaux. Enfin, j'aperçois maman qui semble complètement déconnectée.

L'air hagard, toujours aussi mince, Urzula m'adresse un signe de la main. Je suis contente de la voir. Son absence aurait peiné Sofie.

Les trois fils de Joe, dégingandés, l'air embarrassé, font office de placeurs. Kit me demande :

— Amy, tu veux que je te place ?

— Oui, merci.

— Par ici.

Il me montre un chemin qui traverse des pommiers noueux aux branches croulant sous les fruits. Je me félicite pour la passerelle en bois. Au moins, mes talons ne s'enfonceront pas dans la terre meuble.

Nous débouchons sur une clairière dans laquelle, des deux côtés d'une allée de fortune, une centaine de chaises blanches attendent, ornées de rubans qui volent au vent. Au bout se dresse une élégante tonnelle décorée de fleurs et de pommes dont le parfum embaume l'air.

— Une bonne averse et tout sera balayé, me souffle Neeve à l'oreille. Les chaises, la tonnelle.

— Tais-toi, rabat-joie ! C'est ravissant.

— La voilà ! s'écrie quelqu'un. Tout le monde en place !

David se précipite vers la tonnelle, suivi par son témoin et par l'officiant assermenté. Les invités se hâtent de trouver leur chaise et la musique s'élève.

Chargée des alliances sur un coussinet, Maisey commence à remonter l'allée à une allure de tortue, suivie par Kiara, puis par Neeve, le visage éclairé d'un sourire malicieux. Enfin, Sofie apparaît au bout du tapis rouge, en compagnie de Hugh. Respirant le bonheur, elle est belle comme le jour. Je me retiens de pleurer. Si je verse une seule larme, ce sera le déluge.

Hugh lui murmure quelques mots et elle lui tapote l'épaule d'un geste rassurant. Puis elle glisse sa main sous son bras et ils s'avancent.

Ravalant la boule d'émotion qui me noue la gorge, je les regarde. Dans son costume inhabituel, Hugh ressemble à un bel inconnu. Mon cœur se gonfle d'un amour si violent pour lui, pour Sofie, pour Neeve, pour Kiara, qu'il en est douloureux.

Rayonnant, les yeux brillants, Hugh semble sur le point d'exploser de fierté. Lorsqu'ils atteignent la tonnelle, il libère délicatement Sofie et la « donne » à David. Puis, quittant l'allée, il rejoint la chaise qui l'attend à côté de moi et me prend la main. Devinant sa question muette, je chuchote :

— Oui. Tu as été magnifique. Tu n'aurais pas pu être plus parfait.

Remerciements

Merci à toute l'équipe de Michael Joseph d'avoir mis un tel enthousiasme, une telle finesse, une telle méticulosité, à me publier, avec une mention spéciale pour la célèbre Liz Smith.

Merci à Jonathan Lloyd, le roi des agents, et à tous chez Curtis Brown, pour avoir pris soin de moi et de mes livres.

Merci à Annabel Robinson et à toute l'équipe chez FMcM, d'avoir fait en sorte que mes livres restent sous le feu des projecteurs.

Merci à mes éditeurs dans le monde entier. Je leur suis très reconnaissante de m'avoir accordé la chance de toucher autant de lecteurs.

À mesure que je progressais dans l'écriture de ce livre, j'ai eu de nombreux lecteurs dont le retour a été inestimable. Mes remerciements les plus sincères à Suzanne Benson, Jenny Boland, Roisin Ingle, Cathy Kelly, Caitriona Keyes, Mammy Keyes, Rita-Anne Keyes, Colm O'Gorman et Louise O'Neill.

Un remerciement tout particulier à Kate Thompson qui a lu d'innombrables versions de ce livre et qui m'a gardé sa confiance quand la mienne m'avait abandonnée.

Merci à Betsey Martian de Twitter pour le mot « scandi-béguins ».

Merci à Bronagh Kingston pour ses dons à Carol Hunt (célèbre journaliste irlandaise très engagée dans les causes humanitaires et sociales), et de m'avoir permis de donner son prénom à l'un de mes personnages.

Merci à Caroline Snowdon pour ses dons à l'association Highgate Has Heart, qui vient en aide aux réfugiés, et

de m'avoir permis de donner son prénom à l'un de mes personnages.
Merci à Lui qui est toujours dans mon camp. Sa foi en mon écriture est inébranlable, son soutien constant et ses critiques aussi bienveillantes que constructives. Sans Lui, rien de tout cela ne serait possible.
Merci à vous, mes lecteurs adorés, de m'être restés fidèles toutes ces années et tout particulièrement, pour votre patience concernant ce livre.
J'espère que vous n'aurez pas aussi longtemps à attendre avant le prochain…
Quelques informations concernant le voyage en Serbie d'Amy :
Dušanka Petrović existe vraiment, elle habite à Jagodina, à une heure et demie de route de Belgrade. J'aime sa peinture mais je n'ai trouvé quasiment aucune information à son sujet. Néanmoins, en novembre 2016, nous avons pu établir le lien et je suis allée la rencontrer en Serbie.
Merci à Ljiljana Keyes pour avoir passé les coups de téléphone qui ont fini par permettre de retrouver Dušanka. Merci à Marica Vračevic, à Nina Krstić, et à tous les merveilleux membres du personnel du Musée d'Art Naïf et Marginal de Jagodina qui ont facilité les présentations. Merci à ma nièce adorée, Ema Keyes, qui nous a accompagnés, Lui et moi, et pour sa remarquable prestation d'interprète à l'hôtel, au musée et avec Dušanka en personne.
Hélas, l'hôtel *Zaga*, à Belgrade, est purement fictif. Je suis en fait descendue dans un hôtel du nom de *Square Nine*, qui est fabuleux mais qui, au lieu de la décoration art populaire de l'hôtel imaginaire, a l'élégance et la modernité du milieu du siècle.
Enfin, Louise Moore est ma relectrice, mon éditrice et mon amie depuis vingt ans. Depuis le début, elle soutient mon

écriture et galvanise les équipes qui se battent pour moi. Elle est visionnaire, passionnée, féroce et ne tarit pas d'éloges sur mes livres. Je lui dois ma carrière et, en expression de ma gratitude, je lui dédie ce livre.

Achevé d'imprimer en novembre 2020
Par CPI Brodard & Taupin à La Flèche
N° d'impression : 3040801
Dépôt légal : mai 2020
Imprimé en France
81123533-2